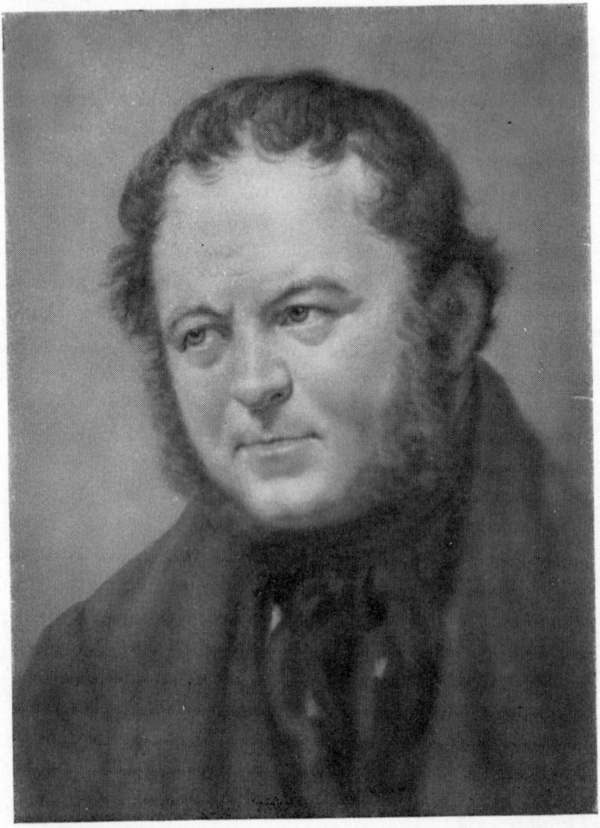

STENDHAL

Nouvelles

EDITIONS
EN LANGUES ETRANGERES
Moscou 1960

Составитель сборника и автор
комментария Д. *Суворова*

Художник А. *Васин*

ОТ СОСТАВИТЕЛЯ

Великий французский писатель Стендаль (Анри Бейль 1783—1842) оставил обширное наследие, включающее произведения самых различных жанров: романы, литературно-критические статьи, работы по истории живописи, труды о музыке, путевые заметки, наброски комедий. Особое место в его творчестве заняли новеллы, из которых наиболее значительные вошли в настоящий сборник. Первые новеллы Стендаля были написаны в 20-х годах XIX века, работу над последними прервала смерть. Создававшиеся одновременно с романами, некоторые из его новелл — как бы своеобразные наброски, эскизы к будущим крупным реалистическим полотнам, другие задуманы как совершенно самостоятельные произведения.

Хронологически новеллы делятся на две группы. Одна включает произведения, созданные в 20-х и начале 30-х годов, вторая — произведения конца 30-х годов, когда многое изменилось во Франции, а в связи с этим и в творчестве Стендаля.

Зрелую новеллистику Стендаля открывает «Ванина Ванини» (1829) — эпизод из истории борьбы карбонариев за освобождение Италии, в которой писатель принимал непосредственное участие. Герои новеллы — люди страстные, цельные, энергичные. Юный карбонарий Пьетро и гордая аристократка Ванина по-разному понимают счастье. Для Пьетро оно — в выполнении долга перед родиной: после колебаний и мучительной борьбы он отказывается от любви Ванины. Для Ванины счастье — обладание любимым, и по ее мнению счастье можно добыть любой ценой. Ванина легко идет на преступление, проявляя затем для освобождения Пьетро энергию, мужество, ловкость. Когда это противоречие становится очевидным, влюбленные расстаются, но если для Пьетро — это катастрофа, ломка всей жизни, то для Ванины — только досадная неудача, непредвиденный проигрыш.

С чисто романтическими подробностями описана в новелле деятельность карбонариев: тайные сходки, переодевания, бегства, коварное предательство. Но за этой оболочкой Стендаль сумел увидеть то, чего не замечали многие его современники: появление в Италии человека нового типа, беззаветного борца и гражданина, характер которого складывался в обстановке патриотического освободительного движения XIX века [1].

К этому же времени относится новелла с сугубо романтическим названием «Сундук и привидение», напечатанная впервые в 1830 году. Некоторые романтики охотно воспевали страну замков, серенад, боя быков, — весьма далекую от подлинной Испании. В новелле Стендаля с самого начала идет скрытая полемика с этим экзотическим маскарадом. Многое кажется взятым из арсенала романтиков: кладбище, сундук, башня, где томится Инеса, верная служанка, постоянное соседство любви и смерти. Но Стендаль наполняет эти условные образы и ситуации новым содержанием, так что «кошмарная новелла» превращается в суровый рассказ о юных влюбленных, разлученных монахом-расстригой, чей зловещий, но весьма жизненный портрет точно нарисован художником. В образе героини — простой и робкой девушки — Стендаль сумел передать и национальный характер, и эпоху. Инеса — дочь мужественного гордого народа, который в течение веков отстаивал свою свободу и независимость, а в начале XIX столетия первым с оружием в руках восстал против нашествия Наполеона.

В новелле «Минна фон Вангель» (начата в конце 1829; напечатана в 1853) Стендаль, обратившись к современной французской жизни, с горечью пишет о пошлости, ничтожестве «высшего общества»; о гибели и извращении в нем всякой мечты о чистой любви и большом, настоящем счастье; о трагической судьбе возвышенных душ, которые, подобно Минне, «слишком страстны, чтобы удовлетворяться в жизни действительностью» — тусклой и мелочной.

Стендаль смотрит на свою эпоху, как на эпоху безвременья, в которой нет места большим чувствам, страстям. Человеческая энергия направлена не на достижение высоких целей, а прежде всего — на приобретение богатства, власти, личной славы. Подлинно яркие личности, борцы за свободу, немногочисленны, их героизм и самоотверженность не приводят к счастью — казнь, тюрьма, измена ждут их на каждом шагу.

В поисках героических натур Стендаль снова обращается к

---

[1] Подробнее см. интересный этюд о Ванине Ванини Г. А в е с с а л о м о в о й, Ученые записки ЛГУ, № 266, серия филологических наук, вып. 51, Л., 1959.

Италии, к ее прошлому и в 1831 году пишет новеллу «Сан-Франческо-а-Рипа» (напечатана только в 1853).

Позже, во введении к новелле «Виттория Аккорамбони», Стендаль подробно рассказал о приобретении им в Мантуе нескольких томов старинных рукописей, где «два—три века назад были беспорядочно собраны описания трагических происшествий, письма с вызовами на дуэль, мирные договоры между соседними вельможами, размышления на всевозможные темы и т. д., и т. д.» «Сан-Франческо-а-Рипа» — очевидно, один из первых опытов обработки хроник.

Изучая прошлое и настоящее Италии, нравы ее народа, Стендаль выработал своеобразное представление об особенностях итальянского типа «погони за счастьем». Из сравнения истории Италии и Франции он делал вывод, что именно в разных путях развития этих стран — корни различия национальных характеров. Во Франции уже с XVI века сложилось придворное «общество с его тиранией хорошего вкуса», которое постепенно убило энергию во французах — выходцах из привилегированных сословий, заменив ее тщеславием и расчетом. Средневековая Италия не знала твердой политической власти, в ней не было «общества», поэтому ничто не мешало свободному развитию энергии итальянца, который... «весь свой пыл и увлечение вносит в частные отношения». Именно эти размышления Стендаля определили конфликт новеллы «Сан-Франческо-а-Рипа» — столкновение страстной итальянки, прекрасной княжны Кампобассо, и легкомысленного, неспособного на большое чувство, человека сугубо практического склада ума шевалье де Сенесе. Выразителен в новелле образ священника, исполняющего мстительные замыслы своей госпожи. Если за убийство человека платят кардинальским чином, то служитель бога не только организует убийство, обставляя его с изощренной жестокостью, но и прославляет благочестие хозяйки, доверившей ему осуществление жестокой мести.

Вторая группа новелл, большинство которых было издано друзьями Стендаля посмертно в сборнике «Итальянские хроники», относится к концу 30-х годов. С 1837 года Стендаль печатает одни новеллы, шлифуя и отделывая другие. К сожалению, многое осталось незаконченным.

Хроники «Виттория Аккорамбони», «Семейство Ченчи», «Герцогиня де Паллиано», «Аббатиса из Кастро» созданы на основе старых итальянских манускриптов эпохи Возрождения, которые в глазах Стендаля были блестящим образцом «великого искусства познания человеческого сердца».

Писатель неоднократно говорит о своей скромной роли переводчика подлинных хроник. Но здесь не во всем можно верить ему на слово: перед нами одна из очень тонких мистификаций, к которым так часто прибегал Стендаль. Кропотливое сравнение подлинных итальянских хроник с новеллами Стендаля, созданными на их материале, показало, какой тщательной переработке подверг писатель старинные рукописи [1].

Чтобы читателю XIX столетия стал понятен и близок человек XV—XVI веков, Стендаль считал необходимым не только показать поступки, но и психологически обосновать их. «Читая средневековые хроники, мы, чувствительные люди XIX века, предполагаем, что должны были чувствовать их герои; мы великодушно наделяем их чувствительностью, столь же невозможной для них, сколь естественной для нас». Писатель не достигнет цели, изображая страсти людей древних времен «только посредством гигантских результатов энергичных действий; мы жаждем *самой страсти*». Вот этот-то правдивый показ человеческого сердца, раскрытие самого сокровенного в человеческой натуре, когда не утаивается ни прекрасное, ни низменное, и стал главной задачей Стендаля в «Итальянских хрониках».

Серия хроник открывается новеллой «Виттория Аккорамбони» (1837), в которой Стендаль проявляет блестящее мастерство психолога-реалиста.

Очень скупо и точно, но во всей многогранности характеров нарисована в новелле римская знать. Умный, умеющий выжидать кардинал Монтальто предстает в рассказе зловещим и страшным. Сын своего века, отважный и дерзкий князь Паоло, хорошо знает цену деньгам и лицемерию. Князь Лодовико, алчный, жестокий феодал, из-за которого гибнут невинные люди, в то же время поражает своим мужеством в неравном бою, находчивостью и спокойствием в минуту смертельной опасности. Уверенными мазками воссоздает писатель причудливое своеобразие исторических типов, самую суть далекой эпохи, когда Италия была раздроблена на мелкие самостоятельные государства, во главе которых стояли владыки, самоуправно творившие суд и расправу. В столкновениях с грозными феодалами предстают с одной стороны — слабый беспомощный папа, который ничего не может сделать, чтобы наказать наглого насильника, а с другой — мощная Венецианская республика, покаравшая убийцу.

В следующей по времени новелле «Семейство Ченчи» (1837) ска-

---

[1] См. диссертацию М. Гольдман. Стендаль и Италия, М., 1944.

залась замечательная способность художника оживлять прошлое, ставить его на службу новым задачам. Хроника семейства Ченчи особенно привлекла Стендаля тем, что давала своеобразные «человеческие документы», показывала людей прошлого без романтических прикрас. Однако старинную рукопись писатель подверг очень тонкой, но существенной переделке. Рисуя во вступлении портрет Беатриче, которая в хронике занимает второстепенное место, Стендаль сразу выдвигает девушку на первый план, сосредоточивая на ней внимание читателя. Он вводит многие детали от себя, приписывает Беатриче поступки других людей, дополняет рассказ вымышленными эпизодами. Там, где хроника, не давая ничего существенного для раскрытия героев, замедляет повествование, Стендаль опускает все ненужное. В ряде же мест, где энергичный, сжатый рассказ хрониста как нельзя лучше отвечает задаче писателя, он переводит рукопись почти дословно. Целиком создан Стендалем образ рассказчика, в котором очень тонко соединены чувства, взгляды человека XIX века с чертами, характерными для итальянского гуманиста XV—XVI веков. С помощью рассказчика писатель как бы вторгается в действие хроники, дает свое толкование событий, оценку людей. В итоге из-под пера Стендаля вышло совершенно оригинальное произведение, проникнутое страстным гуманистическим, тираноборческим пафосом.

Кровавые преступления, которыми полна история семейства Ченчи, в глазах Стендаля — следствие терпимости папского двора по отношению к тем, кто может, подобно Франческо Ченчи, купить свою безнаказанность щедрыми подачками церкви. Язвительной иронией звучат строки новеллы о «милосердии» и «доброте» пап, закрывающих глаза на дела распутного Франческо, зато беспощадно карающих членов семьи, дерзнувших в поисках справедливости посягнуть на противоестественный, но «освященный» молчаливым согласием властей порядок, при котором насильнику предоставлена полная свобода. Мрачным образам лицемерных католических ханжей и похотливого старика, употребившего весь свой недюжинный ум, проницательность и силу характера на осуществление преступных замыслов, в новелле противостоит исполненный глубокой поэзии образ юной Беатриче — хрупкой девушки, которая, защищая свою чистоту и человеческое достоинство, проявляет огромную выдержку, мужество, подлинный героизм. Именно в ней видит писатель воплощение непокорной, вольнолюбивой Италии, и не случайно казненная папским палачом Беатриче оправдана в мнении простых римлян. Эта народная точка зрения на происходящие события, выраженная в «Семействе Ченчи» сочувствием горожан к героине, а в других новеллах, например, в «Виттории Аккорамбони», прямым изображением народа, с оружием в руках выступающего в защиту попранной справедливости, — важная особенность историзма Стендаля в «Итальянских хрониках».

После новеллы «Герцогиня Паллиано» (1838), отличающейся колоритностью цельных, самобытных характеров и мастерством стилизации далекой эпохи, Стендаль в 1839 году создал наиболее знаменитую из «Итальянских хроник» — «Аббатису из Кастро». Герой новеллы — не просто грабитель: Джулио из тех разбойников, которые некогда в Италии становились мстителями за беззаконие полиции и мелких правителей, находившихся в полном подчинении у самой богатой семьи в округе. «Разбойники, — пишет Стендаль, — наиболее энергичные республиканцы, те, что любили свободу больше чем остальные их сограждане, и бежали в леса». На пути полюбивших друг друга Джулио и Елены вырастают не только препятствия внешние, которые еще возможно преодолеть личной храбростью, но и куда более непреодолимые психологические трудности: сословные предрассудки, отравляющие сознание их ближних, религиозное лицемерие, устоявшиеся обычаи. Они-то и превращают светлое чувство в источник несчастья и горя, калечат прекрасную и чистую личность, гибнущую, осознав, как уродливо и убого счастье сломленного жизнью человека, достигнутое отречением от мечты, от великодушных клятв юности. Урок жизни, урок любви и верности, отваги и долга, умения быть искренним и беспощадным к себе — таков смысл этой замечательной повести.

В отличие от предшествующих хроник, «Аббатиса из Кастро» (1839) и сложностью своего сюжета, и широтой охвата действительности, и, главное, детальной разработкой характеров, показанных в становлении и развитии под влиянием жизненных обстоятельств, тяготеет к развернутому романическому повествованию. Мастерски построенный захватывающий сюжет, сжатые точные характеристики, умение несколькими словами очертить обстановку действия делают эту повесть замечательным образцом французской прозы.

Для последних лет жизни Стендаля характерен незаконченный набросок большой повести из современной французской жизни «Федер или денежный муж», над которой писатель работал в 1839—1840 годах. Острые сатирические образы наглых, невежественных, тупых дельцов, ставших хозяевами Франции во времена Июльской монархии; ироническая насмешка над романтической позой, которую Федер избирает ради весьма прозаического успеха у мещан, возомнивших себя знатоками прекрасного; тонкое изображение «кристаллизации страсти» в душе героев и интересно намеченная эволюция характера Федера — все это обещало сделать повесть новым крупным достижением критического реализма Стендаля.

В историю французской литературы Стендаль вошел не только как великий знаток человеческого сердца, глубокий мыслитель и проницательный критик общества, враждебного гуманистической мечте о прекрасной человеческой личности, но и как блестящий стилист. В отличие от лирической патетики романтиков, их склонности к экзотике и туманной загадочности речи, слог Стендаля предельно четок, точен и строг. Искусной закругленности и приглаженности фразы Стендаль предпочитал язык естественный, ясный, с предельной краткостью повествующий о сложнейших психологических переживаниях, философских проблемах, общественных потрясениях. Это отнюдь не исключает внутренней напряженности, иронического или поэтического подтекста, который всегда отличает стиль его книг. И в этом сочетании лаконической четкости, тонкой иронии и лирической проникновенности — неповторимое очарование стендалевской прозы.

Д. Суворова

# Nouvelles

VANINA VANINI
ou
Particularités
sur la dernière vente de carbonari
découverte dans les Etats du pape

C'était un soir du printemps de 182*. Tout Rome était en mouvement : M. le duc de B***, ce fameux banquier, donnait un bal dans son nouveau palais de la place de Venise. Tout ce que les arts de l'Italie, tout ce que le luxe de Paris et de Londres peuvent produire de plus magnifique avait été réuni pour l'embellissement de ce palais. Le concours était immense. Les beautés blondes et réservées de la noble Angleterre avaient brigué l'honneur d'assister à ce bal ; elles arrivaient en foule. Les plus belles femmes de Rome leur disputaient le prix de la beauté. Une jeune fille que l'éclat de ses yeux et ses cheveux d'ébène proclamaient Romaine entra conduite par son père ; tous les regards la suivirent. Un orgueil singulier éclatait dans chacun de ses mouvements.

On voyait les étrangers qui entraient frappés de la magnificence de ce bal. « Les fêtes d'aucun des rois de l'Europe, disaient-ils, n'approchent point de ceci. »

Les rois n'ont pas un palais d'architecture romaine : ils sont obligés d'inviter les grandes dames de leur cour ; M. le duc de B*** ne prie que de jolies femmes. Ce soir-là il avait été heureux dans ses invitations ; les hommes semblaient éblouis. Parmi tant de femmes remarquables il fut question de décider quelle était la plus belle : le choix resta quelque temps indécis ; mais enfin la princesse Vanina

Vanini, cette jeune fille aux cheveux noirs et à l'œil de feu, fut proclamée la reine du bal. Aussitôt les étrangers et les jeunes Romains, abandonnant tous les autres salons, firent foule dans celui où elle était.

Son père, le prince don Asdrubale Vanini, avait voulu qu'elle dansât d'abord avec deux ou trois souverains d'Allemagne. Elle accepta ensuite les invitations de quelques Anglais fort beaux et fort nobles ; leur air empesé l'ennuya. Elle parut prendre plus de plaisir à tourmenter le jeune Livio Savelli qui semblait fort amoureux. C'était le jeune homme le plus brillant de Rome, et de plus lui aussi était prince ; mais, si on lui eût donné à lire un roman, il eût jeté le volume au bout de vingt pages, disant qu'il lui donnait mal à la tête. C'était un désavantage aux yeux de Vanina.

Vers le minuit, une nouvelle se répandit dans le bal, et fit assez d'effet. Un jeune carbonaro, détenu au fort Saint-Ange, venait de se sauver le soir même, à l'aide d'un déguisement, et, par un excès d'audace romanesque, arrivé au dernier corps de garde de la prison, il avait attaqué les soldats avec un poignard ; mais il avait été blessé lui-même, les sbires le suivaient dans les rues à la trace de son sang, et on espérait le ravoir.

Comme on racontait cette anecdote, don Livio Savelli, ébloui des grâces et des succès de Vanina, avec laquelle il venait de danser, lui disait en la reconduisant à sa place, et presque fou d'amour :

— Mais, de grâce, qui donc pourrait vous plaire ?

— Ce jeune carbonaro qui vient de s'échapper, lui répondit Vanina ; au moins celui-là a fait quelque chose de plus que de se donner la peine de naître.

Le prince don Asdrubale s'approcha de sa fille. C'est un homme riche qui depuis vingt ans n'a pas compté avec son intendant, lequel lui prête ses propres revenus à un intérêt fort élevé. Si vous le rencontrez dans la rue, vous le prendrez pour un vieux comédien ; vous ne remarquerez pas que ses mains sont chargées de cinq ou six bagues énormes garnies de diamants fort gros. Ses deux fils se sont faits jésuites, et ensuite sont morts fous. Il les a oubliés ; mais il est fâché que sa fille unique, Vanina, ne veuille pas se marier. Elle a déjà dix-neuf ans, et a refusé les partis les plus brillants. Quelle est sa raison ? la même que celle de Sylla pour abdiquer, *son mépris pour les Romains.*

Le lendemain du bal, Vanina remarqua que son père, le plus négligent des hommes, et qui de la vie ne s'était donné la peine de prendre une clef, fermait avec beaucoup d'attention la porte d'un petit escalier qui conduisait à un appartement situé au troisième étage du palais. Cet appartement avait des fenêtres sur une terrasse garnie d'orangers. Vanina alla faire quelques visites dans Rome ; au retour, la grande porte du palais étant embarrassée par les préparatifs d'une illumination, la voiture rentra par les cours de derrière. Vanina leva les yeux, et vit avec étonnement qu'une des fenêtres de l'appartement que son père avait fermée avec tant de soin était ouverte. Elle se débarrassa de sa dame de compagnie, monta dans les combles du palais, et à force de chercher, parvint à trouver une petite fenêtre grillée qui donnait sur la terrasse garnie d'orangers. La fenêtre ouverte qu'elle avait remarquée était à deux pas d'elle. Sans doute cette chambre était habitée ; mais par qui ? Le lendemain Vanina parvint à se procurer la clef d'une petite porte qui ouvrait sur la terrasse garnie d'orangers.

Elle s'approcha à pas de loup de la fenêtre qui était encore ouverte. Une persienne servit à la cacher. Au fond de la chambre il y avait un lit et quelqu'un dans ce lit. Son premier mouvement fut de se retirer ; mais elle aperçut une robe de femme jetée sur une chaise. En regardant mieux la personne qui était au lit, elle vit qu'elle était blonde, et apparemment fort jeune. Elle ne douta plus que ce ne fût une femme. La robe jetée sur une chaise était ensanglantée ; il y avait aussi du sang sur des souliers de femme placés sur une table. L'inconnue fit un mouvement ; Vanina s'aperçut qu'elle était blessée. Un grand linge taché de sang couvrait sa poitrine ; ce linge n'était fixé que par des rubans ; ce n'était pas la main d'un chirurgien qui l'avait placé ainsi. Vanina remarqua que chaque jour, vers les quatre heures, son père s'enfermait dans son appartement, et ensuite allait voir l'inconnue ; il redescendait bientôt, et montait en voiture pour aller chez la comtesse Vitteleschi. Dès qu'il était sorti, Vanina montait à la petite terrasse, d'où elle pouvait apercevoir l'inconnue. Sa sensibilité était vivement excitée en faveur de cette jeune femme si malheureuse ; elle cherchait à deviner son aventure. La robe ensanglantée jetée sur une chaise paraissait avoir été percée de coups de poignard. Vanina pouvait compter les déchirures. Un jour, elle vit l'inconnue plus distinctement : ses yeux bleus étaient fixés dans le ciel ; elle semblait prier. Bientôt des larmes remplirent ses beaux yeux ; la jeune princesse eut bien de la peine à ne pas lui parler. Le lendemain Vanina osa se cacher sur la petite terrasse avant l'arrivée de son père. Elle vit don Asdrubale entrer chez l'inconnue ; il portait un petit panier où étaient des provisions. Le prince avait l'air inquiet, et ne dit pas grand-chose. Il parlait si bas que, quoique la porte-fenêtre fût ouverte, Vanina ne put entendre ses paroles. Il partit aussitôt.

— Il faut que cette pauvre femme ait des ennemis bien terribles, se dit Vanina, pour que mon père, d'un caractère si insouciant, n'ose se confier à personne et se donne la peine de monter cent vingt marches chaque jour.

Un soir, comme Vanina avançait doucement la tête vers la croisée de l'inconnue, elle rencontra ses yeux, et tout fut découvert. Vanina se jeta à genoux, et s'écria :

— Je vous aime, je vous suis dévouée. L'inconnue lui fit signe d'entrer.

— Que je vous dois d'excuses, s'écria Vanina, et que ma sotte curiosité doit vous sembler offensante ! Je vous jure le secret, et, si vous l'exigez, jamais je ne reviendrai.

— Qui pourrait ne pas trouver du bonheur à vous voir ? dit l'inconnue. Habitez-vous ce palais ?

— Sans doute, répondit Vanina. Mais je vois que vous ne me connaissez pas : je suis Vanina, fille de don Asdrubale.

L'inconnue la regarda d'un air étonné, rougit beaucoup, puis ajouta :

— Daignez me faire espérer que vous viendrez me voir tous les jours ; mais je désirerais que le prince ne sût pas vos visites.

Le cœur de Vanina battait avec force ; les manières de l'inconnue lui semblaient remplies de distinction. Cette pauvre jeune femme avait sans doute offensé quelque homme puissant ; peut-être dans un moment de jalousie avait-elle tué son amant ? Vanina ne pouvait voir une cause vulgaire à son malheur. L'inconnue lui dit qu'elle avait reçu une blessure dans l'épaule, qui avait pénétré jusqu'à la poitrine et la faisait beaucoup souffrir. Souvent elle se trouvait la bouche pleine de sang.

— Et vous n'avez pas de chirurgien ! s'écria Vanina.

— Vous savez qu'à Rome, dit l'inconnue, les chirurgiens doivent à la police un rapport exact de toutes les blessures qu'ils soignent. Le prince daigne lui-même serrer mes blessures avec le linge que vous voyez.

L'inconnue évitait avec une grâce parfaite de s'apitoyer sur son accident ; Vanina l'aimait à la folie. Une chose pourtant étonna beaucoup la jeune princesse, c'est qu'au milieu d'une conversation assurément fort sérieuse l'inconnue eut beaucoup de peine à supprimer une envie subite de rire.

— Je serais heureuse, lui dit Vanina, de savoir votre nom.

— On m'appelle Clémentine.

— Eh bien ! chère Clémentine, demain à cinq heures je viendrai vous voir.

Le lendemain Vanina trouva sa nouvelle amie fort mal.

— Je veux vous amener un chirurgien, dit Vanina en l'embrassant.

— J'aimerais mieux mourir, dit l'inconnue. Voudrais-je compromettre mes bienfaiteurs ?

— Le chirurgien de Mgr Savelli-Catanzara, le gouverneur de Rome, est fils d'un de nos domestiques, reprit vivement Vanina ; il nous est dévoué, et par sa position ne craint personne. Mon père ne rend pas justice à sa fidélité ; je vais le faire demander.

— Je ne veux pas de chirurgien, s'écria l'inconnue avec une vivacité qui surprit Vanina. Venez me voir, et si Dieu doit m'appeler à lui, je mourrai heureuse dans vos bras.

Le lendemain, l'inconnue était plus mal.

— Si vous m'aimez, dit Vanina en la quittant, vous verrez un chirurgien.

— S'il vient, mon bonheur s'évanouit.

— Je vais l'envoyer chercher, reprit Vanina.

Sans rien dire, l'inconnue la retint, et prit sa main qu'elle couvrit de baisers. Il y eut un long silence, l'inconnue avait les larmes aux yeux. Enfin, elle quitta la main de Vanina, et de l'air dont elle serait allée à la mort, lui dit :

— J'ai un aveu à vous faire. Avant-hier, j'ai menti en disant que je m'appelais Clémentine ; je suis un malheureux carbonaro...

Vanina étonnée recula sa chaise et bientôt se leva.

— Je sens, continua le carbonaro, que cet aveu va me faire perdre le seul bien qui m'attache à la vie ; mais il est indigne de moi de vous tromper. Je m'appelle Pietro Missirilli ; j'ai dix-neuf ans ; mon père est un pauvre chirurgien de Saint-Angelo-in-Vado, moi je suis carbonaro. On a surpris notre *vente* ; j'ai été amené, enchaîné, de la Romagne à Rome. Plongé dans un cachot éclairé jour et nuit par une lampe, j'y ai passé treize mois. Une âme charitable a eu l'idée de me faire sauver. On m'a habillé en femme. Comme je sortais de prison et passais devant les gardes de la dernière porte, l'un d'eux a maudit les carbonari ; je lui ai donné un soufflet. Je vous assure que ce ne fut pas une vaine bravade, mais tout simplement une distraction.

Poursuivi la nuit dans les rues de Rome après cette imprudence, blessé de coups de baïonnette, perdant déjà mes forces, je monte dans une maison dont la porte était ouverte; j'entends les soldats qui montent après moi, je saute dans un jardin; je tombe à quelques pas d'une femme qui se promenait.

— La comtesse Vitteleschi! l'amie de mon père, dit Vanina.

— Quoi! vous l'a-t-elle dit? s'écria Missirilli. Quoi qu'il en soit, cette dame, dont le nom ne doit jamais être prononcé, me sauva la vie. Comme les soldats entraient chez elle pour me saisir, votre père m'en faisait sortir dans sa voiture. Je me sens fort mal: depuis quelques jours ce coup de baïonnette dans l'épaule m'empêche de respirer. Je vais mourir, et désespéré, puisque je ne vous verrai plus.

Vanina avait écouté avec impatience; elle sortit rapidement: Missirilli ne trouva nulle pitié dans ces yeux si beaux, mais seulement l'expression d'un caractère altier que l'on vient de blesser.

A la nuit, un chirurgien parut; il était seul. Missirilli fut au désespoir; il craignait de ne revoir jamais Vanina. Il fit des questions au chirurgien, qui le saigna et ne lui répondit pas. Même silence les jours suivants. Les yeux de Pietro ne quittaient pas la fenêtre de la terrasse par laquelle Vanina avait coutume d'entrer; il était fort malheureux. Une fois, vers minuit, il crut apercevoir quelqu'un dans l'ombre sur la terrasse: était-ce Vanina?

Vanina venait toutes les nuits coller sa joue contre les vitres de la fenêtre du jeune carbonaro.

« Si je lui parle, se disait-elle, je suis perdue! Non, jamais je ne dois le revoir! »

Cette résolution arrêtée, elle se rappelait, malgré elle, l'amitié qu'elle avait prise pour ce jeune homme, quand si sottement elle le croyait une femme. Après une intimité si douce, il fallait donc l'oublier! Dans ses moments les plus raisonnables, Vanina était effrayée du changement qui avait lieu dans ses idées. Depuis que Missirilli s'était nommé, toutes les choses auxquelles elle avait l'habitude de penser s'étaient comme recouvertes d'un voile, et ne paraissaient plus que dans l'éloignement.

Une semaine ne s'était pas écoulée, que Vanina, pâle et tremblante, entra dans la chambre du jeune carbonaro avec le chirurgien. Elle venait lui dire qu'il fallait engager le prince à se faire remplacer par un domestique. Elle ne resta pas dix secondes ; mais quelques jours après elle revint encore avec le chirurgien, par humanité. Un soir, quoique Missirilli fût bien mieux, et que Vanina n'eût plus le prétexte de craindre pour sa vie, elle osa venir seule. En la voyant, Missirilli fut au comble du bonheur, mais il songea à cacher son amour ; avant tout, il ne voulait pas s'écarter de la dignité convenable à un homme. Vanina, qui était entrée chez lui le front couvert de rougeur, et craignant des propos d'amour, fut déconcertée de l'amitié noble et dévouée, mais fort peu tendre, avec laquelle il la reçut. Elle partit sans qu'il essayât de la retenir.

Quelques jours après, lorsqu'elle revint, même conduite, mêmes assurances de dévouement respectueux et de reconnaissance éternelle. Bien loin d'être occupée à mettre un frein aux transports du jeune carbonaro, Vanina se demanda si elle aimait seule. Cette jeune fille, jusque-là si fière, sentit amèrement toute l'étendue de sa folie. Elle affecta de la gaieté et même de la froideur, vint moins souvent, mais ne put prendre sur elle de cesser de voir le jeune malade.

Missirilli, brûlant d'amour, mais songeant à sa naissance obscure et à ce qu'il se devait, s'était promis de ne descendre à parler d'amour que si Vanina restait huit jours sans le voir. L'orgueil de la jeune princesse combattit pied à pied. — Eh bien ! se dit-elle enfin, si je le vois, c'est pour moi, c'est pour me faire plaisir, et jamais je ne lui avouerai l'intérêt qu'il m'inspire. Elle faisait de longues visites à Missirilli, qui lui parlait comme il eût pu faire si vingt personnes eussent été présentes. Un soir, après avoir passé la journée à le détester et à se bien promettre d'être avec lui encore plus froide et plus sévère qu'à l'ordinaire, elle lui dit qu'elle l'aimait. Bientôt elle n'eut plus rien à lui refuser.

Si sa folie fut grande, il faut avouer que Vanina fut parfaitement heureuse. Missirilli ne songea plus à ce qu'il croyait devoir à sa dignité d'homme ; il aima comme on aime pour la première fois à dix-neuf ans et en Italie. Il eut tous les scrupules de l'amour-passion, jusqu'au point d'avouer à cette jeune princesse si fière, la politique dont il avait fait usage pour s'en faire aimer. Il était étonné de l'excès de son bonheur. Quatre mois passèrent bien vite. Un jour, le chirurgien rendit la liberté à son malade. Que vais-je faire ? pensa Missirilli ; rester caché chez une des plus belles personnes de Rome ? Et les vils tyrans qui m'ont tenu treize mois en prison sans me laisser voir la lumière du jour croiront m'avoir découragé ! Italie, tu es vraiment malheureuse, si tes enfants t'abandonnent pour si peu !

Vanina ne doutait pas que le plus grand bonheur de Pietro ne fût de lui rester à jamais attaché ; il semblait trop heureux ; mais un mot du général Bonaparte retentissait amèrement dans l'âme de ce jeune homme, et influençait toute sa conduite à l'égard des femmes. En 1796, comme le général Bonaparte quittait Brescia, les municipaux qui l'accompagnaient à la porte de la ville lui disaient que les Bressans aimaient la liberté par-dessus tous les autres Italiens. — Oui, répondit-il, ils aiment à en parler à leurs maîtresses.

Missirilli dit à Vanina d'un air assez contraint :

— Dès que la nuit sera venue, il faut que je sorte.

— Aie bien soin de rentrer au palais avant le point du jour ; je t'attendrai.

— Au point du jour je serai à plusieurs milles de Rome.

— Fort bien, dit Vanina froidement, et où irez-vous ?

— En Romagne, me venger.

— Comme je suis riche, reprit Vanina de l'air le plus

tranquille, j'espère que vous accepterez de moi des armes et de l'argent.

Missirilli la regarda quelques instants sans sourciller ; puis, se jetant dans ses bras :

— Ame de ma vie, tu me fais tout oublier, lui dit-il, et même mon devoir. Mais plus ton cœur est noble, plus tu dois me comprendre.

Vanina pleura beaucoup, et il fut convenu qu'il ne quitterait Rome que le surlendemain.

— Pietro, lui dit-elle le lendemain, souvent vous m'avez dit qu'un homme connu, qu'un prince romain, par exemple, qui pourrait disposer de beaucoup d'argent, serait en état de rendre les plus grands services à la cause de la liberté, si jamais l'Autriche est engagée loin de nous, dans quelque grande guerre.

— Sans doute, dit Pietro étonné.

— Eh bien! vous avez du cœur ; il ne vous manque qu'une haute position : je viens vous offrir ma main et deux cent mille livres de rentes. Je me charge d'obtenir le consentement de mon père.

Pietro se jeta à ses pieds ; Vanina était rayonnante de joie.

— Je vous aime avec passion, lui dit-il ; mais je suis un pauvre serviteur de la patrie ; mais plus l'Italie est malheureuse, plus je dois lui rester fidèle. Pour obtenir le consentement de don Asdrubale, il faudra jouer un triste rôle pendant plusieurs années. Vanina, je te refuse.

Missirilli se hâta de s'engager par ce mot. Le courage allait lui manquer.

— Mon malheur, s'écria-t-il, c'est que je t'aime plus que la vie, c'est que quitter Rome est pour moi le pire des supplices. Ah! que l'Italie n'est-elle délivrée des barbares ! Avec quel plaisir je m'embarquerais avec toi pour aller vivre en Amérique.

Vanina restait glacée. Ce refus de sa main avait étonné son orgueil ; mais bientôt elle se jeta dans les bras de Missirilli.

— Jamais tu ne m'as semblé aussi aimable, s'écria-t-elle ; oui, mon petit chirurgien de campagne, je suis à toi pour toujours. Tu es un grand homme comme nos anciens Romains.

Toutes les idées d'avenir, toutes les tristes suggestions du bon sens disparurent ; ce fut un instant d'amour parfait. Lorsque l'on put parler raison :

— Je serai en Romagne presque aussitôt que toi, dit Vanina. Je vais me faire ordonner les bains de la *Poretta*. Je m'arrêterai au château que nous avons à San Nicolô, près de Forli...

— Là, je passerai ma vie avec toi ! s'écria Missirilli.

— Mon lot désormais est de tout oser, reprit Vanina avec un soupir. Je me perdrai pour toi, mais n'importe... Pourras-tu aimer une fille déshonorée ?

— N'es-tu pas ma femme, dit Missirilli, et une femme à jamais adorée ? Je saurai t'aimer et te protéger.

Il fallait que Vanina allât dans le monde. À peine eut-elle quitté Missirilli, qu'il commença à trouver sa conduite barbare.

— Qu'est-ce que la *patrie* ? se dit-il. Ce n'est pas un être à qui nous devions de la reconnaissance pour un bienfait, et qui soit malheureux et puisse nous maudire si nous y manquons. La *patrie* et *la liberté,* c'est comme mon manteau, c'est une chose qui m'est utile, que je dois acheter, il est vrai, quand je ne l'ai pas reçue en héritage de mon père ; mais enfin j'aime la patrie et la liberté, parce que ces deux choses me sont utiles. Si je n'en ai que faire, si elles sont pour moi comme un manteau au mois d'août, à quoi bon les acheter, et à un prix énorme ? Vanina est si belle ! elle a un génie si singulier ! On cherchera à lui plaire ; elle m'oubliera. Quelle est la femme qui n'a jamais eu qu'un amant ? Ces princes romains, que je méprise comme citoyens, ont tant d'avantages sur moi ! Ils doivent être bien aimables ! Ah ! si je pars, elle m'oublie, et je la perds pour jamais.

Au milieu de la nuit, Vanina vint le voir ; il lui dit l'incertitude où il venait d'être plongé, et la discussion à laquelle, parce qu'il l'aimait, il avait livré ce grand mot de *patrie*. Vanina était bien heureuse.

— S'il devait choisir absolument entre la patrie et moi, se disait-elle, j'aurais la préférence.

L'horloge de l'église voisine sonna trois heures ; le moment des derniers adieux arrivait. Pietro s'arracha des bras de son amie. Il descendait déjà le petit escalier, lorsque Vanina, retenant ses larmes, lui dit en souriant :

— Si tu avais été soigné par une pauvre femme de la campagne, ne ferais-tu rien pour la reconnaissance ? Ne chercherais-tu pas à la payer ? L'avenir est incertain, tu vas voyager au milieu de tes ennemis : donne-moi trois jours par reconnaissance, comme si j'étais une pauvre femme, et pour me payer de mes soins.

Missirilli resta. Enfin il quitta Rome. Grâce à un passeport acheté d'une ambassade étrangère, il arriva dans sa famille. Ce fut une grande joie ; on le croyait mort. Ses amis voulurent célébrer sa bienvenue en tuant un carabinier ou deux (c'est le nom que portent les gendarmes dans les Etats du pape).

— Ne tuons pas sans nécessité un Italien qui sait le maniement des armes, dit Missirilli ; notre patrie n'est pas une île comme l'heureuse Angleterre : c'est de soldats que nous manquons pour résister à l'intervention des rois de l'Europe.

Quelque temps après, Missirilli, serré de près par les carabiniers, en tua deux avec les pistolets que Vanina lui avait donnés. On mit sa tête à prix.

Vanina ne paraissait pas en Romagne : Missirilli se crut oublié. Sa vanité fut choquée ; il commençait à songer beaucoup à la différence de rang qui le séparait de sa maîtresse. Dans un moment d'attendrissement et de regret du bonheur passé, il eut l'idée de retourner à Rome voir ce que faisait Vanina. Cette folle pensée allait l'emporter sur ce qu'il croyait être son devoir, lorsqu'un soir la cloche d'une église de la montagne sonna l'*Angélus* d'une façon singulière, et comme si le sonneur avait une distraction. C'était un signal de réunion pour la *vente* de carbonari à laquelle Missirilli s'était affilié en arrivant en Romagne. La même nuit, tous se trouvèrent à un certain ermitage dans les bois. Les deux ermites, assoupis par l'opium, ne s'aperçurent nullement de l'usage auquel servait leur petite maison. Missirilli, qui arrivait fort triste, apprit là que le chef de la *vente* avait été arrêté, et que lui, jeune homme à peine âgé de vingt ans, allait être élu chef d'une *vente* qui comptait des hommes de plus de cinquante ans, et qui étaient dans les conspirations depuis l'expédition de Murat en 1815. En recevant cet honneur inespéré, Pietro sentit battre son cœur. Dès qu'il fut seul, il résolut de ne plus songer à la jeune Romaine qui l'avait oublié, et de consacrer toutes ses pensées au devoir de *délivrer l'Italie des barbares* [1].

Deux jours après, Missirilli vit dans le rapport des arrivées et des départs qu'on lui adressait, comme chef de *vente,* que la princesse Vanina venait d'arriver à son château de San Nicolô. La lecture de ce nom jeta plus de trouble que de plaisir dans son âme. Ce fut en vain qu'il crut assurer sa fidélité à la patrie en prenant sur lui de ne pas voler le soir même au château de San Nicolô; l'idée de Vanina, qu'il négligeait, l'empêcha de remplir ses devoirs d'une façon raisonnable. Il la vit le lendemain; elle l'aimait comme à Rome. Son père, qui voulait la marier, avait retardé son départ. Elle apportait 2000 sequins. Ce secours imprévu servit merveilleusement à accréditer Missirilli dans sa nouvelle dignité. On fit fabriquer des poignards à Corfou; on gagna le secrétaire intime du légat, chargé de poursuivre les carbonari. On obtint ainsi la liste des curés qui servaient d'espions au gouvernement.

C'est à cette époque que finit de s'organiser l'une des moins folles conspirations qui aient été tentées dans la malheureuse Italie. Je n'entrerai point ici dans des détails

---

[1] *Liberal l'Italia de' barbari,* c'est le mot de Pétrarque en 1350, répété depuis par Jules II, par Machiavel, par le comte Alfieri.

déplacés. Je me contenterai de dire que si le succès eût couronné l'entreprise, Missirilli eût pu réclamer une bonne part de la gloire. Par lui, plusieurs milliers d'insurgés se seraient levés à un signal donné, et auraient attendu en armes l'arrivée des chefs supérieurs. Le moment décisif approchait, lorsque, comme cela arrive toujours, la conspiration fut paralysée par l'arrestation des chefs.

A peine arrivée en Romagne, Vanina crut voir que l'amour de la patrie ferait oublier à son amant tout autre amour. La fierté de la jeune Romaine s'irrita. Elle essaya en vain de se raisonner ; un noir chagrin s'empara d'elle : elle se surprit à maudire la liberté. Un jour qu'elle était venue à Forli pour voir Missirilli, elle ne fut pas maîtresse de sa douleur, que toujours jusque-là son orgueil avait su maîtriser.

— En vérité, lui dit-elle, vous m'aimez comme un mari ; ce n'est pas mon compte.

— Bientôt ses larmes coulèrent ; mais c'était de honte de s'être abaissée jusqu'aux reproches. Missirilli répondit à ces larmes en homme préoccupé. Tout à coup Vanina eut l'idée de le quitter et de retourner à Rome. Elle trouva une joie cruelle à se punir de la faiblesse qui venait de la faire parler. Au bout de peu d'instants de silence, son parti fut pris ; elle se fût trouvée indigne de Missirilli si elle ne l'eût pas quitté. Elle jouissait de sa surprise douloureuse quand il la chercherait en vain auprès de lui. Bientôt l'idée de n'avoir pu obtenir l'amour de l'homme pour qui elle avait fait tant de folies l'attendrit profondément. Alors elle rompit le silence, et fit tout au monde pour lui arracher une parole d'amour. Il lui dit d'un air distrait des choses fort tendres ; mais ce fut avec un accent bien autrement profond qu'en parlant de ses entreprises politiques, il s'écria avec douleur :

— *Ah! si cette affaire-ci ne réussit pas, si le gouvernement la découvre encore, je quitte la patrie.*

Vanina resta immobile. Depuis une heure, elle sentait qu'elle voyait son amant pour la dernière fois. Le mot qu'il prononçait jeta une lumière fatale dans son esprit. Elle se dit :

« Les carbonari ont reçu de moi plusieurs milliers de sequins. On ne peut douter de mon dévouement à la conspiration. »

Vanina ne sortit de sa rêverie que pour dire à Pietro :

— Voulez-vous venir passer vingt-quatre heures avec moi au château de San Nicolô ? Votre assemblée de ce soir n'a pas besoin de ta présence. Demain matin, à San Nicolô, nous pourrons nous promener ; cela calmera ton agitation et te rendra tout le sang-froid dont tu as besoin dans ces grandes circonstances.

Pietro y consentit.

Vanina le quitta pour les préparatifs du voyage, en fermant à clef, comme de coutume, la petite chambre où elle l'avait caché.

Elle courut chez une de ses femmes de chambre qui l'avait quittée pour se marier et prendre un petit commerce à Forli. Arrivée chez cette femme, elle écrivit à la hâte à la marge d'un livre d'Heures qu'elle trouva dans sa chambre, l'indication exacte du lieu où la *vente* des carbonari devait se réunir cette nuit-là même. Elle termina sa dénonciation par ces mots : « Cette *vente* est composée de dix-neuf membres ; voici leurs noms et leurs adresses. » Après avoir écrit cette liste, très exacte à cela près que le nom de Missirilli était omis, elle dit à la femme, dont elle était sûre :

— Porte ce livre au cardinal-légat ; qu'il lise ce qui est écrit, et qu'il te rende le livre. Voici dix sequins ; si jamais le légat prononce ton nom, ta mort est certaine ; mais tu me sauves la vie si tu fais lire au légat la page que je viens d'écrire.

Tout se passa à merveille. La peur du légat fit qu'il ne se conduisit point en grand seigneur. Il permit à la femme du peuple qui demandait à lui parler de ne paraître devant lui que masquée, mais à condition qu'elle aurait les mains liées. En cet état, la marchande fut introduite devant le grand personnage, qu'elle trouva retranché derrière une immense table, couverte d'un tapis vert.

Le légat lut la page du livre d'Heures, en le tenant fort loin de lui, de peur d'un poison subtil. Il le rendit à la marchande, et ne la fit point suivre. Moins de quarante minutes après avoir quitté son amant, Vanina, qui avait vu revenir son ancienne femme de chambre, reparut devant Missirilli, croyant que désormais il était tout à elle. Elle lui dit qu'il y avait un mouvement extraordinaire dans la ville ; on remarquait des patrouilles de carabiniers dans des rues où ils ne venaient jamais.

— Si tu veux m'en croire, ajouta-t-elle, nous partirons à l'instant même pour San Nicolô.

Missirilli y consentit. Ils gagnèrent à pied la voiture de la jeune princesse, qui, avec sa dame de compagnie, confidente discrète et bien payée, l'attendait à une demi-lieue de la ville.

Arrivée au château de San Nicolô, Vanina, troublée par son étrange démarche, redoubla de tendresse pour son amant. Mais en lui parlant d'amour, il lui semblait qu'elle jouait la comédie. La veille, en trahissant, elle avait oublié le remords. En serrant son amant dans ses bras, elle se disait :

« Il y a un certain mot qu'on peut lui dire, et ce mot prononcé, à l'instant et pour toujours, il me prend en horreur. »

Au milieu de la nuit, un des domestiques de Vanina entra brusquement dans sa chambre. Cet homme était carbonaro sans qu'elle s'en doutât. Missirilli avait donc des secrets pour elle, même pour ces détails. Elle frémit. Cet homme venait avertir Missirilli que dans la nuit, à Forli, les maisons de dix-neuf carbonari avaient été cernées, et eux arrêtés au moment où ils revenaient de la *vente*. Quoique pris à l'improviste, neuf s'étaient échappés. Les carabiniers avaient pu en conduire dix dans la prison de la citadelle. En y entrant, l'un d'eux s'était jeté dans le puits, si profond, et s'était tué. Vanina perdit contenance ; heureusement Pietro ne le remarqua pas : il eût pu lire son crime dans ses yeux... Dans ce moment, ajouta le domestique, la garnison de Forli forme une file dans toutes les rues. Chaque soldat est assez rapproché de son voisin pour lui parler. Les habitants ne peuvent traverser d'un côté de la rue à l'autre, que là où un officier est placé.

Après la sortie de cet homme, Pietro ne fut pensif qu'un instant :

— Il n'y a rien à faire pour le moment, dit-il enfin.

Vanina était mourante ; elle tremblait sous les regards de son amant.

— Qu'avez-vous donc d'extraordinaire ? lui dit-il.

Puis il pensa à autre chose, et cessa de la regarder. Vers le milieu de la journée, elle se hasarda à lui dire :

— Voilà encore une *vente* de découverte ; je pense que vous allez être tranquille pour quelque temps.

— *Très tranquille,* répondit Missirilli avec un sourire qui la fit frémir.

Elle alla faire une visite indispensable au curé du village de San Nicolô, peut-être espion des jésuites. En rentrant pour dîner à sept heures, elle trouva déserte la petite chambre où son amant était caché. Hors d'elle-même, elle court le chercher dans toute la maison ; il n'y était point. Désespérée, elle revient dans cette petite chambre, ce fut alors seulement qu'elle vit un billet ; elle lut :

« Je vais me rendre prisonnier au légat ; je désespère de notre cause ; le ciel est contre nous. Qui nous a trahis ? apparemment le misérable qui s'est jeté dans le puits. Puisque ma vie est inutile à la pauvre Italie, je ne veux pas que mes camarades, en voyant que, seul, je ne suis pas arrêté, puissent se figurer que je les ai vendus. Adieu ; si vous m'aimez, songez à me venger. Perdez, anéantissez l'infâme qui nous a trahis, fût-ce mon père. »

Vanina tomba sur une chaise, à demi évanouie et plongée dans le malheur le plus atroce. Elle ne pouvait proférer aucune parole ; ses yeux étaient secs et brûlants.

Enfin elle se précipita à genoux :

— Grand Dieu ! s'écria-t-elle, recevez mon vœu ; oui, je punirai l'infâme qui a trahi ; mais auparavant il faut rendre la liberté à Pietro.

Une heure après, elle était en route pour Rome. Depuis longtemps son père la pressait de revenir. Pendant son absence, il avait arrangé son mariage avec le prince Livio Savelli. A peine Vanina fut-elle arrivée, qu'il lui en parla en tremblant. A son grand étonnement, elle consentit dès le premier mot. Le soir même, chez la comtesse Vitteleschi, son père lui présenta presque officiellement don Livio ; elle lui parla beaucoup. C'était le jeune homme le plus élégant et qui avait les plus beaux chevaux ; mais, quoiqu'on lui reconnût beaucoup d'esprit, son caractère passait pour tellement léger, qu'il n'était nullement suspect au gouvernement. Vanina pensa qu'en lui faisant d'abord tourner la tête, elle en ferait un agent commode. Comme il était neveu de monsignor Savelli-Catanzara, gouverneur de Rome et ministre de la police, elle supposait que les espions n'oseraient le suivre.

Après avoir fort bien traité, pendant quelques jours, l'aimable don Livio, Vanina lui annonça que jamais il ne serait son époux ; il avait, suivant elle, la tête trop légère.

— Si vous n'étiez pas un enfant, lui dit-elle, les commis de votre oncle n'auraient pas de secrets pour vous. Par exemple, quel parti prend-on à l'égard des carbonari découverts dernièrement à Forli ?

Don Livio vint lui dire, deux jours après, que tous les carbonari pris à Forli s'étaient évadés. Elle arrêta sur lui ses grands yeux noirs avec le sourire amer du plus profond mépris, et ne daigna pas lui parler de toute la soirée. Le surlendemain, don Livio vint lui avouer, en rougissant, que d'abord on l'avait trompé.

— Mais, lui dit-il, je me suis procuré une clef du cabinet de mon oncle ; j'ai vu par les papiers que j'y ai trouvés qu'une *congrégation* (ou commission), composée des cardinaux et des prélats les plus en crédit, s'assemble dans le plus grand secret, et délibère sur la question de savoir s'il convient de juger ces carbonari à Ravenne ou à Rome. Les neuf carbonari pris à Forli, et leur chef, un nommé Missirilli, qui a eu la sottise de se rendre, sont en ce moment détenus au château de San Leo [1].

À ce mot de *sottise,* Vanina pinça le prince de toute sa force.

— Je veux moi-même, lui dit-elle, voir les papiers officiels et entrer avec vous dans le cabinet de votre oncle ; vous aurez mal lu.

A ces mots, don Livio frémit ; Vanina lui demandait une chose presque impossible ; mais le génie bizarre de cette jeune fille redoublait son amour. Peu de jours après, Vanina, déguisée en homme et portant un joli petit habit à la livrée de la casa Savelli, put passer une demi-heure au milieu des papiers les plus secrets du ministre de la police. Elle eut un mouvement de vif bonheur, lorsqu'elle découvrit le rapport journalier du *prévenu Pietro Missirilli.* Ses mains tremblaient en tenant ce papier. En relisant ce nom, elle fut sur le point de se trouver mal. Au sortir du palais du gouverneur de Rome, Vanina permit à don Livio de l'embrasser.

— Vous vous tirez bien, lui dit-elle, des épreuves auxquelles je veux vous soumettre.

Après un tel mot, le jeune prince eût mis le feu au Vatican pour plaire à Vanina. Ce soir-là, il y avait bal chez l'ambassadeur de France ; elle dansa beaucoup et presque toujours avec lui. Don Livio était ivre de bonheur, il fallait l'empêcher de réfléchir.

— Mon père est quelquefois bizarre, lui dit un jour Vanina, il a chassé ce matin deux de ses gens qui sont venus pleurer chez moi. L'un m'a demandé d'être placé chez votre oncle le gouverneur de Rome ; l'autre, qui a été soldat d'artillerie sous les Français, voudrait être employé au château Saint-Ange.

---

[1] Près de Rimini en Romagne. C'est dans ce château que périt le fameux Cagliostro ; on dit dans le pays qu'il y fut étouffé.

— Je les prends tous les deux à mon service, dit vivement le jeune prince.

— Est-ce là ce que je vous demande ? répliqua fièrement Vanina. Je vous répète textuellement la prière de ces pauvres gens ; ils doivent obtenir ce qu'ils ont demandé, et pas autre chose.

Rien de plus difficile. Monsignor Cantazara n'était rien moins qu'un homme léger, et n'admettait dans sa maison que des gens de lui bien connus. Au milieu d'une vie remplie, en apparence, par tous les plaisirs, Vanina, bourrelée de remords, était fort malheureuse. La lenteur des événements la tuait. L'homme d'affaires de son père lui avait procuré de l'argent. Devait-elle fuir la maison paternelle et aller en Romagne essayer de faire évader son amant ? Quelque déraisonnable que fût cette idée, elle était sur le point de la mettre à exécution, lorsque le hasard eut pitié d'elle.

Don Livio lui dit :

— Les dix carbonari de la *vente* Missirilli vont être transférés à Rome, sauf à être exécutés en Romagne, après leur condamnation. Voilà ce que mon oncle vient d'obtenir du pape ce soir. Vous et moi sommes les seuls dans Rome qui sachions ce secret. Etes-vous contente ?

— Vous devenez un homme, répondit Vanina ; faites-moi cadeau de votre portrait.

La veille du jour où Missirilli devait arriver à Rome, Vanina prit un prétexte pour aller à Citta-Castellana. C'est dans la prison de cette ville que l'on fait coucher les carbonari que l'on transfère de la Romagne à Rome. Elle vit Missirilli le matin, comme il sortait de la prison : il était enchaîné seul sur une charrette ; il lui parut fort pâle, mais nullement découragé. Une vieille femme lui jeta un bouquet de violettes ; Missirilli sourit en la remerciant.

Vanina avait vu son amant, toutes ses pensées semblèrent renouvelées ; elle eut un nouveau courage. Dès longtemps elle avait fait obtenir un bel avancement à M. l'abbé Cari, aumônier du château Saint-Ange, où son amant allait être enfermé ; elle avait pris ce bon prêtre pour confesseur. Ce n'est pas peu de chose à Rome que d'être confesseur d'une princesse, nièce du gouverneur.

Le procès des carbonari de Forli ne fut pas long. Pour se venger de leur arrivée à Rome, qu'il n'avait pu empêcher, le parti ultra fit composer la commission qui devait les juger des prélats les plus ambitieux. Cette commission fut présidée par le ministre de la police.

La loi contre les carbonari est claire : ceux de Forli ne pouvaient conserver aucun espoir ; ils n'en défendirent pas moins leur vie par tous les subterfuges possibles. Non seulement leurs juges les condamnèrent à mort, mais plusieurs opinèrent pour des supplices atroces, le poing coupé, etc. Le ministre de la police dont la fortune était faite (car on ne quitte cette place que pour prendre le chapeau), n'avait nul besoin de poing coupé : en portant la sentence au pape, il fit commuer en quelques années de prison la peine de tous les condamnés. Le seul Pietro Missirilli fut excepté. Le ministre voyait dans ce jeune homme un fanatique dangereux, et d'ailleurs il avait aussi été condamné à mort comme coupable de meurtre sur les deux carabiniers dont nous avons parlé. Vanina sut la sentence et la commutation peu d'instants après que le ministre fut revenu de chez le pape.

Le lendemain, monsignor Catanzara rentra dans son palais vers le minuit, il ne trouva point son valet de chambre ; le ministre, étonné, sonna plusieurs fois ; enfin parut un vieux domestique imbécile : le ministre, impatienté, prit le parti de se déshabiller lui-même. Il ferma sa porte à clef ; il faisait fort chaud : il prit son habit et le lança en paquet sur une chaise. Cet habit, jeté avec trop de force, passa par-dessus la chaise, alla frapper le rideau de mousseline de la fenêtre, et dessina la forme d'un homme. Le ministre se jeta rapidement vers son lit et saisit un pistolet. Comme il revenait près de la fenêtre, un fort jeune homme, couvert de sa livrée, s'approcha de lui le pistolet à la main.

A cette vue, le ministre approcha le pistolet de son œil ; il allait tirer. Le jeune homme lui dit en riant :

— Eh quoi ! Monseigneur, ne reconnaissez-vous pas Vanina Vanini ?

— Que signifie cette mauvaise plaisanterie ? répliqua le ministre en colère.

— Raisonnons froidement, dit la jeune fille. D'abord votre pistolet n'est pas chargé.

Le ministre, étonné, s'assura du fait ; après quoi il tira un poignard de la poche de son gilet [1].

Vanina lui dit avec un petit air d'autorité charmant :

— Asseyons-nous, Monseigneur.

Et elle prit place tranquillement sur un canapé.

— Etes-vous seule au moins ? dit le ministre.

— Absolument seule, je vous le jure ! s'écria Vanina. C'est ce que le ministre eut soin de vérifier : il fit le tour de la chambre et regarda partout ; après quoi il s'assit sur une chaise à trois pas de Vanina.

— Quel intérêt aurais-je, dit Vanina d'un air doux et tranquille, d'attenter aux jours d'un homme modéré, qui probablement serait remplacé par quelque homme faible à tête chaude, capable de se perdre soi et les autres ?

— Que voulez-vous donc, Mademoiselle ? dit le ministre avec humeur. Cette scène ne me convient point et ne doit pas durer.

— Ce que je vais ajouter, reprit Vanina avec hauteur, et oubliant tout à coup son air gracieux, importe à vous plus qu'à moi. On veut que le carbonaro Missirilli ait la

---

[1] Un prélat romain serait hors d'état sans doute de commander un corps d'armée avec bravoure, comme il est arrivé plusieurs fois à un général de division qui était ministre de la police à Paris, lors de l'entreprise de Mallet ; mais jamais il ne se laisserait arrêter chez lui aussi simplement. Il aurait trop de peur des plaisanteries de ses collègues. Un Romain qui se sait haï ne marche que bien armé. On n'a pas cru nécessaire de justifier plusieurs autres petites différences entre les façons d'agir et de parler de Paris et celles de Rome. Loin d'amoindrir ces différences, on a cru devoir les écrire hardiment. Les Romains que l'on peint n'ont pas l'honneur d'être Français.

vie sauve : s'il est exécuté, vous ne lui survivrez pas d'une semaine. Je n'ai aucun intérêt à tout ceci ; la folie dont vous vous plaignez, je l'ai faite pour m'amuser d'abord, et ensuite pour servir une de mes amies. J'ai voulu, continua Vanina en reprenant son air de bonne compagnie, j'ai voulu rendre service à un homme d'esprit, qui bientôt sera mon oncle, et doit porter loin, suivant toute apparence, la fortune de sa maison.

Le ministre quitta l'air fâché : la beauté de Vanina contribua sans doute à ce changement rapide. On connaissait dans Rome le goût de monseigneur Catanzara pour les jolies femmes, et, dans son déguisement en valet de pied de la casa Savelli, avec des bas de soie bien tirés, une veste rouge, son petit habit bleu de ciel galonné d'argent, et le pistolet à la main, Vanina était ravissante.

— Ma future nièce, dit le ministre presque en riant, vous faites là une haute folie, et ce ne sera pas la dernière.

— J'espère qu'un personnage aussi sage, répondit Vanina, me gardera le secret, et surtout envers don Livio, et pour vous y engager, mon cher oncle, si vous m'accordez la vie du protégé de mon amie, je vous donnerai un baiser.

Ce fut en continuant la conversation sur ce ton de demi-plaisanterie, avec lequel les dames romaines savent traiter les plus grandes affaires, que Vanina parvint à donner à cette entrevue, commencée le pistolet à la main, la couleur d'une visite faite par la jeune princesse Savelli à son oncle le gouverneur de Rome.

Bientôt monseigneur Catanzara, tout en rejetant avec hauteur l'idée de s'en laisser imposer par la crainte, en fut à raconter à sa nièce toutes les difficultés qu'il rencontrerait pour sauver la vie de Missirilli. En discutant, le ministre se promenait dans la chambre avec Vanina ; il prit une carafe de limonade qui était sur sa cheminée, et en remplit un verre de cristal. Au moment, où, il allait le porter à ses lèvres, Vanina s'en empara et, après l'avoir tenu quelque temps, le laissa tomber dans le jardin comme par distraction. Un instant après, le ministre prit une pastille de chocolat dans une bonbonnière, Vanina la lui enleva, et lui dit en riant :

— Prenez donc garde, tout chez vous est empoisonné ; car on voulait votre mort. C'est moi qui ai obtenu la grâce de mon oncle futur, afin de ne pas entrer dans la famille Savelli absolument les mains vides.

Monseigneur Catanzara, fort étonné, remercia sa nièce, et donna de grandes espérances pour la vie de Missirilli.

— Notre marché est fait ! s'écria Vanina, et la preuve, c'est qu'en voici la récompense, dit-elle en l'embrassant.

Le ministre prit la récompense.

— Il faut que vous sachiez, ma chère Vanina, ajouta-t-il, que je n'aime pas le sang, moi. D'ailleurs, je suis jeune encore, quoique peut-être je vous paraisse bien vieux, et je puis vivre à une époque où le sang versé aujourd'hui fera tache.

Deux heures sonnaient quand monseigneur Catanzara accompagna Vanina jusqu'à la petite porte de son jardin.

Le surlendemain, lorsque le ministre parut devant le pape, assez embarrassé de la démarche qu'il avait à faire, Sa Sainteté lui dit :

— Avant tout, j'ai une grâce à vous demander. Il y a un de ces carbonari de Forli qui est resté condamné à mort ; cette idée m'empêche de dormir : il faut sauver cet homme.

Le ministre, voyant que le pape avait pris son parti, fit beaucoup d'objections, et finit par écrire un décret ou *motu proprio,* que le pape signa, contre l'usage.

Vanina avait pensé que peut-être elle obtiendrait la grâce de son amant, mais qu'on tenterait de l'empoisonner. Dès la veille, Missirilli avait reçu de l'abbé Cari, son confesseur, quelques petits paquets de biscuit de mer, avec l'avis de ne pas toucher aux aliments fournis par l'Etat.

Vanina ayant su après que les carbonari de Forli allaient être transférés au château de San Leo, voulut essayer de voir Missirilli à son passage à Citta-Castellana ; elle arriva dans cette ville vingt-quatre heures avant les prisonniers ; elle y trouva l'abbé Cari, qui l'avait précédée de plusieurs jours. Il avait obtenu du geôlier que Missirilli pourrait entendre la messe, à minuit, dans la chapelle de la prison. On alla plus loin : si Missirilli voulait consentir à se laisser lier les bras et les jambes par une chaîne, le geôlier se retirerait vers la porte de la chapelle, de manière à voir toujours le prisonnier, dont il était responsable, mais à ne pouvoir entendre ce qu'il dirait.

Le jour qui devait décider du sort de Vanina parut enfin. Dès le matin, elle s'enferma dans la chapelle de la prison. Qui pourrait dire les pensées qui l'agitèrent durant cette longue journée ? Missirilli l'aimait-il assez pour lui pardonner ? Elle avait dénoncé sa *vente*, mais elle lui avait sauvé la vie. Quand la raison prenait le dessus dans cette âme bourrelée, Vanina espérait qu'il voudrait consentir à quitter l'Italie avec elle : si elle avait péché, c'était par excès d'amour. Comme quatre heures sonnaient, elle entendit de loin, sur le pavé, le pas des chevaux des carabiniers. Le bruit de chacun de ces pas semblait retentir dans son cœur. Bientôt elle distingua le roulement des charrettes qui transportaient les prisonniers. Elles s'arrêtèrent sur la petite place devant la prison ; elle vit deux carabiniers soulever Missirilli, qui était seul sur une charrette, et tellement chargé de fers qu'il ne pouvait se mouvoir. Du moins il vit, se dit-elle les larmes aux yeux, ils ne l'ont pas encore empoisonné ! La soirée fut cruelle ; la lampe de l'autel, placée à une grande hauteur, et pour laquelle le geôlier épargnait l'huile, éclairait seule cette chapelle sombre. Les yeux de Vanina erraient sur les tombeaux de quelques grands seigneurs du Moyen Age morts dans la prison voisine. Leurs statues avaient l'air féroce.

Tous les bruits avaient cessé depuis longtemps ; Vanina était absorbée dans ses noires pensées. Un peu après que minuit eut sonné, elle crut entendre un bruit léger comme le vol d'une chauve-souris. Elle voulut marcher, et tomba à demi évanouie sur la balustrade de l'autel. Au même instant, deux fantômes se trouvèrent tout près d'elle, sans qu'elle les eût entendus venir. C'était le geôlier et Missirilli chargé de chaînes, au point qu'il en était comme emmailloté. Le geôlier ouvrit une lanterne, qu'il posa sur la balustrade de l'autel, à côté de Vanina, de façon à ce qu'il pût bien voir son prisonnier. Ensuite il se retira dans le fond, près de la porte. A peine le geôlier se fut-il éloigné que Vanina se précipita au cou de Missirilli. En le serrant dans ses bras, elle ne sentit que ses chaînes froides et pointues. Qui les lui a données ces chaînes ? pensa-t-elle. Elle n'eut aucun plaisir à embrasser son amant. A cette douleur en succéda une autre plus poignante ; elle crut un instant que Missirilli savait son crime, tant son accueil fut glacé.

— Chère amie, lui dit-il enfin, je regrette l'amour que vous avez pris pour moi ; c'est en vain que je cherche le mérite qui a pu vous l'inspirer. Revenons, croyez-m'en, à des sentiments plus chrétiens, oublions les illusions qui jadis nous ont égarés ; je ne puis vous appartenir. Le malheur constant qui a suivi mes entreprises vient peut-être de l'état de péché mortel où je me suis constamment trouvé. Même à n'écouter que les conseils de la prudence humaine, pourquoi n'ai-je pas été arrêté avec mes amis, lors de la fatale nuit de Forli ? Pourquoi, à l'instant du danger, ne me trouvais-je pas à mon poste ? Pourquoi mon absence a-t-elle pu autoriser les soupçons les plus cruels ? J'avais une autre passion que celle de la liberté de l'Italie.

Vanina ne revenait pas de la surprise que lui causait le changement de Missirilli. Sans être sensiblement maigri, il avait l'air d'avoir trente ans. Vanina attribua ce changement aux mauvais traitements qu'il avait soufferts en prison, elle fondit en larmes.

— Ah ! lui dit-elle, les geôliers avaient tant promis qu'ils te traiteraient avec bonté.

Le fait est qu'à l'approche de la mort, tous les principes religieux qui pouvaient s'accorder avec la passion pour la liberté de l'Italie avaient reparu dans le cœur du jeune carbonaro. Peu à peu Vanina s'aperçut que le changement étonnant qu'elle remarquait chez son amant était tout moral, et nullement l'effet de mauvais traitements physiques. Sa douleur, qu'elle croyait au comble, en fut encore augmentée.

Missirilli se taisait ; Vanina semblait sur le point d'être étouffée par ses sanglots. Il ajouta d'un air un peu ému lui-même :

— Si j'aimais quelque chose sur la terre, ce serait vous, Vanina ; mais grâce à Dieu, je n'ai plus qu'un seul but dans ma vie ; je mourrai en prison, ou en cherchant à donner la liberté à l'Italie.

Il y eut encore un silence ; évidemment Vanina ne pouvait parler : elle l'essayait en vain. Missirilli ajouta :

— Le devoir est cruel, mon amie ; mais s'il n'y avait pas un peu de peine à l'accomplir, où serait l'héroïsme ? Donnez-moi votre parole que vous ne chercherez plus à me voir.

Autant que sa chaîne assez serrée le lui permettait, il fit un petit mouvement du poignet, et tendit les doigts à Vanina.

— Si vous permettez un conseil à un homme qui vous fut cher, mariez-vous sagement à l'homme de mérite que votre père vous destine. Ne lui faites aucune confidence fâcheuse ; mais, d'un autre côté, ne cherchez jamais à me revoir ; soyons désormais étrangers l'un à l'autre. Vous avez avancé une somme considérable pour le service de la patrie ; si jamais elle est délivrée de ses tyrans, cette somme vous sera fidèlement payée en biens nationaux.

Vanina était atterrée. En lui parlant, l'œil de Pietro n'avait brillé qu'au moment où il avait nommé la *patrie*.

Enfin l'orgueil vint au secours de la jeune princesse ; elle s'était munie de diamants et de petites limes. Sans répondre à Missirilli, elle les lui offrit.

— J'accepte par devoir, lui dit-il, car je dois chercher à m'échapper ; mais je ne vous verrai jamais, je le jure en présence de vos nouveaux bienfaits. Adieu, Vanina ; promettez-moi de ne jamais m'écrire, de ne jamais chercher à me voir ; laissez-moi tout à la patrie, je suis mort pour vous : adieu.

— Non, reprit Vanina furieuse, je veux que tu saches ce que j'ai fait, guidée par l'amour que j'avais pour toi.

Alors elle lui raconta toutes ses démarches depuis le moment où Missirilli avait quitté le château de San Nicolô, pour aller se rendre au légat. Quand ce récit fut terminé :

— Tout cela n'est rien, dit Vanina : j'ai fait plus, par amour pour toi.

Alors elle lui dit sa trahison.

— Ah ! monstre, s'écria Pietro furieux, en se jetant sur elle, et il cherchait à l'assommer avec ses chaînes.

Il y serait parvenu sans le geôlier qui accourut aux premiers cris. Il saisit Missirilli.

— Tiens, monstre, je ne veux rien te devoir, dit Missirilli à Vanina, en lui jetant, autant que ses chaînes le lui permettaient, les limes et les diamants, et il s'éloigna rapidement.

Vanina resta anéantie. Elle revint à Rome ; et le journal annonce qu'elle vient d'épouser le prince don Livio Savelli.

LE COFFRE ET LE REVENANT

AVENTURE ESPAGNOLE

Par une belle matinée du mois de mai 182., don Blas Bustos y Mosquera, suivi de douze cavaliers, entrait dans le village d'Alcolote, à une lieue de Grenade. A son approche, les paysans rentraient précipitamment dans leurs maisons et fermaient leurs portes. Les femmes regardaient avec terreur par un petit coin de leurs fenêtres ce terrible directeur de la police de Grenade. Le ciel a puni sa cruauté en mettant sur sa figure l'empreinte de son âme. C'est un homme de six pieds de haut, noir, et d'une effrayante maigreur; il n'est que directeur de la police, mais l'évêque de Grenade lui-même et le gouverneur tremblent devant lui.

Durant cette guerre sublime contre Napoléon, qui, aux yeux de la postérité, placera les Espagnols du XIXe siècle avant tous les autres peuples de l'Europe, et leur donnera le second rang après les Français, don Blas fut l'un des plus fameux chefs de guérillas. Quand sa troupe n'avait pas tué au moins un Français dans la journée, il ne couchait pas dans un lit : c'était un vœu.

Au retour de Ferdinand, on l'envoya aux galères de Ceuta, où il a passé huit années dans la plus horrible misère. On l'accusait d'avoir été capucin dans sa jeunesse, et d'avoir jeté le froc aux orties. Ensuite il rentra en grâce, on ne sait comment. Don Blas est célèbre maintenant par son silence ; jamais il ne parle. Autrefois les sarcasmes qu'il adressait à ses prisonniers de guerre avant de les faire pendre lui avaient acquis une sorte de réputation d'esprit : on répétait ses plaisanteries dans toutes les armées espagnoles.

Don Blas s'avançait lentement dans la rue d'Alcolote, regardant de côté et d'autre les maisons avec ses yeux de lynx. Comme il passait devant l'église on sonna une messe, il se précipita de cheval plutôt qu'il n'en descendit, et on le vit s'agenouiller auprès de l'autel. Quatre de ses gendarmes se mirent à genoux autour de sa chaise ; ils le regardèrent, il n'y avait déjà plus de dévotion dans ses yeux. Son œil sinistre était fixé sur un jeune homme d'une tournure fort distinguée qui priait dévotement à quelques pas de lui.

— Quoi ! se disait don Blas, un homme qui, suivant les apparences, appartient aux premières classes de la société n'est pas connu de moi ! Il n'a pas paru à Grenade depuis que j'y suis ! Il se cache.

Don Blas se pencha vers un de ses gendarmes, et donna l'ordre d'arrêter le jeune homme dès qu'il serait hors de l'église. Aux derniers mots de la messe, il se hâta de sortir lui-même, et alla s'établir dans la grande salle de l'auberge d'Alcolote. Bientôt parut le jeune homme étonné.

— Votre nom ?
— Don Fernando della Cueva.

L'humeur sinistre de don Blas fut augmentée, parce qu'il remarqua, en le voyant de près, que don Fernando avait la plus jolie figure ; il était blond, et, malgré la mauvaise passe où il se trouvait, l'expression de ses traits était fort douce. Don Blas regardait le jeune homme en rêvant.

— Quel emploi aviez-vous sous les cortès ? dit-il enfin.
— J'étais au collège de Séville en 1823 ; j'avais alors quinze ans, car je n'en ai que dix-neuf aujourd'hui.
— Comment vivez-vous ?

Le jeune homme parut irrité de la grossièreté de la question ; il se résigna et dit :

— Mon père, brigadier des armées de don Carlos Cuarto (que Dieu bénisse la mémoire de ce bon roi !), m'a laissé un petit domaine près de ce village ; il me rapporte douze mille réaux (trois mille francs) ; je le cultive de mes propres mains avec trois domestiques.

— Qui vous sont fort dévoués sans doute. Excellent noyau de guérilla, dit don Blas avec un sourire amer. — En prison et au secret ! ajouta-t-il en s'en allant, et laissant le prisonnier au milieu de ses gens.

Quelques moments après, don Blas déjeunait.

— Six mois de prison, pensait-il, me feront justice de ces belles couleurs et de cet air de fraîcheur et de contentement insolent.

Le cavalier en sentinelle à la porte de la salle à manger haussa vivement sa carabine. Il l'appuyait par travers contre la poitrine d'un vieillard qui cherchait à entrer dans la salle à la suite d'un aide de cuisine apportant un plat. Don Blas courut à la porte ; derrière le vieillard, il vit une jeune fille qui lui fit oublier don Fernando.

— Il est cruel qu'on ne me donne pas le temps de prendre mes repas, dit-il au vieillard ; entrez cependant, expliquez-vous.

Don Blas ne pouvait se lasser de regarder la jeune fille ; il trouvait sur son front et dans ses yeux cette expression d'innocence et de piété céleste qui brille dans les belles madones de l'école italienne. Don Blas n'écoutait pas le vieillard et ne continuait pas son déjeuner. Enfin il sortit de sa rêverie ; le vieillard répétait pour la troisième ou quatrième fois les raisons qui devaient faire rendre la liberté à don Fernando de la Cueva, qui était depuis longtemps le fiancé de sa fille Inès ici présente, et allait l'épouser le dimanche suivant. A ce mot, les yeux du terrible directeur de police brillèrent d'un éclat si extraordinaire, qu'ils firent peur à Inès et même à son père.

— Nous avons toujours vécu dans la crainte de Dieu et sommes de vieux chrétiens, continua celui-ci ; ma race est antique, mais je suis pauvre, et don Fernando est un bon parti pour ma fille. Jamais je n'exerçai de place du temps des Français, ni avant, ni depuis.

Don Blas ne sortait point de son silence farouche.

— J'appartiens à la plus ancienne noblesse du royaume de Grenade, reprit le vieillard ; et, avant la révolution, ajouta-t-il en soupirant, j'aurais coupé les oreilles à un moine insolent qui ne m'eût pas répondu quand je lui parle.

Les yeux du vieillard se remplirent de larmes. La timide Inès tira de son sein un petit chapelet qui avait touché la robe de la madone *del pilar,* et ses jolies mains en serraient la croix avec un mouvement convulsif. Les yeux du terrible don Blas s'attachèrent sur ces mains. Il remarquait ensuite la taille bien prise, quoique un peu forte de la jeune Inès.

« Ses traits pourraient être plus réguliers, pensait-il ; mais cette grâce céleste, je ne l'ai jamais vue qu'à elle. »

— Et vous vous appelez don Jaime Arregui ? dit-il enfin au vieillard.

— C'est mon nom, répondit don Jaime en assurant sa position.

— Agé de soixante-dix ans ?

— De soixante-neuf seulement.

— C'est vous, dit don Blas en se déridant visiblement ; je vous cherche depuis longtemps. Le roi notre seigneur a daigné vous accorder une pension annuelle de quatre mille réaux (mille francs). J'ai chez moi, à Grenade, deux années échues de ce royal bienfait, que je vous remettrai demain à midi. Je vous ferai voir que mon père était un riche laboureur de la Vieille Castille, vieux chrétien comme vous, et que jamais je ne fus moine. Ainsi l'injure que vous m'avez adressée tombe à faux.

Le vieux gentilhomme n'osa manquer au rendez-vous. Il était veuf, et n'avait chez lui que sa fille Inès. Avant de partir pour Grenade il la conduisit chez le curé du village, et fit ses dispositions comme si jamais il ne devait la revoir. Il trouva don Blas Bustos fort paré ; il portait un grand cordon par-dessus son habit. Don Jaime lui trouva l'air poli d'un vieux soldat qui veut faire le bon et sourit à tout propos et hors de propos.

S'il eût osé, don Jaime eût refusé les huit mille réaux que don Blas lui remit ; il ne put se défendre de dîner avec lui. Après le repas, le terrible directeur de police lui fit lire tous ses brevets, son extrait de baptême, et même un acte de notoriété, au moyen duquel il était sorti des galères, et qui prouvait que jamais il n'avait été moine.

Don Jaime craignait toujours quelque mauvaise plaisanterie.

— J'ai donc quarante-trois ans, lui dit enfin don Blas, une place honorable qui me vaut cinquante mille réaux. J'ai un revenu de mille onces sur la banque de Naples. Je vous demande en mariage votre fille doña Inès Arregui.

Don Jaime pâlit. Il y eut un moment de silence. Don Blas reprit :

— Je ne vous cacherai pas que don Fernando de la Cueva se trouve compromis dans une fâcheuse affaire. Le ministre de la police le fait chercher, il s'agit pour lui de la *garrotte* (manière d'étrangler employée pour les nobles) ou tout au moins des galères. J'y ai été huit années, et je puis vous assurer que c'est un vilain séjour. (En disant ces mots il s'approcha de l'oreille du vieillard). D'ici à quinze jours ou trois semaines, je recevrai probablement du ministre l'ordre de faire transférer don Fernando de la prison d'Alcolote à celle de Grenade. Cet ordre sera exécuté fort tard dans la soirée ; si don Fernando profite de la nuit pour s'échapper, je fermerai les yeux, par considération pour l'amitié dont vous m'honorez. Qu'il aille passer un an ou deux à Majorque, par exemple, personne ne lui dira plus haut que son nom.

Le vieux gentilhomme ne répondit point, il était atterré, et eut beaucoup de peine à regagner son village. L'argent qu'il avait reçu lui faisait horreur.

« Est-ce donc, se disait-il, le prix du sang de mon ami don Fernando, du fiancé de mon Inès ? »

En arrivant au presbytère, il se jeta dans les bras d'Inès :

— Ma fille, s'écria-t-il, le moine veut t'épouser !

Bientôt Inès sécha ses larmes et demanda la permission d'aller consulter le curé, qui était dans l'église, à son confessionnal. Malgré l'insensibilité de son âge et de son état, le curé pleura. Le résultat de la consultation fut qu'il fallait se résoudre à épouser don Blas, ou dans la nuit prendre la fuite. Doña Inès et son père devaient essayer de gagner Gibraltar et s'embarquer pour l'Angleterre.

— Et de quoi y vivrons-nous ? dit Inès.

— Vous pourriez vendre votre maison et le jardin.

— Qui l'achètera ? dit la jeune fille fondant en larmes.

— J'ai des économies, dit le curé, qui peuvent monter à cinq mille réaux ; je vous les donne, ma fille, et de grand cœur, si vous ne croyez pas pouvoir faire votre salut en épousant don Blas Bustos.

Quinze jours après tous les sbires de Grenade, en grande tenue, entouraient l'église si sombre de Saint-Dominique. A peine si en plein midi on y voit à se conduire. Mais, ce jour-là, personne autre que les invités n'osait y entrer.

A une chapelle latérale éclairée par des centaines de cierges, et dont la lumière traversait les ombres de l'église comme une voie de feu, on voyait de loin un homme à genoux sur les marches de l'autel ; il était plus grand de toute la tête que ce qui l'entourait. Cette tête était penchée d'un air pieux, et ses bras maigres croisés sur sa poitrine. Il se releva bientôt, et montra un habit chargé de décorations. Il donnait la main à une jeune fille dont la démarche légère et jeune faisait un étrange contraste avec sa gravité. Des larmes brillaient dans les yeux de la jeune épouse ; l'expression de ses traits et la douceur angélique qu'ils conservaient malgré son chagrin frappèrent le peuple quand elle monta en carrosse à la porte de l'église.

Il faut avouer que, depuis son mariage, don Blas fut moins féroce ; les exécutions devinrent plus rares. Au lieu de faire fusiller les condamnés par derrière, ils furent simplement pendus. Il permit souvent aux condamnés d'embrasser leur famille avant d'aller à la mort. Un jour, il dit à sa femme, qu'il aimait avec fureur :

— Je suis jaloux de Sancha.

C'était la sœur de lait et l'amie d'Inès. Elle avait vécu chez don Jaime sous le nom de femme de chambre de sa fille, et c'est en cette qualité qu'elle l'avait suivie dans le palais qu'Inès était venue habiter à Grenade.

— Quand je m'éloigne de vous, Inès, poursuivit don Blas, vous restez à parler seule avec Sancha. Elle est gentille, elle vous fait rire ; moi, je ne suis qu'un vieux soldat chargé de fonctions sévères ; je me rends justice, je suis peu aimable. Cette Sancha, avec sa physionomie riante, doit me faire paraître à vos yeux plus vieux de moitié. Tenez, voilà la clef de ma caisse, donnez-lui tout l'argent que vous voudrez, tout celui qui est dans ma caisse si cela vous plaît, mais qu'elle parte, qu'elle s'en aille, que je ne la voie plus !

Le soir, en rentrant de son bureau, la première personne que vit don Blas fut Sancha, occupée de sa besogne comme à l'ordinaire. Son premier mouvement fut de fureur ; il s'approcha rapidement de Sancha, qui leva les yeux et le regarda ferme, avec ce regard espagnol, mélange si singulier de crainte, de courage et de haine. Au bout d'un moment, don Blas sourit.

— Ma chère Sancha, lui dit-il, doña Inès vous a-t-elle dit que je vous donne dix mille réaux ?

— Je n'accepte de cadeaux que de ma maîtresse, répondit-elle, toujours les yeux attachés sur lui.

Don Bustos entra chez sa femme.

— La prison de *Torre-Vieja,* lui dit-elle, combien contient-elle de prisonniers en ce moment ?

— Trente-deux dans les cachots et deux cent soixante, je crois, dans les étages supérieurs.

— Donnez-leur la liberté, dit Inès, et je me sépare de la seule amie que j'aie au monde.

— Ce que vous m'ordonnez est hors de mon pouvoir, répondit don Blas.

Et de toute la soirée, il n'ajouta pas un mot. Inès, travaillant près de sa lampe, le voyait rougir et pâlir tour à tour ; elle quitta son ouvrage et se mit à dire son chapelet. Le lendemain, même silence. La nuit d'après, un incendie éclata dans la prison de *Terre-Vieja*. Deux prisonniers périrent. Mais, malgré toute la surveillance du directeur de la police et de ses gendarmes, tous les autres parvinrent à s'échapper.

Inès ne dit pas un mot à don Blas, ni lui à elle. Le jour suivant, en rentrant chez lui, don Blas ne vit plus Sancha, il se jeta dans les bras d'Inès.

Dix-huit mois avaient passé depuis l'incendie de *Torre-Vieja,* lorsqu'un voyageur couvert de poussière descendit de cheval devant la plus mauvaise auberge du bourg de la Zuia, situé dans les montagnes à une lieue au midi de Grenade, tandis qu'Alcolote est au nord.

Cette banlieue de Grenade forme comme une oasis enchantée au milieu des plaines brûlées de l'Andalousie. C'est le plus beau pays de l'Espagne. Mais le voyageur venait-il guidé par la seule curiosité ? A son costume, on l'eût pris pour un Catalan. Son passeport, délivré à Majorque, était, en effet, visé à Barcelone, où il avait débarqué. Le maître de cette mauvaise auberge était fort pauvre. En lui remettant son passeport, qui portait le nom de don Pablo Rodil, le voyageur catalan le regarda.

— Oui, seigneur voyageur, lui dit l'hôte, j'avertirai Votre Seigneurie dans le cas où la police de Grenade la ferait demander.

Le voyageur dit qu'il voulait voir ce pays si beau ; il sortait une heure avant le lever du soleil et ne rentrait qu'à midi, par la plus grande chaleur, quand tout le monde est à dîner ou à faire la sieste.

Don Fernando allait passer des heures entières sur une colline couverte de jeunes lièges. Il voyait, de là, l'ancien palais de l'inquisition de Grenade, habité maintenant par don Blas et par Inès. Ses yeux ne pouvaient se détacher des murs noircis de ce palais, qui s'élevait comme un géant au milieu des maisons de la ville. En quittant Majorque, don Fernando s'était promis de ne pas entrer dans Grenade. Un jour il ne put résister à un transport qui le saisit ; il alla passer dans la rue étroite sur laquelle s'élevait la haute façade du palais de l'inquisition. Il entra dans la boutique d'un artisan, et trouva un prétexte pour s'y arrêter et pour parler. L'artisan lui montra les fenêtres de l'appartement de doña Inès. Ces fenêtres étaient à un second étage fort élevé.

Au moment de la sieste, don Fernando reprit le chemin de la Zuia, le cœur dévoré par toutes les fureurs de la jalousie. Il eût voulu poignarder Inès et se tuer ensuite.

— Caractère faible et lâche, se répétait-il avec rage, elle est capable de l'aimer, si elle se figure que tel est son devoir !

Au détour d'une rue, il rencontra Sancha.

— Ah ! mon amie ! s'écria-t-il sans faire semblant de lui parler. Je m'appelle don Pablo Rodil, je loge à l'auberge de l'*Ange,* à la Zuia. Demain, à l'angélus du soir, peux-tu te trouver auprès de la grande église ?

— J'y serai, dit Sancha sans le regarder.

Le lendemain à la nuit, don Fernando aperçut Sancha et marcha sans mot dire vers son auberge ; elle entra sans être vue. Fernando ferma la porte.

— Eh bien ? lui dit-il, les larmes aux yeux.

— Je ne suis plus à son service, lui répondit Sancha. Voici dix-huit mois qu'elle m'a renvoyée sans sujet, sans explication. Ma foi, je crois qu'elle aime don Blas.

— Elle aime don Blas ! s'écria don Fernando en séchant ses larmes, cela me manquait.

— Quand elle me renvoya, reprit Sancha, je me jetai à ses pieds, la suppliant de m'apprendre la cause de ma disgrâce. Elle me répondit froidement : « Mon mari le veut. » Pas un mot avec ! Vous l'avez vue fort pieuse ; maintenant, sa vie n'est qu'une prière continuelle.

Pour faire sa cour au parti régnant, don Blas avait obtenu qu'une moitié du palais de l'inquisition, où il habitait, serait donnée à des religieuses clarisses. Ces dames s'y étaient établies, et venaient d'achever leur église. Doña Inès y passait sa vie. Dès que don Blas sortait de la maison, on était sûr de la voir à genoux devant l'autel de l'Adoration perpétuelle.

— Elle aime don Blas ! reprit don Fernando.

— La veille de ma disgrâce, reprit Sancha, doña Inès me parlait...

— Est-elle gaie ? interrompit don Fernando.

— Non pas gaie, mais d'une humeur égale et douce, bien différente de ce que vous l'avez connue ; elle n'a plus ces moments de vivacité et de folie, comme disait le curé.

— L'infâme ! s'écria don Fernando, en se promenant à grands pas dans la chambre. Voilà comme elle tient ses serments ! voilà comme elle m'aimait ! Pas même de tristesse ! et moi...

— Ainsi que je le disais à Votre Seigneurie, reprit Sancha, la veille de ma disgrâce, doña Inès me parlait avec amitié, avec bonté, comme autrefois à Alcolote. Le lendemain, un : *mon mari le veut* fut tout ce qu'elle trouva à me dire, en me remettant un papier signé d'elle, qui m'assure une bonne pension de huit cents réaux.

— Eh ! donne-moi ce papier, dit don Fernando.

Il couvrit de baisers la signature d'Inès,

— Et parlait-elle de moi ?

— Jamais, répondit Sancha, et tellement jamais, que, devant moi, le vieux don Jaime lui a fait une fois le reproche d'avoir oublié un voisin aussi aimable. Elle pâlit, et ne répondit pas. Dès qu'elle eut reconduit son père jusqu'à la porte, elle courut s'enfermer dans la chapelle.

— Je suis un sot, voilà tout, s'écria don Fernando. Que je vais la haïr ! N'en parlons plus... Il est heureux pour moi d'être entré dans Grenade, mille fois plus heureux de t'avoir rencontrée... Et toi, que fais-tu ?

— Je suis établie marchande au petit village d'Albaracen, à une demi-lieue de Grenade. Je tiens, ajouta-t-elle en baissant la voix, de belles marchandises anglaises, que m'apportent les contrebandiers des Alpujarres. J'ai dans mes malles pour plus de dix mille réaux de marchandises de prix. Je suis heureuse.

— J'entends, dit don Fernando ; tu as un amant parmi les braves des monts Alpujarres. Je ne te reverrai jamais. Tiens, porte cette montre en mémoire de moi.

Sancha s'en allait ; il la retint.

— Si je me présentais devant elle ? dit-il.

— Elle vous fuirait, dût-elle se jeter par la fenêtre. Prenez garde, dit Sancha en revenant près de don Fernando, quelque déguisement que vous puissiez prendre, huit ou dix espions qui rôdent sans cesse autour de la maison vous arrêteraient.

Fernando, honteux de sa faiblesse, n'ajouta pas un mot. Il venait de prendre la résolution de repartir le lendemain pour Majorque.

Huit jours après, il passa par hasard dans le village d'Albaracen. Les brigands venaient d'arrêter le capitaine général O'Donnel, qu'ils avaient tenu une heure durant couché à plat ventre dans la boue. Don Fernando vit Sancha qui courait d'un air affairé.

— Je n'ai pas le temps de vous parler, lui dit-elle ; venez chez moi.

La boutique de Sancha était fermée ; elle s'empressait de placer ses étoffes anglaises dans un grand coffre de chêne noir.

— Nous serons peut-être attaqués ici cette nuit, dit-elle à don Fernando. Le chef de ces brigands est ennemi personnel d'un contrebandier qui est mon ami. Cette boutique serait la première pillée. J'arrive de Grenade ; je viens d'obtenir de doña Inès, qui, après tout, est une bien bonne femme, la permission de déposer mes marchandises les plus précieuses dans sa chambre. Don Blas ne verra pas ce coffre, qui est plein de contrebande ; si par malheur il le voit, doña Inès trouvera une excuse.

Elle se hâtait d'arranger ses tulles et ses châles. Don Fernando la regardait faire : tout à coup il se précipite sur le coffre, jette dehors les tulles et les châles, et se met à leur place.

— Etes-vous fou ? dit Sancha effrayée.

— Tiens, voici cinquante onces ; mais que le ciel m'anéantisse si je sors de ce coffre avant d'être dans le palais de l'inquisition à Grenade ! Je veux la voir.

Quoi que Sancha pût dire dans sa frayeur, don Fernando ne l'écouta pas.

Comme elle parlait encore, entra Zanga, un portefaix, cousin de Sancha, qui devait porter le coffre à Grenade, sur son mulet. Au bruit qu'il avait fait en entrant, don Fernando s'était hâté de tirer sur lui le couvercle du coffre. A tout hasard, Sancha le ferma à clef. Il était plus imprudent de le laisser ouvert.

Vers les onze heures du matin, un jour du mois de juin, don Fernando fit son entrée dans Grenade, porté dans un coffre ; il était sur le point d'étouffer. On arriva au palais de l'inquisition. Au temps que Zanga employa à monter l'escalier, don Fernando espéra qu'on plaçât le coffre au second étage, et peut-être même dans la chambre d'Inès.

Quand on eut refermé les portes, et qu'il n'entendit plus aucun bruit, il essaya, à l'aide de son poignard, de faire céder le pêne de la serrure du coffre. Il réussit. A son inexprimable joie, il était, en effet, dans la chambre d'Inès. Il aperçut des vêtements de femme ; il reconnut près du lit un crucifix qui jadis était dans sa petite chambre à Alcolote. Une fois, après une querelle violente, elle l'avait conduit dans sa chambre et sur ce crucifix lui avait juré un amour éternel.

La chaleur était extrême, et la chambre fort obscure. Les persiennes étaient fermées, ainsi que de grands rideaux de la plus légère mousseline des Indes, drapés fort bas. Le profond silence était à peine troublé par le bruit d'un petit jet d'eau qui, s'élevant à quelques pieds, dans un coin de la chambre, retombait dans sa coquille de marbre noir.

Le bruit si faible de ce petit jet d'eau faisait tressaillir don Fernando, qui avait donné vingt preuves dans sa vie de la plus audacieuse bravoure. Il était loin de trouver dans la chambre d'Inès ce bonheur parfait qu'il avait rêvé si souvent à Majorque, en pensant aux moyens de s'y introduire. Exilé, malheureux, séparé des siens, un amour passionné, et rendu presque fou par la durée et l'uniformité du malheur, formait tout le caractère de don Fernando.

Dans ce moment, la crainte de déplaire à cette Inès qu'il connaissait si chaste et si timide, était le seul sentiment de don Fernando. J'aurais honte de l'avouer, si je n'espérais que le lecteur a quelque connaissance du caractère singulier et passionné des gens du Midi, don Fernando fut sur le point de s'évanouir quand, peu après que deux heures eurent sonné à l'horloge du couvent, il entendit, au milieu du silence profond, des pas légers monter l'escalier de marbre. Bientôt ils s'approchèrent de la porte. Il reconnut la démarche d'Inès ; et, n'osant affronter le premier moment d'indignation d'une personne si attachée à ses devoirs, il se cacha dans le coffre.

La chaleur était accablante, l'obscurité profonde. Inès se plaça sur son lit ; et bientôt, à la tranquillité de sa respiration, don Fernando comprit qu'elle dormait. Alors seulement, il osa s'approcher du lit ; il vit cette Inès, qui depuis tant d'années était sa seule pensée. Seule, abandonnée à lui dans l'innocence de son sommeil, elle lui fit peur. Ce singulier sentiment fut augmenté quand il s'aperçut que, depuis deux ans qu'il ne l'avait vue, ses traits avaient pris une empreinte de dignité froide qu'il ne leur connaissait pas.

Peu à peu cependant le bonheur de la revoir pénétra dans son âme ; le demi-désordre d'une toilette d'été faisait un si charmant contraste avec cet air de dignité presque sévère !

Il comprit que la première idée d'Inès en le voyant serait de s'enfuir. Il alla fermer la porte et en prit la clef.

Enfin arriva cet instant qui allait décider de tout son avenir. Inès fit quelques mouvements, elle était sur le point de s'éveiller : il eut l'inspiration d'aller se mettre à genoux devant le crucifix qui à Alcolote était dans la chambre d'Inès. En ouvrant des yeux encore appesantis par le sommeil, Inès eut l'idée que Fernando venait de mourir au loin, et que son image qu'elle voyait devant le crucifix était une vision.

Elle resta immobile, droite devant son lit, et les mains jointes.

— Pauvre malheureux ! dit-elle d'une voix tremblante et presque étouffée.

Don Fernando, toujours à genoux et à demi tourné pour la regarder, lui montrait le crucifix ; mais, dans son trouble, il fit un mouvement. Inès, tout à fait réveillée, comprit la vérité, et s'enfuit à la porte, qu'elle trouva fermée.

— Quelle audace ! s'écria-t-elle. Sortez, don Fernando !

Elle s'enfuit dans le coin le plus éloigné de la chambre, vers le petit jet d'eau.

— N'approchez pas, n'approchez pas, répétait-elle d'une voix convulsive ; sortez !

Tout l'éclat de la plus pure vertu brillait dans ses yeux.

— Non, je ne sortirai pas avant que tu m'aies entendu. Depuis deux ans, je n'ai pu t'oublier ; nuit et jour, j'ai ton image devant les yeux. Ne m'as-tu pas juré devant cette croix qu'à jamais tu serais à moi ?

— Sortez ! lui répéta-t-elle avec fureur, ou je vais appeler, et vous et moi allons être égorgés.

Elle courut à une sonnette, mais don Fernando y fut avant elle et la serra dans ses bras. Don Fernando était tremblant ; Inès s'en aperçut fort bien, et perdit toute la force qu'elle prenait dans sa colère.

Don Fernando ne se laissa plus dominer par les pensées d'amour et de volupté, et fut tout à son devoir.

Il était plus tremblant qu'Inès car il sentait qu'il venait d'agir envers elle comme un ennemi ; mais il ne trouva ni colère ni emportement.

— Tu veux donc la mort de mon âme immortelle ? lui dit Inès. Mais, au moins, crois une chose, c'est que je t'adore, et que je n'ai jamais aimé que toi. Il ne s'est pas écoulé une minute de l'abominable vie que je mène depuis mon mariage, pendant laquelle je n'aie songé à toi. C'était un péché exécrable : j'ai tout fait pour t'oublier, mais en vain. N'aie pas horreur de mon impiété, mon Fernando : le croiras-tu ? ce saint crucifix que tu vois là, à côté de mon lit, bien souvent ne me présente plus l'image de ce Sauveur qui doit nous juger ; il ne me rappelle que les serments que je t'ai faits en étendant la main vers lui dans ma petite chambre d'Alcolote. Ah ! nous sommes damnés, irrémissiblement damnés. Fernando, s'écria-t-elle avec transport ; soyons du moins bien heureux pendant le peu de jours qui nous reste à vivre.

Ce langage ôta toute crainte à don Fernando ; le bonheur commença pour lui.

— Quoi ! tu me pardonnes ? tu m'aimes encore ?...

Les heures fuyaient rapidement, le jour baissait déjà ; Fernando lui raconta l'inspiration soudaine qui lui était venue le matin à la vue du coffre. Ils furent tirés de leur ravissement par un grand bruit qui se fit entendre vers la porte de la chambre. C'était don Blas qui venait chercher sa femme pour la promenade du soir.

— Dis que tu t'es trouvée mal à cause de l'excessive chaleur, dit don Fernando à Inès. Je vais me renfermer dans le coffre. Voici la clef de ta porte ; fais semblant de ne pas pouvoir ouvrir, tourne-la à contresens, jusqu'à ce que tu aies entendu le bruit que fera la serrure du coffre en se refermant.

Tout réussit à souhait ; don Blas crut à l'accident produit par l'extrême chaleur.

— Pauvre amie ! s'écria-t-il en lui faisant des excuses de l'avoir réveillée si brusquement.

Il la prit dans ses bras et la reporta sur son lit ; il l'accablait des plus tendres caresses, lorsqu'il aperçut le coffre.
— Qu'est-ce ceci ? dit-il en fronçant le sourcil.
Tout son génie de directeur de police sembla se réveiller tout à coup.
— Ceci chez moi ! répéta-t-il cinq ou six fois pendant que doña Inès lui racontait les craintes de Sancha et l'histoire du coffre.
— Donnez-moi la clef, dit-il d'un air dur.
— Je n'ai pas voulu la recevoir, répondit Inès ; un de vos domestiques pouvait trouver cette clef. Mon refus de la prendre a semblé faire beaucoup de plaisir à Sancha.
— A la bonne heure ! s'écria don Blas ; mais j'ai ici, dans la caisse de mes pistolets des moyens d'ouvrir toutes les serrures du monde.
Il alla au chevet du lit, ouvrit une caisse remplie d'armes, et se rapprocha du coffre avec un paquet de crochets anglais. Inès ouvrit les persiennes d'une fenêtre, et se pencha sur l'appui de façon à pouvoir se jeter dans la rue au moment où don Blas aurait découvert Fernando. Mais l'excès de la haine que Fernando portait à don Blas lui avait rendu tout son sang-froid ; il eut l'idée de placer la pointe de son poignard derrière le pêne de la mauvaise serrure du coffre, et ce fut en vain que don Blas tordit ses crochets anglais.
— C'est singulier, dit don Blas en se relevant, ces crochets ne m'avaient jamais manqué. Ma chère Inès, notre promenade sera retardée ; je ne serais pas heureux, même auprès de toi, avec l'idée de ce coffre, qui peut-être est rempli de papiers criminels. Qui me dit que, pendant mon absence, l'évêque mon ennemi ne fera pas une descente chez moi, à l'aide de quelque ordre surpris au roi ? Je vais à mon bureau et reviens à l'instant avec un ouvrier qui réussira mieux que moi.

Il sortit. Doña Inès quitta la fenêtre pour fermer la porte. Ce fut en vain que don Fernando la supplia de prendre la fuite avec lui.

— Tu ne connais pas la vigilance du terrible don Blas, lui dit-elle ; il peut en quelques minutes correspondre avec ses agents à plusieurs lieues de Grenade. Que ne puis-je, en effet, m'enfuir avec toi et aller vivre en Angleterre ! Imagine-toi que cette vaste maison est visitée chaque jour jusque dans ses moindres recoins. Je vais cependant essayer de te cacher ; si tu m'aimes, sois prudent, car je ne te survivrais pas.

Leur entretien fut interrompu par un grand coup à la porte ; Fernando se plaça derrière la porte, son poignard à la main ; heureusement, ce n'était que Sancha ; on lui dit tout en deux mots.

— Mais, madame, vous ne songez pas, en cachant don Fernando, que don Blas va trouver le coffre vide. Voyons, que pouvons-nous y mettre en si peu de temps ? Mais j'oublie dans mon trouble une bonne nouvelle : toute la ville est en émoi, et don Blas fort occupé. Don Pedro Ramos, le député aux cortès, injurié par un volontaire royaliste au café de la Grande-Place, vient de le tuer à coups de poignard. Je viens de rencontrer don Blas au milieu de ses sbires, à la Porte del Sol. Cachez don Fernando, je vais chercher partout Zanga, qui viendra enlever le coffre où don Fernando se remettra. Mais aurons-nous le temps nécessaire ? Transportez le coffre dans quelque autre pièce, afin d'avoir une première réponse à faire à don Blas, et qu'il ne vous poignarde pas de prime abord. Dites que c'est moi qui ai fait transporter le coffre et qui l'ai ouvert. Surtout ne nous faisons pas illusion : si don Blas revient avant moi, nous sommes tous morts !

Les conseils de Sancha ne touchèrent guère les amants ; ils transportèrent le coffre dans un passage obscur ; ils se firent l'histoire de leur vie depuis deux ans.

— Tu ne trouveras point de reproches chez ton amie, disait Inès à don Fernando ; je t'obéirai en tout : j'ai un pressentiment que notre vie ne sera pas longue. Tu n'as pas idée du peu de cas que don Blas fait de sa vie et de celle des autres ; il découvrira que je t'ai vu et me tuera... Que trouverai-je dans l'autre vie ? continua-t-elle après un moment de rêverie ; des châtiments éternels !

Puis elle se jeta au cou de Fernando.

— Je suis la plus heureuse des femmes, s'écria-t-elle. Si tu trouves quelque moyen pour nous revoir, fais-le-moi dire par Sancha ; tu as une esclave qui s'appelle Inès.

Zanga ne revint qu'à la nuit ; il emporta le coffre, dans lequel Fernando s'était replacé : plusieurs fois, il fut interrogé par les patrouilles de sbires qui cherchaient partout le député libéral sans le trouver : on laissa toujours passer Zanga sur la réponse que le coffre qu'il portait appartenait à don Blas.

Zanga fut arrêté pour la dernière fois dans une rue solitaire qui longe le cimetière : elle est séparée du cimetière, qui est à 12 ou 15 pieds plus bas, par un mur à hauteur d'appui, contre lequel Zanga eut l'idée de se reposer. Pendant qu'il répondait aux sbires, le coffre portait sur le mur.

Zanga, que l'on avait chargé rapidement par crainte du retour de don Blas, avait pris le coffre de façon que don Fernando se trouvait avoir la tête en bas ; la douleur qu'éprouvait Fernando dans cette position devint insupportable ; il espérait arriver bientôt : quand il sentit le coffre immobile, il perdit patience ; un grand silence régnait dans la rue ; il calcula qu'il devait être au moins neuf heures du soir.

— Quelques ducats, pensa-t-il, m'assureront la discrétion de Zanga.

Vaincu par la douleur, il lui dit très bas :

— Tourne le coffre dans un autre sens, je souffre horriblement ainsi.

Le portefaix, qui, à cette heure indue, ne se trouvait pas sans inquiétude contre le mur du cimetière, fut effrayé de cette voix si rapprochée de son oreille ; il crut entendre un revenant et s'enfuit à toutes jambes. Le coffre resta debout sur le parapet ; la douleur de don Fernando augmentait. Ne recevant point de réponse de Zanga, il comprit qu'on l'avait abandonné. Quel que pût être le danger, il résolut d'ouvrir le coffre ; il fit un mouvement violent qui le précipita dans le cimetière.

Etourdi de sa chute, don Fernando ne reprit connaissance qu'au bout de quelques instants ; il voyait les étoiles briller au-dessus de sa tête : la serrure du coffre avait cédé dans la chute, et il se trouva renversé sur la terre nouvellement remuée d'une tombe. Il songea au danger que pouvait courir Inès, cette pensée lui rendit toute sa force.

Son sang coulait, il était fort meurtri ; il parvint cependant à se lever, et bientôt après à marcher ; il eut quelque peine à escalader le mur du cimetière, et ensuite à gagner le logement de Sancha. En le voyant couvert de sang, Sancha crut qu'il avait été découvert par don Blas.

— Il faut avouer, lui dit-elle en riant, quand elle fut désabusée, que vous nous avez mis là dans de beaux draps !

Ils convinrent qu'il fallait à tout prix profiter de la nuit pour enlever le coffre tombé dans le cimetière.

— C'est fait de la vie de doña Inès et de la mienne, dit Sancha, si demain quelque espion de don Blas découvre ce maudit coffre.

— Sans doute il est taché de sang, reprit don Fernando.

Zanga était le seul homme qu'on pût employer.

Comme on parlait de lui, il frappa à la porte de Sancha, qui ne l'étonna pas peu en lui disant :

— Je sais tout ce que tu viens me conter. Tu as abandonné mon coffre ; il est tombé dans le cimetière avec toutes mes marchandises de contrebande ; quelle perte pour moi ! Voici maintenant ce qui va arriver : don Blas va t'interroger ce soir ou demain matin.

— Ah ! je suis perdu ! s'écria Zanga.

— Tu es sauvé si tu réponds qu'en sortant du palais de l'inquisition, tu as rapporté le coffre chez moi.

Zanga était tout fâché d'avoir compromis les marchandises de sa cousine; mais il avait eu peur du revenant; il avait peur de don Blas, il semblait hors d'état de comprendre les choses les plus simples. Sancha lui répétait longuement ses instructions sur la manière dont il devait répondre au directeur de la police pour ne compromettre personne.

— Voici dix ducats pour toi, dit don Fernando, qui parut tout à coup; mais, si tu ne dis pas exactement ce que t'a expliqué Sancha, tu ne mourras que par ce poignard.

— Et qui êtes-vous, seigneur ? dit Zanga.

— Un malheureux *negro* poursuivi par les volontaires royalistes.

Zanga était tout interdit; sa peur redoubla quand il vit entrer deux des sbires de don Blas. L'un des sbires s'empara de lui et le conduisit à l'instant vers son chef. L'autre venait simplement avertir Sancha qu'elle était demandée au palais de l'inquisition; sa mission était moins sévère.

Sancha plaisanta avec lui, et l'engagea à goûter d'un excellent vin de Rancio. Elle voulait le faire jaser de façon à donner quelques indications à don Fernando, qui, du lieu où il était caché, pouvait tout entendre.

Le sbire raconta qu'en fuyant le revenant, Zanga était entré pâle comme la mort dans un cabaret, où il avait conté son aventure. Un des espions chargés de découvrir le *negro,* ou libéral, qui avait tué un royaliste, se trouvait dans ce cabaret, et avait couru faire son rapport à don Blas.

— Mais notre directeur, qui n'est pas gauche, ajouta le sbire, a dit tout de suite que la voix entendue par Zanga était celle du *negro,* caché dans le cimetière. Il m'a envoyé chercher le coffre, nous l'avons trouvé ouvert et taché de sang. Don Blas a paru fort surpris, et m'a envoyé ici. Partons.

— Inès et moi, nous sommes mortes, se disait Sancha en s'acheminant avec son sbire vers le palais de l'inquisition. Don Blas aura reconnu le coffre ; il sait en ce moment qu'un étranger s'est introduit chez lui.

La nuit était fort noire. Sancha eut un instant l'idée de s'échapper.

— Mais non, se dit-elle, il serait infâme d'abandonner doña Inès qui est si naïve, et dans ce moment ne doit savoir que répondre.

En arrivant au palais de l'inquisition, elle fut étonnée de ce qu'on la faisait monter au second étage, dans la chambre même d'Inès. Le lieu de la scène lui parut de sinistre augure. La chambre était fort éclairée.

Elle trouva doña Inès assise près d'une table, don Blas debout à ses côtés, le regard étincelant, et le coffre fatal ouvert devant eux. Il était couvert de sang. Au moment où elle entra, don Blas était occupé à interroger Zanga ; on le fit sortir à l'instant.

— Nous a-t-il trahies ? se dit Sancha. Aura-t-il compris ce que je lui ai dit de répondre ? La vie de doña Inès est entre ses mains.

Elle regarda doña Inès pour la rassurer ; elle ne vit dans ses yeux que du calme et de la fermeté. Sancha en fut étonnée.

— Où cette femme si timide prend-elle tant de courage ?

Dès les premiers mots de sa réponse aux questions de don Blas, Sancha remarqua que cet homme, ordinairement si maître de lui, était comme fou. Bientôt il se dit, se parlant à soi-même :

— La chose est claire !

Doña Inès entendit sans doute ce mot comme Sancha, car elle dit d'un air fort simple :

— Le grand nombre de bougies qui sont allumées dans cette chambre en fait une fournaise.

Et elle se rapprocha de la fenêtre.

Sancha savait quel avait été son projet quelques heures auparavant ; elle comprit ce mouvement. Aussitôt elle feignit une violente attaque de nerfs.

— Ces hommes veulent me tuer, s'écria-t-elle, parce que j'ai sauvé don Pedro Ramos.

Et elle saisit fortement Inès par le poignet.

Au milieu de l'égarement d'une attaque de nerfs, les demi-mots de Sancha disaient qu'un instant après que Zanga avait eu rapporté chez elle le coffre de ses marchandises, un homme tout sanglant s'était élancé dans sa chambre un poignard à la main.

— Je viens de tuer un volontaire royaliste, avait-il dit, les camarades du mort me cherchent. Si vous ne me secourez, je suis massacré sous vos yeux...

— Ah! voyez ce sang sur ma main, s'écria Sancha comme hors d'elle-même, ils veulent me tuer!

— Continuez, dit don Blas froidement.

— Don Ramos m'a dit: « Le prieur du couvent des Hiéronymites est mon oncle; si je puis gagner son couvent, je suis sauvé ». J'étais tremblante; il aperçoit le coffre ouvert, d'où j'achevais d'ôter mes tulles anglais. Tout à coup il arrache les paquets qui s'y trouvaient encore, il se place dans le coffre. « Fermez la serrure sur moi, s'écrie-t-il, et faites porter ce coffre au couvent des Hiéronymites sans perdre un moment. »

Il me jette une poignée de ducats, les voilà; c'est le prix d'une impiété, ils me font horreur...

— Trêve de mièvreries! s'écria don Blas.

— J'avais peur qu'il ne me tuât si je n'obéissais, continua Sancha; il tenait toujours dans sa main gauche le poignard dégouttant du sang du pauvre volontaire royaliste. J'ai eu peur, je l'avoue, j'ai fait appeler Zanga, qui a pris le coffre et l'a porté au couvent. J'avais...

— Pas un mot de plus, ou vous êtes morte, dit don Blas, qui devinait presque que Sancha voulait gagner du temps.

Sur un signe de don Blas, on va chercher Zanga. Sancha remarque que don Blas, ordinairement impassible, est hors de lui; il a des doutes sur l'être que, depuis deux ans, il croyait fidèle. La chaleur semble accabler don Blas;

mais, au moment où il aperçoit Zanga, que les sbires ramènent, il se précipite sur lui et lui serre le bras avec fureur.

Nous voici arrivés au moment fatal, se dit Sancha. Cet homme va décider de la vie de doña Inès et de la mienne. Il m'est tout dévoué ; mais, ce soir, effrayé par le revenant et par le poignard de don Fernando, Dieu sait ce qu'il va dire !

Zanga, violemment secoué par don Blas, le regardait, les yeux effarés et sans répondre.

— Ah ! mon Dieu, pensa Sancha, on va lui faire prêter serment de dire la vérité, et il est si dévot, que jamais il ne voudra mentir.

Par hasard, don Blas, qui ne se trouvait pas sur son tribunal, oublia de faire prêter serment au témoin. Enfin Zanga, éclairé par l'extrême danger, par les regards de Sancha, et par l'excès même de sa peur, se détermina à parler. Soit prudence ou trouble réel, son récit fut très embrouillé. Il disait qu'appelé par Sancha pour se charger de nouveau du coffre qu'il avait rapporté peu auparavant du palais de monseigneur le directeur de la police, il l'avait trouvé beaucoup plus lourd. N'en pouvant plus de fatigue en passant près du mur du cimetière, il l'a appuyé sur le parapet. Une voix plaintive s'est fait entendre à son oreille : il s'est enfui.

Don Blas l'accablait de questions, mais paraissait lui-même accablé de fatigue. A une heure avancée de la nuit, il suspendit l'interrogatoire pour le reprendre le lendemain matin. Zanga ne s'était point encore coupé. Sancha pria Inès de lui permettre d'occuper le cabinet près de sa chambre, où autrefois elle passait la nuit. Probablement don Blas n'entendit pas le peu de mots qui furent dits à ce sujet. Inès, qui tremblait pour don Fernando, alla trouver Sancha.

— Don Fernando est en sûreté ; mais, madame, continua Sancha, votre vie et la mienne ne tiennent qu'à un fil. Don Blas a des soupçons. Demain matin, il va menacer sérieusement Zanga, et lui faire parler par le moine qui confesse cet homme, et a tout empire sur lui. Le conte que j'ai fait n'était bon que pour parer au danger du premier moment.

— Eh bien ! prends la fuite, ma chère Sancha, reprit Inès avec sa douceur ordinaire, et comme nullement émue du sort qui l'attendait dans peu d'heures. Laisse-moi mourir seule. Je mourrai heureuse ; j'ai avec moi l'image de Fernando. La vie n'est pas trop pour payer le bonheur de l'avoir revu après deux ans. Je t'ordonne de me quitter à l'instant. Tu vas descendre dans la grande cour et te cacher près de la porte. Tu pourras te sauver, je l'espère. Je ne demande qu'une chose : remets cette croix de diamants à don Fernando, et dis-lui que je bénis en mourant l'idée qu'il a eue de revenir de Majorque.

A la pointe du jour, dès que l'angélus sonna, doña Inès éveilla son mari, pour lui dire qu'elle allait entendre la première messe au couvent des Clarisses. Quoiqu'il fût dans la maison, don Blas, qui ne lui répondit pas une syllabe, la fit accompagner par quatre de ses domestiques.

Arrivée dans l'église, Inès se plaça près de la grille des religieuses. Un instant après, les gardiens que don Blas avait donnés à sa femme virent les grilles s'ouvrir. Doña Inès entra dans la clôture. Elle déclara que, par un vœu secret, elle s'était faite religieuse, et jamais ne sortirait du couvent. Don Blas vint réclamer sa femme ; mais l'abbesse avait déjà fait prévenir l'évêque. Ce prélat répondit avec un air paterne aux emportements de don Blas :

— Sans doute la très illustre doña Inès Bustos y Mosquera n'a nul droit de se vouer au Seigneur si elle est votre épouse légitime ; mais doña Inès craint qu'il n'y ait eu des nullités dans son mariage.

Peu de jours après, doña Inès, qui plaidait avec son mari, fut trouvée dans son lit percée de plusieurs coups de poignard ; et, à la suite d'une conspiration découverte par don Blas, le frère d'Inès et don Fernando viennent d'avoir la tête coupée sur la place de Grenade.

SAN FRANCESCO A RIPA[1]

> Ariste et Dorante ont traité ce sujet, ce qui a donné à Eraste l'idée de le traiter aussi.

30 septembre

Je traduis d'un chroniqueur italien le détail des amours d'une princesse romaine avec un Français. C'était en 1726, au commencement du dernier siècle. Tous les abus du népotisme florissaient alors à Rome. Jamais cette cour n'avait été plus brillante. Benoît XIII (Orsini) régnait, ou plutôt son neveu, le prince Campobasso, dirigeait sous son nom toutes les affaires grandes et petites. De toutes parts, les étrangers affluaient à Rome ; les princes italiens, les nobles d'Espagne, encore riches de l'or du Nouveau-Monde, y accouraient en foule. Tout homme riche et puissant s'y trouvait au-dessus des lois. La galanterie et la magnificence semblaient la seule occupation de tant d'étrangers et de nationaux réunis.

Les deux nièces du pape, la comtesse Orsini et la princesse Campobasso, se partageaient la puissance de leur oncle et les hommages de la cour. Leur beauté les aurait fait distinguer même dans les derniers rangs de la société. L'Orsini, comme on dit familièrement à Rome, était gaie et *disinvolta,* la Campobasso tendre et pieuse ; mais cette âme tendre était susceptible des transports les plus violents. Sans être ennemies déclarées, quoique se rencontrant tous les jours chez le pape et se voyant souvent chez elles, ces dames étaient rivales en tout : beauté, crédit, richesse.

---
[1] Eglise de Rome dans la Transtevère.

La comtesse Orsini, moins jolie, mais brillante, légère, agissante, intrigante, avait des amants dont elle ne s'occupait guère, et qui ne régnaient qu'un jour. Son bonheur était de voir deux cents personnes dans ses salons et d'y régner. Elle se moquait fort de sa cousine, la Campobasso, qui, après s'être fait voir partout, trois ans de suite, avec un duc espagnol, avait fini par lui ordonner de quitter Rome dans les vingt-quatre heures, et ce, sous peine de mort. « Depuis cette grande expédition, disait l'Orsini, ma sublime cousine n'a plus souri. Voici quelques mois surtout qu'il est évident que la pauvre femme meurt d'ennui ou d'amour, et son mari, qui n'est pas gaucher, fait passer cet ennui aux yeux du pape, notre oncle, pour de la haute piété. Je m'attends que cette piété la conduira à entreprendre un pèlerinage en Espagne. »

La Campobasso était bien éloignée de regretter son Espagnol, qui, pendant deux ans au moins l'avait mortellement ennuyée. Si elle l'eût regretté, elle l'eût envoyé chercher, car c'était un de ces caractères *naturels* et passionnés, comme il n'est pas rare d'en rencontrer à Rome. D'une dévotion exaltée, quoique à peine âgée de vingt-trois ans et dans toute la fleur de la beauté, il lui arrivait de se jeter aux genoux de son oncle en le suppliant de lui donner la *bénédiction papale*, qui, comme on ne le sait pas assez, à l'exception de deux ou trois péchés atroces, absout tous les autres, *même sans confession*. Le bon Benoît XIII pleurait de tendresse. « Lève-toi, ma nièce, lui disait-il, tu n'as pas besoin de ma bénédiction, tu vaux mieux que moi aux yeux de Dieu. »

En cela, bien qu'infaillible, il se trompait, ainsi que Rome entière. La Campobasso était éperdument amoureuse, son amant partageait sa passion, et cependant elle était fort malheureuse. Il y avait plusieurs mois qu'elle voyait presque tous les jours le chevalier de Sénecé, neveu du duc de Saint-Aignan, alors ambassadeur de Louis XV à Rome.

Fils d'une des maîtresses du régent Philippe d'Orléans, le jeune Sénecé jouissait en France de la plus haute faveur : Colonel depuis longtemps, quoiqu'il eût à peine vingt-deux ans, il avait les habitudes de la fatuité, et ce qui la justifie, sans toutefois en avoir le caractère. La gaieté, l'envie de s'amuser de tout et toujours, l'étourderie, le courage, la bonté, formaient les traits les plus saillants de ce singulier caractère, et l'on pouvait dire alors, à la louange de la nation, qu'il en était un échantillon parfaitement exact. En le voyant la princesse de Campobasso l'avait distingué. « Mais, lui avait-elle dit, je me méfie de vous, vous êtes Français ; mais je vous avertis d'une chose : le jour où l'on saura dans Rome que je vous vois quelquefois en secret, je serai convaincue que vous l'avez dit, et je ne vous aimerai plus. »

Tout en jouant avec l'amour, la Campobasso s'était éprise d'une passion véritable. Sénecé aussi l'avait aimée, mais il y avait déjà huit mois que leur intelligence durait, et le temps, qui redouble la passion d'une Italienne, tue celle d'un Français. La vanité du chevalier le consolait un peu de son ennui ; il avait déjà envoyé à Paris deux ou trois portraits de la Campobasso. Du reste, comblé de tous les genres de biens et d'avantages, pour ainsi dire, dès l'enfance, il portait l'insouciance de son caractère jusque dans les intérêts de la vanité, qui d'ordinaire maintient si inquiets les cœurs de sa nation.

Sénecé ne comprenait nullement le caractère de sa maîtresse, ce qui fait que quelquefois sa bizarrerie l'amusait. Bien souvent encore, le jour de la fête de sainte Balbine, dont elle portait le nom, il eut à vaincre les transports et les remords d'une piété ardente et sincère. Sénecé ne lui avait pas fait *oublier la religion,* comme il arrive auprès des femmes vulgaires d'Italie ; il l'avait vaincue de vive force, et le combat se renouvelait souvent.

Cet obstacle, le premier que ce jeune homme comblé par le hasard eût rencontré dans sa vie, l'amusait et maintenait vivante l'habitude d'être tendre et attentif auprès de la princesse ; de temps à autre, il croyait de son devoir de l'aimer. Il y avait une autre raison fort peu romanesque : Sénecé n'avait qu'un confident, c'était son ambassadeur, le duc de Saint-Aignan, auquel il rendait quelques services par la Campobasso, qui savait tout. Et l'importance qu'il acquérait aux yeux de l'ambassadeur le flattait singulièrement.

La Campobasso, bien différente de Sénecé, n'était nullement touchée des avantages sociaux de son amant. Etre ou n'être pas aimée était tout pour elle. « Je lui sacrifie mon bonheur éternel, se disait-elle ; lui qui est un hérétique, un Français, ne peut rien me sacrifier de pareil. » Mais le chevalier paraissait, et sa gaieté, si aimable, intarissable, et cependant si spontanée, étonnait l'âme de la Campobasso et la charmait. A son aspect, tout ce qu'elle avait formé le projet de lui dire, toutes les idées sombres disparaissaient. Cet état, si nouveau pour cette âme altière, durait encore longtemps après que Sénecé avait disparu. Elle finit par trouver qu'elle ne pouvait penser, qu'elle ne pouvait vivre loin de Sénecé.

La mode à Rome, qui, pendant deux siècles, avait été pour les Espagnols, commençait à revenir un peu aux Français. On commençait à comprendre ce caractère qui porte le plaisir et le bonheur partout où il arrive. Ce caractère ne se trouvait alors qu'en France et, depuis la révolution de 1789, ne se trouve nulle part. C'est qu'une gaieté si constante a besoin d'insouciance, et il n'y a plus pour personne de carrière sûre en France, pas même pour l'homme de génie, s'il en est.

La guerre est déclarée entre les hommes de la classe de Sénecé et le reste de la nation. Rome aussi était bien différente alors de ce qu'on la voit aujourd'hui. On ne s'y doutait guère, en 1726, de ce qui devait y arriver soixante-sept ans plus tard, quand le peuple, payé par quelques curés, égorgeait le jacobin Basseville, qui voulait, disait-il, civiliser la capitale du monde chrétien.

Pour la première fois, auprès de Sénecé la Campobasso avait perdu la raison, s'était trouvée dans le ciel ou horriblement malheureuse pour des choses non approuvées par la raison. Dans ce caractère sévère et sincère, une fois que Sénecé eut vaincu la religion, qui pour elle était bien autre chose que la raison, cet amour devait s'élever rapidement jusqu'à la passion la plus effrénée.

La princesse avait distingué monsignor Ferraterra, dont elle avait entrepris la fortune. Que devint-elle quand Ferraterra lui annonça que non seulement Sénecé allait plus souvent que de coutume chez l'Orsini, mais encore était cause que la comtesse venait de renvoyer un castrat célèbre, son amant en titre depuis plusieurs semaines !

Notre histoire commence le soir du jour où la Campobasso avait reçu cette annonce fatale.

Elle était immobile dans un immense fauteuil de cuir doré. Posées auprès d'elle sur une petite table de marbre noir, deux grandes lampes d'argent au long pied, chefs-d'œuvre du célèbre Benvenuto Cellini, éclairaient ou plutôt montraient les ténèbres d'une immense salle au rez-de-chaussée de son palais ornée de tableaux noircis par le temps ; car déjà, à cette époque, le règne des grands peintres datait de loin.

Vis-à-vis de la princesse et presque à ses pieds, sur une petite chaise de bois d'ébène garnie d'ornements d'or massif, le jeune Sénecé venait d'étaler sa personne élégante. La princesse le regardait, et depuis qu'il était entré dans cette salle, loin de voler à sa rencontre et de se jeter dans ses bras, elle ne lui avait pas adressé une parole.

En 1726, déjà Paris était la cité reine des élégances de la vie et des parures. Sénecé en faisait venir régulièrement par des courriers tout ce qui pouvait relever les grâces d'un des plus jolis hommes de France. Malgré l'assurance si naturelle à un homme de ce rang, qui avait fait ses premières armes auprès des beautés de la cour du régent et sous la direction du fameux Canillac, son oncle, un des *roués* de ce prince, bientôt il fut facile de lire quelque embarras dans les traits de Sénecé. Les beaux cheveux blonds de la princesse étaient un peu en désordre ; ses grands yeux bleu foncé étaient fixés sur lui : leur expression était douteuse. S'agissait-il d'une vengeance mortelle ? était-ce seulement le sérieux profond de l'amour passionné ?

— Ainsi vous ne m'aimez plus ? dit-elle enfin d'une voix oppressée.

Un long silence suivit cette déclaration de guerre.

Il en coûtait à la princesse de se priver de la grâce charmante de Sénecé qui, si elle ne lui faisait pas de scène, était sur le point de lui dire cent folies ; mais elle avait trop d'orgueil pour différer de s'expliquer. Une coquette est jalouse par amour-propre ; une femme galante l'est par habitude ; une femme qui aime avec sincérité et passionnément a la conscience de ses droits. Cette façon de regarder, particulière à la passion romaine, amusait fort Sénecé : il y trouvait profondeur et incertitude ; on voyait l'âme à nu pour ainsi dire. L'Orsini n'avait pas cette grâce.

Cependant, comme cette fois le silence se prolongeait outre mesure, le jeune Français, qui n'était pas bien habile dans l'art de pénétrer les sentiments cachés d'un cœur italien, trouva un air de tranquillité et de raison qui le mit à son aise. Du reste, en ce moment il avait un chagrin : en traversant les caves et les souterrains qui, d'une maison voisine du palais Campobasso, le conduisaient dans cette salle basse, la broderie toute fraîche d'un habit charmant et arrivé de Paris la veille s'était chargée de plusieurs toiles d'araignée. La présence de ces toiles d'araignée le mettait mal à son aise, et d'ailleurs il avait cet insecte en horreur.

Sénecé, croyant voir du calme dans l'œil de la princesse, songeait à éviter la scène, à tourner le reproche au lieu de lui répondre ; mais, porté au sérieux par la contrariété qu'il éprouvait : « Ne serait-ce point ici une occasion favorable, se disait-il, pour lui faire entrevoir la vérité ? Elle vient de poser la question elle-même ; voilà déjà la moitié de l'ennui évité. Certainement il faut que je ne sois pas fait pour l'amour. Je n'ai jamais rien vu de si beau que cette femme avec ses yeux singuliers. Elle a de mauvaises manières, elle me fait passer par des souterrains dégoûtants ; mais c'est la nièce du souverain auprès duquel le roi m'a envoyé. De plus, elle est blonde dans un pays où toutes les femmes sont brunes : c'est une grande distinction. Tous les jours j'entends porter sa beauté aux nues par des gens dont le témoignage n'est pas suspect, et qui sont à mille lieues de penser qu'ils parlent à l'heureux possesseur de tant de charmes. Quant au pouvoir qu'un homme doit avoir sur sa maîtresse, je n'ai point d'inquiétude à cet égard. Si je veux prendre la peine de dire un mot, je l'enlève à son palais, à ses meubles d'or, à son oncle-roi, et tout cela pour l'emmener en France, au fond de la province, vivoter tristement dans une de mes terres... Ma foi, la perspective de ce dévouement ne m'inspire que la résolution la plus vive de ne jamais le lui demander. L'Orsini est bien moins jolie : elle m'aime, si elle m'aime, tout juste un peu plus que le castrat Butofaco que je lui ai fait renvoyer hier ; mais elle a de l'usage, elle sait vivre, on peut arriver chez elle en carrosse. Et je me suis bien assuré qu'elle ne fera jamais de scène ; elle ne m'aime pas assez pour cela. »

Pendant ce long silence, le regard fixe de la princesse n'avait pas quitté le joli front du jeune Français.

« Je ne le verrai plus », se dit-elle. Et tout à coup elle se jeta dans ses bras et couvrit de baisers ce front et ces yeux qui ne rougissaient plus de bonheur en la revoyant. Le chevalier se fût mésestimé, s'il n'eût pas oublié à l'instant tous ses projets de rupture ; mais sa maîtresse était trop profondément émue pour oublier sa jalousie. Peu d'instants après, Sénecé la regardait avec étonnement ; des larmes de rage tombaient rapidement sur ses joues. « Quoi ! disait-elle à demi-voix, je m'avilis jusqu'à lui parler de son changement ; je le lui reproche, moi, qui m'étais juré de ne jamais m'en apercevoir ! Et ce n'est pas assez de bassesse, il faut encore que je cède à la passion que m'inspire cette charmante figure ! Ah ! vile, vile, vile princesse !... Il faut en finir. »

Elle essuya ses larmes et parut reprendre quelque tranquillité.

— Chevalier, il faut en finir, lui dit-elle assez tranquillement. Vous paraissez souvent chez la comtesse... Ici elle pâlit extrêmement. Si tu l'aimes, vas-y tous les jours, soit ; mais ne reviens plus ici... Elle s'arrêta comme malgré elle. Elle attendait un mot du chevalier ; ce mot ne fut point prononcé. Elle continua avec un petit mouvement convulsif et comme en serrant les dents : « Ce sera l'arrêt de ma mort et de la vôtre. »

Cette menace décida l'âme incertaine du chevalier, qui jusque-là n'était qu'étonné de cette bourrasque imprévue après tant d'abandon. Il se mit à rire.

Une rougeur subite couvrit les joues de la princesse, qui devinrent écarlates. « La colère va la suffoquer, pensa le chevalier ; elle va avoir un coup de sang. » Il s'avança pour délacer sa robe ; elle le repoussa avec une résolution et une force auxquelles il n'était pas accoutumé. Sénecé se rappela plus tard que, tandis qu'il essayait de la prendre dans ses bras, il l'avait entendue se parler à elle-même. Il se retira un peu : discrétion inutile, car elle semblait ne plus le voir. D'une voix basse et concentrée, comme si elle eût parlé à son confesseur, elle se disait : « Il m'insulte, il me brave. Sans doute, à son âge et avec l'indiscrétion naturelle à son pays, il va raconter à l'Orsini toutes les indignités auxquelles je m'abaisse... Je ne suis pas sûre de moi ; je ne puis me répondre même de rester insensible devant cette tête charmante... » Ici il y eut un nouveau silence, qui sembla fort ennuyeux au chevalier. La princesse se leva enfin en répétant d'un ton plus sombre : *Il faut en finir.*

Sénecé, à qui la réconciliation avait fait perdre l'idée d'une explication sérieuse, lui adressa deux ou trois mots plaisants sur une aventure dont on parlait beaucoup à Rome...

— Laissez-moi, chevalier, lui dit la princesse l'interrompant ; je ne me sens pas bien...

« Cette femme s'ennuie, se dit Sénecé en se hâtant d'obéir, et rien de contagieux comme l'ennui. » La princesse l'avait suivi des yeux jusqu'au bout de la salle... « Et j'allais décider à l'étourdie du sort de ma vie ! dit-elle avec un sourire amer. Heureusement, ses plaisanteries déplacées m'ont réveillée. Quelle sottise chez cet homme ! Comment puis-je aimer un être qui me comprend si peu ? Il veut m'amuser par un mot plaisant, quand il s'agit de ma vie et de la sienne !... Ah ! je reconnais bien là cette disposition sinistre et sombre qui fait mon malheur ! » Et elle se leva de son fauteuil avec fureur. « Comme ces yeux étaient jolis quand il m'a dit ce mot !... Et, il faut l'avouer, l'intention du pauvre chevalier était aimable. Il a connu le malheur de mon caractère ; il voulait me faire oublier le sombre chagrin qui m'agitait, au lieu de m'en demander la cause. Aimable Français ! Au fait, ai-je connu le bonheur avant de l'aimer ? »

Elle se mit à penser et avec délices aux perfections de son amant. Peu à peu elle fut conduite à la contemplation des grâces de la comtesse Orsini. Son âme commença à voir tout en noir. Les tourments de la plus affreuse jalousie s'emparèrent de son cœur. Réellement un pressentiment funeste l'agitait depuis deux mois ; elle n'avait de moments passables que ceux qu'elle passait auprès du chevalier, et cependant presque toujours, quand elle n'était pas dans ses bras, elle lui parlait avec aigreur.

Sa soirée fut affreuse. Epuisée et comme un peu calmée par la douleur, elle eut l'idée de parler au chevalier : « car enfin il m'a vue irritée, mais il ignore le sujet de mes plaintes. Peut-être il n'aime pas la comtesse. Peut-être il ne se rend chez elle que parce qu'un voyageur doit voir la société du pays où il se trouve, et surtout la famille du souverain. Peut-être si je me fais présenter Sénecé, s'il peut venir ouvertement chez moi, il y passera des heures entières comme chez l'Orsini.

« Non, s'écria-t-elle avec rage, je m'avilirais en parlant ; il me méprisera, et voilà tout ce que j'aurai gagné.

Le caractère évaporé de l'Orsini que j'ai si souvent méprisé, folle que j'étais, est dans le fait plus agréable que le mien, et surtout aux yeux d'un Français. Moi, je suis faite pour m'ennuyer avec un Espagnol. Quoi de plus absurde que d'être toujours sérieux, comme si les événements de la vie ne l'étaient pas assez par eux-mêmes !... Que deviendrai-je quand je n'aurai plus mon chevalier pour me donner la vie, pour jeter dans mon cœur ce feu qui me manque ? »

Elle avait fait fermer sa porte ; mais cet ordre n'était point pour monsignor Ferraterra, qui vint lui rendre compte de ce qu'on avait fait chez l'Orsini jusqu'à une heure du matin. Jusqu'ici ce prélat avait servi de bonne foi les amours de la princesse ; mais il ne doutait plus, depuis cette soirée, que bientôt Sénecé ne fût au mieux avec la comtesse Orsini, si ce n'était déjà fait.

« La princesse dévote, pensa-t-il, me serait plus utile que femme de la société. Toujours il y aura un être qu'elle me préférera : ce sera son amant ; et si un jour cet amant est romain, il peut avoir un oncle à faire cardinal. Si je la convertis, c'est au directeur de sa conscience qu'elle pensera avant tout, et avec tout le feu de son caractère... Que ne puis-je pas espérer d'elle auprès de son oncle ! » Et l'ambitieux prélat se perdait dans un avenir délicieux ; il voyait la princesse se jetant aux genoux de son oncle pour lui faire donner le chapeau. Le pape serait très reconnaissant de ce qu'il allait entreprendre... Aussitôt la princesse convertie, il ferait parvenir sous les yeux du pape des preuves irréfragables de son intrigue avec le jeune Français. Pieux, sincère et abhorrant les Français, comme est Sa Sainteté, elle aura une reconnaissance éternelle pour l'agent qui aura fait finir une intrigue aussi contrariante pour lui. Ferraterra appartenait à la haute noblesse de Ferrare ; il était riche, il avait plus de cinquante ans... Animé par la perspective si voisine du chapeau, il fit des merveilles ; il osa changer brusquement de rôle auprès de la princesse. Depuis deux mois que Sénecé la négligeait évidemment, il eût pu être dangereux de l'attaquer, car à son tour le prélat, comprenant mal Sénecé, le croyait ambitieux.

Le lecteur trouverait bien long le dialogue de la jeune princesse, folle d'amour et de jalousie, et du prélat ambitieux. Ferraterra avait débuté par l'aveu le plus ample de la triste vérité. Après un début aussi saisissant, il ne lui fut pas difficile de réveiller tous les sentiments de religion et de piété passionnée qui n'étaient qu'assoupis au fond du cœur de la jeune Romaine ; elle avait une foi sincère. — Toute passion impie doit finir par le malheur et par le déshonneur, lui disait le prélat. — Il était grand jour quand il sortit du palais Campobasso. Il avait exigé de la nouvelle convertie la promesse de ne pas recevoir Sénecé ce jour-là. Cette promesse avait peu coûté à la princesse ; elle se croyait pieuse, et, dans le fait, avait peur de se rendre méprisable par sa faiblesse aux yeux du chevalier.

Cette résolution tint ferme jusqu'à quatre heures : c'était le moment de la visite probable du chevalier. Il passa dans la rue, derrière le jardin du palais Campobasso, vit le signal qui annonçait l'impossibilité de l'entrevue, et, tout content, s'en alla chez la comtesse Orsini.

Peu à peu la Campobasso se sentit comme devenir folle. Les idées et les résolutions les plus étranges se succédaient rapidement. Tout à coup elle descendit le grand escalier de son palais comme en démence, et monta en voiture en criant au cocher : « Palais Orsini ».

L'excès de son malheur la poussait comme malgré elle à voir sa cousine. Elle la trouva au milieu de cinquante personnes. Tous les gens d'esprit, tous les ambitieux de Rome, ne pouvant aborder au palais Campobasso, affluaient au palais Orsini. L'arrivée de la princesse fit événement ; tout le monde s'éloigna par respect ; elle ne daigna pas s'en apercevoir : elle regardait sa rivale, elle l'admirait. Chacun des agréments de sa cousine était un coup de poignard pour son cœur. Après les premiers compliments, l'Orsini, la voyant silencieuse et préoccupée, reprit une conversation brillante et *disinvolta.*

— Comme sa gaieté convient mieux au chevalier que ma folle et ennuyeuse passion ! se disait la Campobasso.

Dans un inexplicable transport d'admiration et de haine, elle se jeta au cou de la comtesse. Elle ne voyait que les charmes de sa cousine ; de près comme de loin ils lui semblaient également adorables. Elle comparait ses cheveux aux siens, ses yeux, sa peau. A la suite de cet étrange examen, elle se prenait elle-même en horreur et en dégoût. Tout lui semblait adorable, supérieur chez sa rivale.

Immobile et sombre, la Campobasso était comme une statue de basalte au milieu de cette foule gesticulante et bruyante. On entrait, on sortait ; tout ce bruit importunait, offensait la Campobasso. Mais que devint-elle quand tout à coup elle entendit annoncer M. de Sénecé ! Il avait été convenu, au commencement de leurs relations, qu'il lui parlerait fort peu dans le monde, et comme il sied à un diplomate étranger qui ne rencontre que deux ou trois fois par mois la nièce du souverain auprès duquel il est accrédité.

Sénecé la salua avec le respect et le sérieux accoutumés ; puis, revenant à la comtesse Orsini, il reprit le ton de gaieté presque intime que l'on a avec une femme d'esprit qui vous reçoit bien et que l'on voit tous les jours. La Campobasso en était atterrée. « La comtesse me montre ce que j'aurais dû être, se disait-elle. Voilà ce qu'il faut être, et que pourtant je ne serai jamais ! » Elle sortit dans le dernier degré de malheur où puisse être jetée une créature humaine, presque résolue à prendre du poison. Tous les plaisirs que l'amour de Sénecé lui avait donnés n'auraient pu égaler l'excès de douleur où elle fut plongée pendant toute une longue nuit. On dirait que ces âmes romaines ont pour souffrir des trésors d'énergie inconnus aux autres femmes.

Le lendemain, Sénecé repassa et vit le signe négatif. Il s'en allait gaiement ; cependant il fut piqué. « C'est donc mon congé qu'elle m'a donné l'autre jour ? Il faut que je la voie dans les larmes », dit sa vanité. Il éprouvait une légère nuance d'amour en perdant à tout jamais une aussi belle femme, nièce du pape. Il quitta sa voiture et s'engagea dans les souterrains peu propres qui lui déplaisaient si fort, et vint forcer la porte de la grande salle au rez-de-chaussée où la princesse le recevait.

— Comment ! vous osez paraître ici ! dit la princesse étonnée.

« Cet étonnement manque de sincérité, pensa le jeune Français ; elle ne se tient dans cette pièce que quand elle m'attend. »

Le chevalier lui prit la main ; elle frémit. Ses yeux se remplirent de larmes ; elle sembla si jolie au chevalier, qu'il eut un instant d'amour. Elle, de son côté, oublia tous les serments que pendant deux jours elle avait faits à la religion ; elle se jeta dans ses bras, parfaitement heureuse : « Et voilà le bonheur dont désormais l'Orsini jouira !... » Sénecé, comprenant mal, comme à l'ordinaire, une âme romaine, crut qu'elle voulait se séparer de lui avec bonne amitié, rompre avec des formes. « Il ne me convient pas, attaché que je suis à l'ambassade du roi, d'avoir pour ennemie mortelle (car telle elle serait) la nièce du souverain auprès duquel je suis employé. » Tout fier de l'heureux résultat auquel il croyait arriver, Sénecé se mit à parler raison. Ils vivraient dans l'union la plus agréable ; pourquoi ne seraient-ils pas très heureux ? Qu'avait-on, dans le fait, à lui reprocher ? L'amour ferait place à une bonne et tendre amitié. Il réclamait instamment le privilège de revenir de temps à autre dans le lieu où ils se trouvaient ; leurs rapports auraient toujours de la douceur...

D'abord la princesse ne le comprit pas. Quand, avec horreur, elle l'eut compris, elle resta debout, immobile, les yeux fixes. Enfin, à ce dernier trait de la *douceur de leurs rapports,* elle l'interrompit d'une voix qui semblait sortir du fond de sa poitrine, et en prononçant lentement :

— C'est-à-dire que vous me trouvez, après tout, assez jolie pour être une fille employée à votre service !

— Mais, chère et bonne amie, l'amour-propre n'est-il pas sauf ? répliqua Sénecé, à son tour vraiment étonné. Comment pourrait-il vous passer par la tête de vous plaindre ? Heureusement jamais notre intelligence n'a été soupçonnée de personne. Je suis homme d'honneur ; je vous donne de nouveau ma parole que jamais être vivant ne se doutera du bonheur dont j'ai joui.

— Pas même l'Orsini ? ajouta-t-elle d'un ton froid qui fit encore illusion au chevalier.

— Vous ai-je jamais nommé, dit naïvement le chevalier, les personnes que j'ai pu aimer avant d'être votre esclave ?

— Malgré tout mon respect pour votre parole d'honneur, c'est cependant une chance que je ne courrai pas, dit la princesse d'un air résolu, et qui enfin commença à étonner un peu le jeune Français. « Adieu ! chevalier... » Et, comme il s'en allait un peu indécis : « Viens m'embrasser », lui dit-elle.

Elle s'attendrit évidemment ; puis elle lui dit d'un ton ferme : « Adieu, chevalier... »

La princesse envoya chercher Ferraterra. « C'est pour me venger », lui dit-elle. Le prélat fut ravi. « Elle va se compromettre ; elle est à moi à jamais. »

Deux jours après, comme la chaleur était accablante, Sénecé alla prendre l'air au Cours sur le minuit. Il y trouva toute la société de Rome. Quand il voulut reprendre sa voiture, son laquais put à peine lui répondre : il était ivre ; le cocher avait disparu ; le laquais lui dit, en pouvant à peine parler, que le cocher avait pris dispute avec un *ennemi*.

— Ah ! mon cocher a des *ennemis* ! dit Sénecé en riant.

En revenant chez lui, il était à peine à deux ou trois rues du Corso, qu'il s'aperçut qu'il était suivi. Des hommes, au nombre de quatre ou cinq, s'arrêtaient quand il s'arrêtait, recommençaient à marcher quand il marchait.

« Je pourrais faire le crochet et regagner le Corso par une autre rue, pensa Sénecé. Bah ! ces malotrus n'en valent pas la peine ; je suis bien armé. » Il avait son poignard nu à la main.

Il parcourut, en pensant ainsi, deux ou trois rues écartées et de plus en plus solitaires. Il entendait ces hommes, qui doublaient le pas. A ce moment, en levant les yeux, il remarqua droit devant lui une petite église desservie par des moines de l'ordre de Saint-François, dont les vitraux jetaient un éclat singulier. Il se précipita vers la porte, et frappa très fort avec le manche de son poignard. Les hommes qui semblaient le poursuivre étaient à cinquante pas de lui. Ils se mirent à courir sur lui. Un moine ouvrit la porte ; Sénecé se jeta dans l'église ; le moine referma la barre de fer de la porte. Au même moment, les assassins donnèrent des coups de pied à la porte. Les impies ! dit le moine. Sénecé lui donna un sequin. « Décidément ils m'en voulaient, dit-il. »

Cette église était éclairée par un millier de cierges au moins.

— Comment ! un service à cette heure ! dit-il au moine.

— Excellence, il y a une dispense de l'éminentissime cardinal-vicaire.

Tout le parvis étroit de la petite église de *San Francesco a Ripa* était occupé par un mausolée magnifique ; on chantait l'office des morts.

— Qu'est-ce qui est mort ? quelque prince ? dit Sénecé.

— Sans doute, répondit le prêtre, car rien n'est épargné : mais tout ceci, c'est argent et cire perdus ; M. le doyen nous a dit que le défunt est mort dans l'impénitence finale.

Sénecé s'approchait ; il vit des écussons d'une forme française ; sa curiosité redoubla ; il s'approcha tout à fait et reconnut ses armes ! Il y avait une inscription latine :

Nobilis homo Johannes Norbertus Senece eques decessit Romae.

« Haut et puissant seigneur Jean Norbert de Sénecé, chevalier, mort à Rome. »

« Je suis le premier homme, pensa Sénecé, qui ait eu l'honneur d'assister à ses propres obsèques... Je ne vois que l'empereur Charles Quint qui se soit donné ce plaisir... Mais il ne fait pas bon pour moi dans cette église. »

Il donna un second sequin au sacristain. — Mon père, lui dit-il, faites-moi sortir par une porte de derrière de votre couvent.

— Bien volontiers, dit le moine.

A peine dans la rue, Sénecé, qui avait un pistolet à chaque main, se mit à courir avec une extrême rapidité. Bientôt il entendit derrière lui des gens qui le poursuivaient. En arrivant près de son hôtel, il vit la porte fermée et un homme devant. « Voici le moment de l'assaut », pensa le jeune Français ; il se préparait à tuer l'homme d'un coup de pistolet, lorsqu'il reconnut son valet de chambre. — Ouvrez la porte, lui cria-t-il.

Elle était ouverte ; ils entrèrent rapidement et la refermèrent.

— Ah ! Monsieur, je vous ai cherché partout ; voici de bien tristes nouvelles : le pauvre Jean, votre cocher, a été tué à coups de couteau. Les gens qui l'ont tué vomissaient des imprécations contre vous. Monsieur, on en veut à votre vie...

Comme le valet parlait, huit coups de tromblon partant à la fois d'une fenêtre qui donnait sur le jardin, étendirent Sénecé mort à côté de son valet de chambre ; ils étaient percés de plus de vingt balles chacun.

Deux ans après, la princesse Campobasso était vénérée à Rome comme le modèle de la plus haute piété, et depuis longtemps monsignor Ferraterra était cardinal.

Excusez les fautes de l'auteur.

MINA DE VANGHEL

Mina de Vanghel naquit dans le pays de la philosophie et de l'imagination, à Kœnigsberg. Vers la fin de la campagne de France, en 1814, le général prussien comte de Vanghel quitta brusquement la cour et l'armée. Un soir, c'était à Craonne, en Champagne, après un combat meurtrier où les troupes sous ses ordres avaient arraché la victoire, un doute assaillit son esprit : un peuple a-t-il le droit de changer la *manière intime et rationnelle suivant laquelle un autre peuple veut régler son existence matérielle et morale* ? Préoccupé de cette grande question, le général résolut de ne plus tirer l'épée avant de l'avoir résolue ; il se retira dans ses terres de Kœnigsberg.

Surveillé de près par la police de Berlin, le comte de Vanghel ne s'occupa que de ses méditations philosophiques et de sa fille unique, Mina. Peu d'années après, il mourut, jeune encore, laissant à sa fille une immense fortune, une mère faible et la disgrâce de la cour, — ce qui n'est pas peu dire dans la fière Germanie. Il est vrai que, comme paratonnerre contre ce malheur, Mina de Vanghel avait un des noms les plus nobles de l'Allemagne orientale. Elle n'avait que seize ans ; mais déjà le sentiment qu'elle inspirait aux jeunes militaires qui faisaient la société de son père allait jusqu'à la vénération et à l'enthousiasme ; ils aimaient le caractère romanesque et sombre qui quelquefois brillait dans ses regards.

Une année se passa ; son deuil finit, mais la douleur où l'avait jetée la mort de son père ne diminuait point. Les amis de Mme de Vanghel commençaient à prononcer le terrible mot de *maladie de poitrine*. Il fallut cependant, à peine le deuil fini, que Mina parût à la cour d'un prince souverain dont elle avait l'honneur d'être un peu parente. En partant pour C..., capitale des états du grand-duc, Mme de Vanghel, effrayée des idées romanesques de sa fille et de sa profonde douleur, espérait qu'un mariage convenable et peut-être un peu d'amour la rendraient aux idées de son âge.

— Que je voudrais, lui disait-elle, vous voir mariée dans ce pays !

— Dans cet ingrat pays ! dans un pays, lui répondait sa fille d'un air pensif, où mon père, pour prix de ses blessures et de vingt années de dévouement, n'a trouvé que la surveillance de la police la plus vile qui fût jamais ! Non, plutôt changer de religion et aller mourir religieuse dans le fond de quelque couvent catholique !

Mina ne connaissait les cours que par les romans de son compatriote Auguste Lafontaine. Ces tableaux de l'Albane présentent souvent les amours d'une riche héritière que le hasard expose aux séductions d'un jeune colonel, aide de camp du roi, mauvaise tête et bon cœur. Cet amour, né de l'argent, faisait horreur à Mina.

— Quoi de plus vulgaire et de plus plat, disait-elle à sa mère, que la vie d'un tel couple un an après le mariage, lorsque le mari, grâce à son mariage, est devenu général-major et la femme dame d'honneur de la princesse héréditaire ! que devient leur bonheur, s'ils éprouvent une banqueroute ?

Le grand-duc de C..., qui ne songeait pas aux obstacles que lui préparaient les romans d'Auguste Lafontaine, voulut fixer à sa cour l'immense fortune de Mina. Plus malheureusement encore, un de ses aides de camp fit la cour à Mina, peut-être avec *autorisation supérieure.* Il n'en fallut pas davantage pour la décider à fuir l'Allemagne. L'entreprise n'était rien moins que facile.

— Maman, dit-elle un jour à sa mère, je veux quitter ce pays et m'expatrier.

— Quand tu parles ainsi, tu me fais frémir : tes yeux me rappellent ton pauvre père, lui répondit Mme de Vanghel. Eh bien ! je serai neutre, je n'emploierai point mon autorité ; mais ne t'attends point que je sollicite auprès des ministres du grand-duc la permission qui nous est nécessaire pour voyager en pays étranger.

Mina fut très malheureuse. Les succès que lui avaient valu ses grands yeux bleus si doux et son air si distingué diminuèrent rapidement quand on apprit à la cour qu'elle avait des idées qui contrariaient celles de Son Altesse Sérénissime. Plus d'une année se passa de la sorte ; Mina désespérait d'obtenir la permission indispensable. Elle forma le projet de se déguiser en homme et de passer en Angleterre, où elle comptait vivre en vendant ses diamants. Mme de Vanghel s'aperçut avec une sorte de terreur que Mina se livrait à de singuliers essais pour altérer la couleur de sa peau. Bientôt après, elle sut que Mina avait fait faire des habits d'homme. Mina remarqua qu'elle rencontrait toujours dans ses promenades à cheval quelque gendarme du grand-duc ; mais, avec l'imagination allemande qu'elle tenait de son père, les difficultés, loin d'être une raison pour la détourner d'une entreprise, la lui rendaient encore plus attrayante.

Sans y songer, Mina avait plu à la comtesse D...; c'était la maîtresse du grand-duc, femme singulière et romanesque s'il en fut. Un jour, se promenant à cheval avec elle, Mina rencontra un gendarme qui se mit à la suivre de loin. Impatientée par cet homme, Mina confia à la comtesse ses projets de fuite. Peu d'heures après, Mme de Vanghel reçut un billet écrit de la propre main du grand-duc, qui lui permettait une absence de six mois pour aller aux eaux de Bagnères. Il était neuf heures du soir ; à dix heures, ces dames étaient en route, et fort heureusement le lendemain, avant que les ministres du grand-duc fussent éveillés, elles avaient passé la frontière.

Ce fut au commencement de l'hiver de 182., que Mme de Vanghel et sa fille arrivèrent à Paris. Mina eut beaucoup de succès dans les bals des diplomates. On prétendit que ces messieurs avaient ordre d'empêcher doucement que cette fortune de plusieurs millions ne devînt la proie de quelque séducteur français. En Allemagne, on croit encore que les jeunes gens de Paris s'occupent des femmes.

Au travers de toutes ces imaginations allemandes, Mina, qui avait dix-huit ans, commençait à avoir des éclairs de bon sens ; elle remarqua qu'elle ne pourrait parvenir à se lier avec aucune femme française. Elle rencontra chez toutes une politesse extrême, et après six semaines de connaissance, elle était moins près de leur amitié que le premier jour. Dans son affliction, Mina supposa qu'il y avait dans ses manières quelque chose d'impoli et de désagréable, qui paralysait l'urbanité française. Jamais avec autant de supériorité réelle on ne vit tant de modestie. Par un contraste piquant, l'énergie et la soudaineté de ses résolutions étaient cachées sous des traits qui avaient encore toute la naïveté et tout le charme de l'enfance, et cette physionomie ne fut jamais détruite par l'air plus grave qui annonce la raison. La raison, il est vrai, ne fut jamais le trait marquant de son caractère.

Malgré la sauvagerie polie de ses habitants, Paris plaisait beaucoup à Mina. Dans son pays, elle avait en horreur d'être saluée dans les rues et de voir son équipage reconnu ; à C..., elle voyait des espions dans tous les gens mal vêtus qui lui ôtaient leur chapeau ; l'incognito de cette république qu'on appelle Paris séduisait ce caractère singulier. Dans l'absence des douceurs de cette société intime que le cœur un peu trop allemand de Mina regrettait encore, elle voyait que tous les soirs on peut trouver à Paris un bal ou un spectacle amusant. Elle chercha la maison que son père avait habitée en 1814, et dont si souvent il l'avait entretenue. Une fois établie dans cette maison, dont il lui fallut à grand-peine renvoyer le locataire, Paris ne fut plus pour elle une ville étrangère, Mlle Vanghel reconnaissait les plus petites pièces de cette habitation.

Quoique sa poitrine fût couverte de croix et de plaques, le comte de Vanghel n'avait été au fond qu'un philosophe, rêvant comme Descartes ou Spinoza. Mina aimait les recherches obscures de la philosophie allemande et le noble stoïcisme de Fichte, comme un cœur tendre aime le souvenir d'un beau paysage. Les mots les plus inintelligibles de Kant ne rappelaient à Mina que le son de voix avec lequel son père les prononçait. Quelle philosophie ne serait pas touchante et même intelligible avec cette recommandation ! Elle obtint de quelques savants distingués qu'ils vinssent chez elle faire des cours, où n'assistaient qu'elle et sa mère.

Au milieu de cette vie qui s'écoulait le matin avec des savants et le soir dans des bals d'ambassadeurs, l'amour n'effleura jamais le cœur de la riche héritière. Les Français l'amusaient, mais ils ne la touchaient pas.

— Sans doute, disait-elle à sa mère, qui les lui vantait souvent, ce sont les hommes les plus aimables que l'on puisse rencontrer. J'admire leur esprit brillant, chaque jour leur ironie si fine me surprend et m'amuse ; mais ne les trouvez-vous pas empruntés et ridicules dès qu'ils essaient de paraître émus ? Est-ce que jamais leur émotion s'ignore elle-même ?

— A quoi bon ces critiques ? répondait la sage Mme de Vanghel. Si la France te déplaît, retournons à Kœnigsberg ; mais n'oublie pas que tu as dix-neuf ans et que je puis te manquer ; songe à choisir un protecteur. Si je venais à mourir, ajoutait-elle en souriant et d'un air mélancolique, le grand-duc de C... te ferait épouser son aide de camp.

Par un beau jour d'été, Mme de Vanghel et sa fille étaient allées à Compiègne pour voir une chasse du roi. Les ruines de Pierrefonds, que Mina aperçut tout à coup au milieu de la forêt, la frappèrent extrêmement. Encore esclave des préjugés allemands, tous les grands monuments qu'enferme Paris, cette *nouvelle Babylone,* lui semblaient avoir quelque chose de *sec, d'ironique* et de *mé-*

chant. Les ruines de Pierrefonds lui parurent touchantes, comme une ruine de ces vieux châteaux qui couronnent les cimes du Brocken[1]. Mina conjura sa mère de s'arrêter quelques jours dans la petite auberge du village de Pierrefonds. Ces dames y étaient fort mal. Un jour de pluie survint. Mina, étourdie comme à douze ans, s'établit sous la porte cochère de l'auberge, occupée à voir tomber la pluie. Elle remarqua l'affiche d'une terre à vendre dans le voisinage. Elle arriva un quart d'heure après, chez le notaire, conduite par une fille d'auberge qui tenait un parapluie sur sa tête. Ce notaire fut bien étonné de voir cette jeune fille, vêtue si simplement, discuter avec lui le prix d'une terre de plusieurs centaines de mille francs, le prier ensuite de signer un compromis et d'accepter comme arrhes du marché quelques billets de mille francs de la Banque de France.

Par un hasard que je me garderai d'appeler singulier, Mina ne fut trompée que de très peu. Cette terre s'appelait le *Petit-Verberie*. Le vendeur était un comte de Ruppert, célèbre dans tous les châteaux de la Picardie. C'était un grand jeune homme fort beau ; on l'admirait au premier moment, mais peu d'instants après on se sentait repoussé par quelque chose de dur et de vulgaire. Le comte de Ruppert se prétendit bientôt l'ami de Mme de Vanghel ; il l'amusait. C'était peut-être parmi les jeunes gens de ce temps le seul qui rappelât ces roués aimables dont les mémoires de Lauzun et de Tilly présentent le roman embelli. M. de Ruppert achevait de dissiper une grande fortune ; il imitait les travers des seigneurs du siècle de Louis XIV, et ne concevait pas comment Paris s'y prenait pour ne pas s'occuper exclusivement de lui. Désappointé dans ses idées de gloire, il était devenu amoureux fou de l'argent. Une réponse qu'il reçut de Berlin porta à son comble sa passion pour Mlle de Vanghel. Six mois plus tard, Mina disait à sa mère :

---

[1] Le Brocken, montagne de l'Allemagne et le point central du Hartz, à 1095 mètres d'élévation.

— Il faut vraiment acheter une terre pour avoir des amis. Peut-être perdrions-nous quelques mille francs si nous voulions nous défaire du *Petit-Verberie :* mais à ce prix nous comptons maintenant une foule de femmes aimables parmi nos connaissances intimes.

Toutefois Mina ne prit point les façons d'une jeune Française. Tout en admirant leurs grâces séduisantes, elle conserva le naturel et la liberté des façons allemandes. Mme de Cély, la plus intime de ses nouvelles amies, disait de Mina qu'elle était *différente,* mais non pas singulière : une grâce charmante lui faisait tout pardonner ; on ne lisait pas dans ses yeux qu'elle avait des millions ; elle n'avait pas la *simplicité* de la très bonne compagnie, mais la vraie séduction.

Cette vie tranquille fut troublée par un coup de tonnerre : Mina perdit sa mère. Dès que sa douleur lui laissa le temps de songer à sa position, elle la trouva des plus embarrassantes. Mme de Cély l'avait amenée à son château.

— Il faut, lui disait cette amie, jeune femme de trente ans, il faut retourner en Prusse, c'est le parti le plus sage ; sinon, il faut vous marier ici dès que votre deuil sera fini, et, en attendant faire bien vite venir de Kœnigsberg une dame de compagnie qui, s'il se peut, soit de vos parentes.

Il y avait une grande objection : les Allemandes, même les filles riches, croient qu'on ne peut épouser qu'un homme qu'on adore. Mme de Cély nommait à Mlle de Vanghel dix partis sortables ; tous ces jeunes gens semblaient à Mina vulgaires, ironiques, presque méchants. Mina passa l'année la plus malheureuse de sa vie ; sa santé s'altéra, et sa beauté disparut presque entièrement. Un jour qu'elle était venue voir Mme de Cély, on lui apprit qu'elle verrait à dîner la célèbre Mme de Larçay : c'était la femme la plus riche et la plus aimable du pays ; on la citait souvent pour l'élégance de ses fêtes et la manière parfaitement digne, aimable et tout à fait exempte de ridicule, avec laquelle elle savait défaire une fortune considérable. Mina fut étonnée de tout ce qu'elle trouva de commun et de prosaïque dans le caractère de Mme de Larçay. « Voilà donc ce qu'il faut devenir pour être aimée ici ! » Dans sa douleur, car le désappointement du *beau* est une douleur pour les cœurs allemands, Mina cessa de regarder Mme de Larçay, et, par politesse, fit la conversation avec son mari. C'était un homme fort simple, qui, pour toute recommandation, avait été page de l'empereur Napoléon à l'époque de la retraite de Russie, et s'était distingué par une bravoure au-dessus de son âge dans cette campagne et dans les suivantes. Il parla à Mina fort bien et fort simplement de la Grèce, où il venait de passer une ou deux années, se battant pour les Grecs. Sa conversation plut à Mina ; il lui fit l'effet d'un ami intime qu'elle reverrait après en avoir été longtemps séparée.

Après dîner, on alla voir quelques sites célèbres de la forêt de Compiègne. Mina eut plus d'une fois l'idée de consulter M. de Larçay sur ce que sa position avait d'embarrassant. Les airs élégants du comte de Ruppert, qui ce jour-là suivait les calèches à cheval, faisaient ressortir les manières pleines de naturel et même naïves de M. de Larçay. Le grand événement au milieu duquel il avait débuté dans la vie, en lui faisant voir le cœur humain tel qu'il est, avait contribué à former un caractère inflexible, froid, positif, assez enjoué, mais dénué d'imagination. Ces caractères font un effet étonnant sur les âmes qui ne sont qu'imagination. Mina fut étonnée qu'un Français pût être aussi simple.

Le soir, quand il fut parti, Mina se sentit comme séparée d'un ami qui, depuis des années, aurait su tous ses secrets. Tout lui sembla sec et importun, même l'amitié si tendre de Mme de Cély. Mina n'avait eu besoin de déguiser aucune de ses pensées auprès de son nouvel ami. La crainte de la petite ironie française ne l'avait point obligée, à chaque instant, à jeter un voile sur sa pensée allemande si pleine de franchise. M. de Larçay s'affranchissait d'une foule de petits mots et de petits gestes demandés par l'élégance. Cela le vieillissait de huit ou dix ans ; mais, par cela même, il occupa toute la pensée de Mina pendant la première heure qui suivit son départ.

Le lendemain, elle était obligée de faire un effort pour écouter même Mme de Cély ; tout lui semblait sec et méchant. Elle ne regardait plus comme une chimère, qu'il fallait oublier, l'espoir de trouver un cœur franc et sincère, qui ne cherchât pas toujours le motif d'une plaisanterie dans la remarque la plus simple ; elle fut rêveuse toute la journée. Le soir Mme de Cély nomma M. de Larçay ; Mina tressaillit et se leva comme si on l'eût appelée, elle rougit beaucoup et eut bien de la peine à expliquer ce mouvement singulier. Dans son trouble elle ne put pas se déguiser plus longtemps à elle-même ce qu'il lui importait de cacher aux autres. Elle s'enfuit dans sa chambre. « Je suis folle, se dit-elle. A cet instant commença son malheur : il fit des pas de géant ; en peu d'instants elle en fut à avoir des remords. « J'aime d'amour, et j'aime un homme marié ! » Tel fut le remords qui l'agita toute la nuit.

M. de Larçay, partant avec sa femme pour les eaux d'Aix en Savoie, avait oublié une carte sur laquelle il avait montré à ces dames un petit détour qu'il comptait faire en allant à Aix. Un des enfants de Mme Cély trouva cette carte ; Mina s'en empara et se sauva dans les jardins. Elle passa une heure à suivre le voyage projeté par M. de Larçay. Les noms des petites villes qu'il allait parcourir lui semblaient nobles et singuliers. Elle se faisait les images les plus pittoresques de leur position ; elle enviait le bonheur de ceux qui les habitaient. Cette douce folie fut si forte, qu'elle suspendit ses remords. Quelques jours après, on dit chez Mme de Cély que les Larçay étaient partis pour la Savoie. Cette nouvelle fit une révolution dans l'esprit de Mina ; elle éprouva un vif désir de voyager.

A quinze jours de là, une dame allemande, d'un certain âge, arrivait à Aix en Savoie, dans une voiture de louage prise à Genève. Cette dame avait une femme de chambre contre laquelle elle montrait tant d'humeur que Mme Toinod, la maîtresse de la petite auberge où elle était descendue, en fut scandalisée. Mme Cramer, c'était le nom de la dame allemande, fit appeler Mme Toinod.

— Je veux prendre auprès de moi, lui dit-elle, une fille du pays qui sache les *êtres* de la ville d'Aix et de ses environs ; je n'ai que faire de cette belle demoiselle que j'ai eu la sottise d'amener et qui ne connaît rien ici.

— Mon Dieu ! votre maîtresse a l'air bien en colère contre vous ! dit Mme Toinod à la femme de chambre, dès qu'elles se trouvèrent seules.

— Ne m'en parlez pas, dit Aniken les larmes aux yeux ; c'était bien la peine de me faire quitter Francfort, où mes parents tiennent une bonne boutique. Ma mère a les premiers tailleurs de la ville et travaille absolument à l'instar de Paris.

— Votre maîtresse m'a dit qu'elle vous donnerait trois cent francs, quand vous voudriez, pour retourner à Francfort.

— J'y serais mal reçue ; jamais ma mère ne voudra croire que Mme Cramer m'a renvoyée sans motifs.

— Eh bien ! restez à Aix, je pourrai vous y trouver une condition. Je tiens un bureau de placement ; c'est moi qui fournis des domestiques aux baigneurs. Il vous en coûtera soixante francs pour les frais, et sur les trois cents francs de Mme Cramer, il vous restera encore dix beaux louis d'or.

— Il y aura cent francs pour vous, au lieu de soixante, dit Aniken, si vous me placez dans une famille française ; je veux achever d'apprendre le français et aller servir à Paris. Je sais fort bien coudre, et pour gage de ma fidélité, je déposerai chez mes maîtres vingt louis d'or que j'ai apportés de Francfort.

Le hasard favorisa le roman qui avait déjà coûté deux ou trois cents louis à Mlle de Vanghel. M. et Mme de Larçay arrivèrent à la *Croix de Savoie :* c'est l'hôtel à la mode. Mme de Larçay trouva qu'il y avait trop de bruit, et prit un logement dans une charmante maison sur le bord du lac. Les eaux étaient fort gaies cette année-là ; il y avait grand concours de gens riches, souvent de très beaux bals, où l'on était paré comme à Paris, et chaque soir grande réunion à la *Redoute.* Mme de Larçay, mécontente des ouvrières d'Aix, peu adroites et peu exactes, voulut avoir auprès d'elle une fille qui sût travailler. On l'adressa au bureau de Mme Toinod, qui ne manqua pas de lui amener des filles du pays, évidemment trop gauches. Enfin parut Aniken dont les cent francs avaient redoublé l'adresse naturelle de Mme Toinod. L'air sérieux de la jeune Allemande plut à Mme de Larçay ; elle la retint et envoya chercher sa malle.

Le même soir, après que ses maîtres furent partis pour la *Redoute,* Aniken se promenait en rêvant, dans le jardin, sur le bord du lac. « Enfin, se dit-elle, voilà cette grande folie consommée ! Que deviendrai-je si quelqu'un me reconnaît ? Que dirait Mme de Cély, qui croit à Kœnigsberg ? »

Le courage, qui avait soutenu Mina tant qu'il avait été question d'agir, commençait à l'abandonner. Son âme était vivement émue, sa respiration se pressait. Le repentir, la crainte de la honte, la rendaient fort malheureuse. Mais enfin la lune se leva derrière la montagne de Haute-Combe ; son disque brillant se réfléchissait dans les eaux du lac, doucement agitées par une brise du nord ; de grands nuages blancs à formes bizarres passaient rapidement devant la lune et semblaient à Mina comme des géants immenses. « Ils viennent de mon pays, se disait-elle ; ils veulent me voir et me donner courage au milieu du rôle singulier que je viens d'entreprendre. » Son œil attentif et passionné suivait leurs mouvements rapides. « Ombres de mes aïeux, se disait-elle, reconnaissez votre sang ; comme vous j'ai du courage. Ne vous effrayez point du costume bizarre dans lequel vous me voyez ; je serai fidèle à l'honneur. Cette flamme secrète d'honneur et d'héroïsme que vous m'avez transmise ne trouve rien de digne d'elle dans le siècle prosaïque où le destin m'a jetée. Me mépriserezvous parce que je me fais une destinée en rapport avec le feu qui m'anime ? » Mina n'était plus malheureuse.

Un chant doux se fit entendre dans le lointain ; la voix partait apparemment de l'autre côté du lac. Ses sons mourants arrivaient à peine jusqu'à l'oreille de Mina, qui écoutait attentivement. Ses idées changèrent de cours, elle s'attendrit sur son sort. « Qu'importent mes efforts ? Je ne pourrai tout au plus que m'assurer que cette âme céleste et pure que j'avais rêvée existe en effet dans ce monde ! Elle restera invisible pour moi. Est-ce que jamais j'ai parlé devant ma femme de chambre ? Ce déguisement malheureux n'aura pour effet que de m'exposer à la société des domestiques d'Alfred. Jamais il ne daignera me parler. » Elle pleura beaucoup. « Je le verrai du moins tous les jours, dit-elle tout à coup en reprenant courage... un plus grand bonheur n'était pas fait pour moi... Ma pauvre mère avait bien raison : « Que de folies tu feras un jour, me disait-elle, si jamais tu viens à aimer ! »

La voix qui chantait sur le lac se fit entendre de nouveau, mais de beaucoup plus près. Mina comprit alors qu'elle partait d'une barque que Mina aperçut par le mouvement qu'elle communiquait aux ondes argentées par la lune. Elle distingua une douce mélodie digne de Mozart. Au bout d'un quart d'heure, elle oublia tous les reproches qu'elle avait à se faire, et ne songeait qu'au bonheur de voir Alfred tous les jours. « Et ne faut-il pas, se dit-elle enfin, que chaque être accomplisse sa destinée ? Malgré les hasards heureux de la naissance et de la fortune, il se trouve que mon destin n'est pas de briller à la cour ou dans un bal. J'y attirais les regards, je m'y suis vue admirée, — et mon ennui, au milieu de cette foule, allait jusqu'à la mélancolie la plus sombre ! Tout le monde s'empressait de me parler ; moi, je m'y ennuyais. Depuis la mort de mes parents, mes seuls instants de bonheur ont été ceux où, sans avoir de voisin ennuyeux, j'écoutais de la musique de Mozart. Est-ce ma faute si la recherche du bonheur, naturelle à tous les hommes, me conduit à cette étrange démarche? Probablement elle va me déshonorer ; eh bien ! les couvents de l'Eglise catholique m'offrent un refuge. »

Minuit sonnait au clocher d'un village de l'autre côté du lac. Cette heure solennelle fit tressaillir Mina ; la lune n'éclairait plus ; elle rentra. Ce fut appuyée sur la balustrade de la galerie qui donnait sur le lac et le petit jardin que Mina, cachée sous le nom vulgaire d'Aniken, attendit *ses maîtres*. La musique lui avait rendu toute sa bravoure. « Mes aïeux, se disait-elle, quittaient leur magnifique château de Kœnigsberg pour aller à la Terre Sainte ; peu d'années après, ils en revenaient seuls, au travers de mille périls, déguisés comme moi. Le courage qui les animait me jette, moi, au milieu des seuls dangers qui restent, en ce siècle puéril, plat et vulgaire, à la portée de mon sexe. Que je m'en tire avec honneur, et les âmes généreuses pourront s'étonner de ma folie, mais en secret elles me la pardonneront. »

Les jours passèrent rapidement et bientôt trouvèrent Mina réconciliée avec son sort. Elle était obligée de coudre beaucoup ; elle prenait gaiement les devoirs de ce nouvel état. Souvent il lui semblait jouer la comédie ; elle se plaisantait elle-même quand il lui échappait un mouvement étranger à son rôle. Un jour, à l'heure de la promenade, après dîner, quand le laquais ouvrit la calèche et déploya le marchepied, elle s'avança lestement pour monter.

— Cette fille est folle, dit Mme de Larçay.

Alfred la regarda beaucoup ; il lui trouvait une grâce parfaite. Mina n'était nullement agitée par les idées de *devoir* ou par la crainte du ridicule. Ces idées de *prudence humaine* étaient bien au-dessous d'elle : toutes les objections qu'elle se faisait ne venaient que du danger d'inspirer des soupçons à Mme de Larçay. Il y avait à peine six semaines qu'elle avait passé toute une journée avec elle et dans un rôle bien différent.

Chaque jour, Mina se levait de grand matin afin de pouvoir pendant deux heures se livrer aux soins de s'enlaidir. Ces cheveux blonds si beaux, et qu'on lui avait dit si souvent qu'il était si difficile d'oublier, quelques coups de ciseaux en avaient fait justice ; grâce à une préparation chimique, ils avaient pris une couleur désagréable et mélangée, tirant sur le châtain foncé. Une légère décoction de feuilles de houx, appliquée chaque matin sur ses mains délicates, leur donnait l'apparence d'une peau rude. Chaque matin aussi, ce teint si frais prenait quelques-unes des teintes désagréables que rapportent des colonies les blancs dont le sang a eu quelque rapport avec la race nègre. Contente de son déguisement qui la rendait plutôt trop laide, Mina songea à ne pas avoir d'idées d'un ordre trop remarquable. Absorbée dans son bonheur, elle n'avait nulle envie de parler. Placée auprès d'une fenêtre dans la chambre de Mme de Larçay, et occupée à arranger des robes pour le soir, vingt fois par jour elle entendait parler Alfred et avait de nouvelles occasions d'admirer son caractère. Oserons-nous le dire ?... Pourquoi pas, puisque nous peignons un cœur allemand. Il y eut des moments de bonheur et d'exaltation où elle alla jusqu'à se figurer que c'était un être surnaturel. Le zèle sincère et plein d'enthousiasme avec lequel Mina s'acquittait de ses nouvelles fonctions eut son effet naturel sur Mme de Larçay, qui était une âme commune : elle traita Mina avec hauteur et comme une pauvre fille qui était trop heureuse qu'on lui donnât de l'emploi. « Tout ce qui est sincère et vif sera donc à jamais déplacé parmi ces gens-ci ? » se dit Mina. Elle laissa deviner le projet de rentrer en grâce auprès de Mme Cramer. Presque tous les jours elle demandait la permission d'aller la voir.

Mina avait craint que ses manières ne donnassent des idées singulières à Mme de Larçay ; elle reconnut avec plaisir que sa nouvelle maîtresse ne voyait en elle qu'une fille moins habile à la couture que la femme de chambre qu'elle avait laissée à Paris. M. Dubois, le valet de chambre d'Alfred, fut plus embarrassant. C'était un Parisien de quarante ans et d'une mise soignée, qui crut de son devoir de faire la cour à sa nouvelle camarade. Aniken le fit parler et s'aperçut qu'heureusement sa seule passion était d'amasser un petit trésor pour être en état d'ouvrir un café à Paris. Alors, sans se gêner, elle lui fit des cadeaux. Bientôt, Dubois la servit avec autant de respect que Mme de Larçay elle-même.

Alfred remarqua que cette jeune Allemande, quelquefois si gauche et si timide, avait des façons fort inégales, des idées justes et fines qui valaient la peine d'être écoutées. Mina, voyant dans ses yeux qu'il l'écoutait, se permit quelques réflexions délicates et justes, surtout quand elle avait l'espoir de n'être pas entendue ou de n'être pas comprise par Mme de Larçay.

Si, durant les deux premiers mois que Mlle de Vanghel passa à Aix, un philosophe lui eût demandé quel était son but, l'enfantillage de la réponse l'eût étonné et le philosophe eût soupçonné un peu d'hypocrisie. Voir et entendre à chaque instant l'homme dont elle était folle était l'unique but de sa vie ; elle ne désirait pas autre chose, elle avait trop de bonheur pour songer à l'avenir. Si le philosophe lui eût dit que cet amour pouvait cesser d'être aussi pur, il l'eût irritée encore plus qu'étonnée. Mina étudiait avec délices le caractère de l'homme qu'elle adorait. C'était surtout comme contraste avec la haute société dans laquelle la fortune et le rang de son père, membre de la chambre haute, l'avaient placé, que brillait le caractère du tranquille Larçay. S'il eût vécu parmi des bourgeois, la simplicité de ses manières, son horreur pour l'affectation et les grands airs, l'eussent peint à leurs yeux comme un homme d'une médiocrité achevée. Alfred ne cherchait jamais à dire des choses piquantes. Cette habitude était ce qui, le premier jour, avait le plus contribué à faire naître l'extrême attention de Mina. Voyant les Français à travers les préjugés de son pays, il lui semblait que leur conversation avait toujours l'air de la fin d'un couplet de vaudeville. Alfred avait vu assez de gens distingués en sa vie pour pouvoir faire de l'esprit avec sa mémoire ; mais il se serait gardé comme d'une bassesse de dire des mots de pur agrément qu'il n'eût pas inventés dans le moment, et que quelqu'un des auditeurs eût pu savoir comme lui.

Chaque soir, Alfred conduisait sa femme à la *Redoute,* et revenait ensuite chez lui pour se livrer à une passion pour la botanique que venait de faire naître le voisinage des lieux où Jean-Jacques Rousseau avait passé sa jeunesse. Alfred plaça ses cartons et ses plantes dans le salon où travaillait Aniken. Chaque soir, ils se trouvaient seuls ensemble des heures entières, sans que, de part ni d'autre, il fût dit un mot. Ils étaient tous les deux embarrassés et pourtant heureux. Aniken n'avait d'autre prévenance pour Alfred que celle de faire fondre d'avance de la gomme dans de l'eau, pour qu'il pût coller dans son herbier des plantes sèches, et encore elle ne se permettait ce soin que parce qu'il pouvait passer pour faire partie de ses devoirs. Quand Alfred n'y était pas, Mina admirait ces jolies plantes qu'il rapportait de ses courses dans les montagnes si pittoresques des bords du lac du Bourget. Elle se prit d'un amour sincère pour la botanique. Alfred trouva cela commode et bientôt singulier. « Il m'aime, se dit Mina ; mais je viens de voir comment mon zèle pour les fonctions de mon état a réussi auprès de Mme de Larçay. »

Mme Cramer feignit de tomber malade ; Mina demanda et obtint la permission de passer ses soirées auprès de son ancienne maîtresse. Alfred fut étonné de sentir décroître et presque disparaître son goût pour la botanique ; il restait le soir à la *Redoute,* et sa femme le plaisantait sur l'ennui que lui donnait la solitude. Alfred s'avoua qu'il avait du goût pour cette jeune fille. Contrarié par la timidité qu'il se trouvait auprès d'elle, il eut un moment de fatuité : « Pourquoi, se dit-il, ne pas agir comme le ferait un de mes amis ? Ce n'est après tout qu'une femme de chambre. »

Un soir qu'il pleuvait, Mina resta à la maison. Alfred ne fit que paraître à la *Redoute.* Lorsqu'il rentra chez lui, la présence de Mina dans le salon parut le surprendre. Cette petite fausseté, dont Mina s'aperçut, lui ôta tout le bonheur qu'elle se promettait de cette soirée. Ce fut peut-être à cette disposition qu'elle dut la véritable indignation avec laquelle elle repoussa les entreprises d'Alfred. Elle se retira dans sa chambre. « Je me suis trompée, se dit-elle en pleurant ; tous ces Français sont les mêmes. » Pendant toute la nuit, elle fut sur le point de retourner à Paris.

Le lendemain, l'air de mépris avec lequel elle regardait Alfred n'était point joué. Alfred fut piqué ; il ne fit plus aucune attention à Mina et passa toutes ses soirées à la *Redoute*. Sans s'en douter, il suivait le meilleur moyen. Cette froideur fit oublier le projet de retour à Paris : « Je ne cours aucun danger auprès de cet homme, » se dit Mina, et huit jours ne s'étaient pas écoulés qu'elle sentit qu'elle lui pardonnait ce petit retour au caractère français. Alfred sentait, de son côté, à l'ennui que lui donnaient les grandes dames de la *Redoute* qu'il était plus amoureux qu'il ne l'avait cru. Cependant il tenait bon. A la vérité ses yeux s'arrêtaient avec plaisir sur Mina, il lui parlait, mais ne rentrait point chez lui le soir. Mina fut malheureuse ; presque sans s'en douter, elle cessa de faire avec autant de soin tous les jours la toilette destinée à l'enlaidir. « Est-ce un songe ? se disait Alfred, Aniken devient une des plus belles personnes que j'aie jamais vue. » Un soir, qu'il était revenu chez lui par hasard, il fut entraîné par son amour, et demanda pardon à Aniken de l'avoir traitée avec légèreté.

— Je voyais, lui dit-il, que vous m'inspiriez un intérêt que je n'ai jamais éprouvé pour personne ; j'ai eu peur, j'ai voulu me guérir ou me brouiller avec vous, et depuis je suis le plus malheureux des hommes.

— Ah ! que vous me faites de bien, Alfred ! s'écria Mina au comble du bonheur.

Ils passèrent cette soirée et les suivantes à s'avouer qu'ils s'aimaient à la folie et à se promettre d'être toujours sages.

Le caractère sage d'Alfred n'était guère susceptible d'illusions. Il savait que les amoureux découvrent de singulières perfections chez la personne qu'ils aiment. Les trésors d'esprit et de délicatesse qu'il découvrait chez Mina lui persuadaient qu'il était réellement amoureux. « Est-il possible que ce soit une simple illusion ? » se disait-il chaque jour, et il comparait ce que Mina lui avait dit la veille à ce que lui disaient les femmes de la société qu'il trouvait à la *Redoute*. De son côté, Mina sentait qu'elle avait été sur le point de perdre Alfred. Que serait-elle devenue, s'il eût continué de passer ses soirées à la *Redoute* ? Loin de chercher à jouer encore le rôle d'une jeune fille du commun, de sa vie elle n'avait tant songé à plaire. « Faut-il avouer à Alfred qui je suis ? se disait Mina. Son esprit éminemment sage blâmera une folie même faite pour lui. D'ailleurs, continuait Mina, il faut que mon sort se décide ici. Si je lui nomme Mlle de Vanghel, dont la terre est à quelques lieues de la sienne, il aura la certitude de me retrouver à Paris. Il faut, au contraire, que la perspective de ne me revoir jamais le décide aux démarches étranges qui sont, hélas ! nécessaires pour notre bonheur. Comment cet homme si sage se décidera-t-il à changer de religion, à se séparer de sa femme par le divorce, et à venir vivre, comme mon mari, dans mes belles terres de la Prusse Orientale ? » Ce grand mot *illégitime* ne venait pas se placer comme une barrière insurmontable devant les nouveaux projets de Mina ; elle croyait ne pas s'écarter de la vertu, parce qu'elle n'eût pas hésité à sacrifier mille fois sa vie pour être utile à Alfred.

Peu à peu Mme de Larçay devint décidément jalouse d'Aniken. Le singulier changement de la figure de cette fille ne lui avait point échappé ; elle l'attribuait à une extrême coquetterie. Mme de Larçay eût pu obtenir son renvoi de haute lutte. Ses amies lui représentèrent qu'il ne fallait pas donner de l'importance à une fantaisie : il fallait éviter que M. de Larçay fît venir Aniken à Paris. Soyez prudente, lui dit-on, et votre inquiétude finira avec la saison des eaux.

Mme de Larçay fit observer Mme Cramer et essaya de faire croire à son mari qu'Aniken n'était qu'une aventurière qui, poursuivie à Vienne ou à Berlin, pour quelque tour répréhensible aux yeux de la justice, était venue se cacher aux eaux d'Aix, et y attendait probablement l'arrivée de quelque chevalier d'industrie, son associé. Cette idée présentée comme une conjecture fort probable, mais peu importante à éclaircir, jeta du trouble dans l'âme si ferme d'Alfred. Il était évident pour lui qu'Aniken n'était pas une femme de chambre; mais quel grave intérêt avait pu la porter au rôle pénible qu'elle jouait? Ce ne pouvait être que la peur. — Mina devina facilement la cause du trouble qu'elle voyait dans le regard d'Alfred. Un soir, elle eut l'imprudence de l'interroger; il avoua, Mina fut interdite. Alfred était si près de la vérité, qu'elle eut d'abord beaucoup de peine à se défendre. La fausse Mme Cramer, infidèle à son rôle, avait laissé deviner que l'intérêt d'argent avait peu d'importance à ses yeux. Dans son désespoir de l'effet qu'elle voyait les propos de Mme Cramer produire sur l'âme d'Alfred, elle fut sur le point de lui dire qui elle était. Apparemment l'homme qui aimait Aniken jusqu'à la folie aimerait aussi Mlle de Vanghel; mais Alfred serait sûr de la revoir à Paris, elle ne pourrait obtenir les sacrifices nécessaires à son amour!

Ce fut dans ces inquiétudes mortelles que Mina passa la journée. C'était la soirée qui devait être difficile à passer. Aurait-elle le courage, se trouvant seule avec Alfred, de résister à la tristesse qu'elle lisait dans ses yeux, de souffrir qu'un soupçon trop naturel vînt affaiblir ou même détruire son amour? Le soir venu, Alfred conduisit sa femme à la *Redoute* et n'en revint pas. Il y avait ce jour-là bal masqué, grand bruit, grande foule. Les rues d'Aix étaient encombrées de voitures appartenant à des curieux venus de Chambéry et même de Genève. Tout cet éclat de la joie publique redoublait la sombre mélancolie de Mina.

Elle ne put rester dans ce salon où, depuis plusieurs heures, elle attendait inutilement cet homme trop aimable qui ne venait pas. Elle alla se réfugier auprès de sa dame de compagnie. Là aussi elle trouva du malheur ; cette femme lui demanda froidement la permission de la quitter, ajoutant que, quoique fort pauvre, elle ne pouvait se décider à jouer plus longtemps le rôle peu honorable dans lequel on l'avait placée. Loin d'avoir un caractère propre aux décisions prudentes, dans les situations extrêmes, Mina n'avait besoin que d'un mot pour se représenter sous un nouvel aspect toute une situation de la vie. « En effet, se dit-elle frappée de l'observation de la dame de compagnie, mon déguisement n'en est plus un pour personne, j'ai perdu l'honneur. Sans doute, je passe pour une aventurière. Puisque j'ai tout perdu pour Alfred, ajouta-t-elle bientôt, je suis folle de me priver du bonheur de le voir. Du moins au bal je pourrai le regarder à mon aise et étudier son âme. »

Elle demanda des masques, des dominos ; elle avait apporté de Paris des diamants qu'elle prit, soit pour se mieux déguiser aux yeux d'Alfred, soit pour se distinguer de la foule des masques et obtenir peut-être qu'il lui parlât. Mina parut à la *Redoute,* donnant le bras à sa dame de compagnie, et intriguant tout le monde par son silence. Enfin elle vit Alfred, qui lui sembla fort triste. Mina le suivait des yeux et était heureuse, lorsqu'une voix dit bien bas : « L'amour reconnaît le déguisement de Mlle de Vanghel. » Elle tressaillit. Elle se retourna : c'était le comte de Ruppert. Elle ne pouvait pas faire de rencontre plus fatale.

— J'ai reconnu vos diamants montés à Berlin, lui dit-il. Je viens de Tœplitz, de Spa, de Baden ; j'ai couru toutes les eaux de l'Europe pour vous trouver.

— Si vous ajoutez un mot, lui dit Mina, je ne vous revois de la vie. Demain à la nuit, à sept heures du soir, trouvez-vous vis-à-vis la maison n° 17, rue de Chambéry.

« Comment empêcher M. de Ruppert de dire mon secret aux Larçay, qu'il connaît intimement ? » Telle fut le grand problème qui toute la nuit plongea Mina dans la plus pénible agitation. Plusieurs fois, dans son désespoir, elle fut sur le point de demander des chevaux et de partir sur-le-champ. « Mais Alfred croira toute sa vie que cette Aniken qu'il a tant aimée ne fut qu'une personne peu estimable fuyant sous un déguisement les conséquences de quelque mauvaise action. Bien plus, si je prends la fuite sans avertir M. de Ruppert malgré son respect pour ma fortune, il est capable de divulguer mon secret. Mais en restant, comment éloigner les soupçons de M. de Ruppert ? Par quelle fable ? »

Au même bal masqué, où Mina fit une rencontre si fâcheuse, tous ces hommes du grand monde, sans esprit, qui vont aux eaux promener leur ennui, entourèrent Mme de Larçay comme à l'ordinaire. Ne sachant trop que lui dire ce soir-là, parce que les lieux communs qui conviennent à un salon ne sont plus de mise au bal masqué, il lui parlèrent de la beauté de sa femme de chambre allemande. Il se trouva même parmi eux un sot plus hardi qui se permit quelques allusions peu délicates à la jalousie que l'on supposait à Mme de Larçay. Un masque tout à fait grossier l'engagea à se venger de son mari, en prenant un amant ; ce mot fit explosion dans la tête d'une femme fort sage et accoutumée à l'auréole de flatteries dont une haute position et une grande fortune entourent la vie.

Le lendemain au bal, il y eut une promenade sur le lac. Mina fut libre et put se rendre chez Mme Cramer, où elle reçut M. de Ruppert. Il n'était pas encore remis de son étonnement.

— De grands malheurs qui ont changé ma position, lui dit Mina, m'ont portée à rendre justice à votre amour. Vous convient-il d'épouser une veuve ?

— Vous auriez été mariée secrètement ! dit le comte pâlissant.

— Comment ne l'avez-vous pas deviné, répondit Mina, lorsque vous m'avez vue vous refuser, vous et les plus grands partis de France ?

— Caractère singulier, mais admirable ! s'écria le comte, cherchant à faire oublier son étonnement.

— Je suis liée à un homme indigne de moi, reprit Mlle de Vanghel ; mais je suis protestante, et ma religion, que je serais heureuse de vous voir suivre, me permet le divorce. Ne croyez pas cependant que je puisse, dans ce moment, éprouver de l'amour pour personne, même quand il s'agirait de l'homme qui m'inspirerait le plus d'estime et de confiance : je ne puis vous offrir que de l'amitié. J'aime le séjour de la France ; comment l'oublier quand on l'a connue ? J'ai besoin d'un protecteur. Vous avez un grand nom, beaucoup d'esprit, tout ce qui donne une belle position dans le monde. Une grande fortune peut faire de votre hôtel la première maison de Paris. Voulez-vous m'obéir comme un enfant ? A ce prix, mais seulement à ce prix, je vous offre ma main dans un an.

Pendant ce long discours, le comte de Ruppert calculait les effets d'un roman désagréable à soutenir, mais toujours avec une grande fortune, et au fond avec une femme réellement bonne. Ce fut avec beaucoup de grâce qu'il jura obéissance à Mina. Il essaya de toutes les formes pour pénétrer plus avant dans ses secrets.

— Rien de plus inutile que vos efforts, lui répondait-on en riant. Aurez-vous le courage d'un lion et la docilité d'un enfant ?

— Je suis votre esclave, répondit le comte.

— Je vis cachée dans les environs d'Aix, mais je sais tout ce qui s'y fait. Dans huit ou neuf jours, regardez le lac au moment où minuit sonnera à l'horloge de la paroisse : vous verrez un pot à feu voguer sur les ondes. Le lendemain, à neuf heures du soir, je serai ici et je vous permets d'y venir. Prononcez mon nom, dites un mot à qui que ce soit, et de votre vie vous ne me revoyez.

Après la promenade sur le lac, pendant laquelle, et plus d'une fois, il avait été question de la beauté d'Aniken, Mme de Larçay rentra chez elle dans un état d'irritation tout à fait étranger à son caractère pleine de dignité et de mesure. Elle débuta avec Mina par quelques mots fort durs, qui percèrent le cœur de Mina, car ils étaient prononcés en présence d'Alfred, qui ne la défendait pas. Elle répondit, pour la première fois, d'une façon fine et piquante. Mme de Larçay crut voir dans ce ton l'assurance d'une fille que l'amour qu'elle inspire porte à se méconnaître, sa colère ne connut plus de bornes. Elle accusa Mina de donner des rendez-vous à certaines personnes chez Mme Cramer, qui, malgré le conte de la brouille apparente, n'était que trop d'accord avec elle.

— Ce monstre de Ruppert m'aurait-il déjà trahie ? se dit Mina.

Alfred la regardait fixement, comme pour découvrir la vérité. Le peu de délicatesse de ce regard lui donna le courage du désespoir : elle nia froidement la calomnie dont on la chargeait, et n'ajouta pas un mot. Mme de Larçay la chassa. A deux heures du matin qu'il était alors, Mina se fit accompagner chez Mme Cramer par le fidèle Dubois. Enfermée dans sa chambre, Mina versait des larmes de rage en songeant au peu de moyens de vengeance que lui laissait l'étrange position où elle s'était jetée. — Ah ! ne vaudrait-il pas mieux, se dit-elle, tout abandonner et retourner à Paris ? Ce que j'ai entrepris est au-dessus de mon esprit. Mais Alfred n'aura d'autre souvenir de moi que le mépris : toute sa vie Alfred me méprisera, ajouta-t-elle en fondant en larmes. Elle sentit qu'avec cette idée cruelle qui ne la quitterait plus, elle serait encore plus malheureuse à Paris qu'à Aix. « Mme de Larçay me calomnie ; Dieu sait ce qu'on dit de moi à la *Redoute !* Ces propos de tout le monde me perdront dans l'âme d'Alfred. Comment s'y prendrait un Français pour ne pas penser comme *tout le monde ?* Il a bien pu les entendre prononcer, moi présente, sans les contredire, sans m'adresser un mot pour me consoler ! Mais quoi ? est-ce que je l'aime encore ? Les affreux mouvements qui me torturent ne sont-ils pas les derniers efforts de ce malheureux amour ? Il est bas de ne pas se venger ! » Telle fut la dernière pensée de Mina.

Dès qu'il fut jour, elle fit appeler M. de Ruppert. En l'attendant, elle se promenait agitée dans le jardin. Peu à peu un beau soleil d'été se leva et vint éclairer les riantes collines des environs du lac. Cette joie de la nature redoubla la rage de Mina. M. de Ruppert parut enfin. « C'est un fat, se dit Mina en le voyant approcher ; il faut d'abord le laisser parler pendant une heure. »

Elle reçut M. de Ruppert dans le salon, et son œil morne comptait les minutes à la pendule. Le comte était ravi ; pour la première fois cette petite étrangère l'écoutait avec l'attention due à son amabilité.

— Croyez-vous du moins à mes sentiments ? disait-il à Mina comme l'aiguille arrivait sur la minute qui achevait l'heure de patience.

— Vengez-moi, je crois tout, dit-elle.

— Que faut-il faire ?

— Plaire à Mme de Larçay, et faire que son mari sache bien qu'elle le trompe, qu'il ne puisse en douter. Alors il lui rendra le malheur dont les calomnies de cette femme empoisonnent ma vie.

— Votre petit projet est atroce, dit le comte.

— Dites qu'il est difficile à exécuter, répondit Mina avec le sourire de l'ironie.

— Pour difficile, non, reprit le comte piqué. Je perdrai cette femme, ajouta-t-il d'un air léger. C'est dommage, c'était une bonne femme.

— Prenez garde, Monsieur, que je ne vous oblige nullement à plaire réellement à Mme de Larçay, dit Mina. Je désire seulement que son mari ne puisse douter que vous lui plaisez.

Le comte sortit ; Mina fut moins malheureuse. Se venger, c'est agir ; agir, c'est espérer. « Si Alfred meurt, se dit-elle, je mourrai ! » Et elle sourit. Le bonheur qu'elle ressentit en ce moment la sépara pour toujours de la vertu. L'épreuve de cette nuit avait été trop forte pour son caractère ; elle n'était point préparée à se voir calomniée en présence d'Alfred et à le voir ajouter foi à la calomnie. Désormais elle pourra prononcer encore le mot de vertu, mais elle se fera illusion ; la vengeance et l'amour se sont emparés de tout son cœur.

Mina forma dans son esprit tout le projet de sa vengeance ; était-il exécutable ? Ce fut le seul doute qui se présenta à elle. Elle n'avait d'autre moyen d'action que le dévouement d'un sot et beaucoup d'argent.

M. de Larçay parut.

— Que venez-vous faire ici ? dit Mina avec hauteur.

— Je suis fort malheureux ; je viens pleurer avec la meilleure amie que j'aie au monde.

— Quoi ! votre première parole n'est point que vous ne croyez pas à la calomnie dirigée contre moi ! Sortez.

— C'est répondre à de fausses imputations, reprit Alfred avec hauteur, que de vous dire comme je le fais que je ne conçois pas de bonheur pour moi loin de vous. Aniken, ne vous fâchez point, ajouta-t-il, la larme à l'œil. Trouvez un moyen raisonnable pour nous réunir et je suis prêt à tout faire. Disposez de moi, tirez-moi de l'abîme où le hasard m'a plongé ; pour moi, je n'en vois aucun moyen.

— Votre présence ici rend vraies toutes les calomnies de Mme de Larçay ; laissez-moi, et que je ne vous voie plus.

Alfred s'éloigna avec plus de colère que de douleur. « Il ne trouve rien à me dire », se dit Mina ; elle fut au désespoir ; elle était presque obligée de mépriser l'homme qu'elle adorait.

Quoi ! il ne trouvait aucun moyen de se rapprocher d'elle ! Et c'était un homme, un militaire ! Elle, jeune fille, avait trouvé, dès qu'elle l'avait aimé, un moyen et un moyen terrible, le déguisement qui la déshonorait à jamais, s'il était deviné !... Mais Alfred avait dit : *Disposez de moi, trouvez un moyen raisonnable...* Il fallait qu'il y eût encore un peu de remords dans l'âme de Mina, car ces mots la consolèrent : elle avait donc pouvoir pour agir.

« Cependant, reprenait l'avocat du malheur, Alfred n'a point dit : Je ne crois pas à la calomnie. — En effet, se disait-elle, ma folie a beau s'exagérer la différence des manières entre l'Allemagne et la France, je n'ai point l'air d'une femme de chambre. En ce cas, pourquoi une fille de mon âge vient-elle déguisée dans une ville d'eaux ? — Tel qu'il est... je ne puis plus être heureuse qu'avec lui. — « Trouvez un moyen de nous réunir, a-t-il dit ; je suis prêt à tout faire. » — Il est faible et me charge du soin de notre bonheur. — Je prends cette charge, se dit-elle en se levant et se promenant agitée dans le salon. Voyons d'abord si sa passion peut résister à l'absence, ou si c'est un homme à mépriser de tout point, un véritable enfant de l'ironie. Alors Mina de Vanghel parviendra à l'oublier. »

Une heure après, elle partit pour Chambéry, qui n'est qu'à quelques lieues d'Aix.

Alfred, sans croire beaucoup à la religion, trouvait qu'il était de mauvais ton de n'en pas avoir. En arrivant à Chambéry, Mme Cramer engagea un jeune Genevois, qui étudiait pour être ministre protestant, à venir, chaque soir, expliquer la Bible à elle et à Aniken que désormais, par amitié et pour la dédommager de sa colère passée, elle appelait sa nièce. Mme Cramer logeait dans la meilleure auberge, et rien n'était plus facile à éclairer que sa conduite. Se croyant malade, elle avait fait appeler les premiers médecins de Chambéry, qu'elle payait fort bien. Mina les consulta par occasion sur une maladie de la peau, qui quelquefois lui enlevait ses belles couleurs pour lui donner le teint d'une *quarteronne.*

La dame de compagnie commença à être beaucoup moins scandalisée du nom de Cramer qu'on l'avait engagée à prendre et de toute la conduite de Mlle de Vanghel ; elle la croyait tout simplement folle. Mina avait loué *les Charmettes,* maison de campagne dans un vallon isolé à un quart d'heure de Chambéry, où Jean-Jacques Rousseau raconte qu'il a passé les moments les plus heureux de sa vie. Les écrits de cet auteur faisaient sa seule consolation.

Elle eut un jour un moment de bonheur délicieux. Au détour d'un sentier, dans le petit bois de châtaigniers, vis-à-vis la modeste maison des Charmettes, elle trouva Alfred. Elle ne l'avait pas vu depuis quinze jours. Il lui proposa avec une timidité qui enchanta Mina de quitter le service de Mme Cramer et d'accepter de lui une petite inscription de rente.

— Vous auriez une femme de chambre, au lieu de l'être vous-même, et jamais je ne vous verrais qu'en présence de cette femme de chambre.

Aniken refusa par des motifs de religion. Elle lui dit que maintenant Mme Cramer était excellente pour elle, et lui semblait se repentir de la conduite qu'elle avait tenue en arrivant à Aix.

— Je me souviens fort bien, finit-elle par lui dire, des calomnies dont j'ai été l'objet de la part de Mme de Larçay ; elles me font un devoir de vous prier instamment de ne plus revenir aux Charmettes.

Quelques jours plus tard, elle alla à Aix ; elle fut fort contente de M. de Ruppert. Mme de Larçay et ses nouvelles amies profitaient de la belle saison pour faire des excursions dans les environs. A une partie de plaisir que ces dames firent à Haute-Combe (abbaye située de l'autre côté du lac du Bourget, en face d'Aix, et qui est le Saint-Denis des ducs de Savoie), M. de Ruppert, qui, d'après les instructions de Mina, n'avait pas cherché à être de la société de Mme de Larçay, se fit remarquer errant dans les bois qui environnent Haute-Combe. Les amis de Mme de Larçay s'occupèrent beaucoup de cet acte de timidité chez un homme connu par son audace. Il leur sembla clair qu'il avait conçu pour elle une grande passion. Dubois apprit à Mina que son maître vivait dans la plus sombre mélancolie. « Il regrette une aimable compagnie, et, ajouta Dubois, il a un autre sujet de chagrin. Qui l'eût dit d'un homme si sage ? M. le comte de Ruppert lui donne de la jalousie ! »

Cette jalousie amusait M. de Ruppert.

— Voulez-vous me permettre, dit-il à Mlle de Vanghel, de faire intercepter par ce pauvre Larçay une lettre passionnée que j'écrirai à sa femme ? Rien ne sera plaisant comme les dénégations de celle-ci, s'il se détermine à lui en parler.

— A la bonne heure, dit Mina ; mais surtout, ajouta-t-elle d'un ton fort dur, songez à ne pas avoir d'affaire avec M. de Larçay ; s'il meurt, jamais je ne vous épouse.

Elle se repentit bien vite du ton sévère avec lequel elle avait dit ce mot et s'appliqua à se le faire pardonner. Elle s'aperçut que M. de Ruppert n'avait pas senti la dureté du mot qui lui était échappé et son éloignement pour lui en fut augmenté. M. de Ruppert lui conta que peut-être Mme de Larçay n'eût pas été tout à fait insensible à ses soins ; mais pour s'amuser lui-même, tout en lui faisant la cour la plus assidue, il avait grand soin toutes les fois qu'il trouvait l'occasion de lui parler en particulier, de ne lui adresser que les mots les plus indifférents et les propos les plus décolorés.

Mina fut contente de cette manière d'agir. Il était dans ce caractère, qui, avec quelques apparences de la raison, en était l'antipode, de ne pas mépriser à demi. Elle consulta hardiment M. de Ruppert sur un placement considérable qu'elle voulait faire dans la rente de France, et lui fit lire des lettres de son homme d'affaires à Kœnigsberg et de son banquier à Paris. Elle remarqua que la vue de ces lettres éloignait un mot qu'elle ne voulait pas entendre prononcer : son intérêt pour M. de Larçay.

« Quelle différence ! se disait-elle pendant que M. de Ruppert lui donnait de longs avis sur le placement d'argent. Et il y a des gens, ajoutait-elle, qui trouvent que le comte a plus d'esprit et d'amabilité qu'Alfred ! O nation de gens grossiers ! ô nation de vaudevillistes ! Oh ! que la bonhomie grave de mes braves Allemands me plairait davantage, sans la triste nécessité de paraître à une cour et d'épouser l'aide de camp favori du roi ! »

Dubois vint lui dire qu'Alfred avait surpris une lettre singulière adressée à Mme de Larçay par le comte de Ruppert ; Alfred l'avait montrée à sa femme, qui avait prétendu que cette lettre n'était qu'une mauvaise plaisanterie. A ce récit, Mina ne fut plus maîtresse de son inquiétude. M. de Ruppert pouvait jouer tous les rôles, excepté celui d'un homme trop patient. Elle lui proposa de venir passer huit jours à Chambéry ; il marqua peu d'empressement.

— Je fais des démarches assez ridicules ; j'écris une lettre qui peut faire anecdote contre moi ; au moins ne faut-il pas que j'aie l'air de me cacher.

— Et justement, il faut que vous vous cachiez, reprit Mina avec hauteur. Voulez-vous me venger, oui ou non ? Je ne veux pas que Mme de Larçay me doive le bonheur d'être veuve.

— Vous aimeriez mieux, je parie, que son mari fût veuf !

— Et que vous importe ? repartit Mina.

Elle eut une scène fort vive avec M. de Ruppert, qui la quitta furieux ; mais il réfléchit apparemment sur le peu de probabilité qu'on inventât la calomnie qu'il redoutait. Sa vanité lui rappela que sa bravoure était connue. Il pouvait réparer par une seule démarche toutes les folies de sa jeunesse et conquérir en un moment une position superbe dans la société de Paris ; cela valait mieux qu'un duel.

La première personne que Mina revit aux Charmettes le lendemain de son retour d'Aix, ce fut M. de Ruppert. Sa présence la rendit heureuse ; mais le soir même, elle fut vivement troublée : M. de Larçay vint la voir.

— Je ne chercherai ni excuse ni prétexte, lui dit-il avec simplicité. Je ne puis rester quinze jours sans vous voir, et hier il y a eu quinze jours que je ne vous ai vue.

Mina aussi avait compté les jours ; jamais elle ne s'était sentie entraînée vers Alfred avec autant de charme ; mais elle tremblait qu'il n'eût une affaire avec M. de Ruppert. Elle fit tout au monde pour obtenir de lui quelque confidence au sujet de la lettre interceptée. Elle le trouva préoccupé, mais il ne lui dit rien ; elle ne put obtenir autre chose que ceci :

— J'éprouve un vif chagrin, lui dit-il enfin ; il ne s'agit ni d'ambition ni d'argent, et l'effet le plus clair de ma triste position est de redoubler l'amitié passionnée que j'ai pour vous. Ce qui me désespère, c'est que le devoir n'a aucun empire sur mon cœur. Décidément je ne puis vivre sans vous.

— Moi, je ne vivrai jamais sans vous, lui dit-elle en prenant sa main qu'elle couvrit de baisers et l'empêchant de lui sauter au cou. Songez à ménager votre vie, car je ne vous survivrai pas d'une heure.

— Ah ! vous savez tout ! reprit Alfred, et il se fit violence pour ne pas continuer.

Le lendemain de son retour à Aix, une seconde lettre anonyme apprit à M. de Larçay que, pendant sa dernière course dans les montagnes (c'était le temps qu'il avait employé à aller à Chambéry), sa femme avait reçu chez elle M. de Ruppert. L'avis anonyme finissait ainsi : « Ce soir, vers le minuit, on doit recevoir M. de R... Je sens trop que je ne puis vous inspirer aucune confiance ; ainsi n'agissez point à la légère. Ne vous fâchez, si vous devez vous fâcher, qu'après avoir vu. Si je me trompe et si je vous trompe, vous en serez quitte pour une nuit passée dans quelque cachette auprès de la chambre de Mme de Larçay. »

Alfred fut fort troublé par cette lettre. Un instant après, il reçut un mot d'Aniken. « Nous arrivons à Aix ; Mme Cramer vient de se retirer dans sa chambre. Je suis libre ; venez. »

M. de Larçay pensa qu'avant de se mettre en embuscade dans le jardin de la maison, il avait le temps de passer dix minutes avec Aniken. Il arriva chez elle extrêmement troublé. Cette nuit, qui était déjà commencée, allait être aussi décisive pour Mina que pour lui ; mais elle était tranquille. A toutes les objections que lui faisait sa raison, elle avait la même réponse : la mort.

— Vous vous taisez, lui dit Mina, mais il est clair qu'il vous arrive quelque chose d'extraordinaire. Vous ne deviez pas me donner le chagrin de vous voir. Mais puisque vous avez tant fait que de venir, je ne veux pas vous quitter de toute la soirée.

Contre l'attente de Mina, Alfred y consentit sans peine. Dans les circonstances décisives, une âme forte répand autour d'elle une sorte de magnanimité qui est le bonheur.

— Je vais faire le sot métier de mari, lui dit enfin Alfred. Je vais me cacher dans mon jardin ; c'est, ce me semble, la façon la moins pénible de sortir du malheur où vient de me plonger une lettre anonyme. Il la lui montra.

— Quel droit avez-vous, lui dit Mina, de déshonorer Mme de Larçay ? N'êtes-vous pas en état de divorce évident ? Vous l'abandonnez et renoncez au droit de tenir son âme occupée ; vous la laissez barbarement à l'ennui naturel à une femme de trente ans riche et sans le plus petit malheur ; n'a-t-elle pas le droit d'avoir quelqu'un qui la désennuie ? Et c'est vous qui me dites que vous m'aimez, vous, plus criminel qu'elle car avant elle, vous avez outragé votre lien commun, et vous êtes fou ; c'est vous qui voulez la condamner à un éternel ennui !

Cette façon de penser était trop haute pour Alfred ; mais le ton de la voix de Mina lui donnait de la force. Il admirait le pouvoir qu'elle avait sur lui, il en était charmé.

— Tant que vous daignerez m'admettre auprès de vous, lui dit-il enfin, je ne connaîtrai pas cet ennui dont vous parlez.

A minuit, tout était tranquille depuis longtemps sur les bords du lac ; on eût distingué le pas d'un chat. Mina avait suivi Alfred derrière une de ces murailles de charmille encore en usage dans les jardins de Savoie. Tout à coup un homme sauta d'un mur dans le jardin. Alfred voulut courir à lui ; Mina le retint fortement.

— Qu'apprendrez-vous si vous le tuez ? lui dit-elle fort bas. Et si ce n'était qu'un voleur ou l'amant d'une autre femme que la vôtre, quel regret de l'avoir tué !

Alfred avait reconnu le comte ; il était transporté de colère. Mina eut beaucoup de peine à le retenir. Le comte prit une échelle cachée le long d'un mur, la dressa vivement contre une galerie en bois de huit ou dix pieds de haut qui régnait le long du premier étage de la maison. Une des fenêtres de la chambre de Mme de Larçay donnait sur cette galerie. M. de Ruppert entra dans l'appartement par une fenêtre du salon. Alfred courut à une petite porte du rez-de-chaussée qui donnait sur le jardin ; Mina le suivit. Elle retarda de quelques instants le moment où il put saisir un briquet et allumer une bougie. Elle parvint à lui ôter ses pistolets.

— Voulez-vous, lui dit-elle, réveiller par un coup de pistolet les baigneurs qui occupent les autres étages de cette maison ? Ce serait une plaisante anecdote pour demain matin ! Même dans l'instant d'une vengeance ridicule à mes yeux, ne vaut-il pas mieux qu'un public méchant et désœuvré n'apprenne l'offense qu'en même temps que la vengeance ?

Alfred s'avança jusqu'à la porte de la chambre de sa femme ; Mina le suivait toujours :

— Il serait plaisant, lui dit-elle, qu'en ma présence vous eussiez le courage de maltraiter votre femme !

Parvenu à la porte, Alfred rouvrit vivement. Il vit M. de Ruppert s'échapper en chemise de derrière le lit de Mme de Larçay qui était au fond de la pièce. M. de Ruppert avait six pas d'avance, il eut le temps d'ouvrir la fenêtre et s'élança sur la galerie de bois, et de la galerie dans le jardin. M. de Larçay le suivit rapidement ; mais au moment où il arriva au mur à hauteur d'appui qui séparait le jardin du lac, la barque dans laquelle M. de Ruppert s'échappait était déjà à cinq ou six toises du bord.

— A demain, Monsieur de Ruppert ! lui cria M. de Larçay.

112

On ne répondit pas. M. de Larçay remonta rapidement chez sa femme. Il trouva Mina agitée qui se promenait dans le salon qui précédait la chambre à coucher. Elle l'arrêta comme il passait.

— Que prétendez-vous faire ? lui dit-elle. Assassiner Mme de Larçay ? De quel droit ? Je ne le souffrirai pas. Si vous ne me donnez pas votre poignard, j'élève la voix pour la prévenir de se sauver. Il est vrai que ma présence ici me compromet d'une manière atroce aux yeux de vos gens.

Mina vit que ce mot faisait effet.

— Quoi ! vous m'aimez et vous voulez me déshonorer ! ajouta-t-elle vivement.

M. de Larçay lui jeta son poignard et entra furieux dans la chambre de sa femme. La scène fut vive. Mme de Larçay, parfaitement innocente, avait cru qu'il s'agissait d'un voleur ; elle n'avait vu ni entendu M. de Ruppert.

— Vous êtes un fou, finit-elle par dire à son mari, et plût à Dieu que vous ne fussiez qu'un fou ! Vous voulez apparemment une séparation ; vous l'aurez. Ayez du moins la sagesse de ne rien dire. Demain je retourne à Paris ; je dirai que vous voyagez en Italie, où je n'ai pas voulu vous suivre.

— A quelle heure comptez-vous vous battre demain matin ? dit Mlle de Vanghel, quand elle revit Alfred.

— Que dites-vous ? répondit M. de Larçay.

— Qu'il est inutile de feindre avec moi. Je désire qu'avant d'aller chercher M. de Ruppert, vous me donniez la main pour monter dans un bateau ; je veux me promener sur le lac. Si vous êtes assez sot pour vous laisser tuer, l'eau du lac terminera mes malheurs.

— Eh bien ! chère Aniken, rendez-moi heureux ce soir. Demain peut-être ce cœur qui, depuis que je vous connais, n'a battu que pour vous, cette main charmante que je presse contre mon sein, appartiendront à des cadavres éclairés par un cierge et gardés dans le coin d'une église par deux prêtres savoyards. Cette belle journée est le moment suprême de notre vie, qu'elle en soit le plus heureux !

Mina eut beaucoup de peine à résister aux transports d'Alfred.

— Je serai à vous, lui dit-elle enfin, mais si vous vivez. Dans ce moment-ci le sacrifice serait trop grand ; j'aime mieux vous voir comme vous êtes.

Cette journée fut la plus belle de la vie de Mina. Probablement la perspective de la mort et la générosité du sacrifice qu'elle faisait anéantissaient les derniers mouvements de remords.

Le lendemain, longtemps avant le lever du soleil, Alfred vint lui donner la main, et la fit monter dans un joli bateau de promenade.

— Pourriez-vous rêver un bonheur plus grand que celui dont nous jouissons ? disait-elle à Alfred en descendant vers le lac.

De ce moment vous m'appartenez, vous êtes ma femme, dit Alfred, et je vous promets de vivre et de venir sur le rivage appeler le bateau là-bas, auprès de cette croix.

Six heures sonnèrent au moment où Mina allait lui dire qui elle était. Elle ne voulut pas s'éloigner de la côte, et les bateliers se mirent à pêcher ce qui la délivra de leurs regards et lui fit plaisir. Comme huit heures sonnaient, elle vit Alfred accourir au rivage. Il était fort pâle. Mina se fit descendre.

— Il est blessé, peut-être dangereusement, lui dit Alfred.

— Prenez ce bateau, mon ami, lui dit Mina. Cet accident vous met à la merci des autorités du pays, disparaissez pour deux jours. Allez à Lyon ; je vous tiendrai au courant de ce qui arrivera. Alfred hésitait.

— Songez aux propos des baigneurs.

Ce mot décida M. de Larçay ; il s'embarqua.

Le jour suivant, M. de Ruppert fut hors de danger ; mais il pouvait être retenu au lit un mois ou deux. Mina le vit dans la nuit, et fut pour lui parfaite de grâce et d'amitié.

— N'êtes-vous pas mon *promis?* lui dit-elle avec une fausseté pleine de naturel. Elle le détermina à accepter une délégation très considérable sur son banquier de Francfort.

— Il faut que je parte pour Lausanne, lui dit Mina. Avant notre mariage, je veux vous voir racheter le magnifique hôtel de votre famille que vos folies vous ont obligé de vendre. Pour cela il faut aliéner une grande terre que je possède près de Custrin. Dès que vous pourrez marcher, allez vendre cette terre; je vous enverrai la procuration nécessaire de Lausanne. Consentez un rabais sur le prix de cette terre s'il le faut, ou escomptez les lettres de change que vous obtiendrez. Enfin, ayez de l'argent comptant à tout prix. Si je vous épouse, il est convenable que vous paraissiez au contrat de mariage aussi riche que moi.

Le comte n'eut pas le moindre soupçon que Mina le traitait comme un agent subalterne, que l'on récompense avec de l'argent.

A Lausanne, Mina avait le bonheur de recevoir par tous les courriers des lettres d'Alfred. M. de Larçay commençait à comprendre combien son duel simplifiait sa position à l'égard de Mina et de sa femme.

— Elle n'est pas coupable envers vous, lui disait Mina : vous l'avez abandonnée le premier, et au milieu d'une foule d'hommes aimables, peut-être s'est-elle trompée en choisissant M. de Ruppert; mais le bonheur de Mme de Larçay ne doit pas être diminué du côté de l'argent.

Alfred lui laissa une pension de cinquante mille francs; c'était plus de la moitié de son revenu.

— De quoi aurai-je besoin ? écrivait-il à Mina. Je compte ne reparaître à Paris que dans quelques années, quand cette ridicule aventure sera oubliée.

— C'est ce que je ne veux pas, lui répondit Mina ; vous feriez événement à votre retour. Allez vous montrer pendant quinze jours à l'opinion publique tandis qu'elle s'occupe de vous. Songez que votre femme n'a aucun tort.

Un mois après, M. de Larçay rejoignit Mina au charmant village de Belgirate, sur le lac Majeur, à quelques milles des îles Borromées. Elle voyageait sous un faux nom ; elle était si amoureuse qu'elle dit à Alfred :

— Dites si vous le voulez à Mme Cramer que vous êtes fiancé avec moi, que vous êtes mon *promis*, comme nous disons en Allemagne. Je vous recevrai toujours avec bonheur, mais jamais hors de la présence de Mme Cramer.

M. de Larçay crut que quelque chose manquait à son bonheur ; mais dans la vie d'aucun homme on ne saurait trouver une époque aussi heureuse que le mois de septembre qu'il passa avec Mina sur le lac Majeur. Mina l'avait trouvé si sage que peu à peu elle avait perdu l'habitude d'emmener Mme Cramer dans leurs promenades.

Un jour, en voguant sur le lac, Alfred lui disait en riant :

— Qui êtes-vous donc, enchanteresse ? pour femme de chambre, ou même mieux, de Mme Cramer, il n'y a pas moyen que je croie cela.

— Eh bien ! voyons, répondit Mina, que voulez-vous que je sois ? Une actrice qui a gagné un gros lot à la loterie, et qui a voulu passer quelques années de jeunesse dans un monde de féerie, ou peut-être une demoiselle entretenue qui, après la mort de son amant, a voulu changer de caractère ?

— Vous seriez cela, et pire encore, que si demain j'apprenais la mort de Mme de Larçay, après-demain je vous demanderais en mariage.

Mina lui sauta au cou.

— Je suis Mina de Vanghel, que vous avez vue chez Mme de Cély. Comment ne m'avez-vous pas reconnue ? Ah ! c'est que l'amour est aveugle, ajouta-t-elle en riant.

Quelque bonheur que goûtât Alfred à pouvoir estimer Mina, celui de Mina fut plus intime encore. Il manquait à son bonheur de pouvoir ne rien cacher à son ami. Dès qu'on aime, celui qui trompe est malheureux.

Cependant Mlle de Vanghel eût bien fait de ne pas dire son nom à M. de Larçay. Au bout de quelques mois, Mina remarqua un fonds de mélancolie chez Alfred. Ils étaient venus passer l'hiver à Naples avec un passeport qui les nommait mari et femme. Mina ne lui déguisait aucune de ses pensées ; le génie de Mina faisait peur au sien. Elle se figura qu'il regrettait Paris ; elle le conjura à genoux d'y aller passer un mois. Il jura qu'il ne le désirait pas. Sa mélancolie continuait.

— Je mets à un grand hasard le bonheur de ma vie, lui dit un jour Mina ; mais la mélancolie où je vous vois est plus forte que mes résolutions.

Alfred ne comprenait pas trop ce qu'elle voulait dire, mais rien n'égala son ivresse quand, après midi, Mina lui dit :

— Menez-moi à Torre del Greco.

Elle crut avoir deviné la cause du fonds de tristesse qu'elle avait remarqué chez Alfred, depuis qu'elle était toute à lui, car il était parfaitement heureux. Folle de bonheur et d'amour, Mina oublia toutes ses idées.

« La mort et mille morts arriveraient demain, se disait-elle, que ce n'est pas trop pour acheter ce qui m'arrive depuis le jour où Alfred s'est battu. » Elle trouvait un bonheur délicieux à faire tout ce que désirait Alfred. Exaltée par ce bonheur, elle n'eut pas la prudence de jeter un voile sur les fortes pensées qui faisaient l'essence de son caractère. Sa manière de chercher le bonheur, non seulement devait paraître singulière à une âme vulgaire, mais encore la choquer. Elle avait eu soin jusque-là de ménager dans M. de Larçay ce qu'elle appelait les préjugés français ; elle avait besoin de s'expliquer par la différence de nation ce qu'elle était obligée de ne pas admirer en lui : ici Mina sentit le désavantage de l'éducation forte que lui avait donnée son père ; cette éducation pouvait facilement la rendre odieuse.

Dans son ravissement, elle avait l'imprudence de penser tout haut avec Alfred. Heureux qui, arrivé à ce période de l'amour, fait pitié à ce qu'il aime et non pas envie ! Elle était tellement folle, son amant était tellement à ses yeux le type de tout ce qu'il y avait de noble, de beau, d'aimable et d'adorable au monde, que, quand elle l'aurait voulu, elle n'aurait pas eu le courage de lui dérober aucune de ses pensées. Lui cacher la funeste intrigue qui avait amené les événements de la nuit d'Aix, était déjà depuis longtemps pour elle un effort presque au-dessus de ses facultés.

Du moment où l'ivresse des sens ôta à Mina la force de n'être pas d'une franchise complète envers M. de Larçay, ses rares qualités se tournèrent contre elle. Mina le plaisantait sur ce fonds de tristesse qu'elle observait chez lui. L'amour qu'il lui inspirait se porta bientôt au dernier degré de folie. « Que je suis folle de m'inquiéter ! se dit-elle enfin. C'est que j'aime plus que lui. Folle que je suis, de me tourmenter d'une chose qui se rencontre toujours dans le plus vif des bonheurs qu'il y ait sur la terre ! J'ai d'ailleurs le malheur d'avoir le caractère plus inquiet que lui, et enfin, Dieu est juste, ajouta-t-elle en soupirant (car le remords venait souvent troubler son bonheur depuis qu'il était extrême), j'ai une grande faute à me reprocher : la nuit d'Aix pèse sur ma vie. »

Mina s'accoutuma à l'idée qu'Alfred était destiné par sa nature à aimer moins passionnément qu'elle. « Fût-il moins tendre encore, se disait-elle, mon sort est de l'adorer. Je suis bien heureuse qu'il n'ait pas de vices infâmes. Je sens trop que les crimes ne me coûteraient rien, s'il voulait m'y entraîner. »

Un jour, quelle que fût l'illusion de Mina, elle fut frappée de la sombre inquiétude qui rongeait Alfred. Depuis longtemps il avait adopté l'idée de laisser à Mme de Larçay le revenu de tous ses biens, de se faire protestant et d'épouser Mina. Ce jour-là, le prince de S... donnait une fête qui mettait tout Naples en mouvement, et à laquelle naturellement ils n'étaient pas invités ; Mina se figura que son amant regrettait les jouissances et l'éclat d'une grande fortune. Elle le pressa vivement de partir au premier jour pour Kœnigsberg. Alfred baissait les yeux et ne répondait pas. Enfin il les leva vivement, et son regard exprimait le soupçon le plus pénible, mais non l'amour. Mina fut atterrée.

— Dites-moi une chose, Mina. La nuit où je surpris M. de Ruppert chez ma femme, aviez-vous connaissance des projets du comte ? En un mot, étiez-vous d'accord avec lui ?

— Oui ! répondit Mina avec fermeté ! Mme de Larçay n'a jamais songé au comte ; j'ai cru que vous m'apparteniez parce que je vous aimais. Les deux lettres anonymes sont de moi.

— Ce trait est infâme, reprit Alfred froidement. L'illusion cesse, je vais rejoindre ma femme. Je vous plains et ne vous aime plus.

Il y avait de l'amour-propre piqué dans le ton de sa voix. Il sortit.

« Voilà à quoi les grandes âmes sont exposées, mais elles ont leur ressource », se dit Mina en se mettant à la fenêtre et suivant des yeux son amant jusqu'au bout de la rue. Quand il eut disparu, elle alla dans la chambre d'Alfred et se tua d'un coup de pistolet dans le cœur. Sa vie fut-elle un faux calcul ? Son bonheur avait duré huit mois. C'était une âme trop ardente pour se contenter du réel de la vie.

VITTORIA ACCORAMBONI

DUCHESSE DE BRACIANO

Malheureusement pour moi comme pour le lecteur, ceci n'est point un roman, mais la traduction fidèle d'un récit fort grave écrit à Padoue en décembre 1585.

Je me trouvais à Mantoue il y a quelques années, je cherchais des ébauches et de petits tableaux en rapport avec ma petite fortune, mais je voulais les peintres antérieurs à l'an 1600; vers cette époque acheva de mourir l'originalité italienne, déjà mise en grand péril par la prise de Florence en 1530.

Au lieu de tableaux, un vieux patricien fort riche et fort avare me fit offrir à vendre, et très cher, de vieux manuscrits jaunis par le temps; je demandai à les parcourir; il y consentit, ajoutant qu'il se fiait à ma probité, pour ne pas me souvenir des anecdotes piquantes que j'aurais lues, si je n'achetais pas les manuscrits.

Sous cette condition, qui me plut, j'ai parcouru, au grand détriment de mes yeux, trois ou quatre cents volumes où furent entassés, il y a deux ou trois siècles, des récits d'aventures tragiques, des lettres de défi relatives à des duels, des traités de pacification entre des nobles voisins, des mémoires sur toutes sortes de sujets, etc., etc. Le vieux propriétaire demandait un prix énorme de ces manuscrits. Après bien des pourparlers, j'achetai fort cher le droit de faire copier certaines historiettes qui me plaisaient et qui montrent les mœurs de l'Italie vers l'an 1500. J'en ai vingt-deux volumes in-folio, et c'est une de ces histoires fidèlement traduites que le lecteur va lire, si toutefois il est doué de patience. Je sais l'histoire du seizième siècle en Italie, et je crois que ce qui suit est parfaitement vrai. J'ai pris de la peine pour que la traduction de cet ancien style italien, grave, direct, souverainement obscur et chargé d'allusions aux choses et aux idées qui occupaient le monde sous le pontificat de Sixte-Quint (en 1585), ne présentât pas de reflets de la belle littérature moderne, et des idées de notre siècle sans préjugés.

L'auteur inconnu du manuscrit est un personnage circonspect, il ne juge jamais un fait, ne le prépare jamais ; son affaire unique est de raconter avec vérité. Si quelquefois il est pittoresque à son insu, c'est que, vers 1585, la vanité n'enveloppait point toutes les actions des hommes d'une auréole d'affectation ; on croyait ne pouvoir agir sur le voisin qu'en s'exprimant avec la plus grande clarté possible. Vers 1585, à l'exception des fous entretenus dans les cours, ou des poètes, personne ne songeait à être aimable par la parole. On ne disait point encore : « Je mourrai aux pieds de Votre Majesté », au moment où l'on venait d'envoyer chercher des chevaux de poste pour prendre la fuite ; c'était un genre de trahison qui n'était pas inventé. On parlait peu, et chacun donnait une extrême attention à ce qu'on lui disait.

Ainsi, ô lecteur bénévole ! ne cherchez point ici un style piquant, rapide, brillant de fraîches allusions aux façons de sentir à la mode, ne vous attendez point surtout aux émotions entraînantes d'un roman de George Sand ; ce grand écrivain eût fait un chef-d'œuvre avec la vie et les malheurs de *Vittoria Accoramboni*. Le récit sincère que je vous présente ne peut avoir que les avantages plus modestes de l'histoire. Quand par hasard, courant la poste seul à la tombée de la nuit, on s'avise de réfléchir au grand art de connaître le cœur humain, on pourra prendre pour base de ses jugements les circonstances de l'histoire que voici.

L'auteur dit tout, explique tout, ne laisse rien à faire à l'imagination du lecteur ; il écrivit douze jours après la mort de l'héroïne [1].

Vittoria Accoramboni naquit d'une fort noble famille, dans une petite ville du duché d'Urbin, nommée Agubio. Dès son enfance elle fut remarquée de tous, à cause d'une rare et extraordinaire beauté ; mais cette beauté fut son moindre charme : rien ne lui manqua de ce qui peut faire admirer une fille de haute naissance ; mais rien ne fut si remarquable en elle, et l'on peut dire rien ne tint autant du prodige, parmi tant de qualités extraordinaires, qu'une certaine grâce toute charmante qui dès la première vue lui gagnait le cœur et la volonté de chacun. Et cette simplicité qui donnait de l'empire à ses moindres paroles n'était troublée par aucun soupçon d'artifice ; dès l'abord on prenait confiance en cette dame douée d'une si extraordinaire beauté. On aurait pu, à toute force, résister à cet enchantement, si on n'eût fait que la voir ; mais, si on l'entendait parler, si surtout on venait à avoir quelque conversation avec elle, il était de toute impossibilité d'échapper à un charme aussi extraordinaire.

Beaucoup de jeunes cavaliers de la ville de Rome, qu'habitait son père, et où l'on voit son palais place des *Rusticuci,* près Saint-Pierre, désirèrent obtenir sa main. Il y eut force jalousies et bien des rivalités, mais enfin les parents de Vittoria préférèrent Félix Peretti, neveu du cardinal Montalto, qui a été depuis le pape Sixte-Quint, heureusement régnant.

Félix, fils de Camille Peretti, sœur du cardinal, s'appela d'abord François Mignucci ; il prit les noms de Félix Peretti lorsqu'il fut solennellement adopté par son oncle.

Vittoria, entrant dans la maison Peretti, y porta, à son

---

[1] Le manuscrit italien est déposé au bureau de la *Revue des Deux Mondes.*

insu, cette prééminence que l'on peut appeler fatale, et qui la suivait en tous lieux ; de façon que l'on peut dire que, pour ne pas l'adorer, il fallait ne l'avoir jamais vue[1]. L'amour que son mari avait pour elle allait jusqu'à une véritable folie ; sa belle-mère, Camille, et le cardinal Montalto lui-même, semblaient n'avoir d'autre occupation sur la terre que celle de deviner les goûts de Vittoria, pour chercher aussitôt à les satisfaire. Rome entière admira comment ce cardinal, connu par l'exiguïté de sa fortune non moins que par son horreur pour toute espèce de luxe, trouvait un plaisir si constant à aller au-devant de tous les souhaits de Vittoria. Jeune, brillante de beauté, adorée de tous, elle ne laissait pas d'avoir quelquefois des fantaisies fort coûteuses. Vittoria recevait de ses nouveaux parents des joyaux du plus grand prix, des perles, et enfin tout ce qui paraissait de plus rare chez les orfèvres de Rome, en ce temps-là fort bien fournis.

Pour l'amour de cette nièce aimable, le cardinal Montalto, si connu par sa sévérité, traita les frères de Vittoria comme s'ils eussent été ses propres neveux. Octave Accoramboni, à peine arrivé à l'âge de trente ans, fut, par l'intervention du cardinal Montalto, désigné par le duc d'Urbin et créé, par le pape Grégoire XIII, évêque de Fossombrone ; Marcel Accoramboni, jeune homme d'un courage fougueux, accusé de plusieurs crimes, et vivement pourchassé par la *corte*[2], avait échappé à grand-peine à des poursuites qui pouvaient le mener à la mort. Honoré

---

[1] On voit à Milan, autant que je puis me souvenir, dans la bibliothèque Ambrosienne, des sonnets remplis de grâce et de sentiment, et d'autres pièces de vers, ouvrage de Vittoria Accoramboni. D'assez bons sonnets ont été faits dans le temps sur son étrange destinée. Il paraît qu'elle avait autant d'esprit que de grâce et de beauté.
[2] C'était le corps armé chargé de veiller à la sûreté publique, les gendarmes et agents de police de l'an 1580. Ils étaient commandés par un capitaine appelé Bargello, lequel était personnellement responsable de l'exécution des ordres de monseigneur le gouverneur de Rome (le préfet de police).

de la protection du cardinal, il put recouvrer une sorte de tranquillité.

Un troisième frère de Vittoria, Jules Accoramboni, fut admis par le cardinal Alexandre Sforza aux premiers honneurs de sa cour, aussitôt que le cardinal Montalto en eut fait la demande.

En un mot, si les hommes savaient mesurer leur bonheur, non sur l'insatiabilité infinie de leurs désirs, mais par la jouissance réelle des avantages qu'ils possèdent déjà, le mariage de Vittoria avec le neveu du cardinal Montalto eût pu sembler aux Accoramboni le comble des félicités humaines. Mais le désir insensé d'avantages immenses et incertains peut jeter les hommes les plus comblés des faveurs de la fortune dans des idées étranges et pleines de périls.

Bien est-il vrai que si quelqu'un des parents de Vittoria, ainsi que dans Rome beaucoup en eurent le soupçon, contribua, par le désir d'une plus haute fortune, à la délivrer de son mari, il eut lieu de reconnaître bientôt après combien il eût été plus sage, de se contenter des avantages modérés d'une fortune agréable et qui devait atteindre sitôt au faîte de tout ce que peut désirer l'ambition des hommes.

Pendant que Vittoria vivait ainsi reine dans sa maison, un soir que Félix Peretti venait de se mettre au lit avec sa femme, une lettre lui fut remise par une nommée Catherine, née à Bologne et femme de chambre de Vittoria. Cette lettre avait été apportée par un frère de Catherine, Dominique d'Aquaviva, surnommé le *Mancino* (le gaucher). Cet homme était banni de Rome pour plusieurs crimes ; mais, à la prière de Catherine, Félix lui avait procuré la puissante protection de son oncle le cardinal, et le *Mancino* venait souvent dans la maison de Félix, qui avait en lui beaucoup de confiance.

La lettre dont nous parlons était écrite au nom de Marcel Accoramboni, celui de tous les frères de Vittoria qui était le plus cher à son mari. Il vivait le plus souvent caché hors de Rome ; mais cependant quelquefois il se hasardait à entrer en ville, et alors il trouvait un refuge dans la maison de Félix.

Par la lettre remise à cette heure indue, Marcel appelait à son secours son beau-frère Félix Peretti; il le conjurait de venir à son aide, et ajoutait que, pour une affaire de la plus grande urgence, il l'attendait près du palais de Montecavallo.

Félix fit part à sa femme de la singulière lettre qui lui était remise, puis il s'habilla et ne prit d'autre arme que son épée. Accompagné d'un seul domestique qui portait une torche allumée, il était sur le point de sortir quand il trouva sous ses pas sa mère Camille, toutes les femmes de la maison, et parmi elles Vittoria elle-même; toutes le suppliaient avec les dernières instances de ne pas sortir à cette heure avancée. Comme il ne se rendait pas à leurs prières, elles tombèrent à genoux, et, les larmes aux yeux, le conjurèrent de les écouter.

Ces femmes, et surtout Camille, étaient frappées de terreur par le récit des choses étranges qu'on voyait arriver tous les jours, et demeurer impunies dans ces temps de pontificat de Grégoire XIII, pleins de troubles et d'attentats inouïs. Elles étaient encore frappées d'une idée : Marcel Accoramboni, quand il se hasardait à pénétrer dans Rome, n'avait pas pour habitude de faire appeler Félix, et une telle démarche, à cette heure de la nuit, leur semblait hors de toute convenance.

Rempli de tout le feu de son âge, Félix ne se rendait point à ces motifs de crainte; mais, quand il sut que la lettre avait été apportée par le *Mancino,* homme qu'il aimait beaucoup et auquel il avait été utile, rien ne put l'arrêter, et il sortit de la maison.

Il était précédé, comme il a été dit, d'un seul domestique portant une torche allumée; mais le pauvre jeune homme avait à peine fait quelques pas de la montée de Montecavallo qu'il tomba frappé de trois coups d'arquebuse. Les assassins, le voyant par terre, se jetèrent sur lui, et le criblèrent à l'envi de coups de poignard, jusqu'à ce qu'il leur parût bien mort. A l'instant, cette nouvelle fatale fut portée à la mère et à la femme de Félix, et, par elles, elle parvint au cardinal son oncle.

Le cardinal, sans changer de visage, sans trahir la plus petite émotion, se fit promptement revêtir de ses habits, et puis se recommanda soi-même à Dieu, et cette pauvre âme (ainsi prise à l'improviste). Il alla ensuite chez sa nièce, et, avec une gravité admirable et un air de paix profonde, il mit un frein aux cris et aux pleurs féminins qui commençaient à retentir dans toute la maison. Son autorité sur ces femmes fut d'une telle efficacité, qu'à partir de cet instant, et même au moment où le cadavre fut emporté hors de la maison, l'on ne vit ou l'on n'entendit rien de leur part qui s'écartât le moins du monde de ce qui a lieu, dans les familles les plus réglées, pour les morts les plus prévues. Quant au cardinal Montalto lui-même, personne ne put surprendre en lui les signes, même modérés, de la douleur la plus simple : rien ne fut changé dans l'ordre et l'apparence extérieure de sa vie. Rome en fut bientôt convaincue, elle qui observait avec sa curiosité ordinaire les moindres mouvements d'un homme si profondément offensé.

Il arriva par hasard que, le lendemain même de la mort violente de Félix, le consistoire (des cardinaux) était convoqué au Vatican. Il n'y eut pas d'homme dans toute la ville qui ne pensât que pour ce premier jour, à tout le moins, le cardinal Montalto s'exempterait de cette *fonction* publique. Là, en effet, il devait paraître sous les yeux de tant et de si curieux témoins ! On observerait les moindres mouvements de cette faiblesse naturelle, et toutefois si convenable à celer chez un personnage qui d'une place éminente aspire à une plus éminente encore ; car tout le monde conviendra qu'il n'est pas convenable que celui qui ambitionne de s'élever au-dessus de tous les autres hommes se montre ainsi homme comme les autres.

Mais les personnes qui avaient ces idées se trompèrent doublement, car d'abord, selon sa coutume, le cardinal

Montalto fut des premiers à paraître dans la salle du consistoire, et ensuite il fut impossible aux plus clairvoyants de découvrir en lui un signe quelconque de sensibilité humaine. Au contraire, par ses réponses à ceux de ses collègues qui, à propos d'un événement si cruel, cherchèrent à lui présenter des paroles de consolation, il sut frapper tout le monde d'étonnement. La constance et l'apparente immobilité de son âme au milieu d'un si atroce malheur devinrent aussitôt l'entretien de la ville.

Bien est-il vrai que dans ce même consistoire quelques hommes, plus exercés dans l'art des cours, attribuèrent cette apparente insensibilité non à un défaut de sentiment, mais à beaucoup de dissimulation; et cette manière de voir fut bientôt après partagée par la multitude des courtisans, car il était utile de ne pas se montrer trop profondément blessé d'une offense dont sans doute l'auteur était puissant, et pouvait plus tard peut-être barrer le chemin à la dignité suprême.

Quelle que fût la cause de cette insensibilité apparente et complète, un fait certain, c'est qu'elle frappa d'une sorte de stupeur Rome entière et la cour de Grégoire XIII. Mais, pour en revenir au consistoire, quand, tous les cardinaux réunis, le pape lui-même entra dans la salle, il tourna aussitôt les yeux vers le cardinal Montalto, et on vit Sa Sainteté répandre des larmes; quant au cardinal, ses traits ne sortirent point de leur immobilité ordinaire.

L'étonnement redoubla quand, dans le même consistoire, le cardinal Montalto étant allé à son tour s'agenouiller devant le trône de Sa Sainteté, pour lui rendre compte des affaires dont il était chargé, le pape, avant de lui permettre de commencer, ne put s'empêcher de laisser éclater ses sanglots. Quand Sa Sainteté fut en état de parler, elle chercha à consoler le cardinal en lui promettant qu'il serait fait prompte et sévère justice d'un attentat si énorme. Mais le cardinal, après avoir remercié très humblement Sa Sainteté, la supplia de ne pas ordonner de recherches sur ce qui était arrivé, protestant que, pour sa part, il pardonnait de bon cœur à l'auteur quel qu'il pût être. Et immédiatement après cette prière, exprimée en très peu de mots, le cardinal passa au détail des affaires dont il était chargé, comme si rien d'extraordinaire ne fût arrivé.

Les yeux de tous les cardinaux présents au consistoire étaient fixés sur le pape et sur Montalto; et, quoiqu'il soit assurément fort difficile de donner le change à l'œil exercé des courtisans, aucun pourtant n'osa dire que le visage du cardinal Montalto eût trahi la moindre émotion en voyant de si près les sanglots de Sa Sainteté, laquelle, à dire vrai, était tout à fait hors d'elle-même. Cette insensibilité étonnante du cardinal Montalto ne se démentit point durant tout le temps de son travail avec Sa Sainteté. Ce fut au point que le pape lui-même en fut frappé, et, le consistoire terminé, il ne put s'empêcher de dire au cardinal de San Sisto, son neveu favori :

— *Veramente, costui è un gran frate!* (En vérité, cet homme est un fier moine [1] !)

La façon d'agir du cardinal Montalto ne fut, en aucun point, différente pendant toutes les journées qui suivirent. Ainsi que c'est la coutume, il reçut les visites de condoléance des cardinaux, des prélats et des princes romains, et avec aucun, en quelque liaison qu'il fût avec lui, il ne se laissa emporter à aucune parole de douleur ou de lamentaton. Avec tous, après un court raisonnement sur l'instabilité des choses humaines, confirmé et fortifié par des sentences et des textes tirés des saintes Ecritures ou des Pères, il changeait promptement de discours, et venait à parler des nouvelles de la ville ou des affaires particulières du personnage avec lequel il se trouvait, exactement comme s'il eût voulu consoler ses consolateurs.

---

[1] Allusion à l'hypocrisie que les mauvais esprits croient fréquente chez les moines. Sixte-Quint avait été moine mendiant, et persécuté dans son ordre. Voir sa vie, par Gregorio Leti, historien amusant, qui n'est pas plus menteur qu'un autre. Félix Peretti fut assassiné en 1580 ; son oncle fut créé pape en 1585.

Rome fut surtout curieuse de ce qui se passerait pendant la visite que devait lui faire le prince Paolo Giordano Orsini, duc de Bracciano, auquel le bruit attribuait la mort de Félix Peretti. Le vulgaire pensait que le cardinal Montalto ne pourrait se trouver si rapproché du prince, et lui parler en tête à tête, sans laisser paraître quelque indice de ses sentiments.

Au moment où le prince vint chez le cardinal, la foule était énorme dans la rue et auprès de la porte ; un grand nombre de courtisans remplissaient toutes les pièces de la maison, tant était grande la curiosité d'observer le visage des deux interlocuteurs. Mais, chez l'un pas plus que chez l'autre, personne ne put observer rien d'extraordinaire. Le cardinal Montalto se conforma à tout ce que prescrivaient les convenances de la cour ; il donna à son visage une teinte d'hilarité fort remarquable, et sa façon d'adresser la parole au prince fut remplie d'affabilité.

Un instant après, en remontant en carrosse, le prince Paul, se trouvant seul avec ses courtisans intimes, ne put s'empêcher de dire en riant : *In fatto, è vero che costui è un gran frate !* (Il est parbleu bien vrai, cet homme est un fier moine !) comme s'il eût voulu confirmer la vérité du mot échappé au pape quelques jours auparavant.

Les sages ont pensé que la conduite tenue en cette circonstance par le cardinal Montalto lui aplanit le chemin du trône ; car beaucoup de gens prirent de lui cette opinion que, soit par nature ou par vertu, il ne savait pas ou ne voulait pas nuire à qui que ce fût, encore qu'il eût grand sujet d'être irrité.

Félix Peretti n'avait laissé rien d'écrit relativement à sa femme ; elle dut en conséquence retourner dans la maison de ses parents. Le cardinal Montalto lui fut remettre, avant son départ, les habits, les joyaux, et généralement tous les dons qu'elle avait reçus pendant qu'elle était la femme de son neveu.

Le troisième jour après la mort de Félix Peretti, Vittoria, accompagnée de sa mère, alla s'établir dans le palais du prince Orsini. Quelques-uns dirent que ces femmes furent portées à cette démarche par le soin de leur sûreté personnelle, la *corte* [1] paraissant les menacer comme accusées de *consentement* à l'homicide commis, ou du moins d'en avoir eu connaissance avant l'exécution ; d'autres pensèrent (et ce qui arriva plus tard sembla confirmer cette idée) qu'elles furent portées à cette démarche pour effectuer le mariage, le prince ayant promis à Vittoria de l'épouser aussitôt qu'elle n'aurait plus de mari.

Toutefois, ni alors ni plus tard, on n'a connu clairement l'auteur de la mort de Félix, quoique tous aient eu des soupçons sur tous. La plupart cependant attribuaient cette mort au prince Orsini ; tous savaient qu'il avait eu de l'amour pour Vittoria, il en avait donné des marques non équivoques ; et le mariage qui survint fut une grande preuve, car la femme était d'une condition tellement inférieure que la seule tyrannie de la passion d'amour put l'élever jusqu'à l'égalité matrimoniale [2]. Le vulgaire ne fut point détourné de cette façon de voir par une lettre adressée au gouverneur de Rome, et que l'on répandit peu de jours après le fait. Cette lettre était écrite au nom de César Palantieri, jeune homme d'un caractère fougueux et qui était banni de la ville.

Dans cette lettre, Palantieri disait qu'il n'était pas nécessaire que sa seigneurie illustrissime se donnât la peine de chercher ailleurs l'auteur de la mort de Félix Peretti, puisque lui-même l'avait fait tuer à la suite de certains différends survenus entre eux quelque temps auparavant.

Beaucoup pensèrent que cet assassinat n'avait pas eu lieu sans le consentement de la maison Accoramboni ; on

---

[1] La *corte* n'osait pas pénétrer dans le palais d'un prince.
[2] La première femme du prince Orsini, dont il avait un fils nommé Virginio, était sœur de François Ier, grand-duc de Toscane, et du cardinal Ferdinand de Médicis. Il la fit périr du consentement de ses frères, parce qu'elle avait une intrigue. Telles étaient les lois de l'honneur apportées en Italie par les Espagnols. Les amours non légitimes d'une femme offensaient autant ses frères que son mari.

accusa les frères de Vittoria, qui auraient été séduits par l'ambition d'une alliance avec un prince si puissant et si riche. On accusa surtout Marcel, à cause de l'indice fourni par la lettre qui fit sortir de chez lui le malheureux Félix. On parla mal de Vittoria elle-même, quand on la vit consentir à aller habiter le palais des Orsini comme future épouse, sitôt après la mort de son mari. On prétendait qu'il est peu probable qu'on arrive ainsi en un clin d'œil à se servir des petites armes, si l'on n'a fait usage, pendant quelque temps du moins, des armes de longue portée [1].

L'information sur ce meurtre fut faite par monseigneur Portici, gouverneur de Rome, d'après les ordres de Grégoire XIII. On y voit seulement que ce Dominique, surnommé *Mancino*, arrêté par la *corte*, avoue et sans être mis à la question *(tormentato)*, dans le second interrogatoire, en date du 24 février 1582 :

« Que la mère de Vittoria fut la cause de tout, et qu'elle fut secondée par la *cameriera* de Bologne, laquelle, aussitôt après le meurtre, prit refuge dans la citadelle de Bracciano (appartenant au prince Orsini et où la *corte* n'eût osé pénétrer), et que les exécuteurs du crime furent Machione de Gubbio et Paul Barca de Bracciano, *lancie spezzate* (soldats) d'un seigneur duquel, pour de dignes raisons, on n'a pas inséré le nom. »

A ces *dignes raisons* se joignirent, comme je crois, les prières du cardinal Montalto, qui demanda avec instance que les recherches ne fussent pas poussées plus loin, et en effet il ne fut plus question du procès. Le *Mancino* fut mis hors de prison avec le *precetto* (ordre) de retourner directement à son pays, sous peine de la vie, et de ne jamais s'en écarter sans une permission expresse. La délivrance de cet homme eut lieu en 1583, le jour de saint Louis, et, comme ce jour était aussi celui de la naissance du cardinal Montalto, cette circonstance me confirme de plus en plus dans la croyance que ce fut à sa prière que cette

---

[1] Allusion à l'usage de se battre avec une épée et un poignard.

affaire fut terminée ainsi. Sous un gouvernement aussi faible que celui de Grégoire XIII, un tel procès pouvait avoir des conséquences fort désagréables et sans aucune compensation.

Les mouvements de la *corte* furent ainsi arrêtés, mais le pape Grégoire XIII ne voulut pourtant pas consentir à ce que le prince Paul Orsini, duc de Bracciano, épousât la veuve Accoramboni. Sa Sainteté, après avoir infligé à cette dernière une sorte de prison, donna le *presetto* au prince et à la veuve de ne point contracter de mariage ensemble sans une permission expresse de lui ou de ses successeurs.

Grégoire XIII vint à mourir (au commencement de 1585), et des docteurs en droit, consultés par le prince Paul Orsini, ayant répondu qu'ils estimaient que le *precetto* était annulé par la mort de qui l'avait imposé, il résolut d'épouser Vittoria avant l'élection d'un nouveau pape. Mais le mariage ne put se faire aussitôt que le prince le désirait, en partie parce qu'il voulait avoir le consentement des frères de Vittoria, et il arriva qu'Octave Accoramboni, évêque de Fossombrone, ne voulut jamais donner le sien, et en partie parce qu'on ne croyait pas que l'élection du successeur de Grégoire XIII dût avoir lieu aussi promptement. Le fait est que le mariage ne se fit que le jour même que fut créé pape le cardinal Montalto, si intéressé dans cette affaire, c'est-à-dire le 24 avril 1585, soit que ce fût l'effet du hasard, soit que le prince fût bien aise de montrer qu'il ne craignait pas plus la *corte* sous le nouveau pape qu'il n'avait fait sous Grégoire XIII.

Ce mariage offensa profondément l'âme de Sixte-Quint (car tel fut le nom choisi par le cardinal Montalto) ; il avait déjà quitté les façons de penser convenables à un moine, et monté son âme à la hauteur du grade dans lequel Dieu venait de le placer.

Le pape ne donna pourtant aucun signe de colère ; seulement, le prince Orsini s'étant présenté ce même jour avec la foule des seigneurs romains pour lui baiser le pied, et avec l'intention secrète de tâcher de lire, dans les traits du Saint-Père, ce qu'il avait à attendre ou à craindre de cet homme jusque-là si peu connu, il s'aperçut qu'il n'était plus temps de plaisanter. Le nouveau pape ayant regardé le prince d'une façon singulière, et n'ayant pas répondu un seul mot au compliment qu'il lui adressa, celui-ci prit la résolution de découvrir sur-le-champ quelles étaient les intentions de Sa Sainteté à son égard.

Par le moyen de Ferdinand, cardinal de Médicis (frère de sa première femme), et de l'ambassadeur catholique, il demanda et obtint du pape une audience dans sa chambre : là il adressa à Sa Sainteté un discours étudié, et, sans faire mention des choses passées, il se réjouit avec elle à l'occasion de sa nouvelle dignité, et lui offrit, comme un très fidèle vassal et serviteur, tout son avoir et toutes ses forces.

Le pape [1] l'écouta avec un sérieux extraordinaire, et à la fin lui répondit que personne ne désirait plus que lui que la vie et les actions de Paolo Giordano Orsini fussent à l'avenir dignes du sang Orsini et d'un vrai chevalier chrétien ; que, quant à ce qu'il avait été par le passé envers le Saint-Siège et envers la personne de lui, pape, personne ne pouvait le lui dire mieux que sa propre conscience ; que pourtant, lui, prince, pouvait être assuré d'une chose, à savoir, que, tout ainsi qu'il lui pardonnait volontiers ce qu'il avait pu faire contre Félix Peretti et contre Félix, cardinal Montalto, jamais il ne lui pardonnerait ce qu'à l'avenir il pourrait faire contre le pape Sixte ; qu'en conséquence il l'engageait à aller sur-le-champ expulser de sa maison et de ses Etats tous les bandits (exilés) et les malfaiteurs auxquels, jusqu'au présent moment, il avait donné asile.

Sixte-Quint avait une efficacité singulière, de quelque ton qu'il voulût se servir en parlant ; mais, quand il était

---

[1] Sixte-Quint, pape en 1585, à soixante-huit ans, régna cinq ans et quatre mois : il a des rapports frappants avec Napoléon.

irrité et menaçant, on eût dit que ses yeux lançaient la foudre. Ce qu'il y a de certain, c'est que le prince Paul Orsini, accoutumé de tout temps à être craint des papes, fut porté à penser si sérieusement à ses affaires par cette façon de parler du pape, telle qu'il n'avait rien entendu de semblable pendant l'espace de treize ans, qu'à peine sorti du palais de Sa Sainteté il courut chez le cardinal de Médicis lui raconter ce qui venait de se passer. Puis il résolut, par le conseil du cardinal, de congédier, sans le moindre délai, tous ces hommes repris de justice auxquels il donnait asile dans son palais et dans ses Etats, et il songea au plus vite à trouver quelque prétexte honnête pour sortir immédiatement des pays soumis au pouvoir de ce pontife si résolu.

Il faut savoir que le prince Paul Orsini était devenu d'une grosseur extraordinaire ; ses jambes étaient plus grosses que le corps d'un homme ordinaire, et une de ces jambes énormes était affligée du mal nommé la *lupa* (la louve), ainsi appelé parce qu'il faut le nourrir avec une grande abondance de viande fraîche qu'on applique sur la partie affectée ; autrement l'humeur violente, ne trouvant pas de chair morte à dévorer, se jetterait sur les chairs vivantes qui l'entourent.

Le prince prit prétexte de ce mal pour aller aux célèbres bains d'Albano, près de Padoue, pays dépendant de la République de Venise ; il partit avec sa nouvelle épouse vers le milieu de juin. Albano était un port très sûr pour lui ; car, depuis un grand nombre d'années, la maison Orsini était liée à la République de Venise par des services réciproques.

Arrivé en ce pays de sûreté, le prince ne pensa qu'à jouir des agréments de plusieurs séjours ; et, dans ce dessein, il loua trois magnifiques palais : l'un à Venise, le palais Dandolo, dans la rue de la Zecca ; le second à Padoue, et ce fut le palais Foscarini, sur la magnifique place nommée l'Arena ; il choisit le troisième à Salo, sur la rive délicieuse du lac de Garde : celui-ci avait appartenu autrefois à la famille Sforza Pallavicini.

Les seigneurs de Venise (le gouvernement de la république) apprirent avec plaisir l'arrivée dans leurs Etats d'un tel prince, et lui offrirent aussitôt une très noble *condotta* (c'est-à-dire une somme considérable payée annuellement, et qui devait être employée par le prince à lever un corps de deux ou trois mille hommes dont il aurait le commandement). Le prince se débarrassa de cette offre fort lestement ; il fit répondre à ces sénateurs que, bien que, par une inclination naturelle et héréditaire en sa famille, il se sentît porté de cœur au service de la sérénissime république, toutefois, se trouvant présentement attaché au roi catholique, il ne lui semblait pas convenable d'accepter un autre engagement. Une réponse aussi résolue jeta quelque tiédeur dans l'esprit des sénateurs. D'abord ils avaient pensé à lui faire, à son arrivée à Venise et au nom de tout le public, une réception fort honorable ; ils se déterminèrent, sur sa réponse, à le laisser arriver comme un simple particulier.

Le prince Orsini, informé de tout, prit la résolution de ne pas même aller à Venise. Il était déjà dans le voisinage de Padoue ; il fit un détour dans cet admirable pays, et se rendit, avec toute sa suite, dans la maison préparée pour lui à Salo, sur les bords du lac de Garde. Il y passa tout cet été au milieu des passe-temps les plus agréables et les plus variés.

L'époque du changement (de séjour) étant arrivée, le prince fit quelques petits voyages, à la suite desquels il lui sembla ne pouvoir supporter la fatigue comme autrefois ; il eut des craintes pour sa santé ; enfin il songea à aller passer quelques jours à Venise, mais il en fut détourné par sa femme, Vittoria, qui l'engagea à continuer de séjourner à Salo.

Il y a eu des gens qui ont pensé que Vittoria Accoramboni s'était aperçue du péril que couraient les jours du prince son mari, et qu'elle ne l'engagea à rester à Salo que dans le dessein de l'entraîner plus tard hors d'Italie, et par exemple dans quelque ville libre, chez les Suisses ; par ce moyen elle mettait en sûreté, en cas de mort du prince, et sa personne et sa fortune particulière.

Que cette conjecture ait été fondée ou non, le fait est que rien de tel n'arriva, car le prince ayant été attaqué d'une nouvelle indisposition à Salo, le 10 novembre, il eut sur-le-champ le pressentiment de ce qui devait arriver.

Il eut pitié de sa malheureuse femme ; il la voyait, dans la plus belle fleur de sa jeunesse, rester pauvre autant de réputation que des biens de la fortune, haïe des princes régnants en Italie, peu aimée des Orsini, et sans espoir d'un autre mariage après sa mort. Comme un seigneur magnanime et de foi loyale, il fit, de son propre mouvement, un testament par lequel il voulut assurer la fortune de cette infortunée. Il lui laissa en argent ou en joyaux la somme importante de cent mille piastres [1] outre tous les chevaux, carrosses et meubles dont il se servait dans ce voyage. Tout le reste de sa fortune fut laissé par lui à Virginio Orsini, son fils unique, qu'il avait eu de sa première femme, sœur de François Ier, grand-duc de Toscane (celle-là même qu'il fit tuer pour infidélité, du consentement de ses frères.)

Mais combien sont incertaines les prévisions des hommes ! Les dispositions que Paul Orsini pensait devoir assurer une parfaite sécurité à cette malheureuse jeune femme se changèrent pour elle en précipices et en ruine.

Après avoir signé son testament, le prince se trouva un peu mieux le 12 novembre. Le matin du 13 on le saigna, et les médecins, n'ayant d'espoir que dans une diète sévère, laissèrent les ordres les plus précis pour qu'il ne prît aucune nourriture.

Mais ils étaient à peine sortis de la chambre, que le prince exigea qu'on lui servît à dîner ; personne n'osa

---

[1] Environ 2 000 000 de 1837.

le contredire, et il mangea et but comme à l'ordinaire. A peine le repas fut-il terminé qu'il perdit connaissance et deux heures avant le coucher du soleil il était mort.

Après cette mort subite, Vittoria Accoramboni, accompagnée de Marcel, son frère, et de toute la cour du prince défunt, se rendit à Padoue dans le palais Foscarini, situé près de l'*Arena,* celui-là même que le prince Orsini avait loué.

Peu après son arrivée, elle fut rejointe par son frère Flaminio, qui jouissait de toute la faveur du cardinal Farnèse. Elle s'occupa alors des démarches nécessaires pour obtenir le paiement du legs que lui avait fait son mari ; ce legs s'élevait à soixante mille piastres effectives qui devaient lui être payées dans le terme de deux années, et cela indépendamment de la dot, de la contredot, et de tous les joyaux et meubles qui étaient en son pouvoir. Le prince Orsini avait ordonné, par son testament, qu'à Rome, ou dans telle autre ville, au choix de la duchesse, on lui achèterait un palais de la valeur de dix mille piastres, et une vigne (maison de campagne) de six mille ; il avait prescrit de plus qu'il fût pourvu à sa table et à tout son service comme il convenait à une femme de son rang. Le service devait être de quarante domestiques, avec un nombre de chevaux correspondant.

La signora Vittoria avait beaucoup d'espoir dans la faveur des princes de Ferrare, de Florence et d'Urbin, et dans celle des cardinaux Farnèse et de Médicis nommés par le feu prince ses exécuteurs testamentaires. Il est à remarquer que le testament avait été dressé à Padoue, et soumis aux lumières des excellentissimes Parrizoli et Menochio, premiers professeurs de cette université et aujourd'hui si célèbres jurisconsultes.

Le prince Louis Orsini arriva à Padoue pour s'acquitter de ce qu'il avait à faire relativement au feu duc et à sa veuve, et se rendre ensuite au gouvernement de l'île de Corfou, auquel il avait été nommé par la sérénissime république.

Il naquit d'abord une difficulté entre la signora Vittoria et le prince Louis, sur les chevaux du feu duc, que le prince disait n'être pas proprement des meubles suivant la façon ordinaire de parler ; mais la duchesse prouva qu'ils devaient être considérés comme des meubles proprement dits, et il fut résolu qu'elle en retiendrait l'usage jusqu'à décision ultérieure ; elle donna pour garantie le seigneur Soardi de Bergame, condottiere des seigneurs vénitiens, gentilhomme fort riche et des premiers de sa patrie.

Il survint une autre difficulté au sujet d'une certaine quantité de vaisselle d'argent que le feu duc avait remise au prince Louis comme gage d'une somme d'argent que celui-ci avait prêtée au duc. Tout fut décidé par voie de justice, car le sérénissime (duc) de Ferrare s'employait pour que les dernières dispositions du feu prince Orsini eussent leur entière exécution.

Cette seconde affaire fut décidée le 23 décembre, qui était un dimanche.

La nuit suivante, quarante hommes entrèrent dans la maison de ladite dame Accoramboni. Ils étaient revêtus d'habits de toile taillés d'une manière extravagante et arrangés de façon qu'ils ne pouvaient être reconnus, sinon par la voix ; et, lorsqu'ils s'appelaient entre eux, ils faisaient usage de certains noms de jargon.

Ils cherchèrent d'abord la personne de la duchesse, et, l'ayant trouvée, l'un d'eux lui dit : « Maintenant il faut mourir. »

Et, sans lui accorder un moment, encore qu'elle demandât de se recommander à Dieu, il la perça d'un poignard étroit au-dessous du sein gauche, et, agitant le poignard en tout sens, le cruel demanda plusieurs fois à la malheureuse de lui dire s'il lui touchait le cœur ; enfin elle rendit le dernier soupir. Pendant ce temps les autres cherchaient les frères de la duchesse, desquels l'un, Marcel, eut la vie sauve, parce qu'on ne le trouva pas dans la maison ; l'autre fut percé de cent coups. Les assassins laissèrent les morts par terre, toute la maison en pleurs et en cris ; et, s'étant saisis de la cassette qui contenait les joyaux et l'argent, ils partirent.

Cette nouvelle parvint rapidement aux magistrats de Padoue ; ils firent reconnaître les corps morts et rendirent compte à Venise.

Pendant tout le lundi, le concours fut immense audit palais et à l'église des *Ermites* pour voir les cadavres. Les curieux étaient émus de pitié, particulièrement à voir la duchesse si belle : ils pleuraient son malheur, *et dentibus fremebant* (et grinçaient des dents) contre les assassins ; mais on ne savait pas encore leurs noms.

La *corte* étant venue en soupçon, sur de forts indices, que la chose avait été faite par les ordres, ou du moins avec le consentement dudit prince Louis, elle le fit appeler, et lui, voulant entrer *in corte* (dans le tribunal) du très illustre capitaine avec une suite de quarante hommes armés, on lui barra la porte, et on lui dit qu'il entrât avec trois ou quatre seulement. Mais, au moment où ceux-ci passaient, les autres se jetèrent à leur suite, écartèrent les gardes, et ils entrèrent tous.

Le prince Louis arrivé devant le très illustre capitaine, se plaignait d'un tel affront, alléguant qu'il n'avait reçu un traitement pareil d'aucun prince souverain. Le très illustre capitaine lui ayant demandé s'il savait quelque chose touchant la mort de la signora Vittoria, et ce qui était arrivé la nuit précédente, il répondit que oui, et qu'il avait ordonné qu'on en rendît compte à la justice. On voulut mettre sa réponse par écrit ; il répondit que les hommes de son rang n'étaient pas tenus à cette formalité, et que, semblablement, ils ne devaient pas être interrogés.

Le prince Louis demanda la permission d'expédier un courrier à Florence avec une lettre pour le prince Virginio Orsini, auquel il rendait compte du procès et du crime survenu. Il montra une lettre feinte qui n'était pas la véritable, et obtint ce qu'il demandait.

Mais l'homme expédié fut arrêté hors de la ville et soigneusement fouillé ; on trouva la lettre que le prince lui avait montrée, et une seconde lettre cachée dans les bottes du courrier ; elle était de la teneur suivante :

« *Au seigneur Virginio Orsini.*

« Très illustre seigneur,

« Nous avons mis à exécution ce qui avait été convenu entre nous, et de telle façon, que nous avons pris pour dupe le très illustre Tondini (apparemment le nom du chef de la *corte* qui avait interrogé le prince), si bien que l'on me tient ici pour le plus galant homme du monde. J'ai fait la chose en personne, ainsi ne manquez pas d'envoyer sur-le-champ les gens que vous savez. »

Cette lettre fit impression sur les magistrats ; ils se hâtèrent de l'envoyer à Venise ; par leur ordre les portes de la ville furent fermées, et les murailles garnies de soldats le jour et la nuit. On publia un avis portant des peines sévères pour qui, ayant connaissance des assassins, ne communiquerait pas ce qu'il savait à la justice. Ceux des assassins qui porteraient témoignage contre un des leurs ne seraient point inquiétés, et même on leur compterait une somme d'argent. Mais sur les sept heures de nuit, la veille de Noël (le 24 décembre, vers minuit), Aloïse **Bragadin** [1] arriva de Venise avec d'amples pouvoirs de la part du sénat, et l'ordre de faire arrêter vifs ou morts, et quoi qu'il en pût coûter, ledit prince Louis et tous les siens.

Ledit seigneur avogador Bragadin, les seigneurs capitaine et podestat se réunirent dans la forteresse.

Il fut ordonné, sous peine de la potence (*della forca*), à toute la milice à pied et à cheval, de se rendre bien pourvue d'armes autour de la maison dudit prince Louis, voisine de la forteresse, et contiguë à l'église de Saint-Augustin sur l'*Arena*.

Le jour arrivé (qui était celui de Noël), un édit fut publié dans la ville, qui exhortait les fils de Saint-Marc à

---

[1] Bragadine.

courir en armes à la maison du seigneur Louis ; ceux qui n'avaient pas d'armes étaient appelés à la forteresse, où on leur en remettrait autant qu'ils en voudraient ; cet édit promettait une récompense de deux mille ducats à qui remettrait à la *corte*, vif ou mort, ledit seigneur Louis, et cinq cents ducats pour la personne de chacun de ses gens. De plus, il y avait ordre à qui ne serait pas pourvu d'armes de ne point approcher de la maison du prince, afin de ne pas porter obstacle à qui se battrait dans le cas où il jugerait à propos de faire quelque sortie.

En même temps, on plaça des fusils de rempart, des mortiers et de la grosse artillerie sur les vieilles murailles, vis-à-vis la maison occupée par le prince ; on en mit autant sur les murailles neuves, desquelles on voyait le derrière de ladite maison. De ce côté, on avait placé la cavalerie de façon à ce qu'elle pût se mouvoir librement, si l'on avait besoin d'elle. Sur les bords de la rivière, on était occupé à disposer des bancs, des armoires, des chars et autres meubles propres à faire office de parapets. On pensait, par ce moyen mettre obstacle aux mouvements des assiégés, s'ils entreprenaient de marcher contre le peuple en ordre serré. Ces parapets devaient aussi servir à protéger les artilleurs et les soldats contre les arquebusades des assiégés.

Enfin on plaça des barques sur la rivière, en face et sur les côtés de la maison du prince, lesquelles étaient chargées d'hommes armés de mousquets et d'autres armes propres à inquiéter l'ennemi, s'il tentait une sortie : en même temps on fit des barricades dans toutes les rues.

Pendant ces préparatifs arriva une lettre, rédigée en termes fort convenables, par laquelle le prince se plaignait d'être jugé coupable et de se voir traité en ennemi, et même en rebelle, avant que l'on eût examiné l'affaire. Cette lettre avait été composée par Liveroto.

Le 27 décembre, trois gentilshommes, des principaux de la ville, furent envoyés par les magistrats au seigneur Louis, qui avait avec lui, dans sa maison, quarante hommes, tous anciens soldats accoutumés aux armes. On les trouva occupés à se fortifier avec des parapets formés de planches et de matelas mouillés, et à préparer leurs arquebuses.

Ces trois gentilshommes déclarèrent au prince que les magistrats étaient résolus à s'emparer de sa personne ; ils l'exhortèrent à se rendre, ajoutant que, par cette démarche, avant qu'on en fût venu aux voies de fait, il pouvait espérer d'eux quelque miséricorde. A quoi le seigneur Louis répondit que si, avant tout, les gardes placées autour de sa maison étaient levées, il se rendrait auprès des magistrats accompagné de deux ou trois des siens pour traiter de l'affaire, sous la condition expresse qu'il serait toujours libre de rentrer dans sa maison.

Les ambassadeurs prirent ces propositions écrites de sa main, et retournèrent auprès des magistrats, qui refusèrent les conditions, particulièrement d'après les conseils du très illustre Pio Enea, et autres nobles présents. Les ambassadeurs retournèrent auprès du prince, et lui annoncèrent que, s'il ne se rendait pas purement et simplement, on allait raser sa maison avec de l'artillerie ; à quoi il répondit qu'il préférait la mort à cet acte de soumission.

Les magistrats donnèrent le signal de la bataille, et, quoiqu'on eût pu détruire presque entièrement la maison par une seule décharge, on aima mieux agir d'abord avec de certains ménagements, pour voir si les assiégés ne consentiraient point à se rendre.

Ce parti a réussi, et l'on a épargné à Saint-Marc beaucoup d'argent, qui aurait été dépensé à rebâtir les parties détruites du palais attaqué ; toutefois, il n'a pas été approuvé généralement. Si les hommes du seigneur Louis avaient pris leur parti sans balancer, et se fussent élancés hors de la maison, le succès eût été fort incertain. C'étaient de vieux soldats ; ils ne manquaient ni de munitions, ni d'armes, ni de courage, et, surtout, ils avaient le plus grand intérêt à vaincre ; ne valait-il pas mieux, même en mettant les choses au pis, mourir d'un coup d'arquebuse que de la main du bourreau ? D'ailleurs, à qui avaient-ils affaire ? à de malheureux assiégeants peu expérimentés dans les armes, et les seigneurs, dans ce cas, se seraient repentis de leur clémence et de leur bonté naturelle.

On commença donc à battre la colonnade qui était sur le devant de la maison ; ensuite, tirant toujours un peu plus haut, on détruisit le mur de façade qui est derrière. Pendant ce temps, les gens du dedans tirèrent force arquebusades, mais sans autre effet que de blesser à l'épaule un homme du peuple.

Le seigneur Louis criait avec une grande impétuosité : Bataille ! bataille ! guerre ! guerre ! Il était très occupé à faire fondre des balles avec l'étain des plats et le plomb des carreaux des fenêtres. Il menaçait de faire une sortie, mais les assiégeants prirent de nouvelles mesures, et l'on fit avancer de l'artillerie de plus gros calibre.

Au premier coup qu'elle tira, elle fit écrouler un grand morceau de la maison, et un certain Pandolfo Leupratti de Camerino tomba dans les ruines. C'était un homme de grand courage et un bandit de grande importance. Il était banni des Etats de la sainte Eglise, et sa tête avait été mise au prix de quatre cents piastres par le très illustre seigneur Vitelli, pour la mort de Vincent Vitelli, lequel avait été attaqué dans sa voiture, et tué à coup d'arquebuse et de poignard, donnés par le prince Louis Orsini avec le bras du susdit Pandolfo et de ses compagnons. Tout étourdi de sa chute, Pandolfo ne pouvait faire aucun mouvement ; un serviteur des seigneurs Caidi Lista s'avança sur lui armé d'un pistolet, et très bravement il lui coupa la tête, qu'il se hâta de porter à la forteresse et de remettre aux magistrats.

Peu après un autre coup d'artillerie fit tomber un pan de la maison, et en même temps le comte de Montemelino de Pérouse, et il mourut dans les ruines, tout fracassé par le boulet.

On vit ensuite sortir de la maison un personnage nommé le colonel Lorenzo, des nobles de Camerino, homme fort riche et qui en plusieurs occasions avait donné des preuves de valeur et était fort estimé du prince. Il résolut de ne pas mourir tout à fait sans vengeance ; il voulut tirer son fusil ; mais, encore que la roue tournât, il arriva, peut-être par la permission de Dieu, que l'arquebuse ne prit pas feu, et dans cet instant il eut le corps traversé d'une balle. Le coup avait été tiré par un pauvre diable, répétiteur des écoliers à Saint-Michel. Et tandis que pour gagner la récompense promise celui-ci s'approchait pour lui couper la tête, il fut prévenu par d'autres plus lestes et surtout plus forts que lui, lesquels prirent la bourse, le ceinturon, le fusil, l'argent et les bagues du colonel, et lui coupèrent la tête.

Ceux-ci étant morts, dans lesquels le prince Louis avait le plus de confiance, il resta fort troublé, et on ne le vit plus se donner aucun mouvement.

Le seigneur Filenfi, son maître de *casa* et secrétaire en habit civil, fit signe d'un balcon avec un mouchoir blanc qu'il se rendait. Il sortit et fut mené à la citadelle, *conduit sous le bras,* comme on dit qu'il est d'usage à la guerre, par Anselme Suardo, lieutenant des seigneurs (magistrats).

Interrogé sur-le-champ, il dit n'avoir aucune faute dans ce qui s'était passé, parce que la veille de Noël seulement il était arrivé de Venise, où il s'était arrêté plusieurs jours pour les affaires du prince.

On lui demanda quel nombre de gens avait avec lui le prince ; il répondit : « Vingt ou trente personnes. »

On lui demanda leurs noms, il répondit qu'il y en avait huit ou dix qui, étant personnes de qualité, mangeaient, ainsi que lui, à la table du prince, et que de ceux-là il savait les noms, mais que des autres, gens de vie vagabonde et arrivés depuis peu auprès du prince, il n'avait aucune particulière connaissance.

Il nomma treize personnes, y compris le frère de Liveroto.

Peu après, l'artillerie, placée sur les murailles de la ville commença à jouer. Les soldats se placèrent dans les maisons contiguës à celle du prince pour empêcher la fuite de ses gens. Ledit prince, qui avait couru les mêmes périls que les deux dont nous avons raconté la mort, dit à ceux qui l'entouraient de se soutenir jusqu'à ce qu'ils vissent un écrit de sa main accompagné d'un certain signe; après quoi il se rendit à cet Anselme Suardo, déjà nommé ci-dessus. Et parce qu'on ne put le conduire en carrosse, ainsi qu'il était prescrit, à cause de la grande foule de peuple et des barricades faites dans les rues, il fut résolu qu'il irait à pied.

Il marcha au milieu des gens de Marcel Accoramboni; il avait à ses côtés les seigneurs *condottieri*, le lieutenant Suardo, d'autres capitaines et gentilshommes de la ville, tous très bien fournis d'armes. Venait ensuite une bonne compagnie d'hommes d'armes et de soldats de la ville. Le prince Louis marchait vêtu de brun, son stylet au côté, et son manteau relevé sous le bras d'un air fort élégant; il dit avec un sourire rempli de dédain: *Si j'avais combattu!* voulant presque faire entendre qu'il l'aurait emporté. Conduit devant les seigneurs, il les salua aussitôt, et dit:

— Messieurs, je suis prisonnier de ce gentilhomme, montrant le seigneur Anselme, et je suis très fâché de ce qui est arrivé et qui n'a pas dépendu de moi.

Le capitaine ayant ordonné qu'on lui enlevât le stylet qu'il avait au côté, il s'appuya à un balcon, et commença à se tailler les ongles avec une paire de petits ciseaux qu'il trouva là.

On lui demanda quelles personnes il avait dans sa maison; il nomma parmi les autres le colonel Liveroto et le comte Montemelino dont il avait été parlé ci-dessus, ajoutant qu'il donnerait dix mille piastres pour racheter l'un d'eux, et que pour l'autre il donnerait son sang même. Il demanda d'être placé dans un lieu convenable à un homme tel que lui. La chose étant ainsi convenue, il écrivit de sa main aux siens, leur ordonnant de se rendre, et il donna sa bague pour signe. Il dit au seigneur Anselme qu'il lui donnait son épée et son fusil, le priant, lorsqu'on aurait trouvé ces armes dans sa maison, de s'en servir pour amour de lui, comme étant armes d'un gentilhomme et non de quelque soldat vulgaire.

Les soldats entrèrent dans la maison, la visitèrent avec soin, et sur-le-champ on fit l'appel des gens du prince, qui se trouvèrent au nombre de trente-quatre, après quoi, ils furent conduits deux à deux dans la prison du palais. Les morts furent laissés en proie aux chiens, et on se hâta de rendre compte du tout à Venise.

On s'aperçut que beaucoup de soldats du prince Louis, complices du fait, ne se trouvaient pas ; on défendit de leur donner asile, sous peine, pour les contrevenants, de la démolition de leur maison et de la confiscation de leurs biens ; ceux qui les dénonceraient recevraient cinquante piastres. Par ces moyens on en trouva plusieurs.

On expédia de Venise une frégate à Candie, portant ordre au seigneur Latino Orsini de revenir sur-le-champ pour affaire de grande importance, et l'on croit qu'il perdra sa charge.

Hier matin, qui fut le jour de Saint-Etienne, tout le monde s'attendait à voir mourir ledit prince Louis, ou à ouïr raconter qu'il avait été étranglé en prison ; et l'on fut généralement surpris qu'il en fût autrement, vu qu'il n'est pas oiseau à tenir longtemps en cage. Mais la nuit suivante le procès eut lieu, et, le jour de Saint-Jean, un peu avant l'aube, on sut que ledit seigneur avait été étranglé et qu'il était mort fort bien disposé. Son corps fut transporté sans délai à la cathédrale, accompagné par le clergé de cette église et par les pères jésuites. Il fut laissé toute la journée sur une table au milieu de l'église pour servir de spectacle au peuple et de miroir aux inexpérimentés.

Le lendemain son corps fut porté à Venise, ainsi qu'il l'avait ordonné dans son testament, et là il fut enterré.

Le samedi on pendit deux de ses gens ; le premier et le principal fut Furio Savorgnano, l'autre une personne vile.

Le lundi qui fut le pénultième jour de l'an susdit, on en pendit treize parmi lesquels plusieurs étaient très nobles ; deux autres, l'un dit le capitaine Splendiano et l'autre le comte Paganello, furent conduits par la place et légèrement tenaillés ; arrivés au lieu du supplice, ils furent assommés, eurent la tête cassée, et furent coupés en quartiers, étant encore presque vifs. Ces hommes étaient nobles, et, avant qu'ils ne se donnassent au mal, ils étaient fort riches. On dit que le comte Paganello fut celui qui tua la signora Vittoria Accoramboni avec la cruauté qui a été racontée. On objecte à cela que le prince Louis, dans la lettre citée plus haut, atteste qu'il a fait la chose de sa main ; peut-être fut-ce par vaine gloire comme celle qu'il montra dans Rome en faisant assassiner Vitelli, ou bien pour mériter davantage la faveur du prince Virginio Orsini.

Le comte Paganello, avant de recevoir le coup mortel, fut percé à diverses reprises avec un couteau au-dessous du sein gauche, pour lui toucher le cœur comme il l'avait fait à cette pauvre dame. Il arriva de là que de la poitrine il versait comme un fleuve de sang. Il vécut ainsi plus d'une demi-heure, au grand étonnement de tous. C'était un homme de quarante-cinq ans qui annonçait beaucoup de force.

Les fourches patibulaires sont encore dressées pour expédier les dix-neuf qui restent, le premier jour qui ne sera pas de fête. Mais, comme le bourreau est extrêmement las, et que le peuple est comme en agonie pour avoir vu tant de morts, on diffère l'exécution pendant ces deux jours. On ne pense pas qu'on laisse la vie à aucun. Il n'y aura peut-être d'excepté, parmi les gens attachés au prince Louis, que le seigneur Filenfi, son maître de *casa,* lequel se donne toutes les peines du monde, et en effet la chose est importante pour lui, afin de prouver qu'il n'a eu aucune part au fait.

Personne ne se souvient, même parmi les plus âgés de cette ville de Padoue, que jamais, par une sentence plus juste, on ait procédé contre la vie de tant de personnes, en une seule fois. Et ces seigneurs (de Venise) se sont acquis une bonne renommée et réputation auprès des nations les plus civilisées.

(Ajouté d'une autre main:)

François Filenfi, secrétaire et *maestro di casa,* fut condamné à quinze ans de prison. L'échanson *(copiere)* Onorio Adami de Fermo, ainsi que deux autres, à une année de prison ; sept autres furent condamnés aux galères avec les fers aux pieds, et enfin sept furent relâchés.

LES CENCI

1599

Le don Juan de Molière est galant sans doute, mais avant tout il est homme de bonne compagnie ; avant de se livrer au penchant irrésistible qui l'entraîne vers les jolies femmes, il tient à se conformer à un certain modèle idéal, il veut être l'homme qui serait souverainement admiré à la cour d'un jeune roi galant et spirituel.

Le don Juan de Mozart est déjà plus près de la nature, et moins français, il pense moins à *l'opinion des autres ;* il ne songe pas, avant tout, *à parestre,* comme dit le baron de Fœneste, de d'Aubigné. Nous n'avons que deux portraits du don Juan d'Italie, tel qu'il dut se montrer, en ce beau pays, au seizième siècle, au début de la civilisation renaissante.

De ces deux portraits il en est un que je ne puis absolument faire connaître, le siècle est trop *collet monté ;* il faut se rappeler ce grand mot que j'ai ouï répéter bien des fois à lord Byron : *This age of cant.* Cette hypocrisie si ennuyeuse et qui ne trompe personne à l'immense avantage de donner quelque chose à dire aux sots : ils se scandalisent de ce qu'on a osé dire telle chose, de ce qu'on a osé rire de telle autre, etc. Son désavantage est de raccourcir infiniment le domaine de l'histoire.

Si le lecteur a le bon goût de me le permettre, je vais lui présenter, en toute humilité, une notice historique sur le second des don Juan dont il est possible de parler en 1837; il se nommait *François Cenci.*

Pour que le don Juan soit possible, il faut qu'il y ait de l'hypocrisie dans le monde. Le don Juan eût été un effet sans cause dans l'antiquité; la religion était une fête, elle exhortait les hommes au plaisir; comment aurait-elle flétri des êtres qui faisaient d'un certain plaisir leur unique affaire ? Le gouvernement seul parlait de *s'abstenir ;* il défendait les choses qui pouvaient nuire à la patrie, c'est-à-dire à l'intérêt bien entendu de tous, et non ce qui peut nuire à l'individu qui agit.

Tout homme qui avait du goût pour les femmes et beaucoup d'argent pouvait donc être un don Juan dans Athènes, personne n'y trouvait à redire ; personne ne professait que cette vie est une vallée de larmes et qu'il y a du mérite à se faire souffrir.

Je ne pense pas que le don Juan athénien pût arriver jusqu'au crime aussi rapidement que le don Juan des monarchies modernes ; une grande partie du plaisir de celui-ci consiste à braver l'opinion, et il a débuté, dans sa jeunesse, par s'imaginer qu'il bravait seulement l'hypocrisie.

Violer les lois dans la monarchie à la Louis XV, tirer un coup de fusil à un couvreur et le faire dégringoler du haut de son toit, n'est-ce pas une preuve que l'on vit dans la société du prince, que l'on est du meilleur ton, et que l'on se moque fort du juge ? *Se moquer du juge,* n'est-ce pas le premier pas, le premier essai de tout petit don Juan qui débute ?

Parmi nous, les femmes ne sont plus à la mode, c'est pourquoi les don Juan sont rares ; mais quand il y en avait, ils commençaient toujours par chercher des plaisirs fort naturels, tout en se faisant gloire de braver ce qui leur semblait des idées non fondées en raison dans la religion de leurs contemporains. Ce n'est que plus tard, et lorsqu'il commence à se pervertir, que le don Juan trouve une volupté exquise à braver les opinions qui lui semblent à lui-même justes et raisonnables.

Ce passage devait être fort difficile chez les anciens, et ce n'est guère que sous les empereurs romains, et après Tibère et Caprée, que l'on trouve des libertins qui aiment la corruption pour elle-même, c'est-à-dire pour le plaisir de braver les opinions raisonnables de leurs contemporains.

Ainsi c'est à la religion chrétienne que j'attribue la possibilité du rôle satanique de don Juan. C'est sans doute cette religion qui enseigna au monde qu'un pauvre esclave, qu'un gladiateur avait une âme absolument égale en faculté à celle de César lui-même ; ainsi, il faut la remercier de l'apparition des sentiments délicats ; je ne doute pas, au reste, que tôt ou tard ces sentiments ne se fussent fait jour dans le sein des peuples. L'*Enéide* est déjà bien plus *tendre* que l'*Iliade*.

La théorie de Jésus était celle des philosophes arabes ses contemporains ; la seule chose nouvelle qui se soit introduite dans le monde à la suite des principes prêchés par saint Paul, c'est un corps de prêtres absolument séparé du reste des citoyens et même ayant des intérêts opposés [1].

Ce corps fit son unique affaire de cultiver et de fortifier le *sentiment religieux ;* il inventa des prestiges et des habitudes pour émouvoir les esprits de toutes les classes, depuis le pâtre inculte jusqu'au vieux courtisan blasé ; il sut lier son souvenir aux impressions charmantes de la première enfance ; il ne laissa point passer la moindre peste ou le moindre grand malheur sans en profiter pour redoubler la peur et le *sentiment religieux*, ou tout au moins pour bâtir une belle église, comme la *Salute* à Venise.

L'existence de ce corps produisit cette chose admirable: le pape saint Léon, résistant sans *force physique* au

---

[1] Voir Montesquieu, *Politique des Romains dans la religion*.

féroce Attila et à ses nuées de barbares qui venaient d'effrayer la Chine, la Perse et les Gaules.

Ainsi, la religion, comme le pouvoir absolu tempéré par des chansons, qu'on appelle la monarchie française, a produit des choses singulières que le monde n'eût jamais vues, peut-être s'il eût été privé de ces deux institutions.

Parmi ces choses bonnes ou mauvaises, mais toujours singulières et curieuses, et qui eussent bien étonné Aristote, Polybe, Auguste, et les autres bonnes têtes de l'antiquité, je place sans hésiter le caractère tout moderne du don Juan. C'est, à mon avis, un produit des *institutions ascétiques* des papes venus après Luther; car Léon X et sa cour (1506) suivaient à peu près les principes de la religion d'Athènes.

Le *Don Juan* de Molière fut représenté au commencement du règne de Louis XIV, le 15 février 1665; ce prince n'était point encore dévot, et cependant la censure ecclésiastique fit supprimer la scène du *pauvre dans la forêt*. Cette censure, pour se donner des forces, voulait persuader à ce jeune roi, si prodigieusement ignorant, que le mot janséniste était synonyme de *républicain*[1].

L'original est d'un Espagnol, Tirso de Molina[2]; une troupe italienne en jouait une imitation à Paris vers 1664, et faisait fureur. C'est probablement la comédie du monde qui a été représentée le plus souvent. C'est qu'il y a le diable et l'amour, la peur de l'enfer et une passion exaltée pour une femme, c'est-à-dire, ce qu'il y a de plus terrible et de plus doux aux yeux de tous les hommes, pour peu qu'ils soient au-dessus de l'état sauvage.

---

[1] Saint-Simon, *Mémoires de l'abbé Blanche.*
[2] Ce nom fut adopté par un moine, homme d'esprit, fray Gabriel Tellez. Il appartenait à l'ordre de la Merci, et l'on a de lui plusieurs pièces où se trouvent des scènes de génie, entre autres, le *Timide à la Cour*. Tellez fit trois cents comédies, dont soixante ou quatre-vingts existent encore. Il mourut vers 1610.

Il n'est pas étonnant que la peinture du don Juan ait été introduite dans la littérature par un poète espagnol. L'amour tient une grande place dans la vie de ce peuple; c'est, là-bas, une passion sérieuse et qui se fait sacrifier, haut la main, toutes les autres, et même, qui le croirait? la *vanité!* Il en est de même en Allemagne et en Italie. A le bien prendre, la France seule est complètement délivrée de cette passion qui fait faire tant de folies à ces étrangers : par exemple, épouser une fille pauvre, sous le prétexte qu'elle est jolie et qu'on en est amoureux. Les filles qui manquent de beauté ne manquent pas d'admirateurs en France ; nous sommes gens avisés. Ailleurs, elles sont réduites à se faire religieuses, et c'est pourquoi les couvents sont indispensables en Espagne. Les filles n'ont pas de dot en ce pays, et cette loi a maintenu le triomphe de l'amour. En France, l'amour ne s'est-il pas réfugié au cinquième étage, c'est-à-dire parmi les filles qui ne se marient pas avec l'entremise du notaire de la famille ?

Il ne faut point parler du don Juan de lord Byron, ce n'est qu'un Faublas, un beau jeune homme insignifiant, et sur lequel se précipitent toutes sortes de bonheurs invraisemblables.

C'est donc en Italie et au seizième siècle seulement qu'a dû paraître, pour la première fois, ce caractère singulier. C'est en Italie et au dix-septième siècle qu'une princesse disait, en prenant une glace avec délices le soir d'une journée fort chaude: *Quel dommage que ce ne soit pas un péché!*

Ce sentiment forme, suivant moi, la base du caractère du don Juan, et comme on voit, la religion chrétienne lui est nécessaire.

Sur quoi un auteur napolitain s'écrie : « N'est-ce rien que de braver le ciel et de croire qu'au moment même le ciel peut vous réduire en cendre ? De là l'extrême volupté, dit-on, d'avoir une maîtresse religieuse, et religieuse remplie de piété, sachant fort bien qu'elle fait mal, et demandant pardon à Dieu avec passion, comme elle pèche avec passion [1]. »

Supposons un chrétien extrêmement pervers, né à Rome, au moment où le sévère Pie V venait de remettre en honneur ou d'inventer une foule de pratiques minutieuses absolument étrangères à cette morale simple qui n'appelle vertu que *ce qui est utile aux hommes*. Une inquisition inexorable, et tellement inexorable qu'elle dura peu en Italie, et dut se réfugier en Espagne, venait d'être renforcée [2] et faisait peur à tous. Pendant quelques années, on attacha de très grandes peines à la non-exécution ou au mépris public de ces petites pratiques minutieuses élevées au rang des devoirs les plus sacrés de la religion. Il aura haussé les épaules en voyant l'universalité des citoyens trembler devant les lois terribles de l'inquisition.

« Eh bien ! se sera-t-il dit, je suis l'homme le plus riche de Rome, cette capitale du monde ; je vais en être aussi le plus brave ; je vais me moquer publiquement de tout ce que ces gens-là respectent, et qui ressemble si peu à ce qu'on doit respecter. »

Car un don Juan, pour être tel, doit être homme de cœur et posséder cet esprit vif et net qui fait voir clair dans les motifs des actions des hommes.

François Cenci se sera dit : « Par quelles actions parlantes, moi Romain, né à Rome en 1527, précisément pendant les six mois durant lesquels les soldats luthériens du connétable de Bourbon y commirent, sur les choses saintes, les plus affreuses profanations ; par quelles actions

---

[1] D. Dominico Paglietta.
[2] Saint Pie V Ghislieri, Piémontais, dont on voit la figure maigre et sévère au tombeau de Sixte-Quint, à Sainte-Marie-Majeure, était *grand inquisiteur* quand il fut appelé au trône de saint Pierre, en 1566. Il gouverna l'Eglise six ans et vingt-quatre jours. Voir ses lettres, publiées par M. de Potter, le seul homme parmi nous qui ait connu ce point d'histoire. L'ouvrage de M. de Potter, vaste mine de faits, est le fruit de quatorze ans d'études consciencieuses dans les bibliothèques de Florence, de Venise et de Rome.

pourrais-je faire remarquer mon courage et me donner, le plus profondément possible, le plaisir de braver l'opinion ? Comment étonnerai-je mes sots contemporains ? Comment pourrai-je me donner le plaisir si vif de me sentir différent de tout ce vulgaire ? »

Il ne pouvait entrer dans la tête d'un Romain, et d'un Romain du Moyen Age, de se borner à des paroles. Il n'est pas de pays où les paroles hardies soient plus méprisées qu'en Italie.

L'homme qui a pu se dire à lui-même ces choses se nommait François Cenci : il a été tué sous les yeux de sa fille et de sa femme, le 15 septembre 1598. Rien d'aimable ne nous reste de ce don Juan, son caractère ne fut point adouci et *amoindri* par l'idée d'être, avant tout, homme de bonne compagnie, comme le don Juan de Molière. Il ne songeait aux autres hommes que pour marquer sa supériorité sur eux, s'en servir dans ses desseins ou les haïr. Le don Juan n'a jamais de plaisir par les sympathies, par les douces rêveries ou les illusions d'un cœur tendre. Il lui faut, avant tout, des plaisirs qui soient des triomphes, qui puissent être vus par les autres, qui ne *puissent être niés ;* il lui faut la liste déployée par l'insolent Leporello aux yeux de la triste Elvire. Le don Juan romain s'est bien gardé de la maladresse insigne de donner la clef de son caractère, et de faire des confidences à un laquais, comme le don Juan de Molière ; il a vécu sans confident et n'a prononcé de paroles que celles qui étaient utiles pour *l'avancement de ses desseins.* Nul ne vit en lui de ces moments de tendresse véritable et de gaieté charmante qui nous font pardonner au don Juan de Mozart ; en un mot, le portrait que je vais traduire est affreux.

Par choix, je n'aurais pas raconté ce caractère, je me serais contenté de l'étudier, car il est plus voisin de l'horrible que du curieux ; mais j'avouerai qu'il m'a été demandé par des compagnons de voyage auxquels je ne pouvais rien refuser. En 1823, j'eus le bonheur de voir l'Italie avec des êtres aimables et que je n'oublierai jamais ; je fus séduit comme eux par l'admirable portrait de Béatrix Cenci que l'on voit à Rome, au palais Barberini.

La galerie de ce palais est maintenant réduite à sept ou huit tableaux ; mais quatre sont des chefs-d'œuvre : c'est d'abord le portrait de la célèbre *Fornarina,* la maîtresse de Raphaël, par Raphaël lui-même. Ce portrait, sur l'authenticité duquel il ne peut s'élever aucun doute, car on trouve des copies contemporaines, est tout différent de la figure qui, à la galerie de Florence, est donnée comme le portrait de la maîtresse de Raphaël, et a été gravé, sous ce nom, par Morghen. Le portrait de Florence n'est pas même de Raphaël. En faveur de ce grand nom, le lecteur voudra-t-il pardonner à cette petite digression ?

Le second portrait précieux de la galerie Barberini est du Guide ; c'est le portrait de Béatrix Cenci, dont on voit tant de mauvaises gravures. Ce grand peintre a placé sur le coup de Béatrix un bout de draperie insignifiant : il l'a coiffée d'un turban ; il eût craint de pousser la vérité jusqu'à l'*horrible* s'il eût reproduit exactement l'habit qu'elle s'était fait faire pour paraître à l'exécution, et les cheveux en désordre d'une pauvre fille de seize ans qui vient de s'abandonner au désespoir. La tête est douce et belle, le regard très doux et les yeux fort grands : ils ont l'air étonné d'une personne qui vient d'être surprise au moment où elle pleurait à chaudes larmes. Les cheveux sont blonds et très beaux. Cette tête n'a rien de la fierté romaine et de cette conscience de ses propres forces que l'on surprend souvent dans le regard assuré d'une fille du Tibre, *di una figlia del Tevere,* disent-elles d'elles-mêmes avec fierté. Malheureusement les demi-teintes ont poussé au *rouge de brique* pendant ce long intervalle de deux cent trente-huit ans qui nous sépare de la catastrophe dont on va lire le récit.

Le troisième portrait de la galerie Barberini est celui de Lucrèce Petroni, belle-mère de Béatrix, qui fut exécutée avec elle. C'est le type de la matrone romaine dans sa beauté et sa fierté [1] naturelles. Les traits sont grands et la carnation d'une éclatante blancheur, les sourcils noirs et fort marqués, le regard est impérieux et en même temps chargé de volupté. C'est un beau contraste avec la figure si douce, si simple, presque allemande de sa belle-fille. Le quatrième portrait, brillant par la vérité et l'éclat des couleurs, est l'un des chefs-d'œuvre du Titien ; c'est une esclave grecque qui fut la maîtresse du fameux doge Barbarigo.

Presque tous les étrangers qui arrivent à Rome se font conduire, dès le commencement de leur tournée, à la galerie Barberini ; ils sont appelés, les femmes surtout, par les portraits de Béatrix Cenci et de sa belle-mère. J'ai partagé la curiosité commune ; ensuite, comme tout le monde, j'ai cherché à obtenir communication des pièces de ce procès célèbre. Si on a ce crédit, on sera tout étonné, je pense, en lisant ces pièces, où tout est latin, excepté les réponses des accusés, de ne trouver presque pas l'explication des faits. C'est qu'à Rome, en 1599, personne n'ignorait les faits. J'ai acheté la permission de copier un récit contemporain ; j'ai cru pouvoir en donner la traduction sans blesser aucune convenance ; du moins cette traduction put-elle être lue tout haut devant des dames en 1823. Il est bien entendu que le traducteur cesse d'être fidèle lorsqu'il ne peut plus l'être : l'horreur l'emporterait facilement sur l'intérêt de curiosité.

Le triste rôle du don Juan pur (celui qui ne cherche à se conformer à aucun modèle idéal, et qui ne songe à l'opinion du monde que pour l'outrager) est exposé ici dans toute son horreur. Les excès de ses crimes forcent deux femmes malheureuses à le faire tuer sous leurs yeux ; ces deux femmes étaient l'une son épouse, et l'autre sa fille, et le lecteur n'osera décider si elles furent coupables. Leurs contemporains trouvèrent qu'elles ne devaient pas périr.

Je suis convaincu que la tragédie de *Galeoto Manfredi*

---

[1] Cette fierté ne provient point du *rang* dans le monde, comme dans les portraits de Van Dyck.

(qui fut tué par sa femme, sujet traité par le grand poète Monti) et tant d'autres tragédies domestiques du quinzième siècle, qui sont moins connues et à peine indiquées dans les histoires particulières des villes d'Italie, finirent par une scène semblable à celle du château de Petrella. Voici la traduction du récit contemporain ; il est en *italien de Rome,* et fut écrit le 14 septembre 1599.

HISTOIRE VERITABLE

de la mort de Jacques de Béatrix Cenci, et de Lucrèce Petroni Cenci, leur belle-mère, exécutés pour crime de parricide, samedi dernier 11 septembre 1599, sous le règne de notre Saint Père le pape, Clément VIII, Aldobrandini.

La vie exécrable qu'a toujours menée François Cenci, né à Rome et l'un de nos concitoyens les plus opulents, a fini par le conduire à sa perte. Il a entraîné à une mort prématurée ses fils, jeunes gens forts et courageux, et sa fille Béatrix qui, quoiqu'elle ait été conduite au supplice, à peine âgée de seize ans (il y a aujourd'hui quatre jours), n'en passait pas moins pour une des plus belles personnes des Etats du pape et de l'Italie tout entière. La nouvelle se répand que le signor Guido Reni, un des élèves de cette admirable école de Bologne, a voulu faire le portrait de la pauvre Béatrix, vendredi dernier, c'est-à-dire le jour même qui a précédé son exécution. Si ce grand peintre s'est acquitté de cette tâche comme il a fait pour les autres peintures qu'il a exécutées dans cette capitale, la postérité pourra se faire quelque idée de ce que fut la beauté de cette fille admirable. Afin qu'elle puisse aussi conserver quelque souvenir de ses malheurs sans pareils, et de la force étonnante avec laquelle cette âme vraiment romaine sut les combattre, j'ai résolu d'écrire ce que j'ai appris sur l'action qui l'a conduite à la mort, et ce que j'ai vu le jour de sa glorieuse tragédie.

Les personnes qui m'ont donné mes informations étaient placées de façon à savoir les circonstances les plus secrètes, lesquelles sont ignorées dans Rome, même aujourd'hui, quoique depuis six semaines on ne parle d'autre chose que du procès des Cenci. J'écrirai avec une certaine liberté, assuré que je suis de pouvoir déposer mon *commentaire* dans des archives respectables, et d'où certainement il ne sera tiré qu'après moi. Mon unique chagrin est de devoir parler, mais ainsi le veut la vérité, contre l'innocence de cette pauvre Béatrix Cenci, adorée et respectée de tous ceux qui l'ont connue, autant que son horrible père était haï et exécré.

Cet homme, qui, l'on ne peut le nier, avait reçu du ciel une sagacité et une bizarrerie étonnantes, fut fils de monsignor Cenci, lequel, sous Pie V (Ghislieri), s'était élevé au poste de *trésorier* (ministre des finances). Ce saint pape, tout occupé, comme on sait, de sa juste haine contre l'hérésie et du rétablissement de son admirable inquisition, n'eut que du mépris pour l'administration temporelle de son Etat, de façon que ce monsignor Cenci, qui fut trésorier pendant quelques années avant 1572, trouva moyen de laisser à cet homme affreux qui fut son fils et père de Béatrix un revenu net de cent soixante mille piastres (environ deux millions cinq cent mille francs de 1837).

François Cenci, outre cette grande fortune, avait une réputation de courage et de prudence à laquelle, dans son jeune temps, aucun autre Romain ne put atteindre ; et cette réputation le mettait d'autant plus en crédit à la cour du pape et parmi tout le peuple, que les actions criminelles que l'on commençait à lui imputer n'étaient que du genre de celles que le monde pardonne facilement. Beaucoup de Romains se rappelaient encore, avec un amer regret, la liberté de penser et d'agir dont on avait joui du temps de Léon X, qui nous fut enlevé en 1513, et sous Paul III, mort en 1549. On commença à parler, sous ce dernier pape, du jeune François Cenci à cause de certains amours singuliers, amenés à bonne réussite par des moyens plus singuliers encore.

Sous Paul III, temps où l'on pouvait encore parler avec une certaine confiance, beaucoup disaient que François

Cenci était avide surtout d'événements bizarres qui pussent lui donner des *peripezie di nuova idea,* sensations nouvelles et inquiétantes ; ceux-là s'appuient sur ce qu'on a trouvé dans ses livres de compte des articles tels que celui-ci :

« Pour les aventures et *peripezie* de Toscanella, trois mille cinq cents piastres (environ soixante mille francs de 1837) *e non fu caro* (et ce ne fut pas trop cher). »

On ne sait peut-être pas, dans les autres villes d'Italie, que notre sort et notre façon d'être à Rome changent selon le caractère du pape régnant. Ainsi, pendant treize années, sous le bon pape Grégoire XIII (Buoncompagni), tout était permis à Rome ; qui voulait faisait poignarder son ennemi, et n'était point poursuivi, pour peu qu'il se conduisît d'une façon modeste. A cet excès d'indulgence succéda l'excès de la sévérité pendant les cinq années que régna le grand Sixte-Quint, duquel il a été dit, comme de l'empereur Auguste, qu'il fallait qu'il ne vînt jamais ou qu'il restât toujours. Alors on vit exécuter des malheureux pour des assassinats ou empoisonnements oubliés depuis dix ans, mais dont ils avaient eu le malheur de se confesser au cardinal Montalto, depuis Sixte-Quint.

Ce fut principalement sous Grégoire XIII que l'on commença à beaucoup parler de François Cenci ; il avait épousé une femme fort riche et telle qu'il convenait à un seigneur si accrédité ; elle mourut après lui avoir donné sept enfants. Peu après sa mort, il prit en secondes noces Lucrèce Petroni, d'une rare beauté et célèbre surtout par l'éclatante blancheur de son teint, mais un peu trop replète, comme c'est le défaut commun de nos Romaines. De Lucrèce il n'eut point d'enfants.

Le moindre vice qui fût à reprendre en François Cenci, ce fut la propension à un amour infâme ; le plus grand fut celui de ne pas croire en Dieu. De sa vie on ne le vit entrer dans une église.

Mis trois fois en prison pour ses amours infâmes, il s'en tira en donnant deux cent mille piastres aux personnes en faveur auprès des douze papes sous lesquels il a successivement vécu. (Deux cent mille piastres font à peu près cinq millions de 1837.)

Je n'ai vu François Cenci que lorsqu'il avait déjà les cheveux grisonnants, sous le règne du pape Buoncompagni, quand tout était permis à qui osait. C'était un homme d'à peu près cinq pieds quatre pouces, fort bien fait, quoique trop maigre ; il passait pour être extrêmement fort, peut-être faisait-il courir ce bruit lui-même ; il avait les yeux grands et expressifs, mais la paupière supérieure retombait un peu trop ; il avait le nez trop avancé et trop grand, les lèvres minces et un sourire plein de grâce. Ce sourire devenait terrible lorsqu'il fixait le regard sur ses ennemis ; pour peu qu'il fût ému ou irrité, il tremblait excessivement et de façon à l'incommoder. Je l'ai vu dans ma jeunesse, sous le pape Buoncompagni, aller à cheval de Rome à Naples, sans doute pour quelqu'une de ses amourettes, il passait par les bois de San Germano et de la Fajola sans avoir nul souci des brigands, et faisait, dit-on, la route en moins de vingt heures. Il voyageait toujours seul, et sans prévenir personne ; quand son premier cheval était fatigué, il en achetait ou en volait un autre. Pour peu qu'on fît des difficultés, il ne faisait pas difficulté, lui, de donner un coup de poignard. Mais il est vrai de dire que du temps de ma jeunesse, c'est-à-dire quand il avait quarante-huit ou cinquante ans, personne n'était assez hardi pour lui résister. Son grand plaisir était surtout de braver ses ennemis.

Il était fort connu sur toutes les routes des Etats de Sa Sainteté ; il payait généreusement, mais aussi il était capable, deux ou trois mois après une offense à lui faite, d'expédier un de ses sicaires pour tuer la personne qui l'avait offensé.

La seule action vertueuse qu'il ait faite pendant toute sa longue vie a été de bâtir, dans la cour de son vaste palais près du Tibre, une église dédiée à saint Thomas, et encore il fut poussé à cette belle action par le désir singulier d avoir sous ses yeux les tombeaux de tous ses enfants [1], pour lesquels il eut une haine excessive et contre nature, même dès leur plus tendre jeunesse, quand ils ne pouvaient encore l'avoir offensé en rien.

C'est là que je veux les mettre tous, disait-il souvent avec un rire amer aux ouvriers qu'il employait à construire son église. Il envoya les trois aînés, Jacques, Christophe et Roch, étudier à l'université de Salamanque en Espagne. Une fois qu'ils furent dans ce pays lointain, il prit un malin plaisir à ne leur faire passer aucune remise d'argent, de façon que ces malheureux jeunes gens, après avoir adressé à leur père nombre de lettres, qui toutes restèrent sans réponse, furent réduits à la misérable nécessité de revenir dans leur patrie en empruntant de petites sommes d'argent ou en mendiant tout le long de la route.

A Rome, ils trouvèrent un père plus sévère et plus rigide, plus âpre que jamais, lequel, malgré ses immenses richesses, ne voulut ni les vêtir ni leur donner l'argent nécessaire pour acheter les aliments les plus grossiers. Ces malheureux furent forcés d'avoir recours au pape, qui força François Cenci à leur faire une petite pension. Avec ce secours fort médiocre ils se séparèrent de lui.

Bientôt après, à l'occasion de ses amours infâmes, François fut mis en prison pour la troisième et dernière fois ; sur quoi les trois frères sollicitèrent une audience de notre Saint Père le pape actuellement régnant, et le prièrent en commun de faire mourir François Cenci leur père, qui dirent-ils, déshonorerait leur maison. Clément VIII en avait grande envie, mais il ne voulut pas suivre sa première pensée, pour ne pas donner contentement à ces enfants dénaturés, et il les chassa honteusement de sa présence.

Le père, comme nous l'avons dit plus haut, sortit de prison en donnant une grosse somme d'argent à qui le pouvait protéger. On conçoit que l'étrange démarche de ses trois fils aînés dut augmenter encore la haine qu'il por-

---

[1] A Rome on enterre sous les églises.

tait à ses enfants. Il les maudissait à chaque instant, grands et petits, et tous les jours il accablait de coups de bâton ses deux pauvres filles qui habitaient avec lui dans son palais.

La plus âgée, quoique surveillée de près, se donna tant de soins, qu'elle parvint à faire présenter une supplique au pape ; elle conjura Sa Sainteté de la marier ou de la placer dans un monastère. Clément VIII eut pitié de ses malheurs, et la maria à Charles Gabrielli de la famille la plus noble de Gubbio ; Sa Sainteté obligea le père à donner une forte dot.

A ce coup imprévu, François Cenci montra une extrême colère, et pour empêcher que Béatrix, en devenant plus grande, n'eût l'idée de suivre l'exemple de sa sœur, il la séquestra dans un des appartements de son immense palais. Là, personne n'eut la permission de voir Béatrix, alors à peine âgée de quatorze ans, et déjà dans tout l'éclat d'une ravissante beauté. Elle avait surtout une gaieté, une candeur et un esprit comique que je n'ai jamais vus qu'à elle. François Cenci lui portait lui-même à manger. Il est à croire que c'est alors que le monstre en devint amoureux, ou feignit d'en devenir amoureux, afin de mettre au supplice sa malheureuse fille. Il lui parlait souvent du tour perfide que lui avait joué sa sœur aînée, et, se mettant en colère au son de ses propres paroles, finissait par accabler de coups Béatrix.

Sur ces entrefaites, Roch Cenci son fils, fut tué par un charcutier, et l'année suivante, Christophe Cenci fut tué par Paul Corso de Massa. A cette occasion, il montra sa noire impiété, car aux funérailles de ses deux fils il ne voulut pas dépenser même une baïoque pour des cierges. En apprenant le sort de son fils Christophe, il s'écria qu'il ne pourrait goûter quelque joie que lorsque tous ses enfants seraient enterrés, et que, lorsque le dernier viendrait à mourir, il voulait, en signe de bonheur, mettre le feu à son palais. Rome fut étonnée de ce propos, mais elle croyait tout possible d'un pareil homme, qui mettait sa gloire à braver tout le monde et le pape lui-même.

(Ici il devient absolument impossible de suivre le narrateur romain dans le récit fort obscur des choses étranges par lesquelles François Cenci chercha à étonner ses contemporains. Sa femme et sa malheureuse fille furent, suivant toute apparence, victimes de ses idées abominables.)

Toutes ces choses ne lui suffirent point ; il tenta avec des menaces, et en employant la force de violer sa propre fille Béatrix, laquelle était déjà grande et belle ; il n'eut pas honte d'aller se placer dans son lit, lui se trouvant dans un état complet de nudité. Il se promenait avec elle dans les salles de son palais, lui étant parfaitement nu ; puis il la conduisait dans le lit de sa femme, afin qu'à la lueur des lampes la pauvre Lucrèce pût voir ce qu'il faisait avec Béatrix.

Il donnait à entendre à cette pauvre fille une hérésie effroyable, que j'ose à peine rapporter, à savoir que, lorsqu'un père connaît sa propre fille, les enfants qui naissent sont nécessairement des saints, et que tous les plus grands saints vénérés par l'Eglise sont nés de cette façon, c'est-à-dire que leur grand-père maternel a été leur père.

Lorsque Béatrix résistait à ses exécrables volontés, il l'accablait des coups les plus cruels, de sorte que cette pauvre fille, ne pouvant tenir à une vie si malheureuse, eut l'idée de suivre l'exemple que sa sœur lui avait donné. Elle adressa à notre Saint Père le pape une supplique fort détaillée ; mais il est à croire que François Cenci avait pris ses précautions, car il ne paraît pas que cette supplique soit jamais parvenue aux mains de Sa Sainteté ; du moins fut-il impossible de la retrouver à la secrétairerie des *Memoriali,* lorsque, Béatrix étant en prison, son défenseur eut le plus grand besoin de cette pièce ; elle aurait pu prouver en quelque sorte les excès inouïs qui furent commis dans le château de Petrella. N'eût-il pas été évident pour tous que Béatrix Cenci s'était trouvée dans le cas d'une légitime défense ? Ce mémorial parlait aussi au nom de Lucrèce, belle-mère de Béatrix.

François Cenci eut connaissance de cette tentative, et l'on peut juger avec quelle colère il redoubla de mauvais traitements envers ces deux malheureuses femmes.

La vie leur devint absolument insupportable, et ce fut alors que, voyant bien qu'elles n'avaient rien à espérer de la justice du souverain, dont les courtisans étaient gagnés par les riches cadeaux de François, elles eurent l'idée d'en venir au parti extrême qui les a perdues, mais qui pourtant a eu cet avantage de terminer leurs souffrances en ce monde.

Il faut savoir que le célèbre monsignor Guerra allait souvent au palais Cenci ; il était d'une taille élevée et d'ailleurs fort bel homme, et avait reçu ce don spécial de la destinée, qu'à quelque chose qu'il voulût s'appliquer il s'en tirait avec une grâce toute particulière. On a supposé qu'il aimait Béatrix et avait le projet de quitter la *mantelletta* et de l'épouser [1] ; mais, quoiqu'il prît soin de cacher ses sentiments avec une attention extrême, il était exécré de François Cenci, qui lui reprochait d'avoir été fort lié avec tous ses enfants. Quand monsignor Guerra apprenait que le signor Cenci était hors de son palais, il montait à l'appartement des dames et passait plusieurs heures à discourir avec elles et à écouter leurs plaintes des traitements incroyables auxquels toutes les deux étaient en butte. Il paraît que Béatrix la première osa parler de vive voix à monsignor Guerra du projet auquel elles s'étaient arrêtées. Avec le temps il y donna les mains ; et, vivement pressé à diverses reprises par Béatrix, il consentit enfin à communiquer cet étrange dessein à Giacomo Cenci, sans le consentement duquel on ne pouvait rien faire, puisqu'il était le frère aîné et chef de la maison après François.

On trouva de grandes facilités à l'attirer dans la conspiration ; il était extrêmement maltraité par son père, qui

---

[1] La plupart des *monsignori* ne sont point engagés dans les ordres sacrés et peuvent se marier.

ne lui donnait aucun secours, chose d'autant plus sensible à Giacomo qu'il était marié et avait six enfants. On choisit pour s'assembler et traiter des moyens de donner la mort à François Cenci l'appartement de monsignor Guerra. L'affaire se traita avec toutes les formes convenables, et l'on prit sur toutes choses le vote de la belle-mère et de la jeune fille. Quand enfin le parti fut arrêté, on fit choix de deux vassaux de François Cenci, lesquels avaient conçu contre lui une haine mortelle. L'un d'eux s'appelait Marzio ; c'était un homme de cœur, fort attaché aux malheureux enfants de François, et, pour faire quelque chose qui leur fût agréable, il consentit à prendre part au parricide. Olimpio, le second, avait été choisi pour châtelain de la forteresse de la Petrella, au royaume de Naples, par le prince Colonna ; mais, par son crédit tout-puissant auprès du prince, François Cenci l'avait fait chasser.

On convint de toute chose avec ces deux hommes ; François Cenci ayant annoncé que, pour éviter le mauvais air de Rome, il irait passer l'été suivant dans cette forteresse de la Petrella, on eut l'idée de réunir une douzaine de bandits napolitains. Olimpio se chargea de les fournir. On décida qu'on les ferait cacher dans les forêts voisines de la Petrella, qu'on les avertirait du moment où François Cenci se mettrait en chemin, qu'ils l'enlèveraient sur la route, et feraient annoncer à sa famille qu'ils le délivreraient moyennant une forte rançon. Alors les enfants seraient obligés de retourner à Rome pour amasser la somme demandée par les brigands ; ils devaient feindre de ne pas pouvoir trouver cette somme avec rapidité, et les brigands, suivant leur menace, ne voyant point arriver l'argent, auraient mis à mort François Cenci. De cette façon, personne ne devait être amener à soupçonner les véritables auteurs de cette mort.

Mais, l'été venu, lorsque François Cenci partit de Rome pour la Petrella, l'espion qui devait donner avis du départ avertit trop tard les bandits placés dans les bois, et ils n'eurent pas le temps de descendre sur la grande route.

Cenci arriva sans encombre à la Petrella ; les brigands, las d'attendre une proie douteuse, allèrent voler ailleurs pour leur propre compte.

De son côté, Cenci, vieillard sage et soupçonneux, ne se hasardait jamais à sortir de la forteresse. Et, sa mauvaise humeur augmentant avec les infirmités de l'âge, qui lui étaient insupportables, il redoublait les traitements atroces qu'il faisait subir aux deux pauvres femmes. Il prétendait qu'elles se réjouissaient de sa faiblesse.

Béatrix, poussée à bout par les choses horribles qu'elle avait à supporter, fit appeler sous les murs de la forteresse Marzio et Olimpio. Pendant la nuit, tandis que son père dormait, elle leur parla d'une fenêtre basse et leur jeta des lettres qui étaient adressées à monsignor Guerra. Au moyen de ces lettres, il fut convenu que monsignor Guerra promettrait à Marzio et à Olimpio mille piastres s'ils voulaient se charger eux-mêmes de mettre à mort François Cenci. Un tiers de la somme devait être payé à Rome, avant l'action, par monsignor Guerra, et les deux autres tiers par Lucrèce et Béatrix, lorsque, la chose faite, elles seraient maîtresses du coffre-fort de Cenci.

Il fut convenu de plus que la chose aurait lieu le jour de la Nativité de la Vierge, et à cet effet ces deux hommes furent introduits avec adresse dans la forteresse. Mais Lucrèce fut arrêtée par le respect dû à une fête de la Madone, et elle engagea Béatrix à différer d'un jour, afin de ne pas commettre un double péché.

Ce fut donc le 9 septembre 1598, dans la soirée, que, la mère et la fille ayant donné de l'opium avec beaucoup de dextérité à François Cenci, cet homme si difficile à tromper, il tomba dans un profond sommeil.

Vers minuit, Béatrix introduisit elle-même dans la forteresse Marzio et Olimpio ; ensuite Lucrèce et Béatrix les conduisirent dans la chambre du vieillard, qui dormait profondément. Là on les laissa afin qu'ils effectuassent ce qui avait été convenu, et les deux femmes allèrent attendre dans une chambre voisine. Tout à coup elles virent revenir ces deux hommes avec des figures pâles, et comme hors d'eux-mêmes.

— Qu'y a-t-il de nouveau ? s'écrièrent les femmes.

— Que c'est une bassesse et une honte, répondirent-ils, de tuer un pauvre vieillard endormi ! la pitié nous a empêchés d'agir.

En entendant cette excuse, Béatrix fut saisie d'indignation et commença à les injurier, disant :

— Donc, vous autres hommes, bien préparés à une telle action, vous n'avez pas le courage de tuer un homme qui dort [1] ! bien moins encore oseriez-vous le regarder en face s'il était éveillé ! Et c'est pour en finir ainsi que vous osez prendre de l'argent ! Eh bien ! puisque votre lâcheté le veut, moi-même je tuerai mon père ; et, quant à vous autres, vous ne vivrez pas longtemps !

Animés par ce peu de paroles fulminantes, et craignant quelque diminution dans le prix convenu, les assassins rentrèrent résolument dans la chambre, et furent suivis par les femmes. L'un d'eux avait un grand clou qu'il posa verticalement sur l'œil du vieillard endormi ; l'autre, qui avait un marteau, lui fit entrer ce clou dans la tête. On fit entrer de même un autre grand clou dans la gorge, de façon que cette pauvre âme, chargée de tant de péchés récents, fut enlevée par les diables ; le corps se débattit, mais en vain.

La chose faite, la jeune fille donna à Olimpio une grosse bourse remplie d'argent ; elle donna à Marzio un manteau de drap garni d'un galon d'or, qui avait appartenu à son père, et elle les renvoya.

Les femmes, restées seules, commencèrent par retirer ce grand clou enfoncé dans la tête du cadavre et celui qui était dans le cou ; ensuite, ayant enveloppé le corps dans un drap de lit, elles le traînèrent à travers une longue suite de chambres jusqu'à une galerie qui donnait sur un petit jardin abandonné. De là, elles jetèrent le corps sur un

---

[1] Tous ces détails sont prouvés au procès.

grand sureau qui croissait en ce lieu solitaire. Comme il y avait des lieux à l'extrémité de cette petite galerie, elles espérèrent que, lorsque le lendemain on trouverait le corps du vieillard tombé dans les branches du sureau, on supposerait que le pied lui avait glissé, et qu'il était tombé en allant aux lieux.

La chose arriva précisément comme elles l'avaient prévu. Le matin, lorsqu'on trouva le cadavre, il s'éleva une grande rumeur dans la forteresse ; elles ne manquèrent pas de jeter de grands cris et de pleurer la mort si malheureuse d'un père et d'un époux. Mais la jeune Béatrix avait le courage de la pudeur offensée, et non la prudence nécessaire dans la vie ; dès le grand matin, elle avait donné à une femme qui blanchissait le linge dans la forteresse un drap taché de sang, lui disant de ne pas s'étonner d'une telle quantité de sang, parce que, toute la nuit, elle avait souffert d'une grande perte, façon que, pour le moment, tout se passa bien.

On donna une sépulture honorable à François Cenci, et les femmes revinrent à Rome jouir de cette tranquillité qu'elles avaient désirée en vain depuis si longtemps. Elles se croyaient heureuses à jamais, parce qu'elles ne savaient pas ce qui se passait à Naples.

La justice de Dieu, qui ne voulait pas qu'un parricide si atroce restât sans punition, fit qu'aussitôt qu'on apprit en cette capitale ce qui s'était passé dans la forteresse de la Petrella, le principal juge eut des doutes, et envoya un commissaire royal pour visiter le corps et faire arrêter les gens soupçonnés.

Le commissaire royal fit arrêter tout ce qui habitait dans la forteresse. Tout ce monde fut conduit à Naples enchaîné ; et rien ne parut suspect dans les dépositions, si ce n'est que la blanchisseuse dit avoir reçu de Béatrix un drap ou des draps ensanglantés. On lui demanda si Béatrix avait cherché à expliquer ces grandes taches de sang ; elle répondit que Béatrix avait parlé d'une indisposition naturelle. On lui demanda si des taches d'une telle grandeur pouvaient provenir d'une telle indisposition ; elle répondit que non, que les taches sur le drap étaient d'un rouge trop vif.

On envoya sur-le-champ ce renseignement à la justice de Rome, et cependant il se passa plusieurs mois avant que l'on songeât, parmi nous, à faire arrêter les enfants de François Cenci. Lucrèce, Béatrix et Giacomo eussent pu mille fois se sauver, soit en allant à Florence sous le prétexte de quelque pèlerinage, soit en s'embarquant à Civita-Vecchia ; mais Dieu leur refusa cette inspiration salutaire.

Monsignor Guerra, ayant eu avis de ce qui se passait à Naples, mit sur-le-champ en campagne des hommes qu'il chargea de tuer Marzio et Olimpio ; mais le seul Olimpio put être tué à Terni. La justice napolitaine avait fait arrêter Marzio, qui fut conduit à Naples, où sur-le-champ il avoua toutes choses.

Cette déposition terrible fut aussitôt envoyée à la justice de Rome, laquelle se détermina enfin à faire arrêter et conduire à la prison de *Corte Savella* Jacques et Bernard Cenci, les seuls fils survivants de François, ainsi que Lucrèce, sa veuve. Béatrix fut gardée dans le palais de son père par une grosse troupe de sbires. Marzio fut amené de Naples et placé, lui aussi, dans la prison Savella ; là, on le confronta aux deux femmes, qui nièrent tout avec constance, et Béatrix en particulier ne voulut jamais reconnaître le manteau galonné qu'elle avait donné à Marzio. Celui-ci pénétré d'enthousiasme pour l'admirable beauté et l'éloquence étonnante de la jeune fille répondant au juge, nia tout ce qu'il avait avoué à Naples. On le mit à la question, il n'avoua rien, et préféra mourir dans les tourments ; juste hommage à la beauté de Béatrix !

Après la mort de cet homme, le corps du délit n'étant point prouvé, les juges ne trouvèrent pas qu'il y eût raison suffisante pour mettre à la torture soit les deux fils de Cenci, soit les deux femmes. On les conduisit tous quatre au château Saint-Ange, où ils passèrent plusieurs mois fort tranquillement.

Tout semblait terminé, et personne ne doutait plus dans Rome que cette jeune fille si belle, si courageuse, et qui avait inspiré un si vif intérêt, ne fût bientôt mise en liberté, lorsque, par malheur, la justice vint à arrêter le brigand qui, à Terni, avait tué Olimpio ; conduit à Rome, cet homme avoua tout.

Monsignor Guerra, si étrangement compromis par l'aveu du brigand, fut cité à comparaître sous le moindre délai ; la prison était certaine et probablement la mort. Mais cet homme admirable, à qui la destinée avait donné de savoir bien faire toutes choses, parvint à se sauver d'une façon qui tient du miracle. Il passait pour le plus bel homme de la cour du pape, et il était trop connu dans Rome pour pouvoir espérer de se sauver ; d'ailleurs, on faisait bonne garde aux portes, et probablement, dès le moment de la citation, sa maison avait été surveillée. Il faut savoir qu'il était fort grand, il avait le visage d'une blancheur parfaite, une belle barbe blonde et des cheveux admirables de la même couleur.

Avec une rapidité inconcevable, il gagna un marchand de charbon, prit ses habits, se fit raser la tête et la barbe, se teignit le visage, acheta deux ânes, et se mit à courir les rues de Rome et à vendre du charbon en boitant. Il prit admirablement un certain air grossier et hébété, et allait criant partout son charbon avec la bouche pleine de pain et d'oignons, tandis que des centaines de sbires le cherchaient non seulement dans Rome, mais encore sur toutes les routes. Enfin, quand sa figure fut bien connue de la plupart des sbires, il osa sortir de Rome, chassant toujours devant lui ses deux ânes chargés de charbon. Il rencontra plusieurs troupes de sbires qui n'eurent garde de l'arrêter. Depuis, on n'a jamais reçu de lui qu'une seule lettre ; sa mère lui a envoyé de l'argent à Marseille, et on suppose qu'il fait la guerre en France, comme soldat.

La confession de l'assassin de Terni et cette fuite de monsignor Guerra, qui produisit une sensation étonnante dans Rome, ranimèrent tellement les soupçons et même les indices contre les Cenci, qu'ils furent extraits du château Saint-Ange et ramenés à la prison Savella.

Les deux frères, mis à la torture, furent bien loin d'imiter la grandeur d'âme du brigand Marzio ; ils eurent la pusillanimité de tout avouer. La signora Lucrèce Petroni était tellement accoutumée à la mollesse et aux aisances du plus grand luxe, et d'ailleurs elle était d'une taille tellement forte, qu'elle ne put supporter la question de la *corde ;* elle dit tout ce qu'elle savait.

Mais il n'en fut pas de même de Béatrix Cenci, jeune fille pleine de vivacité et de courage. Les bonnes paroles ni les menaces du juge Moscati n'y firent rien. Elle supporta les tourments de la *corde* sans un moment d'altération et avec un courage parfait. Jamais le juge ne put l'induire à une réponse qui la compromît le moins du monde ; et, bien plus, par sa vivacité pleine d'esprit, elle confondit complètement ce célèbre Ulysse Moscati, juge chargé de l'interroger. Il fut tellement étonné des façons d'agir de cette jeune fille, qu'il crut devoir faire rapport du tout à Sa Sainteté le pape Clément VIII, heureusement régnant.

Sa Sainteté voulut voir les pièces du procès et l'étudier. Elle craignit que le juge Ulysse Moscati, si célèbre pour sa profonde science et la sagacité si supérieure de son esprit, n'eût été vaincu par la beauté de Béatrix et ne la ménageât dans les interrogatoires. Il suivit de là que Sa Sainteté lui ôta la direction de ce procès et la donna à un autre juge plus sévère. En effet, ce barbare eut le courage de *tourmenter* sans pitié un si beau corps *ad torturam capillorum* (c'est-à-dire qu'on donna la question à Béatrix Cenci en la suspendant par les cheveux [1]).

---

[1] Voir le traité de *Suppliciis* du célèbre Farinacci, jurisconsulte contemporain. Il y a des détails horribles dont notre sensibilité du dix-neuvième siècle ne supporterait pas la lecture et que supporta fort bien une jeune Romaine âgée de seize ans et abandonnée par son amant.

Pendant qu'elle était attachée à la corde, ce nouveau juge fit paraître devant Béatrix sa belle-mère et ses frères. Aussitôt que Giacomo et la signora Lucrèce la virent :

— Le péché est commis, lui crièrent-ils ; il faut faire aussi la pénitence, et ne pas se laisser déchirer le corps par une vaine obstination.

— Donc vous voulez couvrir de honte notre maison, répondit la jeune fille, et mourir avec ignominie ? Vous êtes dans une grande erreur ; mais, puisque vous le voulez, qu'il en soit ainsi.

Et, s'étant tournée vers les sbires :

— Détachez-moi, leur dit-elle, et qu'on me lise l'interrogatoire de ma mère, j'approuverai ce qui doit être approuvé, et je nierai ce qui doit être nié.

Ainsi fut fait ; elle avoua tout ce qui était vrai[1]. Aussitôt on ôta les chaînes à tous, et parce qu'il y avait cinq mois qu'elle n'avait vu ses frères, elle voulut dîner avec eux, et ils passèrent tous quatre une journée fort gaie.

Mais le jour suivant ils furent séparés de nouveau ; les deux frères furent conduits à la prison de Tordinona, et les femmes restèrent à la prison Savella. Notre Saint Père le pape, ayant vu l'acte authentique contenant les aveux de tous, ordonna que sans délai ils fussent attachés à la queue des chevaux indomptés et ainsi mis à mort.

Rome entière frémit en apprenant cette décision rigoureuse. Un grand nombre de cardinaux et de princes allèrent se mettre à genoux devant le pape, le suppliant de permettre à ces malheureux de présenter leur défense.

— Et eux, ont-ils donné à leur vieux père le temps de présenter la sienne ? répondit le pape indigné.

Enfin, par grâce spéciale, il voulut bien accorder un

---

[1] On trouve dans Farinacci plusieurs passages des aveux de Béatrix ; ils me semblent d'une simplicité touchante.

sursis de vingt-cinq jours. Aussitôt les premiers avocats de Rome se mirent à *écrire* dans cette cause qui avait rempli la ville de trouble et de pitié. Le vingt-conquième jour, ils parurent tous ensemble devant Sa Sainteté. Nicolo De'Angalis parla le premier, mais il avait à peine lu deux lignes de sa défense, que Clément VIII l'interrompit :

— Donc, dans Rome, s'écria-t-il, on trouve des hommes qui tuent leur père, et ensuite des avocats pour défendre ces hommes !

Tous restèrent muets, lorsque Farinacci osa élever la voix.

— Très Saint Père, dit-il, nous ne sommes par ici pour défendre le crime, mais pour prouver, si nous le pouvons, qu'un ou plusieurs de ces malheureux sont innocents du crime.

Le pape lui fit signe de parler, et il parla trois grandes heures, après quoi le pape prit leurs écritures à tous et les renvoya. Comme ils s'en allaient, l'Altieri marchait le dernier ; il eut peur de s'être compromis, et alla se mettre à genoux devant le pape, disant :

— Je ne pouvais pas faire moins que de paraître dans cette cause, étant avocat des pauvres.

A quoi le pape répondit :

— Nous ne nous étonnons pas de vous, mais des autres.

Le pape ne voulut point se mettre au lit, mais passa toute la nuit à lire les plaidoyers des avocats, se faisant aider en ce travail par le cardinal de Saint-Marcel ; Sa Sainteté parut tellement touchée, que plusieurs conçurent quelque espoir pour la vie de ces malheureux. Afin de sauver les fils, les avocats rejetaient tout le crime sur Béatrix. Comme il était prouvé dans le procès que plusieurs fois son père avait employé la force dans un dessein criminel, les avocats espéraient que le meurtre lui serait pardonné, à elle, comme se trouvant dans le cas de légitime défense ; s'il en était ainsi, l'auteur principal du crime obtenant la vie, comment ses frères, qui avaient été séduits par elle, pouvaient-ils être punis de mort ?

Après cette nuit donnée à ses devoirs de juge, Clément VIII ordonna que les accusés fussent reconduits en prison, *et mis au secret*. Cette circonstance donna de grandes espérances à Rome, qui dans toute cette cause ne voyait que Béatrix. Il était avéré qu'elle avait aimé monsignor Guerra, mais n'avait jamais transgressé les règles de la vertu la plus sévère : on ne pouvait donc, en véritable justice, lui imputer les crimes d'un monstre, et on la punirait parce qu'elle avait usé du droit de se défendre ! qu'eût-on fait si elle eût consenti ? Fallait-il que la justice humaine vînt augmenter l'infortune d'une créature si aimable, si digne de pitié et déjà si malheureuse ? Après une vie si triste qui avait accumulé sur elle tous les genres de malheurs avant qu'elle eût seize ans, n'avait-elle pas droit enfin à quelques jours moins affreux ? Chacun dans Rome semblait chargé de sa défense. N'eût-elle pas été pardonnée si, la première fois que François Cenci tenta le crime, elle l'eût poignardé ?

Le pape Clément VIII était doux et miséricordieux. Nous commencions à espérer qu'un peu honteux de la boutade qui lui avait fait interrompre le plaidoyer des avocats, il pardonnerait à qui avait repoussé la force par la force, non pas, à la vérité, au moment du premier crime, mais lorsque l'on tentait de le commettre de nouveau. Rome tout entière était dans l'anxiété, lorsque le pape reçut la nouvelle de la mort violente de la marquise Constance Santa Croce. Son fils Paul Santa Croce venait de tuer à coup de poignard cette dame, âgée de soixante ans, parce qu'elle ne voulait pas s'engager à le laisser héritier de tous ses biens. Le rapport ajoutait que Santa Croce avait pris la fuite, et que l'on ne pouvait conserver l'espoir de l'arrêter. Le pape se rappela le fratricide des Massini, commis peu de temps auparavant. Désolée de la fréquence de ces assassinats commis sur de proches parents, Sa Sainteté ne crut pas qu'il lui fût permis de pardonner. En recevant ce fatal rapport sur Santa Croce, le pape se trouvait au palais de Monte Cavallo, où il était le 6 septembre, pour être plus voisin, la matinée suivante, de l'église de Sainte-Marie-des-Anges où il devait consacrer comme évêque un cardinal allemand.

Le vendredi à 22 heures (4 heures du soir), il fit appeler Ferrante Taverna, gouverneur de Rome, et lui dit ces propres paroles :

— *Nous vous remettons l'affaire des Cenci, afin que justice soit faite par vos soins et sans nul délai.*

Le gouverneur revint à son palais fort touché de l'ordre qu'il venait de recevoir ; il expédia aussitôt la sentence de mort, et rassembla une congrégation pour délibérer sur le mode d'exécution.

Samedi matin, 11 septembre 1599, les premiers seigneurs de Rome, membres de la confrérie des *confortatori,* se rendirent aux deux prisons, à *Corte Savella,* où étaient Béatrix et sa belle-mère, et à *Tordinona,* où se trouvaient Jacques et Bernard Cenci. Pendant toute la nuit du vendredi au samedi, les seigneurs romains qui avaient su ce qui se passait ne firent autre chose que courir du palais de Monte Cavallo à ceux des principaux cardinaux, afin d'obtenir au moins que les femmes fussent mises à mort dans l'intérieur de la prison, et non sur un infâme échafaud ; et que l'on fît grâce au jeune Bernard Cenci, qui, à peine âgé de quinze ans, n'avait pu être admis à aucune confidence.

Le noble cardinal Sforza s'est surtout distingué par son zèle dans le cours de cette nuit fatale, mais quoique prince si puissant, il n'a pu rien obtenir. Le crime de Santa Croce était un crime vil, commis pour avoir de l'argent, et le crime de Béatrix fut commis pour sauver l'honneur.

Pendant que les cardinaux les plus puissants faisaient tant de pas inutiles, Farinacci, notre grand jurisconsulte, a bien eu l'audace de pénétrer jusqu'au pape ; arrivé devant Sa Sainteté, cet homme étonnant a eu l'adresse d'intéresser sa conscience, et enfin il a arraché à force d'importunités la vie de Bernard Cenci.

Lorsque le pape prononça ce grand mot, il pouvait être quatre heures du matin (du samedi 11 septembre). Toute la nuit on avait travaillé sur la place du pont Saint-Ange aux préparatifs de cette cruelle tragédie. Cependant toutes les copies nécessaires de la sentence de mort ne purent être terminées qu'à cinq heures du matin, de façon que ce ne fut qu'à six heures que l'on put aller annoncer la fatale nouvelle à ces pauvres malheureux, qui dormaient tranquillement.

La jeune fille, dans les premiers moments ne pouvait même trouver des forces pour s'habiller. Elle jetait des cris perçants et continuels, et se livrait sans retenue au plus affreux désespoir.

— Comment est-il possible, ah ! Dieu ! s'écriait-elle, qu'ainsi à l'improviste je doive mourir ?

Lucrèce Petroni, au contraire, ne dit rien que de fort convenable ; d'abord elle pria à genoux, puis exhorta tranquillement sa fille à venir avec elle à la chapelle, où elles devaient toutes deux se préparer à ce grand passage de la vie à la mort.

Ce mot rendit toute sa tranquillité à Béatrix ; autant elle avait montré d'extravagance et d'emportement d'abord, autant elle fut sage et raisonnable dès que sa belle-mère eut rappelé cette grande âme à elle-même. Dès ce moment elle a été un miroir de constance que Rome entière a admiré.

Elle a demandé un notaire pour faire son testament, ce qui lui a été accordé. Elle a prescrit que son corps fût porté à Saint-Pierre *in Montorio ;* elle a laissé trois cent mille francs aux Stimâtes (religieuses des Stigmates de saint François) ; cette somme doit servir à doter cinquante pauvres filles. Cet exemple a ému la signora Lucrèce, qui, elle aussi, a fait son testament et ordonné que son corps fût porté à Saint-Georges ; elle a laissé cinq cent mille francs d'aumônes à cette église et fait d'autres legs pieux.

A huit heures elles se confessèrent, entendirent la messe et reçurent la sainte communion. Mais, avant d'aller à la messe, la signora Béatrix considéra qu'il n'était pas convenable de paraître sur l'échafaud, aux yeux de tout le peuple, avec les riches habillements qu'elles portaient. Elle ordonna deux robes, l'une pour elle, l'autre pour sa mère. Ces robes furent faites comme celles des religieuses, sans ornements à la poitrine et aux épaules, et seulement plissées avec des manches larges. La robe de la belle-mère fut de toile de coton noir ; celle de la jeune fille, de taffetas bleu avec une grosse corde qui ceignait la ceinture.

Lorsqu'on apporta les robes, la signora Béatrix, qui était à genoux, se leva et dit à la signora Lucrèce :

— Madame ma mère, l'heure de notre passion approche ; il sera bien que nous nous préparions, que nous prenions ces autres habits, et que nous nous rendions pour la dernière fois le service réciproque de nous habiller.

On avait dressé sur la place du pont Saint-Ange un grand échafaud avec un cep et une mannaja (sorte de guillotine). Sur les treize heures (à huit heures du matin), la compagnie de la Miséricorde apporta son grand crucifix à la porte de la prison. Giacomo Cenci sortit le premier de la prison ; il se mit à genoux dévotement sur le seuil de la porte, fit sa prière et baisa les saintes plaies du crucifix. Il était suivi de Bernard Cenci, son jeune frère, qui, lui aussi, avait les mains liées et une petite planche devant les yeux. La foule était énorme, et il y eut du tumulte à cause d'un vase qui tomba d'une fenêtre presque sur la tête d'un des pénitents qui tenait une torche allumée à côté de la bannière.

Tous regardaient les deux frères, lorsqu'à l'improviste s'avança le fiscal de Rome, qui dit :

— Signor Bernardo, Notre Seigneur vous fait grâce de la vie ; soumettez-vous à accompagner vos parents et priez Dieu pour eux.

A l'instant ses deux confortatori lui ôtèrent la petite planche qui était devant ses yeux. Le bourreau arrangeait sur la charrette Giacomo Cenci et lui avait ôté son habit afin de pouvoir le *tenailler*. Quand le bourreau vint à Bernard, il vérifia la signature de la grâce, le délia, lui ôta les menottes, et, comme il était sans habit, devant être tenailler, le bourreau le mit sur la charrette et l'enveloppa du riche manteau de drap galonné d'or. (On a dit que c'était le même qui fut donné par Béatrix à Marzio après l'action dans la forteresse de Petrella.) La foule immense qui était dans la rue, aux fenêtres et sur les toits, s'émut tout à coup ; on entendait un bruit sourd et profond, on commençait à dire que cet enfant avait sa grâce.

Les chants des psaumes commencèrent, et la procession s'achemina lentement par la place Navonne vers la prison Savella. Arrivée à la porte de la prison, la bannière s'arrêta, les deux femmes sortirent, firent leur adoration au pied du saint crucifix et ensuite s'acheminèrent à pied l'une à la suite de l'autre. Elles étaient vêtues ainsi qu'il a été dit, la tête couverte d'un grand voile de taffetas qui arrivait presque jusqu'à la ceinture.

La signora Lucrèce, en sa qualité de veuve, portait un voile noir et des mules de velours noir sans talons selon l'usage.

Le voile de la jeune fille était de taffetas bleu, comme sa robe ; elle avait de plus un grand voile de drap d'argent sur les épaules, une jupe de drap violet et des mules de velours blanc, lacées avec élégance et retenues par des cordons cramoisis. Elle avait une grâce singulière en marchant dans ce costume, et les larmes venaient dans tous les yeux à mesure qu'on l'apercevait s'avançant lentement dans les derniers rangs de la procession.

Les femmes avaient toutes les deux les mains libres, mais les bras liés au corps, de façon que chacune d'elles pouvait porter un crucifix ; elles le tenaient fort près des yeux. Les manches de leurs robes étaient fort larges, de façon qu'on voyait leurs bras, qui étaient couverts d'une chemise serrée aux poignets, comme c'est l'usage en ce pays.

La signora Lucrèce, qui avait le cœur moins ferme, pleurait presque continuellement ; la jeune Béatrix, au contraire, montrait un grand courage ; et tournant les yeux vers chacune des églises devant lesquelles la procession passait, se mettait à genoux pour un instant et disait d'une voix ferme : *Adoramus te, Christe* !

Pendant ce temps, le pauvre Giacomo Cenci était tenaillé sur sa charrette et montrait beaucoup de constance.

La procession put à peine traverser le bas de la place du pont Saint-Ange, tant était grand le nombre des carrosses et la foule du peuple. On conduisit sur-le-champ les femmes dans la chappelle qui avait été préparée, on y amena ensuite Giacomo Cenci.

Le jeune Bernard, recouvert de son manteau galonné, fut conduit directement sur l'échafaud ; alors tous crurent qu'on allait le faire mourir et qu'il n'avait pas sa grâce. Ce pauvre enfant eut une telle peur qu'il tomba évanoui au second pas qu'il fit sur l'échafaud. On le fit revenir avec de l'eau fraîche et on le plaça assis vis-à-vis la mannaja.

Le bourreau alla chercher la signora Lucrèce Petroni ; ses mains étaient liées derrière le dos, elle n'avait plus de voile sur les épaules. Elle parut sur la place accompagnée par la bannière, la tête enveloppée dans le voile de taffetas noir ; là elle fit sa réconciliation avec Dieu et elle baisa les saintes plaies. On lui dit de laisser ses mules sur le pavé ; comme elle était fort grosse, elle eut quelque peine à monter. Quand elle fut sur l'échafaud et qu'on lui ôta le voile de taffetas noir, elle souffrit beaucoup d'être vue avec les épaules et la poitrine découvertes ; elle se regarda, puis regarda la mannaja, et, en signe de résignation, leva lentement les épaules ; les larmes lui vinrent aux yeux, elle dit : *O mon Dieu !... Et vous, mes frères, priez pour mon âme.*

Ne sachant ce qu'elle avait à faire, elle demanda à Alexandre, premier bourreau, comment elle devrait se comporter. Il lui dit de se placer à cheval sur la planche du cep. Mais ce mouvement lui parut offensant pour la pudeur, et elle mit beaucoup de temps à le faire. (Les détails qui suivent sont tolérables pour le public italien, qui tient à savoir toutes choses avec la dernière exactitude; qu'il suffise au lecteur français de savoir que la pudeur de cette pauvre femme fit qu'elle se blessa à la poitrine; le bourreau montra la tête au peuple et ensuite l'enveloppa dans le voile de taffetas noir.)

Pendant qu'on mettait en ordre la mannaja pour la jeune fille, un échafaud chargé de curieux tomba, et beaucoup de gens furent tués. Ils parurent ainsi devant Dieu avant Béatrix.

Quand Béatrix vit la bannière revenir vers la chapelle pour la prendre, elle dit avec vivacité :

— Madame ma mère est-elle bien morte ?

On lui répondit que oui; elle se jeta à genoux devant le crucifix et pria avec ferveur pour son âme. Ensuite elle parla haut et pendant longtemps au crucifix.

— Seigneur, tu es retourné pour moi, et moi je te suivrai de bonne volonté ne désespérant pas de ta miséricorde pour mon énorme péché, etc.

Elle récita ensuite plusieurs psaumes et oraisons toujours à la louange de Dieu. Quand enfin le bourreau parut devant elle avec une corde, elle dit :

— Lie ce corps, qui doit être châtié, et délie cette âme qui doit arriver à l'immortalité et à une gloire éternelle.

Alors elle se leva, fit la prière, laissa ses mules au bas de l'escalier, et, montée sur l'échafaud, elle passa lestement la jambe sur la planche, posa le cou sous la mannaja et s'arrangea parfaitement bien elle-même pour éviter d'être touchée par le bourreau. Par la rapidité de ses mouvements, elle évita qu'au moment où son voile de taffetas lui fut ôté le public aperçût ses épaules et sa poitrine. Le coup fut longtemps à être donné, parce qu'il survint un embarras. Pendant ce temps, elle invoquait à haute voix le nom de Jésus-Christ et de la très sainte Vierge [1]. Le corps fit un grand mouvement au moment fatal. Le pauvre Bernard Cenci, qui était toujours resté assis sur l'échafaud, tomba de nouveau évanoui, et il fallut plus d'une grosse demi-heure à ses *confortatori* pour le ranimer. Alors parut sur l'échafaud Jacques Cenci ; mais il faut encore ici passer sur des détails trop atroces. Jacques Cenci fut assommé *(mazzolato)*.

Sur-le-champ, on reconduisit Bernard en prison, il avait une forte fièvre, on le saigna.

Quant aux pauvres femmes, chacune fut accommodée dans sa bière, et déposée à quelques pas de l'échafaud, auprès de la statue de saint Paul, qui est la première à droite sur le pont Saint-Ange. Elles restèrent là jusqu'à quatre heures et un quart après midi. Autour de chaque bière brûlaient quatre cierges de cire blanche.

Ensuite, avec ce qui restait de Jacques Cenci, elles furent portées au palais du consul de Florence. A neuf heures et un quart du soir [2], le corps de la jeune fille, recouvert de ses habits et couronné de fleurs avec profusion, fut porté à Saint-Pierre *in Montorio*. Elle était d'une ravissante beauté ; on eût dit qu'elle dormait. Elle fut enterrée devant le grand autel de la *Transfiguration* de Raphaël d'Urbin. Elle était accompagnée de cinquante gros cierges allumés et de tous les religieux franciscains de Rome.

Lucrèce Petroni fut portée, à dix heures du soir, à l'église de Saint-Georges. Pendant cette tragédie, la foule fut

---

[1] Un auteur contemporain raconte que Clément VIII était fort inquiet pour le salut de l'âme de Béatrix ; comme il savait qu'elle se trouvait injustement condamnée, il craignait un mouvement d'impatience. Au moment où elle eut placé la tête sur la mannaja, le fort Saint-Ange, d'où la mannaja se voyait fort bien, tira un coup de canon. Le pape, qui était en prières à Monte Cavallo, attendant ce signal, donna aussitôt à la jeune fille l'absolution papale *majeure, in articulo mortis*. De là le retard dans ce cruel moment dont parle le chroniqueur.

[2] C'est l'heure réservée à Rome aux obsèques des princes. Le convoi du bourgeois a lieu au coucher du soleil ; la petite noblesse est portée à l'église à une heure de nuit, les cardinaux et les princes à deux heures et demie de nuit, qui, le 11 septembre, correspondaient à neuf heures et trois quarts.

innombrable ; aussi loin que le regard pouvait s'étendre, on voyait les rues remplies de carrosses et de peuple, les échafaudages, les fenêtres et les toits couverts de curieux. Le soleil était d'une telle ardeur ce jour-là que beaucoup de gens perdirent connaissance. Un nombre infini prit la fièvre ; et lorsque tout fut terminé, à dix-neuf heures (deux heures moins un quart), et que la foule se dispersa, beaucoup de personnes furent étouffées, d'autres écrasées par les chevaux. Le nombre des morts fut très considérable.

La segnora Lucrèce Petroni était plutôt petite que grande, et, quoique âgée de cinquante ans, elle était encore fort bien. Elle avait de fort beaux traits, le nez petit, les yeux noirs, le visage très blanc avec de belles couleurs ; elle avait peu de cheveux, et ils étaient châtains.

Béatrix Cenci, qui inspirera des regrets éternels, avait justement seize ans ; elle était petite ; elle avait un joli embonpoint et des fossettes au milieu des joues, de façon que, morte et couronnée de fleurs, on eût dit qu'elle dormait et même qu'elle riait, comme il lui arrivait fort souvent quand elle était en vie. Elle avait la bouche petite, les cheveux blonds et naturellement bouclés. En allant à la mort ces cheveux blonds et bouclés lui retombaient sur les yeux, ce qui donnait une certaine grâce et portait à la compassion.

Giacomo Cenci était de petite taille, gros, le visage blanc et la barbe noire ; il avait vingt-six ans à peu près quand il mourut.

Bernard Cenci ressemblait tout à fait à sa sœur, et comme il portait les cheveux longs comme elle, beaucoup de gens, lorsqu'il parut sur l'échafaud, le prirent pour elle.

Le soleil avait été si ardent que plusieurs des spectateurs de cette tragédie moururent dans la nuit, et parmi eux Ubaldino Ubaldini, jeune homme d'une rare beauté et qui jouissait auparavant d'une parfaite santé. Il était frère du signor Renzi, si connu dans Rome. Ainsi les ombres des Cenci s'en allèrent bien accompagnées.

Hier qui fut mardi 14 septembre 1599, les pénitents de San Marcello, à l'occasion de la fête de Sainte-Croix, usèrent de leur privilège pour délivrer de la prison le signor Bernard Cenci, qui s'est obligé de payer dans un an quatre cent mille francs à la très sainte trinité du *pont Sixte.*

(Ajouté d'une autre main)

C'est de lui que descendent François et Bernard Cenci, qui vivent aujourd'hui.

Le célèbre Farinacci, qui, par son obstination, sauva la vie du jeune Cenci, a publié ses plaidoyers. Il donna seulement un extrait du plaidoyer numéro 66, qu'il prononça devant Clément VIII en faveur des Cenci. Ce plaidoyer, en langue latine, formerait six grandes pages, et je ne puis le placer ici, ce dont j'ai du regret, il peint les façons de penser de 1599 ; il me semble fort raisonnable. Bien des années après l'an 1599, Farinacci, en envoyant ses plaidoyers à l'impression, ajouta une note à celui qu'il avait prononcé en faveur des Cenci : *Omnes fuerunt ultimo supplicio effecti, excepto Bernardo qui ad triremes cum bonorum confiscatione condemnatus fuit, ac etiam ad interessendum aliorum morti prout interfuit.* La fin de cette note latine est touchante, mais je suppose que le lecteur est las d'une si longue histoire.

LA DUCHESSE DE PALLIANO

Palerme, le 22 juillet 1838.

Je ne suis point naturaliste, je ne sais le grec que fort médiocrement ; mon principal but, en venant voyager en Sicile, n'a pas été d'observer les phénomènes de l'Etna, ni de jeter quelque clarté, pour moi ou pour les autres, sur tout ce que les vieux auteurs grecs ont dit de la Sicile. Je cherchais d'abord le plaisir des yeux, qui est grand en ce pays singulier. Il ressemble, dit-on, à l'Afrique ; mais ce qui, pour moi, est de toute certitude, c'est qu'il ne ressemble à l'Italie que par les passions dévorantes. C'est bien des Siciliens que l'on peut dire que le mot *impossible* n'existe pas pour eux dès qu'ils sont enflammés par l'amour ou la haine, et la haine, en ce beau pays, ne provient jamais d'un intérêt d'argent.

Je remarque qu'en Angleterre, et surtout en France, on parle souvent de la *passion italienne*, de la passion effrénée que l'on trouvait en Italie aux seizième et dix-septième siècles. De nos jours, cette belle passion est morte, tout à fait morte, dans les classes qui ont été atteintes par l'imitation des mœurs françaises et des façons d'agir à la mode à Paris ou à Londres.

Je sais bien que l'on peut dire que, dès l'époque de Charles-Quint (1530), Naples, Florence, et même Rome, imitèrent un peu les mœurs espagnoles ; mais ces habitudes sociales si nobles n'étaient-elles pas fondées sur le respect infini que tout homme digne de ce nom doit avoir pour les mouvements de son âme ? Bien loin d'exclure l'énergie, elles l'exagéraient, tandis que la première maxime des fats qui imitaient le duc de Richelieu vers 1760, était de ne sembler *émus de rien*. La maxime des *dandies* anglais, que l'on copie maintenant à Naples de préférence aux fats français, n'est-elle pas de sembler ennuyé de tout, supérieur à tout ?

Ainsi la *passion italienne* ne se trouve plus, depuis un siècle, dans la bonne compagnie de ce pays-là.

Pour me faire quelque idée de cette *passion italienne*, dont nos romanciers parlent avec tant d'assurance, j'ai été obligé d'interroger l'histoire ; et encore la grande histoire faite par des gens à talent, et souvent trop majestueuse, ne dit presque rien de ces détails. Elle ne daigne tenir note des folies qu'autant qu'elles sont faites par des rois ou des princes. J'ai eu recours à l'histoire particulière de chaque ville ; mais j'ai été effrayé par l'abondance des matériaux. Telle petite ville vous présente fièrement son histoire en trois ou quatre volumes in-4° imprimés, et sept ou huit volumes manuscrits ; ceux-ci presque indéchiffrables, jonchés d'abréviations, donnant aux lettres une forme singulière, et, dans les moments les plus intéressants, remplis de façons de parler en usage dans le pays, mais inintelligibles vingt lieues plus loin. Car dans toute cette belle Italie où l'amour a semé tant d'événements tragiques, trois villes seulement, Florence, Sienne et Rome, parlent à peu près comme elles écrivent ; partout ailleurs la langue écrite est à cent lieues de la langue parlée.

Ce qu'on appelle la *passion italienne,* c'est-à-dire, la passion qui cherche à se satisfaire, et non pas *à donner au voisin une idée magnifique de notre individu,* commence à la renaissance de la société, au douzième siècle, et s'éteint du moins dans la bonne compagnie vers l'an 1734. A cette époque, les Bourbons viennent régner à Naples dans la personne de don Carlos, fils d'une Farnèse, mariée, en secondes noces, à Philippe V, ce triste petit-fils de Louis XIV, si intrépide au milieu des boulets, si ennuyé, et si passionné pour la musique. On sait que pendant vingt-quatre ans le sublime castrat Farinelli lui chanta tous les jours trois airs favoris, toujours les mêmes.

Un esprit philosophique peut trouver curieux les détails d'une passion sentie à Rome ou à Naples, mais j'avouerai que rien ne me semble plus absurde que ces romans qui donnent les noms italiens à leurs personnages. Ne sommes-nous pas convenus que les passions varient toutes les fois qu'on s'avance de cent lieues vers le Nord ? L'amour est-il le même à Marseille et à Paris ? Tout au plus peut-on dire que les pays soumis depuis longtemps au même genre de gouvernement offrent dans les habitudes sociales une sorte de ressemblance extérieure.

Les paysages, comme les passions, comme la musique, changent aussi dès qu'on s'avance de trois ou quatre degrés vers le Nord. Un paysage napolitain paraîtrait absurde à Venise, si l'on n'était pas convenu, même en Italie, d'admirer la belle nature de Naples. A Paris, nous faisons mieux, nous croyons que l'aspect des forêts et des plaines cultivées est absolument le même à Naples et à Venise, et nous voudrions que le Canaletto, par exemple, eût absolument la même couleur que Salvator Rosa.

Le comble du ridicule, n'est-ce pas une dame anglaise douée de toutes les perfections de son île, mais regardée comme hors d'état de peindre la *haine* et *l'amour,* même dans cette île : Mme Anne Radcliffe donnant des noms italiens et de grandes passions aux personnages de son célèbre roman : le *Confessionnal des Pénitents noirs* ?

Je ne chercherai point à donner des grâces à la simplicité, à la rudesse quelquefois choquantes du récit trop véritable que je soumets à l'indulgence du lecteur ; par exemple, je traduis exactement la réponse de la duchesse de Palliano à la déclaration d'amour de son cousin Marcel Capecce. Cette monographie d'une famille se trouve, je ne sais pourquoi, à la fin du second volume d'une histoire manuscrite de Palerme, sur laquelle je ne puis donner aucun détail.

Ce récit, que j'abrège beaucoup, à mon grand regret (je supprime une foule de circonstances caractéristiques), comprend les dernières aventures de la malheureuse famille Carafa, plutôt que l'histoire intéressante d'une seule passion. La vanité littéraire me dit que peut-être il ne m'eût pas été impossible d'augmenter l'intérêt de plusieurs situations en développant davantage, c'est-à-dire en devinant et racontant au lecteur, avec détails, ce que sentaient les personnages. Mais moi, jeune Français, né au nord de Paris, suis-je bien sûr de deviner ce qu'éprouvaient ces âmes italiennes de l'an 1559 ? Je puis tout au plus espérer de deviner ce qui peut paraître élégant et piquant aux lecteurs français de 1838.

Cette façon passionnée de sentir qui régnait en Italie vers 1559 voulait des actions et non des paroles. On trouvera donc fort peu de conversations dans les récits suivants. C'est un désavantage pour cette traduction, accoutumés que nous sommes aux longues conversations de nos personnages de roman ; pour eux, une conversation est une bataille. L'histoire pour laquelle je réclame toute l'indulgence du lecteur montre une particularité singulière introduite par les Espagnols dans les mœurs d'Italie. Je ne suis point sorti du rôle de traducteur. Le calque fidèle des façons de sentir du seizième siècle, et même des façons de raconter de l'historien, qui, suivant toute apparence, était un gentilhomme appartenant à la malheureuse duchesse de Palliano, fait, selon moi, le principal mérite de cette histoire tragique, si toutefois mérite il y a.

L'étiquette espagnole la plus sévère régnait à la Cour du duc de Palliano. Remarquez que chaque cardinal, que chaque prince romain avait une cour semblable, et vous pourrez vous faire une idée du spectacle que présentait, en 1559, la civilisation de la ville de Rome. N'oubliez pas que c'était le temps où le roi Philippe II, ayant besoin pour une de ses intrigues du suffrage de deux cardinaux, donnait à chacun d'eux deux cent mille livres de rente en bénéfices ecclésiastiques. Rome, quoique sans armée redoutable, était la capitale du monde. Paris, en 1559, était une ville de barbares assez gentils.

TRADUCTION EXACTE D'UN VIEUX RÉCIT ÉCRIT VERS 1566.

Jean-Pierre Carafa, quoique issu d'une des plus nobles familles du royaume de Naples, eut des façons d'agir âpres, rudes, violentes et dignes tout à fait d'un gardeur de troupeaux. Il prit l'*habit long* (la soutane) et s'en alla jeune à Rome, où il fut aidé par la faveur de son cousin Olivier Carafa, cardinal et archevêque de Naples. Alexandre VI, ce grand homme qui savait tout et pouvait tout, le fit son *cameriere* (à peu près ce que nous appellerions, dans nos mœurs, un officier d'ordonnance). Jules II le nomma archevêque de Chieti; le pape Paul le fit cardinal, et enfin, le 23 de mai 1555, après des brigues et des disputes terribles parmi les cardinaux enfermés au conclave, il fut créé pape sous le nom de Paul IV; il avait alors soixante-dix-huit ans. Ceux mêmes qui venaient de l'appeler au trône de saint Pierre frémirent bientôt en pensant à la dureté et à la piété farouche, inexorable, du maître qu'ils venaient de se donner.

La nouvelle de cette nomination inattendue fit révolution à Naples et à Palerme. En peu de jours Rome vit arriver un grand nombre de membres de l'illustre famille Carafa. Tous furent placés; mais, comme il est naturel, le pape distingua particulièrement ses trois neveux, fils du comte de Montorio, son frère.

Don Juan, l'aîné, déjà marié, fut fait duc de Palliano. Ce duché, enlevé à Marc-Antoine Colonna, auquel il appartenait, comprenait un grand nombre de villages et de petites villes. Don Carlos, le second des neveux de Sa Sainteté, était chevalier de Malte et avait fait la guerre; il fut créé cardinal, légat de Bologne et premier ministre. C'était un homme plein de résolution; fidèle aux traditions de sa famille, il osa haïr le roi le plus puissant du monde (Philippe II, roi d'Espagne et des Indes), et lui donna des preuves de sa haine. Quant au troisième neveu du nouveau pape, don Antonio Carafa, comme il était marié, le pape le fit marquis de Montebello. Enfin il entreprit de donner pour femme à François, dauphin de France et fils du roi Henri II, une fille que son frère avait eue d'un second mariage; Paul IV prétendait lui assigner pour dot le royaume de Naples, qu'on aurait enlevé à Philippe II, roi d'Espagne. La famille Carafa haïssait ce roi puissant, lequel, aidé des fautes de cette famille, parvint à l'exterminer, comme vous le verrez.

Depuis qu'il était monté sur le trône de saint Pierre, le plus puissant du monde, et qui, à cette époque, éclipsait même l'illustre monarque des Espagnes, Paul IV, ainsi qu'on l'a vu chez la plupart de ses successeurs, donnait l'exemple de toutes les vertus. Ce fut un grand pape et un grand saint; il s'appliquait à réformer les abus dans l'Eglise et à éloigner par ce moyen le concile général, qu'on demandait de toutes parts à la Cour de Rome, et qu'une sage politique ne permettait pas d'accorder.

Suivant l'usage de ce temps trop oublié du nôtre, et qui ne permettait pas à un souverain d'avoir confiance en des gens qui pouvaient avoir un autre intérêt que le sien, les Etats de Sa Sainteté étaient gouvernés despotiquement par ses trois neveux. Le cardinal était premier ministre et disposait des volontés de son oncle; le duc de Palliano avait été créé général des troupes de la sainte Eglise; et le marquis de Montebello, capitaine des gardes du palais, n'y laissait pénétrer que les personnes qui lui convenaient. Bientôt ces jeunes gens commirent les plus grands excès; ils commencèrent par s'approprier les biens des familles contraires à leur gouvernement. Les peuples ne savaient à qui avoir recours pour obtenir justice. Non seulement ils devaient craindre pour leurs biens, mais, chose horrible à dire dans la patrie de la chaste Lucrèce, l'honneur de leurs femmes et de leurs filles n'était pas en sûreté. Le duc de Palliano et ses frères enlevaient les plus belles femmes ; il suffisait d'avoir le malheur de leur plaire. On les vit, avec stupeur, n'avoir aucun égard à la noblesse du sang, et, bien plus, ils ne furent nullement retenus par la clôture sacrée des saints monastères. Les peuples, réduits au désespoir, ne savaient à qui faire parvenir leurs plaintes, tant était grande la terreur que les trois frères avaient inspirée à tout ce qui approchait du pape : ils étaient insolents même envers les ambassadeurs.

Le duc avait épousé, avant la grandeur de son oncle, Violante de Cardone, d'une famille originaire d'Espagne, et qui, à Naples, appartenait à la première noblesse.

Elle comptait dans le *Seggio di nido.*

Violante, célèbre par sa rare beauté et par les grâces qu'elle savait se donner quand elle cherchait à plaire, l'était encore davantage par son orgueil insensé. Mais il faut être juste, il eût été difficile d'avoir un génie plus élevé, ce qu'elle montra bien au monde en n'avouant rien, avant de mourir, au frère capucin qui la confessa. Elle savait par cœur et récitait avec une grâce infinie l'admirable *Orlando* de *messer* Arioste, la plupart des sonnets du divin Pétrarque, les contes du *Pecorone,* etc. Mais elle était encore plus séduisante quand elle daignait entretenir sa compagnie des idées singulières que lui suggérait son esprit.

Elle eut un fils qui fut appelé le duc de Cavi. Son frère, D. Ferrand, comte d'Aliffe, vint à Rome, attiré par la haute fortune de ses beaux-frères.

Le duc de Palliano tenait une cour splendide ; les jeunes gens des premières familles de Naples briguaient l'honneur d'en faire partie. Parmi ceux qui lui étaient le plus chers, Rome distingua, par son admiration, Marcel Capecce (du *Seggio di nido*), jeune cavalier célèbre à Naples par son esprit, non moins que par la beauté divine qu'il avait reçue du ciel.

La duchesse avait pour favorite Diane Brancaccio, âgée alors de trente ans, proche parente de la marquise de Montebello, sa belle-sœur. On disait dans Rome que, pour cette favorite, elle n'avait plus d'orgueil ; elle lui confiait tous ses secrets. Mais ces secrets n'avaient rapport qu'à la politique ; la duchesse faisait naître des passions, mais n'en partageait aucune.

Par les conseils du cardinal Carafa, le pape fit la guerre au roi d'Espagne, et le roi de France envoya au secours du pape une armée commandée par le duc de Guise.

Mais il faut nous en tenir aux événements intérieurs de la Cour du duc de Palliano.

Capecce était depuis longtemps comme fou ; on lui voyait commettre les actions les plus étranges ; le fait est que le pauvre jeune homme était devenu passionnément amoureux de la duchesse sa *maîtresse,* mais il n'osait se découvrir à elle. Toutefois il ne désespérait pas absolument de parvenir à son but, il voyait la duchesse profondément irritée contre un mari qui la négligeait. Le duc de Palliano était tout-puissant dans Rome, et la duchesse savait, à n'en pas douter, que presque tous les jours les dames romaines les plus célèbres par leur beauté venaient voir son mari dans son propre palais, et c'était un affront auquel elle ne pouvait s'accoutumer.

Parmi les chapelains du saint pape Paul IV se trouvait un respectable religieux avec lequel il récitait son bréviaire. Ce personnage, au risque de se perdre, et peut-être poussé par l'ambassadeur d'Espagne, osa bien un jour découvrir au pape toutes les scélératesses de ses neveux. Le saint pontif fut malade de chagrin ; il voulut douter ; mais les certitudes accablantes arrivaient de tous côtés. Ce fut le premier jour de l'an 1559 qu'eut lieu l'événement qui confirma le pape dans tous ses soupçons, et peut-être décida Sa Sainteté. Ce fut donc le propre jour de la Circoncision de Notre-Seigneur, circonstance qui aggrava beaucoup la faute aux yeux d'un souverain aussi pieux, qu'André Lanfranchi, secrétaire du duc de Palliano, donna un souper magnifique au cardinal Carafa, et, voulant qu'aux excitations de la gourmandise ne manquassent pas celles de la luxure, il fit venir à ce souper la *Martuccia,* l'une des plus belles, des plus célèbres et des plus riches courtisanes de la noble ville de Rome. La fatalité voulut que Capecce, le favori du duc, celui-là même qui en secret était amoureux de la duchesse, et qui passait pour le plus bel homme de la capitale du monde, se fût attaché depuis quelque temps à la *Martuccia*. Ce soir-là, il la chercha dans tous les lieux où il pouvait espérer la rencontrer. Ne la trouvant nulle part, et ayant appris qu'il y avait un souper dans la maison Lanfranchi, il eut soupçon de ce qui se passait, et sur les minuit se présenta chez Lanfranchi, accompagné de beaucoup d'hommes armés.

La porte lui fut ouverte, on l'engagea à s'asseoir et à prendre part au festin; mais, après quelques paroles assez contraintes, il fit signe à la Martuccia de se lever et de sortir avec lui. Pendant qu'elle hésitait, toute confuse et prévoyant ce qui allait arriver, Capecce se leva du lieu où il était assis, et, s'approchant de la jeune fille, il la prit par la main, essayant de l'entraîner avec lui. Le cardinal, en l'honneur duquel elle était venue, s'opposa vivement à son départ; Capecce persista, s'efforçant de l'entraîner hors de la salle.

Le cardinal premier ministre, qui, ce soir-là, avait pris un habit tout différent de celui qui annonçait sa haute dignité, mit l'épée à la main et s'opposa avec la vigueur et le courage que Rome entière lui connaissait au départ de la jeune fille. Marcel, ivre de colère, fit entrer ses gens; mais ils étaient Napolitains pour la plupart, et, quand ils reconnurent d'abord le secrétaire du duc et ensuite le cardinal que le singulier habit qu'il portait leur avait d'abord caché, ils remirent leurs épées dans le fourreau, ne voulurent point se battre, et s'interposèrent pour apaiser la querelle.

Pendant ce tumulte, Martuccia, qu'on entourait et que Marcel Capecce retenait de la main gauche, fut assez adroite pour s'échapper. Dès que Marcel s'aperçut de son absence il courut après elle, et tout son monde le suivit.

Mais l'obscurité de la nuit autorisait les récits les plus

étranges, et dans la matinée du 2 janvier, la capitale fut inondée des récits du combat périlleux qui aurait eu lieu, disait-on, entre le cardinal neveu et Marcel Capecce. Le duc de Palliano, général en chef de l'armée de l'Eglise, crut la chose bien plus grave qu'elle n'était, et comme il n'était pas en de très bons termes avec son frère le ministre, dans la nuit même il fit arrêter Lanfranchi, et, le lendemain, de bonne heure, Marcel lui-même fut mis en prison. Puis on s'aperçut que personne n'avait perdu la vie, et que ces emprisonnements ne faisaient qu'augmenter le scandale, qui retombait tout entier sur le cardinal. On se hâta de mettre en liberté les prisonniers, et l'immense pouvoir des trois frères se réunit pour chercher à étouffer l'affaire. Ils espérèrent d'abord y réussir; mais, le troisième jour, le récit du tout vint aux oreilles du pape. Il fit appeler ses deux neveux et leur parla comme pouvait le faire un prince aussi pieux et aussi profondément offensé.

Le cinquième jour de janvier, qui réunissait un grand nombre de cardinaux dans la congrégation du *saint office*, le saint pape parla le premier de cette horrible affaire, il demanda aux cardinaux présents comment ils avaient osé ne pas la porter à sa connaissance :

— Vous vous taisez! et pourtant le scandale touche à la dignité sublime dont vous êtes revêtus! Le cardinal Carafa a osé paraître sur la voie publique couvert d'un habit séculier et l'épée nue à la main. Et dans quel but? Pour se saisir d'une infâme courtisane?

On peut juger du silence de mort qui régnait parmi tous ces courtisans durant cette sortie contre le premier ministre. C'était un vieillard de quatre-vingts ans qui se fâchait contre un neveu chéri maître jusque-là de toutes ses volontés. Dans son indignation, le pape parla d'ôter le chapeau à son neveu.

La colère du pape fut entretenue par l'ambassadeur du grand-duc de Toscane, qui alla se plaindre à lui d'une insolence récente du cardinal premier ministre. Ce cardinal, naguère si puissant, se présenta chez Sa Sainteté pour son travail accoutumé. Le pape le laissa quatre heures entières dans l'antichambre, attendant aux yeux de tous, puis le renvoya sans vouloir l'admettre à l'audience. On peut juger de ce qu'eut à souffrir l'orgueil immodéré du ministre. Le cardinal était irrité, mais non soumis ; il pensait qu'un vieillard accablé par l'âge, dominé toute sa vie par l'amour qu'il portait à sa famille, et qui enfin était peu habitué à l'expédition des affaires temporelles, serait obligé d'avoir recours à son activité. La vertu du saint pape l'emporta ; il convoqua les cardinaux, et, les ayant longtemps regardés sans parler, à la fin il fondit en larmes et n'hésita point à faire une sorte d'amende honorable :

— La faiblesse de l'âge, leur dit-il, et les soins que je donne aux choses de la religion, dans lesquelles, comme vous savez, je prétends détruire tous les abus, m'ont porté à confier mon autorité temporelle à mes trois neveux ; ils en ont abusé, et je les chasse à jamais.

On lut ensuite un bref par lequel les neveux étaient dépouillés de toutes leurs dignités et confinés dans de misérables villages. Le cardinal premier ministre fut exilé à Civita Lavinia, le duc de Palliano à Soriano, et le marquis à Montebello ; par ce bref, le duc était dépouillé de ses appointements réguliers, qui s'élevaient à soixante-douze mille piastres (plus d'un million de 1838).

Il ne pouvait pas être question de désobéir à ces ordres sévères : les Carafa avaient pour ennemis et pour surveillants le peuple de Rome tout entier qui les détestait.

Le duc de Palliano, suivi du comte d'Aliffe, son beau-frère, et de Léonard del Cardine, alla s'établir au petit village de Soriano, tandis que la duchesse et sa belle-mère vinrent habiter Gallese, misérable hameau à deux petites lieues de Soriano.

Ces localités sont charmantes ; mais c'était un exil, et l'on était chassé de Rome où naguère on régnait avec insolence.

Marcel Capecce avait suivi sa *maîtresse* avec les autres courtisans dans le pauvre village où elle était exilée.

Au lieu des hommages de Rome entière, cette femme, si puissante quelques jours auparavant, et qui jouissait de son rang avec tout l'emportement de l'orgueil, ne se voyait plus environnée que de simples paysans dont l'étonnement même lui rappelait sa chute. Elle n'avait aucune consolation; son oncle était si âgé que probablement il serait surpris par la mort avant de rappeler ses neveux, et, pour comble de misère, les trois frères se détestaient entre eux. On allait jusqu'à dire que le duc et marquis qui ne partageaient point les passions fougueuses du cardinal, effrayés par ses excès, étaient allés jusqu'à les dénoncer au pape leur oncle.

Au milieu de l'horreur de cette profonde disgrâce, il arriva une chose qui, pour le malheur de la duchesse et de Capecce lui-même, montra bien que, dans Rome, ce n'était pas une passion véritable qui l'avait entraîné sur les pas de la Martuccia.

Un jour que la duchesse l'avait fait appeler pour lui donner un ordre, il se trouva seul avec elle, chose qui n'arrivait peut-être pas deux fois dans toute une année. Quand il vit qu'il n'y avait personne dans la salle où la duchesse le recevait, Capecce resta immobile et silencieux. Il alla vers la porte pour voir s'il y avait quelqu'un qui pût les écouter dans la salle voisine, puis il osa parler ainsi :

— Madame, ne vous troublez point et ne prenez pas avec colère les paroles étranges que je vais avoir la témérité de prononcer. Depuis longtemps je vous aime plus que la vie. Si, avec trop d'imprudence, j'ai osé regarder comme amant vos divines beautés, vous ne devez pas en imputer la faute à moi, mais à la force surnaturelle qui me pousse et m'agite. Je suis au supplice, je brûle ; je ne demande pas du soulagement pour la flamme qui me consume, mais seulement que votre générosité ait pitié d'un serviteur rempli de défiance et d'humilité.

La duchesse parut surprise et surtout irritée :

— Marcel, qu'as-tu donc vu en moi, lui dit-elle, qui te donne la hardiesse de me requérir d'amour ? Est-ce que ma vie, est-ce que ma conversation se sont tellement éloignées des règles de la décene, que tu aies pu t'en autoriser pour une telle insolence ? Comment as-tu pu avoir la hardiesse de croire que je pouvais me donner à toi ou à tout autre homme, mon mari et seigneur excepté ? Je te pardonne ce que tu m'as dit, parce que je pense que tu es un frénétique ; mais garde-toi de tomber de nouveau dans une pareille faute, ou je te jure que je te ferai punir à la fois pour la première et pour la seconde insolence.

La duchesse s'éloigna transportée de colère, et réellement Capecce avait manqué aux lois de la prudence : il fallait faire deviner et non pas dire. Il resta confondu, craignant beaucoup que la duchesse ne racontât la chose à son mari.

Mais la suite fut bien différente de ce qu'il appréhendait. Dans la solitude de ce village, la fière duchesse de Palliano ne put s'empêcher de faire confidence de ce qu'on avait osé lui dire à sa dame d'honneur favorite, Diane Brancaccio. Celle-ci était une femme de trente ans, dévorée par des passions ardentes. Elle avait les cheveux rouges (l'historien revient plusieurs fois sur cette circonstance qui lui semble expliquer toutes les folies de Diane Brancaccio). Elle aimait avec fureur Domitien Fornari, gentilhomme attaché au marquis de Montebello. Elle voulait le prendre pour époux ; mais le marquis et sa femme, auxquels elle avait l'honneur d'appartenir par les liens du sang, consentiraient-ils jamais à la voir épouser un homme actuellement à leur service ? Cet obstacle était insurmontable, du moins en apparence.

Il n'y avait qu'une chance de succès : il aurait fallu obtenir un effort de crédit de la part du duc de Palliano, frère aîné du marquis, et Diane n'était pas sans espoir de ce côté. Le duc la traitait en parente plus qu'en domestique. C'était un homme qui avait de la simplicité dans le cœur et de la bonté, et il tenait infiniment moins que ses frères aux choses de pure étiquette. Quoique le duc profitât en vrai jeune homme de tous les avantages de sa haute position, et ne fût rien moins que fidèle à sa femme, il l'aimait tendrement, et, suivant les apparences, ne pourrait lui refuser une grâce si celle-ci la lui demandait avec une certaine persistance.

L'aveu que Capecce avait osé faire à la duchesse parut un bonheur inespéré à la sombre Diane. Sa maîtresse avait été jusque-là d'une sagesse désespérante ; si elle pouvait ressentir une passion, si elle commettait une faute, à chaque instant elle aurait besoin de Diane, et celle-ci pourrait tout espérer d'une femme dont elle connaîtrait les secrets.

Loin d'entretenir la duchesse d'abord de ce qu'elle se devait à elle-même, et ensuite des dangers effroyables auxquels elle s'exposerait au milieu d'une cour aussi clairvoyante, Diane, entraînée par la fougue de sa passion, parla de Marcel Capecce à sa maîtresse, comme elle se parlait à elle-même de Domitien Fornari. Dans les longs entretiens de cette solitude, elle trouvait moyen, chaque jour, de rappeler au souvenir de la duchesse les grâces et la beauté de ce pauvre Marcel qui semblait si triste ; il appartenait, comme la duchesse, aux premières familles de Naples, ses manières étaient aussi nobles que son sang, et il ne lui manquait que ces biens qu'un caprice de la fortune pouvait lui donner chaque jour, pour être sous tous les rapports l'égal de la femme qu'il osait aimer.

Diane s'aperçut avec joie que le premier effet de ces discours était de redoubler la confiance que la duchesse lui accordait.

Elle ne manqua pas de donner avis de ce qui se passait à Marcel Capecce. Durant les chaleurs brûlantes de cet été, la duchesse se promenait souvent dans les bois qui entourent Gallese. A la chute du jour, elle venait attendre la brise de mer sur les collines charmantes qui s'élèvent au milieu de ces bois et du sommet desquelles on aperçoit la mer à moins de deux lieues de distance.

Sans s'écarter des lois sévères de l'étiquette, Marcel pouvait se trouver dans ces bois : il s'y cachait, dit-on, et avait soin de ne se montrer aux regards de la duchesse que lorsqu'elle était bien disposée par les discours de Diane Brancaccio. Celle-ci faisait un signal à Marcel.

Diane, voyant sa maîtresse sur le point d'écouter la passion fatale qu'elle avait fait naître dans son cœur, céda elle-même à l'amour violent que Domitien Fornari lui avait inspiré. Désormais elle se tenait sûre de pouvoir l'épouser. Mais Domitien était un jeune homme sage, d'un caractère froid et réservé ; les emportements de sa fougueuse maîtresse, loin de l'attacher, lui semblèrent bientôt désagréables. Diane Brancaccio était proche parente des Carafa ; il se tenait sûr d'être poignardé au moindre rapport qui parviendrait sur ses amours au terrible cardinal Carafa qui, bien que cadet du duc de Palliano, était, dans le fait, le véritable chef de la famille.

La duchesse avait cédé depuis quelque temps à la passion de Capecce, lorsqu'un beau jour on ne trouva plus Domitien Fornari dans le village où était reléguée la cour du marquis de Montebello. Il avait disparu : on sut plus tard qu'il s'était embarqué dans le petit port de Nettuno ; sans doute il avait changé de nom, et jamais depuis on n'eut de ses nouvelles.

Qui pourrait peindre le désespoir de Diane ? Après avoir écouté avec bonté ses plaintes contre le destin, un jour la duchesse de Palliano lui laissa deviner que ce sujet de discours lui semblait épuisé. Diane se voyait méprisée par son amant ; son cœur était en proie aux mouvements les plus cruels ; elle tira la plus étrange conséquence de l'instant d'ennui que la duchesse avait éprouvé en entendant la répétition de ses plaintes. Diane se persuada que c'était la duchesse qui avait engagé Domitien Fornari à la quitter pour toujours, et qui, de plus, lui avait fourni les moyens de voyager. Cette idée folle n'était appuyée que sur quelques remontrances que jadis la duchesse lui avait adressées. Le soupçon fut bientôt suivi de la vengeance. Elle demanda une audience au duc et lui raconta tout ce qui se passait entre sa femme et Marcel. Le duc refusa d'y ajouter foi.

— Songez, lui dit-il, que depuis quinze ans je n'ai pas eu le moindre reproche à faire à la duchesse ; elle a résisté aux séductions de la cour et à l'entraînement de la position brillante que nous avions à Rome ; les princes les plus aimables, et le duc de Guise lui-même, général de l'armée française, y ont perdu leurs pas, et vous voulez qu'elle cède à un simple écuyer ?

Le malheur voulut que le duc s'ennuyant beaucoup à Soriano, village où il était relégué, et qui n'était qu'à deux petites lieues de celui qu'habitait sa femme, Diane put en obtenir un grand nombre d'audiences, sans que celles-ci vinssent à la connaissance de la duchesse. Diane avait un génie étonnant ; la passion la rendait éloquente. Elle donnait au duc une foule de détails ; la vengeance était devenue son seul plaisir. Elle lui répétait que, presque tous les soirs, Capecce s'introduisait dans la chambre de la duchesse sur les onze heures, et n'en sortait qu'à deux ou trois heures du matin. Ces discours firent d'abord si peu d'impression sur le duc, qu'il ne voulut pas se donner la peine de faire deux lieues à minuit pour venir à Gallese et entrer à l'improviste dans la chambre de sa femme.

Mais un soir qu'il se trouvait à Gallese, le soleil était couché, et pourtant il faisait encore jour, Diane pénétra tout échevelée dans le salon où était le duc. Tout le monde s'éloigna, elle lui dit que Marcel Capecce venait de s'introduire dans la chambre de la duchesse. Le duc, sans doute mal disposé en ce moment, prit son poignard et courut à la chambre de sa femme, où il entra par une porte dérobée. Il y trouva Marcel Capecce. A la vérité, les deux amants changèrent de couleur en le voyant entrer ; mais du reste, il n'y avait rien de répréhensible dans la position où ils se trouvaient. La duchesse était dans son lit occupée à noter une petite dépense qu'elle venait de faire ; une camériste était dans la chambre ; Marcel se trouvait debout à trois pas du lit.

Le duc furieux saisit Marcel à la gorge, l'entraîna dans un cabinet voisin, où il lui commanda de jeter à terre la dague et le poignard dont il était armé. Après quoi le duc appela des hommes de sa garde, par lesquels Marcel fut immédiatement conduit dans les prisons de Soriano.

La duchesse fut laissée dans son palais, mais étroitement gardée.

Le duc n'était point cruel ; il paraît qu'il eut la pensée de cacher l'ignominie de la chose, pour n'être pas obligé d'en venir aux mesures extrêmes que l'honneur exigerait de lui. Il voulut faire croire que Marcel était retenu en prison pour une toute autre cause, et prenant prétexte de quelques crapauds énormes que Marcel avait achetés à grand prix deux ou trois mois auparavant, il fit dire que ce jeune homme avait tenté de l'empoisonner. Mais le véritable crime était trop bien connu, et le cardinal, son frère, lui fit demander quand il songerait à laver dans le sang des coupables l'affront qu'on avait osé faire à leur famille.

Le duc s'adjoignit le comte d'Aliffe, frère de sa femme, et Antoine Torando, ami de la maison. Tous trois, formant comme une sorte de tribunal, mirent en jugement Marcel Capecce, accusé d'adultère avec la duchesse.

L'instabilité des choses humaines voulut que le pape Pie IV, qui succéda à Paul IV, appartînt à la faction d'Espagne. Il n'avait rien à refuser au roi Philippe II, qui exigea de lui la mort du cardinal et du duc de Palliano. Les deux frères furent accusés devant les tribunaux du pays, et les minutes du procès qu'ils eurent à subir nous apprennent toutes les circonstances de la mort de Marcel Capecce.

Un des nombreux témoins entendus dépose en ces termes :

— Nous étions à Soriano ; le duc, mon maître, eut un long entretien avec le comte d'Aliffe... Le soir, fort tard, on descendit dans un cellier au rez-de-chaussée, où le duc avait fait préparer les cordes nécessaires pour donner la question au coupable. Là se trouvaient le duc, le comte d'Aliffe, le seigneur Antoine Torando et moi.

Le premier témoin appelé fut le capitaine Camille Grifone, ami intime et confident de Capecce. Le duc lui parla ainsi :

— Dis la vérité, mon ami. Que sais-tu de ce que Marcel a fait dans la chambre de la duchesse ?

— Je ne sais rien ; depuis plus de vingt jours je suis brouillé avec Marcel.

Comme il s'obstinait à ne rien dire de plus, le seigneur duc appela du dehors quelques-uns de ses gardes. Grifone fut lié à la corde par le podestat de Soriano. Les gardes tirèrent les cordes, et, par ce moyen, enlevèrent le coupable à quatre doigts de terre. Après que le capitaine eut été ainsi suspendu un bon quart d'heure, il dit :

— Descendez-moi, je vais dire ce que je sais.

Quand on l'eut remis à terre, les gardes s'éloignèrent et nous restâmes seuls avec lui.

— Il est vrai que plusieurs fois j'ai accompagné Marcel jusqu'à la chambre de la duchesse, dit le capitaine, mais je ne sais rien de plus, parce que je l'attendais dans une cour voisine jusque vers une heure du matin.

Aussitôt on rappela les gardes, qui, sur l'ordre du duc, l'élevèrent de nouveau, de façon que ses pieds ne touchaient pas la terre. Bientôt le capitaine s'écria :

— Descendez-moi, je veux dire la vérité. Il est vrai, continua-t-il, que, depuis plusieurs mois, je me suis aperçu que Marcel fait l'amour avec la duchesse, et je voulais en donner avis à Votre Excellence ou à D. Léonard. La duchesse envoyait tous les matins savoir des nouvelles de Marcel ; elle lui faisait tenir de petits cadeaux, et, entre autres choses, des confitures préparées avec beaucoup de soin et fort chères ; j'ai vu à Marcel de petites chaînes d'or d'un travail merveilleux qu'il tenait évidemment de la duchesse.

Après cette déposition, le capitaine fut envoyé en prison. On amena le portier de la duchesse, qui dit ne rien savoir ; on le lia à la corde, et il fut élevé en l'air. Après une demi-heure il dit :

— Descendez-moi, je dirai ce que je sais.

Une fois à terre, il prétendit ne rien savoir ; on l'éleva de nouveau. Après une demi-heure on le descendit ; il expliqua qu'il y avait peu de temps qu'il était attaché au service particulier de la duchesse. Comme il était possible que cet homme ne sût rien, on le renvoya en prison. Toutes ces choses avaient pris beaucoup de temps à cause des gardes que l'on faisait sortir à chaque fois. On voulait que les gardes crussent qu'il s'agissait d'une tentative d'empoisonnement avec le venin extrait des crapauds.

La nuit était déjà fort avancée quand le duc fit venir Marcel Capecce. Les gardes sortis et la porte dûment fermée à clef :

— Qu'avez-vous à faire, lui dit-il, dans la chambre de la duchesse, que vous y restez jusqu'à une heure, deux heures, et quelquefois quatre heures du matin ?

Marcel nia tout ; on appela les gardes, et il fut suspendu ; la corde lui disloquait les bras ; ne pouvant supporter la douleur, il demanda à être descendu ; on le plaça sur une chaise ; mais une fois là, il s'embarrassa dans son discours, et proprement ne savait ce qu'il disait. On appela les gardes qui le suspendirent de nouveau ; après un long temps, il demanda à être descendu.

— Il est vrai, dit-il, que je suis entré dans l'appartement de la duchesse à ces heures indues ; mais je faisais l'amour avec la signora Diane Brancaccio, une des dames de Son Excellence, à laquelle j'avais donné la foi de mariage, et qui m'a tout accordé, excepté les choses contre l'honneur.

Marcel fut reconduit à sa prison, où on le confronta avec le capitaine et avec Diane, qui nia tout.

Ensuite on ramena Marcel dans la salle basse ; quand nous fûmes près de la porte :

— Monsieur le duc, dit Marcel, Votre Excellence se rappellera qu'elle m'a promis la vie sauve si je dis toute la vérité. Il n'est pas nécessaire de me donner la corde de nouveau ; je vais tout vous dire.

Alors il s'approcha du duc, et, d'une voix tremblante et à peine articulée, il lui dit qu'il était vrai qu'il avait obtenu les faveurs de la duchesse. A ces paroles, le duc se jeta sur Marcel et le mordit à la joue ; puis il tira son poignard et je vis qu'il allait en donner des coups au coupable. Je dis alors qu'il était bien que Marcel écrivît de sa main ce qu'il venait d'avouer, et que cette pièce servirait à justifier Son Excellence. On entra dans la salle basse, où se trouvait ce qu'il fallait pour écrire ; mais la corde avait tellement blessé Marcel au bras et à la main, qu'il ne put écrire que ce peu de mots : *Oui, j'ai trahi mon seigneur ; oui, je lui ai ôté l'honneur !*

Le duc lisait à mesure que Marcel écrivait. A ce moment, il se jeta sur Marcel et il lui donna trois coups de poignard qui lui ôtèrent la vie. Diane Brancaccio était là, à trois pas, plus morte que vive, et qui, sans doute, se repentait mille et mille fois de ce qu'elle avait fait.

— Femme indigne d'être née d'une noble famille ! s'écria le duc, et cause unique de mon déshonneur, auquel tu as travaillé pour servir à tes plaisirs déshonnêtes, il faut que je te donne la récompense de toutes tes trahisons.

En disant ces paroles, il la prit par les cheveux et lui scia le cou avec un couteau. Cette malheureuse répandit un déluge de sang, et enfin tomba morte.

Le duc fit jeter les deux cadavres dans une cloaque voisine de la prison.

Le jeune cardinal Alphonse Carafa, fils du marquis de Montebello, le seul de toute la famille que Paul IV eût gardé auprès de lui, crut devoir lui raconter cet événement. Le pape ne répondit que par ces paroles :

— Et de la duchesse, qu'en a-t-on fait ?

On pensa généralement, dans Rome, que ces paroles devaient amener la mort de cette malheureuse femme. Mais le duc ne pouvait se résoudre à ce grand sacrifice, soit parce qu'elle était enceinte, soit à cause de l'extrême tendresse que jadis il avait eue pour elle.

Trois mois après le grand acte de vertu qu'avait accompli le saint pape Paul IV en se séparant de toute sa famille, il tomba malade, et, après trois autres mois de maladie, il expira le 18 août 1559.

Le cardinal écrivait lettres sur lettres au duc de Palliano, lui répétant sans cesse que leur honneur exigeait la mort de la duchesse. Voyant leur oncle mort, et ne sachant pas quelle pourrait être la pensée du pape qui serait élu, il voulait que tout fût fini dans le plus bref délai.

Le duc, homme simple, bon et beaucoup moins scrupuleux que le cardinal sur les choses qui tenaient au point d'honneur, ne pouvait se résoudre à la terrible extrémité qu'on exigeait de lui. Il se disait que lui-même avait fait de nombreuses infidélités à la duchesse, et sans se donner la moindre peine pour les lui cacher, et que ces infidélités pouvaient avoir porté à la vengeance une femme aussi hautaine. Au moment même d'entrer au conclave, après avoir entendu la messe et reçu la sainte communion, le cardinal lui écrivit encore qu'il se sentait bourrelé par ces remises continuelles, et que, si le duc ne se résolvait pas enfin à ce qu'exigeait l'honneur de leur maison, il protestait qu'il ne se mêlerait plus de ses affaires, et ne chercherait jamais à lui être utile, soit dans le conclave, soit auprès du nouveau pape. Une raison étrangère au point d'honneur put contribuer à déterminer le duc. Quoique la duchesse fût sévèrement gardée, elle trouva, dit-on, le moyen de faire dire à Marc-Antoine Colonna, ennemi capital du duc à cause de son duché de Palliano, que celui-ci s'était fait donner, que si Marc-Antoine trouvait moyen de lui sauver la vie et de la délivrer, elle, de son côté, le mettrait en possession de la forteresse de Palliano, où commandait un homme qui lui était dévoué.

Le 28 août 1559, le duc envoya à Gallese deux compagnies de soldats. Le 30, D. Léonard del Cardine, parent du duc, et D. Ferrant, comte d'Aliffe, frère de la duchesse, arrivèrent à Gallese, et vinrent dans les appartements de la duchesse pour lui ôter la vie. Ils lui annoncèrent la mort, elle apprit cette nouvelle sans la moindre altération. Elle voulut d'abord se confesser et entendre la sainte messe. Puis, ces deux seigneurs s'approchant d'elle, elle remarqua qu'ils n'étaient pas d'accord entre eux. Elle demanda s'il y avait un ordre du duc son mari pour la faire mourir.

— Oui, Madame, répondit D. Léonard.

La duchesse demanda à le voir ; D. Ferrant le lui montra.

(Je trouve dans le procès du duc de Palliano la déposition des moines qui assistèrent à ce terrible événement. Ces dépositions sont très supérieures à celles des autres témoins, ce qui provient, ce me semble, de ce que les moines étaient exempts de crainte en parlant devant la justice, tandis que tous les autres témoins avaient été plus ou moins complices de leur maître.)

Le frère Antoine de Pavie, capucin, déposa en ces termes :

— Après la messe où elle avait reçu dévotement la sainte communion, et tandis que nous la confortions, le comte d'Aliffe, frère de Mme la duchesse, entra dans la chambre avec une corde et une baguette de coudrier grosse comme le pouce et qui pouvait avoir une demi-aune de longueur. Il couvrit les yeux de la duchesse d'un mouchoir, et elle, d'un grand sang-froid, le faisait descendre davantage sur ses yeux, pour ne pas le voir. Le comte lui mit la corde au cou ; mais, comme elle n'allait pas bien, le comte la lui ôta et s'éloigna de quelques pas ; la duchesse, l'entendant marcher, s'ôta le mouchoir de dessus les yeux et dit :

— Eh bien donc ! que faisons-nous ?

Le comte répondit :

— La corde n'allait pas bien, je vais en prendre une autre pour ne pas vous faire souffrir.

Disant ces paroles, il sortit ; peu après il rentra dans la chambre avec une autre corde, il lui arrangea de nouveau le mouchoir sur les yeux, il lui remit la corde au cou, et, faisant pénétrer la baguette dans le nœud, il la fit tourner et l'étrangla. La chose se passa, de la part de la duchesse, absolument sur le ton d'une conversation ordinaire.

Le frère Antoine de Salazar, autre capucin, termine sa déposition par ces paroles :

— Je voulais me retirer du pavillon par scrupule de conscience, pour ne pas la voir mourir ; mais la duchesse me dit :

— Ne t'éloigne pas d'ici, pour l'amour de Dieu.

(Ici le moine raconte les circonstances de la mort, absolument comme nous venons de les rapporter.) Il ajoute :

— Elle mourut comme une bonne chrétienne, répétant souvent : *Je crois, je crois.*

Les deux moines, qui apparemment avaient obtenu de leurs supérieurs l'autorisation nécessaire, répètent dans leurs dépositions que la duchesse a toujours protesté de son innocence parfaite, dans tous ses entretiens avec eux, dans toutes ses confessions, et particulièrement dans celle qui précéda la messe où elle reçut la sainte communion. Si elle était coupable, par ce trait d'orgueil elle se précipitait en enfer.

Dans la confrontation du frère Antoine de Pavie, capucin, avec D. Léonard del Cardine, le frère dit :

— Mon compagnon dit au comte qu'il serait bien d'attendre que la duchesse accouchât ; elle est grosse de six mois, ajouta-t-il, il ne faut pas perdre l'âme du pauvre petit malheureux qu'elle porte dans son sein, il faut pouvoir le baptiser.

A quoi le comte d'Aliffe répondit :

— Vous savez que je dois aller à Rome, et je ne veux pas y paraître avec ce masque sur le visage (avec cet affront non vengé).

A peine la duchesse fut-elle morte, que les deux capucins insistèrent pour qu'on l'ouvrît sans retard, afin de pouvoir donner le baptême à l'enfant ; mais le comte et D. Léonard n'écoutèrent pas leurs prières.

Le lendemain la duchesse fut enterrée dans l'église du lieu, avec une sorte de pompe (j'ai lu le procès-verbal). Cet événement, dont la nouvelle se répandit aussitôt, fit peu d'impression, on s'y attendait depuis longtemps ; on avait plusieurs fois annoncé la nouvelle de cette mort à Gallese et à Rome, et d'ailleurs un assassinat hors de la ville et dans un moment de siège vacant n'avait rien d'extraordinaire. Le conclave qui suivit la mort de Paul IV fut très orageux, il ne dura pas moins de quatre mois.

Le 26 décembre 1559, le pauvre cardinal Carlo Carafa fut obligé de concourir à l'élection d'un cardinal porté par l'Espagne et qui, par conséquent, ne pourrait se refuser à aucune des rigueurs que Philippe II demanderai contre lui cardinal Carafa. Le nouvel élu prit le nom de Pie IV.

Si le cardinal n'avait pas été exilé au moment de la mort de son oncle, il eût été maître de l'élection, ou du moins aurait été en mesure d'empêcher la nomination d'un ennemi.

Peu après, on arrêta le cardinal ainsi que le duc ; l'ordre de Philippe II était évidemment de les faire périr. Ils eurent à répondre sur quatorze chefs d'accusation. On interrogea tous ceux qui pouvaient donner des lumières sur ces quatorze chefs. Ce procès, fort bien fait, se compose de deux volumes in-folio, que j'ai lu avec beaucoup d'intérêt, parce qu'on y rencontre à chaque page des détails de mœurs que les historiens n'ont point trouvés dignes de la majesté de l'histoire. J'y ai remarqué des détails fort pittoresques sur une tentative d'assassinat dirigée par le parti espagnol contre le cardinal Carafa, alors ministre tout-puissant.

Du reste, lui et son frère furent condamnés pour des crimes qui n'en auraient pas été pour tout autre, par exemple, avoir donné la mort à l'amant d'une femme infidèle et à cette femme elle-même. Quelques années plus tard, le prince Orsini épousa la sœur du grand-duc de

Toscane, il la crut infidèle et la fit empoisonner en Toscane même, du consentement du grand-duc son frère, et jamais la chose ne lui a été imputée à crime. Plusieurs princesses de la maison de Médicis sont mortes ainsi.

Quand le procès des deux Carafa fut terminé, on en fit un long sommaire, qui, à diverses reprises, fut examiné par des congrégations de cardinaux. Il est trop évident qu'une fois qu'on était convenu de punir de mort le meurtre qui vengeait l'adultère, genre de crime dont la justice ne s'occupait jamais, le cardinal était coupable d'avoir persécuté son frère pour que le crime fût commis, comme le duc était coupable de l'avoir fait exécuter.

Le 3 de mars 1561, le pape Pie IV tint un consistoire qui dura huit heures, et à la fin duquel il prononça la sentence des Carafa en ces termes : *Prout in schedulâ.* (Qu'il en soit fait comme il est requis.)

La nuit du jour suivant, le fiscal envoya au château Saint-Ange le barigel pour faire exécuter la sentence de mort sur les deux frères, Charles, cardinal Carafa, et Jean, duc de Palliano ; ainsi fut fait. On s'occupa d'abord du duc. Il fut transféré du château Saint-Ange aux prisons de Tordinone, où tout était préparé ; ce fut là que le duc, le comte d'Aliffe et D. Léonard del Cardine eurent la tête tranchée.

Le duc soutint ce terrible moment non seulement comme un cavalier de haute naissance, mais encore comme un chrétien prêt à tout endurer pour l'amour de Dieu. Il adressa de belles paroles à ses deux compagnons pour les exhorter à la mort ; puis écrivit à son fils [1].

Le barigel revint au château Saint-Ange, il annonça la mort au cardinal Carafa, ne lui donnant qu'une heure pour se préparer. Le cardinal montra une grandeur d'âme su-

---

[1] Le savant M. Sismondi embrouille toute cette histoire. Voir l'article Carafa de la biographie Michaud ; il prétend que ce fut le comte de Montorio qui eut la tête tranchée le jour de la mort du cardinal. Le comte était père du cardinal et du duc de Palliano. Le savant historien prend le père pour le fils.

périeure à celle de son frère, d'autant qu'il dit moins de paroles ; les paroles sont toujours une force que l'on cherche hors de soi. On ne lui entendit prononcer à voix basse que ces mots, à l'annonce de la terrible nouvelle :

— Moi mourir ! O pape Pie ! ô roi Philippe !

Il se confessa ; il récita les sept psaumes de la pénitence, puis il s'assit sur une chaise, et dit au bourreau :

— *Faites.*

Le bourreau l'étrangla avec un cordon de soie qui se rompit ; il fallut y revenir à deux fois. Le cardinal regarda le bourreau sans daigner prononcer un mot.

(Note ajoutée.)

Peu d'années après, le saint pape Pie V fit revoir le procès, qui fut cassé ; le cardinal et son frère furent rétablis dans tous leurs honneurs, et le procureur général, qui avait le plus contribué à leur mort, fut pendu. Pie V ordonna la suppression du procès ; toutes les copies qui existaient dans les bibliothèques furent brûlées ; il fut défendu d'en conserver sous peine d'excommunication ; mais le pape ne pensa pas qu'il avait une copie du procès dans sa propre bibliothèque, et c'est sur cette copie qu'ont été faites toutes celles que l'on voit aujourd'hui.

L'ABBESSE DE CASTRO

I

Le mélodrame nous a montré si souvent les brigands italiens du XVIe siècle, et tant de gens en ont parlé sans les connaître, que nous en avons maintenant les idées les plus fausses. On peut dire en général que ces brigands furent l'*opposition* contre les gouvernements atroces qui, en Italie, succédèrent aux républiques du Moyen Age. Le nouveau tyran fut d'ordinaire le citoyen le plus riche de la défunte république, et, pour séduire le bas peuple, il ornait la ville d'églises magnifiques et de beaux tableaux. Tels furent les Polentini de Ravenne, les Manfredi de Faenza, les Riario d'Imola, les Cane de Vérone, les Bentivoglio de Bologne, les Visconti de Milan, et enfin, les moins belliqueux et les plus hypocrites de tous, les Médicis de Florence. Parmi les historiens de ces petits Etats, aucun n'a osé raconter les empoisonnements et assassinats sans nombre ordonnés par la peur qui tourmentait ces petits tyrans ; ces graves historiens étaient à leur solde. Considérez que chacun de ces tyrans connaissait personnellement chacun des républicains dont il savait être exécré (le grand-duc de Toscane Côme, par exemple, connaissait Strozzi), que plusieurs de ces tyrans périrent par l'assassinat, et vous comprendrez les haines profondes, les méfiances éternelles qui donnèrent tant d'esprit et de courage aux Italiens du XVIe siècle, et tant de génie à leurs artistes. Vous verrez ces passions profondes empêcher la naissance de ce préjugé assez ridicule qu'on appelait l'*hon-*

neur, du temps de Mme de Sévigné, et qui consiste surtout à sacrifier sa vie pour servir le maître dont on est né le sujet et pour plaire aux dames. Au XVIe siècle, l'activité d'un homme et son mérite réel ne pouvaient se montrer en France et conquérir l'admiration que par la bravoure sur le champ de bataille ou dans les duels ; et, comme les femmes aiment la bravoure et surtout l'audace, elles devinrent les juges suprêmes du mérite d'un homme. Alors naquit l'*esprit de galanterie,* qui prépara l'anéantissement successif de toutes les passions, et même de l'amour, au profit de ce tyran cruel auquel nous obéissons tous : la vanité. Les rois protégèrent la vanité et avec grande raison : de là l'empire des rubans.

En Italie, un homme se distinguait par *tous les genres* de mérite, par les grands coups d'épée comme par les découvertes dans les anciens manuscrits : voyez Pétrarque, l'idole de son temps ; et une femme du XVIe siècle aimait un homme savant en grec autant et plus que n'eût aimé un homme célèbre par la bravoure militaire. Alors on vit des passions, et non pas l'habitude de la galanterie. Voilà la grande différence entre l'Italie et la France, voilà pourquoi l'Italie a vu naître les Raphaël, les Giorgione, les Titien, les Corrège, tandis que la France produisait tous ces braves capitaines du XVIe siècle, si inconnus aujourd'hui et dont chacun avait tué un si grand nombre d'ennemis.

Je demande pardon pour ces rudes vérités. Quoi qu'il en soit, les vengeances atroces et *nécessaires* des petits tyrans italiens du Moyen Age concilièrent aux brigands le cœur des peuples. On haïssait les brigands quand ils volaient des chevaux, du blé, de l'argent, en un mot, tout ce qui leur était nécessaire pour vivre ; mais au fond le cœur des peuples était pour eux ; et les filles du village préféraient à tous les autres le jeune garçon qui, une fois dans la vie, avait été forcé d'*andar alla machia,* c'est-à-dire de fuir dans les bois et de prendre refuge auprès des brigands à la suite de quelque action trop imprudente.

De nos jours encore tout le monde assurément redoute

la rencontre des brigands ; mais subissent-ils des châtiments, chacun les plaint. C'est que ce peuple si fin, si moqueur, qui rit de tous les écrits publiés sous la censure de ses maîtres, fait sa lecture habituelle de petits poèmes qui racontent avec chaleur la vie des brigands les plus renommés. Ce qu'il trouve d'héroïque dans ces histoires ravit la fibre artiste qui vit toujours *dans les basses classes,* et, d'ailleurs, il est tellement las des louanges officielles données à certaines gens, que tout ce qui n'est pas officiel en ce genre va droit à son cœur. Il faut savoir que le bas peuple, en Italie souffre de certaines choses que le voyageur n'apercevrait jamais, vécût-il dix ans dans le pays. Par exemple, il y a quinze ans, avant que la sagesse des gouvernement n'eût supprimé les brigands [1], il n'était pas rare de voir certains de leurs exploits punir les iniquités des *gouverneurs* de petites villes. Ces gouverneurs, magistrats absolus dont la paye ne s'élève pas à plus de vingt écus par mois, sont naturellement aux ordres de la famille la plus considérable du pays, qui, par ce moyen bien simple, opprime ses ennemis. Si les brigands ne réussissaient pas toujours à punir ces petits gouverneurs despotes, du moins ils se moquaient d'eux et les bravaient, ce qui n'est pas peu de chose aux yeux de ce peuple spirituel. Un sonnet satirique le console de tous ses maux, et jamais il n'oublia une offense. Voilà une autre des différences capitales entre l'Italien et le Français.

Au XVIe siècle, le gouverneur d'un bourg avait-il condamné à mort un pauvre habitant en butte à la haine de la famille prépondérante, souvent on voyait les brigands attaquer la prison et essayer de délivrer l'opprimé. De son côté, la famille puissante, ne se fiant pas trop aux huit ou dix soldats du gouvernement chargés de garder la prison,

---

[1] Gasparone, le dernier brigand, traita avec le gouvernement en 1826 ; il est enfermé dans la citadelle de Civita-Vecchia avec trente-deux de ses hommes. Ce fut le manque d'eau sur les sommets des Apennins, où il s'était réfugié, qui l'obligea à traiter. C'est un homme d'esprit, d'une figure assez revenante.

levait à ses frais une troupe de soldats temporaires. Ceux-ci, qu'on appelait des *bravi,* bivaquaient dans les alentours de la prison, et se chargeaient d'escorter jusqu'au lieu du supplice le pauvre diable dont la mort avait été achetée. Si cette famille puissante comptait un jeune homme dans son sein, il se mettait à la tête de ces soldats improvisés.

Cet état de la civilisation fait gémir la morale, j'en conviens ; de nos jours on a le duel, l'ennui, et les juges ne se vendent pas ; mais ces usages du XVIe siècle étaient merveilleusement propres à créer des hommes dignes de ce nom.

Beaucoup d'historiens, loués encore aujourd'hui par la littérature routinière des académies, ont cherché à dissimuler cet état de choses, qui, vers 1550, forma de si grands caractères. De leur temps, leurs prudents mensonges furent récompensés par tous les honneurs dont pouvaient disposer les Médicis de Florence, les d'Este de Ferrare, les vice-rois de Naples, etc. Un pauvre historien, nommé Gianone, a voulu soulever un coin du voile ; mais, comme il n'a osé dire qu'une très petite partie de la vérité, et encore en employant des formes dubitatives et obscures, il est resté fort ennuyeux, ce qui ne l'a pas empêché de mourir en prison à quatre-vingt-deux ans, le 7 mars 1758.

La première chose à faire, lorsque l'on veut connaître l'histoire d'Italie, c'est donc de ne point lire les auteurs généralement approuvés ; nulle part on n'a mieux connu le prix du mensonge, nulle part il ne fut mieux payé [1].

Les premières histoires qu'on ait écrites en Italie, après la grande barbarie du IXe siècle font déjà mention des brigands, et en parlent comme s'ils eussent existé de temps immémorial. (Voyez le recueil de Muratori.) Lorsque, par malheur pour la félicité publique, pour la justice, pour le

---

[1] Paul Jove, évêque de Côme, l'*Arétin* et cent autres moins amusants, et que l'ennui qu'ils distribuent a sauvés de l'infamie, Robertson, Roscoe, sont remplis de mensonges. Guichardin se vendit à Côme Ier, qui se moqua de lui. De nos jours, Coletta et Pignotti ont dit la vérité, ce dernier avec la peur constante d'être destitué, quoique ne voulant être imprimé qu'après sa mort.

bon gouvernement, mais par bonheur pour les arts, les républiques du Moyen Age furent opprimées, les républicains les plus énergiques, ceux qui aimaient la liberté plus que la majorité de leurs concitoyens, se réfugièrent dans les bois. Naturellement le peuple vexé par les Baglioni, par les Malatesti, par les Bentivoglio, par les Médicis, etc., aimait et respectait leurs ennemis. Les cruautés des petits tyrans qui succédèrent aux premiers usurpateurs, par exemple les cruautés de Côme, premier grand-duc de Florence, qui faisait assassiner les républicains réfugiés jusque dans Venise, jusque dans Paris, envoyèrent des recrues à ces brigands. Pour ne parler que des temps voisins de ceux où vécut notre héroïne, vers l'an 1550, Alphonse Piccolomini, duc de Monte Mariano, et Marco Sciarra dirigèrent avec succès des bandes armées qui, dans les environs d'Albano, bravaient les soldats du pape alors fort braves. La ligne d'opération de ces fameux chefs que le peuple admire encore s'étendait depuis le Pô et les marais de Ravenne jusqu'aux bois qui alors couvraient le Vésuve. La forêt de la Faggiola, si célèbre par leurs exploits, située à cinq lieues de Rome, sur la route de Naples, était le quartier général de Sciarra, qui, sous le pontificat de Grégoire XIII, réunit quelquefois plusieurs milliers de soldats. L'histoire détaillée de cet illustre brigand serait incroyable aux yeux de la génération présente, en ce sens que jamais on ne voudrait comprendre les motifs de ses actes. Il ne fut vaincu qu'en 1592. Lorsqu'il vit ses affaires dans un état désespéré, il traita avec la république de Venise et passa à son service avec ses soldats les plus dévoués ou les plus coupables, comme on voudra. Sur les réclamations du gouvernement romain, Venise, qui avait signé un traité avec Sciarra, le fit assassiner, et envoya ses braves soldats défendre l'île de Candie contre les Turcs. Mais la sagesse vénitienne savait bien qu'une peste meurtrière régnait à Candie, et en quelques jours les cinq cents soldats que Sciarra avait amenés au service de la république furent réduits à soixante-sept.

Cette forêt de la Faggiola, dont les arbres gigantesques couvrent un ancien volcan, fut le dernier théâtre des exploits de Marco Sciarra. Tous les voyageurs vous diront que c'est le site le plus magnifique de cette admirable campagne de Rome, dont l'aspect sombre semble fait pour la tragédie. Elle couronne de sa noire verdure les sommets du mont Albano.

C'est à une certaine éruption volcanique antérieure de bien des siècles à la fondation de Rome que nous devons cette magnifique montagne. A une époque qui a précédé toutes les histoires, elle surgit au milieu de la vaste plaine qui s'étendait jadis entre les Apennins et la mer. Le Monte Cavi, qui s'élève entouré par les sombres ombrages de la Faggiola, en est le point culminant ; on l'aperçoit de partout, de Terracine et d'Ostie comme de Rome et de Tivoli, et c'est la montagne d'Albano, maintenant couverte de palais, qui, vers le midi termine cet horizon de Rome si célèbre parmi les voyageurs. Un couvent de moines noirs a remplacé, au sommet du Monte Cavi, le temple de Jupiter Férétrien, où les peuples latins venaient sacrifier en commun et resserrer les liens d'une sorte de fédération religieuse. Protégé par l'ombrage de châtaigniers magnifiques, le voyageur parvient, en quelques heures, aux blocs énormes que présentent les ruines du temple de Jupiter ; mais sous ces ombrages sombres, si délicieux dans ce climat, même aujourd'hui, le voyageur regarde avec inquiétude au fond de la forêt ; il a peur des brigands. Arrivé au sommet du Monte Cavi, on allume du feu dans les ruines du temple pour préparer les aliments. De ce point, qui domine toute la campagne de Rome, on aperçoit, au couchant, la mer qui semble à deux pas, quoique à trois ou quatre lieues ; on distingue les moindres bateaux ; avec la plus faible lunette, on compte les hommes qui passent à Naples sur le bateau à vapeur. De tous les autres côtés, la vue s'étend sur une plaine magnifique qui se termine, au levant, par l'Apennin, au-dessus de Palestrine, et, au nord, par Saint-Pierre et les autres grands édifices de Rome. Le

Monte Cavi n'étant pas trop élevé, l'œil distingue les moindres détails de ce pays sublime qui pourrait se passer d'illustration historique, et cependant chaque bouquet de bois, chaque pan de mur en ruine, aperçu dans la plaine ou sur les pentes de la montagne, rappelle une de ces batailles si admirables par le patriotisme et la bravoure que raconte Tite-Live.

Encore de nos jours l'on peut suivre, pour arriver aux blocs énormes, restes du temple de Jupiter Férétrien, et qui servent de mur au jardin des moines noirs, la *route triomphale* parcourue jadis par les premiers rois de Rome. Elle est pavée de pierres taillées fort régulièrement ; et, au milieu de la forêt de la Faggiola, on en trouve de longs fragments.

Au bord du cratère éteint qui, rempli maintenant d'une eau limpide, est devenu le joli lac d'Albano de cinq à six milles de tour, si profondément encaissé dans le rocher de lave, était située Albe, la mère de Rome, et que la politique romaine détruisit dès le temps des premiers rois. Toutefois ses ruines existent encore. Quelques siècles plus tard, à un quart de lieue d'Albe, sur le versant de la montagne qui regarde la mer, s'est élevée Albano, la ville moderne ; mais elle est séparée du lac par un rideau de rochers, qui cachent le lac à la ville et la ville au lac. Lorsqu'on l'aperçoit de la plaine, ses édifices blancs se détachent sur la verdure noire et profonde de la forêt si chère aux brigands et si souvent renommée, qui couronne de toutes parts la montagne volcanique.

Albano, qui compte aujourd'hui cinq ou six mille habitants, n'en avait pas trois mille en 1540, lorsque florissait, dans les premiers rangs de la noblesse, la puissante famille Campireali, dont nous allons raconter les malheurs.

Je traduis cette histoire de deux manuscrits volumineux, l'un romain, et l'autre de Florence. A mon grand péril, j'ai osé reproduire leur style, qui est presque celui de nos vieilles légendes. Le style si fin et si mesuré de l'époque actuelle eût été, ce me semble, trop peu d'accord avec les actions racontées et surtout avec les réflexions des auteurs. Ils écrivaient vers l'an 1598. Je sollicite l'indulgence du lecteur et pour eux et pour moi.

II

« Après avoir écrit tant d'histoires tragiques, dit l'auteur du manuscrit florentin, je finirai par celle de toutes qui me fait le plus de peine à raconter. Je vais parler de cette fameuse abbesse du couvent de la Visitation à Castro, Hélène de Campireali, dont le procès et la mort donnèrent tant à parler à la haute société de Rome et de l'Italie. Déjà, vers 1555, les brigands régnaient dans les environs de Rome, les magistrats étaient vendus aux familles puissantes. En l'année 1572, qui fut celle du procès, Grégoire XIII, Buoncompagni, monta sur le trône de saint Pierre. Ce saint pontife réunissait toutes les vertus apostoliques ; mais on a pu reprocher quelque faiblesse à son gouvernement civil : il ne sut ni choisir des juges honnêtes, ni réprimer les brigands ; il s'affligeait des crimes et ne savait pas les punir. Il lui semblait qu'en infligeant la peine de mort il prenait sur lui une responsabilité terrible. Le résultat de cette manière de voir fut de peupler d'un nombre presque infini de brigands les routes qui conduisent à la ville éternelle. Pour voyager avec quelque sûreté, il fallait être ami des brigands. La forêt de la Faggiola, à cheval sur la route de Naples par Albano, était depuis longtemps le quartier général d'un gouvernement ennemi de celui de Sa Sainteté, et plusieurs fois Rome fut obligée de traiter, comme de puissance à puissance, avec Marco Sciarra, l'un des rois de la forêt. Ce qui faisait la force de ces brigands, c'est qu'ils étaient aimés des paysans leurs voisins.

« Cette jolie ville d'Albano, si voisine du quartier général des brigands, vit naître, en 1542, Hélène de Campireali. Son père passait pour le patricien le plus riche du pays, et, en cette qualité, il avait épousé Victoire Carafa, qui possédait de grandes terres dans le royaume de Naples. Je pourrais citer quelques vieillards qui vivent encore et ont fort bien connu Victoire Carafa et sa fille. Victoire fut un modèle de prudence et d'esprit ; mais, malgré tout son génie, elle ne put prévenir la ruine de sa famille. Chose singulière ! les malheurs affreux qui vont former le triste sujet de mon récit ne peuvent, ce me semble, être attribués, en particulier, à aucun des acteurs que je vais présenter au lecteur : je vois des malheureux, mais, en vérité, je ne puis trouver des coupables. L'extrême beauté et l'âme si tendre de la jeune Hélène étaient deux grands périls pour elle, et font l'excuse de Jules Branciforte, son amant, tout comme le manque absolu d'esprit de monsignor Cittadini, évêque de Castro, peut aussi l'excuser jusqu'à un certain point. Il avait dû son avancement rapide dans la carrière des honneurs ecclésiastiques à l'honnêteté de sa conduite, et surtout à la mine la plus noble et à la figure la plus régulièrement belle que l'on pût rencontrer. Je trouve écrit de lui qu'on ne pouvait le voir sans l'aimer.

« Comme je ne veux flatter personne, je ne dissimulerai point qu'un saint moine du couvent de Monte Cavi, qui souvent avait été surpris, dans sa cellule, élevé à plusieurs pieds au-dessus du sol, comme saint Paul, sans que rien autre que la grâce divine pût le soutenir dans cette position extraordinaire [1], avait prédit au seigneur de Campireali que sa famille s'éteindrait avec lui, et qu'il n'aurait que deux enfants, qui tous deux périraient de mort violente. Ce fut à cause de cette prédiction qu'il ne put trouver à se marier dans le pays et qu'il alla chercher fortune à Naples, où il eut le bonheur de trouver de grands biens et une femme, capable par son génie de changer sa mauvaise des-

---

[1] Encore aujourd'hui, cette position singulière est regardée, par le peuple de la campagne de Rome, comme un signe certain de sainteté. Vers l'an 1826, un moine d'Albano fut aperçu plusieurs fois soulevé de terre par la grâce divine. On lui attribua de nombreux miracles ; on accourait de vingt lieues à la ronde pour recevoir sa bénédiction ; des femmes, appartenant aux premières classes de la société, l'avaient vu se tenant, dans sa cellule, à trois pieds de terre. Tout à coup, il disparut.

tinée, si toutefois une telle chose eût été possible. Ce seigneur de Campireali passait pour fort honnête homme et faisait de grandes charités ; mais il n'avait nul esprit, ce qui fit que peu à peu il se retira du séjour de Rome, et finit par passer presque toute l'année dans son palais d'Albano. Il s'adonnait à la culture de ses terres, situées dans cette plaine si riche qui s'étend entre la ville et la mer. Par les conseils de sa femme, il fit donner l'éducation la plus magnifique à son fils Fabio, jeune homme très fier de sa naissance, et à sa fille Hélène, qui fut un miracle de beauté, ainsi qu'on peut le voir encore par son portrait, qui existe dans la collection Farnèse. Depuis que j'ai commencé à écrire son histoire, je suis allé au palais Farnèse pour considérer l'enveloppe mortelle que le ciel avait donnée à cette femme dont la fatale destinée fit tant de bruit de son temps et occupe même encore la mémoire des hommes. La forme de la tête est un ovale allongé, le front est très grand, les cheveux sont d'un blond foncé. L'air de sa physionomie est plutôt gai ; elle avait de grands yeux d'une expression profonde, et des sourcils châtains formant un arc parfaitement dessiné. Les lèvres sont fort minces, et l'on dirait que les contours de la bouche ont été dessinés par le fameux peintre Corrège. Considérée au milieu des portraits qui l'entourent à la galerie Farnèse, elle a l'air d'une reine. Il est bien rare que l'air gai soit joint à la majesté.

« Après avoir passé huit années entières comme pensionnaire au couvent de la Visitation de la ville de Castro, maintenant détruite, où l'on envoyait, dans ce temps-là, les filles de la plupart des princes romains, Hélène revint dans sa patrie, mais ne quitta point le couvent sans faire offrande d'un calice magnifique au grand autel de l'église. A peine de retour dans Albano, son père fit venir de Rome, moyennant une pension considérable, le célèbre poète *Cechino,* alors fort âgé ; il orna la mémoire d'Hélène des plus beaux vers du divin Virgile, de Pétrarque, de l'Arioste et du Dante, ses fameux élèves. »

Ici le traducteur est obligé de passer une longue dissertation sur les diverses parts de gloire que le XVIe siècle faisait à ces grands poètes. Il paraîtrait qu'Hélène savait le latin. Les vers qu'on lui faisait apprendre parlaient d'amour, et d'un amour qui nous semblerait bien ridicule ; si nous le rencontrions en 1839 ; je veux dire l'amour passionné qui se nourrit de grands sacrifices, ne peut subsister qu'environné de mystère et se trouve toujours voisin des plus affreux malheurs.

Tel était l'amour que sut inspirer à Hélène, à peine âgée de dix-sept ans, Jules Branciforte. C'était un de ses voisins, fort pauvre ; il habitait une chétive maison bâtie dans la montagne, à un quart de lieue de la ville, au milieu des ruines d'Albe et sur les bords du précipice de cent cinquante pieds, tapissé de verdure, qui entoure le lac. Cette maison, qui touchait aux sombres et magnifiques ombrages de la forêt de la Faggiola, a depuis été démoli lorsqu'on a bâti le couvent de Palazzuola. Ce pauvre jeune homme n'avait pour lui que son air vif et leste, et l'insouciance non jouée avec laquelle il supportait sa mauvaise fortune. Tout ce que l'on pouvait dire de mieux en sa faveur, c'est que sa figure était expressive sans être belle. Mais il passait pour avoir bravement combattu sous les ordres du prince Colonne et parmi ses *bravi,* dans deux ou trois entreprises fort dangereuses. Malgré sa pauvreté, malgré l'absence de beauté, il n'en possédait pas moins, aux yeux de toutes les jeunes filles d'Albano, le cœur qu'il eût été le plus flatteur de conquérir. Bien accueilli partout, Jules Branciforte n'avait eu que des amours faciles, jusqu'au moment où Hélène revint du couvent de Castro. « Lorsque, peu après, le grand poète Cechino se transporta de Rome au palais Campireali, pour enseigner les belles-lettres à cette jeune fille, Jules, qui le connaissait, lui adressa une pièce de vers latins sur le bonheur qu'avait sa vieillesse de voir de si beaux yeux s'attacher sur les siens, et une âme si pure être parfaitement heureuse quand il daignait approuver ses pensées. La jalousie et le dépit des jeunes filles auxquelles Jules faisait attention avant le retour d'Hélène rendirent bientôt inutiles toutes les précautions qu'il employait pour cacher une passion naissante, et j'avouerai que cet amour entre un jeune homme de vingt-deux ans et une fille de dix-sept fut conduit d'abord d'une façon que la prudence ne saurait approuver. Trois mois ne s'étaient pas écoulés lorsque le seigneur de Campireali s'aperçut que Jules Branciforte passait trop souvent sous les fenêtres de son palais (que l'on voit encore vers le milieu de la grande rue qui monte vers le lac). »

La franchise et la rudesse, suites naturelles de la liberté que souffrent les républiques, et l'habitude des passions franches, non encore réprimées par les mœurs de la monarchie, se montrent à découvert dans la première démarche du seigneur de Campireali. Le jour même où il fut choqué des fréquentes apparitions du jeune Branciforte, il l'apostropha en ces termes :

« Comment oses-tu bien passer ainsi sans cesse devant ma maison et lancer des regards impertinents sur les fenêtres de ma fille, toi qui n'as pas même d'habits pour te couvrir ? Si je ne craignais que ma démarche fût mal interprétée des voisins, je te donnerais trois sequins d'or, et tu irais à Rome acheter une tunique plus convenable. Au moins ma vue et celle de ma fille ne seraient plus si souvent offensées par l'aspect de tes haillons. »

Le père d'Hélène exagérait sans doute : les habits du jeune Branciforte n'étaient point des haillons, ils étaient faits avec des matériaux fort simples ; mais, quoique fort propres et souvent brossés, il faut avouer que leur aspect annonçait un long usage. Jules eut l'âme si profondément navrée par les reproches du seigneur de Campireali qu'il ne parut plus de jour devant sa maison.

Comme nous l'avons dit, les deux arcades, débris d'un aqueduc antique, qui servaient de murs principaux à la maison bâtie par le père de Branciforte, et par lui laissée à son fils, n'étaient qu'à cinq ou six cents pas d'Albano. Pour descendre de ce lieu élevé à la ville moderne, Jules était obligé de passer devant le palais Campireali ; Hélène remarqua bientôt l'absence de ce jeune homme singulier, qui, au dire de ses amies, avait abandonné toute autre relation pour se consacrer en entier au bonheur qu'il semblait trouver à la regarder.

Un soir d'été, vers minuit, la fenêtre d'Hélène était ouverte, la jeune fille respirait la brise de mer qui se fait fort bien sentir sur la colline d'Albano, quoique cette ville soit séparée de la mer par une plaine de trois lieues. La nuit était sombre, le silence profond ; on eût entendu tomber une feuille. Hélène, appuyée sur sa fenêtre, pensait peut-être à Jules, lorsqu'elle entrevit quelque chose comme l'aile silencieuse d'un oiseau de nuit qui passait doucement tout contre sa fenêtre. Elle se retira effrayée. L'idée ne lui vint point que cet objet pût être présenté par quelque passant : le second étage du palais où se trouvait sa fenêtre était à plus de cinquante pieds de terre. Tout à coup, elle crut reconnaître un bouquet dans cette chose singulière qui, au milieu d'un profond silence, passait et repassait devant la fenêtre sur laquelle elle était appuyée ; son cœur battit avec violence. Ce bouquet lui sembla fixé à l'extrémité de deux ou trois de ces *cannes,* espèce de grands joncs, assez semblables au bambou, qui croissent dans la campagne de Rome et donnent des tiges de vingt à trente pieds. La faiblesse des cannes et la brise assez forte faisaient que Jules avait quelque difficulté à maintenir son bouquet exactement vis-à-vis la fenêtre où il supposait qu'Hélène pouvait se trouver, et d'ailleurs, la nuit était tellement sombre, que de la rue l'on ne pouvait rien apercevoir à une telle hauteur. Immobile devant sa fenêtre, Hélène était profondément agitée. Prendre ce bouquet, n'était-ce pas un aveu ? Elle n'éprouvait d'ailleurs aucun des sentiments qu'une aventure de ce genre ferait naître, de nos jours, chez une jeune fille de la haute société, préparée à la vie par une belle éducation. Comme son père et son frère Fabio étaient dans la maison, sa première pensée fut que le moindre bruit serait suivi d'un coup d'arquebuse dirigé sur Jules ;

elle eut pitié du danger que courait ce pauvre jeune homme. Sa seconde pensée fut que, quoiqu'elle le connût encore bien peu, il était pourtant l'être au monde qu'elle aimait le mieux après sa famille. Enfin, après quelques minutes d'hésitation, elle prit le bouquet, et, en touchant les fleurs dans l'obscurité profonde, elle sentit qu'un billet était attaché à la tige d'une fleur ; elle courut sur le grand escalier pour lire ce billet à la lueur de la lampe qui veillait devant l'image de la Madone. « Imprudence! se dit-elle lorsque les premières lignes l'eurent fait rougir de bonheur, si l'on me voit, je suis perdue, et ma famille persécutera à jamais ce pauvre jeune homme. » Elle revint dans sa chambre et alluma sa lampe. Ce moment fut délicieux pour Jules qui, honteux de sa démarche et comme pour se cacher même dans la profonde nuit, s'était collé au tronc énorme d'un de ces chênes verts aux formes bizarres qui existent encore aujourd'hui vis-à-vis le palais Campireali.

Dans sa lettre Jules, racontait avec la plus parfaite simplicité la réprimande humiliante qui lui avait été adressée par le père d'Hélène.

« Je suis pauvre, il est vrai, continuait-il, et vous vous figureriez difficilement tout l'excès de ma pauvreté. Je n'ai que ma maison, que vous avez peut-être remarquée sous les ruines de l'aqueduc d'Albe ; autour de la maison se trouve un jardin que je cultive moi-même, et dont les herbes me nourrissent. Je possède encore une vigne qui est affermée trente écus par an. Je ne sais, en vérité, pourquoi je vous aime ; certainement, je ne puis pas vous proposer de venir partager ma misère. Et, cependant, si vous ne m'aimez point, la vie n'a plus aucun prix pour moi ; il est inutile de vous dire que je la donnerais mille fois pour vous. Et cependant, avant votre retour du couvent, cette vie n'était point infortunée : au contraire, elle était remplie des rêveries les plus brillantes. Ainsi je puis dire que la vue du bonheur m'a rendu malheureux. Certes, alors personne au monde n'eût osé m'adresser les propos dont votre père m'a flétri ; mon poignard m'eût fait prompte justice. Alors, avec mon courage et mes armes, je m'estimais l'égal de tout le monde ; rien ne me manquait. Maintenant tout est bien changé : je connais la crainte. C'est trop écrire ; peut-être me méprisez-vous. Si, au contraire, vous avez quelque pitié de moi, malgré les pauvres habits qui me couvrent, vous remarquerez que tous les soirs, lorsque minuit sonne au couvent des Capucins au sommet de la colline, je suis caché sous le grand chêne, vis-à-vis la fenêtre que je regarde sans cesse, parce que je suppose qu'elle est celle de votre chambre. Si vous ne me méprisez pas comme le fait votre père, jetez-moi une des fleurs du bouquet, mais prenez garde qu'elle ne soit entraînée sur une des corniches ou sur un des balcons de votre palais. »

Cette lettre fut lue plusieurs fois ; peu à peu les yeux d'Hélène se remplirent de larmes ; elle considérait avec attendrissement ce magnifique bouquet dont les fleurs étaient liées avec un fil de soie très fort. Elle essaya d'arracher une fleur mais ne put en venir à bout ; puis elle fut saisie d'un remords. Parmi les jeunes filles de Rome, arracher une fleur, mutiler d'une façon quelconque un bouquet donné par l'amour, c'est s'exposer à faire mourir cet amour. Elle craignait que Jules ne s'impatientât, elle courut à sa fenêtre ; mais, en y arrivant, elle songea tout à coup qu'elle était trop bien vue, la lampe remplissait la chambre de lumière. Hélène ne savait plus quel signe elle pouvait se permettre ; il lui semblait qu'il n'en était aucun qui ne dît beaucoup trop.

Honteuse, elle rentra dans sa chambre en courant. Mais le temps se passait ; tout à coup il lui vint une idée qui la jeta dans un trouble inexprimable : Jules allait croire que, comme son père, elle méprisait sa pauvreté ! Elle vit un petit échantillon de marbre précieux déposé sur sa table, elle le noua dans son mouchoir, et jeta ce mouchoir au pied du chêne vis-à-vis sa fenêtre. Ensuite, elle fit signe qu'on s'éloignât ; elle entendit Jules lui obéir ; car, s'en allant, il ne cherchait plus à dérober le bruit de ses pas.

Quand il eut atteint le sommet de la ceinture de rochers qui sépare le lac des dernières maisons d'Albano, elle l'entendit chanter des paroles d'amour ; elle lui fit des signes d'adieu, cette fois moins timides, puis se mit à relire sa lettre.

Le lendemain et les jours suivants, il y eut des lettres et des entrevues semblables ; mais, comme tout se remarque dans un village italien, et qu'Hélène était de bien loin le parti le plus riche du pays, le seigneur de Campireali fut averti que tous les soirs, après minuit, on apercevait de la lumière dans la chambre de sa fille ; et, chose bien autrement extraordinaire, la fenêtre était ouverte, et même Hélène s'y tenait comme si elle n'eût éprouvé aucune crainte des *zinzares* (sorte de cousins, extrêmement incommodes et qui gâtent fort les belles soirées de la campagne de Rome. Ici je dois de nouveau solliciter l'indulgence du lecteur. Lorsque l'on est tenté de connaître les usages des pays étrangers, il faut s'attendre à des idées bien saugrenues, bien différentes des nôtres.) Le seigneur de Campireali prépara son arquebuse et celle de son fils. Le soir, comme onze heures trois quarts sonnaient, il avertit Fabio, et tous les deux se glissèrent, en faisant le moins de bruit possible, sur un grand balcon de pierre qui se trouvait au premier étage du palais, précisément sous la fenêtre d'Hélène. Les piliers massifs de la balustrade en pierre les mettaient à couvert jusqu'à la ceinture des coups d'arquebuse qu'on pourrait leur tirer du dehors. Minuit sonna ; le père et le fils entendirent bien quelque petit bruit sous les arbres qui bordaient la rue vis-à-vis leur palais ; mais, ce qui les remplit d'étonnement, il ne parut pas de lumière à la fenêtre d'Hélène. Cette fille, si simple jusqu'ici et qui semblait un enfant à la vivacité de ses mouvements, avait changé de caractère depuis qu'elle aimait. Elle savait que la moindre imprudence compromettait la vie de son amant ; si un seigneur de l'importance de son père tuait un pauvre homme tel que Jules Branciforte, il en serait quitte pour disparaître pendant trois mois, qu'il irait passer à Naples ; pendant ce temps, ses amis de Rome arrangeraient l'affaire, et tout se terminerait par l'offrande d'une lampe d'argent de quelques centaines d'écus à l'autel de la Madone alors à la mode. Le matin, au déjeuner, Hélène avait vu à la physionomie de son père qu'il avait un grand sujet de colère ; et, à l'air dont il la regardait quand il croyait n'être pas remarqué, elle pensa qu'elle entrait pour beaucoup dans cette colère. Aussitôt, elle alla jeter un peu de poussière sur les bois des cinq arquebuses magnifiques que son père tenait suspendues auprès de son lit. Elle couvrit également d'une légère couche de poussière ses poignards et ses épées. Toute la journée elle fut d'une gaieté folle, elle parcourait sans cesse la maison du haut en bas ; à chaque instant, elle s'approchait des fenêtres, bien résolue de faire à Jules un signe négatif, si elle avait le bonheur de l'apercevoir. Mais elle n'avait garde : le pauvre garçon avait été si profondément humilié par l'apostrophe du riche seigneur de Campireali que de jour il ne paraissait jamais dans Albano ; le devoir seul l'y amenait le dimanche pour la messe de la paroisse. La mère d'Hélène, qui l'adorait et ne savait lui rien refuser, sortit trois fois avec elle ce jour-là, mais ce fut en vain : Hélène n'aperçut point Jules. Elle était au désespoir. Que devint-elle lorsque, allant visiter sur le soir les armes de son père, elle vit que deux arquebuses avaient été chargées, et que presque tous les poignards et épées avaient été maniés ! Elle ne fut distraite de sa mortelle inquiétude que par l'extrême attention qu'elle donnait au soin de paraître ne se douter de rien. En se retirant à dix heures du soir, elle ferma à clef la porte de sa chambre, qui donnait dans l'antichambre de sa mère, puis elle se tint collée à sa fenêtre et couchée sur le sol, de façon à ne pouvoir pas être aperçue du dehors. Qu'on juge de l'anxiété avec laquelle elle entendit sonner les heures ; il n'était plus question des reproches qu'elle se faisait souvent sur la rapidité avec laquelle elle s'était attachée à Jules, ce qui pouvait la rendre moins digne d'amour à ses yeux. Cette journée-là avança plus les affaires du jeune homme que six mois de constance et de protestations. « A quoi bon mentir ? se disait Hélène. Est-ce que je ne l'aime pas de toute mon âme ? »

A onze heures et demie, elle vit fort bien son père et son frère se placer en embuscade sur le grand balcon de pierre au-dessous de sa fenêtre. Deux minutes après que minuit eut sonné au couvent des Capucins, elle entendit fort bien aussi les pas de son amant, qui s'arrêta sous le grand chêne ; elle remarqua avec joie que son père et son frère semblaient n'avoir rien entendu : il fallait l'anxiété de l'amour pour distinguer un bruit aussi léger.

« Maintenant, se dit-elle, ils vont me tuer, mais il faut à tout prix qu'ils ne surprennent pas la lettre de ce soir ; ils persécuteraient à jamais ce pauvre Jules. » Elle fit un signe de croix et, se retenant d'une main au balcon de fer de sa fenêtre, elle se pencha au-dehors, s'avançant autant que possible dans la rue. Un quart de minute ne s'était pas écoulé lorsque le bouquet, attaché comme de coutume à la longue canne, vint frapper sur son bras. Elle saisit le bouquet ; mais, en l'arrachant vivement à la canne sur l'extrémité de laquelle il était fixé, elle fit frapper cette canne contre le balcon en pierre. A l'instant partirent deux coups d'arquebuse suivis d'un silence parfait. Son frère Fabio, ne sachant pas trop, dans l'obscurité, si ce qui frappait violemment le balcon n'était pas une corde à l'aide de laquelle Jules descendait de chez sa sœur, avait fait feu sur son balcon ; le lendemain, elle trouva la marque de la balle, qui s'était aplatie sur le fer. Le seigneur de Campireali avait tiré dans la rue, au bas du balcon de pierre, car Jules avait fait quelque bruit en retenant la canne prête à tomber. Jules, de son côté, entendant du bruit au-dessus de sa tête, avait deviné ce qui allait suivre et s'était mis à l'abri sous la saillie du balcon.

Fabio rechargea rapidement son arquebuse, et, quoi que son père pût lui dire, courut au jardin de la maison, ouvrit sans bruit une petite porte qui donnait sur une rue voisine, et ensuite s'en vint, à pas de loup, examiner un peu les gens qui se promenaient sous le balcon du palais. A ce moment, Jules, qui ce soir-là était bien accompagné, se trouvait à vingt pas de lui, collé contre un arbre. Hélène, penchée sur son balcon et tremblante pour son amant, entama aussitôt une conversation à très haute voix avec son frère, qu'elle entendait dans la rue; elle lui demanda s'il avait tué les voleurs.

— Ne croyez pas que je sois dupe de votre ruse scélérate! lui cria celui-ci de la rue, qu'il arpentait en tous sens, mais préparez vos larmes, je vais tuer l'insolent qui ose s'attaquer à votre fenêtre.

Ces paroles étaient à peine prononcées, qu'Hélène entendit sa mère frapper à la porte de sa chambre.

Hélène se hâta d'ouvrir, en disant qu'elle ne concevait pas comment cette porte se trouvait fermée.

— Pas de comédie avec moi, mon cher ange, lui dit sa mère, ton père est furieux et te tuera peut-être: viens te placer avec moi dans mon lit; et, si tu as une lettre, donne-la-moi, je la cacherai.

Hélène lui dit:

— Voilà le bouquet, la lettre est cachée entre les fleurs.

A peine la mère et la fille étaient-elles au lit que le seigneur Campireali rentra dans la chambre de sa femme, il revenait de son oratoire, qu'il était allé visiter, et où il avait tout renversé. Ce qui frappa Hélène, c'est que son père, pâle comme un spectre, agissait avec lenteur et comme un homme qui a parfaitement pris son parti. « Je suis morte ! » se dit Hélène.

— Nous nous réjouissons d'avoir des enfants, dit son père en passant près du lit de sa femme pour aller à la chambre de sa fille, tremblant de fureur, mais affectant un sang-froid parfait; nous nous réjouissons d'avoir des enfants, nous devrions répandre des larmes de sang plutôt quand ces enfants sont des filles. Grand Dieu! est-il bien possible ! leur légèreté peut enlever l'honneur à tel homme qui, depuis soixante ans, n'a pas donné la moindre prise sur lui.

En disant ces mots, il passa dans la chambre de sa fille.

— Je suis perdue, dit Hélène à sa mère, les lettres sont sous le piédestal du crucifix, à côté de la fenêtre.

Aussitôt, la mère sauta hors du lit et courut après son mari : elle se mit à lui crier les plus mauvaises raisons possibles, afin de faire éclater sa colère : elle y réussit complètement. Le vieillard devint furieux, il brisait tout dans la chambre de sa fille, mais la mère put enlever les lettres sans être aperçue. Une heure après, quand le seigneur de Campireali fut rentré dans sa chambre à côté de celle de sa femme, et tout étant tranquille dans la maison, la mère dit à sa fille :

— Voilà tes lettres ; je ne veux pas les lire, tu vois ce qu'elles ont failli nous coûter ! A ta place, je les brûlerais. Adieu, embrasse-moi.

Hélène rentra dans sa chambre, fondant en larmes ; il lui semblait que, depuis ces paroles de sa mère, elle n'aimait plus Jules. Puis elle se prépara à brûler ses lettres ; mais, avant de les anéantir, elle ne put s'empêcher de les relire. Elle les relut tant et si bien, que le soleil était déjà haut dans le ciel quand enfin elle se détermina à suivre un conseil salutaire.

Le lendemain, qui était un dimanche, Hélène s'achemina vers la paroisse avec sa mère ; par bonheur, son père ne les suivit pas. La première personne qu'elle aperçut dans l'église, ce fut Jules Branciforte. D'un regard elle s'assura qu'il n'était point blessé. Son bonheur fut au comble ; les événements de la nuit étaient à mille lieues de sa mémoire. Elle avait préparé cinq ou six petits billets tracés sur des chiffons de vieux papier souillés avec de la terre détrempée d'eau, et tels qu'on peut en trouver sur les dalles d'une église ; ces billets contenaient tous le même avertissement :

« Ils avaient tout découvert, excepté son nom. Qu'il ne reparaisse plus dans la rue ; on viendra ici souvent. »

Hélène laissa tomber un de ces lambeaux de papier ; un regard avertit Jules, qui ramassa et disparut. En rentrant chez elle, une heure après, elle trouva sur le grand escalier du palais un fragment de papier qui attira ses regards par sa ressemblance exacte avec ceux dont elle s'était servie le matin. Elle s'en empara, sans que sa mère elle-même s'aperçût de rien ; elle y lut :

« Dans trois jours il reviendra de Rome, où il est forcé d'aller. On chantera en plein jour, les jours de marché, au milieu du tapage des paysans, vers dix heures. »

Ce départ pour Rome parut singulier à Hélène. « Est-ce qu'il craint les coups d'arquebuse de mon frère ? » se disait-elle traistement. L'amour pardonne tout, excepté l'absence volontaire ; c'est qu'elle est le pire des supplices. Au lieu de se passer dans une douce rêverie et d'être tout occupée à peser les raisons qu'on a d'aimer son amant, la vie est agitée par des doutes cruels. « Mais, après tout, puis-je croire qu'il ne m'aime plus ? » se disait Hélène pendant les trois longues journées que dura l'absence de Branciforte. Tout à coup ses chagrins furent remplacés par une joie folle : le troisième jour, elle le vit paraître en plein midi, se promenant dans la rue devant le palais de son père. Il avait des habillements neufs et presque magnifiques. Jamais la noblesse de sa démarche et la naïveté gaie et courageuse de sa physionomie n'avaient éclaté avec plus d'avantage ; jamais aussi, avant ce jour-là, on n'avait parlé si souvent dans Albano de la pauvreté de Jules. C'étaient les hommes et surtout les jeunes gens qui répétaient ce mot cruel ; les femmes et surtout les jeunes filles ne tarissaient pas en éloges de sa bonne mine.

Jules passa toute la journée à se promener par la ville ; il semblait se dédommager des mois de réclusion auxquels sa pauvreté l'avait condamné. Comme il convient à un homme amoureux, Jules était bien armé sous sa tunique neuve. Outre sa dague et son poignard, il avait mis son *giacco* (sorte de gilet long en mailles de fil de fer, fort incommode à porter, mais qui guérissait ces cœurs italiens d'une triste maladie, dont en ce siècle-là on éprouvait sans cesse les atteintes poignantes, je veux parler de la crainte d'être tué au détour de la rue par un des ennemis qu'on se connaissait). Ce jour-là, Jules espérait entrevoir Hélène, et d'ailleurs, il avait quelque répugnance à se trouver seul avec lui-même dans sa maison solitaire : voici pourquoi. Ranuce, un ancien soldat de son père, après avoir fait dix campagnes avec lui dans les troupes de divers *condottieri,* et, en dernier lieu, dans celles de Marco Sciarra, avait suivi son capitaine lorsque ses blessures forcèrent celui-ci à se retirer. Le capitaine Branciforte avait des raisons pour ne pas vivre à Rome : il était exposé à y rencontrer les fils d'hommes qu'il avait tués ; même dans Albano, il ne se souciait pas de se mettre tout à fait à la merci de l'autorité régulière. Au lieu d'acheter ou de louer une maison dans la ville, il aima mieux en bâtir une située de façon à voir venir de loin les visiteurs. Il trouva dans les ruines d'Albe une position admirable : on pouvait sans être aperçu par les visiteurs indiscrets, se réfugier dans la forêt où régnait son ancien ami et patron, le prince Fabrice Colonne. Le capitaine Branciforte se moquait fort de l'avenir de son fils. Lorsqu'il se retira du service, âgé de cinquante ans seulement, mais criblé de blessures, il calcula qu'il pouvait vivre encore quelque dix ans, et, sa maison bâtie, dépensa chaque année le dixième de ce qu'il avait amassé dans les pillages des villes et villages auxquels il avait eu l'honneur d'assister.

Il acheta la vigne qui rendait trente écus de rente à son fils, pour répondre à la mauvaise plaisanterie d'un bourgeois d'Albano, qui lui avait dit, un jour qu'il disputait avec emportement sur les intérêts et l'honneur de la ville, qu'il appartenait, en effet, à un aussi riche propriétaire que lui de donner des conseils aux *anciens* d'Albano. Le capitaine acheta la vigne, et annonça qu'il en achèterait bien d'autres ; puis, rencontrant le mauvais plaisant dans un lieu solitaire, il le tua d'un coup de pistolet.

Après huit années de ce genre de vie, le capitaine mourut ; son aide de camp Ranuce adorait Jules ; toutefois, fatigué de l'oisiveté, il reprit du service dans la troupe du prince Colonne. Souvent il venait voir *son fils Jules,* c'était le nom qu'il lui donnait, et, à la veille d'un assaut périlleux que le prince devait soutenir dans sa forteresse de la Petrella, il avait emmené Jules combattre avec lui. Le voyant fort brave :

— Il faut que tu sois fou, lui dit-il et de plus, bien dupe, pour vivre auprès d'Albano comme le dernier et le plus pauvre de ses habitants, tandis qu'avec ce que je te vois faire et le nom de ton père tu pourrais être parmi nous un brillant *soldat d'aventure*, et de plus, faire ta fortune.

Jules fut tourmenté par ces paroles ; il savait le latin montré par un prêtre ; mais son père s'étant toujours moqué de tout ce que disait le prêtre au-delà du latin, il n'avait absolument aucune instruction. En revanche, méprisé pour sa pauvreté, isolé dans sa maison solitaire, il s'était fait un certain bon sens qui, par sa hardiesse, aurait étonné les savants. Par exemple, avant d'aimer Hélène, et sans savoir pourquoi, il adorait la guerre, mais il avait de la répugnance pour le pillage, qui, aux yeux de son père le capitaine et de Ranuce, était comme la petite pièce destinée à faire rire, qui suit la noble tragédie. Depuis qu'il aimait Hélène, ce bon sens acquis par ses réflexions solitaires faisait le supplice de Jules. Cette âme, si insouciante jadis, n'osait consulter personne sur ses doutes, elle était remplie de passion et de misère. Que ne dirait pas le seigneur de Campireali s'il le savait *soldat d'aventure ?* Ce serait pour le coup qu'il lui adresserait des reproches fondés ! Jules avait toujours compté sur le métier de soldat, comme sur une ressource assurée pour le temps où il aurait dépensé le prix des chaînes d'or et autres bijoux qu'il avait trouvés dans la caisse de fer de son père. Si Jules n'avait aucun scrupule à enlever, lui si pauvre, la fille du riche seigneur de Campireali, c'est qu'en ce temps-là les pères disposaient de leurs biens après eux comme bon leur semblait, et le seigneur de Campireali pouvait fort bien laisser mille écus à sa fille pour toute fortune. Un autre problème tenait l'imagination de Jules profondément occupée : 1° dans quelle ville établirait-il la jeune Hélène après l'avoir épousée et enlevée à son père ? 2° avec quel argent la ferait-il vivre ?

Lorsque le seigneur de Campireali lui adressa le reproche sanglant auquel il avait été tellement sensible, Jules fut pendant deux jours en proie à la rage et à la douleur la plus vive : il ne pouvait se résoudre ni à tuer le vieillard insolent, ni à le laisser vivre. Il passait les nuits entières à pleurer ; enfin il résolut de consulter Ranuce, le seul ami qu'il eût au monde ; mais cet ami le comprendrait-il ? Ce fut en vain qu'il chercha Ranuce dans toute la forêt de la Faggiola, il fut obligé d'aller sur la route de Naples, au-delà de Velletri, où Ranuce commandait une embuscade : il y attendait, en nombreuse compagnie, Ruiz d'Avalos, général espagnol, qui se rendait à Rome par terre, sans se rappeler que naguère, en nombreuse compagnie, il avait parlé avec mépris des soldats d'aventure de la compagnie Colonna. Son aumônier lui rappela fort à propos cette petite circonstance, et Ruiz d'Avalos prit le parti de faire armer une barque et de venir à Rome par mer.

Dès que le capitaine Ranuce eut entendu le récit de Jules :

— Décris-moi exactement, lui dit-il, la personne de ce seigneur de Campireali, afin que son imprudence ne coûte pas la vie à quelque bon habitant d'Albano. Dès que l'affaire qui nous retient ici sera terminée par oui ou par non, tu te rendras à Rome, où tu auras soin de te montrer dans les hôtelleries et autres lieux publics, à toutes les heures de la journée ; il ne faut pas que l'on puisse te soupçonner à cause de ton amour pour la fille.

Jules eut beaucoup de peine à calmer la colère de l'ancien compagnon de son père. Il fut obligé de se fâcher.

— Crois-tu que je demande ton épée ? lui dit-il enfin. Apparemment que, moi aussi, j'ai une épée ! Je te demande un conseil sage.

Ranuce finissait tous ses discours par ces paroles :

— Tu es jeune, tu n'as pas de blessures ; l'insulte a été publique : or, un homme déshonoré est méprisé même des femmes.

Jules lui dit qu'il désirait réfléchir encore sur ce que voulait son cœur, et, malgré les instances de Ranuce, qui prétendait absolument qu'il prît part à l'attaque de l'escorte du général espagnol, où, disait-il, il y aurait de l'honneur à acquérir, sans compter les doublons. Jules revint seul à sa petite maison. C'est là que, la veille du jour où le seigneur de Campireali lui tira un coup d'arquebuse, il avait reçu Ranuce et son caporal, de retour des environs de Velletri. Ranuce employa la force pour voir la petite caisse de fer où son patron, le capitaine Branciforte, enfermait jadis les chaînes d'or et autres bijoux dont il ne jugeait pas à propos de dépenser la valeur aussitôt après une expédition. Ranuce y trouva deux écus.

— Je te conseille de te faire moine, dit-il à Jules, tu en as toutes les vertus : l'amour de la pauvreté, en voici la preuve ; l'humilité, tu te laisses vilipender en pleine rue par un richard d'Albano ; il ne te manque plus que l'hypocrisie et la gourmandise.

Ranuce mit de force cinquante doublons dans la cassette de fer.

— Je te donne ma parole, dit-il à Jules, que si d'ici à un mois le seigneur Campireali n'est pas enterré avec tous les honneurs dus à sa noblesse et à son opulence, mon caporal ici présent viendra avec trente hommes démolir ta petite maison et brûler tes pauvres meubles. Il ne faut pas que le fils du capitaine Branciforte fasse une mauvaise figure en ce monde, sous prétexte d'amour.

Lorsque le seigneur de Campireali et son fils tirèrent les deux coups d'arquebuse, Ranuce et le caporal avaient pris position sous le balcon de pierre, et Jules eut toutes les peines du monde à les empêcher de tuer Fabio, ou du moins de l'enlever, lorsque celui-ci fit une sortie imprudente en passant par le jardin, comme nous l'avons raconté en son lieu. La raison qui calma Ranuce fut celle-ci : il ne faut pas tuer un jeune homme qui peut devenir quelque chose et se rendre utile, tandis qu'il y a un vieux pécheur plus coupable que lui, et qui n'est plus bon qu'à enterrer.

Le lendemain de cette aventure, Ranuce s'enfonça dans la forêt, et Jules partit pour Rome. La joie qu'il eut d'acheter de beaux habits avec les doublons que Ranuce lui avait donnés était cruellement altérée par cette idée bien extraordinaire pour son siècle, et qui annonçait les hautes destinées auxquelles il parvint dans la suite ; il se disait : *Il faut qu'Hélène connaisse qui je suis*. Tout autre homme de son âge et de son temps n'eût songé qu'à jouir de son amour et à enlever Hélène, sans penser en aucune façon à ce qu'elle deviendrait six mois après, pas plus qu'à l'opinion qu'elle pourrait garder de lui.

De retour dans Albano, et l'après-midi même du jour où Jules étalait à tous les yeux les beaux habits qu'il avait rapportés de Rome, il sut par le vieux Scotti, son ami, que Fabio était sorti de la ville à cheval, pour aller à trois lieues de là à une terre que son père possédait dans la plaine, sur le bord de la mer. Plus tard, il vit le seigneur Campireali prendre, en compagnie de deux prêtres, le chemin de la magnifique allée de chênes verts qui couronne le bord du cratère au fond duquel s'étend le lac l'Albano. Dix minutes après, une vieille femme s'introduisait hardiment dans le palais de Campireali, sous prétexte de vendre de beaux fruits ; la première personne qu'elle rencontra fut la petite camériste Marietta, confidente intime de sa maîtresse Hélène, laquelle rougit jusqu'au blanc des yeux en recevant un beau bouquet. La lettre que cachait le bouquet était d'une longueur démesurée : Jules racontait tout ce qu'il avait éprouvé depuis la nuit des coups d'arquebuse ; mais, par une pudeur bien singulière, il n'osait pas avouer ce dont tout autre jeune homme de son temps eût été si fier, savoir : qu'il était fils d'un capitaine célèbre par ses aventures, et que lui-même avait déjà marqué par sa bravoure dans plus d'un combat. Il croyait toujours entendre les réflexions que ces faits inspireraient au vieux Campireali. Il faut savoir qu'au XVIe siècle les jeunes filles, plus voisines du bon sens républicain, estimaient beaucoup plus un homme pour ce qu'il avait fait lui-même que pour les richesses amassées par ses pères ou pour les actions célèbres de ceux-ci. Mais c'étaient surtout les jeunes filles du peuple qui avaient ces pensées. Celles qui appartenaient à la classe riche ou noble avaient peur des brigands, et, comme il est naturel, tenaient en grande estime la noblesse et l'opulence. Jules finissait sa lettre par ces mots :

« Je ne sais si les habits convenables que j'ai rapportés de Rome vous auront fait oublier la cruelle injure qu'une personne que vous respectez m'adressa naguère, à l'occasion de ma chétive apparence ; j'ai pu me venger, je l'aurais dû, mon honneur le commandait ; je ne l'ai point fait en considération des larmes que ma vengeance aurait coûtées à des yeux que j'adore. Ceci peut vous prouver, si, pour mon malheur, vous en doutiez encore, qu'on peut être très pauvre et avoir des sentiments nobles. Au reste, j'ai à vous révéler un secret terrible ; je n'aurais assurément aucune peine à le dire à toute autre femme ; mais je ne sais pourquoi je frémis en pensant à vous l'apprendre. Il peut détruire, en un instant, l'amour que vous avez pour moi ; aucune protestation ne me satisferait de votre part. Je veux lire dans vos yeux l'effet que produira cet aveu. Un de ces jours, à la tombée de la nuit, je vous verrai dans le jardin situé derrière le palais. Ce jour-là, Fabio et votre père seront absents : lorsque j'aurai acquis la certitude que, malgré leur mépris pour un pauvre jeune homme mal vêtu, ils ne pourront nous enlever trois quarts d'heure ou une heure d'entretien, un homme paraîtra sous les fenêtres de votre palais, qui fera voir aux enfants du pays un renard apprivoisé. Plus tard, lorsque l'*Ave Maria* sonnera, vous entendrez tirer un coup d'arquebuse dans le lointain ; à ce moment approchez-vous du mur de votre jardin, et, si vous n'êtes pas seule, chantez. S'il y a du silence, votre esclave paraîtra tout tremblant à vos pieds, et vous racontera des choses qui peut-être vous feront horreur. En attendant ce jour décisif et terrible pour moi, je ne me hasarderai plus à vous présenter de bouquet à minuit ; mais vers les deux heures de nuit je passerai en chantant, et peut-être, placée au grand balcon de pierre, vous laisserez tomber une fleur cueillie par vous dans votre jardin. Ce sont peut-être les dernières marques d'affection que vous donnerez au malheureux Jules. »

Trois jours après, le père et le frère d'Hélène étaient allés à cheval à la terre qu'ils possédaient sur le bord de la mer ; ils devaient en partir un peu avant le coucher du soleil, de façon à être de retour chez eux vers les deux heures de nuit. Mais, au moment de se mettre en route, non seulement leurs deux chevaux, mais tous ceux qui étaient dans la ferme, avaient disparu. Fort étonnés de ce vol audacieux, ils cherchèrent leurs chevaux, qu'on ne retrouva que le lendemain dans la forêt de haute futaie qui borde la mer. Les deux Campireali, père et fils, furent obligés de regagner Albano dans une voiture champêtre tirée par des bœufs.

Ce soir-là, lorsque Jules fut aux genoux d'Hélène, il était presque tout à fait nuit, et la pauvre fille fut bien heureuse de cette obscurité ; elle paraissait pour la première fois devant cet homme qu'elle aimait tendrement, qui le savait fort bien, mais enfin auquel elle n'avait jamais parlé.

Une remarque qu'elle fit lui rendit un peu de courage ; Jules était plus pâle et plus tremblant qu'elle. Elle le voyait à ses genoux : « En vérité, je suis hors d'état de parler », lui dit-il. Il y eut quelques instants apparemment fort heureux ; ils se regardaient, mais sans pouvoir articuler un mot, immobiles comme un groupe de marbre assez expressif. Jules était à genoux, tenant une main d'Hélène ; celle-ci la tête penchée, le considérait avec attention.

Jules savait bien que, suivant les conseils de ses amis, les jeunes débauchés de Rome, il aurait dû tenter quelque chose ; mais il eut horreur de cette idée. Il fut réveillé de cet état d'extase et peut-être du plus vif bonheur que puisse donner l'amour, par cette idée : le temps s'envole rapidement ; les Campireali s'approchent de leur palais. Il comprit qu'avec une âme scrupuleuse comme la sienne il ne pouvait trouver de bonheur durable, tant qu'il n'aurait pas fait à sa maîtresse cet aveu terrible qui eût semblé une si lourde sottise à ses amis de Rome.

— Je vous ai parlé d'un aveu que peut-être je ne devrais pas vous faire, dit-il enfin à Hélène.

Jules devint fort pâle ; il ajouta avec peine et comme si la respiration lui manquait :

— Peut-être je vais voir disparaître ces sentiments dont l'espérance fait ma vie. Vous me croyez pauvre ; ce n'est pas tout : *je suis brigand et fils de brigand.*

A ces mots, Hélène, fille d'un homme riche et qui avait toutes les peurs de sa caste, sentit qu'elle allait se trouver mal ; elle craignit de tomber. « Quel chagrin ne sera-ce pas pour ce pauvre Jules ! pensait-elle : il se croira méprisé. » Il était à ses genoux. Pour ne pas tomber, elle s'appuya sur lui, et, peu après, tomba dans ses bras comme sans connaissance. Comme on voit, au XVIe siècle on aimait l'exactitude dans les histoires d'amour. Ce que l'esprit ne jugeait pas ces histoires-là, l'imagination les sentait, et la passion du lecteur s'identifiait avec celle des héros. Les deux manuscrits que nous suivons, et surtout celui qui présente quelques tournures de phrases particulières au dialecte florentin, donnent dans le plus grand détail l'histoire de tous les rendez-vous qui suivirent celui-ci. Le péril ôtait les remords à la jeune fille. Souvent les périls furent extrêmes ; mais ils ne firent qu'enflammer ces deux cœurs pour qui toutes les sensations provenant de leur amour étaient du bonheur. Plusieurs fois Fabio et son père furent sur le point de les surprendre. Ils étaient furieux, se croyant bravés : le bruit public leur apprenait que Jules était l'amant d'Hélène, et cependant ils ne pouvaient rien voir. Fabio, jeune homme impétueux et fier de sa naissance, proposait à son père de faire tuer Jules.

— Tant qu'il sera dans ce monde, lui disait-il, les jours de ma sœur courent les plus grands dangers. Qui nous dit qu'au premier moment notre honneur ne nous obligera pas à tremper les mains dans le sang de cette obstinée ? Elle est arrivée à ce point d'audace, qu'elle ne nie plus son amour ; vous l'avez vue ne répondre à vos reproches que par un silence morne ; eh bien, ce silence est l'arrêt de mort de Jules Branciforte.

— Songez quel a été son père, répondait le seigneur de Campireali. Assurément il ne nous est pas difficile d'aller passer six mois à Rome, et, pendant ce temps, ce Branciforte disparaîtra. Mais qui nous dit que son père qui, au milieu de tous ses crimes, fut brave et généreux, généreux au point d'enrichir plusieurs de ses soldats et de rester pauvre lui-même, qui nous dit que son père n'a pas encore des amis, soit dans la compagnie du duc de Monte Mariano, soit dans la compagnie Colonna, qui occupe souvent les bois de la Faggiola, à une demi-lieue de chez nous ? En ce cas, nous sommes tous massacrés sans rémission, vous, moi, et peut-être aussi votre malheureuse mère.

Ces entretiens du père et du fils, souvent renouvelés, n'étaient cachés qu'en partie à Victoire Carafa, mère d'Hélène, et la mettaient au désespoir. Le résultat des discussions entre Fabio et son père fut qu'il était inconvenant pour leur honneur de souffrir paisiblement la continuation des bruits qui régnaient dans Albano. Puisqu'il n'était pas prudent de faire disparaître ce jeune Branciforte qui, tous les jours, paraissait plus insolent, et, de plus maintenant revêtu d'habits magnifiques, poussait la suffisance jusqu'à adresser la parole dans les lieux publics, soit à Fabio, soit au seigneur de Campireali lui-même, il y avait lieu de prendre l'un des deux partis suivants, ou peut-être même tous les deux : il fallait que la famille entière revînt habiter Rome, il fallait ramener Hélène au couvent de la Visitation de Castro, où elle resterait jusqu'à ce qu'on lui eût trouvé un parti convenable.

Jamais Hélène n'avait avoué son amour à sa mère : la fille et la mère s'aimaient tendrement, elles passaient leur vie ensemble, et pourtant jamais un seul mot sur ce sujet, qui les intéressait presque également toutes les deux, n'avait été prononcé. Pour la première fois le sujet presque unique de leurs pensées se trahit par des paroles, lorsque la mère fit entendre à sa fille qu'il était question de transporter à Rome l'établissement de la famille, et peut-être même de la renvoyer passer quelques années au couvent de Castro.

Cette conversation était imprudente de la part de Victoire Carafa, et ne peut être excusée que par la tendresse folle qu'elle avait pour sa fille. Hélène, éperdue d'amour, voulut prouver à son amant qu'elle n'avait pas honte de sa pauvreté et que sa confiance en son honneur était sans bornes. « Qui le croirait ? s'écrie l'auteur florentin, après tant de rendez-vous hardis et voisins d'une mort horrible, donnés dans le jardin et même une fois ou deux dans sa propre chambre, Hélène était pure ! Forte de sa vertu, elle proposa à son amant de sortir du palais, vers minuit, par le jardin, et d'aller passer le reste de la nuit dans sa petite maison construite sur les ruines d'Albe, à plus d'un quart de lieue de là. Ils se déguisèrent en moines de saint François. Hélène était d'une taille élancée, et, ainsi vêtue, semblait un jeune frère novice de dix-huit ou vingt ans. Ce qui est incroyable et marque bien le doigt de Dieu, c'est que, dans l'étroit chemin taillé dans le roc, et qui passe encore contre le mur du couvent des Capucins, Jules et sa maîtresse, déguisés en moines, rencontrèrent le seigneur de Campireali et son fils Fabio, qui, suivis de quatre domestiques bien armés, et précédés d'un page portant une torche allumée, revenaient de Castel Gandolfo, bourg situé sur les bords du lac assez près de là. Pour laisser passer les deux amants, les Campireali et leurs domestiques se placèrent à droite et à gauche de ce chemin taillé dans le roc et qui peut avoir huit pieds de large. Combien n'eût-il pas été plus heureux pour Hélène d'être reconnue en ce moment ! Elle eût été tuée d'un coup de pistolet par son père ou son frère, et son supplice n'eût duré qu'un instant : mais le ciel en avait ordonné autrement *(superis aliter visum)*.

On ajoute encore une circonstance sur cette singulière rencontre, et que la signora de Campireali, parvenue à une extrême vieillesse et presque centenaire, racontait encore quelquefois à Rome devant des personnages graves qui, bien vieux eux-mêmes, me l'ont redite lorsque mon insatiable curiosité les interrogeait sur ce sujet-là et sur bien d'autres.

Fabio de Campireali, qui était un jeune homme fier de son courage et plein de hauteur, remarquant que le moine le plus âgé ne saluait ni son père, ni lui, en passant si près d'eux, s'écria :

— Voilà un fripon de moine bien fier ! Dieu sait ce qu'il va faire hors du couvent, lui et son compagnon, à cette heure indue ! Je ne sais ce qui me tient de lever leurs capuchons ; nous verrions leurs mines.

A ces mots, Jules saisit sa dague sous sa robe de moine, et se plaça entre Fabio et Hélène. En ce moment il n'était pas à plus d'un pied de distance de Fabio ; mais le ciel en ordonna autrement et calma par un miracle la fureur de ces deux jeunes gens, qui bientôt devaient se voir de si près. »

Dans le procès que par la suite on intenta à Hélène de Campireali, on voulut présenter cette promenade nocturne comme une preuve de corruption. C'était le délire d'un jeune cœur enflammé d'un fol amour, mais ce cœur était pur.

III

Il faut savoir que les Orsini, éternels rivaux des Colonna, et tout-puissants alors dans les villages les plus voisins de Rome, avaient fait condamner à mort, depuis peu, par les tribunaux du Gouvernement, un riche cultivateur nommé Balthazar Bandini, né à la Petrella. Il serait trop long de rapporter ici les diverses actions que l'on reprochait à Bandini : la plupart seraient des crimes aujourd'hui, mais ne pouvaient pas être considérées d'une façon aussi sévère en 1559. Bandini était en prison dans un château appartenant aux Orsini, et situé dans la montagne du côté de Valmontone, à six lieues d'Albano. Le barigel de Rome, suivi de cent cinquante de ses sbires, passa une nuit sur la grande route ; il venait chercher Bandini pour le conduire à Rome dans les prisons de Tordinona ; Bandini avait appelé à Rome de la sentence qui le condamnait à mort. Mais, comme nous l'avons dit, il était natif de la Petrella, forteresse appartenant aux Colonna, la femme de Bandini vint dire publiquement à Fabrice Colonna, qui se trouvait à la Petrella :

— Laisserez-vous mourir un de vos fidèles serviteurs ?

Colonna répondit :

— A Dieu ne plaise que je m'écarte jamais du respect que je dois aux décisions des tribunaux du pape mon seigneur !

Aussitôt ses soldats reçurent des ordres, et il fit donner avis de se tenir prêts à tous ses partisans. Le rendez-vous était indiqué dans les environs de Valmontone, petite ville bâtie au sommet d'un rocher peu élevé, mais qui a pour rempart un précipice continu et presque vertical de soixante à quatre-vingts pieds de haut. C'est dans cette ville appartenant au pape que les partisans des Orsini et les sbires du gouvernement avaient réussi à transporter Bandini. Parmi les partisans les plus zélés du pouvoir, on comptait le seigneur de Campireali et Fabio, son fils, d'ailleurs un peu parents des Orsini. De tout temps, au contraire, Jules Branciforte et son père avaient été attachés aux Colonna.

Dans les circonstances où il ne convenait pas aux Colonna d'agir ouvertement, ils avaient recours à une précaution fort simple : la plupart des riches paysans romains, alors comme aujourd'hui, faisaient partie de quelque compagnie de pénitents. Les pénitents ne paraissent jamais en public que la tête couverte d'un morceau de toile qui cache leur figure et se trouve percé de deux trous vis-à-vis les yeux. Quand les Colonna ne voulaient pas avouer une entreprise, ils invitaient leurs partisans à prendre leur habit de pénitent pour venir les joindre.

Après de longs préparatifs, la translation de Bandini, qui depuis quinze jours faisait la nouvelle du pays, fut indiquée pour un dimanche. Ce jour-là, à deux heures du matin, le gouverneur de Valmontone fit sonner le tocsin dans tous les villages de la forêt de la Faggiola. On vit des paysans sortir en assez grand nombre de chaque village. (Les mœurs des républiques du Moyen Age, du temps desquelles on se battait pour obtenir une certaine chose que l'on désirait, avaient conservé beaucoup de bravoure dans le cœur des paysans ; de nos jours, personne ne bougerait.)

Ce jour-là on put remarquer une chose assez singulière : à mesure que la petite troupe de paysans armés sortie de chaque village s'enfonçait dans la forêt, elle diminuait de moitié ; les partisans des Colonna se dirigeaient vers le lieu du rendez-vous désigné par Fabrice. Leurs chefs paraissaient persuadés qu'on ne se battrait pas ce jour-là : ils avaient eu ordre le matin de répandre ce bruit. Fabrice parcourait la forêt avec l'élite de ses partisans, qu'il avait montés sur les jeunes chevaux à demi sauvages de son haras. Il passait une sorte de revue des divers détachements de paysans ; mais il ne leur parlait point, toute parole pouvant compromettre. Fabrice était un grand homme maigre, d'une agilité et d'une force incroyables : quoique à peine âgé de quarante-cinq ans, ses cheveux et sa moustache étaient d'une blancheur éclatante, ce qui le contrariait fort : à ce signe on pouvait le reconnaître en des lieux où il eût mieux aimé passer incognito. A mesure que les paysans le voyaient, ils criaient : *Vive Colonna!* et mettaient leurs capuchons de toile. Le prince lui-même avait son capuchon sur la poitrine, de façon à pouvoir le passer dès qu'on apercevrait l'ennemi.

Celui-ci ne se fit point attendre : le soleil se levait à peine lorsqu'un millier d'hommes à peu près, appartenant au parti des Orsini et venant du côté de Valmontone, pénétrèrent dans la forêt et vinrent passer à trois cents pas environ des partisans de Fabrice Colonna, que celui-ci avait fait mettre ventre à terre. Quelques minutes après que les derniers des Orsini formant cette avant-garde eurent défilé, le prince mit ses hommes en mouvement : il avait résolu d'attaquer l'escorte de Bandini un quart d'heure après qu'elle serait entrée dans le bois. En cet endroit, la forêt est semée de petites roches hautes de quinze ou vingt pieds ; ce sont des coulées de lave plus ou moins antiques, sur lesquelles les châtaigniers viennent admirablement et interceptent presque entièrement le jour. Comme ces coulées, plus ou moins attaquées par le temps, rendent le sol fort inégal, pour épargner à la grande route une foule de petites montées et descentes inutiles, on a creusé dans la lave, et fort souvent la route est à trois ou quatre pieds en contrebas de la forêt.

Vers le lieu de l'attaque projetée par Fabrice, se trouvait une clairière couverte d'herbes et traversée à l'une de ses extrémités par la grande route. Ensuite la route rentrait dans la forêt, qui, en cet endroit, remplie de ronces et d'arbustes entre les troncs des arbres, était tout à fait impénétrable. C'est à cent pas dans la forêt et sur les deux bords de la route que Fabrice plaçait ses fantassins. A un signe du prince, chaque paysan arrangea son capuchon, et prit poste avec son arquebuse derrière un châtaignier ; les soldats du prince se placèrent derrière les arbres les plus voisins de la route. Les paysans avaient l'ordre précis de ne tirer qu'après les soldats, et ceux-ci ne devaient faire feu que lorsque l'ennemi serait à vingt pas. Fabrice fit couper à la hâte une vingtaine d'arbres, qui, précipités avec leurs branches sur la route, assez étroite en ce lieu-là et en contrebas de trois pieds, l'interceptaient entièrement. Le capitaine Ranuce, avec cinq cents hommes, suivit l'avant-garde ; il avait l'ordre de ne l'attaquer que lorsqu'il entendrait les premiers coups d'arquebuse qui seraient tirés de l'abatis qui interceptait la route. Lorsque Fabrice Colonna vit ses soldats et ses partisans bien placés chacun derrière son arbre et pleins de résolution, il partit au galop avec tous ceux des siens qui étaient montés, et parmi lesquels on remarquait Jules Branciforte. Le prince prit un sentier à droite de la grande route et qui le conduisait à l'extrémité de la clairière la plus éloignée de la route.

Le prince s'était à peine éloigné depuis quelques minutes, lorsqu'on vit venir de loin, par la route de Valmontone, une troupe nombreuse d'hommes à cheval : c'étaient les sbires et le barigel, escortant Bandini, et tous les cavaliers des Orsini. Au milieu d'eux se trouvait Balthazar Bandini, entouré de quatre bourreaux vêtus de rouge ; ils avaient l'ordre d'exécuter la sentence des premiers juges et de mettre Bandini à mort, s'ils voyaient les partisans des Colonna sur le point de le délivrer.

La cavalerie de Colonna arrivait à peine à l'extrémité de la clairière ou prairie la plus éloignée de la route, lorsqu'il entendit les premiers coups d'arquebuse de l'embuscade par lui placée sur la grande route en avant de l'abatis. Aussitôt il mit sa cavalerie au galop, et dirigea sa charge sur les quatre bourreaux vêtus de rouge qui entouraient Bandini.

Nous ne suivrons point le récit de cette petite affaire, qui ne dura pas trois quarts d'heure ; les partisans des Orsini, surpris, s'enfuirent dans tous les sens ; mais, à l'avant-garde, le brave capitaine Ranuce fut tué, événement qui eut une influence funeste sur la destinée de Branciforte. A peine celui-ci avait donné quelques coups de sabre, toujours en se rapprochant des hommes vêtus de rouge, qu'il se trouva vis-à-vis de Fabio Campireali.

Monté sur un cheval bouillant d'ardeur, et revêtu d'un *giacco* doré (cotte de mailles), Fabio s'écriait :

— Quels sont ces misérables masqués ? Coupons leur masque d'un coup de sabre ; voyez la façon dont je m'y prends !

Presque au même instant, Jules Branciforte reçut de lui un coup de sabre horizontal sur le front. Ce coup avait été lancé avec tant d'adresse, que la toile qui lui couvrait le visage tomba en même temps qu'il se sentit les yeux aveuglés par le sang qui coulait de cette blessure, d'ailleurs fort peu grave. Jules éloigna son cheval pour avoir le temps de respirer et de s'essuyer le visage. Il voulait, à tout prix, ne point se battre avec le frère d'Hélène ; et son cheval était déjà à quatre pas de Fabio, lorsqu'il reçut sur la poitrine un furieux coup de sabre qui ne pénétra point, grâce à son giacco, mais lui ôta la respiration pour un moment. Presque au même instant, il s'entendit crier aux oreilles :

— *Ti conosco, porco !* Canaille, je te connais ! C'est comme cela que tu gagnes de l'argent pour remplacer tes haillons !

Jules, vivement piqué, oublia sa première résolution et revint sur Fabio :

— *Ed in mal ponto tu venisti* [1] *!* s'écria-t-il.

A la suite de quelques coups de sabre précipités, le vêtement qui couvrait leur cotte de mailles tombait de toutes parts. La cotte de mailles de Fabio était dorée et magnifique, celle de Jules des plus communes.

— Dans quel égout as-tu ramassé ton *giacco* ? lui cria Fabio.

Au même moment, Jules trouva l'occasion qu'il cherchait depuis une demi-minute : la superbe cotte de mailles de Fabio ne serrait pas assez le cou, et Jules lui porta au

---

[1] Malheur à toi ! tu arrives dans un moment fatal !

cou, un peu découvert, un coup de pointe qui réussit. L'épée de Jules entra d'un demi-pied dans la gorge de Fabio et en fit jaillir un énorme jet de sang.

— Insolent ! s'écria Jules.

Et il galopa vers les hommes habillés de rouge, dont deux étaient encore à cheval à cent pas de lui. Comme il approchait d'eux, le troisième tomba ; mais, au moment où Jules arrivait tout près du quatrième bourreau, celui-ci, se voyant environné de plus de dix cavaliers, déchargea un pistolet à bout portant sur le malheureux Balthazar Bandini, qui tomba.

— Mes chers seigneurs, nous n'avons plus que faire ici ! s'écria Branciforte, sabrons ces coquins de sbires qui s'enfuient de toutes parts.

Tout le monde le suivit.

Lorsque, une demi-heure après, Jules revint auprès de Fabrice Colonna, ce seigneur lui adressa la parole pour la première fois de sa vie. Jules le trouva ivre de colère ; il croyait le voir transporté de joie, à cause de la victoire, qui était complète et due tout entière à ses bonnes dispositions ; car les Orsini avaient près de trois mille hommes, et Fabrice, à cette affaire, n'en avait pas réuni plus de quinze cents.

— Nous avons perdu notre brave ami Ranuce ! s'écria le prince en parlant à Jules, je viens moi-même de toucher son corps ; il est déjà froid. Le pauvre Balthazar Bandini est mortellement blessé. Ainsi, au fond, nous n'avons pas réussi. Mais l'ombre du brave capitaine Ranuce paraîtra bien accompagnée devant Pluton. J'ai donné l'ordre que l'on pende aux branches des arbres tous ces coquins de prisonniers. N'y manquez pas, messieurs ! s'écria-t-il en haussant la voix.

Et il repartit au galop pour l'endroit où avait eu lieu le combat d'avant-garde. Jules commandait à peu près en second la compagnie de Ranuce ; il suivit le prince, qui, arrivé près du cadavre de ce brave soldat, qui gisait entouré de plus de cinquante cadavres ennemis, descendit une seconde fois de cheval pour prendre la main de Ranuce. Jules l'imita, il pleurait.

— Tu es bien jeune, dit le prince à Jules, mais je te vois couvert de sang, et ton père fut un brave homme, qui avait reçu plus de vingt blessures au service des Colonna. Prends le commandement de ce qui reste de la compagnie de Ranuce et conduis son cadavre à notre église de la Petrella; songe que tu seras peut-être attaqué sur la route.

Jules ne fut point attaqué, mais il tua d'un coup d'épée un de ses soldats, qui lui disait qu'il était trop jeune pour commander. Cette imprudence réussit, parce que Jules était encore tout couvert du sang de Fabio. Tout le long de la route, il trouvait les arbres chargés d'hommes que l'on pendait. Ce spectacle hideux, joint à la mort de Ranuce et surtout à celle de Fabio, le rendait presque fou. Son seul espoir était qu'on ne saurait pas le nom du vainqueur de Fabio.

Nous sautons les détails militaires. Trois jours après celui du combat, il put revenir passer quelques heures à Albano; il racontait à ses connaissances qu'une fièvre violente l'avait retenu dans Rome, où il avait été obligé de garder le lit toute la semaine.

Mais on le traitait partout avec un respect marqué; les gens les plus considérables de la ville le saluaient les premiers; quelques imprudents allèrent même jusqu'à l'appeler *seigneur capitaine*. Il avait passé plusieurs fois devant le palais Campireali, qu'il trouva entièrement fermé, et, comme le nouveau capitaine était fort timide lorsqu'il s'agissait de faire certaines questions, ce ne fut qu'au milieu de la journée qu'il put prendre sur lui de dire à Scotti, vieillard qui l'avait toujours traité avec bonté:

— Mais où sont donc les Campireali? je vois leur palais fermé.

— Mon ami, répondit Scotti avec une tristesse subite, c'est là un nom que vous ne devez jamais prononcer. Vos amis sont bien convaincu que c'est lui qui vous a cherché, et ils le diront partout; mais enfin, il était le principal obstacle à votre mariage ; mais enfin sa mort laisse une sœur immensément riche, et qui vous aime. On peut même ajouter, et l'indiscrétion devient vertu en ce moment, on peut même ajouter qu'elle vous aime au point d'aller vous rendre visite la nuit dans votre petite maison d'Albe. Ainsi l'on peut dire, dans votre intérêt, que vous étiez mari et femme avant le fatal combat des *Ciampi* (c'est le nom qu'on donnait dans le pays au combat que nous avons décrit).

Le vieillard s'interrompit, parce qu'il s'aperçut que Jules fondait en larmes.

— Montons à l'auberge, dit Jules.

Scotti le suivit ; on leur donna une chambre où ils s'enfermèrent à clef, et Jules demanda au vieillard la permission de lui raconter tout ce qui s'était passé depuis huit jours. Ce long récit terminé :

— Je vois bien à vos larmes, dit le vieillard, que rien n'a été prémédité dans votre conduite ; mais la mort de Fabio n'en est pas moins un événement bien cruel pour vous. Il faut absolument qu'Hélène déclare à sa mère que vous êtes son époux depuis longtemps.

Jules ne répondit pas, ce que le vieillard attribua à une louable discrétion. Absorbé dans une profonde rêverie, Jules se demandait si Hélène, irritée par la mort d'un frère, rendrait justice à sa délicatesse ; il se repentit de ce qui s'était passé autrefois. Ensuite, à sa demande, le vieillard lui parla franchement de tout ce qui avait eu lieu dans Albano le jour du combat. Fabio ayant été tué sur les six heures et demie du matin, à plus de six lieues d'Albano, chose incroyable ! dès neuf heures on avait commencé à parler de cette mort. Vers midi on avait vu le vieux Campireali, fondant en larmes et soutenu par ses domestiques, se rendre au couvent des Capucins. Peu après, trois de ces bons pères, montés sur les meilleurs chevaux de Campireali et suivis de beaucoup de domestiques, avaient pris la route du village des *Ciampi*, près duquel le combat avait eu lieu. Le vieux Campireali voulait absolument les suivre, mais on l'en avait dissuadé, par la raison que Fabrice Colonna était furieux (on ne savait trop pourquoi) et pourrait bien lui faire un mauvais parti s'il était fait prisonnier.

Le soir, vers minuit, la forêt de la Faggiola avait semblé en feu : c'étaient tous les moines et tous les pauvres d'Albano qui, portant chacun un gros cierge allumé, allaient à la rencontre du corps du jeune Fabio.

— Je ne vous cacherai point, continua le vieillard en baissant la voix comme s'il eût craint d'être entendu, que la route qui conduit à Valmontone et aux *Ciampi*...

— Eh bien ? dit Jules.

— Eh bien, cette route passe devant votre maison, et l'on dit que lorsque le cadavre de Fabio est arrivé à ce point, le sang a jailli d'une plaie horrible qu'il avait au cou.

— Quelle horreur ! s'écria Jules en se levant.

— Calmez-vous, mon ami, dit le vieillard ; vous voyez bien qu'il faut que vous sachiez tout. Et maintenant je puis vous dire que votre présence ici aujourd'hui, a semblé un peu prématurée. Si vous me faisiez l'honneur de me consulter, j'ajouterais, capitaine, qu'il n'est pas convenable que d'ici à un mois vous paraissiez dans Albano. Je n'ai pas besoin de vous avertir qu'il ne serait pas prudent de vous montrer à Rome. On ne sait point encore quel parti le Saint Père va prendre envers les Colonna ; on pense qu'il ajoutera foi à la déclaration de Fabrice, qui prétend n'avoir appris le combat des Ciampi que par la voix publique ; mais le gouverneur de Rome, qui est tout Orsini, enrage et serait enchanté de faire pendre quelqu'un des braves soldats de Fabrice, ce dont celui-ci ne pourrait se plaindre raisonnablement, puisqu'il jure n'avoir point assisté au combat. J'irai plus loin, et, quoique vous ne me le demandiez pas, je prendrai la liberté de vous donner un avis militaire : vous êtes aimé dans Albano, autrement vous n'y seriez pas en sûreté. Songez que vous vous promenez par la ville depuis plusieurs heures, que l'un des partisans des Orsini peut se croire bravé, ou tout au moins songer à la facilité de gagner une belle récompense. Le vieux Campireali a répété mille fois qu'il donnera sa plus belle terre à qui vous aura tué. Vous auriez dû faire descendre dans Albano quelques-uns des soldats que vous avez dans votre maison.

— Je n'ai point de soldats dans ma maison.

— En ce cas, vous êtes fou, capitaine. Cette auberge a un jardin, nous allons sortir par le jardin, et nous échapper à travers les vignes. Je vous accompagnerai ; je suis vieux et sans armes ; mais, si nous rencontrons des malintentionnés, je leur parlerai, et je pourrai du moins vous faire gagner du temps.

Jules eut l'âme navrée. Oserons-nous dire quelle était sa folie ? Dès qu'il avait appris que le palais Campireali était fermé et tous ses habitants partis pour Rome, il avait formé le projet d'aller revoir ce jardin où si souvent il avait eu des entrevues avec Hélène. Il espérait même revoir sa chambre, où il avait été reçu quand sa mère était absente. Il avait besoin de se rassurer contre sa colère, par la vue des lieux où il l'avait vue si tendre pour lui.

Branciforte et le généreux vieillard ne firent aucune mauvaise rencontre en suivant les petits sentiers qui traversent les vignes et montent vers le lac.

Jules se fit raconter de nouveau les détails des obsèques du jeune Fabio. Le corps de ce brave jeune homme, escorté par beaucoup de prêtres, avait été conduit à Rome, et enseveli dans la chapelle de sa famille, au couvent de Saint-Onuphre, au sommet du Janicule. On avait remarqué, comme une circonstance fort singulière, que, la veille de la cérémonie, Hélène avait été reconduite par son père au couvent de la Visitation, à Castro ; ce qui avait confirmé le bruit public qui voulait qu'elle fût mariée secrètement avec le soldat d'aventure qui avait eu le malheur de tuer son frère.

Quand il fut près de sa maison, Jules trouva le caporal de sa compagnie et quatre de ses soldats ; ils lui dirent que jamais leur ancien capitaine ne sortait de la forêt sans avoir auprès de lui quelques-uns de ses hommes. Le prince avait dit plusieurs fois, que lorsqu'on voulait se faire tuer par imprudence, il fallait auparavant donner sa démission, afin de ne pas lui jeter sur les bras une mort à venger.

Jules Branciforte comprit la justesse de ces idées, auxquelles jusqu'ici il avait été parfaitement étranger. Il avait cru, ainsi que les peuples enfants, que la guerre ne consiste qu'à se battre avec courage. Il obéit sur-le-champ aux intentions du prince ; il ne se donna que le temps d'embrasser le sage vieillard qui avait eu la générosité de l'accompagner jusqu'à sa maison.

Mais, peu de jours après, Jules, à demi fou de mélancolie, revint voir le palais Campireali. A la nuit tombante, lui et trois de ses soldats, déguisés en marchands napolitains, pénétrèrent dans Albano. Il se présenta seul dans la maison de Scotti ; il apprit qu'Hélène était toujours reléguée au couvent de Castro. Son père, qui la croyait mariée à celui qu'il appelait l'assassin de son fils, avait juré de ne jamais la revoir. Il ne l'avait pas vue même en la ramenant au couvent. La tendresse de sa mère semblait, au contraire, redoubler, et souvent elle quittait Rome pour aller passer un jour ou deux avec sa fille.

IV

« Si je ne me justifie pas auprès d'Hélène, se dit Jules en regagnant, pendant la nuit, le quartier que sa compagnie occupait dans la forêt, elle finira par me croire un assassin. Dieu sait les histoires qu'on lui aura faites sur ce fatal combat ! »

Il alla prendre les ordres du prince dans son château fort de la Petrella, et lui demanda la permission d'aller à Castro. Fabrice Colonna fronça les sourcils :

— L'affaire du petit combat n'est point encore arrangée avec Sa Sainteté. Vous devez savoir que j'ai déclaré la vérité, c'est-à-dire que j'étais resté parfaitement étranger à cette rencontre, dont je n'avais même su la nouvelle que le lendemain, ici, dans mon château de la **Petrella**. J'ai tout lieu de croire que Sa Sainteté finira par ajouter foi à ce récit sincère. Mais les Orsini sont puissants, mais tout le monde dit que vous vous êtes distingué dans cette échauffourée. Les Orsini vont jusqu'à prétendre que plusieurs prisonniers ont été pendus aux branches des arbres. Vous savez combien ce récit est faux ; mais on peut prévoir des représailles.

Le profond étonnement qui éclatait dans les regards naïfs du jeune capitaine amusait le prince ; toutefois il jugea, à la vue de tant d'innocence, qu'il était utile de parler plus clairement.

— Je vois en vous, continua-t-il, cette bravoure complète qui a fait connaître dans toute l'Italie le nom de Branciforte. J'espère que vous aurez pour ma maison cette fidélité qui me rendait votre père si cher, et que j'ai voulu récompenser en vous. Voici le mot d'ordre de ma compagnie : Ne dire jamais la vérité sur rien de ce qui a rapport à moi ou à mes soldats. Si, dans le moment où vous êtes obligé de parler, vous ne voyez l'utilité d'aucun mensonge, dites faux à tout hasard, et gardez-vous comme de péché mortel de dire la moindre vérité. Vous comprenez que, réunie à d'autres renseignements, elle peut mettre sur la voie de mes projets. Je sais, du reste, que vous avez une amourette dans le couvent de la Visitation, à Castro ; vous pouvez aller perdre quinze jours dans cette petite ville, où les Orsini ne manquent pas d'avoir des amis et même des agents. Passez chez mon majordome, qui vous remettra deux cents sequins. L'amitié que j'avais pour votre père, ajouta le prince en riant, me donne l'envie de vous donner quelques directions sur la façon de mener à bien cette entreprise amoureuse et militaire. Vous et trois de vos soldats serez déguisés en marchands ; vous ne manquerez pas de vous fâcher contre un de vos compagnons, qui fera profession d'être toujours ivre, et qui se fera beaucoup d'amis en payant du vin à tous les désœuvrés de Castro. Du reste, ajouta le prince en changeant de ton, si vous êtes pris par les Orsini et mis à mort, n'avouez jamais votre nom véritable, et encore moins que vous m'appartenez. Je n'ai pas besoin de vous recommander de faire le tour de toutes les petites villes, et d'y entrer toujours par la porte opposée au côté d'où vous venez.

Jules fut attendri par ces conseils paternels, venant d'un homme ordinairement si grave. D'abord le prince sourit des larmes qu'il voyait rouler dans les yeux du jeune homme; puis sa voix à lui-même s'altéra. Il tira une des nombreuses bagues qu'il portait aux doigts; en la recevant, Jules baisa cette main célèbre par tant de hauts faits.

— Jamais mon père ne m'en eût tant dit! s'écria le jeune homme enthousiasmé.

Le surlendemain, un peu avant le point du jour, il entrait dans les murs de la petite ville de Castro; cinq soldats le suivaient, déguisés ainsi que lui : deux firent bande à part, et semblaient ne connaître ni lui ni les trois autres. Avant même d'entrer dans la ville, Jules aperçut le couvent de la Visitation, vaste bâtiment entouré de noires murailles, et assez semblable à une forteresse. Il courut à l'église; elle était splendide. Les religieuses, toutes nobles et la plupart appartenant à des familles riches, luttaient d'amour-propre, entre elles, à qui enrichirait cette église, seule partie du couvent qui fût exposée aux regards du public. Il était passé en usage que celle de ces dames que le pape nommait abbesse, sur une liste de trois noms présentée par le cardinal protecteur de l'ordre de la Visitation, fît une offrande considérable, destinée à éterniser son nom. Celle dont l'offrande était inférieure au cadeau de l'abbesse qui l'avait précédée était méprisée, ainsi que sa famille.

Jules s'avança en tremblant dans cet édifice magnifique, resplendissant de marbres et de dorures. A la vérité, il ne songeait guère aux marbres et aux dorures; il lui semblait être sous les yeux d'Hélène. Le grand autel, lui dit-on, avait coûté plus de huit cent mille francs; mais ses regards, dédaignant les richesses du grand autel, se dirigeaient sur une grille dorée, haute de près de quarante pieds, et divisée en trois parties par deux pilastres en marbre. Cette grille, à laquelle sa masse énorme donnait quelque chose de terrible, s'élevait derrière le grand autel, et séparait le chœur des religieuses de l'église ouverte à tous les fidèles.

Jules se disait que derrière cette grille dorée se trouvaient, durant les offices, les religieuses et les pensionnaires. Dans cette église intérieure pouvait se rendre à toute heure du jour une religieuse ou une pensionnaire qui avait besoin de prier ; c'est sur cette circonstance connue de tout le monde qu'étaient fondées les espérances du pauvre amant.

Il est vrai qu'un immense voile noir garnissait le côté intérieur de la grille ; mais ce voile, pensa Jules, ne doit guère intercepter la vue des pensionnaires regardant dans l'église du public, puisque moi, qui ne puis en approcher qu'à une certaine distance, j'aperçois fort bien, à travers le voile, les fenêtres qui éclairent le chœur, et que je puis distinguer jusqu'aux moindres détails de leur architecture. Chaque barreau de cette grille magnifiquement dorée portait une forte pointe dirigée contre les assistants.

Jules choisit une place très apparente vis-à-vis la partie gauche de la grille, dans le lieu le plus éclairé ; là il passait sa vie à entendre des messes. Comme il ne se voyait entouré que de paysans, il espérait être remarqué, même à travers le voile noir qui garnissait l'intérieur de la grille. Pour la première fois de sa vie, ce jeune homme simple cherchait l'effet ; sa mise était recherchée ; il faisait de nombreuses aumônes en entrant dans l'église et en sortant. Ses gens et lui entouraient de prévenances tous les ouvriers et petits fournisseurs qui avaient quelques relations avec le couvent. Ce ne fut toutefois que le troisième jour qu'enfin il eut l'espoir de faire parvenir une lettre à Hélène. Par ses ordres, l'on suivait exactement les deux sœurs converses chargées d'acheter une partie des approvisionnements du couvent ; l'une d'elles avait des relations avec un petit marchand. Un des soldats de Jules, qui avait été moine, gagna l'amitié du marchand, et lui promit un sequin pour chaque lettre qui serait remise à la pensionnaire Hélène de Campireali.

— Quoi ! dit le marchand à la première ouverture qu'on lui fit sur cette affaire, une lettre à la *femme du brigand !*

Ce nom était déjà établi dans Castro, et il n'y avait pas quinze jours qu'Hélène y était arrivée : tant ce qui donne prise à l'imagination court rapidement chez ce peuple passionné pour tous les détails exacts !

Le petit marchand ajouta :

— Au moins, celle-ci est mariée ! Mais combien de nos dames n'ont pas cette excuse, et reçoivent du dehors bien autre chose que des lettres !

Dans cette première lettre, Jules racontait avec des détails infinis tout ce qui s'était passé dans la journée fatale marquée par la mort de Fabio : « Me haïssez-vous ? » disait-il en terminant.

Hélène répondit par une ligne que, sans haïr personne, elle allait employer tout le reste de sa vie à tâcher d'oublier celui par qui son frère avait péri.

Jules se hâta de répondre ; après quelques invectives contre la destinée, genre d'esprit imité de Platon et alors à la mode :

« Tu veux donc, continuait-il, mettre en oubli la parole de Dieu à nous transmise dans les saintes Ecritures ? Dieu dit : La femme quittera sa famille et ses parents pour suivre son époux. Oserais-tu prétendre que tu n'es pas ma femme ? Rappelle-toi la nuit de la Saint-Pierre. Comme l'aube paraissait déjà derrière le Monte Cavi, tu te jetas à mes genoux ; je voulus bien t'accorder grâce ; tu étais à moi si je l'eusse voulu ; tu ne pouvais résister à l'amour qu'alors tu avais pour moi. Tout à coup il me sembla que, comme je t'avais dit plusieurs fois que je t'avais fait depuis longtemps le sacrifice de ma vie et de tout ce que je pouvais avoir de plus cher au monde, tu pouvais me répondre, quoique tu ne le fisses jamais, que tous ces sacrifices, ne se marquant par aucun acte extérieur, pouvaient bien n'être qu'imaginaires. Une idée, cruelle pour moi, mais juste au fond, m'illumina. Je pensai que ce n'était pas pour rien que le hasard me présentait l'occasion de sacrifier à ton intérêt la plus grande félicité que j'eusse jamais pu rêver. Tu étais déjà dans mes bras et sans défense, souviens-t'en ; ta bouche même n'osait refuser. A ce moment l'*Ave Maria* du matin sonna au couvent du Monte Cavi, et, par un hasard miraculeux, ce son parvint jusqu'à nous. Tu me dis : *Fais ce sacrifice à la sainte Madone, cette mère de toute pureté.* J'avais déjà, depuis un instant, l'idée de ce sacrifice suprême, le seul réel que j'eusse jamais eu l'occasion de te faire. Je trouvai singulier que la même idée te fût apparue. Le son lointain de cet *Ave Maria* me toucha, je l'avoue ; je t'accordai ta demande. Le sacrifice ne fut pas en entier pour toi ; je crus mettre notre union future sous la protection de la Madone. Alors je pensais que les obstacles viendraient non de toi, perfide, mais de ta riche et noble famille. S'il n'y avait pas eu quelque intervention surnaturelle, comment cet *Angélus* fût-il parvenu de si loin jusqu'à nous, par-dessus les sommets des arbres d'une moitié de la forêt, agités en ce moment par la brise du matin ? Alors, tu t'en souviens, tu te mis à mes genoux ; je me levai, je sortis de mon sein la croix que j'y porte, et tu juras sur cette croix, qui est là devant moi, et sur ta damnation éternelle, qu'en quelque lieu que tu pusses jamais te trouver, que quelque événement qui fût jamais arriver, aussitôt que je t'en donnerais l'ordre, tu te remettrais à ma disposition entière, comme tu y étais à l'instant où l'*Ave Maria* du Monte Cavi vint de si loin frapper ton oreille. Ensuite nous dîmes dévotement deux *Ave* et deux *Pater*. Eh bien ! par l'amour qu'alors tu avais pour moi, et, si tu l'as oublié, comme je le crains, par ta damnation éternelle, je t'ordonne de me recevoir cette nuit, dans ta chambre ou dans le jardin de ce couvent de la Visitation. »

L'auteur italien rapporte curieusement beaucoup de longues lettres écrites par Jules Branciforte après celle-ci ; mais il donne seulement des extraits des réponses d'Hélène de Campireali. Après deux cent soixante-dix-huit ans écoulés, nous sommes si loin des sentiments d'amour et de religion qui remplissent ces lettres, que j'ai craint qu'elles ne fissent longueur.

Il paraît par ces lettres qu'Hélène obéit enfin à l'ordre contenu dans celle que nous venons de traduire en l'abrégeant. Jules trouva le moyen de s'introduire dans le couvent ; on pourrait conclure d'un mot qu'il se déguisa en femme. Hélène le reçut, mais seulement à la grille d'une fenêtre du rez-de-chaussée donnant sur le jardin. A son inexprimable douleur, Jules trouva que cette jeune fille, si tendre et même si passionnée autrefois, était devenue comme une étrangère pour lui ; elle le traita presque *avec politesse*. En l'admettant dans le jardin, elle avait cédé presque uniquement à la religion du serment. L'entrevue fut courte : après quelques instants, la fierté de Jules, peut-être un peu excitée par les événements qui avaient eu lieu depuis quinze jours, parvint à l'emporter sur sa douleur profonde.

— Je ne vois plus devant moi, dit-il à part soi, que le tombeau de cette Hélène qui, dans Albano, semblait s'être donnée à moi pour la vie.

Aussitôt, la grande affaire de Jules fut de cacher les larmes dont les tournures polies qu'Hélène prenait pour lui adresser la parole inondaient son visage. Quand elle eut fini de parler et de justifier un changement si naturel, disait-elle, après la mort d'un frère, Jules lui dit en parlant fort lentement :

— Vous n'accomplissez pas votre serment, vous ne me recevez pas dans un jardin, vous n'êtes point à genoux devant moi, comme vous l'étiez une demi-minute après que nous eûmes entendu l'*Ave Maria* du Monte Cavi. Oubliez votre serment si vous pouvez, quant à moi, je n'oublie rien ; Dieu vous assiste !

En disant ces mots, il quitta la fenêtre grillée auprès de laquelle il eût pu rester encore près d'une heure. Qui lui eût dit un instant auparavant qu'il abrégerait volontairement cette entrevue tant désirée ! Ce sacrifice déchirait son âme ; mais il pensa qu'il pourrait bien mériter le mépris même d'Hélène s'il répondait à ses *politesses* autrement qu'en la livrant à ses remords.

Avant l'aube, il sortit du couvent. Aussitôt il monta à cheval en donnant l'ordre à ses soldats de l'attendre à Castro une semaine entière, puis de rentrer à la forêt ; il était ivre de désespoir. D'abord il marcha vers Rome.

— Quoi ! je m'éloigne d'elle ! se disait-il à chaque pas ; quoi, nous sommes devenus étrangers l'un à l'autre ! O Fabio ! combien tu es vengé !

La vue des hommes qu'il rencontrait sur la route augmentait sa colère ; il poussa son cheval à travers champs, et dirigea sa course vers la plage déserte et inculte qui règne le long de la mer. Quand il ne fut plus troublé par la rencontre de ces paysans tranquilles dont il enviait le sort, il respira : la vue de ce lieu sauvage était d'accord avec son désespoir et diminuait sa colère ; alors il put se livrer à la contemplation de sa triste destinée.

— A mon âge, se dit-il, j'ai une ressource : aimer une autre femme !

A cette triste pensée, il sentit redoubler son désespoir ; il vit trop bien qu'il n'y avait pour lui qu'une femme au monde. Il se figurait le supplice qu'il souffrirait en osant prononcer le mot d'amour devant une autre qu'Hélène : cette idée le déchirait.

Il fut pris d'un accès de rire amer.

— Me voici exactement, pensa-t-il, comme ces héros de l'Arioste qui voyagent seuls parmi des pays déserts, lorsqu'ils ont à oublier qu'ils viennent de trouver leur perfide maîtresse dans les bras d'un autre chevalier... Elle n'est pourtant pas si coupable, se dit-il en fondant en larmes après cet accès de rire fou ; son infidélité ne va pas jusqu'à en aimer un autre. Cette âme vive et pure s'est laissé égarer par les récits atroces qu'on lui a faits de moi ; sans doute on m'a représenté à ses yeux comme ne prenant les armes pour cette fatale expédition que dans l'espoir secret de trouver l'occasion de tuer son frère. On sera allé plus loin : on m'aura prêté ce calcul sordide, qu'une fois son frère mort elle devenait seule héritière de biens immenses... Et moi, j'ai eu la sottise de la laisser pendant quinze jours entiers en proie aux séductions de mes ennemis ! Il faut convenir que si je suis bien malheureux, le ciel m'a fait aussi bien dépourvu de sens pour diriger ma vie ! Je suis un être bien misérable, bien méprisable ! ma vie n'a servi à personne, et moins à moi qu'à tout autre.

A ce moment, le jeune Branciforte eut une inspiration bien rare en ce siècle-là : son cheval marchait sur l'extrême bord du rivage, et quelquefois avait les pieds mouillés par l'onde ; il eut l'idée de le pousser dans la mer et de terminer ainsi le sort affreux auquel il était en proie. Que ferait-il désormais, après que le seul être au monde qui lui eût jamais fait sentir l'existence du bonheur venait de l'abandonner ? Puis tout à coup une idée l'arrêta.

— Que sont les peines que j'endure, se dit-il, comparées à celle que je souffrirai dans un moment, une fois cette misérable vie terminée ? Hélène ne sera plus pour moi simplement indifférente comme elle l'est en réalité ; je la verrai dans les bras d'un rival, et ce rival sera quelque jeune seigneur romain, riche et *considéré ;* car, pour déchirer mon âme, les démons chercheront les images les plus cruelles, comme c'est leur devoir. Ainsi je ne pourrai trouver l'oubli d'Hélène, même dans ma mort ; bien plus, ma passion pour elle redoublera, parce que c'est le plus sûr moyen que pourra trouver la puissance éternelle pour me punir de l'affreux péché que j'aurai commis.

Pour achever de chasser la tentation Jules se mit à réciter dévotement des *Ave Maria.* C'était en entendant sonner l'*Ave Maria* du matin, prière consacrée à la Madone, qu'il avait été séduit autrefois, et entraîné à une action généreuse qu'il regardait maintenant comme la plus grande faute de sa vie. Mais, par respect, il n'osait aller plus loin et exprimer toute l'idée qui s'était emparée de son esprit.

— Si, par l'inspiration de la Madone, je suis tombé dans une fatale erreur, ne doit-elle pas, par un effet de sa justice infinie, faire naître quelque circonstance qui me rende le bonheur ?

Cette idée de la justice de la Madone chassa peu à peu le désespoir. Il leva la tête et vit en face de lui, derrière Albano et la forêt, ce Monte Cavi couvert de sa sombre verdure, et le saint couvent dont l'*Ave Maria* du matin l'avait conduit à ce qu'il appelait maintenant son infâme duperie. L'aspect imprévu de ce saint lieu le consola.

— Non, s'écria-t-il, il est impossible que la Madone m'abandonne ! Si Hélène avait été ma femme, comme son amour le permettait, et comme le voulait ma dignité d'homme, le récit de la mort de son frère aurait trouvé dans son âme le souvenir du lien qui l'attachait à moi. Elle se fût dit qu'elle m'appartenait longtemps avant le hasard fatal qui, sur un champ de bataille, m'a placé vis-à-vis de Fabio. Il avait deux ans de plus que moi ; il était plus expert dans les armes, plus hardi de toutes façons, plus fort. Mille raisons fussent venues prouver à ma femme que ce n'était point moi qui avais cherché ce combat. Elle se fût rappelé que je n'avais jamais éprouvé le moindre sentiment de haine contre son frère, même lorsqu'il tira sur elle un coup d'arquebuse. Je me souviens qu'à notre premier rendez-vous, après mon retour de Rome, je lui disais : Que veux-tu ! l'honneur le voulait ; je ne puis blâmer un frère !

Rendu à l'espérance par sa dévotion à la Madone, Jules poussa son cheval, et en quelques heures arriva au cantonnement de sa compagnie. Il la trouva prenant les armes : on se portait sur la route de Naples à Rome par le mont Cassin. Le jeune capitaine changea de cheval, et marcha avec ses soldats. On ne se battit point ce jour-là. Jules ne demanda point pourquoi l'on avait marché, peu lui importait. Au moment où il se vit à la tête de ses soldats, une nouvelle vue de sa destinée lui apparut.

— Je suis tout simplement un sot, se dit-il, j'ai eu tort de quitter Castro ; Hélène est probablement moins coupable que ma colère ne se l'est figuré. Non, elle ne peut avoir cessé de m'appartenir, cette âme si naïve et si pure, dont j'ai vu naître les premières sensations d'amour ! Elle était pénétrée pour moi d'une passion si sincère ! Ne m'a-t-elle pas offert plus de dix fois de s'enfuir avec moi, si pauvre, et d'aller nous faire marier par un moine du Monte Cavi ? A Castro, j'aurais dû, avant tout, obtenir un second rendez-vous, et lui parler raison. Vraiment la passion me donne des distractions d'enfant ! Dieu ! que n'ai-je un ami pour implorer un conseil ! La même démarche à faire me paraît exécrable et excellente à deux minutes de distance !

Le soir de cette journée, comme l'on quittait la grande route pour rentrer dans la forêt, Jules s'approcha du prince, et lui demanda s'il pouvait rester encore quelques jours où il savait.

— Va-t'en à tous les diables ! lui cria Fabrice, crois-tu que ce soit le moment de m'occuper d'enfantillages ?

Une heure après, Jules repartit pour Castro. Il y retrouva ses gens ; mais il ne savait comment écrire à Hélène, après la façon hautaine dont il l'avait quittée. Sa première lettre ne contenait que ces mots : « Voudra-t-on me recevoir la nuit prochaine ? »

On peut venir, fut aussi toute la réponse.

Après le départ de Jules, Hélène s'était crue à jamais abandonnée. Alors elle avait senti toute la portée du raisonnement de ce pauvre jeune homme si malheureux : elle était sa femme avant qu'il n'eût eu le malheur de rencontrer son frère sur un champ de bataille.

Cette fois, Jules ne fut point accueilli avec ses tournures polies qui lui avaient semblé si cruelles lors de la première entrevue. Hélène ne parut à la vérité que retranchée derrière sa fenêtre grillée ; mais elle était tremblante, et.

comme le ton de Jules était fort réservé et que ses tournures de phrase [1] étaient presque celles qu'il eût employées avec une étrangère, ce fut le tour d'Hélène de sentir tout ce qu'il y a de cruel dans le ton presque officiel lorsqu'il succède à la plus douce intimité. Jules, qui redoutait surtout d'avoir l'âme déchirée par quelque mot froid s'élançant du cœur d'Hélène, avait pris le ton d'un avocat pour prouver qu'Hélène était sa femme bien avant le fatal combat des Ciampi. Hélène le laissait parler, parce qu'elle craignait d'être gagnée par les larmes, si elle lui répondait autrement que par des mots brefs. A la fin, se voyant sur le point de se trahir, elle engagea son ami à revenir le lendemain. Cette nuit-là, veille d'une grande fête, les matines se chantaient de bonne heure, et leur intelligence pouvait être découverte. Jules, qui raisonnait comme un amoureux, sortit du jardin profondément pensif ; il ne pouvait fixer ses incertitudes sur le point de savoir s'il avait été bien ou mal reçu ; et, comme les idées militaires, inspirées par les conversations avec ses camarades, commençaient à germer dans sa tête :

— Un jour, se dit-il, il faudra peut-être en venir à enlever Hélène.

Et il se mit à examiner les moyens de pénétrer de vive force dans ce jardin. Comme le couvent était fort riche et fort bon à rançonner, il avait à sa solde un grand nombre de domestiques la plupart anciens soldats ; on les avait logés dans une sorte de caserne dont les fenêtres grillées donnaient sur le passage étroit qui, de la porte extérieure du couvent, percée au milieu d'un mur noir de plus de quatre-vingts pieds de haut, conduisait à la porte intérieure gardée par la sœur tourière. A gauche de ce passage étroit s'élevait la caserne, à droite le mur du jardin haut de trente pieds. La façade du couvent, sur la place, était un mur grossier noirci par le temps, et n'offrait d'ouvertures

---

[1] En Italie, la façon d'adresser la parole par *tu*, par *voi* ou par *lei*, marque le degré d'intimité. Le *tu*, reste du latin a moins de portée que parmi nous.

que la porte extérieure et une seule petite fenêtre par laquelle les soldats voyaient les dehors. On peut juger de l'air sombre qu'avait ce grand mur noir percé uniquement d'une porte renforcée par de larges bandes de tôle attachées par d'énormes clous, et d'une seule petite fenêtre de quatre pieds de hauteur sur dix-huit pouces de large.

Nous ne suivrons point l'auteur original dans le long récit des entrevues successives que Jules obtint d'Hélène. Le ton que les deux amants avaient ensemble était redevenu parfaitement intime, comme autrefois dans le jardin d'Albano ; seulement Hélène n'avait jamais voulu consentir à descendre dans le jardin. Une nuit, Jules la trouva profondément pensive : sa mère était arrivée de Rome pour la voir, et venait s'établir pour quelques jours dans le couvent. Cette mère était si tendre, elle avait toujours eu des ménagements si délicats pour les affections qu'elle supposait à sa fille, que celle-ci sentait un remords profond d'être obligée de la tromper ; car, enfin, oserait-elle jamais lui dire qu'elle recevait l'homme qui l'avait privée de son fils ? Hélène finit par avouer franchement à Jules que, si cette mère si bonne pour elle l'interrogeait d'une certaine façon, jamais elle n'aurait la force de lui répondre par des mensonges. Jules sentit tout le danger de sa position : son sort dépendait du hasard qui pouvait dicter un mot à la signora de Campireali. La nuit suivante, il parla ainsi d'un air résolu :

— Demain je viendrai de meilleure heure ; je détacherai une des barres de cette grille, vous descendrez dans le jardin, je vous conduirai dans une église de la ville, où un prêtre à moi dévoué nous mariera. Avant qu'il ne soit jour, vous serez de nouveau dans ce jardin. Une fois ma femme, je n'aurai plus de crainte, et, si votre mère l'exige comme une expiation de l'affreux malheur que nous déplorons tous également, je consentirai à tout, fût-ce même à passer plusieurs mois sans vous voir.

Comme Hélène paraissait consternée de cette proposition, Jules ajouta :

— Le prince me rappelle auprès de lui ; l'honneur et toutes sortes de raisons m'obligent à partir. Ma proposition est la seule qui puisse assurer notre avenir ; si vous n'y consentez pas, séparons-nous pour toujours, ici, dans ce moment. Je partirai avec le remords de mon imprudence. *J'ai cru à votre parole d'honneur,* vous êtes infidèle au serment le plus sacré, et j'espère qu'à la longue le juste mépris inspiré par votre légèreté pourra me guérir de cet amour qui depuis trop longtemps fait le malheur de ma vie.

Hélène fondit en larmes :

— Grand Dieu ! s'écriait-elle en pleurant, quelle horreur pour ma mère !

Elle consentit enfin à la proposition qui lui était faite.

— Mais, ajouta-t-elle, on peut nous découvrir à l'aller ou au retour ; songez au scandale qui aurait lieu, pensez à l'affreuse position où se trouverait ma mère ; attendons son départ, qui aura lieu dans quelques jours.

— Vous êtes parvenue à me faire douter de la chose qui était pour moi la plus sainte et la plus sacrée : ma confiance dans votre parole. Demain soir nous serons mariés, ou bien nous nous voyons en ce moment pour la dernière fois, de ce côté-ci du tombeau.

La pauvre Hélène ne put répondre que par des larmes ; elle était surtout déchirée par le ton décidé et cruel que prenait Jules. Avait-elle donc réellement mérité son mépris ? C'était donc là cet amant autrefois si docile et si tendre ! Enfin elle consentit à ce qui lui était ordonné. Jules s'éloigna. De ce moment, Hélène attendit la nuit suivante dans les alternatives de l'anxiété la plus déchirante. Si elle se fût préparée à une mort certaine, sa douleur eût été moins poignante ; elle eût pu trouver quelque courage dans l'idée de l'amour de Jules et de la tendre affection de sa mère. Le reste de cette nuit se passa dans les changements de résolution les plus cruels. Il y avait des moments où elle voulait tout dire à sa mère. Le lendemain, elle était tellement pâle, lorsqu'elle parut devant elle, que celle-ci, oubliant toutes ses sages résolutions, se jeta dans les bras de sa fille en s'écriant :

— Que se passe-t-il ? grand Dieu ! dis-moi ce que tu as fait, ou ce que tu es sur le point de faire ? Si tu prenais un poignard et me l'enfonçais dans le cœur, tu me ferais moins souffrir que par ce silence cruel que je te vois garder avec moi.

L'extrême tendresse de sa mère était si évidente aux yeux d'Hélène, elle voyait si clairement qu'au lieu d'exagérer ses sentiments, elle cherchait à en modérer l'expression, qu'enfin l'attendrissement la gagna ; elle tomba à ses genoux. Comme sa mère, cherchant quel pouvait être le secret fatal, venait de s'écrier qu'Hélène fuirait sa présence, Hélène répondit que, le lendemain et tous les jours suivants, elle passerait sa vie auprès d'elle, mais qu'elle la conjurait de ne pas lui en demander davantage.

Ce mot indiscret fut bientôt suivi d'un aveu complet. La signora de Campireali eut horreur de savoir si près d'elle le meurtrier de son fils. Mais cette douleur fut suivie d'un élan de joie bien vive et bien pure. Qui pourrait se figurer son ravissement lorsqu'elle apprit que sa fille n'avait jamais manqué à ses devoirs ?

Aussitôt tous les desseins de cette mère prudente changèrent du tout au tout ; elle se crut permis d'avoir recours à la ruse envers un homme qui n'était rien pour elle. Le cœur d'Hélène était déchiré par les mouvements de passion les plus cruels : la sincérité de ses aveux fut aussi grande que possible ; cette âme bourrelée avait besoin d'épanchement. La signora de Campireali, qui, depuis un instant, se croyait tout permis, inventa une suite de raisonnements trop longs à rapporter ici. Elle prouva sans peine à sa malheureuse fille qu'au lieu d'un mariage clandestin, qui fait toujours tache dans la vie d'une femme, elle obtiendrait un mariage public et parfaitement honorable, si elle voulait différer seulement de huit jours l'acte d'obéissance qu'elle devait à un amant si généreux.

Elle, la signora de Campireali, allait partir pour Rome ; elle exposerait à son mari que, bien longtemps avant le fatal combat de Ciampi, Hélène avait été mariée à Jules. La cérémonie avait été accomplie la nuit même où, déguisée sous un habit religieux, elle avait rencontré son père et son frère sur les bords du lac, dans le chemin taillé dans le roc qui suit les murs du couvent des Capucins. La mère se garda bien de quitter sa fille de toute cette journée, et enfin, sur le soir, Hélène écrivit à son amant une lettre naïve et, selon nous, bien touchante, dans laquelle elle lui racontait les combats qui avaient déchiré son cœur. Elle finissait par lui demander à genoux un délai de huit jours :

« En t'écrivant, ajoutait-elle, cette lettre qu'un messager de ma mère attend, il me semble que j'ai eu le plus grand tort de lui tout dire. Je crois te voir irrité, tes yeux me regardent avec haine ; mon cœur est déchiré des remords les plus cruels. Tu diras que j'ai un caractère bien faible, bien pusillanime, bien méprisable ; je te l'avoue, mon cher ange. Mais figure-toi ce spectacle : ma mère, fondant en larmes, était presque à mes genoux. Alors il a été impossible pour moi de ne pas lui dire qu'une certaine raison m'empêchait de consentir à sa demande ; et, une fois que je suis tombée dans la faiblesse de prononcer cette parole imprudente, je ne sais ce qui s'est passé en moi, mais il m'est devenu comme impossible de ne pas raconter tout ce qui s'était passé entre nous. Autant que je puis me le rappeler, il me semble que mon âme, dénuée de toute force, avait besoin d'un conseil. J'espérais le rencontrer dans les paroles d'une mère... J'ai trop oublié, mon ami, que cette mère si chérie avait un intérêt contraire au tien. J'ai oublié mon premier devoir, qui est de t'obéir, et apparemment que je ne suis pas capable de sentir l'amour véritable, que l'on dit supérieur à toutes les épreuves. Méprise-moi, mon Jules ; mais, au nom de Dieu, ne cesse pas de m'aimer. Enlève-moi si tu veux, mais rends-moi cette justice que, si ma mère ne se fût pas trouvée présente au couvent, les dangers les plus horribles, la honte même, rien au monde n'aurait pu m'empêcher d'obéir à tes ordres. Mais cette mère est si bonne ! elle a tant de génie ! elle est si généreuse ! Rappelle-toi ce que je t'ai raconté dans le temps ; lors de la visite que mon père fit dans ma chambre, elle sauva tes lettres que je n'avais plus aucun moyen de cacher : puis, le péril passé, elle me les rendit sans vouloir les lire et sans ajouter un seul mot de reproche ! Eh bien, toute ma vie elle a été pour moi comme elle fut en ce moment suprême. Tu vois si je devrais l'aimer, et pourtant, en t'écrivant (chose horrible à dire), il me semble que je la hais. Elle a déclaré qu'à cause de la chaleur elle voulait passer la nuit sous une tente dans le jardin ; j'entends les coups de marteau, on dresse cette tente en ce moment ; impossible de nous voir cette nuit. Je crains même que le dortoir des pensionnaires ne soit fermé à clef, ainsi que les deux portes de l'escalier tournant, chose que l'on ne fait jamais. Ces précautions me mettraient dans l'impossibilité de descendre au jardin, quand même je croirais une telle démarche utile pour conjurer ta colère. Ah ! comme je me livrerais à toi dans ce moment, si j'en avais les moyens ! comme je courrais à cette église où l'on doit nous marier ! »

Cette lettre finit par deux pages de phrases folles, et dans lesquelles j'ai remarqué des raisonnements passionnés qui semblent imités de la philosophie de Platon. J'ai supprimé plusieurs élégances de ce genre dans la lettre que je viens de traduire.

Jules Branciforte fut bien étonné en la recevant une heure environ avant l'*Ave Maria* du soir ; il venait justement de terminer les arrangements avec le prêtre. Il fut transporté de colère.

— Elle n'a pas besoin de me conseiller de l'enlever, cette créature faible et pusillanime !

Et il partit aussitôt pour la forêt de la Faggiola.

Voici quelle était, de son côté, la position de la signora de Campireali : son mari était sur son lit de mort, l'impossibilité de se venger de Branciforte le conduisait lentement au tombeau. En vain il avait fait offrir des sommes considérables à des *bravi* romains ; aucun n'avait voulu s'attaquer à un des *caporaux,* comme ils disaient, du prince Colonna ; ils étaient trop assurés d'être exterminés, eux et leurs familles. Il n'y avait pas un an qu'un village entier avait été brûlé pour punir la mort d'un des soldats de Colonna, et tous ceux des habitants, hommes et femmes, qui cherchaient à fuir dans la campagne, avaient eu les mains et les pieds liés par des cordes, puis on les avait lancés dans des maisons en flammes.

La signora de Campireali avait de grandes terres dans le royaume de Naples ; son mari lui avait ordonné d'en faire venir des assassins, mais elle n'avait obéi qu'en apparence : elle croyait sa fille irrévocablement liée à Jules Branciforte. Elle pensait, dans cette supposition, que Jules devait aller faire une campagne ou deux dans les armées espagnoles, qui alors faisaient la guerre aux révoltés de Flandre. S'il n'était pas tué, se serait, pensait-elle, une marque que Dieu ne désapprouvait pas un mariage nécessaire ; dans ce cas, elle donnerait à sa fille les terres qu'elle possédait dans le royaume de Naples ; Jules Branciforte prendrait le nom d'une de ces terres, et il irait avec sa femme passer quelques années en Espagne. Après toutes ces épreuves peut-être elle aurait le courage de le voir. Mais tout avait changé d'aspect par l'aveu de sa fille : le mariage n'était plus une nécessité ; bien loin de là, et, pendant qu'Hélène écrivait à son amant la lettre que nous avons traduite, la signora Campireali écrivait à Pescara et à Chieti, ordonnant à ses fermiers de lui envoyer à Castro des gens sûrs et capables d'un coup de main. Elle ne leur cachait point qu'il s'agissait de venger la mort de son fils Fabio, leur jeune maître. Le courrier porteur de ces lettres partit avant la fin du jour.

V

Mais, le surlendemain, Jules était de retour à Castro, il amenait huit de ses soldats, qui avaient bien voulu le suivre et s'exposer à la colère du prince, qui quelquefois avait puni de mort des entreprises du genre de celle dans laquelle ils s'engageaient. Jules avait cinq hommes à Castro, il arrivait avec huit ; et toutefois quatorze soldats, quelque braves qu'ils fussent, lui paraissaient insuffisants pour son entreprise, car le couvent était comme un château fort.

Il s'agissait de passer par force ou par adresse la première porte du couvent ; puis il fallait suivre un passage de plus de cinquante pas de longueur. A gauche, comme on l'a dit, s'élevaient les fenêtres grillées d'une sorte de caserne où les religieuses avaient placé trente ou quarante domestiques, anciens soldats. De ces fenêtres grillées partirait un feu bien nourri dès que l'alarme serait donnée.

L'abbesse régnante, femme de tête, avait peur des exploits des chefs Orsini, du prince Colonna, de Marco Sciarra et de tant d'autres qui régnaient en maîtres dans les environs. Comment résister à huit cents hommes déterminés, occupant à l'improviste une petite ville telle que Castro, et croyant le couvent rempli d'or ?

D'ordinaire, la Visitation de Castro avait quinze ou vingt *bravi* dans la caserne à gauche du passage qui conduisait à la seconde porte du couvent ; à droite de ce passage il y avait un grand mur impossible à percer ; au bout du passage on trouvait une porte en fer ouvrant sur un vestibule à colonnes ; après ce vestibule était la grande cour du couvent, à droite, le jardin. Cette porte en fer était gardée par la tourière.

Quand Jules, suivi de ses huit hommes, se trouva à trois lieues de Castro, il s'arrêta dans une auberge écartée pour laisser passer les heures de la grande chaleur. Là seulement il déclara son projet ; ensuite il dessina sur le sable de la cour le plan du couvent qu'il allait attaquer.

— A neuf heures du soir, dit-il à ses hommes, nous souperons hors la ville ; à minuit nous entrerons ; nous trouverons nos cinq camarades qui nous attendent près du couvent. L'un d'eux, qui sera à cheval, jouera le rôle d'un courrier qui arrive de Rome pour rappeler la signora de Campireali auprès de son mari, qui se meurt. Nous tâcherons de passer sans bruit la première porte du couvent que voilà au milieu de la caserne, dit-il en leur montrant le plan sur le sable. Si nous commencions la guerre à la première porte, les *bravi* des religieuses auraient trop de facilité à nous tirer des coups d'arquebuse pendant que nous serions sur la petite place que voici devant le couvent, ou pendant que nous parcourrions l'étroit passage qui conduit de la première porte à la seconde. Cette seconde porte est en fer, mais j'en ai la clef. Il est vrai qu'il y a d'énormes bras de fer ou valets, attachés au mur par un bout, et qui, lorsqu'ils sont mis à leur place, empêchent les deux vantaux de la porte de s'ouvrir. Mais, comme ces deux barres de fer sont trop pesantes pour que la sœur tourière puisse les manœuvrer, jamais je ne les ai vues en place ; et pourtant j'ai passé plus de dix fois cette porte de fer. Je compte bien passer encore ce soir sans encombre. Vous sentez que j'ai des intelligences dans le couvent ; mon but est d'enlever une pensionnaire et non une religieuse ; nous ne devons faire usage des armes qu'à la dernière extrémité. Si nous commencions la guerre avant d'arriver à cette seconde porte en barreaux de fer, la tourière ne manquerait pas d'appeler deux vieux jardiniers de soixante-dix ans, qui logent dans l'intérieur du couvent, et les vieillards mettraient à leur place ces bras de fer dont je vous ai parlé. Si ce malheur nous arrive, il faudra, pour passer au-delà de cette porte, démolir le mur, ce qui nous prendra dix minutes ; dans tous les cas, je m'avancerai vers cette porte le premier. Un des jardiniers est payé par moi ; mais je me suis bien gardé, comme vous le pensez, de lui parler de mon projet d'enlèvement. Cette seconde porte passée, on tourne à droite, et l'on arrive au jardin ; une fois dans ce jardin, la guerre commence, il faut faire main basse sur tout ce qui se présentera. Vous ne ferez usage, bien entendu, que de vos épées et de vos dagues, le moindre coup d'arquebuse mettrait en rumeur toute la ville, qui pourrait nous attaquer à la sortie. Ce n'est pas qu'avec treize hommes comme vous, je ne me fisse fort de traverser cette bicoque : personne, certes, n'oserait descendre dans la rue ; mais plusieurs des bourgeois ont des arquebuses, et ils tireraient des fenêtres. En ce cas, il faudrait longer les murs des maisons, ceci soit dit en passant. Une fois dans le jardin du couvent, vous direz à voix basse à tout homme qui se présentera : *Retirez-vous ;* vous tuerez à coups de dague tout ce qui n'obéira pas à l'instant. Je monterai dans le couvent par la petite porte du jardin avec ceux d'entre vous qui seront près de moi, trois minutes plus tard je descendrai avec une ou deux femmes que nous porterons sur nos bras, sans leur permettre de marcher. Aussitôt nous sortirons rapidement du couvent et de la ville. Je laisserai deux de vous près de la porte, ils tireront une vingtaine de coups d'arquebuse, de minute en minute, pour effrayer les bourgeois et les tenir à distance.

Jules répéta deux fois cette explication.

— Avez-vous bien compris ? dit-il à ses gens. Il fera nuit sous ce vestibule ; à droite le jardin, à gauche la cour ; il ne faudra pas se tromper.

— Comptez sur nous ! s'écrièrent les soldats.

Puis ils allèrent boire ; le caporal ne les suivit point, et demanda la permission de parler au capitaine.

— Rien de plus simple, lui dit-il, que le projet de Votre Seigneurie. J'ai déjà forcé deux couvents en ma vie, celui-ci sera le troisième ; mais nous sommes trop peu de monde. Si l'ennemi nous oblige à détruire le mur qui soutient les gonds de la seconde porte, il faut songer que les *bravi* de la caserne ne resteront pas oisifs durant cette longue opération ; ils vous tueront sept à huit hommes à coups d'arquebuse, et alors on peut nous enlever la femme au retour. C'est ce qui nous est arrivé dans un couvent près de Bologne : on nous tua cinq hommes, nous en tuâmes huit ; mais le capitaine n'eut pas la femme. Je propose à Votre Seigneurie deux choses : je connais quatre paysans des environs de cette auberge où nous sommes, qui ont servi bravement sous Sciarra, et qui pour un sequin se battront toute la nuit comme des lions. Peut-être ils voleront quelque argenterie du couvent ; peu vous importe, le péché est pour eux ; vous, vous les soldez pour avoir une femme, voilà tout. Ma seconde proposition est ceci : Ugone est un garçon instruit et fort adroit ; il était médecin quand il tua son beau-frère, et prit la *machia* (la forêt). Vous pouvez l'envoyer, une heure avant la nuit, à la porte du couvent ; il demandera du service, et fera si bien, qu'on l'admettra dans le corps de garde ; il fera boire les domestiques des nonnes ; de plus, il est bien capable de mouiller la corde à feu de leurs arquebuses.

Par malheur, Jules accepta la proposition du caporal. Comme celui-ci s'en allait, il ajouta :

— Nous allons attaquer un couvent, il y a *excommunication majeure,* et, de plus, ce couvent est sous la protection immédiate de la Madone...

— Je vous entends ! s'écria Jules comme réveillé par ce mot. Restez avec moi.

Le caporal ferma la porte et revint dire le chapelet avec Jules. Cette prière dura une grande heure. A la nuit, on se remit en marche.

Comme minuit sonnait, Jules, qui était entré seul dans Castro sur les onze heures, revint prendre ses gens hors de la porte. Il entra avec ses huit soldats, auxquels s'étaient joints trois paysans bien armés, il les réunit aux cinq soldats qu'il avait dans la ville, et se trouva ainsi à la tête de seize homme déterminés ; deux étaient déguisés en domestiques, ils avaient pris une grande blouse de toile noire pour cacher leurs *giacco* (cottes de mailles), et leurs bonnets n'avaient pas de plumes.

A minuit et demi, Jules, qui avait pris pour lui le rôle de courrier, arriva au galop à la porte du couvent, faisant grand bruit et criant qu'on ouvrît sans délai à un courrier envoyé par le cardinal. Il vit avec plaisir que les soldats qui lui répondaient par la petite fenêtre, à côté de la première porte, étaient plus qu'à demi-ivres. Suivant l'usage, il donna son nom sur un morceau de papier ; un soldat alla porter son nom à la tourière, qui avait la clef de la seconde porte, et devait réveiller l'abbesse dans les grandes occasions. La réponse se fit attendre trois mortels quarts d'heure ; pendant ce temps, Jules eut beaucoup de peine à maintenir sa troupe dans le silence : quelques bourgeois commençaient même à ouvrir timidement leurs fenêtres, lorsqu'enfin arriva la réponse favorable de l'abbesse. Jules entra dans le corps de garde, au moyen d'une échelle de cinq ou six pieds de longueur, qu'on lui tendit de la petite fenêtre, les *bravi* du couvent ne voulant pas se donner la peine d'ouvrir la grande porte ; il monta, suivi des deux soldats déguisés en domestiques. En sautant de la fenêtre dans le corps de garde, il rencontra les yeux d'Ugone ; tout le corps de garde était ivre, grâce à ses soins. Jules dit au chef que trois domestiques de la maison Campireali, qu'il avait fait armer comme des soldats pour lui servir d'escorte pendant sa route, avaient trouvé de bonne eau-de-vie à acheter, et demandaient à monter pour ne pas s'ennuyer tout seuls sur la place ; ce qui fut accordé à l'unanimité. Pour lui, accompagné de ses deux hommes, il descendit par l'escalier qui, du corps de garde, conduisait dans le passage.

— Tâche d'ouvrir la grande porte, dit-il à Ugone.

Lui-même arriva fort paisiblement à la porte de fer. Là, il trouva la bonne tourière, qui lui dit que, comme il était minuit passé, s'il entrait dans le couvent, l'abbesse serait obligée d'en écrire à l'évêque ; c'est pourquoi elle le faisait prier de remettre ses dépêches à une petite sœur que l'abbesse avait envoyée pour les prendre. A quoi Jules répondit que, dans le désordre qui avait accompagné l'agonie imprévue du seigneur de Campireali, il n'avait qu'une simple lettre de créance écrite par le médecin, et qu'il devait donner tous les détails de vive voix à la femme du malade et à sa fille, si ces dames étaient encore dans le couvent, et, dans tous les cas, à madame l'abbesse. La tourière alla porter ce message. Il ne restait auprès de la porte que la jeune sœur envoyée par l'abbesse. Jules, en causant et jouant avec elle, passa les mains à travers les gros barreaux de fer de la porte, et, tout en riant, il essaya de l'ouvrir. La sœur, qui était fort timide, eut peur et prit fort mal la plaisanterie ; alors Jules, qui voyait qu'un temps considérable se passait, eut l'imprudence de lui offrir une poignée de sequins en la priant de lui ouvrir, ajoutant qu'il était trop fatigué pour attendre. Il voyait bien qu'il faisait une sottise, dit l'historien : c'était avec le fer et non avec de l'or qu'il fallait agir, mais il ne s'en sentit pas le cœur : rien de plus facile que de saisir la sœur, elle n'était pas à un pied de lui de l'autre côté de la porte. A l'offre des sequins, cette jeune fille prit l'alarme. Elle a dit depuis qu'à la façon dont Jules lui parlait, elle avait bien compris que ce n'était pas un simple courrier : c'est l'amoureux d'une de nos religieuses, pensa-t-elle, qui vient pour avoir un rendez-vous, et elle était dévote. Saisie d'horreur, elle se mit à agiter de toutes ses forces la corde d'une petite cloche qui était dans la grande cour, et qui fit aussitôt un tapage à réveiller les morts.

— La guerre commence, dit Jules à ses gens, garde à vous !

Il prit sa clef, et, passant le bras à travers les barreaux de fer, ovrit la porte, au grand désespoir de la jeune sœur, qui tomba à genoux et se mit à réciter des *Ave Maria* en criant au sacrilège. Encore à ce moment, Jules devait faire taire la jeune fille, il n'en eut pas le courage : un de ses gens la saisit et lui mit la main sur la bouche.

Au même instant, Jules entendit un coup d'arquebuse dans le passage, derrière lui. Ugone avait ouvert la grande porte ; le restant des soldats entrait sans bruit, lorsqu'un des *bravi* de garde, moins ivre que les autres, s'approcha d'une des fenêtres grillées, et, dans son étonnement de voir tant de gens dans le passage, leur défendit d'avancer en jurant. Il fallait ne pas répondre et continuer à marcher vers la porte de fer ; c'est ce que firent les premiers soldats ; mais celui qui marchait le dernier de tous, et qui était un des paysans recrutés dans l'après-midi, tira un coup de pistolet à ce domestique du couvent qui parlait par la fenêtre, et le tua. Ce coup de pistolet, au milieu de la nuit et les cris des ivrognes en voyant tomber leur camarade, réveillèrent les soldats du couvent qui passaient cette nuit-là dans leurs lits, et n'avaient pas pu goûter du vin d'Ugone. Huit ou dix des *bravi* du couvent sautèrent dans le passage à demi-nus, et se mirent à attaquer vertement les soldats de Branciforte.

Comme nous l'avons dit, ce bruit commença au moment où Jules venait d'ouvrir la porte de fer. Suivi de ses deux soldats, il se précipita dans le jardin, courant vers la petite porte de l'escalier des pensionnaires ; mais il fut accueilli par cinq ou six coups de pistolet. Ses deux soldats tombèrent, lui eut une balle dans le bras droit. Ces coups de pistolet avaient été tirés par les gens de la signora de Campireali, qui, d'après ses ordres, passaient la nuit dans le jardin, à ce autorisés par une permission qu'elle avait obtenue de l'évêque. Jules courut seul vers la petite porte, de lui si bien connue, qui, du jardin, communiquait à l'escalier des pensionnaires. Il fit tout au monde pour l'ébranler, mais elle était solidement fermée. Il chercha ses gens, qui n'eurent garde de répondre, ils mouraient ; il rencontra dans l'obscurité profonde trois domestiques de Campireali contre lesquels il se défendit à coups de dague.

Il courut sous le vestibule, vers la porte de fer, pour appeler ses soldats ; il trouva cette porte fermée : les deux bras de fer si lourds avaient été mis en place et cadenassés par les vieux jardiniers qu'avait réveillés la cloche de la petite sœur.

— Je suis coupé, se dit Jules.

Il le dit à ses hommes ; ce fut en vain qu'il essaya de forcer un des cadenas avec son épée : s'il eût réussi, il enlevait un des bras de fer et ouvrait un des vantaux de la porte. Son épée se cassa dans l'anneau du cadenas ; au même instant il fut blessé à l'épaule par un des domestiques venus du jardin ; il se retourna, et, acculé contre la porte de fer, il se sentit attaqué par plusieurs hommes. Il se défendait avec sa dague ; par bonheur, comme l'obscurité était complète, presque tous les coups d'épée portaient dans sa cotte de mailles. Il fut blessé douloureusement au genou ; il s'élança sur un des hommes qui s'était trop fendu pour lui porter ce coup d'épée, il le tua d'un coup de dague dans la figure, et eut le bonheur de s'emparer de son épée. Alors il se crut sauvé ; il se plaça au côté gauche de la porte, du côté de la cour. Ses gens qui étaient accourus tirèrent cinq ou six coups de pistolet à travers les barreaux de fer de la porte et firent fuir les domestiques. On n'y voyait sous ce vestibule qu'à la clarté produite par les coups de pistolet.

— Ne tirez pas de mon côté ! criait Jules à ses gens.

— Vous voilà pris comme dans une souricière, lui dit le caporal d'un grand sang-froid, parlant à travers les barreaux ; nous avons trois hommes tués. Nous allons démolir le jambage de la porte du côté opposé à celui où vous êtes ; ne vous approchez pas, les balles vont tomber sur nous ; il paraît qu'il y a des ennemis dans le jardin.

— Les coquins de domestiques de Campireali, dit Jules.

Il parlait encore au caporal, lorsque des coups de pistolet, dirigés sur le bruit et venant de la partie du vestibule qui conduisait au jardin, furent tirés sur eux. Jules se réfugia dans la loge de la tourière, qui était à gauche en entrant ; à sa grande joie, il y trouva une lampe presque imperceptible qui brûlait devant l'image de la Madone ; il la prit avec beaucoup de précautions pour ne pas l'éteindre ; il s'aperçut avec chagrin qu'il tremblait. Il regarda sa blessure au genou, qui le faisait beaucoup souffrir ; le sang coulait en abondance.

En jetant les yeux autour de lui, il fut bien surpris de reconnaître, dans une femme qui était évanouie sur un fauteuil de bois, la petite Marietta, la camériste de confiance d'Hélène ; il la secoua vivement.

— Et quoi ! seigneur Jules, s'écria-t-elle en pleurant, est-ce que vous voulez tuer la Marietta, votre amie ?

— Bien loin de là ! dis à Hélène que je lui demande pardon d'avoir troublé son repos et qu'elle se souvienne de l'*Ave Maria* du Monte Cavi. Voici un bouquet que j'ai cueilli dans son jardin d'Albano ; mais il est un peu taché de sang ; lave-le avant de le lui donner.

A ce moment, il entendit une décharge de coups d'arquebuse dans le passage ; les *bravi* des religieuses attaquaient ses gens.

— Dis-moi donc où est la clef de la petite porte ? dit-il à la Marietta.

— Je ne la vois pas ; mais voici les clefs des cadenas des bras de fer qui maintiennent la grande porte. Vous pourrez sortir.

Jules prit les clefs et s'élança hors de la loge.

— Ne travaillez plus à démolir la muraille, dit-il à ses soldats, j'ai enfin la clef de la porte.

Il y eut un moment de silence complet, pendant qu'il essayait d'ouvrir un cadenas avec l'une des petites clefs ; il s'était trompé de clef, il prit l'autre ; enfin, il ouvrit le cadenas ; mais, au moment où il soulevait le bras de fer, il reçut presque à bout portant un coup de pistolet dans le bras droit. Aussitôt il sentit que ce bras lui refusait le service.

— Soulevez le valet de fer ! cria-t-il à ses gens.

Il n'avait pas besoin de le leur dire.

A la clarté du coup de pistolet, ils avaient vu l'extrémité recourbée du bras de fer à moitié hors de l'anneau attaché à la porte. Aussitôt trois ou quatre mains vigoureuses soulevèrent le bras de fer ; lorsque son extrémité fut hors de l'anneau, on le laissa tomber. Alors on put entrouvrir l'un des battants de la porte ; le caporal entra, et dit à Jules en parlant fort bas :

— Il n'y a plus rien à faire, nous ne sommes plus que trois ou quatre sans blessures, cinq sont morts.

— J'ai perdu du sang, reprit Jules, je sens que je vais m'évanouir ; dites-leur de m'emporter.

Comme Jules parlait au brave caporal, les soldats du corps de garde tirèrent trois ou quatre coups d'arquebuse, et le caporal tomba mort. Par bonheur, Ugone avait entendu l'ordre donné par Jules, il appela par leurs noms deux soldats qui enlevèrent le capitaine. Comme il ne s'évanouissait point, il leur ordonna de le porter au fond du jardin, à la petite porte. Cet ordre fit jurer les soldats ; ils obéirent toutefois.

— Cent sequins à qui ouvre cette porte ! s'écria Jules.

Mais elle résista aux efforts de trois hommes furieux. Un des vieux jardiniers, établi à une fenêtre du second étage, leur tirait force coups de pistolet, qui servaient à éclairer leur marche.

Après les efforts inutiles contre la porte, Jules s'évanouit tout à fait ; Ugone dit aux soldats d'emporter le capitaine au plus vite. Pour lui, il entra dans la loge de la sœur tourière, il jeta à la porte la petite Marietta en lui ordonnant d'une voix terrible de se sauver et de ne jamais dire qui elle avait reconnu. Il tira la paille du lit, cassa quelques chaises et mit le feu à la chambre. Quand il vit le feu bien allumé, il se sauva à toutes jambes, au milieu des coups d'arquebuse tirés par les *bravi* du couvent.

Ce ne fut qu'à plus de cent cinquante pas de la Visitation qu'il trouva le capitaine, entièrement évanoui, qu'on emportait à toute course. Quelques minutes après on était hors de la ville. Ugone fit faire halte : il n'avait plus que quatre soldats avec lui ; il en renvoya deux dans la ville, avec l'ordre de tirer des coups d'arquebuse de cinq minutes en cinq minutes.

— Tâchez de retrouver vos camarades blessés, leur dit-il, sortez de la ville avant le jour ; nous allons suivre le sentier de la *Croce Rossa*. Si vous pouvez mettre le feu quelque part, n'y manquez pas.

Lorsque Jules reprit connaissance, l'on se trouvait à trois lieues de la ville, et le soleil était déjà fort élevé sur l'horizon. Ugone lui fit son rapport.

— Votre troupe ne se compose plus que de cinq hommes, dont trois blessés. Deux paysans qui ont survécu ont reçu deux sequins de gratification chacun et se sont enfuis : j'ai envoyé les deux hommes non blessés au bourg voisin chercher un chirurgien.

Le chirurgien, vieillard tout tremblant, arriva bientôt monté sur un âne magnifique ; il avait fallu le menacer de mettre le feu à sa maison pour le décider à marcher. On eut besoin de lui faire boire de l'eau-de-vie pour le mettre en état d'agir, tant sa peur était grande. Enfin il se mit à l'œuvre ; il dit à Jules que ses blessures n'étaient d'aucune conséquence.

— Celle du genou n'est pas dangereuse, ajouta-t-il ; mais elle vous fera boiter toute la vie si vous ne gardez pas un repos absolu pendant quinze jours ou trois semaines.

Le chirurgien pansa les soldats blessés. Ugone fit un signe de l'œil à Jules ; on donna deux sequins au chirurgien, qui se confondit en actions de grâces ; puis, sous prétexte de le remercier, on lui fit boire une telle quantité d'eau-de-vie qu'il finit par s'endormir profondément. C'était ce qu'on voulait. On le transporta dans un champ voisin, on enveloppa quatre sequins dans un morceau de papier que l'on mit dans sa poche : c'était le prix de son âne sur lequel on plaça Jules et l'un des soldats blessés à la jambe. On alla passer le moment de la grande chaleur dans une ruine antique au bord d'un étang ; on marcha toute la nuit en évitant les villages, fort peu nombreux sur cette route, et enfin, le surlendemain, au lever du soleil, Jules, porté par ses hommes, se réveilla au centre de la forêt de la Faggiola, dans la cabane de charbonnier qui était son quartier général.

VI

Le lendemain du combat, les religieuses de la Visitation trouvèrent avec horreur neuf cadavres dans leur jardin et dans le passage qui conduisait de la porte extérieure à la porte en barreaux de fer ; huit de leurs *bravi* étaient blessés. Jamais on n'avait eu une telle peur au couvent : parfois on avait bien entendu des coups d'arquebuse tirés sur la place, mais jamais cette quantité de coups de feu tirés dans le jardin, au centre des bâtiments et sous les fenêtres des religieuses. L'affaire avait bien duré une heure et demie, et, pendant ce temps, le désordre avait été à son comble dans l'intérieur du couvent. Si Jules Branciforte avait eu la moindre intelligence avec quelqu'une des religieuses ou des pensionnaires, il eût réussi : il suffisait qu'on lui ouvrît l'une des nombreuses portes qui donnent sur le jardin ; mais, transporté d'indignation et de colère contre ce qu'il appelait le parjure de la jeune Hélène, Jules voulait tout emporter de vive force. Il eût cru manquer à ce qu'il se devait s'il eût confié son dessein à quelqu'un qui pût le redire à Hélène. Un seul mot, cependant, à la petite Marietta eût suffi pour le succès : elle eût ouvert l'une des portes donnant sur le jardin, et un seul homme paraissant dans les dortoirs du couvent, avec ce terrible accompagnement de coups d'arquebuse entendu au-dehors, eût été obéi à la lettre. Au premier coup de feu, Hélène avait tremblé pour les jours de son amant, et n'avait plus songé qu'à s'enfuir avec lui.

Comment peindre son désespoir lorsque la petite Marietta lui parla de l'effroyable blessure que Jules avait reçue au genou et dont elle avait vu couler le sang en abondance ? Hélène détestait sa lâcheté et sa pusillanimité :

— J'ai eu la faiblesse de dire un mot à ma mère, et le sang de Jules a coulé ; il pouvait perdre la vie dans cet assaut sublime où son courage a tout fait.

Les *bravi* admis au parloir avaient dit aux religieuses, avides de les écouter, que de leur vie ils n'avaient été témoins d'une bravoure comparable à celle du jeune homme habillé en courrier qui dirigeait les efforts des brigands. Si toutes écoutaient ces récits avec le plus vif intérêt, on peut juger de l'extrême passion avec laquelle Hélène demandait à ces *bravi* des détails sur le jeune chef des brigands. A la suite des longs récits qu'elle se fit faire par eux et par les vieux jardiniers, témoins fort impartiaux, il lui sembla qu'elle n'aimait plus du tout sa mère. Il y eut même un moment de dialogue fort vif entre ces personnes qui s'aimaient si tendrement la veille du combat ; la signora de Campireali fut choquée des taches de sang qu'elle apercevait sur les fleurs d'un certain bouquet dont Hélène ne se séparait plus un seul instant.

— Il faut jeter ces fleurs souillées de sang.

— C'est moi qui ai fait verser ce sang généreux, et il a coulé parce que j'ai eu la faiblesse de vous dire un mot.

— Vous aimez encore l'assassin de votre frère ?

— J'aime mon époux, qui, pour mon éternel malheur, a été attaqué par mon frère.

Après ces mots, il n'y eut plus une seule parole échangée entre la signora de Campireali et sa fille pendant les trois journées que la signora passa encore au couvent.

Le lendemain de son départ, Hélène réussit à s'échapper, profitant de la confusion qui régnait aux deux portes du couvent par suite de la présence d'un grand nombre de maçons qu'on avait introduits dans le jardin et qui travaillaient à y élever de nouvelles fortifications. La petite Marietta et elle s'étaient déguisées en ouvriers. Mais les bourgeois faisaient une garde sévère aux portes de la ville. L'embarras d'Hélène fut assez grand pour sortir. Enfin, ce même petit marchand qui lui avait fait parvenir les lettres de Branciforte consentit à la faire passer pour sa fille et à l'accompagner jusque dans Albano. Hélène y trouva une cachette chez sa nourrice, que ses bienfaits avaient mise à même d'ouvrir une petite boutique. A peine arrivée, elle écrivit à Branciforte, et la nourrice trouva, non sans de grandes peines, un homme qui voulut bien se hasarder à s'enfoncer dans la forêt de la Faggiola, sans avoir le mot d'ordre des soldats de Colonna.

Le messager envoyé par Hélène revint au bout de trois jours, tout effaré ; d'abord, il lui avait été impossible de trouver Branciforte, et les questions qu'il ne cessait de faire sur le compte du jeune capitaine ayant fini par le rendre suspect, il avait été obligé de prendre la fuite.

— Il n'en faut point douter, le pauvre Jules est mort, se dit Hélène, et c'est moi qui l'ai tué ! Telle devait être la conséquence de ma misérable faiblesse et de ma pusillanimité ; il aurait dû aimer une femme forte, la fille de quelqu'un des capitaines du prince Colonna.

La nourrice crut qu'Hélène allait mourir. Elle monta au couvent des Capucins, voisin du chemin taillé dans le roc, où jadis Fabio et son père avaient rencontré les deux amants au milieu de la nuit. La nourrice parla longtemps à son confesseur, et, sous le secret du sacrement, lui avoua que la jeune Hélène de Campireali voulait aller rejoindre Jules Branciforte, son époux, et qu'elle était disposée à placer dans l'église du couvent une lampe d'argent de la valeur de cent piastres espagnoles.

— Cent piastres ! répondit le moine irrité. Et que deviendra notre couvent, si nous encourons la haine du seigneur de Campireali ? Ce n'est pas cent piastres, mais bien mille, qu'il nous a données pour être allés relever le corps de son fils sur le champ de bataille des *Ciampi,* sans compter la cire.

Il faut dire en l'honneur du couvent que deux moines âgés, ayant eu connaissance de la position exacte de la jeune Hélène, descendirent dans Albano, et l'allèrent voir dans l'intention d'abord de l'amener de gré ou de force à prendre son logement dans le palais de sa famille : ils savaient qu'ils seraient richement récompensés par la signora de Campireali. Tout Albano était rempli du bruit de la fuite d'Hélène et du récit des magnifiques promesses faites par sa mère à ceux qui pourraient lui donner des nouvelles de sa fille. Mais les deux moines furent tellement touchés du désespoir de la pauvre Hélène, qui croyait Jules Branciforte mort, que, bien loin de la trahir en indiquant à sa mère le lieu où elle s'était retirée, ils consentirent à lui servir d'escorte jusqu'à la forteresse de la Petrella. Hélène et Marietta, toujours déguisées en ouvriers, se rendirent à pied et de nuit à une certaine fontaine située dans la forêt de la Faggiola, à une lieue d'Albano. Les moines y avaient fait conduire des mulets, et, quand le jour fut venu, l'on se mit en route pour la Petrella. Les moines que l'on savait protégés par le prince, étaient salués avec respect par les soldats qu'ils rencontraient dans la forêt ; mais il n'en fut pas de même des deux petits hommes qui les accompagnaient : les soldats les regardaient d'abord d'un œil fort sévère et s'approchaient d'eux, puis éclataient de rire et faisaient compliment aux moines sur les grâces de leurs muletiers.

— Taisez-vous, impies, et croyez que tout se fait par ordre du prince Colonna ! répondaient les moines en cheminant.

Mais la pauvre Hélène avait du malheur ; le prince était absent de la Petrella, et quand, trois jours après, à son retour, il lui accorda enfin une audience, il se montra très dur.

— Pourquoi venez-vous ici, mademoiselle ? Que signifie cette démarche malavisée ? Vos bavardages de femme ont fait périr sept hommes des plus braves qui fussent en Italie, et c'est ce qu'aucun homme sensé ne vous pardonnera jamais. En ce monde, il faut vouloir ou ne pas vouloir. C'est sans doute aussi par suite de nouveaux bavardages que Jules Branciforte vient d'être déclaré *sacrilège* et condamné à être tenaillé pendant deux heures avec des tenailles rougies au feu, et ensuite brûlé comme un juif, lui, un des meilleurs chrétiens que je connaisse ! Comment eût-on pu, sans quelque bavardage infâme de votre part, inventer ce mensonge horrible, savoir que Jules Branciforte était à Castro le jour de l'attaque du couvent ? Tous mes hommes vous diront que ce jour-là même on le voyait ici à la Petrella, et que, sur le soir, je l'envoyai à Velletri.

— Mais est-il vivant ? s'écriait pour la dixième fois la jeune Hélène fondant en larmes.

— Il est mort pour vous, reprit le prince, vous ne le reverrez jamais. Je vous conseille de retourner à votre couvent de Castro ; tâchez de ne plus commettre d'indiscrétions, et je vous ordonne de quitter la Petrella d'ici à une heure. Surtout ne racontez à personne que vous m'avez vu, ou je saurai vous punir.

La pauvre Hélène eut l'âme navrée d'un pareil accueil de la part de ce fameux prince Colonna pour lequel Jules avait tant de respect, et qu'elle aimait parce qu'il l'aimait.

Quoi qu'en voulût dire le prince Colonna, cette démarche d'Hélène n'était point malavisée. Si elle fût venue trois jours plus tôt à la Petrella, elle y eût trouvé Jules Branciforte ; sa blessure au genou le mettait hors d'état de marcher, et le prince le faisait transporter au gros bourg d'Avezzano, dans le royaume de Naples. A la première nouvelle du terrible arrêt acheté contre Branciforte par le seigneur de Campireali, et qui le déclarait sacrilège et violateur de couvent, le prince avait vu que, dans le cas où il s'agirait de protéger Branciforte, il ne pouvait plus compter sur les trois quarts de ses hommes. Ceci était un péché contre la *Madone*, à la protection de laquelle chacun de ces brigands croyait avoir des droits particuliers. S'il se fût trouvé un barigel à Rome assez osé pour venir arrêter Jules Branciforte au milieu de la forêt de la Faggiola, il aurait pu réussir.

En arrivant à Avezzano, Jules s'appelait Fontana, et les gens qui le transportaient furent discrets. A leur retour à la Petrella, ils annoncèrent avec douleur que Jules était mort en route, et de ce moment chacun des soldats du prince sut qu'il y avait un coup de poignard dans le cœur pour qui prononcerait ce nom fatal.

Ce fut donc en vain qu'Hélène, de retour dans Albano, écrivit lettres sur lettres, et dépensa, pour les faire porter à Branciforte, tous les sequins qu'elle avait. Les deux moines âgés, qui étaient devenus ses amis, car l'extrême beauté, dit le chroniqueur de Florence, ne laisse pas d'avoir quelque empire, même sur les cœurs endurcis par ce que l'égoïsme et l'hypocrisie ont de plus bas ; les deux moines, disons-nous, avertirent la pauvre jeune fille que c'était en vain qu'elle cherchait à faire parvenir un mot à Branciforte : Colonna avait déclaré qu'il était mort, et certes Jules ne reparaîtrait au monde que quand le prince le voudrait. La nourrice d'Hélène lui annonça en pleurant que sa mère venait enfin de découvrir sa retraite, et que les ordres les plus sévères étaient donnés pour qu'elle fût transportée de vive force au palais Campireali, dans Albano. Hélène comprit qu'une fois dans ce palais sa prison pouvait être d'une sévérité sans bornes, et que l'on parviendrait à lui interdire absolument toutes communications avec le dehors, tandis qu'au couvent de Castro elle aurait, pour recevoir et envoyer des lettres, les mêmes facilités que toutes les religieuses. D'ailleurs, et ce fut ce qui la détermina, c'était dans le jardin de ce couvent que Jules avait répandu son sang pour elle : elle pourrait revoir ce fauteuil de bois de la tourière où il s'était placé un moment pour regarder sa blessure au genou ; c'était là qu'il avait donné à Marietta ce bouquet taché de sang qui ne la quittait plus. Elle revint donc tristement au couvent de Castro, et l'on pourrait terminer ici son histoire : ce serait bien pour elle, et peut-être aussi pour le lecteur. Nous allons, en effet, assister à la longue dégradation d'une âme noble et généreuse. Les mesures prudentes et les mensonges de la civilisation, qui désormais vont l'obséder de toutes parts, remplaceront les mouvements sincères des passions énergiques et naturelles. Le chroniqueur romain fait ici une réflexion pleine de naïveté : parce qu'une femme se donne la peine de faire une belle fille, elle croit avoir le talent qu'il faut pour diriger sa vie, et, parce que lorsqu'elle avait six ans, elle lui disait avec raison : « Mademoiselle, redressez votre collerette », lorsque cette fille a dix-huit ans et elle cinquante, lorsque cette fille a autant et plus d'esprit que sa mère, celle-ci, emportée par la manie de régner, se croit le droit de diriger sa vie et même d'employer le mensonge. Nous verrons que c'est Victoire Carafa, la mère d'Hélène, qui, par une suite de moyens adroits et fort savamment combinés, amena la mort cruelle de sa fille si chérie, après avoir fait son malheur pendant douze ans, triste résultat de la manie de régner.

Avant de mourir, le seigneur de Campireali avait eu la joie de voir publier dans Rome la sentence qui condamnait Branciforte à être tenaillé pendant deux heures avec des fers rouges dans les principaux carrefours de Rome, à être ensuite brûlé à petit feu, et ses cendres jetées dans le Tibre. Les fresques du cloître de Sainte Marie-Nouvelle, à Florence, montrent encore aujourd'hui comment on exécutait ces sentences cruelles envers les sacrilèges. En général, il fallait un grand nombre de gardes pour empêcher le peuple indigné de remplacer les bourreaux dans leur office. Chacun se croyait ami intime de la Madone. Le seigneur de Campireali s'était encore fait lire cette sentence peu de moments avant sa mort, et avait donné à l'avocat qui l'avait procurée sa belle terre située entre Albano et la mer. Cet avocat n'était point sans mérite. Branciforte était condamné à ce supplice atroce, et cependant aucun témoin n'avait dit l'avoir reconnu sous les habits de ce jeune homme déguisé en courrier, qui semblait diriger avec tant d'autorité les mouvements des assaillants. La magnificence de ce don mit en émoi tous les intrigants de Rome. Il y avait alors à la cour un certain *fratone* (moine), homme profond et capable de tout, même de forcer le pape à lui donner le chapeau ; il prenait soin des affaires du prince Colonna, et ce client terrible lui valait beaucoup de considération. Lorsque la signora de Campireali vit sa fille de retour à Castro, elle fit appeler ce fratone.

— Votre Révérence sera magnifiquement récompensée, si elle veut bien aider à la réussite de l'affaire fort simple que je vais lui expliquer. D'ici à peu de jours, la sentence qui condamne Jules Branciforte à un supplice terrible va être publiée et rendue exécutoire aussi dans le royaume de Naples. J'engage votre Révérence à lire cette lettre du vice-roi, un peu mon parent, qui daigne m'annoncer cette nouvelle. Dans quel pays Branciforte pourra-t-il chercher un asile ? Je ferai remettre cinquante mille piastres au prince avec prière de donner le tout ou partie à Jules Branciforte, sous la condition qu'il ira servir le roi d'Espagne, mon seigneur, contre les rebelles de Flandre. Le vice-roi donnera un brevet de capitaine à Branciforte, et, afin que la sentence de sacrilège, que j'espère bien aussi rendre exécutoire en Espagne, ne l'arrête point dans sa carrière, il portera le nom de baron Lizzara ; c'est une petite terre que j'ai dans les Abruzzes, et dont, à l'aide de ventes simulées, je trouverai moyen de lui faire passer la propriété. Je pense que votre Révérence n'a jamais vu une mère traiter ainsi l'assassin de son fils. Avec cinq cents piastres, nous aurions pu depuis longtemps nous débarrasser de cet être odieux ; mais nous n'avons point voulu nous brouiller avec Colonna. Ainsi daignez lui faire remarquer que mon respect pour ses droits me coûte soixante ou quatre-vingt mille piastres. Je veux n'entendre jamais parler de ce Branciforte, et sur le tout présentez mes respects au prince.

Le fratone dit que sous trois jours il irait faire une promenade du côté d'Ostie, et la signora de Campireali lui remit une bague valant mille piastres.

Quelques jours plus tard, le fratone reparut dans Rome, et dit à la signora de Campireali qu'il n'avait point donné connaissance de sa proposition au prince ; mais qu'avant un mois le jeune Branciforte serait embarqué pour Barcelone, où elle pourrait lui faire remettre par un des banquiers de cette ville la somme de cinquante mille piastres.

Le prince trouva bien des difficultés auprès de Jules ; quelques dangers que désormais il dût courir en Italie, le jeune amant ne pouvait se déterminer à quitter ce pays. En vain le prince laissa-t-il entrevoir que la signora de Campireali pouvait mourir ; en vain promit-il que dans tous les cas, au bout de trois ans, Jules pourrait revenir voir son pays, Jules répandait des larmes, mais ne consentait point. Le prince fut obligé d'en venir à lui demander ce départ comme un service personnel ; Jules ne put rien refuser à l'ami de son père ; mais, avant tout, il voulait prendre les ordres d'Hélène. Le prince daigna se charger d'une longue lettre ; et, bien plus, permit à Jules de lui écrire de Flandre une fois tous les mois. Enfin, l'amant désespéré s'embarqua pour Barcelone. Toutes ses lettres furent brûlées par le prince, qui ne voulait pas que Jules revînt jamais en Italie. Nous avons oublié de dire que, quoique fort éloigné par caractère de toute fatuité, le prince s'était cru obligé de dire, pour faire réussir la négociation, que c'était lui qui croyait convenable d'assurer une petite fortune de cinquante mille piastres au fils unique d'un des plus fidèles serviteurs de la maison Colonna.

La pauvre Hélène était traitée en princesse au couvent de Castro. La mort de son père l'avait mise en possession d'une fortune considérable, et il lui survint des héritages immenses. A l'occasion de la mort de son père, elle fit donner cinq aunes de drap noir à tous ceux des habitants de Castro ou des environs qui déclarèrent vouloir porter le deuil du seigneur de Campireali. Elle était encore dans les premiers jours de son grand deuil lorsqu'une main parfaitement inconnue lui remit une lettre de Jules. Il serait difficile de peindre les transports avec lesquels cette lettre fut ouverte, non plus que la profonde tristesse qui en suivit la lecture. C'était pourtant bien l'écriture de Jules ; elle fut examinée avec la plus sévère attention. La lettre parlait d'amour ; mais quel amour, grand Dieu ! La signora de Campireali, qui avait tant d'esprit, l'avait pourtant composée. Son dessein était de commencer la correspondance par sept à huit lettres d'amour passionné ; elle voulait préparer ainsi les suivantes, où l'amour semblerait s'éteindre peu à peu.

Nous passerons rapidement sur dix années d'une vie malheureuse. Hélène se croyait tout à fait oubliée, et cependant avait refusé avec hauteur les hommages des jeunes seigneurs les plus distingués de Rome. Pourtant elle hésita un instant lorsqu'on lui parla du jeune Octave Colonna, fils aîné du fameux Fabrice, qui jadis l'avait si mal reçue à la Petrella. Il lui semblait que, devant absolument prendre un mari pour donner un protecteur aux terres qu'elle avait dans l'Etat romain et dans le royaume de Naples, il lui serait moins odieux de porter le nom d'un homme que jadis Jules avait aimé. Si elle eût consenti à ce mariage, Hélène arrivait bien rapidement à la vérité sur Jules Branciforte. Le vieux prince Fabrice parlait souvent et avec transports des traits de bravoure surhumaine du colonel Lizzara (Jules Branciforte), qui, tout à fait semblable aux héros des vieux romans, cherchait à se distraire par de belles actions de l'amour malheureux qui le rendait insensible à tous les plaisirs. Il croyait Hélène mariée depuis longtemps; la signora de Campireali l'avait environné, lui aussi, de mensonges.

Hélène s'était réconciliée à demi avec cette mère si habile. Celle-ci désirant passionnément la voir mariée, pria son ami, le vieux cardinal Santi-Quatro, protecteur de la Visitation, et qui allait à Castro, d'annoncer en confidence aux religieuses les plus âgées du couvent que son voyage avait été retardé par un acte de grâce. Le bon pape Grégoire XIII, mû de pitié pour l'âme d'un brigand nommé Jules Branciforte, qui autrefois avait tenté de violer leur monastère, avait voulu, en apprenant sa mort, révoquer la sentence qui le déclarait sacrilège, bien convaincu que, sous le poids d'une telle condamnation, il ne pourrait jamais sortir du purgatoire, si toutefois Branciforte, surpris au Mexique et massacré par des sauvages révoltés, avait eu le bonheur de n'aller qu'en purgatoire. Cette nouvelle mit en agitation tout le couvent de Castro; elle parvint à Hélène, qui alors se livrait à toutes les folies de vanité que peut inspirer à une personne profondément ennuyée la possession d'une grande fortune. A partir de ce moment, elle ne sortit plus de sa chambre. Il faut savoir que, pour arriver à pouvoir placer sa chambre dans la petite loge de la portière où Jules s'était réfugié un instant dans la nuit du combat, elle avait fait reconstruire une moitié du couvent. Avec des peines infinies et ensuite un scandale fort difficile à apaiser, elle avait réussi à découvrir et à prendre à son service les trois *bravi* employés par Branciforte et survivant encore aux cinq qui jadis échappèrent au combat de Castro. Parmi eux se trouvait Ugone, maintenant vieux et criblé de blessures. La vue de ces trois hommes avait causé bien des murmures ; mais enfin la crainte que le caractère altier d'Hélène inspirait à tout le couvent l'avait emporté, et tous les jours on les voyait, revêtus de sa livrée, venir prendre ses ordres à la grille extérieure, et souvent répondre longuement à ses questions toujours sur le même sujet.

Après les six mois de réclusion et de détachement pour toutes les choses du monde qui suivirent l'annonce de la mort de Jules, la première sensation qui réveilla cette âme déjà brisée par un malheur sans remède et un long ennui fut une sensation de vanité.

Depuis peu, l'abbesse était morte. Suivant l'usage, le cardinal Santi-Quatro, qui était encore protecteur de la Visitation malgré son grand âge de quatre-vingt-douze ans, avait formé la liste des trois dames religieuses entre lesquelles le pape devait choisir une abbesse. Il fallait des motifs bien graves pour que Sa Sainteté lût les deux derniers noms de la liste, elle se contentait ordinairement de passer un trait de plume sur ces noms, et la nomination était faite.

Un jour, Hélène était à la fenêtre de l'ancienne loge de la tourière, qui était devenue maintenant l'extrémité de l'aile des nouveaux bâtiments construits par ses ordres. Cette fenêtre n'était pas élevée de plus de deux pieds au-dessus du passage arrosé jadis du sang de Jules et qui maintenant faisait partie du jardin. Hélène avait les yeux profondément fixés sur la terre. Les trois dames que l'on savait depuis quelques heures être portées sur la liste du cardinal pour succéder à la défunte abbesse vinrent à passer devant la fenêtre d'Hélène. Elle ne les vit pas, et par conséquent, ne put les saluer. L'une des trois dames fut piquée et dit assez haut aux deux autres :

— Voilà une belle façon pour une pensionnaire d'étaler sa chambre aux yeux du public !

Réveillée par ces paroles, Hélène leva les yeux et rencontra trois regards méchants.

— Eh bien, se dit-elle en fermant la fenêtre sans saluer, voici assez de temps que je suis agneau dans ce couvent, il faut être loup, quand ce ne serait que pour varier les amusements de messieurs les curieux de la ville.

Une heure après, un de ses gens, expédié en courrier, portait la lettre suivante à sa mère, qui depuis dix années habitait Rome et y avait su acquérir un grand crédit.

« *Mère très respectable,*

« Tous les ans tu me donnes trois cent mille francs le jour de ma fête ; j'emploie cet argent à faire ici des folies, honorables à la vérité, mais qui n'en sont pas moins des folies. Quoique tu ne me le témoignes plus depuis longtemps, je sais que j'aurais deux façons de te prouver ma reconnaissance pour toutes les bonnes intentions que tu as eues à mon égard. Je ne me marierai point, mais je deviendrais avec plaisir abbesse de ce couvent ; ce qui m'a donné cette idée, c'est que les trois dames que notre cardinal Santi-Quatro a portées sur la liste par lui présentée au Saint Père sont mes ennemies ; et, quelle que soit l'élue, je m'attends à éprouver toutes sortes de vexations. Présente le bouquet de ma fête aux personnes auxquelles il faut l'offrir ; faisons d'abord retarder de six mois la nomination, ce qui rendra folle de bonheur la prieure du couvent, mon amie intime, et qui aujourd'hui tient les rênes du gouvernement. Ce sera déjà pour moi une source de bonheur, et c'est bien rarement que je puis employer ce mot en parlant de ta fille. Je trouve mon idée folle ; mais, si tu vois quelque chance de succès, dans trois jours je prendrai le voile blanc, huit années de séjour au couvent, sans découcher, me donnant droit à une exemption de six mois. La dispense ne se refuse pas, et coûte quarante écus.

« Je suis avec respect, ma vénérable mère, etc... »

Cette lettre combla de joie la signora de Campireali. Lorsqu'elle la reçut, elle se repentait vivement d'avoir fait annoncer à sa fille la mort de Branciforte ; elle ne savait comment se terminerait cette profonde mélancolie où elle était tombée ; elle prévoyait quelque coup de tête, elle allait jusqu'à craindre que sa fille ne voulût aller visiter au Mexique le lieu où l'on avait prétendu que Branciforte avait été massacré, auquel cas il était très possible qu'elle apprît à Madrid le vrai nom du colonel Lizzara. D'un autre côté, ce que sa fille demandait par son courrier était la chose du monde la plus difficile et l'on peut même dire la plus absurde. Une jeune fille qui n'était pas même religieuse, et qui d'ailleurs n'était connue que par la folle passion d'un brigand, que peut-être elle avait partagée, être mise à la tête d'un couvent où tous les princes romains comptaient quelques parentes ! Mais, pensa la signora de Campireali, on dit que tout procès peut être plaidé et par conséquent gagné. Dans sa réponse, Victoire Carafa donna des espérances à sa fille, qui, en général, n'avait que des volontés absurdes, mais par compensation s'en dégoûtait très facilement. Dans la soirée, en prenant des informations sur tout ce qui, de près ou de loin, pouvait tenir au couvent de Castro, elle apprit que depuis plusieurs mois son ami le cardinal Santi-Quatro avait beaucoup d'humeur : il voulait marier sa nièce à don Octave Colonna, fils aîné du prince Fabrice, dont il a été parlé si souvent dans la présente histoire. Le prince lui offrait son second fils don Lorenzo, parce que, pour arranger sa fortune étrangement compromise par la guerre que le roi de Naples et le pape, enfin d'accord, faisaient aux brigands de la Faggiola, il fallait que la femme de son fils aîné apportât une dot de six cent mille piastres (3 210 000 francs) dans la maison Colonna. Or le cardinal Santi-Quatro, même en déshéritant de la façon la plus ridicule tous ses autres parents, ne pouvait offrir qu'une fortune de trois cent quatre-vingt ou quatre cent mille écus.

Victoire Carafa passa la soirée et une partie de la nuit à se faire confirmer ces faits par tous les amis du vieux Santi-Quatro. Le lendemain, dès sept heures, elle se fit annoncer chez le vieux cardinal.

— Eminence, lui dit-elle, nous sommes bien vieux tous les deux; il est inutile de chercher à nous tromper, en donnant de beaux noms à des choses qui ne sont pas belles; je viens vous proposer une folie: tout ce que je puis dire pour elle, c'est qu'elle n'est pas odieuse; mais j'avouerai que je la trouve souverainement ridicule. Lorsqu'on traitait le mariage de don Octave Colonna avec ma fille Hélène, j'ai pris de l'amitié pour ce jeune homme, et, le jour de son mariage, je vous remettrai deux cent mille piastres en terres et en argent, que je vous prierai de lui faire tenir. Mais, pour qu'une pauvre veuve telle que moi puisse faire un sacrifice aussi énorme, il faut que ma fille Hélène, qui a présentement vingt-sept ans, et qui depuis l'âge de dix-neuf ans n'a pas découché du couvent, soit faite *abbesse de Castro*; il faut pour cela retarder l'élection de six mois; la chose est canonique.

— Que dites-vous, madame! s'écria le vieux cardinal hors de lui. Sa Sainteté elle-même ne pourrait pas faire ce que vous venez demander à un pauvre vieillard impotent.

— Aussi ai-je dit à Votre Eminence que la chose était ridicule: les sots la trouveront folle; mais les gens bien instruits de ce qui se passe à la cour penseront que notre excellent prince, le bon pape Grégoire XIII, a voulu récompenser les loyaux et longs services de Votre Eminence en facilitant un mariage que tout Rome sait qu'elle désire. Du reste, la chose est fort possible, tout à fait canonique, j'en réponds; ma fille prendra le voile blanc dès demain.

— Mais la simonie, madame!... s'écria le vieillard d'une voix terrible.

La signora de Campireali s'en allait.

— Quel est ce papier que vous laissez ?

— C'est la liste des terres que je présenterais comme valant deux cent mille piastres si l'on ne voulait pas d'argent comptant ; le changement de propriété de ces terres pourrait être tenu secret pendant fort longtemps ; par exemple, la maison Colonna me ferait des procès que je perdrais...

— Mais la simonie, madame ! l'effroyable simonie !

— Il faut commencer par différer l'élection de six mois, demain je viendrai prendre les ordres de Votre Eminence.

Je sens qu'il faut expliquer pour les lecteurs nés au nord des Alpes le ton presque officiel de plusieurs parties de ce dialogue ; je rappellerai que, dans les pays strictement catholiques, la plupart des dialogues sur les sujets scabreux finissent par arriver au confessionnal, et alors il n'est rien moins qu'indifférent de s'être servi d'un mot respectueux ou d'un terme ironique.

Le lendemain dans la journée, Victoire Carafa sut que, par suite d'une grande erreur de fait, découverte dans la liste des trois dames présentées pour la place d'abbesse de Castro, cette élection était différée de six mois : la seconde dame portée sur la liste avait un renégat dans sa famille ; un de ses grands oncles s'était fait protestant à Udine.

La signora de Campireali crut devoir faire une démarche auprès du prince Fabrice Colonna, à la maison duquel elle allait offrir une si notable augmentation de fortune. Après deux jours de soins, elle parvint à obtenir une entrevue dans un village voisin de Rome, mais elle sortit tout effrayée de cette audience : elle avait trouvé le prince, ordinairement si calme, tellement préoccupé de la gloire militaire du colonel Lizzara (Jules Branciforte), qu'elle avait jugé absolument inutile de lui demander le secret sur cet article. Le colonel était pour lui comme un fils, et, mieux encore, comme un élève favori. Le prince passait sa vie à lire et relire certaines lettres arrivées de Flandre. Que devenait le dessein favori auquel la signora de Campireali sacrifiait tant de choses depuis dix ans, si sa fille apprenait l'existence et la gloire du colonel Lizzara ?

Je crois devoir passer sous silence beaucoup de circonstances qui, à la vérité, peignent les mœurs de cette époque, mais qui me semblent tristes à raconter. L'auteur du manuscrit romain s'est donné des peines infinies pour arriver à la date exacte de ces détails que je supprime.

Deux ans après l'entrevue de la signora de Campireali avec le prince Colonna, Hélène était abbesse de Castro ; mais le vieux cardinal Santi-Quatro était mort de douleur après ce grand acte de simonie. En ce temps-là, Castro avait pour évêque le plus bel homme de la cour du pape, monsignor Francesco Cittadini, noble de la ville de Milan. Ce jeune homme, remarquable par ses grâces modestes et son ton de dignité, eut des rapports fréquents avec l'abbesse de la Visitation à l'occasion surtout du nouveau cloître dont elle entreprit d'embellir son couvent. Ce jeune évêque Cittadini, alors âgé de vingt-neuf ans, devint amoureux fou de cette belle abbesse. Dans le procès qui fut dressé un an plus tard, une foule de religieuses, entendues comme témoins, rapportent que l'évêque multipliait le plus possible ses visites au couvent, disant souvent à leur abbesse : « Ailleurs je commande, et, je l'avoue à ma honte, j'y trouve quelque plaisir ; auprès de vous j'obéis comme un esclave, mais avec un plaisir qui surpasse de bien loin celui de commander ailleurs. Je me trouve sous l'influence d'un être supérieur ; quand je l'essayerais, je ne pourrais avoir d'autre volonté que la sienne, et j'aimerais mieux me voir pour une éternité le dernier de ses esclaves que d'être roi loin de ses yeux. »

Les témoins rapportent qu'au milieu de ces phrases élégantes souvent l'abbesse lui ordonnait de se taire, et en des termes durs et qui montraient le mépris.

— A vrai dire, continue un autre témoin, madame le traitait comme un domestique ; dans ce cas-là, le pauvre évêque baissait les yeux, se mettait à pleurer, mais ne s'en allait point. Il trouvait tous les jours de nouveaux prétextes pour reparaître au couvent, ce qui scandalisait fort les confesseurs des religieuses et les ennemies de l'abbesse. Mais madame l'abbesse était vivement défendue par la prieure, son amie intime, et qui, sous ses ordres immédiats, exerçait le gouvernement intérieur.

— Vous savez, mes nobles sœurs, disait celle-ci, que, depuis cette passion contrariée que notre abbesse éprouva dans sa première jeunesse pour un soldat d'aventure, il lui est resté beaucoup de bizarrerie dans les idées ; mais vous savez toutes que son caractère a ceci de remarquable, que jamais elle ne revient sur le compte des gens pour lesquels elle a montré du mépris. Or, dans toute sa vie peut-être, elle n'a pas prononcé autant de paroles outrageantes qu'elle en a adressé en notre présence au pauvre monsignor Cittadini. Tous les jours, nous voyons celui-ci subir des traitements qui nous font rougir pour sa haute dignité.

— Oui, répondaient les religieuses scandalisées, mais il revient tous les jours ; donc, au fond, il n'est pas si maltraité, et, dans tous les cas, cette apparence d'intrigue nuit à la considération du saint ordre de la Visitation.

Le maître le plus dur n'adresse pas au valet le plus inepte le quart des injures dont tous les jours l'altière abbesse accablait ce jeune évêque aux façons si onctueuses ; mais il était amoureux, et avait apporté de son pays cette maxime fondamentale, qu'une fois une entreprise de ce genre commencée, il ne faut plus s'inquiéter que du but, et ne pas regarder les moyens.

— Au bout du compte, disait l'évêque à son confident César del Bene, le mépris est pour l'amant qui s'est désisté de l'attaque avant d'y être contraint par des moyens de force majeure.

Maintenant ma triste tâche va se borner à donner un extrait nécessairement fort sec du procès à la suite duquel Hélène trouva la mort. Ce procès, que j'ai lu dans une bibliothèque dont je dois taire le nom, ne forme pas moins de huit volumes in-folio. L'interrogatoire et le raisonnement sont en langue latine, les réponses en italien. J'y vois qu'au mois de novembre 1572, sur les onze heures du soir, le jeune évêque se rendit seul à la porte de l'église où toute la journée les fidèles sont admis ; l'abbesse elle-même lui ouvrit cette porte, et lui permit de la suivre. Elle le reçut dans une chambre qu'elle occupait souvent et qui communiquait par une porte secrète aux tribunes qui règnent sur les nefs de l'église. Une heure s'était à peine écoulée lorsque l'évêque, fort surpris, fut renvoyé chez lui ; l'abbesse elle-même le reconduisit à la porte de l'église, et lui dit ces propres paroles :

— *Retournez à votre palais et quittez-moi bien vite. Adieu, monseigneur, vous me faites horreur ; il me semble que je me suis donnée à un laquais.*

Toutefois, trois mois après, arriva le temps du carnaval. Les gens de Castro étaient renommés par les fêtes qu'ils se donnaient entre eux à cette époque, la ville entière retentissait du bruit des mascarades. Aucune ne manquait de passer devant une petite fenêtre qui donnait un jour de souffrance à une certaine écurie du couvent. L'on sent bien que trois mois avant le carnaval cette écurie était changée en salon, et qu'elle ne désemplissait pas les jours de mascarade. Au milieu de toutes les folies du public, l'évêque vint à passer dans son carrosse ; l'abbesse lui fit un signe, et, la nuit suivante, à une heure, il ne manqua pas de se trouver à la porte de l'église. Il entra ; mais, moins de trois quarts d'heure après, il fut renvoyé avec colère. Depuis le premier rendez-vous au mois de novembre, il continuait à venir au couvent à peu près tous les huit jours. On trouvait sur sa figure un petit air de triomphe et de sottise qui n'échappait à personne, mais qui avait le privilège de choquer grandement le caractère altier de la jeune abbesse. Le lundi de Pâques, entre autres jours, elle le traita comme le dernier des hommes, et lui adressa des paroles que le plus pauvre des hommes de peine du couvent n'eût pas supportées. Toutefois, peu de jours après, elle lui fit un signe à la suite duquel le bel évêque ne manqua pas de se trouver, à minuit, à la porte de l'église ; elle l'avait fait venir pour lui apprendre qu'elle était enceinte. A cette annonce, dit le procès, le beau jeune homme pâlit d'horreur et devint tout à fait *stupide de peur*. L'abbesse eut la fièvre ; elle fit appeler le médecin, et ne lui fit point mystère de son état. Cet homme connaissait le caractère généreux de la malade, et lui promit de la tirer d'affaire. Il commença par la mettre en relation avec une femme du peuple jeune et jolie, qui, sans porter le titre de sage-femme, en avait les talents. Son mari était boulanger. Hélène fut contente de la conversation de cette femme, qui lui déclara que, pour l'exécution des projets à l'aide desquels elle espérait la sauver, il était nécessaire qu'elle eût deux confidentes dans le couvent.

— Une femme comme vous, à la bonne heure, mais une de mes égales ! non ; sortez de ma présence.

La sage-femme se retira. Mais, quelques heures plus tard, Hélène, ne trouvant pas prudent de s'exposer aux bavardages de cette femme, fit appeler le médecin, qui la renvoya au couvent, où elle fut traitée généreusement. Cette femme jura que, même non rappelée, elle n'eût jamais divulguée le secret confié ; mais elle déclara de nouveau que, s'il n'y avait pas dans l'intérieur du couvent deux femmes dévouées aux intérêts de l'abbesse et sachant tout, elle ne pouvait se mêler de rien. (Sans doute elle songeait à l'accusation d'infanticide.) Après y avoir beaucoup réfléchi, l'abbesse résolut de confier ce terrible secret à madame Victoire, prieure du couvent, de la noble famille des ducs de C..., et à madame Bernarde, fille du marquis P... Elle leur fit jurer sur leurs bréviaires de ne jamais dire un mot, même au tribunal de la pénitence, de ce qu'elle allait leur confier. Ces dames restèrent glacées de terreur. Elles avouent, dans leurs interrogatoires, que, préoccupées du caractère si altier de leur abbesse, elles s'attendirent à l'aveu de quelque meurtre. L'abbesse leur dit d'un air simple et froid :

— J'ai manqué à tous mes devoirs, je suis enceinte.

Madame Victoire, la prieure, profondément émue et troublée par l'amitié qui, depuis tant d'années, l'unissait à Hélène, et non poussée par une vaine curiosité, s'écria les larmes aux yeux :

— Quel est donc l'imprudent qui a commis ce crime ?

— Je ne l'ai pas dit même à mon confesseur ; jugez si je veux le dire à vous !

Ces deux dames délibérèrent aussitôt sur les moyens de cacher ce fatal secret au reste du couvent. Elles décidèrent d'abord que le lit de l'abbesse serait transporté de sa chambre actuelle, lieu tout à fait central, à la pharmacie que l'on venait d'établir dans l'endroit le plus reculé du couvent, au troisième étage du grand bâtiment élevé par la générosité d'Hélène. C'est dans ce lieu que l'abbesse donna le jour à un enfant mâle. Depuis trois semaines la femme du boulanger était cachée dans l'appartement de la prieure. Comme cette femme marchait avec rapidité le long du cloître, emportant l'enfant, celui-ci jeta des cris, et, dans sa terreur, cette femme se réfugia dans la cave. Une heure après, madame Bernarde, aidée du médecin, parvint à ouvrir une petite porte du jardin, la femme du boulanger sortit rapidement du couvent et bientôt après de la ville. Arrivée en rase campagne et poursuivie par une terreur panique, elle se réfugia dans une grotte que le hasard lui fit rencontrer dans certains rochers. L'abbesse écrivit à César del Bene, confident et premier valet de chambre de l'évêque, qui courut à la grotte qu'on lui avait indiquée ; il était à cheval : il prit l'enfant dans ses bras, et partit au galop pour Montefiascone. L'enfant fut baptisé dans l'église de Sainte-Marguerite, et reçut le nom d'Alexandre. L'hôtesse du lieu avait procuré une nourrice à laquelle César remit huit écus : beaucoup de femmes, s'étant rassemblées autour de l'église pendant la cérémonie du baptême, demandèrent à grands cris au seigneur César le nom du père de l'enfant.

— C'est un grand seigneur de Rome, leur dit-il, qui s'est permis d'abuser d'une pauvre villageoise comme vous.

Et il disparut.

VII

Tout allait bien jusque-là dans cet immense couvent, habité par plus de trois cents femmes curieuses ; personne n'avait rien vu, personne n'avait rien entendu. Mais l'abbesse avait remis au médecin quelques poignées de sequins nouvellement frappés à la monnaie de Rome. Le médecin donna plusieurs de ces pièces à la femme du boulanger. Cette femme était jolie et son mari jaloux ; il fouilla dans sa malle, trouva ces pièces d'or si brillantes, et, les croyant le prix de son déshonneur, la força, le couteau sur la gorge, à dire d'où elles provenaient. Après quelques tergiversations, la femme avoua la vérité, et la paix fut faite. Les deux époux en vinrent à délibérer sur l'emploi d'une telle somme. La boulangère voulait payer quelques dettes ; mais le mari trouva plus beau d'acheter un mulet, ce qui fut fait. Ce mulet fit scandale dans le quartier, qui connaissait bien la pauvreté des deux époux. Toutes les commères de la ville, amies et ennemies, venaient successivement demander à la femme du boulanger quel était l'amant généreux qui l'avait mise à même d'acheter un mulet. Cette femme, irritée, répondait quelquefois en racontant la vérité. Un jour que César del Bene était allé voir l'enfant, et revenait rendre compte de sa visite à l'abbesse, celle-ci, quoique fort indisposée, se traîna jusqu'à la grille, et lui fit des reproches sur le peu de discrétion des agents employés par lui. De son côté, l'évêque tomba malade de peur ; il écrivit à ses frères à Milan pour leur raconter l'injuste accusation à laquelle il était en butte : il les engageait à venir à son secours. Quoique gravement indisposé, il prit la résolution de quitter Castro ; mais, avant de partir, il écrivit à l'abbesse :

« Vous saurez déjà que tout ce qui a été fait est public. Ainsi, si vous prenez intérêt à sauver non seulement ma réputation, mais peut-être ma vie, et pour éviter un plus grand scandale, vous pouvez inculper Jean-Baptiste Doleri, mort depuis peu de jours ; que si, par ce moyen, vous ne réparez pas votre honneur, le mien du moins ne courra plus aucun péril. »

L'évêque appela don Luigi, confesseur du monastère de Castro.

— Remettez ceci, lui dit-il, dans les propres mains de madame l'abbesse.

Celle-ci, après avoir lu cet infâme billet, s'écria devant tout ce qui se trouvait dans la chambre :

— *Ainsi méritent d'être traitées les vierges folles qui préfèrent la beauté du corps à celle de l'âme !*

Le bruit de tout ce qui se passait à Castro parvint rapidement aux oreilles du *terrible* cardinal Farnèse (il se donnait ce caractère depuis quelques années, parce qu'il espérait, dans le prochain conclave, avoir l'appui des cardinaux *zelanti*). Aussitôt il donna l'ordre au podestat de Castro de faire arrêter l'évêque Cittadini. Tous les domestiques de celui-ci, craignant la *question,* prirent la fuite. Le seul César del Bene resta fidèle à son maître, et lui jura qu'il mourrait dans les tourments plutôt que de rien avouer qui pût lui nuire. Cittadini, se voyant entouré de gardes dans son palais, écrivit de nouveau à ses frères, qui arrivèrent de Milan en toute hâte. Ils le trouvèrent détenu dans la prison de Ronciglione.

Je vois dans le premier interrogatoire de l'abbesse que, tout en avouant sa faute, elle nia avoir eu des rapports avec monseigneur l'évêque ; son complice avait été Jean-Baptiste Doleri, avocat du couvent.

Le 9 septembre 1573, Grégoire XIII ordonna que le procès fut fait en toute hâte et en toute rigueur. Un juge criminel, un fiscal et un commissaire se transportèrent à Castro et à Ronciglione. César del Bene, premier valet de chambre de l'évêque, avoue seulement avoir porté un enfant chez une nourrice. On l'interroge en présence de mesdames Victoire et Bernarde. On le met à la torture deux jours de suite ; il souffre horriblement ; mais, fidèle à sa parole, il n'avoue que ce qu'il est impossible de nier, et le fiscal ne peut rien tirer de lui.

Quand vient le tour de mesdames Victoire et Bernarde, qui avaient été témoins des tortures infligées à César, elles avouent tout ce qu'elles ont fait. Toutes les religieuses sont interrogées sur le nom de l'auteur du crime; la plupart répondent avoir ouï-dire que c'est monseigneur l'évêque. Une des sœurs portières rapporte les paroles outrageantes que l'abbesse avait adressées à l'évêque en le mettant à la porte de l'église. Elle ajoute : « Quand on se parle sur ce ton, c'est qu'il y a bien longtemps que l'on fait l'amour ensemble. En effet, monseigneur l'évêque, ordinairement remarquable par l'excès de sa suffisance, avait, en sortant de l'église, l'air tout penaud. »

L'une des religieuses, interrogée en présence de l'instrument des tortures, répond que l'auteur du crime doit être le chat, parce que l'abbesse le tient continuellement dans ses bras et le caresse beaucoup. Une autre religieuse prétend que l'auteur du crime devait être le vent, parce que, les jours où il fait du vent, l'abbesse est heureuse et de bonne humeur, elle s'expose à l'action du vent sur un belvédère qu'elle a fait construire exprès ; et, quand on va lui demander une grâce en ce lieu, jamais elle ne la refuse. La femme du boulanger, la nourrice, les commères de Montefiascone, effrayées par les tortures qu'elles avaient vu infliger à César, disent la vérité.

Le jeune évêque était malade ou faisait le malade à Ronciglione, ce qui donna l'occasion à ses frères, soutenus par le crédit et par les moyens d'influence de la signora de Campireali, de se jeter plusieurs fois aux pieds du pape, et de lui demander que la procédure fût suspendue jusqu'à ce que l'évêque eût recouvré sa santé. Sur quoi le terrible cardinal Farnèse augmenta le nombre des soldats qui le gardaient dans sa prison. L'évêque ne pouvant être interrogé, les commissaires commençaient toutes leurs séances par faire subir un nouvel interrogatoire à l'abbesse. Un jour que sa mère lui avait fait dire d'avoir bon courage et de continuer à tout nier, elle avoua tout.

— Pourquoi avez-vous d'abord inculpé Jean-Baptiste Doleri ?

— Par pitié pour la lâcheté de l'évêque, et, d'ailleurs, s'il parvient à sauver sa chère vie, il pourra donner des soins à mon fils.

Après cet aveu, on enferma l'abbesse dans une chambre du couvent de Castro, dont les murs, ainsi que la voûte, avaient huit pieds d'épaisseur ; les religieuses ne parlaient de ce cachot qu'avec terreur, et il était connu sous le nom de la chambre des moines ; l'abbesse y fut gardée à vue par trois femmes.

La santé de l'évêque s'étant un peu améliorée, trois cents sbires ou soldats vinrent le prendre à Ronciglione, et il fut transporté à Rome en litière ; on le déposa à la prison appelée *Corte Savella*. Peu de jours après, les religieuses aussi furent amenées à Rome; l'abbesse fut placée dans le monastère de Sainte-Marthe. Quatre religieuses étaient inculpées : mesdames Victoire et Bernarde, la sœur chargée du tour et la portière qui avait entendu les paroles outrageantes adressées à l'évêque par l'abbesse.

L'évêque fut interrogé par l'*auditeur de la chambre,* l'un des premiers personnages de l'ordre judiciaire. On remit de nouveau à la torture le pauvre César del Bene, qui non seulement n'avoua rien, mais dit des choses qui *faisaient de la peine au ministère public*, ce qui lui valut une nouvelle séance de torture. Ce supplice préliminaire fut également infligé à mesdames Victoire et Bernarde. L'évêque niait tout avec sottise, mais avec une belle opiniâtreté ; il rendait compte dans le plus grand détail de tout ce qu'il avait fait dans les trois soirées évidemment passées auprès de l'abbesse.

Enfin, on confronta l'abbesse avec l'évêque, et, quoiqu'elle dît constamment la vérité, on la soumit à la torture. Comme elle répétait ce qu'elle avait toujours dit depuis son premier aveu, l'évêque, fidèle à son rôle, lui adressa des injures.

Après plusieurs autres mesures raisonnables au fond, mais entachées de cet esprit de cruauté, qui, après les règnes de Charles-Quint et de Philippe II, prévalait trop souvent dans les tribunaux d'Italie, l'évêque fut condamné à subir une prison perpétuelle au château Saint-Ange; l'abbesse fut condamnée à être détenue toute sa vie dans le couvent de Sainte-Marthe, où elle se trouvait. Mais déjà la signora de Campireali avait entrepris, pour sauver sa fille, de faire creuser un passage souterrain. Ce passage partait de l'un des égouts laissés par la magnificence de l'ancienne Rome, et devait aboutir au caveau profond où l'on plaçait les dépouilles mortelles des religieuses de Sainte-Marthe. Ce passage, large de deux pieds à peu près, avait des parois de planches pour soutenir les terres à droite et à gauche, et on lui donnait pour voûte, à mesure que l'on avançait, deux planches placées comme les jambages d'un A majuscule.

On pratiquait ce souterrain à trente pieds de profondeur à peu près. Le point important était de le diriger dans le sens convenable; à chaque instant, des puits et des fondements d'anciens édifices obligeaient les ouvriers à se détourner. Une autre grande difficulté, c'étaient les déblais, dont on ne savait que faire, il paraît qu'on les semait pendant la nuit dans toutes les rues de Rome. On était étonné de cette quantité de terre qui tombait, pour ainsi dire, du ciel.

Quelques grosses sommes que la signora de Campireali dépensât pour essayer de sauver sa fille, son passage souterrain eût sans doute été découvert, mais le pape Grégoire XIII vint à mourir en 1585, et le règne du désordre commença avec le siège vacant.

Hélène était fort mal à Sainte-Marthe; on peut penser si de simples religieuses assez pauvres mettaient du zèle à vexer une abbesse fort riche et convaincue d'un tel crime. Hélène attendait avec empressement le résultat des travaux entrepris par sa mère. Mais tout à coup son cœur éprouva d'étranges émotions. Il y avait déjà six mois que

Fabrice Colonna, voyant l'état chancelant de la santé de Grégoire XIII, et ayant de grands projets pour l'interrègne, avait envoyé un de ses officiers à Jules Branciforte, maintenant si connu dans les armées espagnoles sous le nom de colonel Lizzara. Il le rappelait en Italie ; Jules brûlait de revoir son pays. Il débarqua sous un nom supposé à Pescara, petit port de l'Adriatique sous Chietti, dans les Abruzzes, et par les montagnes il vint jusqu'à la Petrella. La joie du prince étonna tout le monde. Il dit à Jules qu'il l'avait fait appeler pour faire de lui son successeur et lui donner le commandement de ses soldats. A quoi Branciforte répondit que, militairement parlant, l'entreprise ne valait plus rien, ce qu'il prouva facilement ; si jamais l'Espagne le voulait sérieusement, en six mois et à peu de frais, elle détruirait tous les soldats d'aventure de l'Italie.

— Mais après tout, ajouta le jeune Branciforte, si vous le voulez, mon prince, je suis prêt à marcher. Vous trouverez toujours en moi le successeur du brave Ranuce tué aux Ciampi.

Avant l'arrivée de Jules, le prince avait ordonné, comme il savait ordonner, que personne dans la Petrella ne s'avisât de parler de Castro et du procès de l'abbesse ; la peine de mort, sans aucune rémission, était placée en perspective du moindre bavardage. Au milieu des transports d'amitié avec lesquels il reçut Branciforte, il lui demanda de ne point aller à Albano sans lui, et sa façon d'effectuer ce voyage fut de faire occuper la ville par mille de ses gens, et de placer une avant-garde de douze cents hommes sur la route de Rome. Qu'on juge de ce que devint le pauvre Jules, lorsque le prince, ayant fait appeler le vieux Scotti, qui vivait encore, dans la maison où il avait placé son quartier général, le fit monter dans la chambre où il se trouvait avec Branciforte. Dès que les deux amis se furent jetés dans les bras l'un de l'autre :

— Maintenant, pauvre colonel, dit-il à Jules, attends-toi à ce qu'il y a de pis.

Sur quoi il souffla la chandelle et sortit en enfermant à clef les deux amis.

Le lendemain, Jules, qui ne voulut pas sortir de sa chambre, envoya demander au prince la permission de retourner à la Petrella, et de ne pas le voir de quelques jours. Mais on vint lui rapporter que le prince avait disparu, ainsi que ses troupes. Dans la nuit, il avait appris la mort de Grégoire XIII; il avait oublié son ami Jules et courait la campagne. Il n'était resté autour de Jules qu'une trentaine d'hommes appartenant à l'ancienne compagnie de Ranuce. L'on sait assez qu'en ce temps-là, pendant le siège vacant, les lois étaient muettes, chacun songeait à satisfaire ses passions, et il n'y avait de force que la force; c'est pourquoi, avant la fin de la journée, le prince Colonna avait déjà fait pendre plus de cinquante de ses ennemis. Quant à Jules, quoiqu'il n'eût pas quarante hommes avec lui, il osa marcher vers Rome.

Tous les domestiques de l'abbesse de Castro lui avaient été fidèles; ils s'étaient logés dans les pauvres maisons voisines du couvent de Sainte-Marthe. L'agonie de Grégoire XIII avait duré plus d'une semaine; la signora de Campireali attendait impatiemment les journées de trouble qui allaient suivre sa mort pour faire attaquer les derniers cinquante pas de son souterrain. Comme il s'agissait de traverser les caves de plusieurs maisons habitées, elle craignait fort de ne pouvoir dérober au public la fin de son entreprise.

Dès le surlendemain de l'arrivée de Branciforte à la Petrella, les trois anciens *bravi* de Jules, qu'Hélène avait pris à son service, semblèrent atteints de folie. Quoique tout le monde ne sût que trop qu'elle était au secret le plus absolu, et gardée par des religieuses qui la haïssaient, Ugone, l'un des *bravi,* vint à la porte du couvent et fit les instances les plus étranges pour qu'on lui permît de voir sa maîtresse, et sur-le-champ. Il fut repoussé et jeté à la porte. Dans son désespoir, cet homme y resta, et se mit à donner un *bajoc* (un sou) à chacune des personnes attachées au service de la maison qui entraient ou sortaient, en leur disant ces précises paroles : *Réjouissez-vous avec moi ; le signor Jules Branciforte est arrivé, il est vivant; dites cela à vos amis.*

Les deux camarades d'Ugone passèrent la journée à lui apporter des bajocs, et ils ne cessèrent d'en distribuer jour et nuit, en disant toujours les mêmes paroles, que lorsqu'il ne leur en resta plus un seul. Mais les trois *bravi,* se relevant l'un l'autre, ne continuèrent pas moins à monter la garde à la porte du couvent de Sainte-Marthe, adressant toujours aux passants les mêmes paroles suivies de grandes salutations : *Le seigneur Jules est arrivé,* etc.

L'idée de ces braves gens eut du succès : moins de trente-six heures après le premier bajoc distribué, la pauvre Hélène, au secret au fond de son cachot, savait que *Jules était vivant ;* ce mot la jeta dans une sorte de frénésie :

— O ma mère ! s'écriait-elle ; m'avez-vous fait assez de mal !

Quelques heures plus tard l'étonnante nouvelle lui fut confirmée par la petite Marietta qui, en faisant le sacrifice de tous ses bijoux d'or, obtint la permission de suivre la sœur tourière qui apportait ses repas à la prisonnière. Hélène se jeta dans ses bras en pleurant de joie.

— Ceci est bien beau, lui dit-elle, mais je ne resterai plus guère avec toi.

— Certainement ! lui dit Marietta. Je pense bien que le temps de ce conclave ne se passera pas sans que votre prison ne soit changée en un simple exil.

— Ah ! ma chère, revoir Jules ! et le revoir, moi coupable !

Au milieu de la troisième nuit qui suivit cet entretien, une partie du pavé de l'église s'enfonça avec un grand bruit ; les religieuses de Sainte-Marthe crurent que le couvent allait s'abîmer. Le trouble fut extrême, tout le monde criait au tremblement de terre. Une heure environ après la chute du pavé de marbre de l'église, la signora de Campireali, précédée par les trois *bravi* au service d'Hélène, pénétra dans le cachot par le souterrain.

— Victoire, victoire, madame! criaient les *bravi*.

Hélène eut une peur mortelle; elle crut que Jules Branciforte était avec eux. Elle fut bien rassurée, et ses traits reprirent leur expression sévère lorsqu'ils lui dirent qu'ils n'accompagnaient que la signora de Campireali, et que Jules n'était encore que dans Albano, qu'il venait d'occuper avec plusieurs milliers de soldats.

Après quelques instants d'attente, la signora de Campireali parut; elle marchait avec beaucoup de peine, donnant le bras à son écuyer, qui était en grand costume et l'épée au côté; mais son habit magnifique était tout souillé de terre.

— O ma chère Hélène! je viens te sauver! s'écria la signora de Campireali.

— Et qui vous dit que je veuille être sauvée?

La signora de Campireali restait étonnée; elle regardait sa fille avec de grands yeux; elle parut fort agitée.

— Eh bien, ma chère Hélène, dit-elle enfin, la destinée me force à t'avouer une action bien naturelle peut-être, après les malheurs autrefois arrivés dans notre famille, mais dont je me repens, et que je te prie de me pardonner: Jules... Branciforte... est vivant...

— Et c'est parce qu'il vit que je ne veux pas vivre.

La signora de Campireali ne comprenait pas d'abord le langage de sa fille, puis elle lui adressa les supplications les plus tendres, mais elle n'obtenait pas de réponse: Hélène s'était tournée vers son crucifix et priait sans l'écouter. Ce fut en vain que, pendant une heure entière, la signora de Campireali fit les derniers efforts pour obtenir une parole ou un regard. Enfin, sa fille, impatientée, lui dit:

— C'est sous le marbre de ce crucifix qu'étaient cachées ses lettres, dans ma petite chambre d'Albano; il eût mieux valu me laisser poignarder par mon père! Sortez, et laissez-moi de l'or.

La signora de Campireali, voulant continuer à parler à

sa fille, malgré les signes d'effroi que lui adressait son écuyer, Hélène s'impatienta.

— Laissez-moi, du moins, une heure de liberté ; vous avez empoisonné ma vie, vous voulez aussi empoisonner ma mort.

— Nous serons encore maîtres du souterrain pendant deux ou trois heures ; j'ose espérer que tu te raviseras ! s'écria la signora de Campireali fondant en larmes.

Et elle reprit la route du souterrain.

— Ugone, reste auprès de moi, dit Hélène à l'un de ses *bravi,* et sois bien armé, mon garçon, car peut-être il s'agira de me défendre. Voyons ta dague, ton épée, ton poignard !

Le vieux soldat lui montra ces armes en bon état.

— Eh bien, tiens-toi là en dehors de ma prison ; je vais écrire à Jules une longue lettre que tu lui remettras toi-même ; je ne veux pas qu'elle passe par d'autres mains que les tiennes, n'ayant rien pour la cacheter. Tu peux lire tout ce que contiendra cette lettre. Mets dans tes poches tout cet or que ma mère vient de laisser, je n'ai besoin pour moi que de cinquante sequins ; place-les sur mon lit.

Après ces paroles, Hélène se mit à écrire :

« Je ne doute point de toi, mon cher Jules ; si je m'en vais, c'est que je mourrais de douleur dans tes bras, en voyant quel eût été mon bonheur si je n'eusse pas commis une faute. Ne va pas croire que j'aie jamais aimé aucun être au monde après toi ; bien loin de là, mon cœur était rempli du plus vif mépris pour l'homme que j'admettais dans ma chambre. Ma faute fut uniquement d'ennui, et, si l'on veut, de libertinage. Songe que mon esprit, fort affaibli depuis la tentative inutile que je fis à la Petrella, où le prince que je vénérais, parce que tu l'aimais, me reçut si cruellement ; songe, dis-je, que mon esprit, fort affaibli, fut assiégé par douze années de mensonge. Tout ce qui m'environnait était faux et menteur, et je le savais. Je reçus d'abord une trentaine de lettres de toi ; juge des transports avec lesquels j'ouvris les premières ! mais, en les lisant, mon cœur se glaçait. J'examinais cette écriture, je reconnaissais ta main, mais non ton cœur. Songe que ce premier mensonge a dérangé l'essence de ma vie, au point de me faire ouvrir sans plaisir une lettre de ton écriture ! La détestable annonce de ta mort acheva de tuer en moi tout ce qui restait encore des temps heureux de notre jeunesse. Mon premier dessein, comme tu le comprends bien, fut d'aller voir et toucher de mes mains la plage du Mexique où l'on disait que les sauvages t'avaient massacré ; si j'eusse suivi cette pensée... nous serions heureux maintenant, car, à Madrid, qeuls que fussent le nombre et l'adresse des espions qu'une main vigilante eût pu semer autour de moi, comme de mon côté, j'eusse intéressé toutes les âmes dans lesquelles il reste encore un peu de pitié et de bonté, il est probable que je serais arrivée à la vérité ; car déjà, mon Jules, tes belles actions avaient fixé sur toi l'attention du monde, et peut-être quelqu'un à Madrid savait que tu étais Branciforte. Veux-tu que je te dise ce qui empêcha notre bonheur ? D'abord le souvenir de l'atroce et humiliante réception que le prince m'avait faite à la Petrella ; que d'obstacles puissants à affronter de Castro au Mexique ! Tu le vois, mon âme avait déjà perdu de son ressort. Ensuite il me vint une pensée de vanité. J'avais fait construire de grands bâtiments dans le couvent, afin de pouvoir prendre pour chambre la loge de la tourière, où tu te réfugias la nuit du combat. Un jour, je regardais cette terre que jadis, pour moi, tu avais abreuvée de ton sang ; j'entendis une parole de mépris, je levai la tête, je vis des visages méchants ; pour me venger, je voulus être abbesse. Ma mère, qui savait bien que tu étais vivant, fit des choses héroïques pour obtenir cette nomination extravagante. Cette place ne fut, pour moi, qu'une source d'ennuis ; elle acheva d'avilir mon âme ; je trouvai du plaisir à marquer mon pouvoir souvent par le malheur des autres ; je commis des injustices. Je me voyais à trente ans, vertueuse suivant le monde, riche, considérée, et cependant parfaitement malheureuse. Alors se présenta ce pauvre homme, qui était la bonté même, mais l'ineptie en personne. Son ineptie fit que je supportai ses premiers propos. Mon âme était si malheureuse par tout ce qui m'environnait depuis ton départ, qu'elle n'avait plus la force de résister à la plus petite tentation. T'avouerai-je une chose bien indécente ? Mais je réfléchis que tout est permis à une morte. Quand tu liras ces lignes, les vers dévoreront ces prétendues beautés qui n'auraient dû être que pour toi. Enfin il faut dire cette chose qui me fait de la peine ; je ne voyais pas pourquoi je n'essayerais pas de l'amour grossier comme toutes nos dames romaines ; j'eus une pensée de libertinage, mais je n'ai jamais pu me donner à cet homme sans éprouver un sentiment d'horreur et de dégoût qui anéantissait tout le plaisir. Je te voyais toujours à mes côtés, dans notre jardin du palais d'Albano, lorsque la Madone t'inspira cette pensée généreuse en apparence, mais qui pourtant, après ma mère, a fait le malheur de notre vie. Tu n'étais point menaçant, mais tendre et bon comme tu le fus toujours, tu me regardais ; alors j'éprouvais des moments de colère pour cet autre homme et j'allais jusqu'à le battre de toutes mes forces. Voilà toute la vérité, mon cher Jules : je ne voulais pas mourir sans te la dire, et je pensais aussi que peut-être cette conversation avec toi m'ôterait l'idée de mourir. Je n'en vois que mieux quelle eût été ma joie en te revoyant, si je me fusse conservée digne de toi. Je t'ordonne de vivre et de continuer cette carrière militaire qui m'a causé tant de joie quand j'ai appris tes succès. Qu'eût-ce été, grand Dieu ! si j'eusse reçu tes lettres, surtout après la bataille d'Achenne ! Vis, et rappelle-toi souvent la mémoire de Ranuce, tué aux Ciampi, et celle d'Hélène, qui, pour ne pas voir un reproche dans tes yeux, est morte à Sainte-Marthe. »

Après avoir écrit, Hélène s'approcha du vieux soldat, qu'elle trouva dormant ; elle lui déroba sa dague, sans qu'il s'en aperçût, puis elle l'éveilla.

— J'ai fini, lui dit-elle, je crains que nos ennemis ne s'emparent du souterrain. Va vite prendre ma lettre qui est sur la table, et remets-la toi-même à Jules, *toi-même,* entends-tu ? De plus, donne-lui mon mouchoir que voici ; dis-lui que je ne l'aime pas plus en ce moment que je ne l'ai toujours aimé, *toujours,* entends bien !

Ugone debout ne partait pas.

— Va donc !

— Madame, avez-vous bien réfléchi ? Le seigneur Jules vous aime tant !

— Moi aussi, je l'aime ; prends la lettre et remets-la toi-même.

— Eh bien, que Dieu vous bénisse comme vous êtes bonne !

Ugone alla et revint fort vite ; il trouva Hélène morte ; elle avait la dague dans le cœur.

FÉDER
ou
le mari d'argent

I

A dix-sept ans, Féder, un des jeunes gens les mieux faits de Marseille, fut chassé de la maison paternelle; il venait de commettre une faute majeure : il avait épousé une actrice du Grand-Théâtre. Son père, Allemand fort moral et de plus riche négociant depuis longtemps établi à Marseille, maudissait vingt fois par jour Voltaire et l'ironie française; et ce qui l'indigna peut-être le plus, dans l'étrange mariage de son fils, ce furent quelques propos légers *à la française* par lesquels celui-ci essaya de se justifier.

Fidèle à la mode, quoique né à deux cents lieues de Paris, Féder faisait profession de mépriser le commerce, apparemment parce que c'était l'état de son père; en second lieu, comme il avait du plaisir à voir quelques bons tableaux anciens du musée de Marseille, et qu'il trouvait détestables certaines croûtes modernes, que le gouvernement expédie aux musées de province, il alla se figurer qu'il était artiste. Du véritable artiste, il n'avait que le mépris pour l'argent; et encore ce mépris tenait-il surtout à son horreur pour le travail de bureau et pour les occupations de son père : il n'en voyait que la gêne extérieure. Michel Féder, déclamant sans cesse contre la vanité et la légèreté des Français, se gardait bien d'avouer devant son fils les divins plaisirs de vanité que lui donnaient les louanges de ses associés, lorsqu'ils venaient partager avec lui les bénéfices de quelque bonne spéculation, sortie de la tête du vieux Allemand. Ce qui indignait celui-ci, c'est que, malgré ses sermons de morale, ses associés transformaient promptement leurs bénéfices en parties de campagne, en *chasse à l'arbre* et autres bonnes jouissances physiques. Pour lui, enfermé dans son arrière-comptoir, un volume de Steding et une grosse pipe formaient tous ses plaisirs, et il amassa des millions.

Lorsque Féder devint amoureux d'Amélie, jeune actrice de dix-sept ans, sortant du conservatoire et fort applaudie dans le rôle du *Petit Matelot,* il ne savait que deux choses : monter à cheval et faire des portraits en miniature ; ces portraits étaient d'une ressemblance frappante on ne pouvait leur refuser ce mérite ; mais c'était le seul qui pût justifier les prétentions de l'auteur. Ils étaient toujours d'une laideur atroce et n'atteignaient à la ressemblance qu'en outrant les défauts du modèle.

Michel Féder, chef si connu de la maison Michel Féder et compagnie, déclamait toute la journée en faveur de l'égalité naturelle, mais jamais ne put pardonner à son fils unique d'avoir épousé une petite actrice. En vain l'avoué chargé de faire protester les mauvaises lettres de change adressées à sa maison lui fit observer que le mariage de son fils n'avait été célébré que par un capucin espagnol (dans le Midi, on ne s'est point encore donné la peine de comprendre le mariage à la municipalité) ; Michel Féder, né à Nuremberg et catholique outré, comme on l'est en Bavière, tenait pour indissoluble tout mariage où était intervenue la dignité du sacrement. L'extrême vanité du philosophe allemand fut surtout choquée d'une sorte de dicton provençal qui fut bientôt populaire dans Marseille :

> Monsieur Féder, le riche Baviérot,
> se trouve le beau-père au *Petit Matelot.*

Outré de ce nouvel attentat de l'*ironie française,* il déclara que de sa vie il ne reverrait son fils, et lui envoya quinze cents francs et l'ordre de ne jamais se présenter devant lui.

Féder sauta de joie à la vue des quinze cents francs. C'était avec des peines infinies qu'il avait pu réunir, de son côté, une somme à peu près égale, et, le lendemain, il partit pour Paris, le *centre de l'esprit et de la civilisation,* avec le *petit matelot,* enchantée de revoir la capitale et ses amies du conservatoire.

Quelques mois plus tard, Féder perdit sa femme, qui mourut en lui donnant une petite fille. Il crut devoir annoncer à son père ces deux événements graves ; mais, peu de jours après, il sut que Michel Féder était ruiné et en fuite. Son immense fortune lui avait tourné la tête, sa vanité avait rêvé de s'emparer de tous les draps d'une certaine espèce que l'on fabrique en France ; il voulait faire broder sur la lisière des pièces de drap, les mots : *Féder von Deutchland* (Féder l'Allemand), et ensuite porter au double de leur valeur actuelle ces draps, qui, naturellement, auraient pris le nom de *draps féder ;* ce qui devait l'immortaliser. Cette idée, pas mal française, fut suivie d'une banqueroute complète, et notre héros se trouva avec mille francs de dettes et une petite fille au milieu de ce Paris qu'il ne connaissait point, et où, sur la figure de chaque réalité, il appliquait une chimère, fille de son imagination.

Jusque-là Féder n'avait été qu'un fat, au fond excessivement fier de la fortune de son père. Mais, par bonheur, la prétention d'être un jour un artiste célèbre l'avait porté à lire avec amour Malvasia, Condivi et les autres historiens des grands peintres d'Italie. Presque tous ont été des gens pauvres, fort peu intrigants, fort maltraités de la fortune ; et, sans y songer, Féder s'était accoutumé à regarder comme assez heureuse une vie remplie par des passions ardentes, et s'inquiétant peu des malheurs d'argent et de costume.

A la mort de sa femme, Féder occupait, au quatrième étage, un petit appartement meublé, chez M. Martineau, cordonnier de la rue Taitbout, lequel jouissait d'une honnête aisance, et, de plus, avait l'honneur de se voir caporal dans la garde nationale. La nature marâtre n'avait donné à M. Martineau que la taille peu militaire de quatre pieds dix pouces ; mais l'artiste en chaussures avait trouvé une compensation à ce désavantage piquant : il s'était fait des bottes avec des talons de deux pouces de hauteur à la Louis XIV, et il portait habituellement un magnifique bonnet à poil haut de deux pieds et demi. Ainsi harnaché, il avait eu le bonheur d'accrocher une balle au bras dans l'une des émeutes de Paris. Cette balle, objet continuel des méditations du Martineau, changea son caractère et en fit un homme aux nobles pensées.

Lorsque Féder perdit sa femme, il devait quatre mois de loyer à M. Martineau, c'est-à-dire trois cent vingt francs. Le cordonnier lui dit :

— Vous êtes malheureux, je ne veux point vous vexer, faites mon portrait en uniforme, avec mon bonnet d'ordonnance, et nous serons quittes.

Ce portrait, d'une ressemblance hideuse, fit l'admiration de toutes les boutiques environnantes. Le caporal le plaça tout près de la glace sans tain que la mode anglaise met sur le devant des boutiques. Toute la compagnie à laquelle appartenait Martineau vint admirer *cette peinture,* et quelques gardes nationaux eurent l'idée lumineuse de fonder un musée à la mairie de leur arrondissement. Ce musée serait composé des portraits de tous les gardes nationaux qui auraient l'honneur d'être tués ou blessés dans les combats. La compagnie possédant deux autres blessés, Féder fit leurs portraits, toujours d'une ressemblance abominable, et, quand il fut question du payement, il répondit qu'il avait été trop heureux de reproduire les traits *de deux grands citoyens.* Ce mot fit sa fortune.

Conservant le privilège des gens bien élevés, Féder se moquait tout doucement des honnêtes citoyens auxquels il adressait la parole ; mais la vanité gloutonne de ces héros prenait tous les compliments à la lettre. Plusieurs gardes nationaux de la compagnie, et ensuite du bataillon, firent ce raisonnement : « Je puis être blessé, et même, comme le bruit des coups de feu a sur moi une influence surprenance et m'enhardit aux grandes actions, je puis fort bien un jour me faire tuer, et alors il devient nécessaire à ma gloire d'avoir d'avance mon portrait tout fait, afin que l'on puisse le placer au musée d'honneur de la deuxième légion. »

Avant la ruine de son père, Féder n'avait jamais fait de portraits pour de l'argent ; pauvre maintenant, il déclara que ses portraits seraient payés cent francs par le public et cinquante francs seulement par les braves gardes nationaux. Cette annonce montre que Féder avait acquis quelque savoir-faire depuis que la ruine de son père l'avait fait renoncer aux affectations de la fatuité d'artiste. Comme il avait des manières fort douces, il devint de mode dans la légion d'inviter à dîner le jeune peintre le jour de l'inauguration du portrait, au moyen duquel le chef de la famille pouvait espérer l'immortalité.

Féder avait une de ces jolies figures régulières et fines que l'on rencontre souvent à Marseille, au milieu des grossièretés de la Provence actuelle, qui, après tant de siècles, rappellent les traits grecs des Phocéens qui fondèrent la ville. Les *dames* de la deuxième légion surent bientôt que le jeune peintre avait osé braver le courroux d'un père, alors immensément riche, pour épouser une jeune fille qui n'avait d'autre fortune que sa beauté. Cette histoire touchante ne tarda pas à se revêtir de circonstances romanesques jusqu'à la folie ; deux ou trois *braves de la* compagnie de Martineau, qui se trouvèrent de Marseille, se chargèrent de raconter les folies étonnantes dans lesquelles un amour tel qu'on n'en vit jamais avait jeté notre héros, et il se vit obligé d'avoir des succès auprès des dames de la compagnie ; par la suite, plusieurs dames du bataillon, et même de la légion, le trouvèrent aimable. Il avait alors dix-neuf ans, et était parvenu, à force de mauvais portraits à payer ce qu'il devait à M. Martineau.

L'un des maris chez lesquels il dînait le plus souvent, sous prétexte de donner des leçons de dessin à deux petites filles, se trouvait un des plus riches fournisseurs de l'Opéra, et lui fit avoir ses entrées.

Féder commençait à ne plus écouter pour sa conduite les folies de son imagination, et, par le contact avec toutes ces vanités de bas étage, grossières et si cruelles à comprendre, il avait acquis quelque esprit! Il remercia beaucoup de cette faveur la *dame* qui la lui avait fait obtenir ; mais déclara que, malgré sa passion folle pour la musique, il ne pourrait en profiter : depuis *ses malheures,* souvent il prononçait ce mot de bon goût, c'est-à-dire depuis la mort de la femme qu'il avait épousée par amour, les larmes qu'il ne cessait de répandre avaient affaibli sa vue, et il lui était impossible de voir le spectacle d'un point quelconque de la salle : elle était trop resplendissante de lumières. Cette objection, si respectable par sa cause, valut à Féder, ainsi qu'il s'y attendait bien, l'entrée dans les coulisses, et il obtint le second avantage de persuader de plus en plus aux braves de la deuxième légion que la société intime du jeune peintre n'avait aucun danger pour leurs femmes. Notre jeune Marseillais avait alors devant lui, comme on dit dans les boutiques, quelques billets de cinq cents francs, mais se trouvait fort ennuyé des succès qu'il obtenait auprès des dames boutiquières. Son imagination, toujours folle, lui avait persuadé que le bonheur se trouve auprès des femmes bien élevées ; c'est-à-dire qui ont de belles mains blanches, occupent un somptueux appartement au premier étage, et ont des chevaux à elles. Electrisé par cette chimère qui le faisait rêver jour et nuit, il passait ses soirées aux Bouffes ou dans les salons de Tortoni, et s'était logé dans la partie la mieux habitée du faubourg Saint-Honoré.

Rempli de l'histoire des mœurs sous Louis XV, Féder savait qu'il y a un rapport naturel entre les grandes notabilités de l'Opéra et les premiers personnages de la monarchie. Il voyait, au contraire, un mur d'airain s'élever entre les boutiquiers et la bonne compagnie. En arrivant à l'Opéra, il chercha, parmi les deux ou trois grands talents de la danse ou du chant, un esprit qui pût lui donner les moyens de voir la bonne compagnie et d'y pénétrer. Le nom de Rosalinde, la célèbre danseuse, était européen : peut-être comptait-elle trente-deux printemps, mais elle était encore fort bien. Sa taille, surtout, se distinguait par une noblesse et une grâce qui deviennent plus rares chaque jour, et trois fois par mois, dans quatre ou cinq des plus grands journaux, l'on vantait le bon ton de ses manières. Un feuilleton fort bien fait, mais qui aussi coûtait cinq cents francs, décida du choix de Féder, que le *bon ton* des enrichis de boutique mettait au désespoir.

Il étudiait le terrain depuis un mois, et, toujours par la garde nationale, faisait connaître ses malheurs dans les coulisses ; enfin il se décida sur le *moyen d'arriver*. Un soir que Rosalinde dansait dans le ballet à la mode, Féder, qui s'était placé convenablement derrière un bouquet d'arbres avançant sur la scène, s'évanouit d'admiration comme la toile tombait, et, lorsque la belle Rosalinde, couverte d'applaudissements, rentra dans la coulisse, elle trouva tout le monde empressé auprès du jeune peintre, qui était déjà connu par *ses malheurs* et dont l'état donnait des inquiétudes. Rosalinde devait son talent, vraiment divin dans la pantomime, à l'une des âmes les plus impressionnables qui fussent au théâtre. Elle devait ses manières aux cinq ou six grands seigneurs qui avaient été ses premiers amis. Elle fut touchée du sort de ce jeune homme qui avait déjà trouvé dans la vie de si grands malheurs. Sa figure lui parut d'une noblesse singulière, et son histoire saisit son imagination.

— Donnez-lui votre main à baiser, lui dit une vieille figurante qui tenait des flacons de sels près de la figure de Féder ; s'il est ainsi, c'est par amour pour vous. Le pauvre jeune homme est sans fortune et amoureux fou, voilà qui est *guignonant*.

Rosalinde disparut et revint bientôt avec les mains et

les bras parfumés de l'odeur qui était alors le plus en vogue. Est-il besoin de dire que le jeune Marseillais revint de son profond évanouissement, en faisant les mines les plus touchantes ? A ce moment, il était si ennuyé d'être resté trois quarts d'heure, les yeux fermés et sans parler, au milieu de tant de bavardages, que ses regards, toujours fort vifs, jetaient des flammes. Rosalinde fut si profondément touchée de cet accident, qu'elle voulut l'emmener dans sa voiture.

L'esprit de Féder ne manqua point à la situation qu'il s'était faite, et, moins d'un mois après cette première entrevue, si bien ménagée, la passion de Rosalinde devint tellement folle, que les petits journaux en parlèrent. Quoique fort riche, comme l'exercice des arts détruit chez les femmes la *prudence d'argent,* Rosalinde voulut épouser Féder.

— Vous avez trente, quarante, je ne sais combien de mille livres de rente, dit Féder à son amie ; mon amour vous est acquis pour la vie ; mais il me semble que je ne pourrai vous épouser avec honneur que lorsque j'aurai réuni, moi-même, au moins la moitié de cette somme.

— Il faudra te soumettre à quelques petites actions assez ennuyeuses ; mais n'importe, suis mes conseils, mon cher ange, aie cette patience, et, dans deux ans d'ici, je te mets à la mode ; alors tu portes à cinquante louis le prix de tes portraits, et, peu d'années ensuite, je te fais membre de l'Institut ; une fois arrivé à ce comble de gloire, tu me permets de jeter tes pinceaux par la fenêtre, tout le monde sait que tu as réuni six cents louis de rente ; alors le mariage d'amour devient un mariage raisonnable, et naturellement tu te trouves à la tête d'une fortune de plus de vingt mille écus par an ; car, moi aussi, j'économiserai.

Féder jura qu'il se soumettrait à tous ses conseils.

— Mais je vais devenir à vos yeux une pédante ennuyeuse, et vous me prendrez en horreur !

Féder protesta de sa docilité, qui serait égale à son

amour, c'est-à-dire infinie. Il pensait que la route pénible qu'on allait lui jalonner était la seule qui pût le conduire à ces femmes du grand monde, que son imagination lui peignait divinement belles et aimables.

— Eh bien donc, dit Rosalinde en soupirant, commençons le rôle de pédante, plus dangereux pour moi qu'aucun de ceux que j'ai joués en ma vie ; mais jure-moi de m'avertir quand je t'ennuierai.

Féder jura de façon à se faire croire.

— Eh bien, d'abord, continua Rosalinde, ta mise est beaucoup trop brillante ; tu suis de près des modes gaies ; tu oublies donc *tes malheurs* ? tu dois toujours être l'époux inconsolable de la belle Amélie, ton épouse. Si tu as encore le courage de supporter la vie, c'est afin de laisser du pain à l'image d'elle qu'elle t'a laissée. Je te composerai une mise excessivement distinguée et qui fera le désespoir de nos *jockeys,* si jamais l'un d'entre eux a la prétention de l'imiter. Chaque jour avant que tu sortes, je ferai comme un général pour ses soldats, je passerai la revue de *ton extérieur.* En second lieu, je vais t'abonner à la *Quotidienne* et à la collection des œuvres des Saints Pères. Lorsque ton père quitta Nuremberg, il était noble : M. Von Féder. Par conséquent, tu es noble ; sois donc croyant. Quoique vivant dans le désordre, tu as tous les sentiments d'une haute piété, et c'est ce qui plus tard amènera et sanctifiera notre mariage. Si tu veux faire payer tes portraits cinquante louis, et jamais et sous aucun prétexte ne manquer à tes devoirs de chrétien, tu as un brillant avenir. En attendant le succès certain de la conduite un peu *embêtante* que je prends sur moi de te faire suivre, je veux t'arranger de mes propres mains l'appartement où tu recevras les jeunes femmes qui, bientôt se disputeront le plaisir de se faire peindre par un jeune homme aussi singulier et aussi beau. Attends-toi à voir respirer dans cet appartement la tristesse la plus austère ; car, vois-tu, si tu ne veux pas *être triste dans la rue,* il faut absolument renoncer à tout et te condamner à ce malheur de m'épouser dès aujourd'hui. Je vais quitter ma maison de campagne, nous en choisirons une à vingt-cinq lieues de Paris, dans quelque coin perdu. Ce sont des frais de poste qu'il nous en coûtera ; mais ta réputation sera sauvée. Là, au milieu des bons provinciaux du voisinage, tu pourras être aussi fou que le comporte ta nature du Midi ; mais, à Paris et dans sa banlieue, tu dois être, avant tout et pour toujours, l'*époux inconsolable*, l'*homme bien né* et le *chrétien attentif à ses devoirs*, tout en vivant avec une danseuse. Quoique je sois fort laide et que ton Amélie fût très jolie, tu feras entendre que, si j'ai trouvé grâce à tes yeux, c'est que je lui ressemble, et, le jour où tu te trouvas mal à l'Opéra (Rosalinde se jeta dans ses bras), c'est que, dans le ballet où je jouais, je venais de faire un geste absolument semblable à un de ceux qu'avait Amélie dans le rôle du petit matelot.

C'était justement pour parvenir à une conversation de ce genre que Féder s'était ennuyé une heure le jour de l'évanouissement dans les coulisses de l'Opéra ; mais il était loin de s'attendre à un régime aussi sévère. Quoi ! lui, naturellement si vif et si gai, jouer le rôle d'un mélancolique !

— Avant de te répondre, ô mon adorée ! dit-il à Rosalinde, permets-moi de réfléchir pendant quelques jours. Rends-moi donc malheureux, lui disait-il, si tu veux me voir marcher sur le boulevard d'un air triste.

— Tu feras comme moi au commencement de ma carrière, lui dit Rosalinde. Alors le public était bête, et il fallait avoir les pieds en dehors, et, à chaque pas, j'étais obligée de faire attention à mes pieds. Dix minutes de promenade à l'étourdie me mettaient en dedans pour une semaine. Au reste, c'est à prendre ou à laisser ; si tu ne te jettes pas tête baissée dans l'air mélancolique ; si tu ne lis pas La *Quotidienne* tous les jours, de façon à répéter, au besoin, tous ses raisonnements quand tu te mêleras aux conversations sérieuses, jamais tu ne seras de l'Institut, jamais tu n'auras quinze mille livres de rente, et tu me feras périr de douleur, ajouta-t-elle en riant ; car jamais tu ne feras de moi une Mme Féder.

Ici vinrent se placer deux ou trois mois fort pénibles ; notre héros eut bien de la peine à prendre le genre mélancolique. Ce qu'il y avait de pis pour cette nature vive et impressionnable du Midi, c'est qu'en jouant la tristesse il devenait triste, et rien alors ne pouvait lui servir de contre-poison.

Rosalinde l'adorait, elle avait de l'esprit comme un démon ; elle trouva un remède : elle acheta deux pantalons et un habit à la mode, mais parfaitement râpés ; elle fit laver et reteindre tout cela ; elle joignit à cet appareil une montre en chrysocale, un chapeau d'une forme exagérée, une épingle en diamant faux ; quand elle eut réuni ce costume, un jour que Féder était tombé dans ses humeurs sombres pour avoir joué la mélancolie, sur le boulevard, pendant deux grandes heures :

— Voici ce que ma sagesse vient de décider, s'écria Rosalinde d'un air profond : nous allons dîner de bonne heure ; je vais t'habiller en clerc de notaire, je te mènerai à la Chaumière ; là je te permets de répéter toutes les folies que tu faisais jadis dans les bals des villages voisins de Marseille. Tu vas me dire d'abord que tu t'ennuieras à ce bal de la Chaumière ; je te répondrai que, pour peu que tu t'appliques à jouer le rôle d'un Deschalumeaux bien ridicule, et à danser en faisant des entrechats, comme vous les faites dans le Midi, tu ne t'ennuieras point trop. D'ailleurs, après t'avoir laissé à la Chaumière, je courrai chez Saint-Ange (c'était un vieux et noble danseur retiré), il me donnera le bras, et je viendrai jouir de tes farces ; mais je ne te reconnaîtrai point : ce serait dangereux. Je ne parlerai pas ; autrement tu n'aurais plus de mérite, et, pour m'amuser moi-même un peu, je vais persuader à Saint-Ange que nous sommes brouillés, et je verrai, monsieur, les belles choses qu'il me dira sur votre compte.

Cette partie, ainsi arrangée, fut fort gaie ; Rosalinde y ajouta des épisodes divertissants ; elle se fit faire la cour par deux ou trois des jeunes gens de la Chaumière ; ils l'avaient reconnue, et elle lançait des œillades chargées de passion.

Cette idée eut un tel succès, qu'on la renouvela plusieurs fois. Rosalinde, qui voyait agir Féder, lui donnait des conseils, et, à force de lui répéter qu'il ne s'amusait réellement qu'en jouant la comédie, absolument comme il ferait sur un théâtre, elle parvint à en faire un clerc de notaire beaucoup plus ridicule, beaucoup plus chargé dans son imitation des belles manières, mais beaucoup plus amusant que tous les autres.

— Voici qui est drôle, dit Féder à Rosalinde : après m'être livré toute une soirée à l'exécution burlesque de toutes les folies qui, hier au soir, me semblaient plaisantes, j'ai trouvé aujourd'hui beaucoup plus de facilité à reproduire, sur le boulevard, les gestes sans vigueur et le regard privé d'intérêt de l'homme accablé par les *souvenirs de la tombe*.

— Je suis ravie de te voir marcher tout seul ; tu arrives là à une chose que j'ai été tentée vingt fois de te dire : c'est le grand principe de mon métier de comédienne. Mais j'aime bien mieux que tu sois arrivé à en avoir la sensation. Eh bien, mon petit Féder, ce n'est pas seulement la *comédie mélancolique* qu'il faut jouer, pour vous autres gens du Midi qui prétendez vivre à Paris, il faut jouer la comédie *toujours ;* rien moins que cela, mon bel ami. Votre air de gaieté et d'entrain, la prestesse avec laquelle vous répondez, choquent le Parisien, qui est naturellement un animal lent et dont l'âme *est trempée* dans le brouillard. Votre allégresse l'irrite ; elle a l'air de vouloir le faire passer pour vieux ; ce qui est la chose qu'il déteste le plus. Alors, pour se venger, il vous déclare grossiers et incapables de goûter les *mots spirituels* qui sont le cauchemar de bonheur du Parisien. Ainsi, mon petit Féder, si tu veux réussir à Paris, dans tes moments où tu ne dis rien, prends une nuance de l'air malheureux et découragé de l'homme qui ressent un commencement de colique. Eteins ce regard vif et heureux qui t'est si naturel et qui fait mon bonheur. Ne te permets ce regard, si dangereux ici, que quand tu es en tête à tête avec ta maîtresse ; partout ailleurs songe au *commencement de colique*. Regarde ton tableau de Rembrandt, vois comme il est avare de la lumière ; vous autres peintres, vous dites que c'est à cela qu'il est redevable de son grand effet. Eh bien, je ne dis pas pour avoir des succès à Paris, mais simplement pour y être supporté et ne pas finir par voir l'opinion vous jeter par la fenêtre, sois avare de cet air de joie et de cette rapidité de mouvement que vous rapportez du Midi ; songe à Rembrandt.

— Mais, mon ange, il me semble que je fais honneur à la maîtresse qui me donne le bonheur en m'enseignant la tristesse ; sais-tu ce qui m'arrive ? Je réussis trop ; les malheureux que je peins ont l'air encore plus ennuyés qu'à l'ordinaire ; ma conversation mélancolique les assomme.

— En effet, s'écria Rosalinde avec bonheur, j'avais oublié de te le dire, il m'est revenu de divers côtés que l'on te reproche **d'être triste.**

— On ne voudra plus de moi.

— Peins telles que tu les vois toutes les femmes qui ont moins de vingt-deux ans ; donne hardiment vingt-cinq ans à toutes les femmes de trente-cinq, et aux bonnes grand-mères qui se font peindre avec des cheveux blancs donne hardiment des yeux et une bouche de trente ans. Je te trouve dans ce genre d'une timidité bien gauche. C'est pourtant le *b, a, ba* de ton métier. Flatte horriblement, comme si tu voulais te moquer des bonnes gens qui viennent se faire peindre. Il n'y a pas huit jours, en faisant le portrait de cette vieille dame qui avait de si jolies levrettes, tu lui as donné quarante-cinq ans, et pourtant elle n'en avait que soixante ; j'ai bien vu par mon petit judas, pratiqué dans la bordure de ton tableau de Rembrandt, qu'elle était fort mécontente, et c'est parce que tu lui donnais quarante-cinq ans qu'elle t'a fait recommencer deux fois la coiffure.

Un jour, devant Rosalinde, Féder dit à un de ses amis :
— Voici des gants de vingt-neuf sous que m'a vendus le portier du théâtre, et, en vérité, ils valent tout autant que ceux qu'on nous fait payer trois francs.

L'ami sourit et ne répondit pas.

— Est-il bien possible que vous disiez encore des choses comme celle-là ! s'écria Rosalinde quand l'ami se fut éloigné. Cela retarde de trois ans votre entrée à l'Institut ; vous tuez, comme à plaisir, la considération qui s'apprêtait à naître ! On peut vous soupçonner de pauvreté ; ne parlez donc jamais de choses qui dénotent l'habitude de l'économie. Ne parlez jamais de ce qui, dans le moment, a le plus petit intérêt pour vous ; cette faiblesse peut avoir les plus déplorables conséquences. Est-il donc si difficile de jouer toujours la comédie ? Jouez le rôle de l'homme aimable, et demandez-vous toujours : « Qu'est-ce qui peut plaire à cet original qui est là devant moi ? » C'est le prince de Mora-Florez, qui m'a laissé cent mille francs par son testament, qui me répétait souvent cette maxime. Vous aviez si bien deviné, quand vous viviez avec les braves gardes nationaux de votre légion, que le Parisien arrivant de la Sibérie doit dire qu'il n'y fait pas trop froid, comme il s'écrierait, en arrivant de Saint-Domingue, qu'en vérité il n'y fait pas trop chaud. En un mot, vous me disiez que, pour être aimable, il faut, en ce pays, dire le contraire de ce à quoi s'attend l'interlocuteur. Et c'est vous qui venez parler d'une chose misérable comme le prix d'une paire de gants ! Votre atelier vous a valu l'an passé tout près de dix mille francs ; j'ai persuadé à notre ami Valdor, le *huitième* d'agent de change qui fait mes affaires, que, toute votre dépense prélevée, il vous restait à la fin de l'année douze billets de mille francs, que j'ai placés chez lui, en compte particulier. Mylord Kinsester (*qui ne sait se taire,* c'était le sobriquet de Valdor) a répandu dans tout notre monde que votre atelier vous valait mieux de vingt-cinq mille francs ; et vous venez parler avec admiration des vingt-neuf sous que coûte une paire de gants !

Féder se jeta dans ses bras ; c'était ainsi qu'il voulait une amie.

Depuis qu'il avait eu de si grands succès avec un habit râpé et des bijoux de chrysocale, il n'avait point abandonné la Chaumière et autres bals de ce genre. Rosalinde le savait, et en était au désespoir. Le nombre des amis qui connaissaient Féder comme un personnage mélancolique décuplait tous les ans ; quelques-uns de ces amis l'avaient vu aux bals de la Chaumière ; il leur avait avoué qu'il était d'un libertinage effréné, que cette sensation était la seule qui pût le distraire de ses malheurs. Le libertinage ne rabaisse pas un homme comme la gaieté : on le lui avait passé, et ce fut avec admiration que l'on parla de la folie que le sombre Féder savait trouver le dimanche, pour plaire aux Amanda et aux Athénaïs qui, pendant la semaine, cultivent le bonnet et la robe chez Delille ou chez Victorine.

Un jour, il y eut querelle sérieuse de la part de Rosalinde. La conduite de Féder était correcte avec elle ; elle ne pouvait se plaindre, quoique pleurant bien souvent ; mais Féder, en lui payant une somme de trois cent dix francs soixante-quinze centimes, fouillait dans son gilet pour payer les soixante-quinze centimes. Il faut savoir que, lorsque Féder était venu loger avec Rosalinde, qui avait un magnifique appartement sur le boulevard, près de l'Opéra, il avait été convenu que Féder ne payerait point la moitié des huit mille francs que coûtait ce bel appartement ; mais bien les six cent vingt et un francs cinquante centimes que lui coûtait le petit appartement de garçon, au cinquième étage, qu'il quittait pour Rosalinde. C'était en payant un semestre de ce petit appartement qu'il faisait preuve d'une exactitude si désolante pour Rosalinde.

— En vérité, disait-elle les larmes aux yeux, vous tenez à jour vos petits comptes avec moi, comme si vous étiez à la veille de me quitter. Je comprends que vous voulez pouvoir dire à vos amis : « J'ai aimé Rosalinde, » peut-être même : « J'ai vécu avec elle pendant trois ans ; je lui ai toutes les obligations possibles ; elle a fait avoir à mes cadres de miniatures les meilleures places à l'exposition ; mais enfin, du côté de l'argent proprement dit, nous avons toujours été comme frère et sœur. »

II

Chacune des paroles de cette accusation, qui avait bien son fonds de vérité, était interrompue par des sanglots entrecoupés.

Il faut savoir que dès que Féder, dont la réputation comme peintre en miniature et comme amant inconsolable de sa première femme faisait des pas de géant, s'était vu quelques billets de mille francs, le génie du commerce s'était réveillé en lui. Dans sa première enfance, il avait appris chez son père l'art de spéculer et de tenir note des affaires conclues. Féder avait joué à la Bourse, puis fait des spéculations sur les cotons, sur les sucres, sur les eaux-de-vie, etc. ; il avait gagné beaucoup d'argent ; puis il perdit tout ce qu'il avait dans la crise américaine sur les cotons ; en un mot, il lui était resté, pour tout bénéfice de trois ans de travaux, le souvenir des émotions profondes que lui avaient données les pertes et les gains. Ces alternatives avaient mûri son âme et lui avaient appris à voir la vérité dans ce qui le concernait. Un jour, à l'exposition au Louvre, vêtu de noir, comme il convenait à son caractère sérieux, il s'était mêlé à la foule d'admirateurs arrêtés devant son cadre de miniatures. Grâce au savoir-faire de Rosalinde, on avait parlé de ses ouvrages avec ravissement dans dix-sept articles sur le salon, et les connaisseurs, réunis devant ses miniatures, répétaient fort exactement, et en se donnant l'air de les inventer, les phrases des feuilletons. Féder était tellement peu de son siècle, que cette circonstance lui inspira du dégoût. En faisant quelques pas, il arriva au cadre de Mme de Mirbel[1] ; le sentiment pénible

---

[1] Morte à Paris, le 29 août 1849.

du dégoût fut remplacé par celui d'une admiration véritable. Enfin, il s'arrêta, comme frappé de la foudre, devant un portrait d'homme.

« Le fait est, s'écria-t-il en se parlant à lui-même, que je n'ai aucun talent ; mes portraits sont d'infâmes caricatures des défauts que présentent les figures de mes modèles ; ma couleur est toujours fausse. Si les spectateurs avaient l'esprit de se livrer simplement à leurs sensations, ils diraient que les femmes que je peins sont de porcelaine. »

A la fin de l'exposition, Féder eut la croix d'honneur, en sa qualité de peintre du premier ordre. Toutefois la découverte qu'il avait faite sur lui-même ne fit que croître et embellir ; c'est-à-dire qu'il se persuada parfaitement, et tous les jours davantage, de sa complète vérité.

« Si j'ai quelque talent, se disait-il, c'est plutôt celui du commerce. Car, enfin, je n'opère point au hasard ou par engouement, et je trouve les données de mes raisonnements bonnes, même après que les choses ont mal tourné. Aussi, sur dix opérations auxquelles je me livre, sept à huit réussissent. »

Ce fut par des réflexions de ce genre que notre héros parvint à diminuer le chagrin que lui avait causé l'amertume qui, maintenant, suivait toutes ses idées de peinture.

Il remarqua avec un sentiment singulier que la vogue dont il jouissait doublait depuis qu'il avait reçu la croix. C'est qu'à cette époque il avait franchement renoncé aux peines infinies qu'il se donnait pour imiter les couleurs de la nature ; il peignait beaucoup plus vite depuis qu'il donnait aux carnations de toutes ses femmes la couleur d'une belle assiette de porcelaine sur laquelle on aurait jeté une feuille de rose. Son chagrin relatif à la peinture en était presque réduit à n'être plus que de la honte d'avoir pu se tromper, dix ans de sa vie, sur le véritable métier auquel il était propre, lorsque M. Delangle, l'un des premiers négociants de Bordeaux, dont il avait gagné l'estime et l'amitié dans la liquidation d'une affaire malheureuse, frappa de façon à ébranler toutes les portes du magnifique atelier que Féder avait rue de la Fontaine-Saint-Georges. Delangle, annoncé de loin par sa voix tonnante, parut enfin dans l'atelier avec son chapeau gris, placé plus de côté qu'à l'ordinaire sur ses grosses boucles de cheveux d'un noir de jais.

— Parbleu ! cria-t-il à tue-tête, j'ai une sœur qui est un miracle de beauté ; elle a vingt-deux ans à peine, et elle est si différente des autres femmes, que son mari, M. Boissaux, a été obligé de lui faire violence pour l'amener à Paris, où il vient soigner l'exposition de sa manufacture de***. Je veux avoir *sa miniature ;* il n'y a que vous, mon ami, qui soyez digne de faire un si charmant portrait ; mais c'est à une condition, c'est que vous me permettrez de le payer, morbleu ! Je connais votre délicatesse romanesque, mais je suis aussi fier de mon côté ; ainsi, point d'argent, point de portrait.

— Je vous donne ma parole d'honneur, mon ami, répondit Féder avec un son de voix simple et son geste naïf, que si vous tenez à avoir un ouvrage qui présente tout ce que l'art de la peinture peut donner en ce moment, il faut vous adresser à Mme de Mirbel.

M. Delangle se récria et fit à notre héros des compliments un peu trop énergiques, mais qui avaient la rare qualité d'être parfaitement sincères.

— Je vois bien, mon cher Delangle, qu'il faut ici convaincre votre entêtement ; mais, si la personne dont vous parlez est réellement aussi belle que vous le dites, je tiens moi-même à ce que vous en ayez un portrait qui la représente *réellement,* et non pas une tête de convention *pétrie de lis et de roses,* et n'ayant pour toute expression qu'un air de fade volupté.

M. Delangle se récria encore.

— Eh bien, mon cher ami, pour vous convaincre, nous allons prendre l'ouvrage qui vous plaira le plus parmi les portraits que j'ai dans mon écrin, et nous allons voir ensemble l'un des plus beaux portraits que Mme de Mirbel a exposés cette année ; le propriétaire, qui aime les arts, veut bien me permettre d'aller étudier de temps à autre dans sa galerie. Là, en comparant les deux ouvrages, je vous ferai toucher au doigt et à l'œil, quoique la peinture ne soit pas votre occupation habituelle, que c'est au grand artiste que je vous ai nommé qu'il faut vous adresser.

— Parbleu, vous êtes un si grand original de probité, au milieu de ce pays de triples charlatans, s'écria Delangle avec toute la vivacité bordelaise, que je veux que ma sœur, Mme Boissaux, jouisse de tout le ridicule de votre caractère. Oui, morbleu, j'accepte l'étrange visite à l'ouvrage du seul rival que vous puissiez avoir dans la peinture ; prenons une heure pour demain.

Le lendemain Féder dit à Rosalinde :

— Je vais paraître ce matin devant une provinciale, sans doute bien ridicule ; compose-moi une toilette bien *catafalque*, afin que, si je ne m'amuse pas en jouant mon rôle d'être triste et en écoutant avec respect ses sottes observations, je puisse, du moins, me distraire un peu en jouant et en chargeant mon rôle de Werther désespéré. Ainsi, si jamais je vais à Bordeaux, j'y aurai été précédé par l'idée touchante de ma profonde mélancolie.

Le lendemain, à deux heures, ainsi qu'on en était convenu, Féder se présenta à l'un des plus beaux hôtels de la rue de Rivoli, où étaient descendus M. et Mme Boissaux. Le laquais, qui ne comprit pas qui Féder demandait, le conduisit à un homme de haute taille, mais déjà fort gros. Les traits colorés de cet être-là n'annonçaient pas plus de trente-six à trente-huit ans ; il avait de grands yeux fort beaux, mais sans nulle expression ; l'être qui avait ces beaux yeux et en était fier était M. Boissaux. Il n'avait pas dormi la première nuit de son arrivée à Paris, tant il avait peur d'être ridicule. Pour bien débuter dans ce genre, trente heures après son arrivée, le tailleur le plus à la mode, au dire du maître de son hôtel, avait chargé sa grosse personne du costume le plus exagéré que pussent porter en ce moment les jeunes gens les plus minces du *Club-Jockey*.

Le Boissaux en étant empêché par une affaire imprévue, Féder fut présenté à Mme Boissaux par son ami Delangle, qui, ce jour-là, ne se gênant pas devant sa sœur et voulant avoir de l'esprit aux yeux de Féder, sut ajouter au naturel le rôle du Gascon de quarante ans, millionnaire et passionné. C'est-à-dire que la hardiesse que donnent l'âge et l'expérience des affaires, réunie à celle qui suit une grande fortune et l'habitude de primer dans une ville de province, lui inspira des phrases telles, que Féder eut toutes les peines du monde à ne pas éclater de rire. Il n'en joua qu'avec plus de verve son rôle de Werther désespéré.

« Quel dommage, se disait-il, que Rosalinde ne nous voie pas ! elle qui me reproche toujours d'être timide envers les sots devant lesquels j'étale ma douleur, elle verrait si je suis digne d'être membre de l'Institut. »

La petite Mme Boissaux avait l'air d'une enfant, quoique son frère répéta à chaque instant qu'elle aurait vingt-deux ans à la Sainte-Valentine prochaine (le 14 février) ; venue au monde ce jour-là, on lui en avait donné le nom. Elle était grande et bien faite ; sa figure, presque anglaise, eût offert l'image de la beauté parfaite, si ses lèvres n'eussent été trop développées, surtout la lèvre inférieure. Toutefois, ce défaut lui donnait un air de bonté, et, si l'on ose dire ici la pensée du peintre, un air de possibilité de passion qui ne parut point à dédaigner au jeune Werther. Dans une femme aussi belle, une seule chose le frappa, ce fut la coupe du front et de la base du nez : ce trait annonçait une dévotion profonde. Et, en effet, en descendant de voiture devant l'hôtel magnifique de l'amateur qui possédait le beau portrait par Mme de Mirbel, Féder trouva le moment de dire à Delangle :

— N'est-ce pas qu'elle est dévote ?

— Ma foi, mon ami, vous êtes aussi grand devineur que vous êtes grand peintre ! Ma sœur ! ma sœur ! s'écria Delangle, voilà Féder qui devine que tu es dévote, et le diable m'emporte si jamais je lui en ai soufflé mot. A Bordeaux, cette première qualité de dévotion a bien sa valeur, surtout réunie aux millions de Boissaux ; cela lui procure l'avantage de quêter dans les grandes circonstances. Je puis vous assurer, cher ami, qu'elle est à croquer avec sa bourse de velours rouge à glands d'or, qu'elle présente ouverte à tout le monde. C'est moi qui la lui ai donnée, à mon retour de Paris, il y a deux ans ; c'était mon troisième voyage. Son cavalier est un des ultras de notre ville, qui, ce jour-là, porte un habit à la française de velours épinglé, avec une épée. C'est superbe ! Il faut voir ce spectacle dans notre cathédrale de Saint-André, qui est la plus belle de France, quoique faite par les Anglais.

A ce discours véhément, Mme Boissaux rougit. Il y avait quelque chose de naïf dans sa façon de marcher et de se tenir dans les salons magnifiques que l'on parcourait ! Féder en fut tout interdit ; pendant un gros quart d'heure, il ne songea plus à jouer son rôle de Werther ; il devint pensif pour son propre compte, et M. Boissaux s'étant écrié avec l'air épais de la richesse provinciale : « Et si ma femme est dévote, que suis-je donc moi ? » Féder ne trouva plus d'esprit pour se moquer de lui et jouir de son ridicule ; il répondit tout simplement :

— Un négociant fort riche, connu par ses heureuses spéculations.

— Eh bien, monsieur Féder, voilà ce qui vous trompe ; je suis propriétaire de magnifiques vignobles, fils de riche propriétaire, et vous tâterez de mon vin, fait par mon père. Et ce n'est pas tout, je me tiens au courant de la littérature, et j'ai dans ma bibliothèque Victor Hugo magnifiquement relié.

Un tel propos ne fût pas resté sans réponse de la part de Féder en toute autre circonstance ; mais il était occupé à regarder Mme Boissaux d'un air timide. Elle, de son côté, le regardait aussi avec une timidité qui n'était pas sans grâces, et en rougissant. Le fait est que cette charmante femme portait la timidité à un excès peu croyable ; son frère et son mari avaient été obligés de lui faire une scène pour la déterminer à venir voir quelques tableaux en compagnie d'un peintre qu'elle ne connaissait pas. S'il est permis de parler ainsi, elle se faisait un monstre de ce peintre, homme du premier mérite et chevalier de la Légion d'honneur. Son imagination s'était figurée une sorte de matamore, couvert de chaînes d'or, portant une longue barbe noire, et la toisant constamment de la tête aux pieds ; parlant toujours et fort haut, et lui disant même des choses embarrassantes.

Lorsqu'elle vit arriver un jeune homme mince, fort bien fait, vêtu de noir, portant sa montre attachée à un ruban de même couleur, et à son habit un ruban rouge presque imperceptible, et une barbe fort ordinaire, elle serra le bras de son mari, tant sa surprise fut grande.

— Mais ce n'est pas là ce peintre si célèbre ? lui dit-elle.

Et elle commençait à se rassurer, quand son frère vint à parler brutalement de cette épithète de dévote, qui présentait sa piété sous un jour défavorable. A peine si elle osa regarder le jeune peintre ; elle craignait de rencontrer le regard le plus moqueur. Cependant, rassurée par son air modeste et même triste, elle finit par oser lever les yeux. Quels ne furent pas sa joie et son étonnement en trouvant au jeune peintre un regard sérieux et presque ému ! L'extrême timidité, quand elle est réunie à l'esprit, porte à réfléchir avec toute la clairvoyance de la passion sur les moindres circonstances des choses, et augmente l'esprit. C'est ce qui arrivait à Valentine. A la suite du choléra, elle était restée orpheline de fort bonne heure, et elle avait été placée dans un couvent, qu'elle n'avait quitté que pour épouser M. Boissaux, qui lui semblait aussi singulier que son frère, mais dépourvu de la gaieté et de l'esprit qui rendaient agréable la société de ce dernier, quand il se modérait et ne songeait pas exclusivement à être aimable. Valentine fit rapidement une foule de réflexions sur ce grand peintre, qui se trouvait un être si différent de celui qu'elle s'était figuré. Alors ce fut avec peine qu'elle se souvint qu'il semblait ne pas désirer de faire son portrait. Il faut savoir que poser pour ce portrait, se soumettre si longtemps au regard scrutateur d'un inconnu, était pour elle une corvée épouvantable. La chose en était venue à ce point de sérieux, qu'elle avait eu besoin de se souvenir qu'elle avait juré devant l'autel de considérer son mari comme le maître absolu de toutes ses actions importantes pour qu'elle consentît à ce portrait. Son frère lui avait répété deux ou trois fois, et en exagérant beaucoup à chaque fois, les raisons que Féder lui avait données pour se faire préférer le grand artiste dont il a déjà été question.

Valentine fut agréablement et profondément surprise quand, arrivée à la comparaison des deux portraits, elle vit faiblir toutes les raisons que Féder avait pour se dispenser de faire son portrait : il ne put moins faire que de les répéter, puisque la veille il les avait mises en avant, en parlant à Delangle. Valentine remarqua, avec la finesse naturelle à une femme d'esprit, quelque peu d'expérience que le hasard lui eût encore donné, que Féder, en comparant le portrait qui était son ouvrage avec le chef-d'œuvre qu'on était venu voir, devenait un tout autre homme. Cette lèvre inférieure trop avancée était assurément une faute contre la beauté, et Féder la sentait vivement ; mais elle annonçait une certaine possibilité d'aimer avec passion, à laquelle, je ne sais pourquoi, il se trouvait extrêmement sensible en ce moment. Il fut saisi d'un désir immodéré de faire le portrait de Valentine ; il fallait, pour y parvenir, tenir à Delangle un langage absolument opposé à celui de la veille. Delangle n'était pas homme à modérer la plaisanterie. S'il s'apercevait de cette variation dans l'opinion de Féder, il était homme à s'écrier : « Ma foi, ma sœur, rendons-en grâces à tes beaux yeux ; ils viennent de changer la résolution du grand peintre » ; et cette phrase, vingt fois répétée avec une voix de stentor et variée de toutes les façons, eût été pour Féder un supplice horrible. Il fallait donc se laisser convaincre par les raisons de Delangle, et, si l'on désertait son opinion de la veille, du moins exécuter cette manœuvre, si peu rare en notre siècle, avec toute l'adresse du député le plus maître de sa parole. Surtout il ne fallait pas laisser deviner que réellement on mettait un prix infini à faire ce portrait.

Féder eut un instant besoin de tout son esprit pour changer d'opinion aussi rapidement et sans ridicule. Dans cette manœuvre, il oublia son rôle de Werther. Valentine vit ce changement au moment où il avait lieu : elle resta profondément étonnée. Le coup d'œil attentif de Delangle devenait menaçant. Ce que notre héros trouva de moins plat fut de dire qu'une certaine expression de piété et de pureté angélique qu'il trouvait dans la personne dont il s'agissait de faire le portrait l'emportait, sur la paresse...; il fallait bien l'avouer, la paresse avait été le motif unique de ses refus de la veille. Dans ce moment-ci, il se trouvait fatigué du grand nombre de portraits qu'il avait eu à faire après l'exposition ; mais il avait le projet de faire cadeau d'un tableau représentant la Madone à un couvent de la *Visitation* auquel il avait des obligations.

— Et, monsieur, quel est ce couvent ? reprit Valentine.

Ce fut le premier mot qu'elle prononça avec quelque assurance. Elle connaissait de nom tous les couvents de cet ordre, d'après la carte géographique, magnifiquement illuminée, qui est exposée dans le réfectoire du couvent où elle avait été élevée.

A cette question, si imprévue, de la jeune fille timide, notre peintre fut sur le point d'être pris *sans vert ;* il répondit à Mme Boissaux que, dans peu de jours, sans doute, il pourrait lui faire connaître le nom de ce couvent ; mais que, dans ce moment, le secret ne lui appartenait pas en entier. En entendant cette réponse, Mme Boissaux fut sensible surtout au consentement de faire son portrait, qu'elle y voyait, consentement qu'elle avait craint de ne pas obtenir. Car, autant il lui semblait désagréable de s'exposer aux regards d'un homme qu'elle ne connaissait pas, pour avoir un portrait, autant il lui semblait simple, depuis un instant, de voir faire ce portrait par le grand peintre, si modeste et si simple, avec lequel elle s'entretenait. Tel est l'avantage des caractères naturels : si quelquefois ils font commettre d'effroyables gaucheries ; si, dans le grand monde, ils entraînent la perte presque certaine de l'être qui les possède, leur influence, d'un autre côté, est décisive et prompte sur les caractères qui leur ressemblent. Or, rien n'était plus naïf et plus naturel que le caractère de la jeune Valentine, toutes les fois qu'une timidité invincible ne lui fermait pas la bouche.

La visite au chef-d'œuvre de la miniature moderne se termina très froidement, du moins en apparence, de la part de Féder et de Valentine. Féder était étonné de ce qu'il éprouvait, et d'ailleurs songeait, à chaque instant, au rôle difficile qu'il s'était imposé en acceptant à l'improviste, vis-à-vis de Delangle, un travail que la veille il avait refusé avec une conviction si énergique. Valentine, de son côté, était plongée dans un étonnement qu'elle était loin de s'expliquer. Au fond, elle ne concevait pas qu'il pût y avoir à Paris des êtres aussi simples et, en apparence, cherchant aussi peu à être aimables et à occuper l'attention que celui qui s'emparait si entièrement de la sienne depuis quelques instants.

Le lecteur, s'il est de Paris, ne sait peut-être pas qu'en province ce qu'on appelle être aimable, c'est de s'emparer exclusivement de la conversation, parler fort haut, et raconter une suite d'anecdotes remplies de faits improbables autant que de sentiments exagérés, et dont, pour surcroît de ridicule, le narrateur se fait toujours le héros. Valentine se disait, avec toute la naïveté du couvent : « Mais ce monsieur Féder est-il aimable ? » Elle ne pouvait séparer cette qualité d'aimable de la circonstance de parler d'une voix forte et du ton d'un homme qui pérore, par exemple. C'était une condition de l'amabilité à cent lieues de Paris, dont M. Boissaux son mari, et son frère, M. Delangle, s'acquittaient parfaitement en cet instant; ils criaient tous deux à tue-tête, et à chaque moment parlaient tous les deux à la fois ; ils disputaient sur la peinture, et, comme ni l'un ni l'autre ne possédait la moindre idée nette sur cet art, l'énergie de leurs poumons suppléait largement à ce qui manquait à la clarté de leurs idées.

Féder et Valentine se regardaient sans prêter la moindre attention à cette discussion savante, avec cette différence pourtant que Valentine, qui croyait encore tout ce qu'on lui avait dit au couvent et tout ce qu'elle entendait répéter dans la société de province, la croyait sublime, tandis que Féder se disait :« Si j'avais la sottise de m'attacher à cette femme-là, voilà cependant un échantillon des cris qui, soir et matin, viendraient me briser les oreilles. » Quant à Boissaux et à Delangle, ils furent tellement charmés de l'attention profonde que semblait prêter à leur discussion sur la peinture Féder, un homme décoré, que, tous deux parlant à la fois et *exhalant le cri du cœur,* d'une voix formidable, ils l'invitèrent à dîner.

Féder, exprimant aussi sa sensation sans y réfléchir, et se laissant mener par l'affreuse douleur de ses oreilles, refusa le dîner avec une énergie qui eût été offensante pour tout autre que les deux Gascons, si sûrs de leur mérite. Féder fut étonné lui-même de la vivacité de son accent et, craignant d'avoir pu offenser Mme Boissaux, chez laquelle il soupçonnait plus de tact, se hâta de donner une foule de bonnes raisons que Valentine accueillit avec une froideur parfaite. Son âme était tout occupée à examiner cette question : « Ce monsieur Féder est-il un homme aimable ? » et, comme il ne racontait point des anecdotes d'une énergie frappante, avec une voix de Stentor, elle concluait qu'il n'était point aimable, et, sans qu'elle pût s'en expliquer la cause, cette conclusion lui faisait un plaisir sensible. Sans trop savoir pourquoi, son instinct de jeune fille redoutait ce jeune homme qui avait un teint si pâle, une voix si modeste, mais des yeux si parlants, malgré leur modestie. Sa poitrine fut soulagée d'un grand poids quand elle le vit refuser le dîner. Seulement elle fut étonnée de l'énergie du refus ; mais elle n'eut pas le temps de s'arrêter à l'examen de cette circonstance ; toute son âme était occupée à résoudre cette question assez embarrassante : « Si Féder n'est pas un homme aimable, qu'est-il donc ? Faut-il le ranger dans la classe des ennuyeux ? » Or elle avait trop d'esprit pour répondre affirmativement à cette seconde question.

Tout le reste de la journée fut par elle employé à l'examiner. Le soir, au spectacle, car tous les jours la femme de M. Boissaux, vice-président du tribunal de commerce, devait subir le spectacle, elle eut un moment de plaisir ; un acteur aimable, qui remplissait le rôle d'amoureux dans une pièce de M. Scribe, lui sembla, à un certain moment, avoir tout à fait le ton et la manière d'être de Féder. Valentine, sortie à dix-neuf ans seulement du couvent, où l'on dit tant de choses ennuyeuses, en avait rapporté l'heureuse faculté de ne faire pas la moindre attention à ce qu'on disait autour d'elle. Cependant, dans la voiture, au retour du spectacle, comme on allait, suivant les lois du *decorum,* prendre des glaces chez Tortoni, elle entendit prononcer le nom de Féder et tressaillit ; c'était son mari qui disait :

— Ce sera soixante beaux napoléons que va me coûter ce portrait par un *fameux* de la capitale ; il est vrai qu'il me fera honneur à Bordeaux ; il faudra que vous me rendiez le service, vous qui êtes son ami, de l'engager à y mettre son nom, en lettres bien visibles ; il ne faut pas que ce diable de nom, si cher, aille ensuite être caché par la bordure. Est-ce que depuis qu'il est membre de la Légion d'honneur, il ne peint pas une petite croix après son nom, comme on le voit dans l'*Almanach royal* ? S'il l'a jamais fait, ne manquez pas de l'engager à mettre cette petite croix dans notre tableau. Ces diables de peintres ont leurs rubriques ; cette petite croix peut doubler la valeur de notre portrait, et, d'ailleurs, elle prouverait bien qu'il est de lui.

Cette recommandation ne se borna pas à ce peu de mots : elle s'étendit encore en deux ou trois phrases qui procurèrent un vif plaisir à Delangle. Il se disait : « Ce que c'est pourtant que ces provinciaux ! En voilà un qui jouit d'une belle fortune. Là-bas il est honoré, considéré, et ici il bat la campagne. Une petite croix à la suite du nom du peintre ! Grand Dieu ! que dirait le *Charivari* ? »

Depuis plusieurs années Delangle passait la moitié de son temps à Paris ; tout à coup il s'écria :

— Mais, au milieu de toute cette belle discussion pour vaincre les répugnances de Féder, et l'engager à s'occuper de notre portrait, nous avons oublié l'essentiel : Valentine, avec ses idées de couvent, va éprouver de la répugnance, j'en suis convaincu, à aller à son atelier de la rue Fontaine-Saint-Georges.

— Quoi ! il faudra aller chez M. Féder ? s'écria Valentine déjà troublée.

— D'abord, ce n'est pas *chez lui,* et l'endroit où ton mari te conduira est à un quart de lieue de l'appartement qu'il habite ; c'est un amour d'atelier ; de ta vie tu n'auras vu rien de semblable ; mais Boissaux et moi nous avons des affaires, je veux lui faire gagner les frais de son voyage à Paris, et ces longues séances dans l'atelier d'un peintre sont du temps perdu.

— Comment ! s'écria Boissaux, avec mon déboursé de soixante beaux napoléons, il faudra encore que moi, Jean-Thomas Boissaux, vice-président du tribunal de commerce, j'aille perdre mon temps chez ce petit peintre !

Valentine fut vivement choquée de cette façon de parler de M. Féder. Delangle répondit durement à son beau-frère :

— Et d'où diable sortez-vous ? Il a refusé de se transporter chez la princesse N..., et il s'agissait d'un grand portrait compliqué, qui eût été payé peut-être quatre mille francs ; toutes les dames les plus huppées vont dans son atelier ; il a même une remise couverte, au fond de sa cour, pour abriter les chevaux de prix qui attendent. Mais n'importe, c'est un original comme tous les hommes de génie, et il a de l'amitié pour moi ; c'est une question que je peux hasarder ; mais prenez garde, mon cher beau-frère, n'allez pas lui adresser quelqu'un de vos mots légers et qui peuvent sembler durs, ou bien faire une plaisanterie ; il nous échappe, et nous ne tenons rien.

— Quoi, morbleu ! un homme comme moi, Jean-Thomas Boissaux, je serai obligé de m'observer en parlant à un *rapin* !

— Eh bien, ne voilà-t-il pas déjà vos mots durs et méprisants ! Cela peut-être de mise à Bordeaux, où tout le monde, jusqu'au dernier gamin de la rue, connaît vos trois millions ; mais persuadez-vous bien qu'à Paris, où personne ne connaît personne, on ne juge les gens que par l'habit, et permettez-moi de vous le dire, le sien a un ornement que le vôtre ne possède pas encore, monsieur le vice-président du tribunal de commerce.

— Allez, poussez, dites-moi des choses désagréables, cher beau-frère ! Pour moi, je ne conçois pas que l'on donne la croix à des va-nu-pieds. Si c'est ainsi que le gouvernement veut fonder une aristocratie, l'on se trompe du tout au tout ; il faut d'abord inspirer au peuple un respect inné pour les possesseurs du sol... Et, d'ailleurs, vous êtes une girouette ; hier, pas plus anciennement que ça, hier vous étiez choqué comme moi de l'insolence des ouvriers de Paris.

III

Cette discussion ennuyeuse n'était qu'une fade et grossière répétition de ce qui se passe tous les jours dans les salons les plus distingués de Paris ; on voit les gens qui portent les plus grands noms donner à leur petite vanité personnelle le masque de la haute sagesse législative. Cette exhibition d'hypocrisie eût duré encore bien longtemps ; mais heureusement la voiture s'arrêta devant Tortoni. Mme Boissaux, tout entière à ses pensées, ne voulait pas descendre.

— Et pourquoi cela ? s'écria avec humeur le vice-président du tribunal de commerce.

Valentine chercha un prétexte :
— Mon chapeau n'a pas de fraîcheur.
— Eh ! morbleu ! jetez-le par la fenêtre, votre chapeau, et achetez-en deux autres ; qu'est-ce que ça me fait à moi de dépenser à ce voyage vingt mille deux cents ou vingt mille quatre cents francs ? J'ai une jolie femme, et je veux m'en faire honneur ; c'est une partie du luxe d'un homme tel que moi.

Valentine descendit de voiture, et prit le bras de son frère.

Féder avait deviné les allures du provincial, orné de trois millions, qui vient exposer à Paris sa femme et les produits de ses manufactures ; il s'était mêlé à ses amis les gens à argent, qui le soir comme à midi, obstruent l'entrée de Tortoni. Une fois hors de la présence de Valentine, il avait trouvé que la voix criarde de son mari et ses abominables discussions avec Delangle étaient compensées par les regards si naïfs de la jeune femme, et par cet air d'intérêt si vif qu'elle avait lorsqu'on l'amusait. Féder, qui avait refusé le dîner avec tant de résolution, se disait deux heures plus tard : « Il faut que je devine cette petite femme ; ce sera l'affaire de trois jours ; après quoi je fuirai comme la peste et son affreux mari et son frère ; la satisfaction de cette curiosité me délassera un peu des grâces minaudières de mon atelier et de ces éternelles petites filles, prétendues gentilles, que je fais danser le dimanche dans mon costume de clerc de procureur. »

Deux heures après, Valentine inspirait à Féder une sorte de terreur, qu'à la vérité il ne s'avouait pas encore à lui-même. « Certainement, se disait-il, je ne m'attacherai pas à cette petite pensionnaire, à peine échappée du couvent, et qui, dès que nous aurons échangé les premières politesses, va m'accabler de toutes les niaiseries, souvent méchantes au fond, dont les religieuses farcissent la tête de leurs élèves. Certes, je ne m'amuserai pas à défricher le terrain et à déraciner toutes ses sottises ; ce serait là travailler pour mon successeur, quelque brillant courtier de vins à Bordeaux. D'ailleurs, il y a ce mari, avec son effroyable voix de basse, qui me brise le tympan et agit sur mes nerfs. Malgré moi, dans la conversation, j'attends le retour de cette détestable voix. Avec mes petites filles du dimanche, je n'ai point à subir la voix de maris ; leurs sentiments sont vulgaires, il est vrai ; ces pauvres petites réfléchissent beaucoup sur le prix du chapeau, ou la composition du déjeuner ; cela m'ennuie, mais ne me révolte pas, tandis que j'ai envie de me fâcher quand je vois paraître la fierté grossière et l'orgueil impérieux de ces deux provinciaux enrichis. Il faut que je compte, à la première entrevue, combien de fois le mari répétera avec emphase : « Moi, Jean-Thomas Boissaux, vice-président du tribunal de commerce. » Ce serait une chose curieuse que de surprendre cet être-là au milieu de ses commis ! Au moins, les enrichis de Paris cachent un peu leur vanité et prennent sur eux de modérer l'éclat de leur voix... Oui, avec un tel mari, la belle Valentine a beau avoir une physionomie charmante, elle est inattaquable pour moi. L'amabilité du mari remplace fort bien ces gardiens, arrangés dans leur enfance, auxquels les Turcs confient la garde de leurs harems ; et, enfin, les sottises que va me débiter la petite femme, lorsqu'elle arrivera dans mon atelier, souffleront bientôt sur tous ces châteaux en Espagne, que mon imagination bâtit sur sa physionomie. Au fait, il n'y a que deux choses remarquables et dont la première encore ne peut pas être rendue par la peinture : c'est le mouvement de ses yeux qui, quelquefois, a de la profondeur et qui donne à ses paroles une tout autre portée que celle qu'on y verrait d'abord ; c'est une harmonie à la Mozart, mise sous un chant vulgaire. L'autre genre de beauté de cette être charmante, c'est la beauté tranquille et même sévère des traits du visage, et surtout du contour du front, avec la profonde volupté des contours de la bouche et surtout de ceux de la lèvre inférieure. Non seulement je ferai pour moi une copie de ce portrait, mais encore je veux me jeter aux pieds d'Eugène Delacroix, pour qu'il se place derrière un paravent, dans un coin de mon atelier, et me fasse une étude de cette tête : cela pourrait lui servir pour une *Cléopâtre,* prise dans un sens différent de celle qu'il vient de nous donner à la dernière exposition. Parbleu, j'étais un grand sot d'avoir des craintes ; je ne m'attache point à cette petite femme si bien défendue par les grâces de son mari ; je rends justice à un modèle singulier que le hasard jette dans mon atelier. »

Absorbé dans ces belles réflexions, Féder n'avait point pris garde à la voiture de remise qui s'arrêtait devant Tortoni ; son œil de peintre fut attiré par la taille admirable d'une jeune femme qui montait légèrement le perron de ce café ; puis, son regard arrivant au chapeau, son cœur battit et sa physionomie changea ; ses yeux avides se portèrent sur l'homme qui lui donnait le bras. C'était bien cet être énorme, haut de cinq pieds six pouces et gros plus qu'à proportion, qui avait l'honneur d'être vice-président du tribunal de commerce. Alors il reporta sa vue avec délices sur la jeune femme qui s'avançait dans le café, et montait l'escalier du fond, pour aller aux salons du premier étage. Il trouva à sa démarche et à sa taille des grâces ravissantes et qu'il n'avait point aperçues lorsqu'il la regardait sans la reconnaître ; il se sentit tout joyeux.

« Cette provinciale me rajeunit. » Ce mot avait déjà une grande signification pour notre peintre, et pourtant il n'avait pas encore vingt-six ans ; mais c'est à ce prix que l'on achète les succès étonnants dans les arts et la littérature. Ces comédies de toutes les espèces qu'il avait jouées avec distinction sous la direction de la savante Rosalinde avaient vieilli son caractère et même un peu fané ses traits. Jamais le pauvre homme ne se livrait au moindre geste, jamais il ne se levait de sa chaise au boulevard, pour prendre le bras d'un ami qui passait, sans se demander, par un calcul soudain, il est vrai, mais qui, enfin, était devenu habituel : « Cela est-il convenable ? » Pour la première fois, peut-être, depuis que Rosalinde avait repétri son caractère, il ne se fit point cette question en montant deux à deux les marches de l'escalier de Tortoni pour courir après cette taille charmante qu'il n'avait fait qu'entrevoir. Valentine était allée se placer à une table reculée, dans le coin d'un salon. « Quelle nécessité de subir la voix des hommes ? » dit Féder en s'emparant d'une place de laquelle il voyait parfaitement la jeune provinciale, tandis que lui-même était presque tout à fait caché par les chapeaux de deux dames placées près de lui. Il était plongé dans une rêverie profonde ; il souriait mélancoliquement à ses pensées ; il se disait : « C'est ainsi que j'étais il y a huit ans, quand je poursuivais le pauvre *Petit Matelot* ! » lorsqu'il fut réveillé par une voix puissante, s'écriant tout près de son oreille :

— Eh bien, notre ami !

En même temps, une grosse main s'appuyait sur son épaule.

Ce propos sonore fit faire un mouvement à tous les chapeaux de femme qui se trouvaient dans le salon. C'était M. Boissaux qui voulait faire une politesse à l'ami Féder, comme il l'appelait. Féder s'approcha en riant de la table où Valentine était placée ; mais bientôt l'air riant fut remplacé, à son insu, par celui d'une attention sérieuse et profonde ; il examinait la figure de Valentine, qu'il avait quittée il y avait seulement quelques heures ; il lui semblait presque ne la plus reconnaître, tant il avait tiré de conséquences hasardées de chacun des traits qui la composaient. Il était occupé à détruire ou à approuver chacune de ces conséquences, tandis que Delangle lui adressait une énorme quantité de phrases amicales, qui évidemment devaient former la préface de quelque proposition singulière. « Il sera temps de m'en occuper, se dit Féder, quand il s'expliquera nettement. » En attendant, en observant la physionomie de Valentine avec le coup d'œil exercé d'un peintre de portraits, il en prenait peur ; son front, surtout, avait un certain contour que l'on trouve quelquefois dans les statues antiques et qui est presque toujours un signe certain de l'inflexibilité dans quelque mesure une fois adoptée.

« Son frère m'a dit qu'elle est dévote ; si je lui laisse deviner que je la trouve jolie, elle est capable de m'interdire sa présence et de tenir ensuite à cet arrêt. » Cette rêverie, quoique tendant à inspirer de la peur, était charmante et surtout bien nouvelle pour Féder ; il en fut tiré par la proposition nette et précise de venir faire le portrait de Valentine (ce fut le mot qu'employa Delangle) dans l'hôtel de la Terrasse, qu'elle habitait. Cette façon intime de parler eut un tel charme pour Féder, que d'abord il consentit. Mais, un instant après, il eut la prudence de faire naître mille difficultés ; son but était de faire parler Valentine ; mais elle, de son côté, l'examinait fort attentivement, et il ne peut en tirer que des monosyllabes. Féder était tellement absorbé par de certains détails dont il ne pouvait parler, qu'il lui arriva, en se défendant d'aller faire le portrait hors de son atelier, de dire deux ou trois absurdités qui n'échappèrent point à Delangle ; il se pencha vers sa sœur et lui dit :

— Evidemment il est préoccupé, il y a dans ce salon quelqu'une de ses belles.

Aussitôt l'œil curieux de la jeune provinciale analysa les figures de chacune des femmes qui étaient présentes. L'une d'elles, qui avait de grands traits et une taille fort avantageuse, suivait tous les mouvements de notre héros avec des regards singuliers. C'était tout simplement une princesse allemande dont Féder avait fait le portrait, et qui était choquée de l'habitude qu'il avait de ne jamais saluer ses modèles, même ceux qui avaient daigné avoir avec lui la conversation la plus particulière.

Enfin, après un plaidoyer de plus de trois quarts d'heure, dont la voix criarde des deux provinciaux donna l'agrément à tout ce qui était chez Tortoni, et qui fit de cette conversation une sorte de *puff* pour Féder, il fut convenu que MM. Boissaux et Delangle répondraient à toutes les personnes qui leur parleraient de ce portrait qu'il était le résultat d'un pari ; ce qui expliquerait d'une manière suffisante la singulière détermination prise par Féder d'aller y travailler hors de son atelier.

— Mais j'oubliais, s'écria Féder, qui, tout à coup se souvint de ses projets sur la complaisance de l'aimable Eugène Delacroix : j'ai un jeune peintre qui a peut-être du génie, mais que, par compensation, le hasard a chargé du soin de faire vivre une mère et quatre sœurs ; je me suis juré à moi-même de lui donner des leçons gratuites à certains jours désignés d'avance de la semaine ; ces jours-là il vient travailler modestement dans un coin de l'atelier et tous les quarts d'heure je donne un coup d'œil à ce qu'il fait. Il est fort silencieux, fort discret, et je vous demanderai de l'introduire dans un coin du salon où j'aurai l'honneur de peindre madame.

La première séance eut lieu le lendemain ; ni le peintre ni le modèle n'avaient envie de parler ; ils avaient un prétexte pour se regarder et en usèrent largement. Féder refusa encore le dîner du riche provincial, mais il y avait le soir une pièce nouvelle à l'Opéra, et il accepta une place dans la loge de Mme Boissaux.

Au second acte de la pièce, où l'on s'ennuyait, comme on s'ennuie à l'Opéra, c'est-à-dire au-delà de toute patience humaine, surtout pour les êtres qui ont quelque esprit et quelque délicatesse d'imagination, peu à peu Féder et Valentine se mirent à se parler, et bientôt leur conversation eut toute la volubilité et tout le naturel d'une ancienne connaissance. Ils se coupaient la parole, et se donnaient des démentis fort peu déguisés par la forme du discours. Heureusement le mari et Delangle n'étaient pas gens à deviner que si les deux interlocuteurs se ménageaient si peu, c'est qu'ils étaient sûrs l'un de l'autre. Sans doute, si Valentine avait eu le moindre usage, elle n'eût pas laissé prendre à une connaissance de trois jours un ton d'intimité pareil ; mais toute son expérience de la vie se bornait aux visites qu'elle avait faites aux parents de son mari, et à celle qu'elle avait pu acquérir en faisant les honneurs d'une douzaine de grands dîners et de deux grands bals, que M. Boissaux avait donnés depuis son mariage.

A la seconde séance, la conversation était fort animée et remplie du naturel le plus parfait. Delangle et Boissaux entraient et sortaient à chaque instant dans la chambre à coucher de Valentine, qui avait été choisie pour faire fonction d'atelier, comme étant la seule pièce de l'appartement dont la fenêtre donnât au nord, et dont, par conséquent, la lumière fût toujours la même.

— Mais à propos, dit Valentine à son peintre, d'où vient que vous avez changé d'opinion sur l'article de l'atelier, et consenti à venir faire mon portrait chez moi ?

— C'est que, tout à coup, je me suis aperçu que je vous aimais.

Ce ne fut qu'en arrivant à la seconde moitié de cette étrange réponse que Féder sentit tout ce qu'il hasardait. « Eh bien soit, se dit-il, elle va appeler son mari, qui ne nous quittera plus, et l'amabilité du personnage me guérira d'une fantaisie ridicule et qui me prépare du chagrin pour l'époque fort rapprochée où elle va quitter Paris. »

En entendant cet étrange propos, dit avec un accent vrai et tendre et avec une voix pleine et libre, comme si Féder eût répondu à la question : « Allez-vous demain à la campagne ? » le premier moment chez Valentine fut d'émotion et d'extrême bonheur ; elle regardait Féder avec des yeux extrêmement ouverts et qui ne laissaient échapper aucun détail de l'expression de sa physionomie. Puis ses yeux se baissèrent subitement et trahirent un mouvement de colère. « De quel ton, se dit-elle, il me parle d'un sentiment qui, de sa part, est une insolence ! Il faut donc que ma conduite ait été bien légère à ses yeux, pour qu'il ait pu former le projet de me faire un tel aveu ! *Former le projet !* Non, » se dit-elle. Mais elle passa rapidement sur ce motif d'excuse pour songer à la réponse qu'il fallait faire.

— Qu'un tel propos ne se renouvelle jamais, monsieur, ou je suis saisie d'une maladie soudaine, que votre insolence, du reste, est bien capable de me donner, et je ne vous reverrai jamais ; le portrait en restera là. Et désormais faites-moi l'honneur de ne m'adresser la parole que pour les choses absolument indispensables.

En prononçant ces derniers mots, Valentine se leva et s'approcha de la cheminée, pour sonner sa femme de chambre, qu'elle aurait chargée d'aller appeler M. Boissaux, ou Delangle, son frère, avec lesquels elle aurait parlé de quelque petit voyage à faire dans les environs de Paris. Sa main avait déjà saisi le ruban de la sonnette. « Mais non, se dit-elle, ils verraient quelque chose dans mes yeux. » Elle reculait déjà devant le projet de rompre absolument avec Féder.

Celui-ci, de son côté, était bien tenté de prendre la balle au bond. « Quelle excellente manière, se disait-il, de rompre avec cette jeune femme ! Il n'est pas impossible que je sois le premier homme qui l'attaque ; alors toute sa vie elle se souviendra de ce portrait, laissé non fini. » Féder pensait vite comme toutes les âmes ardents ; il fut violemment tenté de continuer à parler d'amour et de se faire chasser. Il cherchait déjà une phrase qui pût laisser un souvenir frappant dans le cœur de cette jeune femme et y devénir le motif de conséquences infinies ; son œil la suivait près de la cheminée ; il regardait si elle oserait sonner, tout en cherchant sa phrase d'une emphase sublime. Elle se tourna un peu, et il la vit en profil ; il n'était accoutumé à sa figure que vue de face ou de trois quarts.

« Quel contour admirable et fin a ce nez-là ! se dit son esprit de peintre ; mais quelle âme étonnante et capable d'aimer infiniment annonce cette physionomie-là, ajouta bientôt son cœur d'amant. Certainement ma phrase lui laissera un long souvenir ; mais je perds l'occasion de la voir, et qui me dit qu'après-demain je n'en serai pas très fâché ? En ce cas, se dit-il, il faut me jeter aux pieds de sa vanité, qui peut trouver que je l'ai traitée bien légèrement et comme jouant à pair ou impair le danger de me faire fermer sa porte. »

— Je suis au désespoir, madame, et je vous demande pardon du fond de l'âme et le plus humblement possible de cette indiscrétion.

A ces mots, Valentine se retourna tout à fait vers lui, et sa figure exprima peu à peu la joie la plus vive ; elle était délivrée de la vue de cette idée affreuse : être obligée de chasser Féder, ou, du moins, ne plus lui parler qu'en présence de M. Boissaux ou d'une femme de chambre. « Avec quelle promptitude, se dit Féder, sa physionomie prend la teinte de tous les sentiments de son cœur ! Ce n'est certes point là la bêtise provinciale, à laquelle je m'attendais. Mes excuses, adressées à la vanité, réussissent : doublons la dose. »

— Madame, s'écria-t-il de l'air le plus repentant, si je ne craignais que mon geste ne fût mal interprété et ne ressemblât à une hardiesse qui est si loin de mon cœur tremblant, je me jetterais à vos pieds pour vous demander pardon de l'abominable propos qui m'est échappé ; mon attention était entièrement absorbée par mon travail, et, en faisant la conversation avec vous, je pensais tout haut ; et, sans y songer, j'ai laissé arriver jusqu'à mes lèvres un sentiment dont la manifestation m'est interdite. Daignez, de grâce, oublier des paroles qui jamais n'auraient dû être prononcées et dont je vous demande de nouveau très humblement pardon.

Nous avons dit que Valentine n'avait aucune expérience de la vie ; elle avait de plus ce malheur qui rend une femme si séduisante : ses yeux et le contour de sa bouche exprimaient à l'instant tout ce que son âme venait à sentir. En ce moment, par exemple, ses traits exprimèrent toute la joie d'une réconciliation ; ce fait si singulier n'échappa point au regard connaisseur de Féder ; sa joie fut extrême. « Non seulement, mon aveu est fait, se dit-il, mais encore elle m'aime, ou, du moins, comme ami, je suis nécessaire à son bonheur en la consolant de la grossièreté de son mari ; donc elle aperçoit cette grossièreté ; c'était là une chose immense à découvrir. Donc, ajouta-t-il avec la joie la plus vive, je ne dois point la mépriser pour l'abominable et sotte grossièreté qui me choque chez ce colosse provincial. Elle ne partage pas les ridicules que lui inspire la conscience de sa richesse et de la supériorité qu'il usurpe sur les autres. Ma joie est extrême ; il faut, se dit Féder, que j'en profite auprès d'elle. »

— Je serais hors de moi de bonheur, madame, dit-il à Valentine, si un seul instant je pouvais espérer que vous voudrez bien oublier l'énorme sottise qui m'a fait penser tout haut.

En employant ce dernier mot, Féder comptait un peu trop sur la simplicité provinciale de son modèle ; mais il se trompait. Valentine avait du cœur ; elle fronça le sourcil, et lui dit avec assez de fermeté :

— Brisons là, je vous prie, monsieur.

IV

Féder obéit à l'instant.

— De grâce, madame, veuillez vous placer un peu plus à droite, le bras qui s'appuie sur le fauteuil un peu plus vers moi, la tête moins penchée en avant. Vous vous êtes un peu éloignée de la position dans laquelle le portrait a été commencé.

La rectification de la position fut opérée, non sans quelques petites mines de froideur de la part de Valentine. Après quoi, les amants tombèrent, peu à peu, dans un silence délicieux et qui ne fut interrompu, de temps en temps, que par ces mots de Féder :

— Madame, daignez me regarder.

Sans hésiter, Féder accepta le dîner auquel il fut invité ; il accepta de même une place dans une loge au spectacle ; mais il trouva le temps de dire à Delangle :

— J'avais la faiblesse de compter sur une place qui va se trouver vacante à l'Institut ; un ami avait eu le soin de placer un locataire dans une chambre au sixième étage de la maison dont le membre de l'Académie, qui est fort malade, occupe le second : eh bien, ce soir je n'ai pas à me plaindre de l'académicien, il est au plus mal ; mais deux de ses collègues, qui avaient promis leur voix à la personne qui me protège, semblent pencher pour mon rival, qui se trouve un peu parent du ministre des finances nommé hier.

— Ceci est une chose infâme ! s'écria Delangle avec sa plus grosse voix et l'accent de la colère.

« Et pourquoi infâme, butor ? se dit Féder. Mais maintenant je puis être rêveur et silencieux tant qu'il me plaira, ma tristesse sera mise sur le compte de la place manquée à l'Institut. » Et il retomba dans le bonheur suprême d'admirer Valentine.

Un instant après, Féder entendit Boissaux qui disait à son beau-frère, avec l'accent de l'envie la plus ridicule :

— Peste, chevalier de la Légion d'honneur et membre de l'Institut dans la même année ! le monsieur n'y va pas de main morte !

Le vice-président du tribunal de commerce croyait parler à voix basse ; mais la réflexion du colosse provincial ne fut point perdue pour les loges voisines. Il ajouta après deux ou trois minutes :

— Il est vrai que ses portraits, étant d'un membre de l'Institut, feront plus d'honneur aux gens qui en auront !

Valentine ne parlait pas plus que Féder ; ses regards et sa voix, profondément émus, trahissaient une vive préoccupation. Malgré les désaveux si expressifs qui avaient suivi l'offense de si près, depuis la veille Valentine se répétait ces convictions charmantes : « Il ne m'a point dit qu'il m'aimait par présomption, encore moins par insolence, le pauvre garçon ; il me l'a dit parce que c'est vrai. » Mais alors apparaissaient à ses yeux les désaveux si énergiques du peintre, et le jugement qu'il fallait en porter venait occuper toute l'attention de la jeune femme.

Au milieu des battements précipités de son cœur, les doutes légers qui lui restaient encore l'empêchaient de s'indigner de cette chose terrible qu'en style de province on appelle une *déclaration*. Alors il vint à Valentine une extrême curiosité de connaître l'histoire de Féder. Elle se rappelait que, dans les premiers moments où son frère lui avait parlé de faire faire son portrait, il lui avait dit ces propres mots : « Un jeune peintre d'un talent pyramidal, qui a à l'Opéra les succès les plus magnifiques ! » Mais elle n'osait plus remettre Delangle sur ce sujet et lui demander de nouveaux détails. Valentine cherchait sans cesse la société de son frère ; elle devint adroite, en rêvant constamment aux moyens les plus adroits de le remettre sur l'histoire des bonnes fortunes du jeune peintre. M. Boissaux mourait d'envie de prendre une loge pour deux mois à l'Opéra. Cela fait, il donnerait un grand dîner, le vendredi, à tous les gens de sa province qui se trouveraient à Paris ; puis les quitterait fièrement à huit heures en leur disant : « J'ai un rendez-vous d'affaires *dans ma loge à l'Opéra*. » Valentine, qui, subitement, s'était prise de passion pour l'Opéra, dit à son mari :

— Rien ne m'irrite comme la sotte supériorité que les gens qui jouissent d'une certaine fortune à Paris s'arrogent sur nous autres, qui sommes nés à deux cents lieues de la capitale et qui les valons bien sous tous les rapports. Il me semble qu'il n'y a que deux moyens de prendre rang au milieu de cette aristocratie insolente : il faut acheter une terre dans un canton où se trouvent quelques belles maisons de receveurs généraux ou de riches banquiers ; ou bien, à défaut de terre, il faut du moins avoir une loge à l'Opéra. Rien ne me semble, à mon avis, nous ravaler davantage que cette nécessité de changer de loge à toutes les représentations.

Pour la première fois de sa vie, Valentine se moquait sciemment de son mari, ou du moins employait pour le persuader des tournures de phrases qu'elle trouvait ridicules. C'est qu'elle désirait passionnément avoir une loge ; elle comptait y attirer plusieurs Bordelais de ses amis, que l'amour de la danse conduisait chaque jour à l'Opéra, et, la discrétion n'étant pas la vertu dominante de ces messieurs nés en Gascogne, elle espérait avoir quelques détails précis sur les succès de Féder.

— Enfin, lui dit son mari en lui prenant le bras avec amitié ; vous comprenez quel doit être le genre de vie d'un homme tel que moi : puisque nous avons de la fortune, pourquoi le *vice-président du tribunal de commerce* ne serait-il pas député ? Portal, Lainé, Ravez, Martignac, etc., etc., ont-ils autrement commencé ? Vous avez pu remarquer que, dans les dîners que nous donnons, je m'exerce à prendre la parole. Au fond, je suis pour le gouvernement absolu ; c'est le seul qui donne ces belles périodes de tranquillité pendant lesquelles nous avons le temps, nous autres gens positifs, d'amasser des fortunes ; mais, comme il faut être nommé, je leur lâche quelquefois des *tartines* sur la liberté de la presse, sur la réforme électorale, et autres balivernes... N..., le pair de France, m'a donné un jeune avocat sans cause, lequel, deux fois la semaine, vient lire avec moi les déclamations d'un nommé Benjamin Constant, autre pauvre diable, mort depuis peu d'années [1], et qui n'a jamais pu être rien, pas même de l'Institut, dont notre petit peintre Féder sera peut-être au premier jour.

Ce nom fit tressaillir Mme Boisseaux.

— Au reste, continua le vice-président, N..., le pair de France, m'a dit que l'on ne peut se croire homme d'Etat qu'autant que l'on se surprend habituellement à soutenir une opinion qui n'est pas la sienne. Pour commencer, je me moque constamment du jeune avocat qui vient m'enseigner, comme il dit, les principes du gouvernement *de la France par la France*. Je fais semblant d'être de l'opinion de son Benjamin Constant (quel nom de juif !), et ainsi je me montre supérieur à ce jeune Parisien. Car, comme le dit encore N..., le pair de France : « Celui qui trompe l'autre est toujours le supérieur, » etc., etc.

La loge à l'Opéra fut trouvée par Féder et louée d'emblée, et, pour peu que Valentine l'eût voulu, on se fût mis

---

[1] Mort à Paris, le 8 décembre 1830 ; son convoi eut lieu le 12.

à chercher une terre dans un canton déjà suffisamment peuplé de receveurs généraux et de riches banquiers. Mais Valentine n'avait point encore d'opinion sur la terre ; elle se promit d'en parler à Féder. Quant aux tirades d'éloquence énergique que M. Boissaux infligeait à ses hôtes, elle ne les avait point remarquées ; elle avait pris insensiblement l'habitude de ne rien écouter des choses que l'on disait dans les lieux où se trouvait Féder, et il était toujours de ses dîners. On pouvait faire sur eux une remarque bien dangereuse dans le fait qu'elle dénonçait : les regards qu'ils s'adressaient étaient beaucoup plus intimes que leurs paroles. Si un sténographe eût saisi et imprimé leurs dialogues, il eût été possible de n'y voir que de la politesse, tandis que leurs regards annonçaient bien d'autres choses, et des choses qui étaient bien loin d'être.

Précisément à ce dîner que M. Boissaux donna le vendredi pour se ménager cette belle sortie : « Pardon, messieurs, je suis obligé de vous quitter pour un *rendez-vous d'affaires que j'ai dans ma loge à l'Opéra,* » deux ou trois des dîneurs remarquèrent fort bien les regards par lesquels Mme Boissaux sollicitait, à chaque instant, l'avis de Féder sur toutes les choses dont on venait à parler. Féder ne croyait pas manquer à ses serments d'indifférence en se donnant la peine d'enseigner ce qu'il fallait penser sur toutes les choses de Paris à la femme qu'il aimait. Pour tout au monde, il n'eût pas voulu lui entendre répéter les idées exagérées, ou tout au moins grossières, que M. Boissaux exprimait en toute circonstance.

Les provinciaux, qui avaient remarqué les regards de Mme Boissaux et qui respectaient infiniment ses excellents dîners, n'étaient pas gens à craindre d'offenser sa délicatesse. Aussi Féder s'étant écrié, lorsque Boissaux sortait pour aller à son prétendu rendez-vous : « Je vous prierai de me jeter quelque part, » ils se hâtèrent brutalement de faire l'éloge de Féder en adressant la parole à Mme Boissaux, et cette femme, dont l'esprit délicat saisissait dans la société les moindres affectations, ne fut point choquée de ces éloges du jeune peintre, qui n'étaient amenés par rien, si ce n'est par le grossier désir d'accrocher quelques bons dîners. Celui de ces parasites qui s'était le plus distingué par l'impudence de ses louanges fut engagé à venir le soir même à la loge de l'Opéra, et, de plus, ne fut point oublié dans la liste d'invitations pour le prochain dîner.

Loin de s'exagérer le sentiment qu'il éprouvait, Féder, sans s'en apercevoir, mettait un peu d'affectation à s'en affaiblir l'importance ; il croyait fermement être à la veille de reprendre ses courses dans les bals du dimanche des villages environnant Paris. Depuis le mot d'amour si hardiment prononcé en parlant à Valentine, et dont nous avons rendu compte, un second mot d'amour n'était pas sorti de sa bouche.

« Il faut que ce soit elle qui me demande ce mot d'amour ! » s'était-il dit dans les commencements ; mais les vrais motifs de sa conduite étaient bien différents ; il trouvait une volupté parfaite dans l'extrême intimité qui, sur toute chose, s'était établie entre Valentine et lui ; il n'avait nul empressement à changer sa vie, « car, se disait-il, au fond, elle est toujours pensionnaire. Si je veux faire un pas en avant, ce pas ne peut être que décisif ; si la religion l'emporte, comme il est fort possible, elle s'enfuit à Bordeaux, où décemment je ne puis la suivre, et je me prive tous les soirs d'une heure délicieuse, qui donne de l'intérêt à toutes mes autres heures, et qui, dans le fait, est l'âme de ma vie. Si elle cède, il en sera comme de toutes les autres ; au bout d'un mois ou deux, je ne trouverai plus que l'ennui où je venais chercher le plaisir. Alors arriveront les reproches et bientôt la rupture, et j'aurai encore perdu cette heure délicieuse que je viens chercher chaque soir et dont l'espérance anime toute ma journée. »

Valentine, de son côté, sans y voir aussi clair dans son cœur (elle n'avait que vingt-deux ans et avait passé toute sa vie au couvent), commençait à se faire des reproches sérieux. Pendant longtemps elle s'était dit : « Mais il n'y a rien à reprendre entre Féder et moi. » Puis elle avait découvert qu'elle s'en occupait sans cesse ; puis, à son inexprimable honte, elle s'était aperçue de transports d'amour pour lui quand il était absent. Elle avait acheté une lithographie vulgaire, qu'elle avait fait encadrer et placer près de son piano, à quatre pieds de hauteur, parce qu'elle s'était figuré qu'un des personnages était le portrait de Féder. Pour justifier la présence de cette lithographie, elle en avait fait acheter sept autres. Eh bien, lorsqu'elle était seule et pensive dans sa chambre, il lui arrivait souvent de donner des baisers à la glace qui recouvrait la figure d'un jeune soldat qui ressemblait à Féder. Comme nous l'avons dit, leurs dialogues eussent pu être entendus par les personnages les plus respectables et les plus sévères ; mais il n'eût pas fallu que ces personnages donnassent une attention trop sévère à leurs regards.

Il résultait des remords de Valentine et du système de Féder qu'il faisait sans amour les actions qui montraient le plus de passion. Ainsi, longtemps après le portrait en miniature achevé, Valentine ayant voulu voir l'atelier du peintre, il profita d'un des moments où Delangle et deux ou trois personnes qui accompagnaient Mme Boissaux regardaient un beau Rembrandt, pour retourner un des tableaux qui faisaient de cet atelier une jolie galerie, et il fit voir à Valentine un magnifique portrait à l'huile, représentant une religieuse : c'était le portrait admirablement fait de Valentine elle-même. Elle rougit beaucoup, et Féder se hâta de rejoindre Delangle. Mais, avant la sortie de Mme Boissaux, il lui dit de l'air le plus indifférent en apparence :

— Ce n'est pas pour rien que j'ai pris la liberté de vous faire voir le portrait de cette religieuse ; c'est un morceau sans prix à mes yeux ; mais je vous donne ma parole que si vous ne prononcez pas ces mots : « Je vous le donne, » demain je porte ce tableau dans le bois de Montmorency, et je le brûle.

Valentine détourna les yeux et prononça, en rougissant beaucoup, les mots :

— Eh bien, je vous le donne.

L'intimité assez douce que Féder ne voulait pas faire finir, s'exprimant tout entière par des regards, aurait pu donner lieu à des suppositions fort compromettantes ; mais les soupçons ne vinrent pas à l'esprit de M. Boissaux. C'était un homme tout entier aux faits réels, et pour qui les choses seulement imaginées ou possibles n'existaient pas ; il venait seulement de s'apercevoir, en voyant le rôle que jouaient auprès du gouvernement les principaux banquiers et autres gens à argent, que le pouvoir aristocratique avait déserté les grands noms du faubourg Saint-Germain pour arriver dans les salons des financiers, qui savaient être insolents à propos envers les ministres.

— En province, nous ne nous doutons pas de cette bonne fortune du métier, disait Boissaux à sa femme, et je puis vraiment me voir bien autre chose que simple vice-président du tribunal de commerce. Si je n'avais pas cru convenable à mon existence à Bordeaux de sacrifier un millier de louis pour faire voir Paris à ma jeune épouse, jamais je ne me serais douté de la véritable position des choses. Je serais dans Bordeaux partisan de la liberté de la presse et de la réforme électorale : à Paris, je tiendrai encore quelques propos de ce genre ; mais, dans toutes les grandes circonstances, je serai tout à fait aux ordres de celui des ministres qui est le mieux en cour ; c'est ainsi que l'on devient receveur général, pair de France et même député. Si j'étais député, mon petit avocat sans cause me ferait les plus beaux discours du monde. Vous êtes fort jolie, et la pureté de votre caractère, se réfléchissant dans vos traits, vous donne une certaine grâce naïve que l'on n'est point accoutumé à rencontrer à Paris, surtout chez les dames *banquières ;* c'est notre Féder qui m'a appris cette parole insolente. Enfin vous êtes à la veille d'avoir les plus grands succès ; il ne vous manque que de le vouloir. Eh bien, je vous le demande à genoux, daignez avoir cette volonté ; c'est moi, votre mari, qui vous demande d'être un peu coquette. Par exemple, j'ai invité à dîner, pour vendredi prochain, deux receveurs **généraux** qui, probablement, dînent mieux chez eux qu'ils ne feront chez vous ; mais répondez à ce qu'ils vous diront, de façon à faire durer la conversation ; s'ils entreprennent de vous faire des récits, ayez l'air de les écouter avec intérêt, et, s'il vous en souvient, parlez-leur de l'admirable jardin anglais que j'ai planté à dix lieues de Bordeaux, sur les bords ravissants de la Dordogne et dans un champ que j'avais acheté uniquement parce qu'il y avait une vingtaine de grands arbres. Vous pourrez ajouter, si cela convient à votre phrase, que ce jardin est une copie exacte de celui que Pope planta jadis à Twickenham. Alors, si vous vouliez m'obliger tout à fait, vous diriez qu'entraînée par la beauté de ce site enchanteur, vous m'avez engagé à y bâtir une maison ; mais vous tenez surtout à ce que cette maison n'ait pas l'air d'un château ; car vous abhorrez tout ce qui semble calculé pour faire effet. Il m'est important de faire la connaissance intime de ces deux receveurs généraux. Ces messieurs sont le lien naturel qui met en rapport les grandes fortunes avec le ministre des finances, et de ce ministre-là nous arrivons aux autres. Il est, de plus, important, et cette idée-là je la dois à Féder ; il est important, dis-je, que vous feigniez d'avoir sur mes volontés et sur mes déterminations importantes un empire que vous posséderez dès que vous daignerez vouloir le prendre. Je me livre entièrement, en apparence, à mes nouveaux amis ; ce sont tous gens jouissant de la plus vaste opulence, et ce n'est point par des paroles que je leur fais la cour. Vous sentez bien que, dans ce pays du bavardage, ils sont accablés et fatigués de ce genre de succès ; moi, je cherche à leur plaire en leur donnant une part réelle dans d'excellentes spéculations ; mais j'ai une *garde à carreau*. Dans le cas, fort probable, où ces messieurs voudraient me tirer une *carotte* un peu trop forte, je leur opposerai la volonté ou le caprice de la femme aimable dont, si souvent, ils auront vu briller l'esprit à nos dîners du vendredi ; et, par ce moyen, je pourrais défendre mon argent sans qu'ils puissent douter raisonnablement de mon dévouement à leurs intérêts.

On voit, par cette conversation, que Féder avait mieux fait que d'accoutumer son oreille à souffrir la voix effroyable du vice-président ; il recherchait sa conversation au point d'amadouer sa vanité féroce, au point de lui faire comprendre quelques idées nécessaires à sa fortune. Si Féder n'était pas riche, il affichait du moins un respect infini pour les êtres heureux qui avaient une fortune. Boissaux était donc sûr d'être vénéré par lui, car il l'avait traité comme un de ses nouveaux amis, choisis parmi les gens à argent, les receveurs généraux, etc. Il lui avait fait voir avec une négligence apparente (on peut juger du succès avec lequel le lourd et cupide M. Boissaux jouait la négligence apparente), il lui avait fait voir, disons-nous, divers papiers, desquels résultait la preuve que M. Boissaux avait hérité de son père d'immeubles francs d'hypothèques, d'immeubles valant trois millions, au petit pied, et que la dot de sa femme, s'élevant à neuf cent cinquante mille francs, était placée dans diverses entreprises industrielles à Bordeaux ; et, d'ailleurs, Mme Boissaux avait encore deux oncles assez riches et sans enfants.

Féder avait disserté complaisamment sur ces détails d'intérieur, peu amusants pour tout autre qu'un amant, et, à l'aide de cette complaisance et de bien d'autres, sa manière d'être avec Valentine n'avait point éveillé la susceptibilité de M. Boissaux ; mais Féder n'avait pas eu le même succès auprès de son ami Delangle. Ce provincial-là avait sans doute ses ridicules. Par exemple, il tenait à faire les affaires avec la rapidité et le coup d'œil d'aigle d'un homme de génie ; il faisait remarquer complaisamment à ses amis qu'il n'avait pas de commis, et on le voyait tenir toutes ses écritures sur des cartes à jouer. Mais, malgré cette affectation-là et bien d'autres, Delangle voyait assez les choses comme elles sont. Six années d'un séjour presque continuel à Paris lui avaient ouvert les yeux. Ainsi l'air ennuyé que donnait à Valentine la société réunie par son mari disparaissait au moment où Féder entrait dans le salon ; un regard intime et de joie contenue allait le chercher à chaque instant, dans toutes les places qu'il occupait successivement, et ce regard semblait consulter le jeune peintre sur tous les partis à prendre. Delangle voyait à peu près tout cela ; et, par une conséquence naturelle, Féder trouva une certaine froideur chez son ami.

Un jour que l'on était allé voir une charmante habitation, située à Saint-Gratien, tout près de la petite église où reposent les restes de Catinat, en parcourant le jardin, Féder se trouva seul, un instant, avec Mme Boissaux.

— Delangle, lui dit-il avec un sourire qui peignait toute la passion qu'il éprouvait, Delangle a des soupçons, assurément bien mal fondés ; il croit que nous nous aimons d'amour : quand nous avons pris le chemin de l'allée où nous sommes et quand le reste de la société a voulu se rapprocher du lac, Delangle s'est tenu à l'écart : je parie qu'il va chercher à nous écouter ; mais j'ai de bons yeux. Au moment où je tirerai ma montre sans rien dire, c'est que j'aurais vu notre ami se glisser derrière quelque massif de verdure, pour surprendre ce que nous pouvons nous dire lorsque nous sommes seuls. Il faut donc, belle Valentine, continua Féder, que nous ayons ensemble une conversation qui prouve surtout que je n'ai pas d'amour pour vous.

On peut penser de quel air ce mot-là fut prononcé. Depuis l'aveu si sincère dont nous avons parlé et qui eut lieu lors de la seconde séance consacrée au portrait, le mot d'amour ne s'était point montré dans les entretiens que Féder avait eus avec Valentine ; et, pourtant, tous les jours à peu près, Féder la voyait, et ce moment était l'objet des espérances ou des souvenirs de tout le reste de la journée. Au premier mot qu'il lui avait adressé dans le jardin de Saint-Gratien, elle était devenue d'un rouge pourpre. Bientôt une petite branche d'acacia, que Féder avait détachée d'un arbre, échappa de la main de Valentine ; Féder se baissa comme pour la ramasser ; en se relevant, il tira sa montre : il avait aperçu fort distinctement Delangle, caché derrière un massif d'acacias.

— Pourquoi n'arrangeriez-vous pas celui de vos salons, dans votre maison de Bordeaux, qui donne sur le jardin, comme l'admirable salon de la maison que nous venons de voir ? C'est tout simplement la perfection du genre, et, j'en suis sûr, l'on ne nous refusera point de faire prendre le plan de ce salon. M. Boissaux pourra y employer l'architecte qui fait le dessin de la maison à élever sur les bords de la Dordogne, auprès de ce fameux jardin, etc.

La mine que faisait Valentine tant que dura cette conversation prudente était à peindre ; elle avait des prétentions à la gaieté ; puis elle se reprochait de tromper son frère ; tromper ce frère, qui n'avait au monde d'affection que pour elle, n'était-ce pas un crime ? Il fallait donc que sa façon d'être habituellement avec Féder fût bien coupable, puisqu'elle était obligée de prendre une précaution de comédie pour la cacher à un frère qui eût exposé sa vie, et, bien plus, qui eût exposé sa fortune pour lui être utile. D'un autre côté, l'étrangeté de cette précaution donna l'idée à Valentine que peut-être la durée de ses relations de tous les jours avec Féder était menacée. « Enfin, se dit-elle, ce n'est peut-être pas une chose aussi simple qu'elle le paraît que Féder me fait faire ; j'en juge par mon émotion ; j'ai peut-être eu tort de lui obéir. En quels termes pourrais-je, sur cette question, consulter le saint homme qui dirige ma conscience ? »

Comme l'on voit, pendant la durée de cet entretien, qui n'eût été que plaisant pour une âme parisienne, deux ou trois craintes tragiques se disputaient l'esprit de la jeune provinciale. Elle avait trop de sagacité pour dire des choses qui pussent la compromettre ; mais l'émotion de sa voix était si frappante, que l'épreuve ne tourna point d'une façon aussi avantageuse que Féder l'avait espéré. Les choses dites étaient assurément fort prudentes ; mais de quelle voix tremblante et passionnée ne les avait-on pas prononcées ! La chose en vint au point qu'à peine cinq minutes s'étaient-elles écoulées, que Féder prit son mouchoir, qu'il laissa tomber aussitôt. Valentine s'écria :

— On s'est embarqué sur le lac, allons-nous embarquer aussi !

Arrivés à l'embarcadère, Féder et Valentine ne trouvèrent plus de barque ; elles avaient pris le large, et on ne les voyait plus ; le mur d'une maison les dérobait aux regards des personnes qui étaient dans le parc. Féder regarda Valentine ; il voulait la blâmer ; elle ne s'était pas bien tirée de son rôle ; elle le regardait les yeux pleins de larmes ; il fut sur le point de lui dire une chose, un mot, qui ne devait jamais sortir de sa bouche ; il la regardait en silence ; mais, au moment où il remportait sur lui-même la victoire si difficile de ne lui rien dire, il se trouva que, sans qu'il y eût songé et presque à son insu, il déposait un baiser sur son cou.

Valentine fut sur le point de se trouver mal ; ensuite, ses deux bras portés en avant avec vivacité, ses mains étendues et son visage qui se détournait, exprimèrent le mécontentement le plus vif et presque l'horreur.

— Si Delangle survient, je dirais que vous avez été sur le point de tomber dans le lac.

Féder fit deux pas, entra dans l'eau et mouilla son pantalon blanc jusqu'aux genoux. La vue de cette action singulière détourna un peu l'attention de Valentine de l'action étrange qui avait précédé cet incident, et fort heureusement sa figure ne trahissait plus qu'un trouble ordinaire lorsque Delangle arriva tout essoufflé et en courant ; il s'écriait :

— Moi aussi je veux m'embarquer.

V

Cette aventure donna une profonde inquiétude à notre héros ; les soupçons de Delangle n'étaient point apaisés, et il n'était pas homme à oublier ou négliger les conséquences d'une idée qui, une fois, était entrée dans sa tête.

L'inquiétude que ce soupçon donnait au jeune peintre le fit réfléchir ; il fut obligé de convenir avec lui-même que, s'il était séparé de Valentine, l'oublier entièrement comme une connaissance des eaux ne serait point l'affaire de trois jours. Delangle pouvait lui fermer à jamais la porte de la maison Boissaux ; cette idée le fit frémir ; puis il fut en colère contre lui-même de se trouver ému à ce point. Il avait réellement peur de Delangle ; cette peur lui faisait honte ; comme par instinct, il rechercha l'amitié de Boissaux. L'un des receveurs généraux qui savent le mieux faire honneur à leur fortune ayant quitté une jolie maison de campagne, qu'il avait louée à Viroflay, Féder cria à Boissaux :

— Emparez-vous de cette maison ; il n'y a pas à hésiter : les chevaux des gens avec lesquels il faut se lier pour être quelque chose ici, ont l'habitude d'aller à Viroflay. Là, vous donnerez des dîners, et bêtes et gens viendront chez vous, comme ils allaient chez le receveur général Bourdois, auquel vous succédez.

Sans dire mot, pour ne pas marquer sa reconnaissance, ce qui eût pu entraîner une obligation, Boissaux profita du conseil. Il y eut des dîners en assez bon nombre. Un jour, en se mettant à table, Boissaux supputa avec volupté, que, quoique les convives de ce dîner à Viroflay ne fussent qu'au nombre de onze, ils réunissaient entre eux un avoir total de vingt-six millions, et, parmi ces convives, on voyait un pair de France, un receveur général et deux députés ; et ce qui fut utile à Féder, le donneur de conseils, c'est que son avoir figurait pour zéro dans cette addition de toutes les fortunes ; et, de plus, il était le seul de la catégorie de zéro. L'un des dîneurs, qui, au contraire, entrait pour un million et demi dans le compte ci-dessus, venait d'acheter le matin même une belle bibliothèque, dont tous les volumes étaient dorés sur tranche. Il n'était pas homme à ne pas parler de son acquisition ; depuis le matin Bidaire s'occupait à apprendre, à peu près par cœur, les noms des principaux auteurs qu'il venait d'acquérir ; il en donna le catalogue, en commençant par les noms de Diderot et du baron d'Holbach, qu'il prononçait d'*Holbache*.

— Dites d'Holbach ! s'écria le pair de France, avec toute l'importance d'une science récemment acquise.

L'on parlait avec assez de mépris de cet *homme de lettres* au nom barbare, lorsque Delangle laissa tomber négligemment que ce d'Holbach était fils d'un fournisseur et possédait plusieurs millions. Ce mot sembla donner à penser à la riche assemblée, et l'on reparla encore quelques instants de Diderot et de d'Holbach. Comme la conversation allait cesser sur ce sujet, Mme Boissaux osa élever la voix pour demander timidement si Diderot et d'Holbach n'avaient pas été pendus avec Cartouche et Mandrin. L'éclat de rire fut vif et général. En vain la politesse voulut le modérer après le premier moment ; l'idée de Diderot, le protégé de l'impératrice Catherine II, pendu comme complice de Cartouche, était si plaisante que le rire fou recommença de toutes parts.

— Eh bien, messieurs, reprit Mme Boissaux, qui, elle aussi, riait comme une folle sans savoir pourquoi ; eh bien, messieurs, c'est qu'au couvent où j'ai été élevée, on ne nous a jamais expliqué trop clairement ce que c'étaient que Mandrin, Cartouche, Diderot et autres horribles scélérats ; je les croyais gens de même acabit.

Après cet effort courageux, Mme Boissaux regarda Féder, qui, dans le moment, fut au désespoir de ce regard imprudent ; puis tomba dans une rêverie délicieuse. C'étaient les rêves de ce genre qui lui faisaient oublier pendant des jours entiers le chagrin de s'être trompé dix ans de suite sur sa véritable vocation.

La réponse naïve de Valentine ôta aux éclats de rire ce qu'ils avaient de trop vif et d'offensant ; un doux sourire les remplaça sur toutes les lèvres ; puis Delangle, qui avait été vivement choqué de ce malheur de famille, vint au secours de sa sœur, et, à l'aide de quelques anecdotes burlesques, excita la grosse gaieté de l'assemblée. Mais le dîneur qui venait d'acheter, à bon prix, toute une bibliothèque dorée sur tranche, se remit à parler littérature ; il vantait surtout un magnifique J.-J. Rousseau imprimé par Dalibon.

— Le caractère en est-il bien gros ? s'écria le député qui avait quatre millions ; j'ai tant lu dans ma vie, que les yeux commencent à me demander grâce ; si le J.-J. Rousseau est d'un gros caractère, je l'enverrai prendre pour lire encore une fois son *Essai sur les mœurs* : c'est le plus beau livre d'histoire que je connaisse.

L'honorable député, comme on voit, confondait un peu ces deux grands coupables des crimes de 1793, Voltaire et Rousseau. Delangle éclata de rire ; son exemple fut suivi par tous les convives. Il forçait un peu sa grosse voix du Midi, pour faire oublier l'éclat de rire qui avait accueilli l'ignorance de sa sœur. Et, en effet, tous ceux des convives qui croyaient être sûrs que c'est Voltaire et non Rousseau qui a fait l'*Essai sur les mœurs,* furent impitoyables envers le pauvre député, fort riche marchand de laines, qui prétendait avoir perdu la vue à force de lire.

A peine le dîner fini, Féder crut prudent de disparaître : il craignait de nouveaux regards. Durant la promenade dans la forêt royale, à laquelle on arrive par une petite porte du jardin, Delangle, toujours fort choqué de l'éclat de rire, trouva le moyen de dire quelques mots en particulier à sa sœur :

— Ton mari est sans doute fort affectionné et fort bon ; mais enfin il est homme, et, au fond du cœur, ne serait pas trop fâché de trouver une raison pour n'être pas si reconnaissant de la dot de dix-huit cent mille francs que tu lui a apportée et qui l'a fait vice-président du tribunal de commerce. A l'aide de quelques haussements d'épaule significatifs, sans doute, il va faire entendre à ces messieurs que tu es une imbécile, et, justement parce qu'il n'y a peut-être pas six mois qu'ils ont appris eux-mêmes les noms de Diderot et du baron d'Holbach, ces messieurs vont parler longuement de ton ignorance ; oublie donc bien vite toutes ces fraudes pieuses avec lesquelles ces bonnes religieuses cherchaient à étouffer ton esprit, qui leur faisait peur. Ainsi ne te décourage point, les deux fois que je me suis montré à ton couvent, Mme d'Aché, la supérieure, m'a dit, en propres termes, que tu avais un esprit *qui les faisait frémir.*

Delangle ajoutait cette phrase parce qu'il voyait sa sœur sur le point de fondre en larmes.

— Deux fois la semaine, sans en rien dire à personne qu'à M. Boissaux, poursuivit-il, tu iras à Paris prendre des leçons d'histoire ; je te chercherai une maîtresse qui te racontera tout ce qui est arrivé depuis cent ans ; c'est là le plus essentiel à savoir en société ; on y fait sans cesse allusion à ces choses récentes. Pour te débarrasser des sottises du couvent, ne te couche jamais sans avoir lu une ou deux lettres de ce Voltaire, ou de ce Diderot, qui ne fut point pendu comme Cartouche et Mandrin.

Et, malgré lui, Delangle quitta sa sœur en riant.

Valentine resta fort pensive toute la soirée ; au noble couvent de***, son esprit avait été soigneusement appauvri par la lecture de ces livres d'éducation que vante la *Quotidienne* et où Napoléon est appelé *M. de Bounaparte*. On aura quelque peine à nous croire, si nous ajoutons qu'elle n'était pas bien sûre que M. le *marquis de Buonaparte* n'avait pas été, à une certaine époque de sa vie, l'un des généraux de Louis XVIII.

Par bonheur, une des religieuses, dont la famille était obscure et fort pauvre, et qui, ne rachetant ce malheur par aucune hypocrisie, était très méprisée de toutes les autres, avait pris en pitié et par conséquent en affection la jeune Valentine.

Elle la voyait hébéter avec d'autant plus de soin, que tout le couvent retentissait chaque jour de l'importance de sa dot, qui, selon les religieuses, devait s'élever à six millions. Quel triomphe pour la religion si une fille aussi riche renonçait au monde et consacrait ses millions à bâtir des couvents ! Mme Gerlat, la religieuse pauvre, et, de plus, fille d'un meunier, ce que tout le monde savait au couvent, faisait copier tous les lundis, par Valentine, un chapitre de la *Philothée* de saint François de Sales ; et, le lendemain, la jeune fille était obligée d'expliquer ce chapitre à la religieuse pauvre, comme si celle-ci eût ignoré tout ce dont il était question dans le livre. Tous les jeudis Valentine copiait un chapitre de l'*Imitation* de Jésus-Christ, qu'également il fallait expliquer le lendemain. Et la religieuse, à laquelle une vie malheureuse avait appris le vrai sens des mots, ne souffrait, dans les explications de la jeune fille, aucune expression vague, aucun mot qui n'expliquât pas nettement la pensée ou le sentiment de l'élève. La religieuse et l'élève eussent été sévèrement punies, si Mme la supérieure se fût aperçue de cette manœuvre. Ce qui est prohibé par-dessus tout, dans les couvents *bien pensants,* ce sont les *amitiés particulières :* elles pourraient donner aux âmes quelque *énergie.*

Même, avant cet éclat de rire si cruel, surtout par l'importance que M. Delangle semblait y ajouter, Valentine, entendant parler dans le monde, comme choses reçues, de faits ou d'idées qui eussent fait horreur au couvent, s'était dit qu'il fallait, pour conserver sa foi au milieu du monde, s'imposer la loi de ne jamais penser à certaines choses qu'on y entendait dire.

On va trouver peut-être que nous nous étendons un peu trop sur les ridicules de l'époque actuelle, qui, probablement, seront révoqués en doute dans quelques années ; mais le fait est que Delangle ne put trouver aucune maîtresse d'histoire qui voulût montrer cette science d'après d'autres livres que ceux qui sont loués par la *Quotidienne.*

— Nous n'aurions bientôt plus une seule élève, lui répondirent ces maîtresses, et même notre moralité serait attaquée, si l'on venait à savoir que nous nous servons d'autres livres que ceux qui sont adoptés dans les couvents du *Sacré-Cœur.*

Enfin Delangle découvrit un vieux prêtre irlandais, le vénérable père Yéky, qui se chargea d'apprendre à Mme

Boissaux tout ce qui était arrivé en Europe depuis l'an 1700.

Sans mauvaise intention, mais uniquement entraîné par la grossièreté de son caractère, dans le courant de la soirée M. Boissaux fit allusion deux ou trois fois à l'éclat de rire qui avait accueilli l'image de Diderot et de d'Holbach partageant le sort de Cartouche et de Mandrin. Le Boissaux avait d'autant plus d'horreur de cette faute, qu'il craignait toujours d'en commettre une semblable. Dans le fait, il n'y avait pas deux ans qu'il avait fait connaissance avec ces noms baroques : *Diderot* et d'*Holbach* ; et ce qui augmentait sa terreur, c'est que, au moment du dîner où la science historique de sa femme avait rencontré un écueil si funeste, il croyait que l'*Essai sur les mœurs* était de Rollin. Est-il besoin de dire que, dès le lendemain du dîner, il vint à Paris commander six cents volumes dorés sur tranche, et il voulut absolument rapporter dans sa voiture, à Viroflay, un magnifique exemplaire de Voltaire ? La reliure de chaque volume coûtait vingt francs. Aussitôt il établit à demeure sur son bureau, au milieu des lettres de commerce et ouvert à la page 150, le premier volume de l'*Essai sur les mœurs*.

Les reproches de son mari firent une révolution dans l'esprit de Valentine. Ce n'était pas une lettre ou deux de Voltaire qu'elle lisait chaque soir, avant d'éteindre ses bougies, mais bien deux ou trois cents pages. A la vérité, bien des choses étaient inintelligibles pour elle. Elle s'en plaignit à Féder, qui lui apporta le *Dictionnaire des étiquettes,* et les *Mémoires de Dangeau,* arrangés par Mme de Genlis. La douce Valentine devint enthousiaste des ouvrages de la sèche Mme de Genlis ; ils lui plaisaient par leurs défauts. Ce n'était pas d'*émotions,* mais d'instruction positive qu'elle avait besoin.

La grosse joie de Boissaux, l'excellence de son cuisinier, le soin qu'il prenait d'avoir toujours les *primeurs,* la beauté frappante de sa femme, firent qu'on prit l'habitude de venir dîner à Viroflay en sortant de la Bourse. L'attrait secret et tout-puissant de cette maison, pour les gens à argent, qui y affluaient, c'est que rien n'y était fait pour alarmer les amours-propres. Boissaux, et surtout Delangle, pouvaient compter parmi les plus habiles dans l'art d'acheter un objet quelconque là où il est à bon marché, et de le transporter rapidement là où il est plus cher. Mais, à l'exception de ce grand art de gagner de l'argent, l'ignorance de Boissaux était telle, qu'aucun amour-propre ne pouvait en souffrir.

Quant à Valentine elle se gardait bien de parler en public des choses charmantes qu'elle trouvait tous les jours dans les livres; elle eût craint de les voir tourner en ridicule par ces êtres dont elle commençait à comprendre la grossièreté. L'étude approfondie qu'elle avait faite autrefois de la *Philothée* et de l'*Imitation* eut cet effet qu'elle comprit et lut avec délices certaines parties de la *Princesse de Clèves,* de la *Marianne* de Marivaux, et de la *Nouvelle Héloïse.* Tous ces livres figuraient avec honneur parmi les volumes dorés sur tranche que journellement on apportait de Paris à Viroflay.

Vivant au milieu de gens à argent, Valentine arriva à cette idée, marquante par sa justice distributive : « Nous payons tous les jours quatre-vingts ou cent francs une loge au spectacle, pour un plaisir souvent assez mélangé d'ennui et qui dure une ou deux heures : et, si j'ai un plaisir quelquefois si vif à lire les beaux volumes de mon mari, à qui le dois-je, si ce n'est à cette bonne religieuse Mme Gerlat, qui, au lieu d'hébéter systématiquement mon esprit, me fit étudier au couvent cette sublime *Imitation de Jésus-Christ* et cette charmante *Philothée* de saint François de Sales ? » Le lendemain de cette idée, comme son mari envoyait en courrier à Bordeaux un de ses commis, Valentine demanda cent napoléons à son frère, et le commis fut chargé de demander au parloir la bonne religieuse, Mme Gerlat, et de lui remettre ce souvenir, au moyen duquel elle pouvait acquérir de la considération dans le couvent.

Ce mois, pendant lequel Valentine acquit de l'esprit, fut délicieux pour elle, et fit époque dans sa vie. Elle entretenait Féder, et sans nulle crainte, de toutes les idées que faisait naître chez elle la première lecture si délicieuse, pour une femme de son âge, de la *Princesse de Clèves,* de la *Nouvelle Héloïse,* de *Zadig ;* elle avait horreur de tout ce qui était ironique ; elle sympathisait avec transport à l'expression de tous les sentiments tendres. On peut juger de l'état moral de Féder, chargé d'expliquer de telles choses à une âme aussi candide. Sans cesse il était sur le point de se trahir, et ce n'était qu'avec le plus grand effort de volonté qu'il parvenait à ne point dire qu'il aimait. Chaque jour, il avait le plaisir d'admirer l'esprit étonnant de Valentine.

Le lecteur se souvient peut-être que, vers la fin de la *Nouvelle Héloïse,* Saint-Preux arrive à Paris et raconte à son amie l'impression que cette grande ville produit sur lui. L'idée que Valentine s'était formée de Paris était fort différente ; Féder admirait la justesse d'esprit avec laquelle elle avait tiré des conséquences du petit nombre de faits qu'elle avait été à même d'observer ; ses erreurs même avaient un charme particulier. Elle ne pouvait concevoir, par exemple, que toutes ces jolies calèches qui parcourent les ombrages du bois de Boulogne ne renferment, pour la plupart, que des femmes ennuyées. Pour Valentine, elle n'allait presque jamais au bois de Boulogne sans que Féder fût à cheval à quelques pas de sa voiture.

Elle ne pouvait comprendre que l'ennui fût presque l'unique mobile des gens qui sont nés à Paris avec des chevaux dans leur écurie.

— Ces êtres que le vulgaire croit si heureux, ajoutait Féder, s'imaginent avoir les mêmes passions que les autres hommes : l'amour, la haine, l'amitié, etc. ; tandis que leur cœur ne peut plus être ému que par les seules jouissances que procure la vanité. Les passions, à Paris, se sont réfugiées dans les étages supérieurs des maisons, et je parierais bien, ajoutait Féder, que, dans cette belle rue du faubourg Saint-Honoré, que vous habitez, jamais une émotion tendre, vive et généreuse n'est descendue plus bas que le troisième étage.

— Ah! vous nous faites injure! s'écriait Valentine, qui se refusait absolument à admettre des faits aussi tristes.

Quelquefois Féder s'arrêtait tout à coup; il se reprochait de dire la vérité à une femme aussi jeune : n'était-ce point faire courir des risques à son bonheur ? D'un autre côté, Féder se rendait cette justice, qu'il ne lui lisait rien dans le dessein de faciliter les projets que son amour pouvait avoir sur elle. Dans le fait, il n'avait pas de projet; il ne savait pas résister au plaisir de passer sa vie dans l'intimité la plus sincère avec une jeune femme charmante et qui peut-être l'aimait. Mais lui-même tremblait de s'engager dans une passion, et il n'y a pas de doute que, s'il eût été certain de finir par aimer passionnément Valentine, il eût quitté Paris à l'instant. L'on peut dire avec vérité, pour peindre la situation de son âme, que c'était l'affreux ennui du jour qui aurait suivi le départ qui le retenait à Paris et l'empêchait de raisonner avec sévérité sur les suites probables de sa conduite. « Je ne serai que trop tôt réduit à ne plus la voir. Delangle dira un mot grossier sur mes attentions pour Valentine, et me fera fermer la porte de la maison. Or, une fois que cette petite pensionnaire ne me verra plus, elle ne pensera plus à moi, et, six semaines après notre séparation, elle se souviendra de Féder comme de toutes ses autres connaissances de Paris. »

Mais il était bien rare que notre héros raisonnât sur sa situation d'une manière aussi profonde; il était parfaitement d'accord avec lui-même sur la vérité de cette maxime : « Il ne faut pas avoir d'amour et faire dépendre tout son bonheur du caprice d'une femme légère. » Mais ce qu'il ne voulait pas voir absolument, c'était la conséquence si naturelle de cette vérité : « Il fallait partir, si l'on craignait de tomber dans cette situation, si dangereuse pour l'homme qui a un cœur. »

Féder usait de toutes les ressources imaginables pour ne pas arriver à une conclusion si terrible. Ainsi, se trouvaient-ils seuls un peu longtemps, il se donnait pour tâche d'examiner cette question : « Est-il bien pour le bonheur de Valentine que je la désabuse de toutes ces fausses idées qui lui sont restées du couvent ? N'est-ce pas comme si je lui donnais les bénéfices d'une vieillesse prématurée ? » Féder avait fait tant de folies dans sa première jeunesse, qu'il avait maintenant un caractère plus prudent que son âge, et il se fût facilement décidé à ne désabuser Valentine que des fausses notions qui pouvaient la conduire, sous ses yeux, à des erreurs désagréables. Mais souvent, au moment où l'action à faire se présentait, Féder n'avait plus le temps ou l'occasion d'expliquer à sa jeune amie tout ce qu'elle aurait dû savoir pour agir d'une façon convenable. Beaucoup d'explications nécessaires ne pouvaient pas être données avec clarté et sincérité devant des provinciaux aussi encroûtés que MM. Delangle et Boissaux ; ils se seraient scandalisés à chaque mot un peu trop sincère. En présence de ces sortes de gens, il ne faut jamais s'écarter du mot officiel, auquel ils sont accoutumés.

Dans son embarras sur la question de savoir s'il fallait toujours dire la vérité à Valentine, Féder prit le singulier parti de la consulter elle-même. Sans doute, ce parti était le plus agréable pour un homme aussi violemment épris que l'était notre héros, mais il faut avouer qu'il avait quelque chose de puéril : Valentine était sortie du couvent armée de cinq ou six règles générales, plutôt fausses que vraies, et qu'elle appliquait à tout, avec une intrépidité bien plaisante et charmante aux yeux de Féder ; car cette intrépidité monacale et féroce formait un contraste parfait avec le caractère juste et tendre de Valentine.

— Si je continue à vous dire ces tristes vérités, que toujours vous m'ordonnez de vous dire, je vais vous enlever la partie la plus céleste de votre amabilité, lui disait un jour Féder ; si vous n'accompagnez plus l'énonciation hardie d'une maxime atroce de votre sourire enchanteur et de votre empressement à désavouer la maxime dès qu'on vous en fait voir toute la portée, l'on vous dépouille à l'instant d'une supériorité frappante et originale sur toutes les femmes de votre âge.

— Eh bien, si je dois être moins aimable à vos yeux, ne me dites pas la vérité ; j'aime mieux dire dans le monde quelque sottise qui fera qu'on se moque de moi.

Féder eut bien de la peine à ne pas prendre sa main et à ne pas la couvrir de baisers ; il se hâta de parler pour se distraire d'une émotion si dangereuse.

— Toutes les fois que vous adressez la parole à des gens habitant Paris depuis longtemps, s'écria Féder d'un air pédantesque, je vois chez vos interlocuteurs vanité et continuelle attention aux autres ; tandis que, pour vous défendre, je ne vois chez vous que bonne foi et bienveillance, aussi sincère qu'elle est sans bornes. Vous vous présentez sans armes et la poitrine découverte à des gens prudents avant tout et qui ne descendent dans l'arène qu'après s'être bien assurés qu'ils sont couverts de fer et que leur vanité est invulnérable. Si vous n'étiez pas si jolie, et si, grâce à moi, M. Boissaux ne donnait pas des dîners irréprochables, on vous prêterait des ridicules.

Cette vie était délicieuse en apparence, et l'eût été en effet pour Féder, s'il n'eût eu pour Valentine qu'un simple goût de galanterie ; comme il essayait quelquefois de se le faire croire à lui-même ; mais il avait une crainte mortelle de Delangle, et même, plus son cœur était attendri et jouissait avec délices de cette vie si douce, exempte de la moindre secousse et remplie tout entière par les douceurs de l'amitié la plus tendre, plus son saisissement était profond quand il venait à songer qu'un seul mot d'un être grossier et mettant l'amour-propre de son esprit à tout dire par le mot le plus fort, pouvait renverser tout ce charmant édifice de bonheur. « Il faut faire la conquête de Boissaux, se dit-il, et, pour cela, il faut lui être utile ; la simplicité de mes propos, mes bonnes manières, déplaisent, j'en suis sûr, à cet être grossier, et qui, de sa vie, n'a jamais adoré que l'argent. Ce n'est donc qu'en présence d'un résultat positif qu'il pourra pardonner ce que mes façons parisiennes ont de choquant pour sa brutale énergie. Hier encore je l'ai vu lorsque ce député de Lille est venu nous joindre à la promenade ; dès qu'il ne voit pas un homme qui crie en l'abordant, ou qui lui frappe sur l'épaule en signe d'amitié, il se dit : « Sans doute ce *muscadin* me méprise. »

En étudiant profondément Boissaux, Féder crut voir que la nomination à la Chambre des Pairs, plus ou moins récente, de cinq ou six négociants, troublait son sommeil depuis quelque temps, et avait fait succéder l'ambition à l'avidité vorace pour l'argent monnayé. Au retour de chez le nouveau pair chapelier, Boissaux ne dit mot de toute la soirée ; le lendemain il ordonna que tous les jours ses gens seraient en bas de soie à compter de quatre heures après midi, et il demanda à Féder de lui procurer trois nouveaux domestiques.

VI

Cette dépense, qui eût semblé si sotte à Boissaux un mois après son arrivée à Paris, parut décisive à Féder, qui, depuis plus de quinze jours, observait et doutait. Donner des conseils à un provincial millionnaire est chose si dangereuse ! Mais, d'un autre côté, l'idée funeste que Féder voyait chez Delangle était d'un péril si imminent !

Pour rendre ses conseils moins odieux, Féder résolut de les donner à Boissaux avec un ton grossier.

Comme un enrichi n'est pas homme à laisser perdre la plus petite jouissance de vanité, un jour Boissaux faisait admirer à Féder quatre-vingts nouveaux volumes, bien dorés sur tranche, qui venaient de lui arriver de Paris.

— Erreur, lui dit Féder, avec un regard terrible, erreur, déplorable erreur ! En jetant votre argent pour acheter ces livres, vous détruisez comme à plaisir la position que je voulais vous faire.

— Que voulez-vous dire ? interrompit Boissaux avec humeur.

— Je veux dire que vous détruisez le caractère que je voulais vous donner ! Un homme tel que vous, possesseur de votre fortune, eût pu être cité dans le monde, vous ne le voulez pas. Vous jetez par terre l'échelle qui pouvait vous faire arriver au sommet de l'édifice social. Dieu ! que vous ignorez de choses !

— Je ne me croyais pas pourtant si ignorant, reprit Boissaux avec une colère contenue.

Et, revenant à son geste habituel quand il voulait se rassurer contre quelque inconvénient, il plongea sa main droite dans la poche de son gilet, remplie de napoléons ; il en prit une poignée, l'agita avec force dans sa main, puis les laissa retomber dans la poche ; puis de nouveau les saisit violemment : c'était à la lettre manier de l'or.

— D'abord, vous achetez des livres ! Mais savez-vous qu'un livre est un instrument fatal, une épée à deux tranchants, dont il faut se méfier ?

— Qui ignore qu'il y a de mauvais livres ? s'écria Boissaux avec le ton du dédain le plus amer.

C'était sa façon d'exprimer les angoisses que donnait à sa vanité un conseil aussi direct.

— Non, vous ne savez pas tout ce qu'il y a dans ces maudits livres, reprit Féder avec une énergie de mauvais ton toujours croissante ; c'est le diable à confesser. Tout homme qui n'a pas eu le goût de la lecture dès l'âge de dix ans ne saura jamais tout ce qu'il y a dans les livres. Or la moindre erreur sur leur contenu vous expose à un ridicule amer et qui s'attache à vous ; le simple oubli d'une date suffit pour exciter le rire de toute une table.

Ici Boissaux, devenu plus attentif, tira de la poche de son gilet sa main pleine de napoléons, et ne l'y replongea plus ; c'était chez lui le signe de l'attention, allant jusqu'à l'inquiétude.

— Je sais que votre imagination puissante aime le merveilleux ; eh bien, le merveilleux va me servir à vous peindre tout votre danger. Je suppose un magicien auquel vous remettrez dix billets de mille francs, et qui, en revanche, vous donnera la connaissance parfaite de tout ce qu'il y a dans les œuvres de Voltaire et de Rousseau, et même dans tous ces autres livres, que vous avez achetés avec la prodigalité qui vous distingue ; je dis que vous ne devriez pas faire ce marché ; ce serait un marché de dupe. Pour vous avancer dans ce monde de Paris et pour faire de belles affaires, de la bienveillance de qui avez-vous besoin ? De la bienveillance des gens à argent, des gros capitalistes, des receveurs généraux. Si vous voulez aller plus loin et vous lancer dans la Chambre des Pairs, il vous faut la bienveillance du gouvernement.

Ici l'attention de Boissaux redoubla ; il prit l'air morne et la bouche de brochet, c'est-à-dire, à coins rabaissés, du marchand qui perd. Au mot de gouvernement, il craignit que Féder n'eût deviné sa jeune ambition.

— Eh bien, l'homme à argent que vos magnifiques dîners attirent à Viroflay, et qui voit ces damnés livres dont vous faites parade, a peur que vous ne les connaissiez mieux que lui, et se met en défiance. Quant au gouvernement, n'est-il pas évident que tout homme qui a des idées ou qui y prétend peut être tourné à l'opposition par le premier bavard effronté qui l'empoignera ? Donc l'homme à idées ne va pas au gouvernement. Votre propre dignité seule devrait vous engager à renvoyer ces livres au libraire ; il faut que chez vous il n'y ait pas un volume ; autrement vous vous exposez au ridicule. Si vous étalez des livres, vous estimez le genre d'esprit des gens qui lisent, et vous êtes obligé de faire semblant d'avoir lu ; on fera de certaines allusions, et vous serez obligé de faire la mine de l'homme qui comprend ; quoi de plus dangereux ? Méprisez les livres ouvertement, et vous êtes inattaquable de ce côté. Quelque étourneau vient-il à vous parler des livres *jacobins* de Rousseau et de Voltaire, répondez, avec la hauteur qui convient à votre position : « Moi, je gagne de l'argent le matin, et la soirée je la donne à mes plaisirs. » Les plaisirs sont quelque chose de réel et qu'à Paris tout le monde voit, et que le seul homme riche peut se donner.

Voilà la grande différence qui existe entre Paris et Bordeaux. Le rendez-vous de tout ce qu'il y a d'agissant et de brillant à Paris, c'est le boulevard. Or comment voulez-vous que le public du boulevard n'ait pas de la considération pour l'homme qu'il voit arriver à six heures (du soir) au Café de Paris, dans une voiture magnifique, et que bientôt il voit assis à table, près d'une fenêtre, entouré de seaux de glace où se frappent des bouteilles de champagne ? Je ne vous parle que des moyens les plus vulgaires d'acquérir de la considération et de vous placer sur la liste que le gouvernement parcourt des yeux lorsqu'il a résolu de placer deux ou trois négociants dans une nouvelle fournée de pairs. Je sais qu'un homme comme vous changera tous les ans la calèche qui le conduit au bois de Boulogne. Si vous paraissez aux courses de Chantilly, vous monterez un cheval qui a un nom dans le monde, et vous parierez cent louis en faveur du cheval coureur que tous les amateurs semblent abandonner. Dites au plus grand savant de Paris de faire toutes ces choses-là et bien d'autres, il ne peut. Par exemple, vous donnez à dîner dans la première primeur de toutes choses, au mois de février ; l'idée vous vient d'avoir des petits pois sur votre table ; vous envoyez un billet de cinq cents francs au marché. Or tout le monde voit ces petits pois sur votre table : l'envie qu'un homme tel que vous inspire naturellement, dans ce siècle *jacobin*, n'a pas la ressource de nier. Tandis que le premier venu qui n'aime pas un savant, un homme d'Académie, dira fort bien : « J'ai lu ses ouvrages, et il m'ennuie. » Or, à Paris, depuis que l'on y voit tant de journaux, il faut trouver, dès le matin, de quoi les remplir, et vous voyez que l'on met tout en discussion. Je défie bien votre plus grand ennemi de nier votre plat de petits pois coûtant cent écus. Vous possédez un avantage bien rare ; il n'y a pas cinq cents personnes, dans tout Paris, qui puissent vous le disputer : vous pouvez ajouter à chacun de vos dîners pour cinq cents francs, pour mille francs, pour quinze cents francs de primeurs ; et vous achetez des livres, et vous donnez dans les reliures chères, afin de montrer à tous que vous aimez les livres, et vous ne connaissez pas les livres, et le moindre petit avocat peut prendre le pas sur vous, et, si vous regimbez, vous engager dans une discussion où il a tous les avantages, où il est le grand homme, et vous le petit garçon ! Tandis que, si vous étiez resté fidèle au culte des *jouissances physiques,* dans tout Paris vous n'aviez pas plus de cinq cents rivaux, et tout le monde vous voyait jouir de ces plaisirs que tout le monde désire et que personne ne peut nier. Quand vous aurez dépensé deux mille francs pour un dîner de douze personnes, que peuvent dire l'envie et la méchanceté ? Ce fameux M. Boissaux, le premier négociant de Bordeaux, mène un train qui ne durera pas, il se ruine, etc. Mais l'envie et la méchanceté ne peuvent pas nier votre dîner de deux mille francs. Vous avez acheté les œuvres de Rousseau et de Voltaire ; bien plus, vous avez l'imprudence d'avoir un des volumes de ces gens-là ouvert sur votre bureau ; le premier venu qui entre va vous dire : « Cette page que vous lisez est absurde » ; ou bien, si vous la trouvez mauvaise, il va vous soutenir qu'elle est sublime. Si vous évitez la discussion, vous avez l'air d'un homme qui ne comprend pas ce qu'il lit, ou, mieux encore, qui tient un volume ouvert sur son bureau et qui ne lit pas du tout. Supposons que deux ou trois personnes surviennent, je vous connais, vous êtes plein d'audace et de bravoure, vous ne voulez pas avoir l'air de céder à un petit cuistre qui n'a peut-être pas mille écus de rente. Vous avez, sans doute, un tout autre esprit que lui ; mais il a lu vingt fois, peut-être, le passage de Rousseau qui est là ouvert sur votre bureau ; ce petit cuistre a de la mémoire, à défaut de jugement ; il a lu dix articles de journaux sur cet ouvrage de Jean-Jacques, et il s'en souvient. Dans une des mille réponses que vous êtes obligé de lui faire, vous prenez un mot pour un autre, et, par exemple, vous attribuez à Rousseau un pamphlet antireligieux qui est l'ouvrage de Voltaire. L'interlocuteur vous répond par une plaisanterie piquante ; ce mot méchant ne se sépare plus de votre nom ; le petit cuistre et ses amis vont le répétant partout, et vous voilà comme un arbre vert dont on a cassé le bouquet ; vous ne pouvez plus vous élever ; toutes les fois qu'on cite votre nom, il se trouve un sot dans un coin du salon, pour s'écrier : « Ah ! c'est ce bon négociant qui prend Rousseau pour Voltaire, qui croit que l'*Homme aux quarante écus* est de l'auteur de la *Nouvelle Héloïse.*

Cette image éloquente de Féder fit tant de peur à Boissaux, que machinalement il s'élança sur le volume de Voltaire qui était ouvert sur son bureau et le jeta sur un fauteuil éloigné.

— Quel mal voulez-vous que ce petit bavard dise de votre dîner de douze personnes qui vous a coûté deux mille francs ? Un de vos amis s'écriera : « Il en parle par envie ; ce pauvre diable a-t-il jamais vu un tel dîner, autrement que par le trou de la serrure ? » Le gouvernement est attaqué par la tourbe des avocats ; en achetant Rousseau et Voltaire, vous vous enrôlez dans le parti des bavards et des mécontents ; homme des jouissances physiques, vous faites corps avec les gens riches, vous épousez leurs intérêts ; ils en sont sûrs et le gouvernement aussi est sûr de vous : l'homme qui donne des dîners de deux mille francs a peur de la populace.

A ces mots, Féder consulta sa montre, et partit comme un trait ; il prétendit avoir oublié une affaire. Par cette disparition, la vanité de Boissaux était à l'aise ; toute l'attention du gros marchand n'était plus tournée à chercher quelque objection plausible aux faits avancés par Féder ; elle fut laissée tout entière à l'examen de la vérité des choses dites par le jeune peintre.

Féder raconta fidèlement à Valentine tout ce qu'il avait dit contre les livres et en faveur du culte des jouissances physiques.

— Si M. Boissaux, ajoutait-il, donne des dîners suivant les programmes que je lui indiquerai, il pourra dépenser cinquante billets de mille francs ; mais aussi, en moins de six mois, il sera connu à l'Opéra et sur le boulevard, et la vanité se chargera de lui procurer des jouissances telles, qu'il rira au nez de Delangle lorsque celui-ci viendra lui dire : « Mais ne voyez-vous pas que Féder est amoureux de Valentine ? »

C'est sur ce ton que se parlaient les deux amants. Notre héros avait accoutumé Mme Boissaux à ce langage. Il est vrai que jamais Féder n'ajoutait : « Oui, je vous aime avec passion, vous avez changé ma vie, ne serez-vous jamais sensible à tant d'amour, etc., etc. » Jamais une seule parole dans ce sens ne lui était échappée ; mais en lui tout parlait d'amour, excepté ses paroles, et Valentine lui donnait très bien des rendez-vous ; c'est-à-dire qu'elle lui indiquait, avec une exactitude scrupuleuse, le moment où elle arriverait de Viroflay au bois de Boulogne. C'était là que nos jeunes amis se voyaient les jours où Féder n'allait pas à Viroflay. C'était lui qui avait donné à Boissaux le cocher et les valets de pied qui montaient derrière la voiture. Lorsque Féder se fut bien assuré que ces domestiques n'étaient pas gens à dire des paroles inutiles, peu à peu, sous prétexte de faire faire de l'exercice à son cheval, il prit l'habitude d'aller au-devant de Mme Boissaux jusqu'au pont de Neuilly, et jamais il ne paraissait auprès d'elle dans le bois de Boulogne. Il disait tout à Valentine, excepté ces précautions, qui auraient alarmé cette âme naïve.

Pendant plusieurs jours Boissaux n'aborda point le sujet des livres. Enfin, comme il ne comprenait pas, dans toute leur étendue, les conseils donnés par Féder, il revint sur ce sujet. Il est vrai qu'il parla absolument comme si c'était lui, Boissaux, qui cherchait à convaincre Féder que l'on ne devait pas voir de livres dans la maison d'un homme qui prétendait à être admis dans la bonne compagnie. Féder fut au comble du bonheur de voir la tournure que prenait cette affaire, et toute son adresse fut employée à éloigner des longues conversations qu'il avait avec Boissaux les moindres mots qui eussent eu l'air de revendiquer pour lui la paternité de cette idée sublime, de faire succéder aux volumes richement reliés les primeurs les plus chères.

Boissaux s'était attribué, aux yeux de sa femme, tout l'honneur de ce grand changement.

— Jamais de la vie les gens qui viennent dîner chez vous ne diront le soir, à leur retour à Paris : « Ce Boissaux possède un Voltaire dont la reliure ferait honneur à la bibliothèque de l'Anglais le plus riche. » Mais ils diront fort bien dans la saison des primeurs : « Les petits pois que nous avons eus aujourd'hui chez Boissaux étaient déjà bien formés et pleins de goût. »

Qui l'eût dit à Féder quelques mois auparavant, lorsque la voix forte de M. Boissaux lui faisait mal aux nerfs ? Dès onze heures du matin, il allait au lever de M. de Cussi, pour obtenir une audience d'un quart d'heure, et discuter avec ce grand artiste le menu d'un dîner que Boissaux devait donner trois jours après. Nous devons faire un aveu bien plus pénible : plusieurs fois Féder se leva à six heures du matin et courut à la halle, après avoir pris dans son cabriolet un cuisinier émérite, qui, sous sa direction, achetait pour les dîners de Viroflay ces plats que l'on peut dire uniques.

Durant plusieurs mois, Féder fit des miracles en ce genre. Boissaux ne se plaignait jamais de la dépense ridicule qu'il faisait pour ces dîners, et cependant leur gloire ne marchait qu'à pas de tortue. Il était rouge comme un coq quand il faisait les honneurs d'un plat cher ; sa vanité était tellement folle de joie, et cette joie était tellement repoussante, que tout le monde semblait se donner le mot pour ne pas parler du plat admirable, qui eût illustré tout autre dîner.

A toutes les grâces de l'esprit que vous lui connaissez, le Boissaux joignait ces désagréments physiques qui dénoncent le manque d'une première éducation : il faisait des scènes à ses domestiques au milieu du dîner : il rappelait, en les grondant, le prix d'achat des plats rares qu'il offrait à ses hôtes ; il avait soin de se servir toujours à deux reprises. Enfin, ce que je ne sais comment exprimer, il mâchait pesamment et en faisant avec la bouche un bruit tel qu'on l'entendait de l'autre bout de la table. Ces petits inconvénients d'une opulence encore trop récente étaient de véritables bonnes fortunes pour la grosse vanité des financiers, qui dévoraient, sans les admirer, ces dîners dont le menu pouvait passer souvent pour le chef-d'œuvre d'un grand artiste.

Au lieu de parler des mets admirables qui leur avaient été servis et de l'ordre ingénieux et fait pour animer l'appétit dans lequel ils étaient présentés, les hôtes grossiers de l'homme riche de Viroflay ne citaient, dans leur conversation du soir, que les traits de sottise provinciale échappés à leur amphitryon.

Féder, désespéré du peu de gloire qu'acquérait le Boissaux, tout en faisant une dépense énorme, fut obligé d'avoir recours à une démarche bien dangereuse : il conduisit dans la loge à l'Opéra, et ensuite fit inviter aux dîners de Viroflay quelques-uns de ces gourmands distingués qui font métier de dîner chez les autres ; mais la moralité de ces messieurs n'est pas toujours à la hauteur de la finesse de leur tact gastronomique.

Dès le second dîner, auquel ces messieurs assistèrent, la gloire de Boissaux éclata dans tout Paris ; ce fut un effet surprenant et propre à rappeler celui de certaine décoration de l'Opéra. Par bonheur, Boissaux se trouva sur le passage de sa gloire ; il en fut étonné, ravi, transporté à un tel point, qu'il adressa à Féder des paroles qui ressemblaient au langage de l'amitié. Enfin notre pauvre héros fut payé de tant de soins, et il put espérer d'être au moins pour quelque temps à l'abri d'un propos méchant de la part de Delangle. Par bonheur, celui-ci était engagé dans de belles opérations sur les sucres, qui lui prenaient tout son temps. Comme, sous aucun prétexte, Féder n'avait voulu recevoir de payement pour le portrait de Mme Boissaux, non plus que pour ceux de Delangle et de Boissaux, dont ensuite il s'était occupé, Delangle avait voulu absolument lui donner dans l'opération avantageuse des sucres une part absolument égale à celle qu'il réservait à son beau-frère Boissaux, et Féder l'avait acceptée avec ravissement ; il lui importait beaucoup d'être un peu d'homme d'argent, et non pas un simple peintre, aux yeux de tous les hommes à argent qui, désormais, formaient la société de Mme Boissaux.

Entraîné par les développements gastronomiques de notre histoire, nous avons oublié de faire mention, en son temps, du divorce éclatant que Boissaux avait fait avec ces livres si imprudemment achetés, et qui lui auraient fait faire fausse route sans les sages avis de notre héros.

A l'un de ces admirables dîners, dignes de tant de gloire et qui en avaient encore si peu, par le triste effet des grâces négatives du maître de la maison, et de l'effroyable et trop visible vanité avec laquelle il faisait les honneurs de ces plats chers, M. Boissaux, arrivé au dessert, dit un mot à son valet de chambre, et, un instant après, élevant la voix, dit à ses hôtes :

— Je ne veux plus de livres ; ils m'embêtent, je viens de faire transporter dans l'antichambre quelques centaines de volumes qui n'ont de bon que la reliure. Qui est-ce qui en veut ? Je vous engage, messieurs, à en emporter dans vos voitures. Depuis trois mois que je les ai, du diable si j'en ai lu trois pages ; cela ressemble beaucoup à un discours d'un de nos *libéraux* de la Chambre, lesquels tendent, tout doucement, à nous ramener aux douceurs de 1793. Dieu me préserve de m'embarquer dans tous ces raisonnements de va-nu-pieds et de jacobins ! Mais hier, au moment de la Bourse, c'est-à-dire, au moment, pour moi, qui pars de Viroflay à une heure, et qui ne tiens pas excessivement à crever mes chevaux, je me suis laissé aller à écouter les bavardages d'un diable de relieur qui me rapportait les œuvres de M. de Florian, premier gentilhomme de M. le duc de Penthièvre ; celui-là ne doit pas être un jacobin, quoique contemporain de Voltaire ; mais, à vrai dire, je n'en ai pas lu une seule ligne ; si je vous le recommande, c'est uniquement parce que la reliure de chaque volume me revient à seize francs. Mais enfin, par l'effet de ce diable de livre, je ne suis arrivé à la Bourse qu'à deux heures moins un quart, et je n'y ai plus trouvé les gens à qui je voulais parler. Les livres me sont inutiles à moi qui déteste les jacobins et qui ne lis jamais. Je ne veux pas qu'il en reste un seul à la maison, et ce soir j'enverrai à notre respectable curé pour qu'il les vende au profit des pauvres, ceux de ces livres que vous n'aurez pas emportés.

A peine ce discours fini, les convives se levèrent de table et se ruèrent sur les livres : les reliures étaient si belles, qu'il ne resta pas un volume ; mais Féder sut le lendemain que pas un des convives n'avait eu un ouvrage complet : dans leur ardeur de pillage, chacun avait envoyé à sa voiture les premiers volumes sur lesquels il avait mis la main.

Cette scène, toute de l'invention de Boissaux, lui fit beaucoup d'honneur dans l'esprit de Féder. « Réellement, se dit-il, l'envie désordonnée d'être pair de France donne quelque esprit à cet homme ; que ne peut-elle aussi lui donner des manières un peu supportables ! »

Féder fut aidé par le hasard, ce qui tendrait à prouver que dans les positions difficiles il faut agir. Delangle avait bien appelé à Paris son beau-frère Boissaux, il l'avait présenté à ses amis, il l'avait mis dans plusieurs affaires assez importantes, mais sous la condition tacite que toujours Boissaux resterait au second rang. L'éclat qui, tout à coup, environna les dîners de Viroflay vint porter une altération profonde dans les relations des deux beaux-frères. Autrefois Delangle rendait hommage volontiers au génie qu'avait Boissaux pour inventer des spéculations dans des places et avec des prix courants qui ne semblaient offrir aucune ressource. Boissaux avait un second talent ; à force d'y rêver, il savait tirer de l'argent de certaines spéculations qui se présentaient sous l'aspect le moins avantageux.

Mais Delangle avait toujours pensé que dans un salon il devait l'emporter infiniment sur son beau-frère, qui pouvait passer pour un modèle accompli de toutes les inélégances. Pour comble de malheur, Boissaux, qui, en tout, était parfaitement dissimulé, ne pouvait cacher la joie la plus ridicule dès que sa vanité obtenait le moindre succès. Delangle s'était confié à tous ces désavantages de l'ami intime qui devenait son rival. Il fut loin de s'inquiéter d'abord de l'excellence des dîners de Viroflay ; rien n'était comparable à la figure rouge et à la voix tremblotante de bonheur avec laquelle Boissaux faisait les honneurs d'un plat de primeur, d'un prix un peu extraordinaire ; mais, quand Féder se fut décidé à introduire quelques parasites du grand monde aux excellents dîners de Viroflay ; quand, subitement, la gloire de ces dîners éclata, Delangle fut piqué au vif ; plusieurs fois il se moqua, avec ses voisins de table, des façons singulières avec lesquelles Boissaux faisait les honneurs de ses dîners, et Féder fut assez heureux pour faire remarquer à Boissaux cette trahison du cher beau-frère. Un jour ces deux êtres, dont la colère était facile à exciter, se prirent presque de querelle au milieu d'un dîner. Delangle prétendit d'abord, d'un ton plaisant, qu'un des plats pricipaux ne valait rien. Boissaux prit feu pour la défense de son plat, et, sous prétexte de l'amitié intime, les propos piquants allèrent bien loin. L'un des convives, compatriote des deux antagonistes, et arrivé à Paris seulement depuis peu de jours, s'écria naïvement et d'une voix à faire retentir la salle à manger :

— L'ami Delangle est jaloux des dîners donnés par le cher beau-frère.

Cette remarque ingénue arrivait tellement à propos, qu'elle fit éclater de rire tous les dîneurs.

— Eh bien, oui, morbleu, je suis jaloux ! s'écria Delangle tremblant de colère et pouvant à peine se contenir, je n'ai pas un *chez moi* comme Boissaux, je n'ai pas un bon ami pour me donner des conseils ; mais je vous invite tous à dîner au Rocher de Cancale, pour mardi prochain, si le jour vous convient, et je vous donnerai un dîner *autrement torché que celui-ci.*

Le dîner fut donné, et fut trouvé décidément inférieur à ceux de Viroflay. Ce n'est pas une petite chose que de donner un dîner vraiment bon, même à Paris ; la volonté de prodiguer l'argent ne suffit point, et un dîner peut manquer même dans les meilleurs établissements culinaires. Par exemple, au dîner de Delangle, une odeur de friture fort désagréable se répandit dans la salle du festin dès le second service, et, malgré toute la bonne volonté possible, Mme Boissaux fut obligée de demander la permission de prendre l'air pendant quelques instants. Lorsqu'ils la virent sortir, la plupart des convives, quoique fort accoutumés à toutes les odeurs que l'on sent au cabaret, déclarèrent que l'odeur de friture les incommodait fortement, et la fin de ce dîner ressembla à une déroute. Delangle était furieux ; Boissaux eut, de lui-même, l'idée de faire semblant de prendre pitié de son malheur.

Au moment où l'on se levait de table, Boissaux annonça à la société que la baraque qu'il avait louée à Viroflay menaçait de tomber sur la tête des personnes qui lui faisaient l'honneur de venir chez lui ; qu'ainsi, *pour cause de réparations,* le dîner du jeudi suivant était suspendu ; mais qu'il les attendait tous pour le second jeudi, à six heures bien précises.

Boissaux profita de ce peu de jours pour faire bâtir à la hâte une seconde salle à manger. Il dissimula assez heureusement l'existence de cette salle, et la surprise des invités fut complète, lorsque, arrivé au moment où l'on allait servir les fruits, Boissaux s'écria :

— Messieurs, passons dans une salle à manger absolument semblable à celle-ci ; que chacun prenne la place correspondante à celle qu'il a ici ; j'ai fait bâtir cette salle, messieurs, pour que vous ne soyez pas incommodés par l'odeur des viandes.

Ce mot fut un coup de poignard pour Delangle, et la construction de cette salle mit un tel fonds d'aigreur entre les deux beaux-frères, que Féder en vint à penser que si Delangle disait à Boissaux : « Sais-tu à quoi tu dois attribuer toutes les attentions de Féder ? Il fait la cour à ta femme, » celui-ci n'ajouterait pas foi à ce propos, qu'il regarderait comme ayant pour but de le brouiller avec l'homme auquel il devait ses succès à Paris.

VII

Un jour de grand dîner à Viroflay, vers la fin du repas, un convive qui venait pour la seconde fois dans la maison Boissaux, et qui n'en connaissait pas les êtres, dit en parlant des nouvelles de Paris, d'où il arrivait :

— Ce matin il y a eu un duel : c'est un jeune homme habitué de l'Opéra qui a été tué ; un fort joli garçon, ma foi ; mais toujours triste comme s'il eût prévu son sort, un monsieur Féder.

Un voisin du convive qui parlait ainsi lui saisit le bras avec vivacité, et, se penchant vers lui, lui adressa quelques mots à voix basse. Ni Boissaux ni Delangle n'avaient entendu la nouvelle ; mais Mme Boissaux n'en avait pas perdu une seule parole ; elle se sentit mourir ; elle se retint à la table pour ne pas tomber ; puis, en regardant tout autour d'elle pour voir si personne ne s'était aperçu de son mouvement : « Il y a, se dit-elle, vingt-cinq ou trente personnes ici ! à quelle scène je vais donner lieu ! et que dira-t-on demain ? » L'horreur de la scène qu'elle prévoyait lui donna du courage, et, prenant son mouchoir, qu'elle approcha de sa figure, elle fit signe à son mari qu'elle avait un saignement de nez, accident auquel elle était assez sujette. M. Boissaux dit un mot pour expliquer la sortie de la maîtresse de la maison, et personne ne fit autrement attention à son départ.

Elle passa dans sa chambre ; là, les sanglots éclatèrent. « Si je m'asseois, se dit-elle, jamais je ne pourrai me relever. Cette maison est si petite et ces gens-là sont si grossiers ! Ils sont capables, après dîner, de venir jusqu'ici... Ah ! il faut partir pour Paris, dès ce soir, et demain pour Bordeaux ; c'est le seul moyen de sauver ma réputation. »

Cette pauvre femme fondait en larmes ; mais elle n'avait plus la force de se tenir debout ; il lui fallut plus d'une demi-heure pour gagner, en s'appuyant sur les meubles, une serre chaude qui était à côté de la chambre à coucher. En s'appuyant sur les caisses de quelques orangers que le froid de l'hiver précédent avait tués et que l'on n'avait point encore remplacés, elle parvint jusqu'au fond de la serre ; elle se cacha derrière une sorte de jonc d'Amérique qui avait six pieds de haut et une centaine de tiges. Là, pour la première fois, elle osa se dire : « Il est mort ! jamais mes yeux ne le reverront ! » Elle voulut s'appuyer sur la caisse du jonc américain ; mais elle n'eut pas la force de s'y retenir ; elle tomba tout à fait étendue par terre, et ce fut à cette position qu'elle dut de n'être pas vue par son mari, qui, inquiet de son absence, vint la chercher quelques minutes plus tard.

Lorsqu'elle revint à elle-même, elle avait oublié la nouvelle qu'elle venait d'apprendre ; elle fut fort étonnée de se trouver couchée dans la poussière. Puis, tout à coup, l'affreuse vérité lui revint ; elle se figura son mari venant l'interroger et suivi bientôt après des cinq ou six personnages qui, parmi les dîneurs, se trouvaient de sa connaissance la plus intime. « Que faire, que devenir ? s'écriait la malheureuse femme en fondant en larmes. Tous connaissent maintenant la fatale nouvelle ; comment expliquer d'une façon à peu près raisonnable la situation dans laquelle je me trouve ? Dans dix minutes d'ici, je serai aussi déshonorée que je suis malheureuse. Qui, au monde, voudra croire qu'il n'y avait entre nous que de la simple amitié ? Et moi-même, je croyais encore, il y a huit jours, n'avoir que de l'amitié pour Féder. »

En s'entendant elle-même prononcer ce nom, ses sanglots redoublèrent ; ils étaient tellement forts et rapprochés, qu'elle fut sur le point de perdre tout à fait la respiration. « Eh ! que m'importe ce qu'on dira de moi ? Je suis à tout jamais au comble du malheur ; c'est mon pauvre mari que je plains ; est-ce sa faute, s'il n'a pu m'inspirer ce sentiment de bonheur divin, cette sensation électrique, qui me saisissait de la tête aux pieds, rien qu'en voyant entrer Féder ? »

Valentine, qui était parvenue à s'asseoir dans la poussière, la tête appuyée contre un grand vase, resta ainsi plus d'une grande demi-heure, les yeux fermés et à peu près évanouie. De temps à autre, une larme coulait lentement le long de sa joue ; elle prononçait à demi ces mots : « Je ne le verrai plus ! » Enfin elle se dit : « Mon premier devoir est de sauver l'honneur de mon mari ; il faut demander la voiture, et me rendre à Paris sans que personne me voie... Si un seul de ces êtres qui étaient là à dîner m'aperçoit dans l'état où je suis, mon pauvre mari est à jamais déshonoré. »

Valentine commençait à entrevoir cette idée dans toute son horreur ; mais les forces lui manquaient entièrement pour aller appeler le cocher ; elle voulait absolument n'être vue que de cet homme. Il était fort âgé, il était envoyé par le loueur, qui fournissait à son mari une voiture de remise. « En faisant donner de l'argent à cet homme, ou même en faisant parler à son maître, je pourrai ne le jamais revoir, se dit-elle ; et peut-être s'il ne revient pas demain, il ignorera à jamais l'affreux événement ; tandis que, si un seul de mes domestiques me voit, je suis une femme perdue. »

Cette idée inspira à Valentine un effort désespéré ; en se retenant au coin d'une caisse d'oranger, elle parvint à se mettre debout. Puis, après des efforts inimaginables, elle alla prendre dans sa chambre un châle, qu'elle jeta sur sa tête, comme si elle eût eu froid. « Je dirai au cocher que j'ai été saisie d'un frisson et d'un accès de fièvre, et que pour ne pas inquiéter mon mari, je veux, sur-le-champ, retourner à Paris. »

Pour gagner la remise sans entrer dans l'intérieur de la maison, Valentine, qui avait repassé dans la serre chaude, ouvrit une des portes-fenêtres qui donnaient sur le jardin ; mais l'effort nécessaire pour ouvrir la persienne avait presque entièrement épuisé ses forces ; elle était immobile sur le seuil de cette porte-fenêtre ; elle entendit marcher doucement et comme avec précaution, tout auprès d'elle. Sa frayeur fut extrême ; elle se cachait la figure avec les mains et rentrait dans la serre, lorsque l'homme qui s'avançait le long du mur se trouva vis-à-vis la fenêtre. La voyant ouverte, cet homme eut l'audace d'entrer. Ecartant un peu les mains qui lui couvraient la figure, Valentine regarda avec colère quel pouvait être cet indiscret : c'était Féder.

— O mon unique ami ! s'écria-t-elle en se jetant dans ses bras, vous n'êtes donc pas mort !

* (Ici, peut-être, devrait s'arrêter cette nouvelle.)

Surpris et enchanté de cet accueil, Féder oublia entièrement la prudence à laquelle tant de fois il s'était promis de rester fidèle ; il couvrit de baisers cette figure charmante. Peu à peu il remarqua l'extrême émotion de Valentine ; son visage était couvert de larmes ; mais Féder, cet être si sage jusqu'ici, avait perdu tout empire sur lui-même ; il essuyait ces larmes avec ses lèvres. Il faut avouer que la manière d'être de Valentine n'était pas de nature à le rappeler à la raison ; elle s'abandonnait à ses caresses, elle le serrait contre son sein avec des mouvements convulsifs, et nous ne savons comment faire pour avouer, avec décence, que deux ou trois fois elle lui rendit ses baisers.

— Tu m'aimes donc ? s'écriait Féder d'une voix entrecoupée.

— Si je t'aime ! répondait Valentine.

Cet étrange dialogue durait déjà depuis plusieurs minutes lorsque tout à coup Valentine eut la conscience de ce qui lui arrivait. Elle fit quelques pas en arrière avec une promptitude étonnante, et un sentiment de surprise, mêlé d'horreur, se peignit dans ses traits.

— Oh ! monsieur Féder, il faut oublier à jamais ce qui vient de se passer.

— Jamais, je vous le jure, jamais aucune parole sortie de ma bouche ne vous rappellera cet instant de bonheur sublime. Puisque je ne puis me soumettre à un effort aussi pénible, ai-je besoin de vous dire que, dans l'avenir comme par le passé, jamais votre nom ne sera prononcé par moi ?

— Je meurs de honte en vous regardant ; soyez assez bon pour me laisser un instant de solitude.

Féder s'éloignait avec toutes les apparences du respect le plus profond.

— Mais vous devez me croire folle ! s'écria Valentine en se rapprochant de la fenêtre.

Féder, de son côté, fit aussi quelques pas et se trouva fort près de Valentine.

— On venait de m'apprendre votre mort, dit celle-ci ; vous aviez été tué en duel, et le moment qui nous sépare d'un ami véritable est toujours, comme vous le savez, accompagné d'un trouble extrême... dont nous ne sommes pas responsables... Il serait injuste de nous accuser.

Valentine cherchait à s'excuser ; le contraste était frappant entre le ton de voix presque officiel qu'elle cherchait à prendre et le son de voix tendre et abandonné dont, un instant auparavant, Féder avait eu le bonheur d'être le témoin et l'objet.

— Vous cherchez à obscurcir le moment le plus heureux de ma vie, lui dit-il en lui prenant la main.

Elle n'eut pas la force de soutenir la feinte jusqu'au bout.

— Eh bien, allez-vous-en, mon ami, lui répondit-elle sans retirer sa main ; laissez-moi me remettre d'un si grand trouble et d'une si grande folie. Ne m'en reparlez jamais ; mais allez, je n'ai point changé de sentiments. Adieu, je ne veux point faire l'hypocrite avec vous ; mais, au nom du ciel, laissez-moi seule. On m'avait annoncé votre mort ; ne me faites pas repentir, à l'avenir, de vous avoir regretté si follement, quand je croyais ne vous jamais revoir.

Féder obéit en affectant l'apparence du respect le plus profond. Valentine lui sut bien quelque gré de ce respect; car de vingt endroits du jardin on pouvait les voir. Cependant, au fond, il ne lui plut point; il était, à ses yeux, gâté par un mélange d'hypocrisie, et que devenait-elle si l'hypocrisie se mêlait à la conduite que Féder avait à son égard ?

Il était bien vrai que cet extrême respect était une affectation. Féder savait bien que c'est à l'instant où une femme vient de se compromettre le plus qu'il lui faut faire oublier l'insigne folie qu'elle vient de commettre en consolant sa vanité et jetant à l'immense voracité de cette habitude de l'âme des femmes les marques de respect les plus exagérées.

Mais l'un des effets les plus doux et les plus singuliers de l'étrange sentiment qui unissait Féder à Valentine, c'est, si l'on peut parler ainsi, de maintenir toujours le bonheur au même niveau dans les deux âmes unies par l'amour.

Féder vit fort bien la nuance de désappointement qui se peignit dans les yeux de Valentine en lui voyant faire ses saluts si respectueux. « Ce mécontentement, se dit-il, va la conduire à une défiance qui lui semblera de la prudence toute simple, demain, peut-être ; elle arrivera à me nier que, lorsqu'elle m'a cru mort, il lui est arrivé de m'avouer qu'elle m'aimait avec passion. J'aurai une peine extrême à vaincre cette prudence ; au lieu de jouir du bonheur divin que me font espérer ses aveux si passionnés d'il n'y a qu'un instant, je serai obligé de manœuvrer. » Ces réflexions se succédèrent rapidement. « Il faut que je l'inquiète, se dit Féder ; on ne voit les inconvénients d'un bonheur qu'autant qu'on en est sûr. »

Féder se rapprocha de Valentine d'un air assuré et assez froid, en apparence, surtout si on le comparait aux transports si abandonnés qui venaient d'avoir lieu. Féder prit sa main, tandis qu'elle le regardait d'un air indécis et surpris, et il lui dit d'un ton philosophique et froid :

— Je suis plus honnête homme qu'amant ; je n'ose vous dire que je vous aime avec passion, de peur que cela ne cesse d'être vrai un jour ; et, sur toutes choses, je ne voudrais pas tromper une amie qui a pour moi des sentiments si sincères. J'ai peut-être tort ; probablement jusqu'ici le hasard n'a pas voulu me faire rencontrer des âmes comme celle de Valentine ; mais enfin, à mes yeux, jusqu'à cette heure, j'ai regardé le caractère des femmes comme offrant tant d'inconstance et de légèreté, que je ne me laisse aller à aimer passionnément une femme que lorsqu'elle est toute à moi.

Après ces paroles prononcées du ton de la conviction la plus sincère, Féder salua Valentine d'un air d'amitié tendre. Elle resta immobile et pensive. Déjà elle ne songeait plus à se reprocher amèrement le moment de folie qui venait de la jeter dans les bras de Féder.

Féder alla rejoindre Boissaux et sa société, et se débarrassa de l'épisode de sa mort en recevant et donnant quelques poignées de main.

— Je savais bien, lui dit Boissaux, que vous n'étiez pas homme à vous laisser tuer ainsi.

L'accueil que lui fit Delangle fut moins amical. Féder raconta qu'en effet un fou, qui se prétendait plaisanté par lui, l'avait attaqué, et qu'il avait fallu avoir un tout petit duel à l'épée ; le fou avait reçu une blessure à la poitrine, qui avait calmé son ardeur, et à la suite de cette blessure on lui avait appliqué une sangsue. Le rire qu'excita ce détail mit fin à l'attention désagréable que tous ces hommes à argent, poussés par de bons vins, accordaient aux actions de Féder. Bientôt il put chercher à voir Mme Boissaux ; mais son mari lui avait accordé la permission de revenir à Paris, et elle était partie depuis longtemps.

Le lendemain, Féder vint, avec le plus beau sang-froid, savoir des nouvelles de l'indisposition de Mme Boissaux ; il la trouva dans son salon, gardée par sa femme de chambre et deux ouvrières ; tout ce monde était occupé à faire des rideaux. A chaque instant Mme Boissaux se levait pour mesurer et couper du calicot ; les regards furent aussi froids que les actions ; la conduite de ces deux êtres qui, la veille, dans les bras l'un de l'autre, s'avouaient en pleurant qu'ils s'aimaient, eût bien étonné un observateur superficiel. Valentine s'était juré de ne jamais se retrouver seule avec Féder. D'un autre côté, ce que celui-ci lui avait dit la veille : savoir, qu'il ne pouvait aimer avec un certain abandon qu'autant qu'il était sûr d'être aimé, se trouva à peu près exactement vrai.

Quoiqu'il eût à peine vingt-cinq ans, il ne croyait, en aucune façon, aux démonstrations des femmes ; l'aveu le plus gracieux de la passion la plus tendre ne lui inspirait d'autre idée que celle-ci : « On tient à me persuader que l'on m'aime passionnément. » Il avait peur de son âme, il se rappelait toutes les étranges folies qu'il avait faites pour sa femme, et, en vérité, il n'en voyait pas le pourquoi. Le souvenir qui lui était resté n'était autre que celui d'une petite fille d'un caractère fort gai et qui adorait les chiffons venus de Paris. Au surplus, il ne lui restait aucun souvenir distinct et détaillé des sentiments qui l'avaient agité pendant tout le temps qu'il avait été amoureux. Il se voyait seulement accomplissant d'étranges folies ; mais il ne se rappelait plus les raisons qu'il se donnait à lui-même pour les faire.

L'amour lui inspirait donc un sentiment de terreur fort prononcé, et, s'il eût prévu qu'il deviendrait amoureux de Valentine, sans doute il fût parti pour un voyage. Il s'était laissé entraîner à la voir tous les jours ; d'abord parce qu'elle était remarquablement belle : il y avait certains traits dans sa figure qu'il ne se lassait pas de regarder comme peintre ; par exemple, ce contour des lèvres un peu trop grosses et susceptibles d'exprimer la passion la plus ardente, et qui faisait un étrange contraste avec le contour tout idéal du nez et l'expression chaste et sublime de ces yeux, dont le regard si vif semblait appartenir à quelque sainte du paradis, au-dessus de toutes les passions.

En second lieu, Féder s'était laissé aller à revenir tous les jours auprès de Valentine parce qu'elle était pour lui une distraction. Auprès d'elle il ne songeait pas aux chagrins que lui donnait la peinture, depuis que, dans un accès de bon sens sévère, il lui était arrivé de découvrir qu'il n'avait aucun talent pour faire des portraits en miniature. Il sentait qu'il y avait une résolution à prendre; il avait une répugnance invinsible à vivre en faisant sciemment de mauvaises choses. Il y avait dans cette âme un fonds d'honnêteté méridionale et passionnée qui eût bien donné à rire à un véritable Parisien. Dans l'année qui avait précédé le portrait de Mme Boissaux, l'atelier de Féder lui avait rapporté dix-huit mille francs. Quoique vivant publiquement avec une actrice, il passait pour un jeune homme du meilleur ton. L'on savait fort bien que Rosalinde ne dépensait pas un centime pour lui; mais, grâce au savoir-faire de cette même Rosalinde, le public ne bornait pas à cela ses bontés pour Féder. On le voyait toujours regrettant avec passion l'épouse qu'il avait perdue sept ans auparavant, ce qui le faisait passer pour un fort honnête homme, et ce renom d'honnêteté passionnée commençait à remonter jusqu'aux femmes qui ont un nom et des chevaux.

De plus, on avait découvert qu'il était fort bien né. Si son père, un peu fou, s'était jeté dans le commerce, en revanche, son grand-père était un bon gentilhomme de Nuremberg, et, de plus, Féder avait des sentiments dignes de sa naissance. Par état, il ne parlait jamais de politique; mais l'on savait, à n'en pas douter, qu'il ne lisait jamais d'autre journal que la *Gazette de France,* et ce jeune peintre en miniature avait dans son cabinet tous les *Saints Pères,* dont un zèle pieux vient de publier de nouvelles éditions.

Escorté d'une si belle réputation, Féder pouvait prétendre à l'une des premières places qui deviendraient vacantes à l'institut; il ne dépendait que de lui d'épouser une femme, encore fort bien, qui lui apporterait une fortune de plus de quatre-vingt mille livres de rente, et à laquelle il ne pouvait reprocher d'autre défaut que de se montrer tous les jours plus passionnée. Par le plus grand hasard du monde, Féder venait de découvrir une chose qui lui avait beaucoup déplu : à l'époque de la dernière exposition, Rosalinde avait dépensé près de quatre mille francs en articles de journaux, pour assurer le succès de son cadre de miniatures. Enfin, depuis que Féder était convenu avec lui-même qu'il n'avait aucun talent, ses succès augmentaient : rien de plus facile à expliquer. Il était surtout recherché pour des portraits de femmes, et, depuis qu'il avait renoncé à se tuer de peine pour saisir les couleurs de la nature, il flattait ses modèles avec une impudence qu'il n'avait point autrefois, lorsqu'il mettait tout en œuvre pour trouver les tons vrais de la nature.

Pour prouver que Féder n'était au fond que ce qu'on appelle à Paris un nigaud, il suffira de faire remarquer que, contre tous les avantages que nous venons d'énumérer longuement, il avait besoin de distraction. Le mot décisif de tout cela c'est qu'il trouvait peu honnête de continuer à faire des portraits, sachant qu'il les faisait mal ; et encore sur ce mot *mal* il y avait bien des choses à dire : les trois quarts des gens qui vivent à Paris en faisant de la miniature étaient, pour le talent, bien au-dessous de Féder. Ce qui augmentait ses scrupules ridicules, c'est que, disant fidèlement à Rosalinde toutes les idées qu'il avait, il ne lui avait point fait part de la fatale découverte qu'il devait à l'examen des portraits de Mme de Mirbel.

Nous aurons achevé la peinture de la situation et du caractère de Féder, si nous ajoutons que l'habitude qu'il avait prise d'aller tous les jours chez Mme Boissaux avait comme suspendu tous les autres sentiments qui agitaient sa vie. Avant qu'il la connût, quelquefois il se disait : « Mais serais-je assez fou pour avoir de l'amour ? » Ordinairement, ces jours-là, il prenait sur lui de ne pas aller chez Valentine ; mais l'heure à laquelle il l'aurait vue était dure à passer ; quelquefois il ne pouvait pas résister à la tentation ; il courait chez elle et se manquait de parole, mais tout honteux de ce résultat. La dernière fois qu'il avait craint sérieusement d'avoir de l'amour, il était monté à cheval, et, à l'heure où il aurait pu voir Valentine, il était à Triel, sur les bords de la Seine, à dix lieues de Paris.

La scène de Viroflay changea tout ; il ne pouvait admettre le soupçon de la feinte dans l'état violent où il avait vu Mme Boissaux : évidemment elle le croyait mort.

Pendant la nuit qui suivit cette scène, Féder devint éperdument amoureux. « Si je fais, se dit-il, des folies comparables à celles que causa mon premier amour, je me trouverai dans un bel état au réveil... mais, cette fois, ce ne sera pas ma fortune qui sera compromise ; pour faire mon malheur, l'amour n'aura besoin que de lui-même ; je ferai si bien, que la dévotion de Valentine se réveillera, et qu'elle finira par me défendre de la voir. Or je connais ma faiblesse ; il suffit que je désire avec passion pour devenir un imbécile, elle est dévote et même superstitieuse ; jamais je n'aurai le courage de lui faire violence et de courir le risque de lui déplaire. Dans cette position, je n'aurai plus de force que contre moi-même, et, pour me remettre en possession du courage que doit avoir un homme, je n'ai d'autre ressource que d'arracher de mon cœur la passion qui le domine. »

Fort effrayé par ces réflexions, Féder finit par prendre les résolutions les plus énergiques contre Valentine. « Dans une âme aussi sincère et aussi jeune, se dit-il, le sentiment passionné qu'elle m'a montré ne s'éteindra pas en peu de jours, et surtout je n'ai pas à craindre de le faire disparaître en la faisant souffrir. Par bonheur, dans la scène si étrange de la serre chaude, je n'ai donné, à le bien prendre, aucun signe d'amour passionné. Une femme charmante, dans toute la fleur de la première jeunesse, les joues couvertes de larmes, se jette dans mes bras et me demande si je l'aime ! Quel jeune homme, à ma place, n'eût pas répondu par des baisers ? Et toutefois, un instant après, le bon sens me revient, et je lui fais cette fameuse déclaration : « Je ne me laisse aller à aimer passionnément une femme que lorsqu'elle est toute à moi. » Il ne s'agit que de persévérer. Si mon imprudence se laissait aller à lui serrer la main, si je portais à mes lèvres cette main charmante, tout serait perdu pour moi, et il me faudrait avoir recours aux remèdes les plus affreux : par exemple, à l'absence. »

Féder eut besoin de se rappeler sans cesse ces raisonnements terribles durant cette première visite qu'il fit à Valentine, entourée d'ouvrières et uniquement occupée, en apparence, à mesurer et à couper des toiles de coton pour des rideaux. Il la trouvait adorable au milieu de ces soins domestiques. C'était une bonne Allemande, tout attachée à ses devoirs de maîtresse de maison. Mais dans quelle action ne l'eût-il pas trouvée adorable et lui donnant de nouvelles raisons de l'aimer avec passion ?

« Le silence est signe d'amour », s'était dit Féder ; en conséquence, il prit la parole à son entrée dans la salle à manger, où se trouvait Mme Boissaux, et ne la quitta plus ; il bavardait sur des sujets à cent lieues de l'amour et des sentiments tendres. D'abord cet étrange flux de paroles fut du bonheur pour Valentine ; son imagination ardente s'était figuré avec horreur que Féder voudrait reprendre la conversation à peu près où elle n'était après la scène de la serre chaude. C'est pour cela qu'elle s'était entourée d'ouvrières. En peu de moments Valentine fut rassurée ; bientôt elle le fut trop ; elle soupira profondément en voyant l'imagination de Féder tout occupée d'images si différentes de celles qui auraient dû la remplir. Elle fut surtout choquée de sa gaieté ; elle le regarda avec un étonnement naïf et tendre qui était divin. Féder eût donné sa vie pour pouvoir la rassurer en se jetant dans ses bras. La tentation fut si forte, qu'il eut recours à cette ressource banale : il regarda sa montre avec vivacité, et disparut sous prétexte d'un rendez-vous d'affaires dont l'heure était passée. Il est vrai qu'il fut obligé de s'arrêter sur l'escalier, tant son émotion était violente. « Je me trahirai un jour, c'est sûr », se disait-il en se retenant de toutes ses forces à la rampe, faute de laquelle il serait tombé. Ce regard étonné, et l'on peut dire si malheureux, de ne pas trouver de l'amour où elle craignait d'en rencontrer trop ; fit peut-être plus pour le bonheur de notre héros que les caresses si passionnées de la veille.

C'était l'heure de la promenade au bois de Boulogne. Féder monta à cheval ; mais, dès l'entrée du bois, il se jeta dans les chevaux d'une voiture, et, plus loin, il fut sur le point d'écraser un philosophe qui, afin d'être vu, avait choisi ce lieu pour méditer, et marchait en lisant.

« Je suis trop distrait pour monter à cheval », se dit Féder en revenant au petit trot et s'obligeant à avoir les yeux constamment fixés devant lui.

VIII

Le soir il sentit encore mieux combien il était fou ; il rencontra Delangle au foyer de l'Opéra, lequel lui dit bonjour. Il éprouva un mouvement de terreur, et la grosse voix du provincial, si peu faite pour aller à l'âme, retentit jusque dans les profondeurs de la sienne. Delangle lui disait :

— N'allez-vous pas voir ma sœur ? elle est dans sa loge.

Malgré ses résolutions, Féder se persuada qu'il y était forcé par ce mot ; que ne pas paraître dans la loge de Mme Boissaux serait une chose remarquée. Il entra donc dans cette loge. Fort heureusement il y trouva plusieurs personnes ; il fut silencieux et gauche à faire plaisir.

« Puisque je ne parle pas, se disait-il, je puis me livrer à tout mon bonheur. » Je ne sais quel nouveau débarqué, arrivant de Toulouse et ayant ouï-dire que les hommes portaient quelquefois un flacon de sels, fit l'acquisition d'un flacon immense, d'une sorte de petite bouteille qu'il fit remplir de sel de vinaigre. En arrivant dans la loge, il déplaça le bouchon de son flacon, et l'odeur de vinaigre se répandit de façon à incommoder tout le monde.

— Et vous, monsieur Féder, que les odeurs rendent malade ! lui dit Valentine.

Son esprit ne put arriver à trouver d'autre réponse qu'un : *Eh bien, madame,* deux fois répété. Il avait un éloignement invincible pour toutes les odeurs ; mais, depuis cette soirée, l'odeur du vinaigre devint sacrée pour lui, et, toutes les fois qu'il la rencontra, par la suite, il eut un vif sentiment de bonheur.

Valentine se dit : « Si parleur ce matin, si fertile en anecdotes prétendues plaisantes, et si interdit ce soir ! Que se passe-t-il donc dans son cœur ? » La réponse n'était pas douteuse et faisait soupirer tendrement la jeune femme : « Il m'aime. »

Ce soir-là le spectacle intéressait vivement Mme Boissaux ; toutes les paroles d'amour allaient droit à son cœur ! « Rien n'était commun, rien n'était exagéré. » (Schiller).

Deux mois entiers se passèrent ainsi. Féder, passionnément amoureux, ne s'écarta en aucune sorte des règles de la prudence la plus austère. Chaque entrevue avec Féder changeait du tout au tout les idées de Valentine sur son compte. Son caractère si simple et si modeste offrait maintenant les disparates les plus bizarres. C'était, par exemple, avec un dégoût marqué que, dans les premiers temps de son séjour à Paris, elle écoutait le récit des dépenses folles auxquelles se livraient les femmes de messieurs les hommes à argent. Maintenant, elle imitait ces dames dans ce que leur conduite offre de plus extravagant. Ainsi un jour son mari lui fit une scène parce qu'elle avait envoyé, en une seule matinée, quatre domestiques de Viroflay à Paris ; il s'agissait d'avoir, avant dîner, une certaine robe de Mme Delisle.

— Et encore, nous n'attendons personne à dîner aujourd'hui !

M. Boissaux ne comptait pas Féder : c'était l'ami de la maison, et, d'après un certain indice, Valentine comptait qu'il viendrait ce soir-là. La robe arriva à cinq heures et demie ; mais Féder ne parut point, et Valentine fut au moment de devenir folle. Elle était bien loin de deviner les idées et les exigences souvent cruelles qui dirigeaient impérieusement la conduite de cet amant qui ne lui disait jamais qu'il l'aimait.

Rosalinde était jalouse comme Othello : tantôt elle passait des journées entières sans ouvrir la bouche, tantôt cette femme de manières si polies, d'un caractère si doux, éclatait en reproches violents, et ses actions répondaient à ses paroles. Par exemple, elle payait les domestiques de Féder, et, pour éviter des scènes, il avait renvoyé son *groom,* et était obligé de se cacher de son valet de chambre. Il avait placé son cheval dans l'écurie d'un marchant de chevaux aux Champs-Elysées ; et, malgré toutes ces précautions ennuyeuses et bien d'autres, Rosalinde parvenait à savoir tout ce qu'il faisait. Toujours cette aimable danseuse avait été dévote. Tout le monde n'était-il pas bien loin de croire à l'existence de cette qualité chez une danseuse ? Depuis que la jalousie avait envahi son cœur, Rosalinde était devenue superstitieuse ; elle passait toutes ses journées à sa paroisse, et donnait beaucoup d'argent aux prêtres pour les besoins de l'église ; elle annonçait le dessein de quitter le théâtre. Des gens adroits l'avaient leurrée de l'espoir qu'après cette démarche elle serait admise dans une société de femmes dévotes qui comptait de fort grands noms. Elle pensait ainsi engager Féder à l'épouser avant que lui-même eût fait fortune. Elle réussit seulement, par toutes ses démarches vexatoires à lui faire venir l'idée de quitter Paris à tout jamais. Il tremblait qu'elle ne vînt à Viroflay faire une scène. Quel parti n'eût pas tiré d'une telle démarche Delangle, avec ses soupçons !

Ne jamais parler d'amour à Mme Boissaux, tout en faisant tout ce qu'il fallait pour porter sa passion jusqu'au délire, et si cette passion était sincère, réelle, tel était le plan de conduite auquel Féder s'était arrêté plus par timidité que par bon calcul. Car, si Mme Boissaux avait une passion réelle, elle pouvait se compromettre, ce qui fermait la porte de la maison à Féder. Mais sa timidité, sa peur de fâcher Mme Boissaux, voulaient la forcer à parler la première, ce qui amenait nécessairement une conclusion décisive. Cependant, comme il était hors de sa puissance de lui rien cacher, il lui avoua l'extrême terreur que lui causaient les soupçons de Delangle, ce qui amena un singulier dialogue entre une femme fort pieuse de vingt-deux ans et un homme de vingt-six qui l'aimait à la folie.

— Que devenir, s'il dit à M. Boissaux que tous les soins que je prends pour faire réussir les rêves de son ambition s'expliquent par un mot : je vous aime à la folie ? que répondre ?

— Nier résolument une passion qui serait si criminelle.

— Mais, si un homme qui a à peine quelque usage du monde et des passions me regarde, jette les yeux sur moi, sur-le-champ il voit que j'aime. De quel front nier une vérité aussi évidente ?

— Il faut nier toujours ; bientôt nous verrons cesser cet amour coupable.

Un jour, au milieu d'un de ces splendides dîners de Viroflay, l'on parlait des succès si imprévus de Mlle Rachel.

— Ce que j'aime surtout dans cette jeune fille, c'est qu'elle n'exagère pas l'expression des passions ; même dans certaines parties du rôle d'Emilie de *Cinna,* on dirait qu'elle lit son rôle ; cela est admirable au milieu d'un peuple qui ne vit que d'exagération. Parmi nous, romanciers, écrivains sérieux, poètes, peintres, tous exagèrent pour se faire écouter.

Aucun des convives ne répondit à ce propos de Boissaux ; il était tellement loin de ses discours ordinaires, que tout le monde resta comme frappé d'étonnement.

Féder avait donné un correspondant littéraire à son ami ; il avait choisi un pauvre vaudevilliste émérite. Chaque jour vingt lignes de cette correspondance arrivaient à Viroflay ; c'était le mot qu'il fallait dire sur la pièce de la veille, sur l'exposition de l'industrie ou des tableaux, sur la mort de la tortue, sur le procès Sampayo, etc., etc. M. Boissaux avait consenti à payer dix francs chacune de ces lettres, dont la plupart étaient composées par Féder. A la vérité, ces phrases faisaient un peu tache dans la conversation du millionnaire ; mais les gens devant lesquels il les récitait avaient assez à faire à les comprendre. Le plaisant de la chose, c'est que Boissaux, qui, depuis l'établissement de la correspondance, n'en avait pas dit un seul mot à Féder, lui donnait hardiment comme venant de lui et inventées à l'instant des idées que celui-ci avait placées la veille dans la lettre que Boissaux lui récitait en la gâtant.

Ces idées, qui quelquefois avaient de la finesse, formaient un étrange contraste avec l'ensemble des manières du futur pair de France. Par exemple, pour cacher son hésitation habituelle, Boissaux, depuis qu'il était riche, avait pris l'habitude de précipiter sa parole par jets ou émissions successives que séparaient de petits silences. Rien de plus singulier dans un salon de Paris que cette affectation passée à l'état d'habitude. En entendant cette grosse voix de charretier, chacun tournait la tête ; on avait l'idée de quelqu'un qui contait une anecdote de bas étage et singeait la voix d'un cocher pris de vin.

Ce fut cependant un tel être que Féder, si sensible aux grossièretés les plus autorisées par l'usage, entreprit de produire dans le salon de M. N..., ministre du commerce. Le jeune homme que ce ministre avait appelé aux grandes fonctions de chef de son bureau particulier, en arrivant aux affaires, était le neveu de Mlle M..., agréable chanteuse de l'Académie royale de musique, chez laquelle le ministre allait passer des instants pour se délasser des ennuis du ministère le plus pénible. Cet homme d'Etat avait entrepris de faire marcher ensemble des intérêts opposés et irréconciliables ; il s'agissait alors, à ce ministère, de la question des sucres, que, pour comble d'embarras, ce ministre ignorait complètement. Où trouver à Paris, et surtout dans les hautes fonctions du gouvernement, un homme qui ait le temps de consacrer quinze jours à la lecture de pièces originales ?

. . . .
. . . .

ERNESTINE

ou

La naissance de l'amour

AVERTISSEMENT

Une femme de beaucoup et de quelque expérience prétendait un jour que l'amour ne naît pas aussi subitement qu'on le dit.

« Il me semble, disait-elle, que je découvre sept époques tout à fait distinctes dans la naissance de l'amour » ; et, pour prouver son dire, elle conta l'anecdote suivante. On était à la campagne, il pleuvait à verse, on était trop heureux d'écouter.

Dans une âme parfaitement indifférente, une jeune fille habitant un château isolé, au fond d'une campagne, le plus petit étonnement excite profondément l'attention. Par exemple un jeune chasseur qu'elle aperçoit à l'improviste, dans le bois, près du château.

Ce fut par un événement aussi simple que commencèrent les malheurs d'Ernestine de S... Le château qu'elle habitait seule, avec son vieux oncle, le comte de S..., bâti dans le Moyen Age, près des bords du Drac, sur une des roches immenses qui resserrent le cours de ce torrent, dominait un des plus beaux sites du Dauphiné. Ernestine trouva que le jeune chasseur offert par le hasard à sa vue avait l'air noble. Son image se présenta plusieurs fois à sa pensée ; car à quoi songer dans cet antique manoir ? — Elle y vivait au sein d'une sorte de magnificence ; elle y commandait à un nombreux domestique ; mais depuis vingt ans que le maître et les gens étaient vieux, tout s'y faisait toujours à la même heure, jamais la conversation ne commençait que pour blâmer tout ce qui se fait et s'attrister des choses les plus simples. Un soir de printemps, le jour allait finir, Ernestine était à sa fenêtre ; elle regardait le petit lac et le bois qui est au-delà : l'extrême beauté de ce paysage contribuait peut-être à la plonger dans une sombre rêverie. Tout à coup elle revit ce jeune chasseur qu'elle avait aperçu quelques jours auparavant ; il était encore dans le petit bois au-delà du lac ; il tenait un bouquet de fleurs à la main ; il s'arrêta comme pour la regarder ; elle le vit donner un baiser à ce bouquet et ensuite le placer avec une sorte de respect tendre dans le creux d'un grand chêne sur le bord du lac.

Que de pensées cette seule action fit naître ! et que de pensées d'un intérêt très vif, si on les compare aux sensations monotones qui, jusqu'à ce moment, avaient rempli la vie d'Ernestine ! Une nouvelle existence commence pour elle ; osera-t-elle aller voir ce bouquet ? « Dieu ! quelle imprudence, se dit-elle en tressaillant ; et si, au moment où j'approcherai du grand chêne, le jeune chasseur vient à sortir des bosquets voisins ! Quelle honte ! Quelle idée prendrait-il de moi ? » Ce bel arbre était pourtant le but habituel de ses promenades solitaires, souvent elle allait s'asseoir sur ses racines gigantesques, qui s'élèvent au-dessus de la pelouse et forment, tout à l'entour du tronc, comme autant de bancs naturels abrités par son vaste ombrage.

La nuit, Ernestine put à peine fermer l'œil ; le lendemain, dès cinq heures du matin, à peine l'aurore a-t-elle paru, qu'elle monte dans les combles du château. Ses yeux cherchent le grand chêne au-delà du lac ; à peine l'a-t-elle aperçu, qu'elle reste immobile et comme sans respiration. Le bonheur si agité des passions succède au contentement sans objet et presque machinal de la première jeunesse.

Dix jours s'écoulent. Ernestine compte les jours ! Une fois seulement, elle a vu le jeune chasseur ; il s'est approché de l'arbre chéri ; et il avait un bouquet qu'il y a placé comme le premier. — Le vieux comte de S... remarque qu'elle passe sa vie à soigner une volière qu'elle a établie dans les combles du château ; c'est qu'assise auprès d'une petite fenêtre dont la persienne est fermée, elle domine toute l'étendue du bois au-delà du lac. Elle est bien sûre que son inconnu ne peut l'apercevoir, et c'est alors qu'elle pense à lui sans contrainte. Une idée lui vient et la tourmente. S'il croit qu'on ne fait aucune attention à ses bouquets, il en conclura qu'on méprise son hommage, qui, après tout, n'est qu'une simple politesse, et, pour peu qu'il ait l'âme bien placée, il ne paraîtra plus. Quatre jours s'écoulent encore, mais avec quelle lenteur ! Le cinquième la jeune fille, passant par hasard auprès du grand chêne, n'a pu résister à la tentation de jeter un coup d'œil sur le petit creux où elle a vu déposer les bouquets. Elle était avec sa gouvernante et n'avait rien à craindre. Ernestine pensait bien ne trouver que des fleurs fanées ; à son inexprimable joie, elle voit un bouquet composé des fleurs les plus rares et les plus jolies ; il est d'une fraîcheur éblouissante ; pas un pétale des fleurs les plus délicates n'est flétri. A peine a-t-elle aperçu tout cela du coin de l'œil que, sans perdre de vue sa gouvernante, elle a parcouru avec la légèreté d'une gazelle toute cette partie du bois à cent pas à la ronde. Elle n'a vu personne ; bien sûre de n'être pas observée, elle revient au grand chêne, elle ose regarder avec délices le bouquet charmant. O ciel ! il y a un petit papier presque imperceptible, il est attaché au nœud du bouquet.

« Qu'avez-vous, mon Ernestine ? dit la gouvernante alarmée du petit cri qui accompagne cette découverte. — Rien, bonne amie, c'est une perdrix qui s'est levée à mes pieds. »

Il y a quinze jours, Ernestine n'aurait pas eu l'idée de mentir. Elle se rapproche de plus en plus du bouquet charmant ; elle penche la tête, et, les joues rouges comme le feu, sans oser y toucher, elle lit sur le petit morceau de papier :

« Voici un mois que tous les matins j'apporte un bouquet. Celui-ci sera-t-il assez heureux pour être aperçu ? »

Tout est ravissant dans ce joli billet ; l'écriture anglaise qui traça ces mots est de la forme la plus élégante. Depuis quatre ans qu'elle a quitté Paris et le couvent le plus à la mode du faubourg Saint-Germain, Ernestine n'a rien vu d'aussi joli. Tout à coup elle rougit beaucoup, elle se rapproche de sa gouvernante et l'engage à retourner au château. Pour y arriver plus vite, au lieu de remonter dans le vallon et de faire le tour du lac comme de coutume, Ernestine prend le sentier du petit pont qui mène au château en ligne droite. Elle est pensive, elle se promet de ne plus revenir de ce côté ; car enfin elle vient de découvrir que c'est une espèce de billet qu'on a osé lui adresser. « Cependant, il n'était pas fermé », se dit-elle tout bas. De ce moment sa vie est agitée par une affreuse anxiété. Quoi donc ! ne peut-elle pas, même de loin, aller revoir l'arbre chéri ? Le sentiment du devoir s'y oppose. « Si je vais sur l'autre rive du lac, se dit-elle, je ne pourrai plus compter sur les promesses que je me fais à moi-même. » Lorsqu'à huit heures elle entendit le portier fermer la grille du petit pont, ce bruit qui lui ôtait tout espoir sembla la délivrer d'un poids énorme qui accablait sa poitrine ; elle ne pourrait plus maintenant manquer à son devoir, quand même elle aurait la faiblesse d'y consentir.

Le lendemain, rien ne peut la tirer d'une sombre rêverie ; elle est abattue, pâle ; son oncle s'en aperçoit ; il fait mettre les chevaux à l'antique berline, on parcourt les environs, on va jusqu'à l'avenue du château de Mme Dayssin, à trois lieues de là. Au retour, le comte de S... donne l'ordre d'arrêter dans le petit bois, au-delà du lac ; la berline s'avance sur la pelouse, il veut revoir le chêne immense qu'il n'appelle jamais que le *Contemporain de Charlemagne.*

— Ce grand empereur peut l'avoir vu, dit-il, en traversant nos montagnes pour aller en Lombardie, vaincre le roi Didier ; et cette pensée d'une vie si longue semble rajeunir un vieillard presque octogénaire. Ernestine est bien loin de suivre les raisonnements de son oncle ; ses joues sont brûlantes ; elle va donc se trouver encore une fois auprès du vieux chêne ; elle s'est promis de ne pas regarder dans la petite cachette. Par un mouvement instinctif, sans savoir ce qu'elle fait, elle y jette les yeux, elle voit le bouquet, elle pâlit. Il est composé de roses panachées de noir.

« Je suis bien malheureux, il faut que je m'éloigne pour toujours. Celle que j'aime ne daigne pas apercevoir mon hommage. »

Tels sont les mots tracés sur le petit papier fixé au bouquet. Ernestine les a lus avant d'avoir le temps de se défendre de les voir. Elle est si faible, qu'elle est obligée de s'appuyer contre l'arbre ; et bientôt elle fond en larmes. Le soir, elle se dit : « Il s'éloignera pour toujours, et je ne le verrai plus ! »

Le lendemain, en plein midi, par le soleil du mois d'août, comme elle se promenait avec son oncle sous l'allée de platanes le long du lac, elle voit sur l'autre rive le jeune homme s'approcher du grand chêne ; il saisit son bouquet, le jette dans le lac et disparaît. Ernestine a l'idée qu'il y avait du dépit dans son geste, bientôt elle n'en doute plus. Elle s'étonne d'avoir pu en douter un seul instant ; il est évident que, se voyant méprisé, il va partir ; jamais elle ne le reverra.

Ce jour-là on est fort inquiet au château, où elle seule répand quelque gaieté. Son oncle prononce qu'elle est décidément indisposée ; une pâleur mortelle, une certaine contraction dans les traits ont bouleversé cette figure naïve, où se peignaient naguère les sensations si tranquilles de la première jeunesse. Le soir, quand l'heure de la promenade est venue, Ernestine ne s'oppose point à ce que son oncle la dirige vers la pelouse au-delà du lac. Elle regarde en passant, et d'un œil morne où les larmes sont à peine retenues, la petite cachette à trois pieds au-dessus du sol, bien sûre de n'y rien trouver ; elle a trop bien vu jeter le bouquet dans le lac. Mais, ô surprise ! elle en aperçoit un autre.

« Par pitié pour mon affreux malheur, daignez prendre la rose blanche. »

Pendant qu'elle relit ces mots étonnants, sa main, sans qu'elle le sache, a détaché la rose blanche qui est au milieu du bouquet. « Il est donc bien malheureux ! se dit-elle. » En ce moment son oncle l'appelle, elle le suit, mais elle est heureuse.

Elle tient sa rose blanche dans son petit mouchoir de batiste, et la batiste est si fine, que tout le temps que dure encore la promenade, elle peut apercevoir la couleur de la rose à travers le tissu léger. Elle tient son mouchoir de manière à ne pas faner cette rose chérie.

A peine rentrée, elle monte en courant l'escalier rapide qui conduit à sa petite tour, dans l'angle du château. Elle ose enfin contempler sans contrainte cette rose adorée et en rassasier ses regards à travers les douces larmes qui s'échappent de ses yeux.

Que veulent dire ces pleurs ? Ernestine l'ignore. Si elle pouvait deviner le sentiment qui les fait couler, elle aurait le courage de sacrifier la rose qu'elle vient de placer avec tant de soin dans son verre de cristal, sur sa petite table d'acajou. Mais, pour peu que le lecteur ait le chagrin de n'avoir plus vingt ans, il devinera que ces larmes, loin d'être de la douleur, sont les compagnes inséparables de la vue inopinée d'un bonheur extrême ; elles veulent dire : « *Qu'il est doux d'être aimé !* » — C'est dans un moment où le saisissement du premier bonheur de sa vie égarait son jugement qu'Ernestine a eu le tort de prendre cette fleur. Mais elle n'en est pas encore à voir et à se reprocher cette inconséquence.

Pour nous, qui avons moins d'illusions, nous reconnaissons la troisième période de la naissance de l'amour : l'apparition de l'espoir. Ernestine ne sait pas que son cœur se dit, en regardant cette rose : « Maintenant, il est certain qu'il m'aime. »

Mais peut-il être vrai qu'Ernestine soit sur le point d'aimer ? Ce sentiment ne choque-t-il pas toutes les règles du plus simple bon sens ? Quoi ! elle n'a vu que trois fois l'homme qui, dans ce moment, lui fait verser des larmes brûlantes ! Et encore elle ne l'a vu qu'à travers le lac, à une grande distance, à cinq cents pas peut-être. Bien plus, si elle le rencontrait sans fusil et sans veste de chasse, peut-être qu'elle ne le reconnaîtrait pas. Elle ignore son nom, ce qu'il est, et pourtant ses journées se passent à se nourrir de sentiments passionnés, dont je suis obligé d'abréger l'expression, car je n'ai pas l'espace qu'il faut pour faire un roman. Ces sentiments ne sont que des variations de cette idée : « Quel bonheur d'en être aimée ! » Ou bien, elle examine cette autre question bien autrement importante : « Puis-je espérer d'en être aimée véritablement ? N'est-ce point par jeu qu'il me dit qu'il m'aime ? » Quoique habitant un château bâti par Lesdiguières, et appartenant à la famille d'un des plus braves compagnons du fameux connétable, Ernestine ne s'est point fait cette autre objection : « Il est peut-être le fils d'un paysan du voisinage. » Pourquoi ? Elle vivait dans une solitude profonde.

Certainement Ernestine était bien loin de reconnaître la nature des sentiments qui régnaient dans son cœur. Si elle eût pu prévoir où ils la conduisaient, elle aurait eu une chance d'échapper à leur empire. Une jeune Allemande, une Anglaise, une Italienne, eussent reconnu l'amour ; notre sage éducation ayant pris le parti de nier aux jeunes filles l'existence de l'amour, Ernestine ne s'alarmait que vaguement de ce qui se passait dans son cœur ; quand elle réfléchissait profondément, elle n'y voyait que de la simple amitié. Si elle avait pris une seule rose, c'est qu'elle eût craint, en agissant autrement, d'affliger son nouvel ami et de le perdre. « Et, d'ailleurs, se disait-elle, après y avoir beaucoup songé, il ne faut pas manquer à la politesse. »

Le cœur d'Ernestine est agité par les sentiments les plus violents. Pendant quatre journées, qui paraissent quatre siècles à la jeune solitaire, elle est retenue par une crainte indemnisable; elle ne sort pas du château. Le cinquième jour son oncle, toujours plus inquiet de sa santé, la force à l'accompagner dans le petit bois ; elle se trouve près de l'arbre fatal ; elle lit sur le petit fragment de papier caché dans le bouquet :

« Si vous daignez prendre ce camellia panaché, dimanche je serai à l'église de votre village. »

Ernestine vit à l'église un homme mis avec une simplicité extrême, et qui pouvait avoir trente-cinq ans. Elle remarqua qu'il n'avait pas même de croix. Il lisait, et, en tenant son livre d'heures d'une certaine manière, il ne cessa presque pas un instant d'avoir les yeux sur elle. C'est dire que, pendant tout le service, Ernestine fut hors d'état de penser à rien. Elle laissa choir son livre d'heures, en sortant de l'antique banc seigneurial, et faillit tomber elle-même en le ramassant. Elle rougit beaucoup de sa maladresse. « Il m'aura trouvée si gauche, se dit-elle aussitôt, qu'il aura honte de s'occuper de moi. » En effet, à partir du moment où ce petit accident était survenu, elle ne vit plus l'étranger. Ce fut en vain qu'après être montée en voiture elle s'arrêta pour distribuer quelques pièces de monnaie à tous les petits garçons du village ; elle n'aperçut point, parmi les groupes de paysans qui jasaient auprès de l'église, la personne que, pendant la messe, elle n'avait jamais osé regarder. Ernestine, qui jusqu'alors avait été la sincérité même, prétendit avoir oublié son mouchoir. Un domestique rentra dans l'église et chercha longtemps dans le banc du seigneur ce mouchoir qu'il n'avait garde de trouver. Mais le retard amené par cette petite ruse fut inutile, elle ne revit plus le chasseur. « C'est clair, se dit-elle ; mademoiselle de C... me dit une fois que je n'étais pas jolie et que j'avais dans le regard quelque chose d'impérieux et de repoussant ; il ne me manquait plus que de la gaucherie ; il me méprise sans doute. »

Les tristes pensées l'agitèrent pendant deux ou trois visites que son oncle fit avant de rentrer au château.

A peine de retour, vers les quatre heures, elle courut sous l'allée de platanes, le long du lac. La grille de la chaussée était fermée à cause du dimanche ; heureusement, elle aperçut un jardinier ; elle l'appela et le pria de mettre la barque à flot et de la conduire de l'autre côté du lac. Elle prit terre à cent pas du grand chêne. La barque côtoyait et se trouvait toujours assez près d'elle pour la rassurer. Les branches basses et à peu près horizontales du chêne immense s'étendaient presque jusqu'au lac. D'un pas décidé et avec une sorte de sang-froid sombre et résolu, elle s'approcha de l'arbre, de l'air dont elle eût marché à la mort. Elle était bien sûre de ne rien trouver dans la cachette ; en effet, elle n'y vit qu'une fleur fanée qui avait appartenu au bouquet de la veille : — « S'il eût été content de moi, se dit-elle, il n'eût pas manqué de me remercier par un bouquet. »

Elle se fit ramener au château, monta chez elle en courant, et, une fois dans sa petite tour, bien sûre de n'être pas surprise, fondit en larmes. « Mademoiselle de C... avait bien raison, se dit-elle ; pour me trouver jolie, il faut me voir à cinq cents pas de distance. Comme dans ce pays de libéraux, mon oncle ne voit personne que des paysans et des curés, mes manières doivent avoir contracté quelque chose de rude, peut-être de grossier. J'aurai dans le regard une expression impérieuse et repoussante. » Elle s'approche de son miroir pour observer ce regard, elle voit des yeux d'un bleu sombre noyés de pleurs. « Dans ce moment, dit-elle, je ne puis avoir cet air impérieux qui m'empêchera toujours de plaire. »

Le dîner sonna ; elle eut beaucoup de peine à sécher ses larmes. Elle parut enfin dans le salon ; elle y trouva M. Villars, vieux botaniste, qui, tous les ans, venait passer huit jours avec M. de S..., au grand chagrin de sa bonne, érigée en gouvernante, qui, pendant ce temps, perdait sa place à la table de M. le comte. Tout se passa fort bien jusqu'au moment du champagne ; on apporta le seau près d'Ernestine. La glace était fondue depuis longtemps. Elle appela un domestique et lui dit :

— Changez cette eau et mettez-y de la glace, vite.

— Voilà un petit ton impérieux qui te va fort bien, dit en riant son bon grand-oncle.

Au mot d'impérieux, les larmes inondèrent les yeux d'Ernestine, au point qu'il lui fut impossible de les cacher ; elle fut obligée de quitter le salon, et comme elle fermait la porte, on entendit que ses sanglots la suffoquaient. Les vieillards restèrent tout interdits.

Deux jours après, elle passa près du grand chêne ; elle s'approcha et regarda dans la cachette, comme pour revoir les lieux où elle avait été heureuse. Quel fut son ravissement en y trouvant deux bouquets ! Elle les saisit avec les petits papiers, les mit dans son mouchoir, et partit en courant pour le château, sans s'inquiéter si l'inconnu, caché dans le bois, n'avait point observé ses mouvements, idée qui, jusqu'à ce jour, ne l'avait jamais abandonnée. Essoufflée et ne pouvant plus courir, elle fut obligée de s'arrêter vers le milieu de la chaussée. A peine eut-elle repris un peu sa respiration, qu'elle se remit à courir avec toute la rapidité dont elle était capable. Enfin, elle se trouva dans sa petite chambre ; elle prit ses bouquets dans son mouchoir et, sans lire ses petits billets, se mit à baiser ces bouquets avec transport, mouvement qui la fit rougir, quand elle s'en aperçut. « Ah ! jamais je n'aurai l'air impérieux, se disait-elle ; je me corrigerai. »

Enfin, quand elle eut assez témoigné toute sa tendresse à ces jolis bouquets, composés des fleurs les plus rares, elle lut les billets. (Un homme eût commencé par là.) Le premier, celui qui était daté du dimanche, à cinq heures, disait :

« Je me suis refusé le plaisir de vous voir après le service ; je ne pouvais être seul ; je craignais qu'on ne lût dans mes yeux l'amour dont je brûle pour vous. »

Elle relut trois fois ces mots : *l'amour dont je brûle pour vous,* puis elle se leva pour aller voir à sa psyché si elle avait l'air impérieux ; elle continua : « *l'amour dont je brûle pour vous.* Si votre cœur est libre, daignez emporter ce billet, qui pourrait nous compromettre. »

Le second billet, celui du lundi, était au crayon, et même assez mal écrit ; mais Ernestine n'en était plus au temps où la jolie écriture anglaise de son inconnu était un charme à ses yeux ; elle avait des affaires trop sérieuses pour faire attention à ces détails.

« Je suis venu. J'ai été assez heureux pour que quelqu'un parlât de vous en ma présence. On m'a dit qu'hier vous avez traversé le lac. Je vois que vous n'avez pas daigné prendre le billet que j'avais laissé. Il décide mon sort. Vous aimez, et ce n'est pas moi. Il y avait de la folie, à mon âge, à m'attacher à une fille du vôtre. Adieu pour toujours. Je ne joindrai pas le malheur d'être importun à celui de vous avoir trop longtemps occupée d'une passion peut-être ridicule à vos yeux. »

« *D'une passion !* » dit Ernestine en levant les yeux au ciel. Ce moment fut bien doux. Cette jeune fille, remarquable par sa beauté, et à la fleur de la jeunesse, s'écria avec ravissement : « Il daigne m'aimer ; ah ! mon Dieu ! que je suis heureuse ! » Elle tomba à genoux devant une charmante madone de Carlo Dolci rapportée d'Italie par un de ses aïeux. « Ah ! oui, je serai bonne et vertueuse ! s'écria-t-elle les larmes aux yeux. Mon Dieu, daignez seulement m'indiquer mes défauts, pour que je puisse m'en corriger ; maintenant, tout m'est possible. »

Elle se releva pour relire les billets vingt fois. Le second surtout la jeta dans des transports de bonheur. Bientôt elle remarqua une vérité établie dans son cœur depuis fort longtemps : c'est que jamais elle n'aurait pu s'attacher à un homme de moins de quarante ans. (L'inconnu parlait de son âge.) Elle se souvint qu'à l'église, comme il était un peu chauve, il lui avait paru avoir trente-quatre ou trente-cinq ans. Mais elle ne pouvait être sûre de cette idée ; elle avait si peu osé le regarder ! et elle était si troublée ! Durant la nuit, Ernestine ne ferma pas l'œil. De sa vie, elle n'avait eu l'idée d'un semblable bonheur. Elle se releva pour écrire en anglais sur son livre d'heures : *N'être jamais impérieuse.* Je fais ce vœu le 20 septembre 18...

Pendant cette nuit, elle se décida de plus en plus sur cette vérité : il est impossible d'aimer un homme qui n'a pas quarante ans. A force de rêver aux bonnes qualités de son inconnu, il lui vint dans l'idée qu'outre l'avantage d'avoir quarante ans, il avait probablement encore celui d'être pauvre. Il était mis d'une manière si simple à l'église, que sans doute il était pauvre. Rien ne peut égaler sa joie à cette découverte. « Il n'aura jamais l'air bête et fat de nos amis, MM. tels et tels, quand ils viennent, à la Saint-Hubert, faire l'honneur à mon oncle de tuer ses chevreuils, et qu'à table ils nous comptent leurs exploits de jeunesse, sans qu'on les en prie.

Se pourrait-il bien, grand Dieu ! qu'il fût pauvre ! En ce cas, rien ne manque à mon bonheur ! » Elle se leva une seconde fois pour allumer sa bougie à la veilleuse, et rechercher une évaluation de sa fortune qu'un jour un de ses cousins avait écrite sur un de ses livres. Elle trouva dix-sept mille livres de rente en se mariant, et, par la suite, quarante ou cinquante. Comme elle méditait sur ce chiffre, quatre heures sonnèrent ; elle tressaillit. « Peut-être fait-il assez de jour pour que je puisse apercevoir mon arbre chéri. » Elle ouvrit ses persiennes ; en effet elle vit le grand chêne et sa verdure sombre ; mais, grâce au clair de lune et non point par le secours des premières lueurs de l'aube, qui était encore fort éloignée.

En s'habillant le matin, elle se dit : « Il ne faut pas que l'amie d'un homme de quarante ans soit mise comme une enfant. » Et pendant une heure elle chercha dans ses armoires une robe, un chapeau, une ceinture, qui composèrent un ensemble si original que, lorsqu'elle parut dans la salle à manger, son oncle, sa gouvernante et le vieux botaniste ne purent s'empêcher de partir d'un éclat de rire.

— Approche-toi donc, dit le vieux comte de S..., ancien chevalier de Saint-Louis, blessé à Quiberon, approche-toi, mon Ernestine ; tu es mise comme si tu avais voulu te déguiser ce matin en femme de quarante ans.

A ces mots elle rougit, et le plus vif bonheur se peignit sur les traits de la jeune fille.

— Dieu me pardonne ! dit le bon oncle à la fin du repas en s'adressant au vieux botaniste, c'est une gageure ; n'est-il pas vrai, monsieur, que mademoiselle Ernestine a, ce matin, toutes les manières d'une femme de trente ans ? Elle a surtout un petit air paternel en parlant aux domestiques qui me charme par son ridicule ; je l'ai mise deux ou trois fois à l'épreuve pour être sûr de mon observation.

Cette remarque redoubla le bonheur d'Ernestine, si l'on peut se servir de ce mot en parlant d'une félicité qui déjà était au comble.

Ce fut avec peine qu'elle put se dégager de la société après déjeuner. Son oncle et l'ami botaniste ne pouvaient se lasser de l'attaquer sur son petit air vieux. Elle remonta chez elle, elle regarda le chêne. Pour la première fois, depuis vingt heures, un nuage vint obscurcir sa félicité, mais sans qu'elle pût se rendre compte de ce changement soudain. Ce qui diminua le ravissement auquel elle était livrée depuis le moment où, la veille, plongée dans le désespoir, elle avait trouvé les bouquets dans l'arbre, ce fut cette question qu'elle se fit : « Quelle conduite dois-je tenir avec mon ami pour qu'il m'estime ? Un homme d'autant d'esprit, et qui a l'avantage d'avoir quarante ans, doit être bien sévère. Son estime pour moi tombera tout à fait si je me permets une fausse démarche. »

Comme Ernestine se livrait à ce monologue, dans la situation la plus propre à seconder les méditations sérieuses d'une jeune fille devant sa psyché, elle observa avec un étonnement mêlé d'horreur, qu'elle avait à sa ceinture un crochet en or avec de petites chaînes portant le dé, les ciseaux et leur petit étui, bijou charmant qu'elle ne pouvait se lasser d'admirer encore la veille, et que son oncle lui avait donné pour le jour de sa fête il n'y avait pas quinze jours. Ce qui lui fit regarder ce bijou avec horreur et le lui fit ôter avec tant d'empressement, c'est qu'elle se rappela que sa bonne lui avait dit qu'il coûtait huit cent cinquante francs, et qu'il avait été acheté chez le plus fameux bijoutier de Paris, qui s'appelait Laurencot : « Que penserait de moi mon ami, lui qui a l'honneur d'être pauvre, s'il me voyait un bijou d'un prix si ridicule ? Quoi de plus absurde que d'afficher ainsi les goûts d'une bonne ménagère ; car c'est ce que veulent dire ces ciseaux, cet étui, ce dé, que l'on porte sans cesse avec soi ; et la bonne ménagère ne pense pas que ce bijou coûte chaque année l'intérêt de son prix. » Elle se mit à calculer sérieusement et trouva que ce bijou coûtait près de cinquante francs par an.

Cette belle réflexion d'économie domestique, qu'Ernestine devait à l'éducation très forte qu'elle avait reçue d'un conspirateur caché pendant plusieurs années au château de son oncle, cette réflexion, dis-je, ne fit qu'éloigner la difficulté. Quand elle eut renfermé dans sa commode le bijou d'un prix ridicule, il fallut bien revenir à cette question embarrassante : Que faut-il faire pour ne pas perdre l'estime d'un homme d'autant d'esprit ?

Les méditations d'Ernestine (que le lecteur aura peut-être reconnues pour être tout simplement la cinquième période de la naissance de l'amour) nous conduiraient fort loin. Cette jeune fille avait un esprit juste, pénétrant, vif comme l'air de ses montagnes. Son oncle, qui avait eu de l'esprit jadis, et à qui il en restait encore sur les deux ou trois sujets qui l'intéressaient depuis longtemps, son oncle avait remarqué qu'elle apercevait spontanément toutes les conséquences d'une idée. Le bon vieillard avait coutume, lorsqu'il était dans ses jours de gaieté, et la gouvernante avait remarqué que cette plaisanterie en était le signe indubitable, il avait coutume, dis-je, de plaisanter son Ernestine sur ce qu'il appelait son *coup d'œil militaire*. C'est peut-être cette qualité qui, plus tard, lorsqu'elle a paru dans le monde et qu'elle a osé parler, lui a fait jouer un rôle si brillant. Mais, à l'époque dont nous nous entretenons, Ernestine, malgré son esprit, s'embrouilla tout à fait dans ses raisonnements. Vingt fois elle fut sur le point de ne pas aller se promener du côté de l'arbre : « Une seule étourderie, se disait-elle, annonçant l'enfantillage d'une petite fille, peut me perdre dans l'esprit de mon ami. » Mais, malgré des arguments extrêmement subtils, et où elle employait toute la force de sa tête, elle ne possédait pas encore l'art si difficile de dominer ses passions par son esprit. L'amour dont la pauvre fille était transportée à son insu faussait tous ses raisonnements et ne l'engagea que trop tôt, pour son bonheur, à s'acheminer vers l'arbre fatal. Après bien des hésitations, elle s'y trouva avec sa femme de chambre vers une heure. Elle s'éloigna de cette femme et s'approcha de l'arbre, brillante de joie, la pauvre petite ! Elle semblait voler sur le gazon et non pas marcher. Le vieux botaniste, qui était de la promenade, en fit faire l'observation à la femme de chambre, comme elle s'éloignait d'eux en courant.

Tout le bonheur d'Ernestine disparut en un clin d'œil. Ce n'est pas qu'elle ne trouvât un bouquet dans le creux de l'arbre ; il était charmant et très frais, ce qui lui fit d'abord un vif plaisir. Il n'y avait donc pas longtemps que son ami s'était trouvé précisément à la même place qu'elle. Elle chercha sur le gazon quelques traces de ses pas ; ce qui la charma encore, c'est qu'au lieu d'un simple petit morceau de papier écrit, il y avait un billet, et un long billet. Elle vola à la signature ; elle avait besoin de savoir son nom de baptême. Elle lut ; la lettre lui tomba des mains, ainsi que le bouquet. Un frisson mortel s'empara d'elle. Elle avait lu au bas du billet le nom de Philippe Astézan. Or M. Astézan était connu dans le château du comte de S... pour être l'amant de Mme Dayssin, femme de Paris fort riche, fort élégante, qui venait tous les ans scandaliser la province en osant passer quatre mois seule, dans son château, avec un homme qui n'était pas son mari. Pour comble de douleur, elle était veuve, jeune, jolie, et pouvait épouser M. Astézan. Toutes ces tristes choses, qui, telles que nous venons de les dire, étaient vraies, paraissaient bien autrement envenimées dans les discours des personnages tristes et grands ennemis des erreurs du bel âge, qui venaient quelquefois en visite à l'antique manoir du grand-oncle d'Ernestine. Jamais, en quelques secondes, un bonheur si pur et si vif, c'était le premier de sa vie, ne fut remplacé par un malheur poignant et sans espoir. « Le cruel ! il a voulu se jouer de moi, se disait Ernestine, il a voulu se donner un but dans ses parties de chasse, tourner la tête d'une petite fille, peut-être dans l'intention d'en amuser Mme Dayssin. Et moi qui songeais à l'épouser ! Quel enfantillage ! Quel comble d'humiliation ! » Comme elle avait cette triste pensée, Ernestine tomba évanouie à côté de l'arbre fatal que depuis trois mois elle avait si souvent regardé. Du moins, une demi-heure après, c'est là que la femme de chambre et le vieux botaniste la trouvèrent sans mouvement. Pour surcroît de malheur, quand on l'eut rappelée à la vie, Ernestine aperçut à ses pieds la lettre d'Astézan, ouverte du côté de la signature et de manière qu'on pouvait la lire. Elle se leva prompte comme un éclair, et mit le pied sur la lettre.

Elle expliqua son accident, et put, sans être observée, ramasser la lettre fatale. De longtemps il ne lui fut pas possible de la lire, car sa gouvernante la fit asseoir et ne la quitta plus. Le botaniste appela un ouvrier occupé dans les champs, qui alla chercher la voiture au château. Ernestine, pour se dispenser de répondre aux réflexions sur son accident, feignit de ne pouvoir parler ; un mal à la tête affreux lui servit de prétexte pour tenir son mouchoir sur ses yeux. La voiture arriva. Plus livrée à elle-même, une fois qu'elle y fut placée, on ne saurait décrire la douleur déchirante qui pénétra son âme pendant le temps qu'il fallut à la voiture pour revenir au château. Ce qu'il y avait de plus affreux dans son état, c'est qu'elle était obligée de se mépriser elle-même. La lettre fatale qu'elle sentait dans son mouchoir lui brûlait la main. La nuit vint pendant qu'on la ramenait au château ; elle put ouvrir les yeux, sans qu'on le remarquât. La vue des étoiles si brillantes, pendant une belle nuit du midi de la France, la consola un peu. Tout en éprouvant les effets de ces mouvements de passion, la simplicité de son âge était bien loin de pouvoir s'en rendre compte. Ernestine dut le premier moment de répit, après deux heures de la douleur morale la plus atroce, à une résolution courageuse. « Je ne lirai pas cette lettre dont je n'ai vu que la signature ; je la brûlerai », se dit-elle, en arrivant au château. Alors elle put s'estimer au moins comme ayant du courage, car le parti de l'amour, quoique vaincu en apparence, n'avait pas manqué d'insinuer modestement que cette lettre expliquait peut-être d'une manière satisfaisante les relations de M. Astézan avec Mme Dayssin.

En entrant au salon, Ernestine jeta la lettre au feu. Le lendemain, dès huit heures du matin, elle se remit à travailler à son piano, qu'elle avait fort négligé depuis deux mois. Elle reprit la collection de Mémoires sur l'histoire de France, publiés par Petitot, et recommença à faire de longs extraits des mémoires du sanguinaire Montluc. Elle eut l'adresse de se faire offrir de nouveau par le vieux botaniste un cours d'histoire naturelle. Au bout de quinze jours, ce brave homme, simple comme ses plantes, ne put se taire sur l'application étonnante qu'il remarquait chez son élève ; il en était émerveillé. Quant à elle, tout lui était indifférent ; toutes les idées la ramenaient également au désespoir. Son oncle était fort alarmé : Ernestine maigrissait à vue d'œil. Comme elle eut, par hasard, un petit rhume, le bon vieillard, qui, contre l'ordinaire des gens de son âge, n'avait pas rassemblé sur lui-même tout l'intérêt qu'il pouvait prendre aux choses de la vie, s'imagina qu'elle était attaquée de la poitrine. Ernestine le crut aussi, et elle dut à cette idée les seuls moments passables qu'elle eut à cette époque ; l'espoir de mourir bientôt lui faisait supporter la vie sans impatience.

Pendant tout un long mois, elle n'eut d'autre sentiment que celui d'une douleur d'autant plus profonde, qu'elle avait sa source dans le mépris d'elle-même ; comme elle n'avait aucun usage de la vie, elle ne put se consoler en se disant que personne au monde ne pouvait soupçonner ce qui s'était passé dans son cœur, et que probablement l'homme cruel qui l'avait tant occupée ne saurait deviner la centième partie de ce qu'elle avait senti pour lui. Au milieu de son malheur, elle ne manquait pas de courage ; elle n'eut aucune peine à jeter au feu sans les lire deux lettres sur l'adresse desquelles elle reconnut la funeste écriture anglaise.

Elle s'était promis de ne jamais regarder la pelouse au-delà du lac ; dans le salon, jamais elle ne levait les yeux sur les croisées qui donnaient de ce côté. Un jour, près de six semaines après celui où elle avait lu le nom de Philippe Astézan, son maître d'histoire naturelle, le bon M. Villars, eut l'idée de lui faire une leçon sur les plantes aquatiques ; il s'embarqua avec elle et se fit conduire vers la partie du lac qui remontait dans le vallon. Comme Ernestine entrait dans la barque, un regard de côté et presque involontaire lui donna la certitude qu'il n'y avait personne auprès du grand chêne ; elle remarqua à peine une partie de l'écorce de l'arbre, d'un gris plus clair que le reste. Deux heures plus tard, quand elle repassa, après la leçon, vis-à-vis le grand chêne, elle frissonna en reconnaissant que ce qu'elle avait pris pour un accident de l'écorce dans l'arbre était la couleur de la veste de chasse de Philippe Astézan, qui, depuis deux heures, assis sur une des racines du chêne, était immobile comme s'il eût été mort. En se faisant cette comparaison à elle-même, l'esprit d'Ernestine se servit aussi de ce mot : comme s'il était mort ; il la frappa. « S'il était mort, il n'y aurait plus d'inconvenance à me tant occuper de lui. » Pendant quelques minutes cette supposition fut un prétexte pour se livrer à un amour rendu tout-puissant par la vue de l'objet aimé.

Cette découverte la troubla beaucoup. Le lendemain dans la soirée, un curé du voisinage, qui était en visite au château, demanda au comte de S... de lui prêter le *Moniteur*. Pendant que le vieux valet de chambre allait prendre dans la bibliothèque la collection des *Moniteurs* du mois :

— Mais, curé, dit le comte, vous n'êtes plus curieux cette année, voilà la première fois que vous me demandez le *Moniteur !*

— Monsieur le comte, répondit le curé, Mme Dayssin, ma voisine, me l'a prêté tant qu'elle a été ici ; mais elle est partie depuis quinze jours.

Ce mot si indifférent causa une telle révolution à Ernestine, qu'elle crut se trouver mal ; elle sentit son cœur tressaillir au mot du curé, ce qui l'humilia beaucoup. « Voilà donc, se dit-elle, comment je suis parvenue à l'oublier ! »

Ce soir-là, pour la première fois depuis longtemps, il lui arriva de sourire. « Pourtant, se disait-elle, il est resté à la campagne, à cent cinquante lieues de Paris, il a laissé Mme Dayssin partir seule. » Son immobilité sur les racines du chêne lui revint à l'esprit, et elle souffrit que sa pensée s'arrêtât sur cette idée. Tout son bonheur, depuis un mois, consistait à se persuader qu'elle avait mal à la poitrine ; le lendemain elle se surprit à penser que, comme la neige commençait à couvrir les sommets des montagnes, il faisait souvent très frais le soir ; elle songea qu'il était prudent d'avoir des vêtements plus chauds. Une âme vulgaire n'eût pas manqué de prendre la même précaution ; Ernestine n'y songea qu'après le mot du curé.

La Saint-Hubert approchait, et avec elle l'époque du seul grand dîner qui eût lieu au château pendant toute la durée de l'année. On descendit au salon le piano d'Ernestine. En l'ouvrant le jour d'après, elle trouva sur les touches un morceau de papier contenant cette ligne :

« Ne jetez pas de cri quand vous m'apercevrez. »

Cela était si court, qu'elle le lut avant de reconnaître la main de la personne qui l'avait écrit : l'écriture était contrefaite. Comme Ernestine devait au hasard, ou peut-être à l'air des montagnes du Dauphiné, une âme ferme, bien certainement, avant les paroles du curé sur le départ de Mme Dayssin, elle serait allée se renfermer dans sa chambre et n'eût plus reparu qu'après la fête.

Le surlendemain eut lieu ce grand dîner annuel de la Saint-Hubert. A table, Ernestine fit les honneurs, placée vis-à-vis de son oncle ; elle était mise avec beaucoup d'élégance. La table présentait la collection à peu près complète des curés et des maires des environs, plus cinq ou six fats de province, parlant d'eux et de leurs exploits à la guerre, à la chasse et même en amour, et surtout de l'ancienneté de leur race. Jamais ils n'eurent le chagrin de faire moins d'effet sur l'héritière du château. L'extrême pâleur d'Ernestine, jointe à la beauté de ses traits, allait jusqu'à lui donner l'air du dédain. Les fats qui cherchaient à lui parler se sentaient intimidés en lui adressant la parole. Pour elle, elle était bien loin de rabaisser sa pensée jusqu'à eux.

Tout le commencement du dîner se passa sans qu'elle vît rien d'extraordinaire ; elle commença à respirer lorsque vers la fin du repas, en levant les yeux, elle rencontra vis-à-vis d'elle ceux d'un paysan déjà d'un âge mûr, qui paraissait être le valet d'un maire venu des rives du Drac. Elle éprouva ce mouvement singulier dans la poitrine que lui avait déjà causé le mot du curé ; cependant elle n'était sûre de rien. Ce paysan ne ressemblait point à Philippe. Elle osa le regarder une seconde fois ; elle n'eut plus de doute, c'était lui. Il s'était déguisé de manière à se rendre fort laid.

Il est temps de parler un peu de Philippe Astézan, car il fait là une action d'homme amoureux, et peut-être trouverons-nous aussi dans son histoire l'occasion de vérifier la théorie des sept époques de l'amour. Lorsqu'il était arrivé au château de Lafrey avec Mme Dayssin, cinq mois auparavant, un des curés qu'elle recevait chez elle, pour faire la cour au clergé, répéta un mot fort joli. Philippe étonné de voir de l'esprit dans la bouche d'un tel homme, lui demanda qui avait dit ce mot singulier.

— C'est la nièce du comte de S..., répondit le curé, une fille qui sera fort riche, mais à qui l'on a donné une bien mauvaise éducation. Il ne s'écoule pas d'année qu'elle ne reçoive de Paris une caisse de livre. Je crains bien qu'elle ne fasse une mauvaise fin et que même elle ne trouve pas à se marier. Qui voudra se charger d'une telle femme ? etc., etc.

Philippe fit quelques questions, et le curé ne put s'empêcher de déplorer la rare beauté d'Ernestine, qui certainement l'entraînerait à sa perte ; il décrivit avec tant de vérité l'ennui du genre de vie qu'on menait au château du comte, que Mme Dayssin s'écria :

— Ah ! de grâce, cessez monsieur le curé, vous allez me faire prendre en horreur vos belles montagnes.

— On ne peut cesser d'aimer un pays où l'on fait tant de bien, répliqua le curé, et l'argent que madame a donné pour nous aider à acheter la troisième cloche de notre église lui assure...

Philippe ne l'écoutait plus, il songeait à Ernestine et à ce qui devait se passer dans le cœur d'une jeune fille reléguée dans un château qui semblait ennuyeux même à un curé de campagne. « Il faut que je l'amuse, se dit-il à lui-même, je lui ferai la cour d'une manière romanesque ; cela donnera quelques pensées nouvelles à cette pauvre fille. » Le lendemain il alla chasser du côté du château du comte, il remarqua la situation du bois, séparé du château par le petit lac. Il eut l'idée de faire hommage d'un bouquet à Ernestine ; nous savons déjà ce qu'il fit avec des bouquets et de petits billets. Quand il chassait du côté du grand chêne, il allait lui-même les placer, les autres jours il envoyait son domestique. Philippe faisait tout cela par philanthropieil ne pensait pas même à voir Ernestine ; il eût été trop difficile et trop ennuyeux de se faire présenter chez son oncle. Lorsque Philippe aperçut Ernestine à l'église, sa première pensée fut qu'il était bien âgé pour plaire à une jeune fille de dix-huit ou vingt ans. Il fut touché de la beauté de ses traits et surtout d'une sorte de simplicité noble qui faisait le caractère de sa physionomie. « Il y a de la naïveté dans ce caractère », se dit-il à luimême ; un instant après elle lui parut charmante. Lorsqu'il la vit laisser tomber son livre d'heures en sortant du banc seigneurial et chercher à le ramasser avec une gaucherie si aimable, il songea à aimer, car il espéra. Il resta dans l'église lorsqu'elle en sortit ; il méditait sur un sujet peu amusant pour un homme qui commence à être amoureux : il avait trente-cinq ans et un commencement de rareté dans les cheveux, qui pouvait bien lui faire un beau front à la manière du docteur Gall mais qui certainement ajoutait encore trois ou quatre ans à son âge. « Si ma vieillesse n'a pas tout perdu à la première vue, se dit-il, il faut qu'elle doute de mon cœur pour oublier mon âge. »

Il se rapprocha d'une petite fenêtre gothique qui donnait sur la place, il vit Ernestine monter en voiture, il lui trouva une taille et un pied charmants, elle distribua des aumônes ; il lui sembla que ses yeux cherchaient quelqu'un. « Pourquoi, se dit-il, ses yeux regardent-ils au loin, pendant qu'elle distribue de la petite monnaie tout près de la voiture ? Lui aurais-je inspiré de l'intérêt ? »

Il vit Ernestine donner une commission à un laquais ; pendant ce temps il s'enivrait de sa beauté. Il la vit rougir, ses yeux étaient fort près d'elle : la voiture ne se trouvait pas à dix pas de la petite fenêtre gothique ; il vit le domestique rentrer dans l'église et chercher quelque chose dans le banc du seigneur. Pendant l'absence du domestique, il eut la certitude que les yeux d'Ernestine regardaient bien plus haut que la foule qui l'entourait, et, par conséquent cherchaient quelqu'un ; mais ce quelqu'un pouvait fort bien n'être pas Philippe Astézan, qui, aux yeux de cette jeune fille, avait peut-être cinquante ans, soixante ans, qui sait ? A son âge et avec de la fortune, n'a-t-elle pas un prétendu parmi les hobereaux du voisinage ? — « Cependant je n'ai vu personne pendant la messe. »

Dès que la voiture du comte fut partie, Astézan remonta à cheval, fit un détour dans le bois pour éviter de la rencontrer, et se rendit rapidement à la pelouse. A son inexprimable plaisir, il put arriver au grand chêne avant qu'Ernestine eût vu le bouquet et le petit billet qu'il y avait fait porter le matin, il enleva ce bouquet, s'enfonça dans le bois, attacha son cheval à un arbre et se promena. Il était fort agité ; l'idée lui vint de se blottir dans la partie la plus touffue d'un petit mamelon boisé, à cent pas du lac. De ce réduit, qui le cachait à tous les yeux, grâce à une clairière dans le bois, il pouvait découvrir le grand chêne et le lac.

Quel ne fut pas son ravissement lorsqu'il vit peu de temps après la petite barque d'Ernestine s'avancer sur ces eaux limpides que la brise du midi agitait mollement ! Ce moment fut décisif ; l'image de ce lac et celle d'Ernestine qu'il venait de voir si belle à l'église se gravèrent profondément dans son cœur. De ce moment, Ernestine eut quelque chose qui la distinguait à ses yeux de toutes les autres femmes, et il ne lui manqua plus que de l'espoir pour l'aimer à la folie. Il la vit s'approcher de l'arbre avec empressement ; il vit sa douleur de n'y pas trouver de bouquet. Ce moment fut si délicieux et si vif, que, quand Ernestine se fut éloignée en courant, Philippe crut s'être trompé en pensant voir de la douleur dans son expression lorsqu'elle n'avait pas trouvé de bouquet dans le creux de l'arbre. Tout le sort de son amour reposait sur cette circonstance. Il se disait : « Elle avait l'air triste en descendant de la barque et même avant de s'approcher de l'arbre. — Mais, répondait le parti de l'espérance, elle n'avait pas l'air triste à l'église ; elle y était, au contraire, brillante de fraîcheur, de beauté, de jeunesse et un peu troublée ; l'esprit le plus vif animait ses yeux. »

Lorsque Philippe Astézan ne put plus voir Ernestine, qui était débarquée sous l'allée des platanes de l'autre côté du lac, il sortit de son réduit un tout autre homme qu'il n'y était entré. En regagnant au galop le château de Mme Dayssin, il n'eut que deux idées : « A-t-elle montré de la tristesse en ne trouvant pas de bouquet dans l'arbre ? Cette tristesse ne vient-elle pas tout simplement de la vanité déçue ? » Cette supposition plus probable finit par s'emparer tout à fait de son esprit et lui rendit toutes les idées raisonnables d'un homme de trente-cinq ans. Il était fort sérieux. Il trouva beaucoup de monde chez Mme Dayssin ; dans le courant de la soirée, elle le plaisanta sur sa gravité et sur sa fatuité.

— Il ne pouvait plus, disait-elle, passer devant une glace sans s'y regarder. J'ai en horreur cette habitude des jeunes gens à la mode. C'est une grâce que vous n'aviez point ; tâchez de vous en défaire, ou je vous joue le mauvais tour de faire enlever toutes les glaces.

Philippe était embarrassé ; il ne savait comment déguiser une absence qu'il projetait. D'ailleurs il était très vrai qu'il examinait dans les glaces s'il avait l'air vieux.

Le lendemain, il fut reprendre sa position sur le mamelon dont nous avons parlé, et d'où l'on voyait fort bien le lac ; il s'y plaça muni d'une bonne lunette, et ne quitta ce gîte qu'à la *nuit close,* comme on dit dans le pays.

Le jour suivant, il apporta un livre ; seulement il eût été bien en peine de dire ce qu'il y avait dans les pages qu'il lisait ; mais, s'il n'eût pas eu un livre, il en eût souhaité un. Enfin, à son inexprimable plaisir, vers les trois heures, il vit Ernestine s'avancer lentement vers l'allée de platanes sur le bord du lac ; il la vit prendre la direction de la chaussée, coiffée d'un grand chapeau de paille d'Italie. Elle s'approcha de l'arbre fatal ; son air était abattu. Avec le secours de sa lunette, il s'assura parfaitement de l'air abattu. Il la vit prendre les deux bouquets qu'il y avait placés le matin, les mettre dans son mouchoir et disparaître en courant avec la rapidité de l'éclair. Ce trait fort simple acheva la conquête de son cœur. Cette action fut si vive, si prompte, qu'il n'eut pas le temps de voir si Ernestine avait conservé l'air triste ou si la joie brillait dans ses yeux. Que devait-il penser de cette démarche singulière ? Allait-elle montrer les deux bouquets à sa gouvernante ? Dans ce cas, Ernestine n'était qu'une enfant, et lui plus enfant qu'elle de s'occuper à ce point d'une petite fille. « Heureusement, se dit-il, elle ne sait pas mon nom ; moi seul je sais ma folie, et je m'en suis pardonné bien d'autres. »

Philippe quitta d'un air très froid son réduit, et alla, tout pensif, chercher son cheval, qu'il avait laissé chez un paysan à une demi-lieue de là. « Il faut convenir que je suis encore un grand fou ! » se dit-il en mettant pied à terre dans la cour du château de Mme Dayssin. En entrant au salon, il avait une figure immobile, étonnée, glacée. Il n'aimait plus.

Le lendemain, Philippe se trouva bien vieux en mettant sa cravate. Il n'avait d'abord guère d'envie de faire trois lieues pour aller se blottir dans un fourré, afin de regarder un arbre ; mais il ne se sentit le désir d'aller nulle autre part. « Cela est bien ridicule », se disait-il. Oui, mais ridicule aux yeux de qui ? D'ailleurs, il ne faut jamais manquer à la fortune. Il se mit à écrire une lettre fort bien faite, par laquelle, comme un autre Lindor, il déclarait son nom et ses qualités. Cette lettre si bien faite eut, comme on se le rappelle peut-être, le malheur d'être brûlée sans être lue de personne. Les mots de la lettre que notre héros écrivit en y pensant le moins, la signature *Philippe Astézan,* eurent seuls l'honneur de la lecture. Malgré de fort beaux raisonnements, notre homme raisonnable n'en était pas moins caché dans son gîte ordinaire au moment où son nom produisit tant d'effet ; il vit l'évanouissement d'Ernestine en ouvrant sa lettre ; son étonnement fut extrême.

Le jour d'après, il fut obligé de s'avouer qu'il était amoureux ; ses actions le prouvaient. Il revint tous les jours dans le petit bois, où il avait éprouvé des sensations si vives. Mme Dayssin devant bientôt retourner à Paris, Philippe se fit écrire une lettre et annonça qu'il quittait le Dauphiné pour aller passer quinze jours en Bourgogne auprès d'un oncle malade. Il prit la poste, et fit si bien en revenant par une autre route, qu'il ne se passa qu'un jour sans aller dans le petit bois. Il s'établit à deux lieues du château du comte de S..., dans les solitudes de Crossey, du côté opposé au château de Mme Dayssin, et de là, chaque jour, il venait au bord du petit lac. Il y vint trente-trois jours de suite sans y voir Ernestine ; elle ne paraissait plus à l'église ; on disait la messe au château ; il s'en approcha sous un déguisement, et deux fois il eut le bonheur de voir Ernestine. Rien ne lui parut pouvoir égaler l'expression noble et naïve à la fois de ses traits. Il se disait : « Jamais auprès d'une telle femme je ne connaîtrais la satiété. »

Ce qui touchait le plus Astézan, c'était l'extrême pâleur d'Ernestine et son air souffrant. J'écrirais dix volumes comme Richardson si j'entreprenais de noter toutes les manières dont un homme, qui d'ailleurs ne manquait pas de sens et d'usage, expliquait l'évanouissement et la tristesse d'Ernestine. Enfin, il résolut d'avoir un éclaircissement avec elle, et pour cela de pénétrer dans le château. La timidité, être timide à trente-cinq ans ! la timidité l'en avait longtemps empêché. Ses mesures furent prises avec tout l'esprit possible, et cependant, sans le hasard, qui mit dans la bouche d'un indifférent l'annonce du départ de Mme Dayssin, toute l'adresse de Philippe était perdue, ou du moins il n'aurait pu voir l'amour d'Ernestine que dans sa colère. Probablement il aurait expliqué cette colère par l'étonnement de se voir aimée par un homme de son âge. Philippe se serait cru méprisé, et, pour oublier ce sentiment pénible, il eût eu recours au jeu ou aux coulisses de l'Opéra, et fût devenu plus égoïste et plus dur en pensant que la jeunesse était tout à fait finie pour lui.

Un *demi-monsieur,* comme on dit dans le pays, maire d'une commune de la montagne et camarade de Philippe pour la chasse au chamois, consentit à l'amener, sous le déguisement de son domestique, au grand dîner du château de S..., où il fut reconnu par Ernestine.

Ernestine, sentant qu'elle rougissait prodigieusement eut une idée affreuse : « Il va croire que je l'aime à l'étourdie, sans le connaître ; il me méprisera comme un enfant, il partira pour Paris, il ira rejoindre sa Madame Dayssin ; je ne le verrai plus. » Cette idée cruelle lui donna le courage de se lever et de monter chez elle. Elle y était depuis deux minutes quand elle entendit ouvrir la porte de l'antichambre de son appartement. Elle pensa que c'était sa gouvernante, et se leva, cherchant un prétexte pour la renvoyer. Comme elle s'avançait vers la porte de sa chambre, cette porte s'ouvre ; Philippe est à ses pieds.

— Au nom de Dieu, pardonnez-moi ma démarche, lui dit-il ; je suis au désespoir depuis deux mois ; voulez-vous de moi pour époux ?

Ce moment fut délicieux pour Ernestine. « Il me demande en mariage, se dit-elle ; je ne dois plus craindre Mme Dayssin. » Elle cherchait une réponse sévère, et, malgré des efforts incroyables, peut-être elle n'eût rien trouvé. Deux mois de désespoir étaient oubliés ; elle se trouvait au comble du bonheur. Heureusement, à ce moment, on entendit ouvrir la porte de l'antichambre. Ernestine lui dit :

— Vous me déshonorez.

— N'avouez rien ! s'écria Philippe d'une voix contenue, et, avec beaucoup d'adresse il se glissa entre la muraille et le joli lit d'Ernestine, blanc et rose. C'était la gouvernante, fort inquiète de la santé de sa pupille, et l'état dans lequel elle la retrouva était fait pour augmenter ses inquiétudes. Cette femme fut longue à renvoyer. Pendant son séjour dans la chambre, Ernestine eut le temps de s'accoutumer à son bonheur ; elle put reprendre son sang-froid. Elle fit une réponse superbe à Philippe quand, la gouvernante étant sortie, il risqua de reparaître.

Ernestine était si belle aux yeux de son amant, l'expression de ses traits si sévère, que le premier mot de sa réponse donna l'idée à Philippe que tout ce qu'il avait pensé jusque-là n'était qu'une illusion, et qu'il n'était pas aimé. Sa physionomie changea tout à coup et n'offrit plus que l'apparence d'un homme au désespoir. Ernestine, émue jusqu'au fond de l'âme de son air désespéré, eut cependant la force de le renvoyer. Tout le souvenir qu'elle conserva de cette singulière entrevue, c'est que, lorsqu'il l'avait suppliée de lui permettre de demander sa main, elle avait répondu que ses affaires, comme ses affections, devaient le rappeler à Paris. Il s'était écrié alors que la seule affaire au monde était de mériter le cœur d'Ernestine, qu'il jurait à ses pieds de ne pas quitter le Dauphiné tant qu'elle y serait, et de ne rentrer de sa vie dans le château qu'il avait habité avant de la connaître.

Ernestine fut presque au comble du bonheur. Le jour suivant, elle revint au pied du grand chêne, mais bien escortée par la gouvernante et le vieux botaniste.

Elle ne manqua pas d'y trouver un bouquet, et surtout un billet. Au bout de huit jours, Astézan l'avait presque décidée à répondre à ses lettres lorsque, une semaine après, elle apprit que Mme Dayssin était revenue de Paris en Dauphiné. Une vive inquiétude remplaça tous les sentiments dans le cœur d'Ernestine. Les commères du village voisin, qui, dans cette conjoncture, sans le savoir, décidaient du sort de sa vie, et qu'elle ne perdait pas une occasion de faire jaser, lui dirent enfin que Mme Dayssin, remplie de colère et de jalousie, était venue chercher son amant, Philippe Astézan, qui, disait-on, était resté dans le pays avec l'intention de se faire chartreux. Pour s'accoutumer aux austérités de l'ordre, il s'était retiré dans les solitudes de Crossey. On ajoutait que Mme Dayssin était au désespoir.

Ernestine sut quelques jours après que jamais Mme Dayssin n'avait pu parvenir à voir Philippe, et qu'elle était repartie furieuse pour Paris. Tandis qu'Ernestine cherchait à se faire confirmer cette douce certitude, Philippe était au désespoir ; il l'aimait passionnément et croyait n'en être point aimé. Il se présenta plusieurs fois sur ses pas, et fut reçu de manière à lui faire penser que, par ses entreprises, il avait irrité l'orgueil de sa jeune maîtresse. Deux fois il partit pour Paris, deux fois, après avoir fait une vingtaine de lieues, il revint à sa cabane, dans les rochers de Crossey. Après s'être flatté d'espérances que maintenant il trouvait conçues à la légère, il cherchait à renoncer à l'amour, et trouvait tous les autres plaisirs de la vie anéantis pour lui.

Ernestine, plus heureuse, était aimée, elle aimait. L'amour régnait dans cette âme que nous avons vue passer successivement par les sept périodes diverses qui séparent l'indifférence de la passion, et au lieu desquelles le vulgaire n'aperçoit qu'un seul changement, duquel encore il ne peut expliquer la nature.

Quant à Philippe Astézan, pour le punir d'avoir abandonné une ancienne amie aux approches de ce qu'on peut appeler l'époque de la vieillesse pour les femmes, nous le laissons en proie à l'un des états les plus cruels dans lesquels puisse tomber l'âme humaine. Il fut aimé d'Ernestine, mais ne put obtenir sa main. On la maria l'année suivante à un vieux lieutenant général fort riche et chevalier de plusieurs ordres.

КОММЕНТАРИЙ

Текст новелл печатается по изданию: Stendhal, Romans et Nouvelles, I—II, Le Divan, Paris,, MCMXXVIII ; Chroniques italiennes, I—II, Le Divan, Paris, MCMXXIX. Etablissement du texte par Henri Martineau.

VANINA VANINI

Впервые напечатана в « Revue de Paris », 1829, т. IX; перепечатана в « Chroniques italiennes », Paris, 1855.

13.* la dernière vente de carbonari découverte dans les Etats du pape — вента, ячейка тайной заговорщической организации карбонариев («угольщиков»), возникшей в Италии в начале XIX в и ставившей своей целью освобождение от ига французских, а затем австрийских захватчиков, уничтожение абсолютистско-феодального режима в итальянских государствах и политическое объединение страны. Название «угольщики» произошло от того, что члены этого общества часто скрывались от властей в лесных хижинах угольщиков в горах Калабрии и Абруццо. Особенно жестоко преследовались карбонарии в Папской области — государстве, существовавшем до 1870 г. в средней Италии. Главой этого государства являлся папа римский, столицей был Рим.

14. deux ou trois souverains d'Allemagne — В первой половине XIX в. Германия была раздроблена на множество карликовых государств. Каждое из них управлялось собственным монархом.

fort Saint-Ange — крепость Святого Ангела, государственная тюрьма в Риме, соединенная с Ватиканским дворцом.

se donner la peine de naître — несколько измененная реплика Фигаро из комедии Бомарше «Женитьба Фигаро» (первая постановка 1784).

15. jésuites — члены ордена иезуитов, созданного в 1534 г. И. Лойолой для борьбы с «ересями» и свободомыслием в целях укрепления папской власти.

---

* Цифра обозначает страницу в тексте.

15. celle de Sylla pour abdiquer, *son mépris pour les Romains* — Сулла, Луций Корнелий, римский диктатор (138—78 до н. э.). В 79 г. до н.э. в зените своей славы, опасаясь быть свергнутым, отрекся от власти, заявив, что римский народ не достоин того, чтобы им управляли.

21. comme le général Bonaparte quittait Brescia — Брешия, город на севере Италии, занятый французами во время итальянского похода Наполеона (1796—1797).

municipal — чиновник городской администрации.

24. *Angélus* (от лат. Angelus Domini) — «Ангел Господень», католическая молитва, которую читают три раза в день: утром, в полдень и вечером. О времени молитвы возвещает звон церковного колокола.

25. l'expédition de Murat en 1815 — В марте 1815 г. Мюрат, маршал Наполеона, получивший от него в 1808 г. титул короля неаполитанского, после возвращения императора с острова Эльбы выступил против австрийцев, выдвинув лозунг борьбы за независимость Италии. Выступление потерпело неудачу, армия Мюрата была разбита, а сам он бежал на Корсику.

Pétrarque — Петрарка, Франческо (1304—1374), великий итальянский поэт. Многие его произведения, которые были очень популярны среди карбонариев, проникнуты мыслью о воссоединении страны и изгнании «варваров» — иноземных правителей с их отрядами наемных солдат.

Jules II — Юлий II, папа римский (1503—1513), стремился освободить Италию от чужеземцев и объединить ее вокруг папского престола.

Machiavel — Макиавелли, Николо ди Бернардо (1469—1527), выдающийся итальянский писатель, политический деятель, историк; в своих произведениях призывал к воссоединению Италии под властью сильного государя.

Alfieri — Альфьери, Витторио (1749—1803), итальянский поэт, автор тираноборческих трагедий, проникнутых патриотическими идеями.

sequin — цехин, золотая монета, была в обращении в Италии и в странах Ближнего Востока.

Corfou — Корфу, остров в Ионическом море.

légat — легат, представитель римского папы, облеченный специальными полномочиями.

30. *congrégation* — *зд.:* собрание, заседание представителей высшего духовенства, проходившее под руководством самого римского папы или назначаемых им лиц.

prélat — прелат, титул одного из высших духовных лиц католической церкви.

31. que périt le fameux Cagliostro — Калиостро, одно из вымышленных имен Джузеппе Бальзамо (1743—1795), известного итальянского авантюриста, врача-шарлатана. В 1789 г. он был арестован инквизицией, заключен в крепость Св. Льва, расположенную недалеко от Рима, и там погиб.

31. **casa** (*итал.*) — дом, дворец.
Vatican — Ватиканский дворец, резиденция папы римского.

32. **aumônier du château** — духовник замка.

33. **le poing coupé** — отсечение руки, наказание опасных преступников.
prendre le chapeau — быть посвященным в сан кардинала. Красная шапка — один из предметов облачения кардинала.

34. **l'entreprise de Mallet** — Мале, Клод-Франсуа (1754—1812), французский генерал. В 1812 г., распространив слух о смерти Наполеона, пытался осуществить государственный переворот; с помощью группы сообщников и батальона гвардейцев сумел арестовать министра полиции, генерала Савари, однако вскоре был схвачен, предан военному суду и расстрелян.

36. ***motu proprio*** (*лат.*) — по собственному побуждению; папский указ, принятый им единолично.

LE COFFRE ET LE REVENANT

Напечатана в « Revue de Paris », май 1830 г., т. XIV и перепечатана в « Mélanges d'art et de littérature », Paris, 1867.

41. **cette guerre sublime contre Napoléon** — национально-освободительная борьба испанского народа против Наполеона в 1808—1813 гг.
guérillas (от исп. guerrilla — малая война) — герильи, партизанские отряды, сыгравшие решающую роль во время войны против Наполеона за независимость Испании.
au retour de Ferdinand — Фердинанд VII (1784—1833), король Испании в 1808 и 1814—1833 гг. Был арестован Наполеоном, находился в плену во Франции. Вернувшись в Испанию, Фердинанд, опираясь на феодально-клерикальные круги, проводил крайне реакционную политику.
envoyer aux galères — послать на каторгу. Это выражение происходит от наказания, практиковавшегося во Франции и Испании до XVIII в., когда преступников за тяжкие преступления посылали гребцами на галеры — большие многовесельные гребные суда.
Ceuta — Сеута, город в испанском Марокко, место каторги.
capucin — капуцин, член католического монашеского ордена, основанного в 1526 г.

42. **sous les cortès** — В 1820—1823 гг. в Испании происходила вторая буржуазная революция. В июле 1820 г. снова были созваны кортесы (парламент), принявшие ряд антиклерикальных реформ.
don Carlos Cuarto — Карл IV, испанский король (1788—1808).

43. **nous ... sommes de vieux chrétiens** — «старыми христианами» в Испании называли людей, предки которых во время арабского владычества не приняли мусульманства и не вступали в браки с мусульманами.

44. avant la révolution — имеется в виду испанская революция 1820—1823 гг.

la madone *del pilar* (Virgen del Pilar *исп.*)—Мадонна дель Пилар считается покровительницей Сарагосы. Статуя Мадонны дель Пилар установлена на серебряном столбе (по-испански pilar — столб) в известном Сарагосском соборе, носящем ее имя. Статуэтки и гравюры, изображающие Мадонну дель Пилар, были широко распространены по всей Испании.

la Vieille Castille — Старая (или Северная) Кастилия, древнее феодальное королевство, расположенное в центре Испании. Происхождение из Кастилии считалось весьма почетным.

49. à l'angélus du soir — см. комм. к стр. 24.

50. des religieuses clarisses — клариссы, монахини ордена св. Клары, основанного в XIII в. Члены ордена давали обет «евангельской бедности».

l'autel de l'Adoration perpétuelle — алтарь с иконой, перед которой монахи, сменяя друг друга, молятся круглые сутки.

51. Alpujarres — Альпухарра, горная область в Южной Испании, жители которой славились своей предприимчивостью и отвагой; многие из них занимались контрабандой.

60. *negro* (*исп.*) — «черный», прозвище сторонников кортесов во время испанской революции 1820 г.

62. Hiéronymites — иеронимиты, члены монашеского ордена, основанного в Испании в XIV в.

SAN FRANCESCO A RIPA

Написана в конце сентября — начале октября 1831 г., впервые напечатана в «Revue des Deux Mondes» от 1 июля 1853 г. Первоначальное название — «Санта Мария Романа».

65. San Francesco a Ripa — «Святой Франциск на скале», небольшая старинная церковь в Трастевере — римском квартале, расположенном за Тибром.

népotisme — непотизм (от *лат.* nepos — племянник), раздача почетных и доходных должностей, богатых поместий и крупных денежных сумм родственникам, широко практиковавшаяся при папском дворе. Особенно часто папы одаривали таким образом своих незаконных сыновей, выдаваемых ими за племянников.

Benoît XIII (Orsini) — Бенедикт XIII, папа римский (1724—1730); происходил из древнего рода крупных земельных магнатов князей Орсини.

le Nouveau-Monde — Новый Свет, т. е. недавно открытые испанцами американские колонии.

disinvolta (*итал.*) — непринужденная в манерах.

66. **duc de Saint-Aignan** — герцог де Сент-Эньян, Поль-Ипполит (1684—1776), дипломат, придворный французского короля Людовика XV.

régent Philippe d'Orléans — Филипп Орлеанский (1674—1723), племянник Людовика XIV, с 1715 г. регент Франции при малолетнем Людовике XV. Известен своей распущенностью.

68. **le peuple, payé par quelques curés, égorgeait le jacobin Basseville** — Басвиль, Гюг (1753—1793), участник французской революции 1789—1791 гг. В 1792 г. был послан в Рим в качестве секретаря французского посольства. После ряда столкновений с папским двором был растерзан натравленной на него толпой 13 января 1793 г.

69. **Benvenuto Cellini** — Челлини, Бенвенуто (1500—1571), итальянский скульптор, золотых дел мастер, автор известных мемуаров.

fameux Canillac — виконт Пьер-Шарль Канийяк (1694—1760), французский генерал.

78. **Cours** — Корсо, одна из главных улиц Рима, излюбленное место прогулок.

79. **des moines de l'ordre de Saint-François** — францисканцы, члены католического нищенствующего монашеского ордена, основанного в Италии Франциском Ассизским в начале XIII в.

éminentissime — (от *лат.* eminentissimus — величайший). Ваше (его) высокопреосвященство, обращение к кардиналу в особо торжественных случаях.

doyen— *зд.*: настоятель.

80. **l'empereur Charles Quint** — Карл V (1500—1558), испанский король, император Священной Римской империи. В 1555 г. отрекся от престола и последние три года провел в монастыре. Незадолго до смерти Карл решил устроить свои собственные похороны, приказал поставить в часовне пустой гроб и отслужить панихиду, а сам вместе со своими приближенными, одетыми в траур, присутствовал на церемонии.

MINA DE VANGHEL

Написана в декабре 1829 г. — январе 1830 г. В 1832 г. Стендаль перерабатывал рукопись и вновь вернулся к ней в 1836 г. Впервые появилась 1 августа 1853 г. в «Revue des Deux Mondes».

81. **dans le pays de la philosophie et de l'imagination, à Kœnigsberg** — Кенигсберг, университетский город в Восточной Пруссии. Здесь родились философ Кант и писатель-романтик Э. Т. А. Гофман.

la campagne de France, en 1814 — После разгрома армии Наполеона в России и поражения французов в «битве народов» под Лейпцигом (октябрь 1813) военные действия в 1814 г. были перенесены на территорию Франции.

82. **Auguste Lafontaine** — Лафонтен, Август (1758—1831), немецкий романист, автор многочисленных сентиментальных нравоучительных романов.

Albane — Альбани, Франческо (1578—1660), художник болонской школы, писавший идиллические картины на мифологические сюжеты.

83. **Bagnères** — курорт на юго-западе Франции.

85. **Descartes** — Декарт, Рене (1596—1650), французский ученый, философ-рационалист.

Spinoza — Спиноза, Барух (1632—1677), великий голландский философ-материалист и атеист.

Fichte — Фихте, Иоганн Готлиб (1762—1814), немецкий философ-идеалист, педагог и общественный деятель.

les mots les plus inintelligibles de Kant — Кант, Иммануил (1724—1804), известный немецкий философ-идеалист. Работы Канта написаны трудным для понимания языком.

à Compiègne pour voir une chasse du roi — Компьен, город к северо-востоку от Парижа. Французские короли устраивали в Компьенском лесу большие охоты.

les ruines de Pierrefonds — Пьерфон, деревня недалеко от Компьена. Известна живописными развалинами древнего замка.

Paris, cette *nouvelle Babylone* — Вавилон, столица Вавилонского царства, известная пышностью, великолепием, богатством, а также упадком нравов. Это название стало нарицательным.

86. **compromis** — *зд.*: купчая, соглашение.

Picardie — Пикардия, провинция на севере Франции с главным городом Амьен.

de Lauzun — де Лозен, Арман-Луи, герцог (1747—1793). В 1778 г. отправился в Америку и участвовал в войне за независимость. Во время революции во Франции командовал войсками Конвента в Вандее, был обвинен в измене и казнен. Славился своим остроумием, изысканными манерами и многочисленными любовными похождениями. Его мемуары были опубликованы в 1822 г.

de Tilly — де Тильи, Жак-Пьер-Александр, граф (1764—1816). Французский вельможа, роялист, после революции эмигрировал за границу. В 1828 г. под названием *Mémoires pour servir à l'histoire des mœurs de la fin du XVIIIe siècle* были изданы его воспоминания, рассказывающие о бездумно-веселой жизни двора.

88. **se battant pour les Grecs** — В 1821 г. в Греции вспыхнула война за национальную независимость, которую поддержали прогрессивные круги западноевропейских стран, в частности, Франции. В рядах греческой армии сражалось много добровольцев-иностранцев.

89. **les eaux d'Aix en Savoie** — Экс ле Бэн (Aix-les-Bains), курортный город, расположенный у подножия Савойских Альп, недалеко

от Шамбери; знаменит своими минеральными источниками и мягким климатом.

93. la Terre Sainte — «Святая земля», Палестина. В XI—XIII вв. западноевропейскими феодалами под предлогом освобождения гроба господня был предпринят ряд захватнических крестовых походов в Палестину.

96. Jean-Jacques Rousseau — Руссо, Жан Жак (1712—1778), выдающийся представитель французского просвещения, родился и долго жил в Швейцарии; он страстно любил ботанику.

106. *les Charmettes* — Шармет, деревушка недалеко от Шамбери, главного города Савойи, где молодой Руссо прожил несколько лет в поместье своей приятельницы госпожи де Варенс. Об этом периоде своей жизни Руссо рассказывает в «Исповеди».

107. le Saint-Denis — Сен-Дени, аббатство в окрестностях Парижа, усыпальница французских королей.

112. toise — туаз, старинная французская мера длины, равная 1,949 м.

116. le lac Majeur, à quelques milles des îles Borromées — Лаго-Маджоре, озеро в западной части Ломбардских Альп; берега его чрезвычайно живописны и привлекают множество посетителей из разных стран. Борромейские острова на озере славятся красотой и мягким климатом.

117. à Torre del Greco — Торре дель Греко, город на берегу Неаполитанского залива у подножия Везувия.

VITTORIA ACCORAMBONI

Впервые напечатана в «Revue des Deux Mondes» от 1 марта 1837 г. В 1839 г. перепечатана без изменений в отдельном издании вместе с «Аббатисой из Кастро», «Герцогиней де Паллиано» и «Семейством Ченчи».

120. la prise de Florence en 1530 — В 1527 г. флорентийское население изгнало герцогов Медичи и установило в городе республику. Однако Медичи с помощью римского папы Климента VII и войск императора Карла V после долгой осады удалось в 1530 г. снова захватить Флоренцию.

121. pontificat — понтификат, власть и время правления римского папы.
de Sixte Quint — Сикст, папа римский (1585—1590). Происходил из обедневшего рода Перетти; в 1570 г. стал кардиналом Монтальто. После смерти Григория XIII (1585), благодаря поддержке Медичи, был избран на папский престол. Фанатически настроенный, он жесто-

ко преследовал ереси и стремился к всемерному расширению папской власти

121. **aux émotions entraînantes d'un roman de George Sand** — романам французской писательницы романтического направления Жорж Санд (1804—1876) присуще многословное описание душевных переживаний, пространные авторские отступления и идеализация положительных героев, что вызывало критическое отношение к ней Стендаля, любившего точный и краткий стиль, всегда стремившегося к объективности и правдивости.

122. **Saint-Pierre** — Собор святого Петра, огромный храм в Риме.

123. **la bibliothèque Ambrosienne** — знаменитая миланская библиотека, в которой собрано множество редких книг и древних рукописей. Основана в 1602 г.; получила свое название от имени первого христианского архиепископа Милана св. Амвросия, который считается покровителем города.
le pape Grégoire XIII — Григорий XIII (Уго Буонкомпаньи), папа римский (1572—1585), проводил крайне реакционную политику, предпринимал многочисленные попытки распространить католицизм в разных странах.

126. **le consistoire** — консистория, собрание кардиналов в присутствии римского папы для рассмотрения важнейших дел.

128. **Gregorio Leti** — Лети, Грегорио (1630—1701), итальянский историк и литератор, автор ряда трудов по истории Италии, в частности «О непотизме в Риме», «Жизнь Сикста V, папы римского».

130. **la *corte*** (*итал.*) — судейско-полицейская власть в Риме.
illustrissime — светлейший, обращение к кардиналам и папским легатам.

131. ***cameriera*** (*итал.*) — камеристка, горничная.
le jour de saint Louis — праздник св. Людовика.

133. **le Saint-Siège** — папский престол.

135. **la sérénissime république** — Святейшая республика, Венеция.

137. **excellentissime** — превосходительнейший, сиятельнейший (обращение к венецианским сенаторам).

138. **condottiere** — кондотьер, предводитель отряда наемников в Италии XIV—XV вв. Благодаря серьезной военной силе своих отрядов кондотьеры играли большую роль в политической жизни страны.

139. **les *Ermites*** — члены монашеского ордена отшельников.

140. **avogador** — авогадор, венецианское должностное лицо, осуществлявшее прокурорский надзор.

140. **podestat** — подеста, в средние века городской голова, высшее административное лицо итальянского города.

141. **les fils de Saint-Marc** — т. е. венецианцы. Св. Марк считался покровителем Венеции.

fusils de rempart — пищаль, один из первых видов ручного огнестрельного оружия, в котором воспламенение заряда производилось фитилем. Пищали были настолько тяжелы, что стрельбу из них вели, укрепив ствол в бойнице или положив на специальные козлы.

144. **la roue tournât** — воспламенение фитиля в аркебузе происходило при вращении зазубренного металлического колеса, высекавшего искры из куска кремня.

maître de *casa* — домоправитель.

LES CENCI

Напечатана в «Revue des Deux Mondes» от 1 июля 1837 г. В 1839 г. появилась в отдельном издании вместе с «Аббатисой из Кастро», «Герцогиней де Паллиано» и «Витторией Аккорамбони» и вошла в «Итальянские хроники», изданные в 1855 г.

149. **Cenci** — Ченчи (Ченчиа), древний аристократический римский род. Герой новеллы Стендаля — историческое лицо, граф Франческо Ченчи (1549—1598), известный своей жестокостью и многочисленными преступлениями.

don Juan de Molière — герой комедии Мольера «Дон Жуан» (1665).

don Juan de Mozart — герой оперы Моцарта «Дон Жуан» (1787).

le baron de Fœneste, de d'Aubigné — барон де Фенест, герой сатирического романа французского писателя Агриппы д'Обинье (1552—1630) «Приключения барона де Фенеста». Имя Фенест происходит от греческого слова phainesthai — казаться. Барон де Фенест— пустой щеголь, трус, невежда и хвастун, желающий во что бы то ни стало казаться знатным и доблестным.

This age of cant. (*англ.*) — Этот ханжеский век.

150. **un coup de fusil à un couvreur** — Стендаль имеет в виду «подвиги» графа де Шароле, Шарля Бурбона (1700—1760), который отличался бессмысленной жестокостью. Так, чтобы доказать свою меткость, он стрелял из мушкета в кровельщиков, работавших на крыше напротив своего дворца, и хладнокровно наблюдал их падение.

151. **après Tibère et Caprée** — Тиберий, римский император (14—37), деспот, известный своими успешными войнами, а также развратом и преступлениями. Капрея (Капри) — остров в Неаполитанском заливе, на котором Тиберий, предаваясь безудержному разврату, провел последние годы своей жизни.

l'*Enéide*... plus *tendre* que l'*Iliade* — «Энеида», поэма древнеримского поэта Вергилия (70—19 до н. э.), подражание древнегреческой эпической поэме «Илиада». Но в противоположность суровому и спокойному повествованию «Илиады» эпопея Вергилия имеет ярко выраженную лирико-драматическую окраску, отличается патетически-приподнятым тоном и острым психологизмом в раскрытии переживаний героев.

151. **saint Paul** — св. Павел, мифический христианский апостол; церковь приписывает ему составление ряда вошедших в Новый Завет посланий, посвященных вопросам организации духовенства и церкви.
Voir Montesquieu, *Politique des Romains dans la religion*. — Монтескье, Шарль Луи (1689—1755), один из французских просветителей XVIII в., выдающийся мыслитель. Его «Рассуждение о политике римлян в вопросах религии» (1716) рассматривает религию как обман, проводимый для утверждения власти церкви над народом.
Salute (Sainte-Marie-du-Salut) — одна из красивейших церквей в Венеции.

le pape saint Léon, résistant ... au féroce Atilla et à ses nuées de barbares — Лев I Святой или Великий, римский папа (440—461). Когда на Рим двинулись полчища гуннов, Лев I был послан с дарами, чтобы удержать завоевателей от разграбления Италии. Согласно легенде, своим красноречием он спас Рим, сумев убедить предводителя гуннов Аттилу увести свои войска.

152. **le pouvoir absolu tempéré par des chansons** — согласно воспоминаниям современников, эта характеристика французской монархии XVIII в. принадлежит министру Людовика XV д'Аржансону (1696—1764).
Aristote — Аристотель (384—322 до н. э.), великий ученый и мыслитель древней Греции.
Polybe — Полибий (ок. 201—120 до н. э.), знаменитый древнегреческий историк.
Auguste — Август-Октавиан (63 до н. э. — 14 н. э.), первый римский император.
Luther — Лютер, Мартин (1483—1546), видный деятель Реформации, основатель протестантизма (лютеранства) в Германии. В своих проповедях и сочинениях неоднократно выступал против роскоши пап и их светской власти.
Léon X et sa cour — Лев X, папа римский (1513—1521). Любитель всяческих развлечений, пышных пиров, охоты, он был равнодушен к вопросам религии.
la scène du *pauvre dans la forêt* — 2 сцена III акта «Дон Жуана» Мольера, в которой Дон Жуан заставляет нищего произносить богохульства, предлагая за это золотой. Эта сцена вызвала яростные нападки церковников на пьесу.
janséniste — янсенист, сторонник янсенизма, оппозиционного религиозно-общественного движения, возникшего в XVII в. на основе учения голландского богослова Корнелия Янсения (1585—1638).
Saint-Simon — Сен-Симон, герцог (1675—1755), государственный деятель и писатель, автор мемуаров, содержащих богатый ма-

териал для изучения политической и социальной жизни XVII—начала XVIII в. — эпохи Людовика XIV и регентства. Впервые полное собрание «Мемуаров» появилось в 1829—1830 гг.

152. *Mémoires de l'abbé Blache* — Блаш, Антуан, аббат (1635—1714), церковный деятель и писатель. За памфлет против иезуитов был заключен в Бастилию, где и умер. Оставил несколько работ, среди них «Мемуары».

Tirso de Molina — Тирсо де Молина, псевдоним выдающегося испанского драматурга Габриеля Тельеса (1571—1648). Пьеса «Севильский озорник», написанная им около 1618 г., явилась первой обработкой испанской легенды о Дон Жуане. Этот сюжет был позднее использован Мольером, Моцартом, Пушкиным и др.

ordre de la Merci — монашеский орден Милосердия, основан в начале XIII в.

153. don Juan de lord Byron — герой произведения Байрона «Дон Жуан» (1818—1824).

un Faublas, un beau jeune homme — Фоблаз, шестнадцатилетний юноша, веселый и легкомысленный соблазнитель, герой романа Луве де Кувре (1760—1797) «Любовные приключения кавалера де Фоблаза».

154. le sévère Pie V — Пий V, Микеле Гизлиери, римский папа (1566—1572), отличался своим аскетизмом, жестокостью и фанатической ненавистью к «еретикам».

Sainte-Marie-Majeure — Санта Мария Маджоре, самая большая и древняя из посвященных деве Марии римских церквей, строительство которой началось в 352 г. В 1586 г. к церкви была пристроена часовня, в которой похоронен папа Сикст V. Над его могилой воздвигнуто пышное надгробие со статуей и мраморными барельефами, которые рассказывают о важнейших событиях из жизни Сикста V. На некоторых барельефах папа изображен вместе со своими приближенными.

trône de saint Pierre — престол святого Петра, папский престол. По преданию, апостол Петр был первым христианским епископом Рима и передал главенство над всей христианской церковью своим преемникам — папам римским.

Potter — Поттер, Антуан де (1786—1859), бельгийский политический деятель и писатель. Занимался историей церкви, не раз выступал в печати как противник католического духовенства, за что подвергался преследованиям. Одной из его основных работ является «История христианства» (1836—1837).

les soldats luthériens du connétable de Bourbon — Бурбон, Шарль (1490—1527), коннетабль, главнокомандующий французской армией при Франциске I. После ссоры с королевским двором перешел на сторону германского императора Карла V и английского короля Генриха VIII и сражался во главе германских армий в Италии против французов; в 1527 г. погиб во время штурма Рима. Его войска грабили город в продолжении двух месяцев.

155. **insolent Leporello... triste Elvire** — В одной из сцен оперы Моцарта слуга Дон Жуана Лепорелло встречается с Эльвирой, некогда покинутой Дон Жуаном, и, показывая ей список возлюбленных своего хозяина, рассказывает о его бесчисленных любовных похождениях.

156. **au palais Barberini** — князья Барберини, аристократический римский род. Дворец Барберини в Риме является вторым по величине после Ватиканского. В галерее дворца хранится несколько всемирно известных картин работы Рафаэля, Гвидо Рени и др. художников.
Fornarina — Форнарина, прозвище Маргариты, любовницы и натурщицы великого итальянского художника Рафаэля (1483—1520).
Morghen — Морген, Рафаэль (1758—1833), итальянский гравер, работал во Флоренции. Гравировал исторические картины, портреты и пейзажи.
Guide — Рени, Гвидо (1575—1642), знаменитый итальянский живописец, скульптор и гравер, принадлежавший к болонской школе, впоследствии стал одним из крупнейших представителей академической живописи XVII в.

157. **les portraits de Van Dyck** — Ван-Дейк, Антонис (1599—1641), фламандский живописец. В 1632 г. переехал в Англию, стал придворным портретистом английского короля Карла I и создал множество парадных портретов короля, членов королевской семьи и богатых аристократов.
Titien — Тициан, Вечеллио (1477—1576), великий итальянский живописец, крупнейший представитель венецианской школы.
Barbarigo — Барбариго, Агостино, венецианский дож (1486—1501), присоединил Кипр к владениям республики.
la tragédie de *Galeoto Manfredi* — Галеото Манфреди, сеньор города Фаенцы (умер в 1488). Его жена спрятала в своей спальне четырех наемных убийц, которые напали на безоружного Галеото. Человек большой физической силы, он отбросил нападавших, но в этот момент жена нанесла ему сзади предательский удар шпагой. Эта история легла в основу трагедии «Галеото Манфреди» (1788) итальянского поэта Винченцо Монти (1754—1828).

158. **le pape, Clément VIII, Aldobrandini** — Климент VIII (Ипполито Альдобрандини), папа римский (1592—1605), известен беспринципностью и коварством. При нем процветал непотизм, и семья Альдобрандини получала огромные доходы.

159. **Sous Paul III** — Павел III (Александр Фарнезе), римский папа (1534—1549). Отличался осторожностью и стремился править с помощью всяких политических комбинаций и полумер.

160. *peripezie di nuova idea* (итал.) — быстрая смена новых мыслей и ощущений.
Grégoire XIII (Buoncompagni) — см. комм. к стр. 123.
Sixte Quint — см. комм. к стр. 121.

160. l'empereur Auguste — см. комм. к стр. 152.

162. l'université de Salamanque — Саламанка, город в Испании; здесь в 1215 г. был основан университет, пользовавшийся в XV—XVI вв. европейской известностью. Среди его студентов было много иностранцев.

163. baïoque (*итал.* baiocco) — байоко, старинная мелкая монета в Папской области.

164. *Memoriali* (*итал.*) — докладная записка, прошение.

165. la *mantelleta* (*итал.*) — кружевной стихарь, часть облачения епископа; quitter la mantellet — снять с себя духовное звание.

166. châtelain — *зд.*: управитель, комендант замка.

171. il fait la guerre en France — к 1598 г. гугенотские войны закончились, но так как заговоры феодальной знати продолжались и на границе происходили частые столкновения с немцами и испанцами, во французские войска охотно вербовали наемников из иностранцев.

172. la question de la *corde* — имеется в виду пытка на дыбе.

célèbre Farinacci — Фариначчи, Просперо (1554—1618), знаменитый итальянский юрист, занимавший крупные судебные должности, был советником при папском дворе. Его сочинения, посвященные теории и практике судопроизводства, были впервые напечатаны в 1620 г.

176. l'église de Sainte-Marie-des-Anges — церковь Санта-Мария Анджели, одна из самых больших церквей в Риме, перестроена в 1561 г. по проекту Микеланджело из античного здания, известна своими замечательными фресками и скульптурами.

le vendredi à 22 heures — 22 часа (4 часа пополудни), по принятой тогда в Италии особой системе отсчета времени, по которой 24 часа соответствовали моменту захода солнца.

confortatori (*итал. pl*) — утешители, монахи, которые проводили с осужденными на смерть последние часы и должны были их ободрять и подготавливать к смерти.

177. religieuses des Stigmates de saint François — монахини ордена Стигматов св. Франциска. Стигматы святого Франциска — знаки, появившиеся, по церковному преданию, на теле Франциска Ассизского и соответствовавшие ранам, которые, согласно библейской легенде, были у распятого Христа.

178. cep *m* — бревно, к которому привязывали осужденного на казнь.

Miséricorde — женский монашеский орден Милосердия, основанный в 1633 г.

pénitents — члены братства кающихся, которые, искупая свои грехи, несли покаяние (сопровождали процессии, участвовали в церковных службах, помогали при погребении).

178. le fiscal — фискал (от *лат.* fiscus — государственная казна), государственный чиновник, который контролировал деятельность административных лиц, осуществлял прокурорский надзор в судах феодалов, наблюдал за сбором казенных доходов и выявлял случаи хищения казны, взяточничества и нарушения указов.

180. *Adoramus te, Christe* (*лат.*) — «Любим тебя, Христос», начальные слова католической молитвы.

182. *mazzolato* — (от *итал.* mazza — палка, дубина), убит дубиной.

in articulo mortis (*лат.*) — в смертный час.

la *Transfiguration* de Raphaël — «Преображение», картина Рафаэля, изображающая Христа и его учеников-апостолов на горе Фавор; находится в Ватиканском музее.

184. la fête de Sainte-Croix — «Воздвижение креста Господня», церковный праздник, отмечаемый 14 сентября.

Omnes fuerunt ... (*лат.*) — все были подвергнуты смертной казни, за исключением Бернардо, который был приговорен к галерам с конфискацией имущества, а также к тому, чтобы присутствовать при казни других, что он и выполнил.

LA DUCHESSE DE PALLIANO

Написана в июле—августе 1838 г., напечатана в «Revue des Deux Mondes» от 15 августа 1838 г. под псевдонимом F. de Lagenevais. Вновь вышла в составе сборника вместе с «Аббатисой из Кастро», «Семейством Ченчи», «Витторией Аккорамбони» в 1839 г.

186. le duc de Richelieu — Ришелье, Луи Франсуа (1696—1788), герцог, внучатый племянник кардинала Ришелье, фаворит Людовика XV. Известен своим цинизмом и распущенностью.

in-4° — ин-кварто, большой формат книги, при котором бумажный лист перегибается два раза и размер страницы равен его четвертой доле.

les Bourbons viennent régner à Naples — Бурбоны, французская королевская династия; представители ее в течение многих лет (с 1700) занимали престол в Испании. В 1734 г. дон Карлос, будущий испанский король Карл III Бурбон, захватил Неаполь и провозгласил себя королем.

don Carlos, fils d'une Farnèse — Дон Карлос, Карл III (1716—1788), сын Филиппа V и Елизаветы Фарнезе, испанский король (1759) из династии испанских Бурбонов; с 1735 по 1759 г. — король обеих Сицилий. Фарнезе — итальянский княжеский род, правивший с 1575 по 1731 г. в герцогстве Парма, созданном для них папой Павлом III.

187. **Farinelli** — Фаринелли (Карло Броски), итальянский певец-кастрат (1705—1782), одаренный замечательным голосом, пел в театре; переехал в Испанию, где стал министром и фаворитом короля испанского Филиппа V.

187. le Canaletto — Каналетто (настоящее имя Антонио Канале, 1697—1768), итальянский живописец и офортист. С большим искусством и точностью изображал каналы, улицы и площади Венеции.

Salvator Rosa — Роза, Сальваторе (1615—1673), итальянский живописец, гравер, склонный к драматическим сюжетам.

Mme Anne Radcliffe — Радклиф, Анна (1764—1823), английская писательница, автор ряда романов, отличающихся фантастичностью и мелодраматизмом ситуаций. Действие ее романа «Итальянец или Исповедальня черных кающихся» (1797), упоминаемого Стендалем, происходит в Италии.

188. Carafa — Карафа, дворянский итальянский род из Неаполя. Имел большое влияние в XV—XVII вв., несколько его представителей были крупными деятелями католической церкви.

le roi Philippe II — Филипп II, король испанский (1557—1598), мракобес и исступленный фанатик.

189. Alexandre VI — Александр VI (Родриго Борджа), папа римский (1492—1503), властный и жестокий правитель, известный своим вероломством и развращенностью. Стремился объединить Италию под своею властью, в борьбе с городами и феодалами широко использовал интриги и тайные убийства, всеми способами стремился увеличить доходы своей казны.

cameriere (*итал.*) — *эд.*: камердинер, адъютант.

conclave — конклав, собрание кардиналов в особом изолированном помещении для избрания римского папы.

Paul IV — Павел IV (Джованни Пьетро Карафа), папа римский (1555—1559). До избрания на папский престол стоял во главе верховного инквизиционного трибунала. При нем был составлен и в 1559 г. впервые опубликован индекс запрещенных книг. В союзе с испанским королем Филиппом II вел беспощадную борьбу с малейшими проявлениями протеста против феодально-абсолютистского строя и католической церкви.

Marc-Antoine Colonna — Марк-Антоний Колонна (умер в 1584), один из представителей видного дворянского рода в Риме, командующий папским флотом, прославившийся в битве при Лепанто (1571).

chevalier de Malte — рыцарь Мальтийского ордена. Мальтийский орден был создан в 1530 г. для защиты европейского побережья Средиземного моря от турок и африканских пиратов.

190. François, dauphin de France et fils du roi Henri II — дофин, титул наследника престола во Франции; здесь речь идет о будущем короле Франциске II (1544—1560), сыне французского короля Генриха II (1519—1559).

concile général — вселенский собор, общецерковный съезд представителей высшего духовенства христианской церкви.

la patrie de la chaste Lucrèce — Лукреция, знатная римлянка. Как рассказывает римский историк Тит Ливий, Лукреция была обесчещена сыном римского царя Тарквиния Гордого Секстом, после чего она лишила себя жизни, призвав перед смертью к отмщению.

Ее смерть вызвала восстание, в результате которого в Риме была установлена республика.

191. le *Seggio di nido* — седжо, городские дворяне, обычно занимали различные посты в государственных учреждениях и при дворе.
l'admirable *Orlando* de *messer* Arioste — Ариосто, Лодовико (1474—1533), итальянский поэт позднего Возрождения. Самое значительное его произведение — поэма «Неистовый Роланд» (1505—1532).
les contes du *Pecorone* — «Пекороне» (1378), сборник новелл флорентинского писателя XIV в. Джованни Фьорентино, подражание «Декамерону» Боккаччо.

192. le pape fit la guerre au roi d'Espagne — имеется в виду начавшаяся в 1555 г. война между испанским королем Филиппом II, стремившимся сохранить под своей властью итальянские владения, и папой римским Павлом IV. На стороне папы сначала выступал французский король Генрих II.
le duc de Guise — французские войска, посланные на помощь папе Павлу IV, выступали под командованием Франсуа Гиза, герцога Лотарингского (1519—1563), умелого полководца и ловкого политика.
le ... jour de la Circoncision de Notre-Seigneur — Католический церковный праздник («Обрезание Господне»), отмечался 1 января.

193. la capitale du monde — т. е. Рим, согласно претензиям пап.

200. écuyer — оруженосец, конюший. В средние века — молодой дворянин, который прислуживал за столом крупного феодала в мирное время и сопровождал его на войне.

201. le pape Pie IV — Пий IV (Джованни Медичи), папа римский (1559—1565).

202. le podestat — см. комм. к стр. 140.

208. in-folio — ин-фолио, самый большой формат книги, когда размер страницы равен половине бумажного листа.

209. les Médicis — Медичи, знаменитый итальянский род. Его представители правили во Флоренции с 1434 по 1737 г.
barigel — начальник лучников в Италии.
Sismondi — Сисмонди, Жан-Шарль Леонар (1773—1842), буржуазный швейцарский экономист и историк. Ряд его работ посвящен истории Италии: «История средневековых итальянских республик» (1807—1816) в 16 т.; «Свобода в Италии» (1832), «История падения Римской империи» (1835).
Michaud — Мишо, Луи-Габриель (1773—1858), французский историк, роялист. Издавал и редактировал « Biographie universelle ancienne et moderne » (1810—1828), вышедшую в 50 томах.

L'ABBESSE DE CASTRO

Впервые напечатана в книге «Revue des Deux Mondes» от 1 февраля и 1 марта 1839 г. за подписью F. de Lagenevais. Вошла в отдельное издание 1839 г. вместе с «Витторией Аккорамбони», «Герцогиней де Паллиано» и «Семейством Ченчи».

211. **les Polentini de Ravenne** — Полента, итальянская семья, представители которой в XIII—XV вв. правили в Равенне.
Manfredi de Faenza — Манфреди, итальянский род немецкого происхождения. Деятельность многих его представителей связана с городом Фаэнцей, в котором они в XIV—XV вв. неоднократно захватывали и вновь теряли власть.
les Riario d'Imola — Риарио, Джироламо (1443—1488), благодаря поддержке своего дяди Сикста IV стал правителем Форли и Имолы. После смерти дяди потерял все свои владения и был убит собственными телохранителями.
les Cane de Vérone — Кане, итальянский дворянский род, правивший в Вероне в XIII—XIV вв.
les Bentivoglio de Bologne — Бентиволио, итальянская княжеская фамилия, управлявшая Болоньей. Расцвет ее могущества относится к XV в.
les Visconti de Milan — Висконти, итальянский аристократический род, представители которого играли видную роль в Ломбардии (главный город Милан) с XIII по XV вв.
le grand-duc de Toscane Côme — Козимо I Медичи (1519—1574), кондотьер, при содействии Карла V был назначен в 1557 г. великим герцогом Тосканским. Суровый и жестокий тиран, ловкий политик и умелый полководец.
Strozzi — Строцци, Филиппо (1488—1538), представитель древнего патрицианского рода Флоренции, поднял мятеж против Козимо I, когда тот стал герцогом Тосканским; был разбит, взят в плен и покончил с собой в тюрьме.

212. **du temps de Mme de Sévigné** — Севинье, Мари Рабютен-Шанталь де (1626—1696), маркиза, французская писательница, автор писем, отразивших жизнь и образ мыслей дворянства XVII в.
Giorgione — Джорджоне, Джорджо Барбарелли да Кастельфранко (ок. 1477—1510), выдающийся итальянский живописец, один из крупнейших мастеров Возрождения.
Corrège — Корреджо, Антонио Аллегри (ок. 1489—1534), выдающийся итальянский художник, произведения которого отличаются жизнерадостностью, выразительностью образов и тонкостью исполнения.
andar alla machia (*итал.*) — сделаться разбойником.

214. **d'Este de Ferrare** — д'Эсте, итальянский феодальный род, правивший в Ферраре в XIII—XIV вв. Вели постоянные войны, создали блестящий двор, привлекая к нему деятелей Возрождения — поэтов, художников, ученых.
un pauvre historien, nommé Gianone — Джанноне, Пьетро, родился в 1676 г., итальянский историк. Его основной труд — «Граж-

данская история Неаполитанского королевства» (1723), навлекшая на него гнев папы, который отлучил его от церкви. Джанноне бежал за границу, жил в Швейцарии, был схвачен на границе итальянской полицией и в 1736 г. заключен в Туринскую тюрьму, где и умер в 1748 г. (у Стендаля ошибочно указано 1758).

214. **Paul Jove** — Джовио, Паоло (1483—1552), итальянский историк, оставил огромный труд (45 томов), охватывающий события с 1494 по 1547 г. Состоял на жалованье у римских пап, Карла V, Франциска I и многих итальянских князей.

Arétin — Аретино, Пьетро (1492—1556), итальянский сатирический поэт, прозванный «бичем государей» за беспощадные политические сатиры. Не желая стать мишенью умных и злых шуток Аретино, многие итальянские князья и даже могущественные монархи, император германский, король Испании Карл V и король Франции Франциск I, стремились приобрести его расположение и откупались от него щедрыми подарками.

Robertson — Робертсон, Вильям (1721—1793), английский историк, написавший «Историю царствования Карла V» (1769).

Roscoe — Роско, Вильям (1753—1831), английский историк, занимался историей Италии, автор книг «Жизнь Лоренцо Великолепного» (1796), «Жизнь и правление папы Льва X» (1805).

Guichardin — Гвиччардини, Франческо (1482—1540), итальянский историк, занимал крупные государственные посты, автор трудов по истории Флоренции и Италии, которые были опубликованы лишь после его смерти.

Coletta — Колетта, Пьетро (1775—1833), неаполитанский генерал, участвовал в войне с французами (1798) в рядах австрийцев, позднее сражался в армии Мюрата. Автор большой работы «История Неаполитанского королевства от Карла VIII до Фердинанда IV», которая охватывает период с 1734 по 1825 г.

Pignotti — Пиньотти, Лоренцо (1739—1812), итальянский поэт и историк, автор труда по истории Тосканы, напечатанного в 1812—1813 гг.

Muratori — Муратори, Лодовико-Антонио (1672—1750), итальянский историк и археолог, собравший и издавший множество документов по истории Италии и истории церкви.

215. **les Baglioni** — Бальони, древний дворянский род Италии, среди представителей которого встречаются как военачальники и политические деятели, так и художники и писатели. Жан-Поль Бальони, кондотьер, установил свою власть над городом Перуджей.

les Malatesti — Малатеста, семья итальянских кондотьеров, сеньоры города Римини в XII—XV вв.

Alphonse Piccolomini — Пикколомини, Альфонсо, герцог Монте-Мариано (1549—1591), один из последних итальянских кондотьеров. Обложил данью Папскую область, за что папа Григорий XIII отлучил его от церкви. Стал начальником отряда итальянских бандитов, боролся с папскими войсками, был разбит великим герцогом Тосканским, взят в плен и повешен.

215. **Sciarra** — Шарра, Марко, дворянин, знаменитый итальянский бандит XVI в.

défendre l'île de Candie contre les Turcs — Венеция вела с турками в период с 1464 по 1718 г. семь войн за свои владения на Средиземном море. Важнейшим из этих владений был остров Кандия (Крит).

216. **Jupiter Férétrien** — С именем Юпитера Феретрийского (лат. feretrius — разящий) римляне связывали представление о Юпитере как о боге-громовержце, источнике и блюстителе закона, истины и верности, наказывавшего нарушителей.

Palestrine — Палестрина, древний город в окрестностях Рима; расположен у подножия высокой горы, на которой находилась городская цитадель (ныне замок св. Петра). В средние века принадлежал Барберини и Колонна.

217. **Tite-Live** — Ливий, Тит (59 до н. э. — 17 н. э.), знаменитый римский историк, автор работы «Римская история от основания города».

était située Albe, la mère de Rome — Альба-Лонга, древний латинский город юго-восточнее Рима. Возглавлял союз латинских городов, включавший и Рим; основание последнего, по преданию, тесно связано с Альба-Лонгой. По исторической традиции, Альба-Лонга была разрушена римским царем Туллом Гостилием, а ее жители переселены в Рим и получили римское гражданство.

220. **la collection Farnèse** — Фарнезе, итальянский княжеский род, известный с середины XII в. В своих дворцах и виллах Фарнезе собрали множество древних и новых произведений искусства.

le célèbre poète *Cechino* — Очевидно, речь идет об итальянском поэте и драматурге Джованни-Мариа Чекки (1518—1587).

238. l'*Ave Maria* (*лат.*) — католическая молитва, обращенная к деве Марии. Согласно предписанию папы Иоанна XXII (1326), всякий католик должен читать эту молитву трижды в день: утром, в полдень и вечером, когда к этому призывает его звон колоколов.

242. *superis aliter visum* (*лат.*) — Несколько измененная Стендалем фраза из II песни «Энеиды» Вергилия: «Всевышние боги судили иначе».

243. **barigel** — см. комм. к стр. 209

244. **pénitents** — см. комм. к стр. 178

247. *Ti conosco, porco!* (*итал.*) — Я узнал тебя, свинья.

248. **Pluton** — Плутон в древнеримской мифологии бог подземного мира, царства теней, властитель душ умерших.

251. **le sang a jailli** — Здесь имеется в виду широко распространенное в средние века поверье о том, что если к трупу убитого приблизится убийца, то раны убитого откроются, из них потечет кровь, и таким образом бог укажет убийцу.

252. **Janicule** — Яникул, возвышенность на правом берегу Тибра, составляющая вместе с прилегающим к ней берегом пригород Рима.
le soldat d'aventure — разбойник.

254. **sequins** — см. комм. к стр. 25.

257. **Platon** — Платон (427—347 до н. э.), древнегреческий философ-идеалист.

258. *Angélus* — см. комм. к стр. 24.
Pater (Pater noster *лат.*) — «Отче наш», католическая молитва.

260. **comme ces héros de l'Arioste** — герои поэмы Ариосто «Неистовый Роланд» (см. комм. к стр. 191) совершают различные подвиги, сражаются, скитаются по лесам и пустыням, разыскивая друг друга.

270. **faisaient la guerre aux révoltés de Flandre** — В 1566—1609 гг. испанская монархия вела ожесточенную борьбу с национально-освободительным движением в Нидерландах, входивших в состав Испанской державы. Самые большие восстания происходили во Фландрии, исторической провинции на юге Нидерландов. После поражения Испании на территории Нидерландов образовалась независимая буржуазная республика.

274. **prit la** *machia* — см. комм. к стр. 212.

288. **Sainte-Marie-Nouvelle** — Санта-Мария Новелла, одна из знаменитых церквей Флоренции, строительство которой началось в 1278 г.

289. **les Abruzzes** — Абруццы, горная область в центральной Италии.

291. **purgatoire** — чистилище, в богословии католицизма место, в котором души грешников, претерпевая разные испытания, а также благодаря молитвам и добрым делам, совершаемым оставшимися в живых родными и близкими, очищаются от неискупленных ими при жизни грехов, чтобы затем «попасть в рай».
surpris au Mexique et massacré par des sauvages révoltés — Заселенная с древних времен индийскими племенами Мексика в 1519—1521 гг. была завоевана испанцами под предводительством Кортеса. Испанские чиновники, помещики, католическое духовенство беспощадно эксплуатировали индейцев («дикарей»), которые неоднократно восставали против испанского владычества.

295. **simonie** *f* — симония (от имени Симона-волхва, просившего, по церковному преданию, у апостолов продать ему дар творить чудеса), торговля почетными и выгодными церковными должностями.

296. **Udine** — Удине, провинция в Венецианской области.

300. **au tribunal de la pénitence** — церковный суд, накладывающий покаяние.

303. **du *terrible* cardinal Farnèse** — см. комм. к стр. 220
zelanti (*итал.* zelante — усердный, ревностный) — ревнители, сторонники крайне реакционных кругов в папской курии.

305. **l'*auditeur*** (*от лат.* audire — слушать) — аудитор, *зд.*: должностное лицо при церковном суде, которое выслушивало тяжущихся и производило следствие.

308. ***bajoc*** = baïoque *f* —см. комм. к стр. 163.

310. **écuyer** — см. комм. к стр. 200.

313. **après la bataille d'Achenne** — Ахен, город в Германии недалеко от нидерландской границы, к концу средних веков являлся крупным торговым центром. Во время Нидерландской буржуазной революции здесь произошло несколько сражений.

FÉDER OU LE MARI D'ARGENT

Время создания точно неизвестно; исходя из некоторых событий, описанных в новелле, можно отнести ее к середине 1839 — началу 1840 г. Впервые напечатана в «Nouvelles inédites», Paris, 1855 г.

316. **le *Petit Matelot*** — «Маленький матрос или неожиданный брак», комическая опера французского композитора Пьера Гаво (1761—1825), первое представление которой состоялось в 1796 г. В 1806 г. Гаво написал комическую оперу «M. Deschalumeaux».

317. **Malvasia** — Мальвазиа, Карло, маркиз (1616—1693), итальянский литератор и собиратель древностей, написал «Историю художников Болоньи» (1678) и «Живопись в Болонье» (напечатана в 1732).
Condivi — Кондиви, Асканио (род. 1520), итальянский художник и скульптор, ученик Микеланджело, в 1553 г. издал его жизнеописание.

318. **la garde nationale** — Национальная гвардия, отряды гражданской народной милиции, созданные во Франции в 1789 г. и с перерывами существовавшие до 1851 г. В отличие от солдат регулярных войск, национальные гвардейцы проходили службу без отрыва от своих основных занятий и жили не в казармах, а дома. До середины XIX в. Национальная гвардия в основном набиралась из зажиточных слоев населения и служила делу охраны буржуазного «порядка» от народных масс.
des bottes avec des talons de deux pouces de hauteur, à la Louis XIV — При Людовике XIV вошли в моду очень высокие каблуки.

319. **les traits grecs des Phocéens** — Фокея, один из ионийских городов на западном берегу Малой Азии, по преданию, основан

афинянами. Фокейцы были искусными мореплавателями и в свою очередь основали много колоний, в частности Массилию (Марсель).

320. **Bouffes** — театр итальянской оперы в Париже. **Tortoni** — во времена Стендаля один из модных ресторанов в Париже на углу Итальянского бульвара и улицы Тэтбу.
faubourg Saint-Honoré — предместье Сент-Оноре, один из самых старых районов Парижа, населенный в основном аристократией и крупной буржуазией.

322. **flacons de sels** — нюхательная соль, с помощью которой приводили в чувство потерявшего сознание человека.

323. **nos** *jockeys* — члены Жокей-клуба, общества любителей конного спорта, созданного в Париже в 1833 г. Членами Жокей-клуба могли быть только лица знатного происхождения или представители самых богатых и влиятельных буржуазных семей.
la *Quotidienne* — монархическая газета, основанная в 1792 г. Во время Реставрации орган ультрароялистов, проповедывала белый террор, возвращение к дореволюционному феодальному режиму и отмену конституции. С 1822 г. официальная газета правой оппозиции, орган аристократии и духовенства.

325. **la Chaumière** — Шомьер, существовавшее в Париже с 1787 по 1855 г. увеселительное заведение с большим парком, где устраивались публичные балы, излюбленное место отдыха студентов.
Deschalumeaux — герой комической оперы Гаво (см. комм. к стр. 316) *М. Deschalumeaux* (1806).

327. **Rembrandt** — Рембрандт, Харменс ван Рейн (1606—1669), голландский живописец и график, один из величайших художников-реалистов. Мастерски передавал игру света и тени.

328. **Saint-Domingue** — Сен-Доминго, северная и западная части острова Гаити, отличается жарким климатом.

329. **chez Delille ou chez Victorine** — Делиль и Викторина, владельцы модных мастерских и магазинов в Париже. Среди их клиенток были самые богатые и знатные дамы.

330. **l'exposition au Louvre** — Лувр, первоначально королевский дворец, затем французский национальный художественный музей. С конца XVII в. в Лувре устраивались периодические художественные выставки. До революции 1789 г. здесь выставлялись картины только членов парижской Академии художеств; после революции право на участие в выставках получили все художники.
cadre — *зд.*: витрина, стенд.
de Mirbel — де Мирбель, Лизинска-Эмэ-Зоэ (1796—1849), известная французская портретистка-миниатюристка.

331. **la croix d'honneur** — орден Почетного легиона, высший знак отличия во Франции, учрежден Наполеоном в 1802 г.

333. **Werther** — Вертер, герой романа Гёте «Страдания молодого Вертера» (1774) — впечатлительный, меланхоличный и слабохарактерный юноша, чувствующий себя чужим в обществе процветающих мещан.

334. **le rôle du Gascon** — Гасконь, старинная провинция на юге Франции. Ее жители отличаются богатой фантазией, честолюбием, предприимчивостью и склонностью к преувеличениям, что сделало понятие «гасконец» нарицательным.

335. **velours épinglé** — булавчатый или неразрезной бархат, получивший свое название от применяющихся в его производстве латунных проволок, именуемых «булавками».
cathédrale de Saint-André — кафедральный собор св. Андрея в Бордо. Сооружение в готическом стиле (XI—XV), с великолепным порталом, двумя 80-метровыми башнями и стоящей отдельно колокольней. Славится своими скульптурами, барельефами и росписью.

336. **une sorte de matamore** — (*исп.* matar — убивать; mого — мавр). Персонаж испанской комедии, который постоянно хвастает своими подвигами в боях против мавров. В переносном смысле — хвастун, краснобай.

337. **une voix de Stentor** — голос Стентора. Стентор — имя одного из героев «Илиады», «медноголосый боец, кто пятьдесят голосов мог один покрывать своим криком» (V, 785). Имя его вошло в поговорку.

338. **un couvent de la *Visitation*** — монастырь ордена Посещения. Этот женский монашеский орден, основанный Франциском Сальским в 1610 г., занимался воспитанием девушек из состоятельных семей и имел в первой половине XIX в. при своих монастырях многочисленные женские школы.

341. **Scribe** — Скриб, Эжен (1791—1861), французский драматург, автор веселых комедий и чувствительных мелодрам из быта буржуазии, изобиловавших сложными любовными интригами, запутанными ситуациями и забавными неожиданностями.
Almanach royal — «Королевский альманах», ежегодный сборник, печатавший сведения о членах королевской семьи и сообщения о присвоении титулов, о наградах и повышениях в чинах. Начал выходить с 1699 г.

342. ***Charivari*** — оппозиционная иллюстрированная сатирическая газета, основанная в 1832 г., едко высмеивала порядки Июльской монархии. В ней сотрудничали известные карикатуристы Домье и Гаварни.
tribunal de commerce — Коммерческий суд, суд для разбирательства торговых споров. Все члены такого суда являлись коммерсантами.

345. **Delacroix** — Делакруа, Эжен (1798—1863), выдающийся французский живописец-романтик. Часто обращался к сюжетам из древней и средневековой истории, создавал сцены из жизни Востока. Картина «Клеопатра» была выставлена в Салоне в 1839 г.

351. **pair ou impair** — «чет или нечет», игра, в которой один играющий угадывает, четное или нечетное число предметов держит в руке другой.

355. **receveur général** — главный сборщик податей, должность, установленная с XVI в. для собирания налогов.

356. **Portal** — Порталь, Пьер-Бартелеми (1765—1845), бордосский судовладелец и коммерсант; в 1818 г. был назначен министром морского флота и колоний, в 1821 г. получил звание пэра Франции.
Lainé — Лене, Жозеф-Луи (1767—1835), родился в Бордо, адвокат. После реставрации Бурбонов был назначен членом Законодательного корпуса от Бордо, входил в состав нескольких кабинетов министров. В 1823 г. получил титул виконта и был назначен пэром Франции.
Ravez — Равез, Симон (1770—1849), адвокат, политический деятель, долго жил в Бордо. С 1829 г. пэр Франции.
Martignac — Мартиньяк, Жан-Батист (1776—1832), родился в Бордо, был адвокатом. Сделал блестящую карьеру, в 1828 г. был назначен министром внутренних дел и фактически руководил кабинетом министров.
le pair de France — (от *лат.* par — равный), пэр Франции, звание представителей высшего дворянства. После Реставрации во Франции, в противовес Палате депутатов, периодически избиравшейся и защищавшей в основном интересы крупной буржуазии, была создана Палата пэров — верхняя палата французского парламента, которая должна была действовать в интересах дворян и короля. Члены палаты назначались королем.
Benjamin Constant — Констан, Бенжамен (1767—1830), французский литератор, оратор и политический деятель. Был одним из лидеров буржуазно-либеральной оппозиции периода Реставрации.

360. **le faubourg Saint-Germain** — предместье Сен-Жермен, аристократический квартал Парижа, возникший вокруг старинного бенедиктинского аббатства Сен-Жермен-де-Пре.

361. **Pope planta... à Twickenham** — Поп, Александр (1688—1744), английский поэт-классицист. Туикенхэм — городок в окрестностях Лондона, в котором находился летний дом Попа с садом.

362. **au petit pied** — по меньшей мере.

363. **Catinat** — Катина, Никола (1637—1712), маршал Франции.

366. **Viroflay** — Вирофле, селение в окрестностях Парижа, славится своим прекрасным лесом. Здесь находились дачи богачей и знати.

367. **Diderot** — Дидро, Дени (1713—1784), замечательный французский писатель, философ-материалист.
Holbach — Гольбах, Поль Анри (1723—1789), выдающийся философ-материалист, атеист, один из идеологов французской революционной буржуазии XVIII в. Сын немецкого барона, он получил в наследство большое состояние.
Cartouche — Картуш, Луи-Доминик (1693—1721), известный разбойник, атаман шайки, действовавшей в Париже и его окрестностях; был казнен на Гревской площади.
Mandrin — Мандрен, Луи (1724—1755), знаменитый бандит и контрабандист. Был схвачен по доносу предателя, подвергнут пытке и казнен.

368. *Essai sur les mœurs* — «Опыт о всеобщей истории и о нравах и духе народа» (1756—1769), трактат Вольтера.

370. *Philothée* **de saint François de Sales** — «Филотея» св. Франциска Сальского. Франциск Сальский — женевский епископ (1567—1622), автор ряда богословских и назидательных произведений, в том числе «Введения в благочестивую жизнь», построенного в форме поучительной беседы с Филотеей (от *греч.* любящая бога).
l'*Imitation* **de Jésus-Christ** — «Подражание Христу», сборник религиозно-нравственных наставлений и размышлений о суетности всего земного, автором которого считают августинского монаха Фому Кемпийского (1379—1471); отличается простотой слога и знанием человеческой психологии.
Sacré-Cœur — Сердце Иисусово, монашеский женский орден, созданный около 1800 г., занимался в частности воспитанием девушек из буржуазных семей.

371. **Rollin** — Роллен, Шарль (1661—1741), известный французский историк и педагог. Основными его работами являются «Traité des études», где излагаются основы изучения гуманитарных наук, и учебники «Древняя история» и «Римская история».

Dictionnaire des étiquettes — полное название *Dictionnaire critique et raisonné des étiquettes de la Cour, usages du Monde, etc.*, был переработан и издан французской писательницей госпожой де Жанлис (1746—1830) в 1818 г.
Dangeau — Данжо, Филипп де Курсильон, маркиз (1638—1720), церемонниймейстер Людовика XIV. Его воспоминания, в которых подробно, но очень поверхностно, рассказывается о жизни королевского двора, были изданы госпожой де Жанлис в 1817 г.

372. *Princesse de Clèves* — «Принцесса Клевская», роман французской писательницы госпожи де Лафайет (1634—1692), вышедший в 1667 г., первый психологический роман во французской литературе, одна из любимых книг Стендаля.
Marianne — «Марианна или приключение графини де ***», роман французского писателя Пьера Карле де Мариво (1688—1763),

один из первых образцов реально-психологического романа во французской литературе XVIII в.

372. *Nouvelle Héloïse* — «Юлия или Новая Элоиза» (1761), роман в письмах Жан Жака Руссо (1712—1778), утвердивший сентиментализм как новое и прогрессивное течение в литературе французского просветительства. Руссо выступает в романе в защиту естественных чувств человека против преград феодальной иерархии и буржуазных норм семьи и брака. Героем романа является юноша Сен Прё (Saint-Preux), полюбивший дочь дворянина.

373. Zadig — «Задиг или судьба» (1747), философская повесть Вольтера.

380. bois de Boulogne — Булонский лес, большой парк, примыкающий к западной части Парижа, в XIX в. модное место прогулок в экипажах и верхом.
courses de Chantilly — скачки в Шантильи. На ипподроме в Шантильи, расположенном в окрестностях Парижа, начиная с 1833 г., Жокей-клуб регулярно организовывал скачки. Посещение скачек быстро вошло в моду среди «избранной публики» — представителей аристократии и крупной буржуазии.

382. le bouquet — *зд.*: вершина.
l'*Homme aux quarante écus* — «Человек с сорока экю», памфлет Вольтера (1768), в котором обличались социальные порядки феодальной Франции. Памфлет был публично сожжен.

384. de Cussi — де Кюсси, Луи, маркиз (1760—1838), известный парижский гурман. Был авторитетом в вопросах гастрономии даже среди торговцев и лучших поваров Парижа. Охотно давал знакомым советы по сервировке стола, устройству обеденных залов, составлению меню.

385. amphitryon — амфитрион, в греческой мифологии — гостеприимный хлебосольный хозяин, имя которого стало нарицательным.

386. douceurs de 1793 — герой Стендаля имеет в виду события времен якобинской диктатуры.
M. de Florian, premier gentilhomme de M. le duc de Penthièvre — Флориан, Жан-Пьер Кларк де (1755—1794), французский писатель, автор басен, рассказов, пасторальных повестей и пьес. Пользовался покровительством известного мецената герцога Пантьевра (1725—1793) и долго жил в его за́мке.

388. Rocher de Cancale — «Канкальская скала» — фешенебельный ресторан в Париже.

398. *Gazette de France* — первая французская газета, основанная Теофрастом Ренодо в 1631 г. при покровительстве кардинала Ришелье. Всегда являлась печатным органом консервативного направления.

405. **Mlle Rachel, ... le rôle d'Emilie de *Cinna*** — Рашель, Элиза Феликс (1820—1858), французская трагическая актриса, прославилась исполнением ролей в трагедиях Корнеля, Расина, Шиллера. В ее творчестве стремление к созданию идеализированных облагороженных образов античных героинь сочеталось с реалистическими тенденциями в передаче психологических переживаний. «Цинна» — трагедия Пьера Корнеля (1606—1684), выдающегося французского драматурга, одного из создателей классицизма во французской литературе. Впервые поставлена на сцене в 1640 г.

406. **sur l'exposition de l'industrie** — очевидно имеется в виду парижская промышленная выставка 1839 г.

sur le procès Sampayo — возможно, речь идет о португальском публицисте Антонио Родригесе Сампайо (Sampaio) (1806—1882), редакторе газеты «Сентябрьская революция», который в начале 40-х годов подвергался преследованиям со стороны правительства за свои статьи либерального направления.

ERNESTINE

Написана в 1825 г. и в 1833 г. в качестве приложения вошла в книгу Стендаля «О любви» (« De l'amour »), первое издание которой появилось в 1822 г.

Однако «Эрнестина», которую Стендаль задумал как иллюстрацию к своим теориям относительно возникновения и развития любви, уже в ходе создания переросла эти рамки и является законченным самостоятельным произведением, что и позволило включить ее в настоящий сборник. Уже в этом своем раннем произведении Стендаль обнаруживает мастерство психолога, уменье разобраться в сложных душевных переживаниях героев.

408. **sept époques ... de l'amour** — в главе II своей книги « De l'amour » Стендаль называет семь стадий зарождения и развития любви.

Dauphiné — Дофине, старинная гористая область на юго-востоке Франции; на территории Дофине находятся теперь департаменты Верхние Альпы, Изер и Дром.

412. ***Charlemagne*** — Карл Великий (около 742—814), франкский король с 768 г., император с 800 г., создатель огромной франкской империи.

le roi Didier (Desiderius) — Дезидерий, последний король лангобардов, правил в 757—774 гг. Побежденный Карлом Великим, был заточен в монастырь и умер в 775 г.

414. **par Lesdiguières ... fameux connétable** — Ледигьер, Франсуа (1543—1626), французский военачальник и государственный деятель. Во время религиозных войн сражался в рядах протестантов, был назначен Генрихом IV наместником провинции Дофине. В 1622 г.

при короле Людовике XIII принял католичество и получил звание коннетабля — главнокомандующего французской армией.

415. **livre d'heures** — часослов, сборник молитв, стихов и псалмов, которые читаются во время «часов». «Часы» — первый, третий, шестой и девятый часы от восхода солнца — время, когда древние христиане сходились на молитву.

418. **Carlo Dolci** — Дольчи, Карло (1616—1686), итальянский живописец флорентийской школы. Писал главным образом тщательно выполненные картины, изображавшие мадонн и католических святых.

419. **à la Saint-Hubert** — т. е. в день Святого Губерта, покровителя охотников, который празднуется 3 ноября.

420. **chevalier de Saint-Louis** — кавалер Людовика Святого. Этот орден был учрежден в 1693 г. для офицеров-католиков, отменен после буржуазной революции 1789—1794 гг., восстановлен после реставрации Бурбонов и окончательно отменен в 1830 г.
blessé à Quiberon — Киберон, полуостров на южном побережье Бретани. Здесь в 1795 г. с помощью англичан высадился отряд дворян-эмигрантов для поддержки роялистского восстания против Директории. Отряд был разбит, большинство участников было взято в плен и казнено.

425. **Petitot** — Петито, Клод-Бернар (1772—1825), французский литератор, составитель «Собрания мемуаров по истории Франции» (1819—1829).
mémoires du sanguinaire Montluc — Монлюк, Блез (1499—1577), французский военачальник, участник итальянских войн Франциска I, один из руководителей католиков во время религиозных войн, известен своими кровавыми расправами над гугенотами. В своих мемуарах *Commentaires*, напечатанных в 1592 г., он оправдывал эти жестокости интересами католической веры. Эта книга является характерной для библиотеки деда Эрнестины — старого солдата, роялиста и ревностного католика. Для Эрнестины же чтение «Мемуаров» — род наказания за «греховные» любовные мысли. Недаром оно поставлено в ряд с изучением естественной истории и упражнениями на фортепиано.

426. **Moniteur** (Moniteur universel) — официальная правительственная газета, основанная в мае 1789 г.

429. **un beau front à la manière du docteur Gall** — Галль, Франц Иосиф (1758—1828), австрийский врач и анатом, основатель «френологии», псевдонауки, которая устанавливала связь между психическими способностями человека и строением поверхности его черепа.

432. **Lindor** — Линдор, в испанской литературе и фольклоре влюбленный, который вздыхает по своей возлюбленной, ходит под ее окнами по ночам с гитарой и поет ей серенады.

433. dix volumes comme Richardson — Ричардсон, Самюэл (1689—1761), английский писатель, создатель семейно-бытового романа. В своих произведениях дает подробные описания, длинные и отвлеченные рассуждения, уделяет большое внимание психологии героев и воспевает буржуазно-мещанские добродетели. Романы Ричардсона очень велики по объему.

se faire chartreux — стать монахом-картезианцем, членом Картезианского (Картузианского) католического монашеского ордена, основанного в 1084 г. в Бургундии, в местности Шартрез (*лат.* Cartusia). Согласно уставу, члены ордена должны были вести аскетический образ жизни.

TABLE DES MATIÈRES

От составителя 3
Vanina Vanini 13
Le coffre et le revenant 41
San Francesco à Ripa 65
Mina de Vanghel 81
Vittoria Accoramboni 120
Les Cenci 149
La duchesse de Palliano. 185
L'abbesse de Castro. 211
Féder 315
Ernestine 408
Комментарии 437